카라마조프가의 형제들 2

Братья Карамазовы

세계문학전집 155

카라마조프가의 형제들 2

Братья Карамазовы

표도르 도스토옙스키

김연경 옮김

민음사

안나 그리고리예브나 도스토옙스카야*에게 바친다

내가 진실로 진실로 너희에게 말한다.
밀알 하나가 땅에 떨어져 죽지 않으면 한 알 그대로 남고,
죽으면 많은 열매를 맺는다.

(요한복음서 12 : 24)

* 도스토옙스키의 두 번째 아내로 『회상록』을 남겼다.

일러두기

1. 번역 대본은 나우카 판(아카데미 판) 도스토옙스키 전집(1972~1990. 전 30권) 14, 15권에 수록된 Братья Карамазовы이며, 영역본 The Brothers Karamazov(C. Garnett 번역, Penguin Books, 1980; D. McDuff 번역, Penguin Putnam Inc. 2003), 불역본 Les Frères Karamazov(H. Mongault 번역, Gallimard, 1994), 기존의 국역본 『카라마조프의 형제』(김학수 번역, 범우사, 1989) 등을 참조했다.

2. 러시아어 고유 명사의 한글 표기는 국립국어원 외래어표기법을 따르는 것을 원칙으로 하되, 발음상의 편의를 위해 구개음화 적용(미챠, 카체리나, 스메르쟈코프 등)을 비롯한 몇몇 예외를 두었다. .

3. 작품 속에서 인용, 변주되는 성경 텍스트는 『성경』(한국 천주교 주교회의, 2006, 2쇄) 및 러시아어판 『성경』(모스크바, 러시아 성경 공동체, 2001)을 토대로 하여 옮겼다.

차례

2권

6장 러시아의 수도사

1. 조시마 장로와 그의 손님들 13
2. 고(故) 수도사제 조시마 장로의 성자전 중, 알렉세이 표도로비치 카라마조프에 의해 장로 자신의 말을 토대로 작성된 것 21
3. 조시마 장로의 담화와 가르침 중에서 80

3부

7장 알료샤

1. 시체 썩는 냄새 109
2. 이런 순간 132
3. 양파 한 뿌리 143
4. 갈릴래아의 카나 179

8장 미챠

1. 쿠지마 삼소노프 188
2. 랴가브이 209
3. 금광 222
4. 어둠 속에서 245
5. 갑작스러운 결정 256
6. 이 몸이 납신다! 285

7. 틀림없는 옛 사람 301
8. 미망 336

9장 예심

1. 관리 페르호친의 출세의 시작 364
2. 소요 377
3. 영혼의 수난이 시작되다. 첫 번째 수난 389
4. 두 번째 수난 406
5. 세 번째 수난 420
6. 검사, 미챠를 포획하다 442
7. 미챠의 크나큰 비밀. 야유를 받다 458
8. 증인들의 증언. 애기 481
9. 미챠, 호송되다 498

1권 작가로부터

1부
1장 어느 집안의 역사
2장 부적절한 모임
3장 호색한들
2부
4장 파열들
5장 Pro와 Contra

3권 4부
10장 소년들
11장 이반 표도로비치 형제
12장 오심

에필로그

작품 해설
작가 연보

주요 등장인물

표도르 파블로비치 카라마조프 이기적이고 탐욕스러운 중년의 지주

아젤라이다 이바노브나 미우소바 표도르의 첫 번째 아내이자 드미트리의 어머니

소피야 이바노브나 표도르의 두 번째 아내이자 이반과 알렉세이의 어머니

드미트리(미챠, 미첸카, 미치카, 미트리) 표도르의 장남

이반(바냐, 바네치카, 반카) 표도르의 차남

알렉세이(알료샤, 료샤, 알료셰치카, 알료센카, 알료쉬카) 표도르의 삼남

파벨 표도로비치 스메르쟈코프 표도르의 사생아로서 하인 겸 요리사

리자베타 스메르쟈쉬야 마을의 백치 여인으로 스메르쟈코프의 어머니

그리고리 바실리예비치 표도르의 하인

마르파 이그나치예브나 그리고리의 아내

카체리나(카챠, 카첸카, 카치카) 이바노브나 베르호프체바 드미트리의 약혼녀

그루셴카(그루샤) 아그라페나 알렉산드로브나 스베틀로바 과거 삼소노프의 정부(情婦)이자 사업가

조시마(지노비이) 이 도시 수도원의 장로

미하일(미샤) 라키친(라키트카, 라키투쉬카) 알렉세이의 동료 신학생

카체리나 오시포브나 호흘라코바 젊고 부유한 미망인

리자(리즈) 호흘라코바의 딸

쿠지마 쿠지미치 삼소노프 이 도시의 거상(巨商)

이폴리트 키릴로비치 이 도시의 검사

페츄코비치 페테르부르크에서 초빙된 변호사

니콜라이 일리치 스네기료프 퇴역한 2등 대위

일류샤(일류셰치카) 스네기료프의 아들

니콜라이(콜랴) 크라소트킨 일류샤의 친구

6장

러시아의 수도사

1 조시마 장로와 그의 손님들

불안과 고통을 마음 가득 담고 장로의 암자에 들어섰을 때, 알료샤는 거의 소스라치게 놀라서 걸음을 멈추었다. 이미 의식 불명 상태에 다다랐을지도 모르는, 목숨이 끊어져 가는 환자를 보게 될까 두려워했건만, 갑자기 힘이 없고 지치긴 했지만 그래도 기운차고 명랑한 얼굴로 안락의자에 앉아 손님들에게 에워싸여서 그들과 조용하고 해맑은 담소를 나누는 장로의 모습을 보게 된 것이다. 하지만 그가 침대에서 일어난 것은 알료샤가 도착하기 얼마 전, 길어야 십오 분쯤 전이었다. 손님들은 좀 일찍부터 진작 그의 암자로 모여서, "스승님께서는 친히 말씀하시고 아침부터 친히 약속하신 대로, 그분이 마음으로 아끼는 이들과 다시 한번 담소를 나누기 위해 틀림없이 일어나실 것이다."라는 파이시 신부의 자신에 찬 확증에 따라, 장로가 깨어나길 기다렸다. 이 약속을, 아니, 목숨이 끊어져 가는 장로의 말 한마디 한마디를 파이시 신부는 너무도 확고하게 믿었기 때문에, 만약 장로가 이미 의식 불명 상태에 이르고 심지어 숨도 쉬지 않는 모습을 본다고 하더라도, 다시 한번 일어나서 자기와 작별 인사를 나눌 것이라는 장로의 약속만 있다면 죽음 자체도 믿지 않았을 터이며 죽어 가는 자가 정신을 차리고 약속을 이행하리라 한결같이 기대했을 것이다. 그런데 아침에 조시마 장로는 잠이 들면서 그에게 분명히 이런 말을 했다. "그대들, 내 마음이 이토록 사랑하는 그대들과 다시 한번 마음껏 담소를 나눠 보기 전에는 죽지 않을 것이오, 그대들의 사랑스러운 얼굴을 쳐다보면서 나의 영혼을 그대들에게 다시 한번 더 털어놓기 전에는." 필경 마지막이 될 장로의 이 담화에 모인 자들은 오랜 세월 동안 그에게 가장 헌신해 온 벗들이었다. 그들은 수도사제 이오시프 신부와 파이시 신부, 암자의 총책임자인 수도사제 미하일 신부 등 네 명이었다. 미하일 신부는 아직 나이도 많지 않았고 학식이 있지도 않았고 평민 출신이었지만 강인한 기백과 불굴의 확고한 신앙심을 지닌 자로서 겉보기에는 준엄해도 자신의 마음속 깊은 곳은 감동으로 가득 차 있었는데, 하지만 자신의 감동이 왠지 부끄러운지 숨기려는 듯했다. 네 번째 손님[1]은 이미 완전히 늙은 평범한 수도사로서 빈농 계급 출신의 안핌 형제였는데, 거의 문

---

1) 다섯 번째가 맞다.

맹이나 다름없고 사람들과 얘기하는 일이 극히 드물 만큼 말이 없고 조용했으며 가장 겸손한 자들 중에서도 가장 겸손하고 자기 머리로는 범접할 수 없는 뭔가 위대하고 무서운 것에 영원토록 깜짝 놀라 버린 듯한 표정을 짓고 있었다. 늘 불안에 떠는 듯한 이 사람을 조시마 장로는 극히 사랑했으며, 비록 언젠가 오랜 세월 동안 그와 단둘이서 성스러운 루시 전역을 순례하면서도 어쩌면 평생 이보다 더 말을 적게 한 사람이 없을 만큼 말을 주고받는 일이 드물었지만, 그럼에도 평생 동안 비상할 정도의 존경심을 품고 그를 대하곤 했다. 그 순례는 이미 사십 년도 더 된 아주 오래전의 일로서, 조시마 장로는 거의 이름이 없는, 어느 가난한 코스트로마 수도원에서 처음으로 수도사의 위업을 시작했고 그러고 나서 곧 안핌 신부와 함께 그들의 가난한 코스트로마 수도원을 위해 기부금을 모으려고 순례 길에 올랐던 것이다. 주인이며 손님이며 할 것 없이 모든 사람들이 장로의 두 번째 방에 자리를 잡았는데, 그의 침대가 있는 이 방은 앞서 언급했듯 몹시 비좁았기 때문에 (서 있는 견습 수도사 포르피리를 제외하면) 네 명이 전부 장로의 안락의자를 둘러싸고 첫 번째 방에서 가져온 의자에 겨우 자리를 잡았다. 이미 날은 어둑어둑해지기 시작하여, 성화 앞에 밝힌 램프와 양초가 방을 환히 비추고 있었다. 알료샤가 방 안으로 들어와 당혹스러워하며 문지방에 서 있는 것을 보고서 장로는 그에게 반갑게 미소를 지으면서 손을 내밀었다.

"어서 오거라, 조용한 아이야, 어서, 얘야, 드디어 너도 왔구나. 네가 올 줄 알았단다."

알료샤는 그에게로 다가가 머리가 땅에 닿도록 그 앞에서 절을 하고 울기 시작했다. 뭔가가 그의 마음속에서 터져 나와 그의 영혼을 전율케 했으며, 그는 흐느껴 울고 싶은 심정이었다.

"무슨 일이냐, 우는 건 좀 더 있어도 된단다." 장로는 오른손을 머리 위에 얹고서 미소를 지었다. "보렴, 이렇게 앉아서 얘기를 나누니 이십 년은 더 살 수 있을 게다, 어제 리자베타라는 소녀를 품에 안고 브이셰고리예에서 온 선량하고 사랑스러운 여인이 내게 기원해 준 대로 말이다. 주여, 어머니도, 이 소녀 리자베타도 기억해 주시옵소서!(그는 성호를 그었다.) 포르피리, 그 부인의 선물을 내가 말한 곳에 갖다주었더냐?"

이것은 어제 그 명랑한 숭배자가 '나보다 더 가난한 여인에게' 주라면서 희사한 6그리브나[2]를 상기하고 하는 말이었다. 이런 헌금은 어떤 이유에서건 자발적으로 스스로에게 부과한 고행과 이루어지며 또 반드시 자기 노동의 대가로 얻은 돈이어야 한다. 장로는 저녁 무렵에 이미, 얼마 전에 화재를 당하고서 애들과 함께 빌어먹다시피 하고 있는 우리 도시의 소시민 과부에게 포르피리를 보냈다. 포르피리는 서둘러서 일이 이미 끝났으며 명령받은 대로 '익명의 자선가'가 주는 것이라 했다고 아뢰었다.

"그만 일어나라, 얘야." 장로가 알료샤에게 계속했다. "너를 한 번 더 보자꾸나. 집에 갔더냐, 형님은 보았느냐?"

알료샤는 그가 이토록 집요하게, 또 정확히 두 명 중 오직

2) 고대 러시아의 화폐 단위로서 10코페이카짜리 은화.

한 명의 형에 대해서만 물어보는 것이 이상했는데—하지만 도대체 어느 형을 묻는 것일까? 어쨌거나 바로 이 형을 위해서 어제도 오늘도 자기를 당신 곁에서 떠나보낸 것이었을 터이다.

"한 명의 형은 보았습니다." 알료샤가 대답했다.

"어제 내가 머리가 땅에 닿도록 절을 했던 그 사람, 큰형을 두고 하는 말이다."

"그 형은 어제는 보았지만, 오늘은 아무리 해도 찾을 수 없었습니다." 알료샤가 말했다.

"서둘러 찾아라, 내일도 다시 가서 서둘러라, 만사 제쳐 두고 서둘러야 된다. 아직은 뭐든 끔찍한 일을 막을 수 있을 게야. 나는 어제 그가 겪게 될 미래의 위대한 고통 앞에 절을 한 것이란다."

그는 갑자기 입을 다물고 생각에 잠기는 듯했다. 이상한 말이었다. 어제 장로가 이마가 땅에 닿도록 절을 하는 광경을 지켜봤던 이오시프 신부가 파이시 신부와 눈짓을 주고받았다. 알료샤는 참을 수 없었다.

"신부님, 스승님." 하고서 그가 굉장히 흥분하여 말했다. "신부님의 말씀은 너무도 모호합니다……. 형을 기다리는 그 고통이란 어떤 것인지요?"

"너무 궁금해할 것 없다. 어제 나는 어떤 끔찍한 생각이 들더구나……. 꼭 어제 그의 시선 속에 그의 운명이 전부 나타난 것 같더구나. 그의 시선 하나가 그토록……. 그래서 나는 이 사람이 스스로를 위해서 무슨 일을 획책하고 있는지, 순간 내심 경악했단다. 내 평생 한두 번 정도 몇몇 사람들에게서 그와 똑같은 표정을 봤단다……. 꼭 그 사람의 운명을 전부 묘사해 주는 것 같은 표정을, 게다가 그들의 운명은 슬프게도 실현되고야 말았어. 내가 너를 그에게 보낸 건, 알렉세이, 같은 형제인 너의 얼굴이 그에게 도움이 되리라는 생각 때문이었단다. 하지만 우리의 모든 운명들도 다 주님에게 달려 있지. '밀알 하나가 땅에 떨어져 죽지 않으면 한 알 그대로 남고, 죽으면 많은 열매를 맺는다.'[3] 이 말씀을 기억해라. 알렉세이, 내 네 얼굴을 바라보며 마음속으로 너를 축복한 일이 내 인생에 한두 번이 아니다, 이 점을 꼭 명심해라." 장로는 조용한 미소를 지으면서 말했다. "너에 대한 내 생각은 이렇단다. 즉, 너는 이 담벼락을 나가더라도 속세에서도 수도사처럼 살 거야. 적들이 많이 생기겠지만, 너의 그 적들마저도 너를 사랑할 것이다. 살다 보면 불행한 일도 많이 겪겠지만, 그것으로 인해 너는 또 행복해지기도 할 것이니, 삶을 축복하고 다른 사람들도 그렇게 자신의 삶을 축복할 수 있도록 해 주어라—이것이 무엇보다도 중요한 일이지. 자, 너는 바로 이런 아이란다. 신부님들, 나의 스승님들." 감동에 젖은 미소를 지으면서 그는 자신의 손님들을 불렀다. "오늘날까지 나는 결코, 이 젊은 아이의 얼굴이 내 영혼에 왜 이토록 사랑스러웠는지를 심지어 당사자인 그에게도 말하지 않았습니다. 이제야 말씀드리지요. 이 아이 얼굴은 내게 꼭 뭔가를 연상시키고 또 예언하는 것

3) 요한복음 12: 24. 『카라마조프가의 형제들』의 제사(題詞)로도 사용되었다.

같았습니다. 내 인생이 시작될 무렵, 내가 아직 작은 아이였을 때 나에게는 형이 있었는데, 겨우 열일곱 살의 젊은 아이로 내 눈앞에서 죽어 갔지요. 이후 나는 살아오면서 점차적으로, 나의 이 형이 내 운명에서 꼭 드높은 곳에서 내려온 지침이요 예언이었음을 확신하게 됐는데, 생각건대, 이는 내 인생에 그가 나타나지 않았더라면, 그가 아예 없었더라면, 나는 절대로 수도사의 지위를 갖지 않았을 것이며 또 이 귀중한 길로 들어서지도 않았을 테니까요. 그 첫 번째 현현(顯現)이 나의 유년 시절에 있었고, 이제 이렇게 내 여정이 끝나 가는 시점에서 내 눈앞에 그의 복사물과 같은 존재가 나타났습니다. 기적과 같지요, 신부님들, 스승님들, 그와 얼굴은 그다지 닮지 않았고 그저 조금 닮았을 뿐이었건만, 내 눈에 알렉세이는 그와 정신적으로 너무 닮았기에, 그를 곧바로 그 젊은이로, 내 여정이 끝날 무렵 어떤 추억과 감동을 선사하기 위해 신비스럽게 나를 찾아온 나의 형으로 생각하는 일이 한두 번이 아니었으며, 따라서 심지어 이런 이상한 몽상에 젖는 나 스스로에게 놀라기까지 했지요. 이 말을 듣고 있느냐, 포르피리?" 그가 그의 시중을 들어 주던 견습 수도사를 불렀다. "내가 너보다 알렉세이를 더 많이 사랑한다고 해서 너의 얼굴에 슬픔 같은 것이 깃드는 것을 내 여러 번 보아 왔다. 이제는 너도 그 까닭을 알았겠지만, 나는 너도 사랑한단다, 이 점을 알아 두어라, 네가 슬퍼하는 걸 보고 여러 번이나 마음이 아팠단다. 친애하는 손님들, 여러분에게 이 젊은이, 나의 형에 대해 얘기하고 싶은데, 이는 내 인생에서 이보다 더 귀중하고 이보다 더 예언적이고 감동적인 현상은 없었기 때문입니다. 내 마음이 감동에 젖었으며, 이 순간 내 삶 전체를 오롯이 새롭게 경험하는 양 관조하고 있습니다…….”

여기서 나는 장로의 인생의 마지막 날, 그를 방문한 자들과 장로의 마지막 담화가 부분적으로 기록의 형태로 보존되었음을 지적해야겠다. 장로가 죽고 얼마간 시간이 흐른 뒤, 알렉세이 표도로비치 카라마조프가 기념으로 기록해 둔 것이었다. 하지만 이것이 전적으로 그 당시의 담화인지, 아니면 이전에 스승과 나눈 대화를 메모해 두었다가 일부를 발췌하여 여기에 덧붙였는지, 이 점은 이미 단정 지을 수 없으며, 게다가 이 메모에서 장로의 연설은 전부 다 꼭 그가 자신의 친구들을 향하여 자신의 일생을 소설 형식으로 기술한 것처럼 중단되지 않고 진행되지만, 이어진 이야기들로 보건대 틀림없이 실제로는 다소 다른 식이었을 테니 말이다. 왜냐하면 이날 저녁 담화에는 다들 참여했으며, 비록 손님들이 자신의 주인의 말을 가로막는 일은 거의 없었지만 그래도 대화에 끼어들기도 하면서 자기 말을 하고 어쩌면 자기 견해를 밝히면서 뭐든 이야기를 했을 수도 있기 때문이다. 게다가 이 이야기가 중단되지 않고 진행되었을 리는 없는 것이 장로는 이따금씩 숨이 막히고 목이 잠긴 탓에, 비록 아주 잠이 들어 버리거나 손님들이 자기 자리를 떠나거나 하지는 않았지만, 휴식을 취하기 위해 침대에 눕는 일도 있었기 때문이다. 한두 번은 복음서를 읽느라고 담화가 중단되었는데, 낭독을 맡은 사람은 파이시 신부였다. 여기서 주목할 만한 일은 또한, 어쨌거나 그들 중 누구도 장로가 정확히 오늘 밤에 죽으리라곤 생각지 않았다는 사실인데, 낮잠을 푹 자고 나서 그 생애의 바로 마지막 저녁에 갑자기 자기 내부에서, 벗들과의 이 모든 긴 담화를 이끌 수 있을 정도의 새로운 힘을 얻은 것 같았으니, 더더욱 그랬다. 이것은 꼭 그의 내부에서 일어난 무한한 생기를 지탱해 준 마지막 감동 같았지만, 그것도 그의 삶이 갑자기 중단된 만큼 그저 잠시 동안에 불과했던 셈이다……. 하지만 이 얘기는 나중에 하도록 하자. 지금은 담화의 온갖 세세한 이야기를 진술하는 대신 그저 알렉세이 표도로비치 카라마조프의 원고에 따른 이야기를 전하는 데만 한정하는 편이 낫겠다는 점을 알리고 싶다. 이렇게 하는 편이, 반복하건대, 물론 알료샤가 이전의 담화에서 많은 것을 발췌하여 한데 합쳤다 할지라도, 좀 더 간단하고 피로도 덜 수 있기 때문이다.

2 고(故) 수도사제 조시마 장로의 성자전 중, 알렉세이 표도로비치 카라마조프에 의해 장로 자신의 말을 토대로 작성된 것

전기적인 사항

가) 조시마 장로의 형이었던 청년에 관하여

친애해 마지않는 신부님들, 스승님들, 나는 먼 북쪽 현에 있는 V시에서 태어났으며, 부친은 귀족이셨지만 명망이 있지도, 또 고위 관직에 계시지도 않았습니다. 내가 겨우 두 살이었을 때 당신이 돌아가셨기 때문에 나는 당신을 거의 기억하지 못합니다. 당신은 나의 어머니에게 크지 않은 목조 건물과 다소간의 자본을, 많지는 않았지만 아이들과 함께 부족함 없이 살아갈 수 있을 정도는 되는 자본을 남겨 주었습니다. 그래 봐야, 어머니에겐 우리 둘이 전부였습니다. 나 지노비이 그리고 나의 형님 마르켈이었지요. 형님은 나보다 여덟 살이 많았으며, 걸핏하면 발끈하고 신경이 예민한 편이었지만 착하고 냉소적이지 않고 이상할 정도로 말이 없었는데, 특히 집에서는 나와도, 어머니와도, 하인들과도 거의 말을 하지 않았지요. 김나지움에서 공부는 잘했지만, 친구들과 어울리는 일이 거의 없었고 그렇다고 딱히 싸우는 일도 없었는데, 최소한 어머니의 기억으론 그렇습니다. 죽기 반년 전, 형님이 열일곱 살이 되었을 때, 우리 도시에 고립되어 살고 있는 어떤 사람, 자유사상 때문에 모스크바에서 우리 도시로 유배 온 정치범으로 보이는 사람 집을 드나들기 시작했습니다. 이 유형수는 대학에선 꽤 대단한 학자에 명망 있는 철학자였지요. 무엇 때문인지 그가 마르켈을 좋아하게 돼서 집 안으로 받아들이기 시작했습니다. 젊은이가 매일 저녁 그의 집에 죽치고 앉아 있는 일은 겨울 내내 지속되었는데, 그 후, 후원자들이 있었던 이 정치범의 청원이 받아들여져 그는 다시 페테르부르크의 정부 관직으로 복귀했습니다. 사순절이 시작되었지만 마르켈은 금식을 하기는커녕 욕설을 퍼부으며 비웃어 댔지요. "이건 다 헛짓거리야, 신이고 뭐고 절대로 없어." 그래서 어머니도, 하인들도, 아직 어렸던 나도 경악을 금치 못했는데, 나는 비록 아홉 살밖에 되지 않았지만 이 말을 듣고서 가슴이 철렁했거든요. 우리의 하인들은 모두 농노였는데, 네 명 모두 우리와 안면이 있는 지주의 명의로 사들인 자들이었습니다. 내 기억에, 이 네 명 중 한 여자, 즉 나이가 지긋한 절름발이 요리사 아피미야를 어머니는 60루블의 지폐를 받고서 판 뒤, 그녀 대신 해방 농노를 하녀로 고용했습니다. 그런데 사순절의 여섯 번째 주일에 갑자기 형님의 몸이 더 나빠지기 시작했는데, 사실 형님은 원래 건강하지 않고 약골에다 가슴이 약해서 결핵에 걸릴 위험이 다분히 있었지요. 키는 그다지 작지 않았지만 마르고 허약하고, 얼굴은 그래도 아주 잘생긴 편이었습니다. 형님이 감기에 걸렸나 싶었는데, 의사가 와서 곧바로 급성 폐결핵이니 봄을 넘기지 못할 거라고 어머니에게 속삭였습니다. 어머니는 울음을 터뜨리며 조심스럽게(무엇보다도, 형님을 놀래지 않기 위해서였지요.) 재계(齋戒)하고 성스러운 하느님의 영성체를 받으라고 부탁했는데, 그때만 해도 형님이 걸을 수는 있었거든요. 이 말을 듣자 형님은 화를 내면서 하느님의 사원을 욕했지만, 그러면서도 생각에 잠겼습니다. 자신이 목숨이 위험할 정도로 아프기 때문에 어머니가 아직 그에게 힘이 있는 만큼 그를 보내 재계와 영성체를 받도록 하고자 하는 것임을 즉시 깨달았던 것이죠. 하지만, 형님 자신도 자신이 오래전부터 건강이 나빴음을 이미 알고 있었고 이 일이 있기 일 년 전에 한번은 밥을 먹다가 어머니와 나에게 냉정하게 "나는 어머니나 동생과 섞여 이 세상에 살 사람이 아닙니다, 일 년도 더 살지 못할 테니까요."라고 말한 적이 있었는데, 이 말이 꼭 예언처럼 돼 버렸지요. 사흘이 지났고, 수난 주간이 왔습니다. 그러자 형님은 화요일 아침부터 재계를 하러 갔습니다. "어머니, 이건 순전히 어머니를 위해서 하는 일입니다, 어머니를 기쁘게 하고 안심시키기 위해서요." 그가 어머니에게 말했습니다. 어머니는 기쁜 나머지 울음을 터뜨렸지만, 사실, 슬픔도 이만저만이 아니었지요. "녀석이 갑자기 저렇게 변한 걸 보니, 죽을 날이 가까워졌다는 소리야." 하지만 성당을 얼마 다니지도 못하고서 몸져누웠기 때문에 고해성사와 성찬은 이제 집에서 받았지요. 꽃향기 가득한, 해맑고 청명한 날들이 찾아왔고, 늦은 부활절이었지요. 지금도 기억나지만, 형님은 밤새도록 기침을 하며 잠을 설치다가도 아침 녘이면 언제나 옷을 입고 부드러운 안락의자에 앉으려고 했지요. 그 모습이 눈에 선합니다. 조용하고 온순한 모습으로 미소를 지으며 의자에 앉아 있는데, 아픈 몸임에도 얼굴은 명랑하고 기쁨에 차 있었습니다. 형님은 그 영혼에 있어 완전히 변해 버렸습니다——깜짝 놀랄 만한 변화가 갑자기 그의 내부에서 시작됐던 겁니다! 형의 방으로 늙은 유모가 들어옵니다. "자, 도련님, 도련님 방의 성상 앞 램프에도 불을 밝히게 해 주시구려." 전에는 허락도 하지 않았고 심지어 불을 꺼 버리기까지 했지요. "그래 주세요, 할멈, 불을 밝혀 줘요, 전에는 불도 못 밝히게 했으니 나는 참 불한당 같은 놈이었던 거예요. 할멈이 램프를 밝히면서 하느님께 기도해 주면, 나는 할멈을 보면서 기쁜 마음으로 기도하지요. 그러니까 우리는 하나의 하느님에게 기도하는 거예요." 우리에게는 이 말이 이상하게 여겨졌고, 어머니는 당신의 방으로 가기만 하면 줄곧 울었지만, 형님의 방에 들어올 때면 눈물을 싹 닦고 즐거운 표정을 지으셨습니다. "어머니, 울지 마세요, 나는 아직 많이 살 테고 가족들과 많은 즐거움을 나눌 거예요, 삶이라는 것은, 삶이라는 것은 즐겁고 기쁜 것이니까요!"라고 말하곤 했지요. "아이, 얘야, 밤마다 열에 들떠 고통스럽게 기침을 해 대서 네 가슴이 터질 판인데 뭐가 즐겁다는 거냐." 그러면 형님은 어머니에게 "어머니, 울지 마세요, 삶은 천국이고, 우리는 모두 천국에 있는 것인데, 우리가 이걸 알려고 하지 않을 뿐이에요, 알려고만 한다면 내일 당장 온 세상이 천국이 될 거예요."라고 대답하지요. 형님의 말이 너무 이상하고 너무 단호했기 때문에 다들 그의 말에 놀랐지요. 감동을 받아 눈물을 쏟기도 했고요. 지인들이 우리 집을 찾아왔습니다. 그럼 형님은 "사랑스러운 여러분, 소중한 여러분, 내가 여러분에게 무엇을 했다고 나를 이렇게 사랑해 주시는 겁니까, 왜 이렇게 나 같은 놈을 사랑해 주시는 겁니까, 전에는 이걸 알지도 못했고 또 감사히 여길 줄도 몰랐으니."라고 말했지요. 하인들이 방에 들어오면 늘 다음과 같이 말했지요. "사랑스러운 여러분, 소중한 여러분, 무엇 때문에 나한테 이렇게 잘해 주시는 겁니까, 내가 이런 대접을 받을 만한 자격이라도 있습니까? 하느님께서 어여삐 여겨 계속 살게 해 주신다면, 내가 몸소 여러분에게 봉사하도록 하겠으니, 이는 모두들 서로서로에게 봉사해야 하기 때문입니다." 어머니는 이 말을 들으면서 고개를 흔들었지요. "아이고, 얘야, 네가 병이 깊어져 이런 말을 하는구나." "어머니, 나의 기쁨인 어머니, 주인과 하인 따위가 없어질 리는 없겠지만, 그래도 나는 내 하인들의 하인이 될 거예요, 그들이 내게 해 주었듯 그렇게요. 어머니, 더 하고 싶은 말은 우리는 모두 모든 사람들 앞에서 모든 일에 있어 죄인이라는 것, 나는 다른 사람들보다 더 그렇다는 거예요." 어머니는 이 말에 심지어 미소마저 보였지만, 울기도 하고 웃기도 했습니다. "아니 무엇 때문에 네가 모든 사람들 앞에서 다른 모든 이들보다 더 죄인이라는 거니? 세상에는 살인자도, 강도도 있는데, 너는 아직 그런 죄를 지을 시간조차도 없었는데 무엇 때문에 너 자신을 다른 모든 사람들보다 더 비난하는 거니?"라고 말하셨지요. "어머니, 나의 피나 다름없는 어머니."라고 형님이 말했지요.(그는 그때 이런 상냥스럽고도 예기치 못한 말들을 하기 시작했거든요.) "나의 피나 다름없는 사랑스럽고 기쁨에 찬 어머니, 진정으로 모든 사람은 다른 사람들 앞에서 모든 사람들, 모든 것에 대해 죄인이라는 걸 꼭 알아 두세요. 이걸 어머니에게 어떻게 설명해야 할지 모르겠지만, 정말로 그렇다는 걸 고통스러울 정도로 느끼고 있어요. 그런데 우리는 어떻게 그때는 이걸 모른 채 화만 내고 살아왔을까요?" 그렇게 그는 잠을 자고 일어날 때마다 매일 점점 더 감동과 기쁨에 젖고 온통 사랑으로 전율하곤 했지요. 의사가 다녀가곤 했는데—늙은 독일인 에이젠슈미트가 오면 "자, 어떤가요, 의사 선생님, 아직 하루쯤은 이 세상에서 더 살 수 있겠죠?"라며 그와 농담을 하곤 했지요. "하루가 뭡니까, 앞으로 여러 날들은 더 살 수 있을 겁니다." "아니 뭣 하러 여러 해, 여러 해가 필요합니까!"라며 소리치더군요. "뭣 하러 날을 센단 말입니까, 모든 행복을 알기 위해선 인간에게 단 하루면 충분한걸요. 내 사랑스러운 이들이여, 우리는 뭣 하러 싸우고, 서로서로 앞에서 허세를 부리고, 서로가 서로에게 안 좋은 앙심을 품는 걸까요? 차라리 곧장 정원에 나가 산책을 하면서 기분을 좀 풀고 서로서로를 사랑하고 찬양하고 입 맞추고 우리의 삶을 축복합시다." "당신의 아드님은 이 세상 사람이 아닙니다." 의사는 현관까지 배웅을 나온 어머니에게 이렇게 말했습니다. "아드님은 병세가 심해서 정신 착란 증세를 보이고 있습니다." 형님 방의 창문들은 정원으로 나 있었는데, 우리의 수풀 우거진 정원에는 고목나무들이 서 있었고 그 나무에는 봄의 새싹들이 움트기 시작했고 철 이른 새들이 날아와 지저귀면서 그의 창문을 향해 노래를 불렀지요. 그러자 그는 그 새들을 바라보며 완상하다가 갑자기 그들에게도 용서를 구하기 시작했습니다. "하느님의 새들, 기쁨에 찬 새들이여, 나를 용서해 주오, 내 그대들에게도 죄를 지었다오." 이런 것을 그 당시 우리 누구도 이해할 수 없었지만, 그는 기쁨에 젖어 울었습니다. "그래, 내 주위는 이와 같은 하느님의 영광으로 가득 차 있었구나. 새, 나무, 초원, 하늘, 하지만 나 하나만은 치욕 속에서 살았고 나 하나만은 모든 것을 더럽혔고 그러면서도 이 아름다움과 영광을 아예 거들떠도 안 봤구나." "너는 너무도 많은 죄를 네 탓으로 돌리는구나." 그러면서 어머니는 울곤 했지요. "어머니, 내 기쁨인 어머니, 지금 내가 우는 건 슬퍼서가 아니라 너무 즐겁기 때문이에요. 나는 정말이지 그들 앞에서 죄인이고 싶어요, 다만 어머니에게 설명할 수는 없지만, 사실 그들을 어떻게 사랑해야 할지도 모르는 몸이니까요. 내가 모든 이들 앞에서 죄를 지었다고 할지라도, 그러면 대신 모든 이들이 나를 용서할 테고, 바로 그것이 천국인 거죠. 그러니, 지금 내가 천국에 있는 게 아닐까요?"

그러고도, 기억할 수도, 기록할 수도 없는 것들이 아직 많이 더 있었습니다. 어느 날 내가 형님의 방에 아무도 없을 때 혼자 그 방에 들어갔던 일은 기억나는군요. 청명한 저녁 시간이었는데, 기울어져 가는 해가 방 전체를 비스듬한 햇살로 환하게 밝혀 주고 있었지요. 그가 나를 보고서 손짓을 하기에 나는 그에게로 다가갔고, 그는 나의 어깨를 두 손으로 잡더니 나의 얼굴을 감동스럽게, 사랑스럽게 바라보았습니다. 아무 말도 하지 않고 일 분 정도 그렇게 바라보기만 하더군요. "자, 이제는 가서 놀아라, 나 대신 살아 주렴!"이라고 하면서. 그때 나는 방에서 나와 뛰어놀러 나갔지요. 그런데 이후 살아가면서 형님이 나한테 자기 대신 살아 달라고 했던 것을 회상한 일은 한두 번이 아니었으며 그때마다 눈물이 흐르더군요. 그 외에도 그는 아름다운 말들을 더 많이 했지만, 비록 그 당시로선 우리는 이해할 수 없었습니다. 형님이 돌아가신 건 부활절이 지나고 세 번째 주일이었는데, 비록 말은 더 이상 할 수 없었지만 그래도 의식은 또렷했으며 즐거운 시선으로 우리를 찾고 우리에게 미소를 지어 주고 우리를 부르곤 했습니다. 심지어 읍내에서도 그의 죽음을 놓고 많은 얘기를 하곤 했습니다. 그 당시 이 모든 것이 나에게 충격을 안겨 주었지만, 또 그의 장례를 치르면서 많이 울기도 했지만, 그래 봤자 그다지 큰 충격은 아니었습니다. 어렸던 것이지요, 어린아이였으니까요. 하지만 마음속에는 모든 것이 지울 수 없는 감정 그대로 남아 침전되었던 것이지요. 때가 되면 모든 것이 되살아나서 부름에 응답할 것이었습니다. 그리고 정말로 그렇게 됐습니다.

나) 조시마 신부의 생애에 있어서 성경에 관하여

그때 나는 어머니와 단둘이 남게 됐습니다. 선량한 지인들은, 당신에겐 아들도 하나밖에 없는데 당신은 가난한 것도 아니고 돈도 제법 있으니 남들 하는 대로 당신의 아들을 페테르부르크로 보내는 편이 낫겠다, 여기 남으면 당신이 아들의 촉망한 운명을 빼앗는 꼴이 된다, 하고 어머니에게 충고했지요. 그렇게 그들은 어머니에게 나를 페테르부르크의 육군 유년 학교로 보내고 그다음엔 황제의 근위대에 들어가게 하라고 조언했습니다. 어머니는 마지막 남은 아들과 어떻게 생이별을 할까 오랫동안 망설였지만, 그래도 나의 행복을 도모해야 된다는 생각에 많은 눈물을 흘리면서 마음을 굳혔지요. 어머니는 나를 페테르부르크로 데려가서 입학 수속을 밟아 주셨는데, 그때 이후로 다시는 어머니를 보지 못했습니다. 삼 년 뒤에 어머니가 세상을 떠나셨기 때문인데, 그 삼 년 내내 어머니는 우리 둘 때문에 슬픔에 젖어 애를 끓이셨던 것이지요. 부모님의 집에서 내가 얻은 것은 오직 귀중한 추억들뿐이었으니, 이는 무릇 사람에겐 부모님의 집에서 보낸 아주 어린 시절보다 더 귀중한 추억들은 없기 때문이요, 또 가정에 손톱만큼의 사랑과 화합이라도 있었다면 거의 언제나 그런 법이니까요. 아니, 아무리 고약한 가정이었다 할지라도 자신의 영혼이 귀중한 것을 찾을 능력만 있다면, 귀중한 추억들은 보존될 수 있습니다. 집안의 추억에다가 나는 부모님의 집에 있을 때 내 성경 이야기에 대한 추억도 덧붙이려고 하는데, 내 비록 어린애였지만 그것에 큰 호기심을 갖고 알고자 했지요. 그 당시 나에게는 책 한 권이, '구약과 신약의 104개의 성경 이야기'라는 제목의 아름다운 그림이 그려진 성경 이야기가 있었는데, 나는 그 책을 통해 글 읽는 법을 배웠습니다. 그 책은 지금도 여기 나의 서가에 있는데, 귀중한 기념물로 보존하고 있습니다. 기억하건대, 고작 여덟 살로 미처 글 읽는 방법도 배우기 전이었건만, 처음으로 어떤 정신적인 감동이 나를 찾아왔던 것이지요. 어머니는 수난 주간 월요일 미사에 참석하기 위해 나 하나만을 데리고(그때 형은 어디에 있었는지 기억이 안 나는군요.) 주님의 사원엘 갔습니다. 청명한 날이었고, 지금도 추억을 더듬으면, 향로에서 향이 타올라 조용히 위로 올라가고 위의 둥근 천장에서는 하느님의 햇살이 좁은 창문을 통해 교회 안으로, 우리 위로 흘러들고 그 햇살을 향해 향 연기가 물결을 그리며 올라가 꼭 그 속에서 녹아 버리는 듯한 장면을 꼭 새롭게 눈앞에서 보는 것 같습니다. 나는 감동에 젖어 그 광경을 바라보면서, 그때 태어나서 처음으로 하느님 말씀의 첫 씨앗을 진지하게 생각하며 영혼 속으로 받아들였습니다. 사원의 한가운데로 복사(服事)가 너무도 커서 간신히 들고 있다는 느낌마저 들 만큼 큰 책, 적어도 내겐 그런 느낌을 주었던 큰 책을 들고 나와서, 경대 위에 올려놓고 펼쳐서 읽기 시작했으며, 그때 나는 갑자기 처음으로 뭔가를 이해했던 것이었고, 인생에 처음으로 하느님의 사원 안에서 읽는 것이 무엇인지를 이해했던 것입니다. 우츠 땅에 의롭고 경건한 남자 하나가 살았는데, 그는 대단한 부를 자랑하는 사람으로서 수많은 낙타와 양과 당나귀가 있었으며 그의 아이들은 명랑하고 그는 그들을 매우 사랑하여 그들을 위해 하느님께 기도를 드렸지요.[4] 어쩌면 너무 명랑하게 살아서 곧 죄를 지은 것인지도 모르지요. 바로 그때 악마가 하느님의 아이들과 함께 하느님에게로 올라가 주님에게 온 땅을, 그리고 땅 밑을 다 돌았노라고 말합니다. "나의 종 욥을 보았느냐?" 하느님이 악마에게 묻습니다. 그러면서 하느님은 자신의 위대하고 성스러운 노예를 가리키면서 악마에게 자랑했습니다. 그러자 악마는 하느님의 말을 비웃었지요. "그를 나에게 넘기면 너의 종이 불평하고 너의 이름을 저주하는 것을 보게 되리라." 그래서 하느님은 자신이 그토록 사랑하는 의인을 악마에게 넘겨주었고, 악마는 흡사 천둥 번개라도 친 듯 갑자기 그의 아이들과 가축을 없애 버리고 그의 재산을 비롯한 모든 것을 싹 쓸어버렸으니, 그러자 욥은 자신의 옷을 찢고 땅에 엎드려 울부짖었습니다. "알몸으로 어머니

4) 이하 조시마 장로의 말은 욥기에서 가져온 것이다.

배에서 나온 이 몸 알몸으로 땅으로 돌아가리라, 주님께서 주셨다가 주님께서 가져가셨도다. 주님의 이름은 지금부터 영원토록 복될지어다!" 신부님들, 스승님들, 지금 나의 눈물을 어여삐 여겨 주십시오—이는 나의 유년 시절이 모두 새롭게 내 앞에서 부활하는 듯하며 여덟 살 먹은 그때 어린 내 가슴으로 숨을 쉬었던 것처럼 지금 숨을 쉬고 있으며, 그때와 마찬가지로 놀라움과 혼란스러움과 기쁨을 느끼기 때문입니다. 또한 낙타들은 그때 나의 상상력을 그토록 많이 차지했지요, 하느님과 그렇게 말하는 악마, 자신의 종을 파멸하도록 내준 하느님, "나를 벌하심에도 불구하고 그대의 이름은 복될지어다."라고 영탄하는 그의 종말입니다. 그다음에는 사원 안으로 "나의 기도가 이루어질지어다."라는 조용하고 달콤한 노래가 울려 퍼지고, 다시금 사제의 향로에서 향이 피어나고 무릎을 꿇은 채 기도가 시작됩니다! 그때 이후로—심지어 어제도 꺼냈습니다만—눈물을 흘리지 않고는 이 지극히 거룩한 이야기를 읽을 수가 없습니다. 정말 여기에는 위대하고 신비스럽고 상상도 할 수 없는 것들이 얼마나 많이 있습니까! 훗날 나는 조롱꾼과 비방자의 오만한 말들을 들었습니다. 아니, 어떻게 주님은 자신의 성자들 중에서 가장 사랑하는 이를 악마의 즐거움을 위해서 내줄 수 있었단 말인가, 어떻게 그에게서 아이들을 빼앗고 그 자신마저도 병들고 종창으로 고통받게 하여 상처의 고름을 사금파리로 긁어내도록 할 수 있었단 말인가, 도대체 무엇을 위해서, 그저 악마 앞에서 "자, 나의 성자가 나를 위해서 얼마나 많은 것을 참을 수 있는가!"라고 거들먹거리기 위해서란 말인가. 하지만 바로 여기에 비밀이 도사리고 있다는 점, 한시적인 지상의 얼굴과 영원한 진리가 여기서 함께 맞닿았다는 점, 그것이 바로 위대한 것이올시다. 지상의 진리 앞에서 영원한 진리가 이루어지는 것입니다. 바로 이 순간 조물주는 창조의 첫날과 마찬가지로 하루하루를 "내가 창조한 것이 좋더라."와 같은 칭찬으로 마감하고 욥을 바라보면서 새로이 자신의 창조물을 자랑스러워하는 것이지요. 그런데 욥은 주님을 찬양함으로써 주님에게만 봉사하는 것이 아니라 주님의 모든 창조물에게도 자자손손 영원토록 봉사한 셈이 될 것이니, 이는 그것이 그에게 점지된 운명인 탓입니다. 주여, 이 얼마나 귀한 책이며 이 얼마나 귀한 가르침입니까! 성경이란 얼마나 놀라운 책이며 이것이 인간에게 준 기적과 힘은 또 얼마나 위대한지요! 꼭 세계와 인간, 인간의 성격들이 오롯이 새겨진 것 같고 모든 것이 영원토록 명명되고 지시된 것 같습니다. 게다가 얼마나 많은 비밀들이 해결되고 또 계시되었습니까. 하느님은 욥에게 다시 부활의 길을 열어 주고 그에게 다시 재산을 주고 다시 많은 세월이 흘러, 이제 그에게는 이미 첫 아이들이, 또 다른 아이들이 생겨나고, 그는 그들을 사랑하니—주여 "아니 어떻게 그는 이전의 이들이 없는 판에, 그들을 잃어버린 판에 이 새로운 자들을 사랑할 수 있단 말입니까? 그들을 추억한다면 새로운 이들이 아무리 사랑스럽다고 해도 어떻게 새로운 이들과 이전과 같이 오롯이 행복을 누릴 수 있단 말입니까?" 하지만 그럴 수 있습니다, 그럴 수 있고말고요. 묵은 슬픔은 인간의 삶의 위대한 비밀에 의해 점차적으로 조용하고 감동적인 기쁨으로 바뀝니다. 젊음의 끓는 피 대신에 온순하고 해맑은 늙음이 찾아오지요. 매일매일 태양이 뜨는 것을 찬양하고, 내 마음은 이전과 마찬가지로 태양을 향해 노래 부르지만, 이제는 태양이 지는 것이 더 좋으니, 태양의 길고 비스듬한 햇살, 그것과 함께, 길고도 복된 삶 전체로부터 나오는 조용하고 온순하고 감동적인 추억이, 사랑스러운 형상들이 더 좋으니—모든 것 위에 모든 것을 감동시키고 화해시키고 용서하는 하느님의 진실이 있는 겁니다! 나의 인생이 끝나 간다는 것을 알고 있고 또 듣고 있지만, 남아 있는 나의 나날들의 하루하루, 나의 지상의 삶이 이미 새롭고 무한하고 알 수는 없지만 가까이 다가오는 삶과 접촉하고 있음을 느끼고 있으며, 이 예감으로 인해 나의 영혼은 황홀하게 떨리고 머리는 밝게 빛나고 마음은 기쁨에 넘쳐 울고 있지요……. 친구들이여 스승들이여, 내 여러 차례 들어 왔고 지금 최근에 와서는 더 자주 듣게 됐지만, 우리의 하느님의 사제들이, 무엇보다도 시골의 사제들이 눈물을 흘리며 방방곡곡에서 자신들의 수입이 적다거나 멸시를 당한다고 불평하고 심지어는 인쇄물의 형태로—나 자신도 읽었습니다만—자신들의 수입이 너무 적어서 이제 더 이상 사람들에게 성경을 해설해 줄 수도 없을 것 같다, 설사 이제 루터주의자들이나 이교도들이 와서 양 떼를 빼앗아 간다고 해도 자신들의 수입이 형편없으니 가져가든 말든 상관없다며 단도직입적으로 단언한다더군요. 주여! 나는 하느님이 그들에게 그보다 더 귀중한 수입을 주셨으면 하고 생각하지만(왜냐면 그들의 불평도 정당한 것이니까요.) 하지만 진실로 말하건대, 누군가가 이것에 죄가 있다면, 그 절반은 우리 자신의 죄입니다! 설사 시간이 없다고 하더라도, 설사 항상 일과 미사 의식에 찌들어 있다는 말이 정당하다 할지라도, 그럼에도 불구하고 그에게는 시간이, 비록 일주일을 통틀어서 단 한 시간이라도 하느님을 기억할 시간은 있지 않겠습니까. 일 년 내내 일만 할 수는 없는 노릇이니까요. 우선은 일주일에 한 번이라도 저녁 시간에 하다못해 아이들만이라도 자기 집에 모아 보세요—그럼 그 아버지들도 소문을 듣고 찾아오기 시작할 겁니다. 게다가 이 일을 위해서는 으리으리한 저택을 지을 필요도 없고, 그저 자기 오두막으로 받아들이기만 하면 됩니다. 그들이 자기 오두막을 더럽히지나 않을까 겁낼 필요도 없는 것이 고작해야 한 시간 정도 머물 테니까요. 그들에게 이 책을 펼쳐 무슨 난해한 말을 늘어놓거나 허세를 부릴 필요도, 그들 앞에서 으스댈 필요도 없이 그저 감동에 젖어 온순하게 읽으면 되고, 그 자신이 그들에게 이렇게 읽고 있고 그들이 그 말을 듣고 이해해 준다는 것을 기쁘게 여기고 자기 스스로 이 말들을 사랑할 것이며, 평민들이 이해하지 못하는 말이 나오면 간간이 읽기를 멈추고 해석을 해 줄지어니, 불안해하지 마십시오, 그들은 모든 것을 이해할 것, 정교(正教)를 믿는 마음으로 모든 것을 다 이해할 것입니다! 그들에게 아브라함과 사라, 또 이삭과 레베카에 대해, 야곱이 라반에게로 가서 꿈속에서 주님과 싸우며 "이 얼마나 두려운 곳인가."라고 말한 장면[5]을 읽어 주십시오—그

5) 아브라함과 사라에 대해서는 창세기 11: 29-31, 12~18장, 20~23장, 이사

러면 평민의 경건한 정신이 충격을 받을 겁니다. 그들에게, 특히 아이들에게 형제들이 친동생을, 해몽의 달인이며 위대한 예언자인 사랑스러운 소년 요셉을 노예로 팔아 놓고서는 아버지에게 짐승이 그 아들을 갈기갈기 찢어 놓았다고 말하면서 피투성이가 된 그의 옷을 보여 주는 장면을 읽어 주십시오.[6] 그다음에 형제들이 빵을 얻기 위해 이집트로 왔을 때 이미 그들이 알아볼 수 없을 만큼 위대한 왕이 된 요셉이 그들을 괴롭혔고 동생 베냐민을 비난하며 붙잡아 두었고 그러면서도 줄곧 "저는 형님들을 사랑합니다, 사랑하기에 괴롭히는 것입니다."라며 사랑한 것을 읽어 주십시오. 형들이 어딘가 저곳 뜨거운 사막의 우물 곁에서 자신을 상인들에게 팔아넘긴 일을, 자신이 손이 발이 되도록 빌고 울면서 자기를 다른 땅의 노예로 팔아넘기지 말아 달라고 형들에게 애원한 일을 평생 동안 끊임없이 기억하고 있었건만, 자 이제 이토록 세월이 흐른 뒤에 그들을 보니 새로이 무한한 사랑을 느꼈던 것이며, 그럼에도, 여전히 사랑하면서도 그들을 괴롭히고 박해했던 것이지요. 결국 그는 마음의 고통을 참지 못하고 형들 곁을 떠나와 자기 침상에 쓰러져 울음을 터뜨렸습니다. 얼마 후엔 자신의 얼굴을 훔치고서 밝고 해맑은 모습으로 그들 앞에 나타나 "형님들, 제가 형님들의 동생 요셉입니다!"라고 밝히는 겁니다. 그 후, 늙은 야곱이 자신의 사랑스러운 소년이 아직 살아 있다는 것을 알고 얼마나 기뻐했는

악과 레베카에 대해서는 창세기 24~27장, 야곱에 대해서는 창세기 28~32장(" " 속 문장은 28: 17), 야곱과 하느님의 싸움에 대해서는 32: 24-32 참조.
6) 이하 창세기 37장, 39~50장.

지, 심지어 조국 땅마저 버리고 이집트로 와서, 온순하고 소심한 자신의 마음속에 평생 동안 남몰래 간직했던 말을, 그의 자손, 즉 유다의 자손 중에 세계의 위대한 희망이자 화해자인 구세주가 나올 것이라는 위대한 말을 영원토록 유언으로 남기고서 이국땅에서 죽어 간 장면을 읽어 주어도 좋습니다! 신부님들, 스승님들, 여러분이 벌써 알고 있으며 나보다 백배는 더 능수능란하고 훌륭하게 가르칠 수 있는 것을 철부지 어린애처럼 떠들어 대는 것을 너그러이 용서해 주시기 바랍니다. 그저 황홀감에서 이 말을 하는 것이며 이 책을 사랑하기 때문에 이러는 것이니 내 눈물을 용서해 주십시오! 하느님의 사제도 눈물을 흘린다면, 그의 말을 듣는 자들도 진심으로 그에게 화답하여 전율하는 것을 볼 것입니다. 필요한 것은 오직 손톱만큼 작은 씨앗일 따름입니다. 그것을 평민들의 영혼 속에 뿌리면, 그것은 죽지 않고 그들의 마음속에 평생토록 살 것이며, 암흑이나 그들의 죄들의 수렁 속에서도 밝은 점처럼, 위대한 기억처럼 그들의 내부에 살아 있을 것입니다. 구구절절이 늘어놓을 필요도, 많이 가르칠 필요도 없는 것이, 그렇지 않아도 평민들은 모든 것을 곧장 이해할 겁니다. 여러분은 평민들이 이해하지 못하리라고 생각하십니까? 그들에게 다음 이야기를, 아름다운 에스테르와 교만한 와스티에 관한 감동적이고 감격스러운 이야기[7]를 한번 읽어 주십시오. 혹은 고래 배 속에 있었던 예언자 요나의 기적

7) 에스테르.

적인 이야기나.[8] 주님의 잠언도 또한 잊지 말되 무엇보다도 루카복음에 따라 읽어 줄 것이며(나 자신도 그렇게 했으니), 그다음에는 사도행전에 나오는 사울의 개종 이야기를(이건 반드시, 반드시!) 끝으로, 순교자전에 나오는 하느님의 사람 알렉세이의 성자전, 위대한 자들 중의 위대한 자이자 기쁨에 찬 순교자이자 하느님의 목격자이자 그리스도를 잉태한 어머니인 이집트의 마리아의 성자전을 잊지 말지어니—이 평범한 이야기를 통해 평민들의 마음을 꿰뚫을 것이니, 적은 수입에 연연하지 말고 일주일에 한 시간, 딱 한 시간만이라도 그리하십시오. 그러면 우리네 민중이 자비롭고 은혜를 아는 자임을 여러분 눈으로 보게 될 것이며, 그들은 백배나 더 그것에 감사하게 되겠지요. 사제의 배려와 그의 감동적인 말들을 기억하고 자진하여 밭일을 도울 것이며 집안일을 또 도울 것이며 예전보다 더 큰 존경으로 그에게 보답할 것이니—그러면 이미 그의 수입은 더 늘어날 겁니다. 이건 너무도 단순 소박한 것이라 어떨 때는 여러분의 비웃음을 살까 봐 말을 꺼내기도 두렵지만, 그래도 이건 정말로 그렇습니다! 하느님을 믿지 않는 자는 하느님의 민중도 믿지 못할 겁니다. 하느님의 민중을 믿게 된 자는 민중이 성스럽게 여기는 것을 보게 될 것인데, 비록 그 자신은 그것을 그 정도로까지 믿지 못할지라도 말입니다. 민중과 곧 도래할 민중의 정신적인 힘만이 모국 땅으로부터 유리된 우리네 무신론자들을 되돌려 놓을 수 있을 것입니다. 게다

---

8) 요나.

가 본보기가 없다면 그리스도의 말씀이라 한들 무슨 소용이 있겠습니까? 하느님의 말씀이 없다면 민중에겐 파멸이 올 것이니, 이는 민중의 영혼이 하느님의 말씀과 온갖 아름다운 것들을 지각하길 갈망하기 때문이지요. 아직 젊었을 때, 그러니까 거의 사십 년도 더 지난 오랜 옛날에 저와 안핌 신부는 수도원을 위한 기금을 모으며 루시 전역을 돌아다니다가 한번은 배가 지나다니는 큰 강의 기슭에서 어부들과 함께 밤을 보낸 적이 있는데, 척 봐도 이미 열여덟 살은 된 듯한 잘생긴 젊은 농부 한 명이 우리와 함께 앉아 있었으니, 그는 다음 날 상인의 거룻배를 예인망(曳引網)으로 끌어내기 위해 목적지로 서둘러 가던 길이었지요. 감동에 젖은 해맑은 그의 시선이 내 눈에 들어오더군요. 밝고 조용하고 따뜻한 7월의 밤이었고, 넓은 강에서는 수증기가 일어 우리의 기분을 상쾌하게 해 주었으며, 살포시 물고기의 파닥거림이 들릴 뿐, 새들도 입을 다물어 사위가 조용하고 숭고한 것이 모든 것이 하느님에게 기도를 드리는 듯했지요. 잠을 자지 않는 것은 나와 이 청년, 둘뿐이었는데 우리는 하느님의 이 세계의 아름다움과 그것의 위대한 비밀에 대해 얘기를 나누었습니다. 풀 한 포기, 곤충 한 마리, 개미 한 마리, 꿀벌 한 마리, 모든 것이 이성을 지니지 않았건만 놀라울 정도로 자신의 길을 잘 알고 있으니, 하느님의 비밀을 증명하면서 끊임없이 몸소 그 비밀을 완성해 나가는 것이며, 또한 사랑스러운 젊은이의 마음이 불타오르고 있는 것이 보입디다. 그는 나에게 숲과 산새를 좋아한다고 고백했습니다. 그는 새를 잡는 사람이어서 새들이 지저귀는 소리하나하나를 다 알아들었고, 모든 새를 불러들일 수 있는 능력이 있었지요. 숲에 있는 것보다 더 좋은 일이 뭐가 있는지 모르겠다고, 아니, 모든 것이 다 좋다고 말하더군요. 그래서 나는 "진실로 모든 것이 좋고 훌륭하다, 왜냐면 모든 것이 진리이기 때문이지."라고 그에게 대답해 주었습니다. 또한 그에게 말해 주었습니다. "한번 보렴, 사람 가까이 서 있는 저 거대한 동물인 말을, 아니면 사람을 먹여 살리고 사람을 위해 일하는, 묵묵히 생각에 잠긴 황소를, 그들의 얼굴을 보렴. 얼마나 온순하며, 걸핏하면 자신을 무자비하게 때리는 인간에게 얼마나 큰 애착을 품고 있으며, 악의라곤 손톱만큼도 없이 얼마나 잘 믿고 따르며, 또 그의 얼굴엔 얼마나 큰 아름다움이 들어 있는가. 그에게 어떤 죄도 없다는 것을 아는 것만으로도 감동적인 일이니, 이는 인간을 제외한 모든 것이 정말로 죄 없는 존재이며 그리스도는 우리보다는 그들과 더 먼저 함께했기 때문이야." "그럼 정말로"라고 청년이 묻더군요. "그들에게도 그리스도가 있는 건가요?" "없을 리가 있나."라고 내가 그에게 말합니다. "모든 이들에게 말이 있고, 모든 창조물, 모든 피조물, 잎사귀 하나까지도 말을 지향하며, 하느님의 영광을 노래하고 그리스도를 위해 울고 자기도 모르는 사이에 자신의 죄 없는 성자전의 비밀로써 이것을 완성하는 법이거든." 그리고 또 그에게 "자 여기 숲속에서 위협적이고 광포하고 무서운 곰이 배회하고 있지만, 이건 절대로 그의 죄가 아니지."라고 하면서 나는 숲속의 작은 방에서 구도 생활을 하던 위대한 성자 앞에 한번은 곰이 나타난 적이 있었는데 위대한 성자가 곰의 모습에 마음이 동하여 겁도 없이 다가가 "어서 가거라, 그리스도가 너와 함께할 지니."라면서 그에게 빵 한 조각을 내주었더니 광포한 짐승은 아무런 해도 끼치지 않고 얌전하게 순순히 물러갔다는 이야기를 해 주었습니다. 그러자 청년은 곰이 아무런 해도 끼치지 않고 물러났다는 얘기, 그리스도가 곰과도 함께한다는 얘기에 감동을 받았습니다. "아, 이 얼마나 좋은 일인지요, 하느님의 모든 것이 이 얼마나 좋고 경이로운지요!"라고 말하더군요. 그렇게 앉아서 조용히, 달콤한 생각에 잠기더군요. 청년이 내 말을 알아들은 것이 보입디다. 그러고서 그는 내 곁에서 죄 없는 가뿐한 잠에 빠져들었습니다. 주여, 이 젊음을 축복하시옵소서! 그러고는 곧 나도 잠이 들면서 그를 위해 기도했습니다. 주여, 주님의 사람들에게 평화와 빛을 보내 주시옵소서!

다) 아직 속세에 묻혀 있던 조시마 장로의 청소년 시절과 청년 시절 회상. 결투

페테르부르크의 유년 학교에서 나는 거의 팔 년이란 오랜 세월을 보냈으며, 새로운 교육을 받는 동안 유년 시절의 인상들은 아무것도 잊히진 않았지만 그래도 많은 부분 희미해졌습니다. 그 대신, 너무도 많은 새로운 습관과 심지어 견해가 생겨 버리자, 거의 야만스럽고 잔혹하고 터무니없는 존재로 변해 버렸습니다. 프랑스어와 함께 껍질만 번드르르한 예의범절과 사교계 에티켓을 익혔고, 그러고서도 우리는 유년 학교에

서 우리 시중을 들어 주는 병사들을 모두 완전히 짐승으로 간주했는데 그건 나도 마찬가지였지요. 아니, 나야말로 그 누구보다도 더 그랬을 텐데, 친구들 가운데 모든 일에 감수성이 가장 예민했으니까요. 장교가 되어 졸업했을 때, 우리는 행여 우리 연대의 명예가 손상을 당한다면 자신의 피라도 흘릴 준비가 되어 있었지만, 진정한 명예가 무엇인지 우리 중 거의 누구도 알지 못했으며 설사 알았다 할지라도 그 자신이 제일 먼저 그것을 비웃었을 것입니다. 음주, 방탕, 기고만장한 만용을 거의 자랑스러워하기까지 했지요. 그렇다고 해서 우리가 추악한 자들이었다고는 말하지 않겠습니다. 이 젊은이들 모두 좋은 사람이었지만, 행동거지가 추악했던 것일 뿐, 사실 그중 내가 으뜸이었지요. 무엇보다도, 나한테는 자금이 생긴 터라 젊은 혈기에 거침없이 자기 향락 속에 빠져 살기 시작했으니, 모든 돛을 다 세우고 내달린 셈이었습니다. 그런데 참 신기한 노릇이었습니다. 그때도 책을 읽었을뿐더러 심지어 독서에서 큰 만족까지 느꼈습니다. 하지만 성경 하나만은 그 무렵 펴 보는 일도 거의 없었지만, 그럼에도 절대로 그것을 떼 놓지 않고 어딜 가든 들고 다녔습니다. 스스로도 잘 모르면서 '하루만, 아니, 한 시간만 더, 한 달만, 일 년만 더' 하는 식으로 진정으로 이 책을 아꼈던 것입니다. 이렇게 사 년 정도 복무한 뒤 나는 마침내, 그 당시 우리의 부대가 있던 K시에 있게 됐습니다. 도시 사회는 다채롭고 사람도 많고 즐겁고 손님 대접도 훌륭하고 부유했으며, 어디서든 나를 잘 받아 주었는데, 이는 내가 원래 명랑한 성격의 소유자인 데다가 사교계에서는 적지 않은 의미를 지니는바, 가난하지 않고 돈이 제법 있는 자로 통했기 때문입니다. 그러던 차에 모든 일의 시발점이 된 사건이 하나 터졌습니다. 나는 젊고 아름다운 한 처자에게 연정을 품고 있었는데, 영리하고 위엄 있고 해맑고 고귀한 성격을 지녔으며 부모님들도 존경할 만한 사람들이었지요. 아랫사람들의 수도 적지 않고 재산이나 영향력, 권세도 있었으며 나를 성심껏 상냥하게 맞아 주곤 했습니다. 자 이제, 이 처자가 나한테 진정으로 마음이 있다 싶기만 하면—이런 몽상에 젖자 내 마음은 활활 타올랐지요. 훗날에 가선, 나는 그녀를 그 정도로까지 사랑한 건 아니고 그저 그녀의 지성과 고양된 성격을 존경했을 뿐이며 충분히 그럴 만했다는 것을 간파하고 또 깨달았지만 말입니다. 여하튼, 그놈의 이기심 때문에 나는 그때 청혼을 하지 않고 있었습니다. 그렇게 젊은 나이에 돈까지 있으니 방탕하고 자유분방한 독신 생활과 작별하는 것이 힘겹고 무서웠던 겁니다. 그러면서도 나는 상대에게 암시는 주곤 했습니다. 하지만 모든 결정적인 일보는 잠깐 미뤄 뒀지요. 그런데, 바로 그때 두 달간 다른 군(郡)으로 파견을 가게 되는 일이 생겼습니다. 두 달 뒤 돌아와 보니 뜻밖에도 처자가 이미 부유한 도시 근교의 지주와 결혼해 있는 상태였으니, 그는 나보다는 몇 살 많긴 했지만 그럼에도 아직은 젊고 나와는 달리 수도의 상류 사회에 좋은 연줄도 있고 극히 상냥할뿐더러 더욱이, 교육을 전혀 받지 못한 나와는 달리 교육까지 제대로 받은 사람이었습니다. 이 예기치 못한 사건에 충격을 받은 나머지 나는 거의 정신이 혼미해질 정도였습니다. 중요한 것은, 그때 당장 알게 되었지만, 이 젊은 지주가 이미 오래전부터 그녀의 약혼자였으며 나 자신이 그를 그들의 집에서 여러 번 보았건만 나 잘난 맛에 살다 보니 눈이 멀어 아무것도 눈치채지 못했다는 점이었습니다. 바로 이 때문에 나는 무엇보다도 모욕감을 느꼈습니다. 아니, 다들 거의 다 알고 있는데 어떻게 나 하나만 아무것도 몰랐단 말인가? 그러자, 나는 갑자기 참을 수 없는 악의를 느꼈지요. 내가 그녀에게 내 사랑을 고백하다시피 한 일이 한두 번이 아니었건만 나를 말리지도, 어떤 주의도 주지 않았다는 생각이 들자 얼굴이 새빨개졌으니, 결국 그녀는 나를 비웃고 있었다는 결론이 나오지 않았겠습니까. 훗날에 가서는 물론, 비웃기는커녕 오히려 그녀가 먼저 그런 대화를 농담으로 막아 버리고 대신 화제를 다른 데로 돌리곤 했다는 생각이 들었고 그런 기억도 났지만—하지만 그 당시에는 이런 생각이 들기는커녕 오로지 복수욕으로 불타올랐던 겁니다. 지금도 이 일이 기억나면 놀라울 따름이지만, 이 복수욕과 나의 분노는 나 자신에게는 극도로 힘겹고 역겨운 것이었으니, 이는 내가 낙천적인 성격을 타고난 탓에 누구에게든 오랫동안 화를 낼 수 없기 때문인데, 고로, 나 스스로에게 억지로 불을 지펴서 마침내는 추하고 터무니없는 꼬락서니가 됐던 것이지요. 나는 기회를 노렸다가 한번은 큰 모임에서 아주 엉뚱한 트집을 잡아 나의 '연적'을 느닷없이 모욕하는 데 성공했는데, 그 당시 한 중대한 사건에—26년에 있었던 사건[9]

---

9) 1825년 12월, 젊은 청년 장교들이 농노제와 전제 정치에 반대하여 일으킨 제카브리스트 난(12월당 사건)을 말하는 것으로 추정된다.

말입니다—대한 그의 견해를 조롱했던 것이며, 그것도 사람들 말로는 신랄하고 교묘했다더군요. 그러고 나서 그에게 해명을 강요해 놓고 해명이 진행되는 동안엔 내가 이미 너무도 거칠게 나왔기 때문에 그는 내가 그보다 더 젊은 데다가 지위도 보잘것없고 하찮음에도, 즉 우리 사이의 거대한 차이가 있음에도 불구하고 나의 도전을 받아들였습니다. 나중에 가서야 확실히 알게 되었지만, 그가 내 도전을 받아들인 것은 역시나 나에 대한 질투심 때문이었습니다. 그는 이전부터, 즉 자신의 아내가 아직 약혼녀였을 때부터 나에게 어느 정도는 질투심을 느껴 왔던 겁니다. 그런 차에, 그가 나에게 그 모욕을 받고도 그냥 참고 결투 신청을 할 용단을 내리지 못했다는 것을 이제 그녀가 알게 되면, 행여나 어쩔 수 없이 자기를 경멸하지나 않을까, 그녀의 사랑이 흔들리지나 않을까 하는 생각이 들었던 겁니다. 결투 입회인으로 나는 서둘러 같은 부대 동료인 중위를 구했습니다. 그 무렵에 결투는 엄중하게 다스려졌지만 그래도 군인들 사이에서는 유행을 하다시피 했으니—야만스러운 것들이 증대하다 보면 이렇듯 이따금씩은 편견으로 굳어지는 법입니다. 때는 6월 말, 바로 다음 날 아침 7시에 도시 교외에서 우리는 만나기로 되어 있었는데—바로 이때 나에게 뭔가 숙명에 가까운 일이 일어났던 것입니다. 저녁 무렵 난폭하고 추한 몰골로 집으로 돌아온 나는 나의 당번병 아파나시에게 화를 내고 그의 얼굴을 두 번씩이나 있는 힘껏 후려갈겨서 그 얼굴을 피투성이로 만들었습니다. 그가 나의 시중을 들기 시작한 지 아직 얼마 되지 않았고, 이전에도 그를 때리는 일이 있곤 했지만, 이렇게 짐승같이 잔혹하게 때린 적은 없었지요. 믿겠습니까, 친애하는 여러분, 사십 년이 지났건만 지금도 이 일을 생각하면 수치심과 고통이 치미는군요. 잠자리에 들었다가 세 시간 정도 자고 일어나 보니 벌써 날이 밝아 오더군요. 나는 갑자기 자리에서 일어났고, 더 이상 자고 싶지가 않아서 창문 쪽으로 다가가 창문을 열고 보니—내 방 창문은 정원 쪽으로 나 있었습니다—해가 떠올라 따뜻하고 아름다웠으며 새들이 또 지저귀기 시작했습니다. 그러자 이런 생각이 듭디다. 도대체 이게 무엇일까, 내 영혼 속에 뭔가 치욕적이고 저열한 것이 느껴지는 건 무슨 까닭일까? 남의 피를 흘리러 가기 때문이 아닐까? 아니다, 그것 때문은 아닌 것 같다는 생각이 들더군요. 죽음이 두려워서, 죽임을 당할까 봐 두려워서일까? 아니, 절대로 아니다, 그것도 절대로 아니고……. 그러자 갑자기 그 즉시 무엇이 문제인지 깨달은 겁니다. 다름 아니라 어제 저녁 아파나시를 때린 것이 문제였던 것입니다! 갑자기 모든 것이 내 앞에서 재현됐고, 꼭 새롭게 반복되는 것 같았습니다. 내 앞에 아파나시가 서 있고, 내가 그의 얼굴을 곧바로 힘껏 후려치지만, 그는 꼭 대열 속에서 있는 양 차렷 자세로 고개를 똑바로 들고 눈을 부릅뜨고 있었으며 맞을 때마다 몸을 부르르 떨면서도 손을 쳐들어 몸을 막을 엄두조차도 내지 못하는 것이니—사람이 정녕 이 지경에 이르다니, 사람이 사람을 때리다니! 이런 범죄가 또 어디 있겠습니까! 꼭 날카로운 바늘이 나의 영혼 전체를 관통한 것 같았습니다. 나는 얼빠진 사람처럼 넋 놓고 서 있고, 햇살은 빛나고, 잎사귀들은 기뻐하면서 반짝이고, 새들, 새들은 하느님을 찬양하더군요……. 나는 두 손바닥으로 얼굴을 가리고 침대 위에 쓰러져 흐느껴 울기 시작했습니다. 그때 나는 나의 형 마르켈과 죽음을 앞두고 그가 하인들에게 했던 말 "나의 사랑스런 이들, 선량한 이들이여, 무엇 때문에 여러분은 나에게 이렇게 잘해 주시는 겁니까, 무엇 때문에 나를 사랑하는 겁니까, 아니 제가 이런 걸 받을 자격이 있는 몸입니까?"를 떠올렸습니다. '그럼, 나는 그럴 만한 자격이 있단 말인가.'라는 생각이 갑자기 내 머릿속을 스쳤습니다. '정말로 내가 하느님의 형상과 닮음으로 만들어진, 나와 똑같이 생긴 다른 사람의 봉사를 받을 자격이 있단 말인가?' 이런 질문이 난생처음으로 나의 머릿속에 떠올랐습니다. '어머니, 나의 피와 같은 어머니, 참으로 사람은 누구나 모든 사람들 앞에서 모든 이들에 대해 죄인인데, 그저 사람들이 모르고 있을 뿐이죠, 만약 알게 된다면 지금 당장 천국이 될 겁니다!' '주여, 정녕 이것이 진실이 아니란 말입니까.'라며 나는 울면서 생각했습니다. '진정으로 나는 모든 이들에 대해 그 어떤 사람보다 더 많은 죄를 지었으며, 세상의 그 어떤 사람들보다 더 나쁜 자입니다!' 그러자 나에겐 갑자기 진리가 자신의 빛을 전부 발하며 나타났습니다. 나는 지금 무엇을 하러 가는 건가? 나에게 어떤 잘못도 하지 않은 선량하고 영리하고 고귀한 사람을 죽이러, 이로써 그의 부인의 행복을 영원토록 빼앗아 고통 속에서 죽게 만들러 가는 것이 아닌가. 나는 그렇게 베개에 얼굴을 파묻고 침대에 엎드린 채, 시간이 어떻게 가는지도 전혀 몰랐습니다. 갑자기 나의 동료인 소위가 권총을 들고 나를 데리러 들어왔습니다. "자네가 벌써 일어났군, 잘됐어, 시간이 됐으니 가세나." 바로 그 순간 나는 허둥지둥 하며 그야말로 어찌할 바를 몰랐지만, 그래도 마차를 타러 나갔습니다. "여기서 잠깐만 기다리게." 내가 그에게 말합니다. "혼자 잠깐 뛰어갔다 오겠네, 지갑을 두고 왔지 뭔가." 그러고는 혼자 집으로 돌아와 곧장 아파나시의 골방으로 뛰어 들어갔습니다. "아파나시, 어제 내가 자네 얼굴을 두 번이나 때렸는데, 나를 용서해 주게."라고 말합니다. 이 말에 그가 소스라치게 놀란 듯 몸을 부르르 떤 뒤 나를 바라보기에, 나는 이걸로는 부족하다 못해 한참 부족하다 싶어 갑자기 견장을 단 채로 몸을 던져 이마가 땅에 닿도록 그의 발밑에 엎드렸습니다. 그러자 그는 완전히 어리둥절해져 버렸습니다. "각하, 주인 나리, 나리께서 어찌 이런…… 아니, 이 몸이 무슨 자격이 있다고……." 그러고는 꼭 조금 전 나와 마찬가지로 갑자기 울음을 터뜨리고 두 손바닥으로 얼굴을 가린 채 창문 쪽으로 다가가 온몸을 벌벌 떨며 흐느껴 울었고, 나는 동료에게로 달려가 냉큼 마차에 올라 "가세."라고 소리쳤습니다. 그러곤 그에게 "승리자를 보았나, 그자는 바로 자네 앞에 있네!"라고 소리쳤습니다. 나는 환희에 넘쳐 길을 가는 내내 웃고 말하고 또 말했는데, 무슨 말을 했는지는 기억이 안 나는군요. 동료가 나를 바라봅디다. "이봐, 친구, 장하군, 군복 값은 톡톡히 해낼 것 같아." 그렇게 우리가 목적지에 도착했을 때, 상대방들은 진작 그곳에 와서 우리를 기다리고 있었습니다. 우리는 열두 걸음을 사이에 두고 서로 마주 보고 섰으며 그가 먼저 쏘게 됐는데—나는 그 앞에 즐거운 마음으로 서서 곧장 얼굴을 맞대고 있으되 눈 하나 깜박하지 않고 정답게 그를 바라보았으니, 내가 할 일을 알았던 것이지요. 그는 총을 쐈는데, 총알은 나의 뺨을 아주 살짝 스치고 귀 끝에 약간 상처를 냈을 뿐이었습니다. "천만다행입니다."라고 내가 외쳤습니다. "사람을 죽이지 않았으니까요!" 그러고서 나는 내 권총을 집어 뒤돌아서서는 멀리 숲속으로 휙 집어 던졌습니다. "네놈이 있을 곳은 저기다!"라고 외쳤지요. 그러곤 적수에게 몸을 돌렸습니다. "친애하는 선생님."이라고 내가 외쳤습니다. "저를, 이 어리석은 젊은이를 용서해 주십시오, 제 잘못으로 인해 당신을 모욕하고 지금은 총을 쏘도록 강요했습니다. 저 자신이 당신보다 열 배, 아니 그보다 더 나쁜 놈입니다. 이 점을 당신이 이 세상에서 그 누구보다도 존경하는 저 부인에게 전해 주십시오." 내가 이 말을 하자마자, 그들 세 사람이 이구동성으로 소리쳤습니다. "이게 무슨 수작이오!" 나의 적수는 이렇게 말하면서 심지어 화를 내기까지 했습니다. "아니, 싸울 마음도 없었으면서 무엇 때문에 이 고생을 하게 만든 거요?" 나는 "어제는 어리석었지만, 오늘은 영리해졌기 때문입니다."라고 그에게 명랑하게 대답했습니다. 그러자 "어제 일은 믿겠지만, 오늘 일은 당신의 견해만으론 납득하기 힘들군요."라고 말합디다. "브라보!" 이렇게 외치면서 나는 손바닥을 탁 쳤습니다. "당신의 그 말씀에 저도 동의합니다, 다 제 잘못이지요!" "자, 그럼, 친애하는 선생, 쏘겠소, 쏘지 않겠소?" "저는 쏘지 않겠습니다, 원하신다면 당신은 한 번 더 쏴도 되지만, 다만 당신도 쏘지 않는 편이 더 나을 겁니다."라고 내가 말합니다. 결투 입회인들, 특히 내 쪽 사람이 "아니, 이렇게 연대를 욕보이다니, 결투선 앞에 서서 용서를 구하다니, 정말 이럴 줄은 몰랐어!"라고 소리칩니다. 그러자 나는 웃음을 거두고 그들 모두 앞에 섰습니다. "여러분, 정녕 우리 시대는 이제 자신의 어리석음을 뉘우치고 자신의 잘못을 공개적으로 사죄하는 사람을 이렇게 놀란 눈으로 맞이할 정도가 된 것입니까?"라고 내가 말합니다. "결투선 앞에서 그러지는 말아야 될 거 아니야." 나의 결투 입회인이 다시 소리칩니다. "바로 그 점이"라고 내가 그들에게 대답합니다. "바로 그 점이 놀랍다는 말입니다. 이곳에 도착하자마자 저분이 총을 쏘기 전에 사죄를 함으로써 저분을 치명적인 대죄로 끌어들이지 말았어야 옳았건만, 사교계 생활을 하면서 우리가 스스로를 너무도 추하게 만들었기 때문에 그러한 행위 자체가 거의 불가능했던 것이니, 왜냐면 내가 열두 걸음 떨어진 곳에서 저분의 총탄의 발사를 견뎌 낸 뒤에야 비로소 나의 말이 이제는 뭐든 저분에게 의미를 지닐 수 있지, 만약 발사 전, 여기에 도착한 직후였다면, 그저 겁쟁이야, 권총에 놀란 거야, 저놈 말은 들을 가치가 없어 하고 말했을 겁니다. 여러분!" 나는 갑자기 온 마음을 다해 소리쳤습니다. "주위를, 하느님의 선물들을 둘러보십시오. 맑은 하늘, 신선한 공기, 부드러운 풀, 작은 새들, 자연은 아름답고 죄 없는 것이거늘, 우리, 오직 우리 하나만이 믿음이 부족하고 어리석어서 인생이 천국이라는 것을 모르고 있으니, 우리가 이해하려고만 들면 당장 천국은 그 아름다움을 십분 발휘할 것이고 우리는 얼싸

안고 울 것입니다…….” 나는 말을 좀 더 계속하고 싶었지만 그럴 수가 없었는데, 숨까지 탁 막히고 젊음만이 누릴 수 있는 달콤함이 밀어닥치면서 평생 동안 결코 느껴 보지 못한 행복감이 가슴 가득 넘쳐 났던 것입니다. “이 모든 것이 지당하고 경건하군요.” 결투 상대자가 나에게 말합니다. “하지만 어쨌거나 당신은 독특한 사람이오.” “비웃어도 좋습니다.”라고 말하면서 나도 그를 향해 웃습니다. “그래도 나중에는 칭찬을 하실 겁니다.” “아니, 지금이라도 칭찬할 용의가 있으며, 자 이렇게 당신에게 손을 내밀고 악수를 청하는 바요, 당신은 정말로 진실한 사람인 것 같으니 말이오.” “아닙니다, 지금은 안 됩니다, 훗날, 제가 더 좋은 사람이 되어 당신의 존경을 받을 자격이 생기면 그때 그 손을 내밀어 주십시오—그게 좋을 겁니다.” 우리는 집으로 돌아왔는데, 나의 결투 입회인은 길을 가는 내내 욕설을 퍼부었지만 나는 그에게 키스를 했습니다. 곧 모든 동료들이 바로 그날 나를 재판하러 몰려들었습니다. “군복을 더럽혔으니, 차라리 퇴역을 해라.” 옹호자들도 나타났습니다. “어쨌거나 총탄 앞에서 버텼잖아.” “그렇긴 하지만, 또 다른 총탄이 두려워 결투선 앞에서 용서를 빌었어.” 그러자 옹호자들이 “총탄을 두려워했다면, 용서를 빌기 전에 우선 자기 총으로 쏘았겠지만, 그는 장전된 총을 숲으로 내던졌잖아, 천만에, 이건 뭔가 다른 것, 독특한 것이야.” 나는 그들을 즐겁게 바라보면서 듣고 있습니다. “친애해 마지않은 벗들이여, 동료들이여.”라며 내가 말합니다. “내가 퇴역하지 않을까 싶어 염려하진 말게, 벌써 그렇게 했거든, 바로 오늘 아침에 이미 관청에 퇴역 신청서를 제출했으니 허가가 떨어지는 대로 곧장 수도원으로 갈 거야, 바로 이것을 위해서 퇴역하는 거니까." 내 말이 떨어지자마자, 하나에서 열까지 다들 으하하 홍소를 터뜨렸습니다. "처음부터 알려 줬더라면 좋았을걸, 이제야 모든 것이 설명되는군, 수도사를 이러쿵저러쿵 재판할 수는 없지 않나." 다들 정신없이 웃었지만 냉소 따위는 전혀 아니라 너무도 다정하고 즐거운 웃음이었으니, 나를 가장 광포하게 비난한 자들을 비롯하여 모든 사람들이 갑자기 나를 사랑하게 된 것이었으며, 이어 퇴역서가 나올 때까지 한 달 동안은 "아이고, 이 놈의 수도사."라면서 꼭 나를 품에 안고 어르듯 했습니다. 또한 누구나 나에게 다정스러운 말을 건네며 생각을 고쳐먹으라고 설득하기도 하고 심지어 가엾이 여기기까지 했지요. "아니, 자네 지금 무슨 짓을 하려는 겐가?" 하지만 "아니야, 저 친구는 우리 부대에서 제일 용맹스러운 놈이기 때문에 남의 총탄을 견뎠고 자기도 총을 쏠 수 있었는데, 그러지 않은 건 전날 밤 수도사가 되는 꿈을 꾸었기 때문이야, 그래서 그런 거라고."라고 말하는 사람도 있었습니다. 도시의 사교계에서도 거의 똑같은 일이 일어났습니다. 이전에는 나한테 특별한 주의를 기울이지 않고 그냥 반갑게 맞아들여 주는 정도였지만, 이제는 갑자기 다들 앞을 다투어 나에게 알은체를 하고 자기 집에 부르기 시작했습니다. 나를 비웃으면서도 나를 사랑했던 것이지요. 여기서 지적해 둘 것이 있는데, 비록 그때 다들 우리의 결투에 대해 큰 소리로 떠들어 댔지만 당국은 이 일을 무마시켰으니, 이는 나의 결투 상대가 우리 장군의 가까운 친척이었고 일이 피를 흘리지도 않고 무슨 장난처럼 끝난 데다가 마침내 내가 퇴역 신청서를 제출함으로써 정말로 장난이 되고 말았기 때문이죠. 그래서, 사람들이 웃어 댄다고 해도 악의에 찬 것이 아니라 좋은 마음에서 나오는 것이었으므로 나도 사람들의 웃음엔 아랑곳하지 않고 큰 소리로 겁 없이 말하기 시작했습니다. 이런 대화들은 모두 대부분이 부인들의 저녁 모임에서 나왔는데, 그때마다 여성들이 내 말을 듣는 걸 더 좋아하여 남성들에게도 들으라고 강요하곤 했지요. "아니 어떻게 내가 모든 이들에 대해 죄인일 수가 있는 거죠."라며 누구나 내 눈에다 대고 웃었지요. "뭐, 그럼, 내가 예를 들어 당신에 대해서도 죄인일 수 있는 건가요?" "하긴 여러분이 어떻게 이것을 이해할 수 있겠습니까."라면서 내가 그들에 대답합니다. "전 세계가 이미 오래전에 다른 길로 들어섰고 우리는 순전한 거짓을 진리로 간주하고 다른 이들에게도 그런 거짓을 요구하고 있으니 말입니다. 자, 나는 평생 딱 한 번 참된 행동을 했건만, 어떻게 됐습니까, 여러분 모두에게 꼭 유로지브이가 되지 않았습니까. 여러분은 저를 좋아하게 됐지만 그러면서도 저를 비웃고 또 비웃고 있잖습니까."라고 말했지요. "아니 어떻게 당신 같은 분을 좋아하지 않을 수 있겠어요?" 이렇게 말하면서 여주인은 나를 향해 큰 소리로 웃었는데, 그녀의 모임에는 사람이 많았답니다. 갑자기 부인들 중에서 가장 젊은 한 부인이 일어나는 것이 보였으니, 그 젊은 부인은 그때 내가 결투를 하게 된 원인이자 얼마 전만 하더라도 내가 나의 신붓감으로 간주했던 바로 그녀였건만 나는 여태껏 그녀가 이 저녁 모임에 왔다는 것도 알아채지 못하고 있었던 겁니다. 그녀는 자리에서 일어나 나에게로 다가와서는 손을 내밀었습니다. "실례지만, 제가 당신을 비웃지 않는 첫 번째 사람이라는 걸 꼭 말씀드리고 싶습니다, 오히려 저는 눈물을 흘리면서 당신에게 감사드리며 그때 당신의 행동에 대해 당신에게 저의 존경을 표하는 바입니다." 바로 그때 그녀의 남편이 다가왔고, 이어 갑자기 모든 사람들이 내 곁으로 몰려와 거의 입을 맞추다시피 했습니다. 나는 기뻐서 어쩔 줄 몰랐으나 그때 갑자기 역시나 내 곁으로 다가온, 이미 나이가 지긋이 든 한 신사가 유난히도 눈에 띄었으니, 이전에도 그의 이름 정도는 알고 있었지만 서로 소개를 한 적도 없었고 심지어 이날 저녁까지는 한마디도 나눈 적이 없는 처지였습니다.

라) 신비스러운 방문객

그는 이미 오래전부터 우리 도시에서 관직 생활을 해 온 자로서, 모든 사람들로부터 존경받는 높은 지위의 부유한 사람이었고 자선가로도 유명하여 양로원과 고아원에 상당한 금액을 기부했으며 그 외에도, 훗날 그가 죽은 이후 밝혀진바, 사람들 몰래 익명으로도 많은 자선 행위를 했습니다. 나이는 쉰 살 정도, 거의 준엄하다 싶은 외모, 그리고 말이 없는 편이었지요. 젊은 부인과 결혼한 지는 십 년도 채 안 됐으며, 그녀와의 사이에 세 명의 어린아이들이 있었습니다. 그런데 다음 날 저녁, 내가 집에 있는데 갑자기 내 방의 문이 열리더니 바로 이 신사가 들어오는 겁니다.

여기서 지적해 둬야 될 것이 있습니다. 그 무렵 나는 이미 이전의 아파트에서 살지 않고 퇴역 서류를 제출하자마자 다른 아파트로 옮겨 왔고 관리의 미망인인 한 늙은 여인의 아파트에서 방을 빌리고 그녀의 하녀의 시중을 받고 있었는데, 이 아파트로 이사한 것은 오직 결투에서 돌아온 바로 그날 아파나시를 다시 중대로 돌려보냈기 때문이었고, 얼마 전에 그에게 그런 짓을 해 놓고서 그의 눈을 바라본다는 것이 부끄러웠기 때문이었으니—마음의 준비가 덜 된 속세의 인간은 가장 옳은 일을 해 놓고서도 그토록 수치심을 잘 느끼나 봅니다.

"저는" 하고 내 방에 들어온 신사가 말합니다. "벌써 며칠째 여러 집에서 대단한 호기심을 갖고 당신의 말을 들어 오다가 마침내 당신과 개인적으로 인사를 나누고 좀 더 상세하게 얘기를 해 보고 싶어졌습니다. 친애하는 선생님, 저에게 그런 큰 기쁨을 선사해 주실 수 있을는지요?" "여부가 있겠습니까, 특별한 영광입니다."라고 내가 말하자, 그는 거의 경악하기까지 했는데, 그 정도가 얼마나 심했으면 나는 처음부터 그에게 충격을 받고 말았습니다. 왜냐면 비록 사람들은 호기심을 품고 내 얘기를 듣긴 했어도 아직 그 누구도 내심 이처럼 진지하고 준엄한 태도로 내게 다가오진 않았으니까요. 더욱이 이 사람은 몸소 내 집을 찾아오지 않았습니까. 그는 자리에 앉았습니다. "제가 보기에 당신은 참 대단히 강단 있는 분입니다."라면서 그가 말을 이어 갑니다. "당신이 위험을 무릅쓰고서 모든 사람들의 경멸을 감수하면서까지 옳다고 생각하는 일을 단행하여 진리를 위해 봉사하셨으니까요." "과찬의 말씀이십니다." 라고 내가 그에게 말합니다. "아닙니다, 과찬이라니요."라고 그가 나에게 대답합니다. "그런 행동을 하는 것은 당신이 생각하는 것보다 훨씬 더 어렵습니다."라면서 그가 말을 이어갑니다. "실은, 오직 이 점이 저에게 충격을 안겨 주었고 이 때문에 당신을 찾아온 것입니다. 저의 무척이나 천한 호기심을 경멸하지 않으신다면, 그리고 기억이 나신다면, 결투에서 용서를 빌기로 마음먹은 그 순간에 당신이 정확히 무엇을 느꼈는지를 저에게 묘사해 주실 수 있겠습니까? 제 질문을 경박함의 소치로 여기지 말아 주십시오. 오히려, 이런 질문을 하는 것은 제 나름대로 말 못 할 목적이 있기 때문이며, 하느님이 우리를 더욱더 가깝게 이어 주신다면 필경 나중에는 당신에게 설명을 드리겠습니다."

그가 이 말을 하는 동안, 나는 계속하여 그의 얼굴을 똑바로 바라보았으며, 그러다가 갑자기 그에게 아주 강한 신뢰를 느꼈음은 물론이고 내 쪽에서 비상한 호기심마저 들었는데, 이는 그의 영혼 속에 뭔가 특수한 자기만의 비밀이 들어 있구나 하는 느낌이 들었기 때문입니다.

"결투 상대에게 용서를 빈 그 순간, 제가 정확히 무엇을 느꼈는가 하고 물으시지만"이라면서 내가 그에게 대답합니다. "아예 아무한테도 아직 이야기하지 않은 것부터, 그러니까 아주 처음부터 말씀드리지요." 그러고서 나는 아파나시와 있었던 모든 일을, 그에게 머리가 땅에 닿도록 절을 한 일을 이야기해 주었습니다. "이 정도면 짐작하실 테죠."라며 나는 그에게 결론을 내려 주었습니다. "이미 집에서 첫걸음을 내딛었기 때문에 결투를 할 무렵엔 이미 제 마음이 가벼워졌던 것이니, 일단 그 길로 들어서고 나니까 그다음은 모든 일이 어렵기는커녕 도리어 기쁘고 즐겁게 진행되었던 겁니다."

이 말을 들으면서 그는 무척 좋은 시선으로 나를 바라보고 있습디다. "모두 다 굉장히 흥미로운 얘기군요, 다시 오겠습니다."라고 하더군요. 그때 이후 그는 거의 매일 밤 나를 찾아왔습니다. 만약 그가 나에게 자기 자신 얘기를 해 주었더라면, 우리는 매우 친해졌을 겁니다. 하지만 그는 자기 자신에 대해서는 거의 한마디도 하지 않고 줄곧 나에게 내 얘기만 캐묻곤 했습니다. 그런데도 내가 그를 아주 좋아하게 됐고 내 마음 가득 완전히 그를 신뢰했으니, 이는 그의 비밀이 어떻든 무슨 상관인가, 어쨌거나 의로운 사람이라는 것이 빤히 보이는걸이라고 생각했기 때문입니다. 게다가, 무척 진지하고 나이로 봐도 나보다는 한참 위인데 나 같은 젊은 사람을 찾아오고 내가 싫지 않는 눈치였으니까요. 그리고 대단히 현명한 사람인지라 그에게서 유익한 것을 많이 배웠으니까요. "삶이 천국이라는 것에 대해서"라면서 그가 갑자기 말을 꺼냈습니다. "이 점에 대해서 저는 오래전부터 생각해 오고 있습니다." 그러고는 "오직 이것에 대해서만 생각하고 있지요."라고 갑자기 덧붙이더군요. 그러면서 나를 쳐다보며 미소를 짓습디다. "저는 이 점에 대해 당신보다 더 큰 확신을 갖고 있는데, 그 이유는 나중에 아시게 될 겁니다."라고 하더군요. 이 얘기를 들으면서 나는 속으로 '이 사람은 필경 나에게 뭔가 털어놓고 싶은 것이 있는 거다.'라고 생각했습니다. "천국은 우리들 각자의 내부에 숨겨져 있으며, 그것은 지금 나의 내부에도 숨겨져 있으니, 내가 원하기만 하면 정말로 내 앞에 나타나 앞으로 평생 동안 사라지지 않을 겁니다." 내 그를 바라보니, 그는 이렇게 말하면서 감동에 젖어 꼭 내게 질문이라도 던지듯 은밀한 시선으로 나를 바라보고 있습디다. 그가 말을 계속 이어 갑니다. "사람은 누구나 자기 자신의 죄는 물론이고 모든 사람들, 모든 것에 대해서 죄인이라는 당신의 생각은 전적으로 옳습니다만, 어떻게 그렇게 갑자기 그리고 완벽하게 이 생각을 포용할 수 있었는지 놀라울 따름입니다. 정말로, 사람들이 이 생각을 이해한다면 그땐 그들의 꿈속에서가 아니라 실제로 천상의 왕국이 도래할 것입니다." "하지만 언제"라고 내가 그에게 당장 슬픈 목소리로 소리쳤습니다. "그것이 이루어지겠습니까, 언제든 이루어지긴 하겠습니까? 이게 그냥 꿈으로 끝나는 건 아닐까요?" "자, 그러니까 당신은 말은 그렇게 하면서도 정작 믿지는 않으시군요. 하지만 명심하십시오, 당신이 말한 대로 이 꿈은 틀림없이 실현될 것이니 이 점을 믿으시되, 다만 모든 움직임에는 자기만의 법칙이 있기 때문에 지금 그렇게 되진 않을 겁니다. 이것은 영혼과 관련된, 심리적인 문제입니다. 세상을 새롭게 개조하려면 사람들 자신이 정신적으로 다른 길로 몸을 돌려야만 합니다. 사람들 각자가 정말로 형제가 되기 전에는 형제애도 도래하지 않을 겁니다. 사람들은 결코 어떤 학문, 어떤 이득을 내세워도 자신의 재산과 권리를 서운함 없이 나눌 수 있는 능력을 갖지 못할 겁니다. 누구나 자기 몫은 늘 적은 법이니, 늘 불평하고 시기하고 서로를 박멸하게 될 것입니다. 이것이 언제 실현될지 당신은 묻고 있습니다. 실현되긴 하겠지만, 우선은 인간의 고립의 시기가 종말을 고해야만 합니다." "고립이라니요?" 내가 그에게 묻습니다. "그 고립이란 지금 곳곳에 만연해 있고 우리 시대에는 특히 더 그렇지만 이 고립의 시대는 아직 완전한 종말을 고하지는 않았습니다. 왜냐면 지금은 누구나 자신의 얼굴을 가장 많이 부각시키지 못해 안달하고 자신의 내부에서만 삶의 충만함을 경험하고자 하지만, 이 모든 노력의 결과란 사실 삶의 충만함이 아니라 오히려 완전한 자살일 따름이기 때문이며, 자기 존재를 완전히 규정짓는 대신 완전한 고립에 빠져 버리기 때문입니다. 우리 시대에는 모든 사람들이 개개의 단위로 분리되었고 각자 자신의 동굴 속에 고립되어서 다른 사람에게서 멀어져 몸을 숨기고 자신이 갖고 있는 것도 또 숨기고, 그러다 결국에는 자기도 사람들로부터 내쳐지고 또 자기 스스로도 사람들을 내치게 되는 것이지요. 고립된 채 부를 축적하면서 이제 나는 얼마나 강한가, 생활이 얼마나 안정되었는가 생각하지만, 부를 축적하면 할수록 더더욱 자살과 같은 무기력에 빠져든다는 것을 이 정신 나간 자는 모르는 겁니다. 그러니까 자기 하나에게만 희망을 거는 것에 익숙해진 채 전체로부터 분리되어 개별적 단위가 되었고 사람들의 도움도, 숫제 사람들과 인류도 믿지 못하도록 자신의 영혼을 길들인 탓에 그저 자신의 돈이나 자기가 손에 넣은 권리가 없어질까 봐 벌벌 떨 뿐이지요. 지금의 인류의 지성은 어딜 가나 참다운 인간 생활을 보장해 주는 것은 고립된 개개인의 노력이 아니라 인류 전체의 통합에 있다는 말을 이해하려 들지 않고 비아냥거릴 따름입니다. 하지만 반드시, 이 무서운 고립도 때가 되면 종말을 고할 것이며 모든 사람들은 서로서로 분리되었던 것이 얼마나 부자연스러운 일이었는지를 일시에 이해할 것입니다. 시대의 흐름이 이미 그렇게 될 것이니, 그토록 오랫동안 암흑 속에 갇혀 빛을 보지 못한 것에 놀라워할 것입니다. 그때 인간의 아들의 표식이 하늘에 나타날 것입니다……. 하지만 그때까지는 어쨌거나 깃발을 소중히 간직해야 하며, 더욱이, 비록 유로지브이 신세를 진다고 할지라도 혼자서라도 인간은 갑자기 모범을 보이면서 형제애적인 소통의 위업을 달성하기 위해 영혼을 고립 상태에서 끌어내야 합니다. 이는 위대한 사상이 죽지 않도록 하기 위해서입니다……."

자, 우리는 저녁마다 이렇게 열렬하고 환희에 찬 대화를 나누며 하루하루를 보냈습니다. 나는 심지어 사교계에도 발을 끊고 남의 집 방문도 훨씬 더 드물어졌으며, 그뿐만 아니라 나의 인기도 시나브로 저물어 가고 있었습니다. 이 말은 비난조로 하는 소리가 아닌데, 왜냐면 사람들은 여전히 나를 사랑하고 즐겁게 대해 주었으니까요. 어쨌거나 속세에서는 유행이란 것이 정말로 적지 않은 위력을 발휘한다는 사실은 인정해야 합니다. 그런데 나는 마침내 신비스러운 방문객을 경탄의 눈으로 바라보게 되었는데, 이는 그의 총명함에 탐닉하는 것 말고도 그가 자신의 내부에서 어떤 계획을 품고 있으며 어쩌면 위대한 위업을 준비하고 있는지도 모르겠다는 예감이 들기 시작한 까닭입니다. 한편으론 내가 겉으로 대놓고 그의 비밀에 호기심을 보이지도 않고 직접적으로건 무슨 암시를 던지건 여하튼 그런 걸 캐묻지 않은 것이 그의 마음에 들었는지도 모르겠습니다. 하지만 마침내 나는 그 자신도 이제는 나에게 뭔가를 털어놓고 싶어 괴로워하고 있음을 눈치챘습니다. 최소한, 그가 나를 방문한 지 대략 한 달쯤 지났을 때는 이미 너무도 확연히 나타나게 되었지요. "그런데 알고 계십니까."라면서 그가 어느 날 나에게 물었습니다. "시내에서는 우리 두 사람에게 대단한 호기심을 보이면서 제가 당신의 집에 이토록 자주 드나드는 것을 놀라워하고 있습니다. 하지만 그들이 뭐라고 하든 무슨 상관인가요, 곧 모든 것이 해명될 터인데." 이따금씩 그는 갑자기 굉장한 흥분에 사로잡히곤 했으며, 이런 경우에는 거의 언제나 자리에서 일어나 휙 가 버렸습니다. 이따금씩은 오랫동안 꼭 나를 뚫어져라 바라보곤 해서 '이제 곧 무슨 얘기를 하겠군.'이라는 생각이 들지만, 갑자기 말을 바꿔서는 아무거나 익히 알려져 있고 일상적인 것에 대해 말을 꺼내곤 하는 것이었습니다. 머리가 아프다고 호소하는 일도 역시 잦아졌습니다. 그러던 어느 날, 그토록 길고 열렬하게 이야기를 한 뒤에 보니, 전혀 뜻밖에도 갑자기 그의 얼굴이 새하얗게 질리고 완전히 일그러지더니 그가 나를 뚫어져라 응시하고 있지 않습니까.

"아니, 왜 그러십니까?" 내가 말합니다. "어디가 불편하십니까?"

그는 역시나 머리가 아프다고 호소했습니다.

"저는…… 아시겠습니까…… 저는…… 사람을 죽인 적이 있습니다."

이 말을 하면서 그는 미소를 짓고 있었지만 그 얼굴은 분필처럼 새하얬습니다. '무엇 때문에 이렇게 미소를 짓는 것일까.' 내가 무엇을 아직 정리하기도 전에 이런 생각이 갑자기 나의 심장을 관통했습니다. 나 역시도 얼굴이 새하얘졌습니다.

"대체 무슨 말씀이십니까?" 내가 그에게 소리칩니다.

"그러니까 말입니다." 여전히 창백한 미소를 머금은 채 그가 나에게 대답합니다. "이 첫마디를 하기가 얼마나 힘들었는지 모릅니다. 이제 말을 꺼냈으니, 제 길로 들어선 셈입니다. 어디 한번 가 봅시다."

오랫동안 나는 그의 말을 믿지 못했고 더욱이 한 번 만에 믿을 수 있는 일도 아니었지만, 그가 사흘 내내 나를 찾아와 나에게 모든 것을 상세하게 이야기한 뒤에야 믿게 됐습니다. 그를 정신 나간 사람으로 간주했지만, 결국에 가서는 그것이 사실임을 확신하게 되었고 극히 대단한 괴로움과 놀라움을 느꼈습니다. 그에 의해 엄청나고 무서운 범죄가 자행되었으니, 십사 년 전 어느 젊고 아름다운 부유한 부인, 우리 도시를 방문할 때 거처로 쓰려고 시내에 자기 집을 갖고 있었던 미망인 여지주가 그 희생양이었습니다. 그녀에게 크나큰 사랑을 느낀 그는 그녀에게 사랑을 고백하고 자기한테 시집을 오라고 권유하기 시작했습니다. 하지만 그녀는 이미 다른 사람에게 마음을 주고 있었는데, 그는 계급이 제법 높은 명망 있는 군인으로서 그때 마침 원정을 떠나 있었지만 그녀는 그가 곧 자기 곁으로 돌아오리라 기다리고 있던 터였습니다. 그래서 그녀는 그의 청혼을 거절했고 자기 집에 오지 말아 달라고 부탁했습니다. 그는 발을 끊었지만, 그녀의 집 구조를 잘 알고 있던 터라, 발각될 위험을 무릅쓰고서 참으로 대단한 담력을 발휘하여 정원에서 지붕을 넘어 그녀의 방으로 잠입했습니다. 하지만, 아주 흔히 그렇듯, 비상할 정도의 담력을 갖고 자행되는 범죄일수록 다른 것들보다 더 자주 성공하는 법이지요. 지붕창을 통해 그 집의 다락방으로 들어간 뒤, 그는 사다리 끝에 있는 문이 하인들의 부주의로 종종 잠겨 있지 않을 때가 있다는 것을 알고 있었기 때문에 다락방의 사다리를 타고 아래, 그녀가 거주하는 방으로 내려갔습니다. 이런 부주의한 실수가 있길 바랐던 것인데, 이번에도 때마침 그렇게 잠겨 있지 않았던 것이지요. 거실로 잠입한 그는 어둠 속을 더듬어 램프가 켜져 있는 그녀의 침실로 들어갔습니다. 그런데 하필 우연의 장난인 양 그녀의 두 몸종 처녀들이 주인마님한테 아뢰지도 않고 몰래, 같은 거리에 있는 이웃집의 영명 축일 파티에 가 버린 것이었습니다. 나머지 하인들과 하녀들은 아래층의 행랑채와 부엌에서 자고 있었습니다. 잠자는 여인의 모습을 보자 그의 내부에서는 열정이 불타올랐지만, 다음 순간 복수욕과 질투에 가득 찬 악의가 그의 심장을 거머쥐었고, 그는 술에 취한 듯 거의 제정신을 잃은 채 그녀에게로 다가가서 그녀의 가슴에 곧바로 칼을 꽂았으니, 그녀는 비명도 지르지 못했습니다. 그다음에는 지옥과 같은 범죄자의 지능을 발휘하여 하인들의 소행인 양 여겨지게끔 일을 꾸몄지요. 선뜻 그녀의 지갑을 훔쳤고 베개 밑에서 꺼낸 열쇠로 그녀의 장롱을 열고서 꼭 무식한 하인의 소행인 양 보이게끔 물건들을 몇 개 꺼냈는데, 다시 말해서 유가 증권은 남겨 두되 현금은 싹 훔치고, 크기가 좀 큰 몇 가지 귀금속은 훔치되 그것보다 열 배는 더 값이 나가지만 크기가 작은 물건들은 무시해 버렸던 것입니다. 그러고서도 스스로에게 기념이 될 만한 것을 좀 더 훔쳤지만, 이것에 대해서는 나중에 얘기하기로 합시다. 이 끔찍한 일을 저지르고서 그는 왔던 길로 나왔습니다. 대소동이 일어난 다음 날도, 그다음에도 평생 동안 결코 그 누구도 이 진짜 흉악범을 의심하지 않았던 것입니다! 게다가 그가 그녀를 사랑했다는 건 아무도 몰랐는데, 왜냐면 그는 언제나 말이 없고 비사교적인 성격이어서 자신의 속마음을 털어놓을 만한 친구도 없었기 때문입니다. 그는 그저 살해된 여인의 지인 정도, 그나마도 그다지 가깝지 않은 지인으로 간주되었는데, 이는 최근 두 주 동안 그가 그녀를 방문하지도 않았기 때문입니다. 당장 혐의를 뒤집어쓴 것은 그녀의 농노이자 하인인 표트르로서 때마침 제반 상황들이 이 혐의를 확증해 주는 쪽으로 딱 맞아떨어졌으니, 그녀가 자신의 농노들 중에서 차출해야 할 신병으로 그를 점찍었음을 표트르 자신도 알고 있었고 또 고인이 된 부인도 숨기지 않았는데, 이는 그가 홀몸인 데다가 품행이 방정하지 못했기 때문이었습니다. 그가 어느 술집에서 술에 취해서는 너무 분한 마음에 그녀를 죽여 버리겠다고 으름장을 놓는 것을 사람들은 들어 왔던 것이지요. 그녀의 죽음이 있기 이틀 전에 그는 도망을 쳐서 도시 어딘가 알려지지 않은 장소에서 살고 있었습니다. 살인 사건이 있고 난 바로 다음 날, 그는 도시 교외로 나가는 길목, 그야말로 길바닥에서 발견되었는데, 술이 떡이 되어 산송장이나 다름없었고 호주머니에는 자신의 칼을 갖고 있었고 거기다가 무엇 때문인지 오른쪽 손바닥이 피로 물들어 있었던 겁니다. 그는 코피가 난 것이라고 우겼지만, 그를 믿어 주지 않았습니다. 여주인의 몸종들은 잔칫집에 가 있었기 때문에 그들이 돌아올 때까지 현관문은 잠겨 있지 않았다고 자백했습니다. 이 외에도 무고한 하인을 체포할 만한 이와 비슷한 증거들이 많이 나타났습니다. 그는 체포되었고 재판이 시작되었지만, 때마침 일주일 뒤에 이 죄수가 열병에 걸려 앓아눕더니 의식 불명의 상태에서 병원에서 죽어 버렸습니다. 이로써 사건은 일단락되어 하느님의 뜻에 맡겨졌으며 다들──재판관들이며 당국이며 사교계며 할 것 없이 이 범죄는 다름 아닌 죽은 하인의 소행이었다고 확신했지요. 하지만 그다음부터 벌이 시작되었습니다.

이 신비스러운 방문객, 이제는 이미 나의 친구가 된 그는 처음에는 숫제 양심의 가책도 느끼지 못했노라고 나에게 말했습니다. 오랫동안 괴로워하긴 했지만, 그 이유는 그 때문이 아니라 사랑하는 여인을 죽여 버렸다는 것, 이제 더 이상 그녀는 없다는 것, 열정의 불꽃은 그의 핏속에 남아 있건만 그녀를 죽임으로써 자신의 사랑마저도 죽여 버렸다는 아쉬움 때문이었지요. 하지만 무고한 피를 흘리게 했다는 것, 사람을 죽였다는 것에 대해서는 그 당시 거의 생각도 하지 않았습니다. 자기 손에 희생된 여자가 다른 사람의 부인이 될 수 있으리라는 생각은 애초부터 불가능한 것이었기에, 오랫동안 그는 자신의 행동이 달리 어쩔 수 없는 것이었노라고 확신하면서 자신의 양심을 달랬습니다. 그래도 처음에는 하인이 체포된 것 때문에 다소 괴로워했지만 죄수가 곧 병이 나서 죽어 버리자 마음이 편해졌는데, 이는 그가 죽은 것이 체포나 경악으로 인한 것이 아니라 도망을 다니던 동안 산송장처럼 술에 취해 밤새도록 축축한 땅에서 뒹굴다가 생긴 감기 때문이었음이 아무리 봐도 명백했던 것입니다.(그 당시 그는 이렇게 판단했던 것이지요.) 훔친 물건과 돈에 대해서는 마음에 켕기는 것이 거의 없었는데, 이는(그는 여전히 이렇게 판단했습니다.) 그것이 탐나서가 아니라 혐의를 다른 데로 돌리기 위해 훔친 것이기 때문이었습니다. 훔친 것은 다 해 봐야 얼마 되지 않았고, 그는 곧 그 금액을 전부, 심지어 그보다 더 많은 금액을 그 당시 지어진 우리 도시의 양로원에 기증했습니다. 일부러 이런 일까지 한 것은 절도 행위에 관해 자기 양심을 편하게 하기 위해서였으며, 놀랄 만한 일은 한동안, 그것도 제법 오랫동안 정말로 마음이 편해졌다는 것이니—그랬노라고 그가 직접 나에게 얘기해 주더군요. 그때 그는 대단히 열심히 업무에 매달렸으며 자기가 나서서 번잡스럽고 어려운 임무를 도맡아 처리하는 가운데 이 년 정도를 보냈는데, 타고나길 강한 성격의 소유자인지라 지난 일은 거의 다 잊었습니다. 기억이 날 때는 그것에 대해 생각하지 않으려고 노력했지요. 자선 사업에도 손을 대서 많은 기관을 세우고 우리 도시에서 기부도 많이 했으며 양쪽 수도, 그러니까 모스크바와 페테르부르크에서도 그 이름이 널리 알려져 그곳의 자선가 협회 회원으로 선출되었습니다. 하지만 그럼에도 결국에는 고통스러운 생각에 잠기기 시작했으니, 도저히 자기 힘으로 감당이 되지 않는 것이었습니다. 바로 그때 어느 아름답고 현명한 아가씨가 그의 마음에 들었으며, 그는 결혼을 통해 자신의 고립한 우수를 쫓아 버릴 수 있으리라, 새로운 길로 들어서 아내와 아이들에 대한 자신의 의무를 열성적으로 이행함으로써 옛 추억들로부터 완전히 멀어지게 되리라 꿈꾸면서 곧 그녀와 결혼했습니다. 하지만 이번에야말로 그의 예상과는 정반대되는 일이 일어났습니다. 결혼 첫 달부터 '저 아내는 나를 사랑하고 있는데, 혹시 알아 버린다면 어떻게 되는 거지?'라는 끊임없는 생각이 그를 혼란스럽게 하기 시작했습니다. 아내가 첫아이를 임신하여 그에게 이것을 알렸을 때 그는 갑자기 혼란스러워졌습니다. '나는 지금 생명을 주려고 하는데, 정작 나 자신이 남의 생명을 빼앗은 몸이라니.' 아이들이 태어났습니다. '어떻게 내가 감히 이들을 사랑하고 가르치고 교육시킬 수 있을 것인가, 어떻게 내가 그들에게 선행에 대해서 말할 수 있을 것인가, 남의 피를 흘린 몸인 내가.' 아이들은 아름답게 자라났고 그들을 어루만지고 싶어졌습니다. '하지만 나는 이들의 순결하고 해맑은 얼굴을 바라볼 수 없다, 그럴 자격도 없는 놈이다.' 마침내 자기 손에 죽은 희생양의 피, 파멸해 버린 그녀의 젊은 생명, 복수를 울부짖는 피가 무섭고 쓰라리게 어른거리기 시작했습니다. 그는 악몽을 꾸기 시작했습니다. 하지만 강심장이었기 때문에 고통을 오랫동안 참았습니다. '나의 이 은밀한 고통으로 모든 죄가 사해질 것이다.' 하지만 이 희망도 헛된 것이었습니다. 시간이 갈수록 고통은 더 심해졌습니다. 사회에서는 다들 그의 엄격하고 음울한 성격을 두려워하면서도 자선 행위 덕분에 그를 존경하기 시작했지만, 존경을 많이 받으면 받을수록 그는 점점 더 참을 수 없게 됐습니다. 그는 나에게 자살을 할까 하는 생각도 했노라고 고백했습니다. 하지만 그 대신 그에게는 다른 꿈이 어른거리기 시작했으니—그 꿈은 처음에는 불가능한 미친 짓이라고 생각되었지만 결국에는 그의 심장에 거머리처럼 찰싹 달라붙어 도저히 떨어지질 않았습니다. 그의 꿈은 바로, 군중 앞으로 분연히 떨치고 나가 모든 사람들에게 자기가 사람을 죽였노라고 공표하는 것이었습니다. 이런 꿈을 품고 삼 년 정도를 보내는 동안, 그것은 그에게 줄곧 다양한 형태로 나타났습니다. 마침내, 그는 자신의 범죄를 공표함으로써 자신의 영혼을 틀림없이 치료하고 단번에 영원토록 평온을 얻으리라고 온 마음으로 믿게 됐습니다. 하지만, 이런 확신이 생긴 뒤에도, 어떻게 이행할 것인가를 생각하면 마음속으로 공포가 치밀어 올랐습니다. 바로 그때 갑자기 나의 결투 사건이 일어났던 것입니다. "당신을 보면서 나는 이제 마음을 정했습니다." 나는 그를 바라봅니다.

"아니." 나는 손바닥을 치면서 그를 향해 외쳤습니다. "어떻게 그렇게 하찮은 사건이 당신의 마음속에서 그런 결단을 불러일으킬 수 있었단 말입니까?"

"저의 결단은 삼 년 전에 생겨났습니다." 그가 나에게 대답합니다. "당신의 사건은 그저 그것에 최후의 자극을 가했을 뿐입니다. 당신을 보면서 스스로를 책망했고 당신을 부러워했거든요." 그는 내게 이 말을 하면서 준엄한 표정마저 지었습니다.

"사람들은 당신 말을 믿지 않을 겁니다." 내가 그에게 한마디 했습니다. "십사 년이 지났지 않습니까."

"증거가, 아주 유력한 증거가 있습니다. 제시하겠습니다."

그때 나는 울음을 터뜨리면서 그에게 입을 맞추었습니다.

"나를 위해 한 가지 문제를 해결해 주십시오, 한 가지를!" 그는(꼭 이제 모든 것이 나에게 달려 있는 것처럼) 나에게 말했습니다. "바로 아내와 아이들 말입니다! 아내는 어쩌면 괴로워하다가 죽어 버릴 것이고, 아이들은 귀족 작위와 영지를 빼앗기지는 않더라도 영원토록 흉악범의 자식으로 살아갈 테죠. 내가 아이들의 마음속에 그런, 그런 기억을 남겨 주다니요!"

나는 침묵합니다.

"그들과 헤어져야 합니까, 그들을 영원히 버려야 합니까? 그것도 영원토록, 영원토록 말입니다!"

나는 앉아서 속으로 말없이 기도를 속삭입니다. 마침내 나는 자리에서 일어났는데, 무서워졌습니다.

"어쩌죠, 정말?" 그가 나를 바라봅니다.

"가십시오."라고 내가 말합니다. "사람들에게 널리 공표하십시오. 모든 것은 사라지고 진리만이 남을 것입니다. 아이들이 자라면, 당신의 위대한 결단에 얼마나 많은 관대함이 들어 있었는지 이해할 겁니다."

그때 그는 꼭 그야말로 마음을 정한 것처럼 떠나갔습니다. 하지만 그다음에는 이 주일이 넘도록 나를 찾아오면서도 매일 밤 연이어 줄곧 채비만 할 뿐, 여전히 마음을 정하진 못하고 있었습니다. 그는 나의 마음을 괴롭혔습니다. 그런가 하면 확고한 마음으로 와서는 감동에 젖어 얘기하기도 합니다.

"공표하기만 하면 당장 나에게 천국이 도래할 것을, 꼭 도래할 것을 알고 있습니다. 십사 년 동안 지옥에서 살았습니다. 고통받고 싶습니다. 고통을 받아들이고 살기 시작할 것입니다. 거짓으로 세상을 살다 보면, 결코 뒤로 돌아갈 수 없는 법. 이제는 내 가까운 이웃은 물론이고 나의 아이들마저도 감히 사랑하지 못하겠습니다. 맙소사, 어떻든 아이들도 나의 고통이 얼마나 큰 대가를 치른 것인지를 이해하여 나를 비난하지 않을 겁니다! 주님은 힘이 아니라 진리 속에 계시니까요."

"다들 당신의 위업을 이해할 겁니다." 내가 그에게 말합니다. "지금이 아니라면, 나중에라도 이해할 것이니, 당신은 진리에, 드높은 진리에 봉사했으니까요, 지상의 것이 아닌 진리에……."

그러고서 그는 마음의 위안을 받은 듯 내게서 떠나가지만, 다음 날에는 갑자기 다시금 험악하고 창백해진 얼굴로 나타나 냉소적으로 말합니다.

"내가 당신 방에 들어올 때마다 호기심 어린 눈으로 나를 쳐다보는군요. '이번에도 공표를 안 했단 말인가?'라고. 조금만 더 기다리십시오, 너무 경멸하지는 마시고요. 당신이 생각하시는 만큼 그렇게 쉽게 되는 일이 아닙니다. 어쩌면 나는 아예 그렇게 하지 않을지도 모릅니다. 그런다고 해서 설마 나를 밀고하러 가진 않겠지요?"

나는 우매한 호기심을 품고 그를 살펴보기는커녕 숫제 그를 쳐다보는 것 자체가 무서워졌습니다. 나는 병이 날 정도로 괴로웠고, 나의 영혼은 눈물로 가득 찼습니다. 심지어 밤에 잠을 못 이룰 정도였지요.

"나는 지금" 하고 그가 말을 이어 갑니다. "아내에게서 오는 길입니다. 아내라는 것이 뭔지 아십니까? 아이들은 내가 떠나올 때 나에게 '안녕히 다녀오세요, 아빠, 얼른 와서 우리랑 『어린이 독본』을 읽어요.'라고 소리쳤습니다. 아니, 당신은 이것을 이해하지 못할 겁니다! 남의 불행은 이해하지 못하는 법이니까요."

그의 눈은 번득였으며, 입술에는 파르르 경련이 일었습니다. 그러더니 갑자기 주먹으로 탁자를 탁 쳤기 때문에 탁자 위에 있는 물건들이 튀어 오를 정도였는데—몹시 부드러운 사람이어서 이런 일은 처음이었습니다.

"정말 이럴 필요가 있을까요?" 그가 소리쳤습니다. "꼭 그래야만 할까요? 누가 유죄 판결을 받은 것도 아니고 나 때문에 누가 감옥신세를 진 것도 아니지 않습니까, 그 하인은 병으로 죽은 겁니다. 나로 인해 흘려진 피에 대해서는 고통으로써 벌을 받았습니다. 더욱이 내 말을 믿을 사람도 없고, 내가 무슨 증거를 제시해도 안 믿을 겁니다. 꼭 공표해야 할까요, 꼭 그래야 할까요? 내가 흘린 남의 피에 대해서라면 평생 동안 고통받을 준비가 되어 있지만, 다만 아내와 아이들에게 충격을 주지 않을 수 있다면 말이죠. 그들을 나 자신과 함께 파멸시키는 것이 과연 옳을까요? 우리가 잘못 생각하고 있는 건 아닐까요? 여기 어디에 진리가 있는 겁니까? 더욱이 사람들은 이 진리를 알아줄까요, 그걸 높이 평가하고 존경해 줄까요?"

'맙소사!' 나는 속으로 생각합니다. '이런 순간에 사람들의 존경을 생각하다니!' 그때 나는 그가 너무도 가여워졌기 때문에, 그의 마음을 조금이라도 편하게 해 줄 수 있다면 나 자신이 그의 운명을 나누어 갖고 싶은 심정이었습니다. 그는 거의 미친 사람처럼 보입디다. 나는 그러한 결단이 얼마나 큰 대가를 요구하는지 머리뿐만 아니라 살아 있는 영혼으로써 깨닫고서 공포감에 사로잡혔습니다.

"운명을 결정해 주십시오!" 그가 다시 소리쳤습니다.

"가서 공표하십시오." 내가 그에게 속삭였습니다. 목소리가 제대로 나오지 않았지만, 그래도 단호한 어조로 속삭였습니다. 바로 그때 나는 탁자에서 러시아어판 복음서를 집어 들어 그에게 요한복음 12장 24절을 보여 주었습니다.

"내가 진실로 진실로 너희에게 말한다. 밀알 하나가 땅에 떨어져 죽지 않으면 한 알 그대로 남고, 죽으면 많은 열매를 맺는다." 나는 이 구절을 그가 도착하기 직전에 막 읽었던 것입니다.

그는 읽었습니다.

"옳은 말씀입니다." 이렇게 말하면서도 그는 씁쓸한 미소를 지었습니다. "그래요, 이 책을 보다 보면" 하고 그가 잠시 침묵했다가 말합니다. "이처럼 가슴이 섬뜩해지는 것이 있곤 하지요. 그런 것을 사람들 코밑에 들이대는 건 쉬운 일입니다. 그런데 누가 이것을 썼습니까, 설마 사람들은 아니겠지요?"

"성령이 쓴 것이지요." 내가 말합니다.

"그런 식으로 말하는 게 당신으로선 쉬운 일이겠지요." 그는 다시 씁쓸하게 웃었지만, 이제는 거의 증오로 가득 찬 웃음이었습니다. 나는 책을 다시 집어 다른 곳을 펼쳐서 히브리인들에게 보낸 서간 10장 31절을 그에게 보여 주었습니다. 그는 읽었습니다. "살아 계신 하느님의 손에 떨어지는 것은 무서운 일입니다."

그는 그렇게 읽은 뒤 책을 던졌습니다. 심지어 온몸을 부르르 떨기 시작했습니다.

"무서운 구절입니다." 그가 말합니다. "할 말이 없군요, 워낙 잘 고르셨으니." 그러면서 그는 의자에서 일어났습니다. "그럼"이라면서 그가 말합니다. "안녕히 계십시오, 다시는 오지 않을지도 모르겠습니다……. 천국에서 만납시다. 그러니까 '살아 계신 하느님의 손에 떨어진' 지 어언 십사 년—이 십사 년을 이렇게 불러야 되겠군요. 내일 나를 그만 풀어 달라고 그분의 손에다 부탁하겠습니다……."

나는 그를 껴안고 입을 맞추고 싶었지만 그럴 용기가 나지 않았는데, 그의 얼굴이 너무도 일그러져 있었고 그 시선이 또 너무 무거웠기 때문입니다. 그는 나갔습니다. '맙소사'라며 나는 생각했습니다. '저 사람이 어디로 간 걸까!' 나는 곧바로 성상 앞에서 무릎을 꿇고 선 뒤, 신속한 옹호자요 조력자인 성스러운 성모 마리아 앞에 그를 생각하며 울기 시작했습니다. 내가 눈물에 젖어 기도를 한 지 반 시간쯤 지났고, 이미 12시경, 늦은 밤이었습니다. 갑자기 문이 열리는 것이 보이더니, 그가 다시 들어오는 것이었습니다. 나는 깜짝 놀랐습니다.

"어딜 갔다 오십니까?" 그에게 묻습니다.

"저는" 하고 그가 말합니다. "제가 뭔가를 두고 간 것 같아서…… 손수건이 아니었나 싶은데……. 뭐, 아무것도 안 두고 갔더라도, 잠깐 앉아 있었으면 해서……."

그러면서 의자에 앉았습니다. 나는 그를 내려다보며 서 있습니다. "당신도 앉으시지요."라고 그가 말합니다. 나도 앉았습니다. 우리는 그렇게 이 분 정도를 앉아 있었는데, 그가 주의 깊게 나를 바라보면서 갑자기 피식 웃더니, 지금도 기억이 나지만, 자리에서 일어나 나를 꼭 껴안고 입을 맞추는 것이었습니다…….

"기억해 두게." 그가 말합니다. "내가 두 번째로 자네를 찾아왔다는 것을. 듣고 있나, 이걸 꼭 기억해 두란 말일세!"

처음으로 그는 나에게 자네라는 말을 썼습니다. 그러고는 떠났지요. '내일이다.' 나는 생각했습니다.

정말로 그렇게 됐습니다. 그날 저녁만 해도 나는 내일이 마침 그의 생일이라는 것을 몰랐습니다. 최근에 나는 아무 데도 안 나갔기 때문에 누구한테 들어서 알 수는 없는 노릇이었지요. 매년 그의 생일날이면 그의 집에서는 큰 모임이 있었고 도시 전체가 몰려들곤 했지요. 이번에도 그렇게 몰려들었습니다. 자, 만찬이 끝나자 그가 한가운데로 나왔는데, 손에는 종잇장 하나가, 당국에 제출할 정식 보고서가 들려 있었습니다. 마침 경찰 국장도 그 자리에 참석했기 때문에 바로 그 즉시, 만찬에 모인 일동 앞에서 큰 소리로 종잇장을 읽었는데, 거기에는 범행 일체가 상세하게 묘사되어 있었습니다. "저는 저 같은 불한당을 스스로 인간 사회에서 추방하려 합니다, 하느님께서 저를 방문하셨으니 고통받고 싶습니다!"라는 말로 서류는 끝을 맺었습니다. 그러고는 당장 자신의 범죄를 증명할 수 있다고 생각되는, 십사 년간 간직해 온 모든 것을 가져와서 탁자 위에 올려놓았습니다. 혐의를 피하려는 생각에 훔쳤던 피살자의 금붙이들, 그녀의 목에서 떼어 낸 메달과 그녀의 십자가—그 메달 속에는 그녀의 약혼자의 초상화가 들어 있었습니다—수첩, 끝으로 두 통의 편지였습니다. 그중 한 통의 편지는 약혼자가 그녀에게 쓴 것으로 곧 간다는 내용을 담고 있었고, 다른 한 통은 다음 날 우체국에 가서 부치려고 책상 위에 남겨 둔, 시작은 했으나 끝을 맺지는 못한 그녀의 답장이었습니다. 두 통의 편지를 그는 챙겼던 것인데, 도대체 무엇을 위해서일까요? 무엇을 위해서 그 이후 십사 년 동안, 증거를 없애지 않고 간직해 온 것일까요? 자 그런데 바로 다음과 같은 일이 일어났습니다. 다들 소스라치게 놀라 경악을 금치 못했고, 호기심은 굉장했어도 아무도 실성한 듯싶은 그의 말을 믿으려 하지 않았으며, 며칠 뒤에는 이미 모든 집에서 불행한 사람이 정신이 나간 것이라고 완전히 단정 짓고 결론을 내려 버렸습니다. 당국과 재판소는 조사에 착수하지 않을 수 없었지만, 그들도 곧 중단해 버렸습니다. 설사 제시된 물건과 편지를 보면 심사숙고하지 않을 수 없는 상황이었다고 해도, 또 만약 이 서류가 신빙성이 있다 할지라도 어쨌거나 이 서류만을 근거로 최종적인 유죄 판결을 내릴 수는 없다는 결론이 났던 것입니다. 게다가 이 모든 물건들은 그녀와 알고 지낸 사이였던 만큼 그녀가 그에게 직접 맡긴 것일 수도 있지 않습니까. 하지만 이후에는 이 물건들이 진짜 피살자의 것이었음이 피살자의 많은 지인들과 친지들을 통해서 검증되었으며 여기에는 의심의 여지가 있을 수 없다는 얘기를 들었습니다. 그럼에도 이 사건은 다시금 종결될 수 없는 성질의 것이었습니다. 닷새쯤 뒤에 모든 사람들은 이 수난자가 병이 났으며 목숨이 위태롭다는 것을 알게 됐으니까요. 무슨 병이었는지는 설명할 수 없지만 심장 장애라고들 말했는데, 그의 부인의 강청에 따라 의사위원회에서 그에게 정신감정을 실시한 결과 그에게는 이미 정신 이상의 징후가 있다는 결론이 나왔다는 사실도 알려졌습니다. 사람들이 내게 질문 공세를 퍼부었을 때도 나는 아무것도 불지 않았지만, 내가 그에게 병문안을 가고 싶어 했을 때는 오랫동안 내게 욕을 퍼부었고 특히 그의 부인이 더 심했습니다. 그녀가 내게 말하더군요. "이건 당신이 그분의 마음을 어지럽혔기 때문입니다, 전에도 음울한 성격이긴 했지만 최근 일 년간은 모든 사람들이 눈치를 챌 정도로 비정상적인 흥분이나 이상한 행동들을 보이곤 했는데, 그때 때마침 당신이 그분을 파멸시킨 거예요. 그러니까 당신이 그분을 붙들어 놓고 이상한 것들을 주입시켰고 그분은 지난 한 달 내내 당신 곁을 떠난 적이 없으니까요." 어쩌겠습니까, 부인뿐만 아니라 도시의 모든 사람들이 나에게 덤벼들어 나를 비난했으니 말입니다. "이건 전부 다 당신 탓입니다."라고 하더군요. 나는 잠자코 있었지만 내심 기뻤는데, 이는 하느님이 자기 스스로에게 맞서 일어섰으며 스스로를 벌한 자에게 틀림없는 자비를 베풀었음을 보았기 때문이지요. 저는 그가 정신 이상이라는 것을 믿을 수 없었습니다. 그나저나 마침내 나는 그와의 면회를 허락받았는데, 그가 먼저 나와 작별 인사를 나누고 싶다고 집요하게 요구했던 것입니다. 안으로 들어서자 나는 대번에, 그에겐 며칠은커녕 몇 시간도 남아 있지 않음을 알았습니다. 그는 허약하고 싯누렇게 떠 있었으며 손은 부들부들 떨리고 숨을 헐떡였지만, 그래도 시선은 감동과 기쁨에 젖어 있었습니다.

"이루어졌네!" 나에게 말했습니다. "오래전부터 자네를 보고 싶었건만, 왜 오지 않았나?"

나는 사람들이 그와의 면회를 허락하지 않았다는 얘기는 그에게 하지 않았습니다.

"하느님이 나를 어여삐 여겨서 자기 곁으로 부르는 것이야. 내가 죽어 가고 있다는 건 알지만, 그 오랜 세월 이후 처음으로 기쁨과 평화를 맛보고 있네. 응당 해야 했던 것을 이행하자마자 일시에 내 영혼 속에서 천국을 느꼈던 거야. 이제는 감히 내 아이들을 사랑할 수도, 아이들에게 입을 맞출 수도 있겠네. 내 말을 믿지 않아, 아내도, 나의 재판관들도 아무도 믿지 않았지. 아이들도 결코 믿지 않겠지. 이것만 봐도 나의 아이들을 향한 하느님의 자비를 알 수 있다네. 내가 죽더라도 내 이름은 아이들에게 오점 하나 없는 청렴한 것으로 남을 테지. 이제는 하느님을 예감하면서, 마음이 꼭 천국에 있는 양 즐겁다네⋯⋯ 의무를 이행했으니⋯⋯."

말도 제대로 할 수 없을 만큼 숨을 헐떡이면서 그는 내 손을 열렬하게 쥐고 불타는 듯한 눈빛으로 나를 바라보더군요.

하지만 우리는 그다지 오랫동안 얘기를 나누진 못했는데, 그의 아내가 끊임없이 우리를 훔쳐봤기 때문이지요. 어쨌거나 나에게 다음과 같은 말을 속삭일 시간은 있었습니다.

"그런데 그때 내가 두 번째로 자네의 집을 찾았던 걸 기억하나, 자정에 말일세? 그러고는 자네에게 그걸 꼭 기억해 두라고 한 것도? 무엇 때문에 들어갔는지는 알고 있나? 실은 자네를 죽이려고 갔던 거라네!"

나는 몸을 부르르 떨었다.

"그때 나는 자네의 집을 나와서 암흑으로 뒤덮인 거리를 배회하며 나 자신과 싸웠다네. 그러자 갑자기 자네가 너무 증오스러워져서 거의 심장이 터질 지경이었지. '이제 저놈만이 유일하게 나를 옥죄는 사람, 나의 판관이다, 저놈이 모든 것을 알고 있는 이상, 이미 내일의 벌은 거부할 수 없는 것이다.'라는 생각이 들었다네. 자네가 나를 밀고할까 봐 무서웠던 것이 아니라(이런 건 생각조차도 안 했네.) '자수하지 않으면 저놈 얼굴을 어떻게 볼 것인가?'라는 생각이 들었던 거야. 비록 자네가 이 세상 끝 어디에 있다고 할지라도 버젓이 살아 있다면 어쨌거나, 자네가 살아 있어서 모든 것을 알고 있고 나를 심판한다는 이 생각은 정말 참을 수 없는 것이지. 나는 자네를 증오했네, 마치 모든 원인, 모든 책임이 자네에게 있는 양. 그때 자네의 방을 다시 찾았을 때, 나는 자네의 탁자 위에 단검이 놓여 있던 걸 기억하네. 나는 자리에 앉았고, 자네에게도 앉으라고 부탁한 뒤 꼬박 일 분간 생각했지. 만약 내가 자네를 죽였다면, 나는 옛날의 범죄를 공표하지 않았다고 해도 어쨌거나 자네를 죽인 것으로 인해 파멸했을 것이야. 하지만 나는 그 순간에는 이런 생각은 전혀 하지도 않았고 그러고 싶지도 않았지. 나는 그저 자네를 증오했을 뿐이고 모든 일에 대해 자네에게 있는 힘껏 복수하고 싶었다네. 하지만 나의 주님이 내 마음속의 악마를 무찔렀지. 그나저나, 자네가 죽음에 그토록 가까이 가 있었던 적은 결코 없었다는 것이나 알아 두게."

일주일 뒤 그는 죽었습니다. 그의 관이 무덤까지 가는 길에 도시의 모든 사람들이 동행했습니다. 대사제의 감격에 찬 조사(弔詞)가 있었습니다. 그의 수명을 단축시킨 무서운 병을 두고 통곡했습니다. 하지만 그의 장례식이 끝나자, 전 도시가 나에게 대항하여 일어났으며 심지어 더 이상 나를 손님으로 받아들이지도 않게 됐습니다. 사실, 몇몇 사람들이, 처음에는 소수였지만 나중에는 점점 더 많은 사람들이 그의 증언이 사실이었다고 믿기 시작했으며, 자주 나를 방문하여 엄청난 호기심과 기쁨을 내보이며 캐묻기 시작했지요. 사람이란 의인의 몰락과 그의 치욕을 좋아하니까요. 하지만 나는 입을 다물고 있다가 곧 그 도시에서 완전히 떠났으며 오 개월쯤 뒤에는 주 하느님에 의해 확고하고 장엄한 길로 들어서게 되었으니, 나에게 이토록 분명하게 이 길을 지시해 준 보이지 않는 손가락을 축복하면서 말입니다. 많은 고통을 겪은 하느님의 종 미하일을 나는 오늘날까지도 매일 기도를 드리면서 기억하고 있습니다.

3 조시마 장로의 담화와 가르침 중에서

마) 러시아의 수도사와 그 가능한 의의에 관하여

신부님들, 선생님들, 수도사란 무엇입니까? 오늘날과 같이 계몽된 세계에서 어떤 이들은 냉소적으로 이 말을 사용하고 또 다른 이들은 욕설로 사용하지요. 그것도 날이 가면 갈수록 더 심해집니다. 사실, 오, 사실 수도사 사회에도 기생충들, 호색한들, 음탕꾼들, 뻔뻔스러운 부랑인들이 많이 있습니다. 이들을 가리켜 속세의 사람들은 "당신들은 게으름뱅이에 사회의 무용지물, 다른 사람의 노동으로 먹고사는 후안무치한 거지들에 불과하다."라고들 하지요. 하지만 수도사 사회에는 겸손하고 온순한 자들, 정적 속에서의 열정적인 기도와 고립을 갈구하는 이들이 그 못지않게 많이 있습니다. 속세에서 이런 이들을 가리키는 일은 좀체 없으며 이들에 대해선 숫제 입을 다물어 버리기 일쑤기 때문에, 만약 내가 이렇게 고립된 기도를 갈구하는 온순한 이들 덕분에 다시 한번 러시아 땅이 구원될지도 모른다고 말한다면, 다들 깜짝 놀랄 테지요. 이들은 진실로 정적 속에서 '한 시간, 하루, 한 달, 일 년을 위하여' 단련했습니다. 그리스도의 형상을 일단은 고대 신부들, 사도들, 순교자들로부터 전해진 하느님의 진실의 순수한 모습 그대로 왜곡하지 않고 장엄하게 자신의 고립 속에서 간직하고 있다가 필요할 때가 되면 이 세상의 동요하는 진실 앞에 내보일 것입니다. 이 생각은 위대한 것입니다. 이 별은 동방에서부터 빛날 것입니다.

수도사에 대한 나의 생각은 이러한데, 정녕 이것이 거짓된 것이며 정녕 오만한 것입니까? 속세 사람들을 한번 보십시오, 하느님의 민중 위에 군림하고 있는 온 세상, 거기서 하느님의 얼굴과 그분의 진실이 왜곡되어 있진 않습니까? 그들에게는 과학이 있지만, 과학 속에는 오직 감각에 종속된 것만이 있을 따름입니다. 정신적인 세계, 인간 존재의 드높은 반쪽은 완전히 거부되어 증오마저 깃든 어떤 의기양양함과 함께 추방되어 버렸습니다. 세계는 자유를 선언했지만, 특히 최근에 더더욱 그러했지만, 그들의 이 자유에서 우리가 보는 것은 도대체 무엇입니까? 오로지 노예적인 굴종과 자살뿐입니다! 세상은 "어떤 욕구가 있다면 그것을 실컷 충족시켜라, 왜냐면 누구나 아주 명망 있고 아주 부유한 사람들과 똑같은 권리를 갖고 있으니까. 욕구를 충족시키는 데 두려움을 갖지 말고, 오히려 그것을 증대시켜라."라고 말하고 있으니, 자 바로 이것이 지금 세상의 가르침입니다. 여기서 자유를 보는 것이지요. 이러한 욕구 증대의 권리에서 도대체 어떤 결과가 나옵니까? 부유한 자들에게는 고립과 정신적인 자살, 가난한 자들에게는 질투와 살인이 있을 뿐이니—이는 권리를 주었으되 욕구를 만족시킬 수단은 가르쳐 주지 않았기 때문입니다. 사람들은, 세상은 날이 가면 갈수록 거리를 축소시키고 공중으로 사상들을 전달함으로써 더욱더 합일에 다다르고 형제와 같은 관계를 갖게 될 것이라고들 단언합니다. 오호, 사람들의 이런 합일을 믿지 마십시오. 자유를 욕구의 증대와 시급한 해소로 이해함으로써 자신의 본성을 왜곡하는 것이니, 왜냐면 그들의 내부에서는 무수한 어리석은 욕망들, 습관들, 터무니없는 발상들이 생겨나기 때문입니다. 오로지 서로를 향한 질투, 육욕, 자만을 위해서 살 뿐이지요. 잦은 연회와 외출, 마차, 지위, 시중드는 노예들을 갖는 것은 이미 필수적인 요소로 간주되기 때문에 그것을 충족하기 위해서라면 목숨과 명예와 인류애마저도 희생할 수 있을 정도이며, 만약 충족되지 못한다면 자살까지도 서슴지 않습니다. 부유하지 않은 사람도 마찬가지 현상을 보여 주는데, 가난한 자들의 경우에는 욕구 불만에서 생기는 질투를 일단은 음주로 억누르고 있습니다. 하지만 그들은 곧 포도주 대신에 피를 들이마시게 될 것이니, 이것이 그들의 말로가 되는 것이지요. 내 여러분에게 묻습니다. 이런 사람이 자유로운 것입니까? 내가 알고 있는 어떤 '이념의 투사'는 감옥에서 담배를 빼앗겼을 때 이 박탈이 너무도 고통스러운 나머지 자기한테 담배만 준다면 그 즉시 서슴지 않고 자신의 '이념'을 배반할 것 같았노라고 나에게 이야기하곤 했습니다. 바로 이런 사람이 "인류를 위해서 투쟁하러 간다."라고 말하는 겁니다. 이런 자가 과연 어디로 가서 무슨 일을 할 수 있겠습니까? 즉각적인 행동이라면 모를까, 오래 버텨 내지는 못할 겁니다. 그러니, 젊은 시절 나의 신비스러운 방문객이자 나의 스승이었던 그분이 나에게 말했던 대로, 이런 자들이 자유 대신 노예적 굴종에 빠져들고 형제애와 인류의 합일에 봉사하는 대신 오히려 단절과 고립 속에 빠져들게 되었다고 해도 놀랄 일은 아닙니다. 그러니까 인류에 봉사해야 된다거나 형제애나 사람들이 합일에 이르러야 된다는 생각이 세상에서 점점 더 사그라지고 심지어 이제는 조소의 대상이 되기도 하는데, 이 노예와 같은 인간이 제멋대로 고안해 낸 이 무수한 욕구들을 해소하는 데 그토록 익숙해졌다면 자신을 끌어당기는 이 습관들을 어떻게 떨쳐 버리겠으며 또 어디로 가겠습니까? 자기 자신이 고립 속에 놓여 있는 마당에 전체가 그에게 무슨 상관입니까. 그리하여 결국엔 물건은 더 많이 모으게 됐지만 기쁨은 더 적어지게 됐지요.

수도사의 길은 다른 것입니다. 복종과 금욕과 기도가 비웃음을 사기도 하지만, 오직 이런 것들 속에만 그야말로 참된 진짜 자유로 가는 길이 들어 있습니다. 자기 자신으로부터 쓸데없고 불필요한 욕구들을 떨쳐 내고 나의 자존심에서 비롯되는 오만한 의지를 복종으로써 다스리고 채찍질하여 이로써 하느님의 도움으로 정신의 자유에, 그와 더불어 정신적인 명랑함에 다다르는 것입니다! 그들 중 누가 위대한 사상을 드높일 수 있으며 이것에 봉사하러 나설 수 있겠습니까—고립된 부자입니까, 아니면 물질들과 습관들의 전횡으로부터 해방된 이자입니까? 수도사는 고립을 자초한다는 힐난을 듣곤 합니다. "너 자신을 구원하기 위해 수도원의 벽 속에 고립되었고, 인류에게 형제와 같이 봉사하는 것을 잊지 않았는가." 하지만 한 번 더 보십시다, 누가 더 형제애를 실현하기 위해 힘쓰고 있습니까? 고립은 우리가 아니라 그들에게 있는 것이건만, 그들은 이것을 보지 못합니다. 예부터도 우리에게서 민중의 활동가들이 나왔건만, 무엇 때문에 지금은 그럴 수 없다는 겁니까?

이 겸손하고 온순한 금욕주의자들, 묵언 수행자들이 들고일어나 위대한 일을 위해 나갈 것입니다. 루시의 구원은 민중으로부터 나오는 겁니다. 러시아의 수도원은 태곳적부터 민중과 함께였습니다. 민중이 고립되어 있다면, 우리도 고립되게 마련입니다. 민중은 우리와 같은 방식으로 믿고 있으며, 믿음이 없는 활동가는 설사 그의 마음이 아무리 진실 되고 머리가 아무리 천재적일지라도 우리 러시아에서는 아무 일도 하지 못할 것입니다. 이것을 유념해 두십시오. 민중은 무신론자를 맞이하여 그를 무찌를 것이며, 단일한 정교의 루시가 도래할 것입니다. 민중을 아끼고 또한 민중의 마음을 아끼십시오. 정적 속에서 민중을 교육하십시오. 자, 바로 이것이 우리 수도사의 위업일지니, 이는 이 민족이 신을 잉태한 민족인 까닭입니다.

바) 주인과 하인에 관하여, 주인과 하인이 정신적으로 서로 형제가 될 수 있는가에 관하여

아, 슬프게도, 혹자는 민중에게도 죄가 있다고 말합니다. 부패의 불꽃은 심지어 눈에 뜨일 만큼 증가하여 시시각각 위에서 아래로 내려옵니다. 민중 속에서도 고립이 도래하고 있습니다. 부농들과 착취자들이 생겨나기 시작합니다. 이제는 상인조차 점점 더 많이 존경을 바라고 교양이란 전혀 없으면서도 스스로를 교양 있는 자로 내세우고자 하며 이것을 위하여 예스러운 풍습을 추악하게 경멸하고 심지어 조상들의 믿음마

저 수치스러워합니다. 공작들 집을 드나들지만, 그래 봐야 그 자신은 타락한 농사꾼일 따름이지요. 민중은 음주 때문에 완전히 썩어 문드러져서 이미 그것에서 헤어날 수 없는 상태입니다. 가족과 아내, 심지어 아이들에게까지도 얼마나 잔혹하게 구는지요. 이 모든 것이 다 음주 때문입니다. 나는 공장에서 열 살 남짓한 아이들마저도 보았습니다. 하나같이 병약하고 부실하고 등이 굽은, 벌써 방탕에 물든 아이들이지요. 갑갑한 건물 안, 덜커덩거리는 기계, 하루 종일 계속되는 노동, 음탕한 말들과 술, 또 술, 아니 이렇게 어린 아이의 영혼에 이런 것이 왜 필요합니까? 아이에게 필요한 것은 태양, 아이들의 놀이, 곳곳에 해맑은 모범, 한 방울이라도 그 아이를 향한 사랑입니다. 그렇습니다, 이런 일이 없도록, 수도사 여러분, 아이들을 괴롭히는 일이 없도록 들고일어나서 어서 빨리, 빨리 설교하십시오. 하지만 하느님이 러시아를 구원할 것이니, 이는 평민이 방탕하여 어쩔 수 없이 추악한 죄를 짓는다 할지라도 그는 어쨌거나 자신의 추악한 죄가 하느님의 저주에 의한 것임을, 죄를 지음으로써 자신이 고약한 짓을 저질렀음을 알고 있기 때문입니다. 우리의 민중은 끊임없이 진실을 믿기 때문에 하느님을 인정하고 감동의 눈물을 흘립니다. 상류층 사람들은 다릅니다. 그들은 과학을 좇아 예전처럼 그리스도 없이 오직 자신의 머리만으로 공정한 세상을 이룩하길 원하며 이미 범죄도, 죄도 없다고 선포했습니다. 물론 이것도 그들의 견해에 따르면 올바른 것입니다. 왜냐면 여러분에게 하느님이 없다면, 그때는 무슨 범죄가 있겠습니까? 유럽에서는 민중이 이미 무력으로 부자들에게 대항하고 있고, 민중의 우두머리들이 방방곡곡에서 민중을 유혈로 이끌어 가면서 민중의 분노가 정당하다고 가르치고 있습니다. 하지만 "그들의 분노는 잔혹하기 때문에 저주받은 것입니다." 그럼에도 주님께서 러시아를 구하실 것이니, 이미 여러 번 구원했듯이 말입니다. 그 구원은 민중으로부터, 민중의 믿음과 겸손으로부터 나올 것입니다. 신부님들, 스승님들, 민중의 믿음을 소중히 아낄지니, 이것은 꿈이 아닙니다. 우리의 위대한 민중 속에 깃든 장엄하고 참된 존엄성은 일평생 나에게 충격을 안겨 주었으며, 내 눈으로 그것을 보았으니 내 눈으로 증명할 수도 있는데, 추악한 죄들과 우리 민중의 헐벗은 모습에도 불구하고 내 눈으로 똑똑히 보고서 놀라워했으니까요. 민중은 노예처럼 비굴하지 않으며, 두 세기에 걸쳐 노예 생활을 해 왔음에도 그러합니다. 그 자태와 태도가 자유롭되, 그렇다고 해서 모욕받은 냄새가 나는 것도 전혀 아닙니다. 복수심이나 시기심에 사로잡혀 있지도 않습니다. '너는 명망 있는 사람이다, 너는 부자이다, 너는 똑똑하고 재능 있다——그래, 하느님이 너를 축복하길. 너를 존경하지만, 나도 사람이라는 걸 알고 있다. 시기심 없이 너를 존경함으로써 한 인간으로서의 나의 존엄성을 네 앞에 보이는 것이다.' 진정으로, 이런 말을 하지는 않더라도(아직 이런 말을 할 줄 모르니까요.) 그렇더라도 행동으로 이것을 보여 주는 것이니, 나 자신이 이것을 보았고 경험했습니다. 믿으실지 어떨지 모르겠지만, 우리 러시아 사람은 가난하면 할수록 또 지위가 낮으면 낮을수록, 숭고한 진실만은 더 부각되는데, 이는 그들 중 다수의 부농과 착취자가 이미 타락했기 때문이니, 이것은 참으로 많은 부분, 우리의 태만과 무관심에서 비롯된 것입니다! 하지만, 하느님이 자신의 사람들을 구원할 것이니, 이는 러시아가 위대한 것이 자신의 겸허함 때문인 까닭입니다. 나는 우리의 미래를 보기를 꿈꾸며 벌써부터 그것이 선명하게 보이는 듯합니다. 가장 타락한 우리의 부자도 결국에는 가난한 자 앞에서 자신의 부를 부끄러워하게 될 것이며 가난한 자도 이 겸허함을 보고서 그를 이해하여 기꺼이 양보하고 그의 숭고한 수치심에 다정하게 화답하게 될 테니까요. 결국 이렇게 되리라는 것을 믿으십시오. 꼭 이런 결말이 날 것입니다. 평등은 오직 인간의 정신적 존엄성 속에만 깃들어 있는 것이며, 이것은 우리들만이 깨닫게 될 겁니다. 만약 형제가 된다면 박애도 생겨날 것이지만, 박애가 생기기 전에는 분배란 불가능할 겁니다. 우리가 그리스도의 형상을 간직하고 있으니, 그것은 귀중한 금강석처럼 온 누리에 빛날 것입니다……. 아멘, 아멘!

신부님들, 스승님들, 한번은 나에게 감동적인 일이 일어났습니다. 순례를 하던 어느 날, 나는 K현의 도시에서 나의 옛 당번병이었던 아파나시를 만났는데, 그와 헤어진 지 벌써 팔 년이 지난 때였지요. 시장에서 우연히 나를 보자마자 바로 알아보고는 나에게로 달려와 정말이지 나를 덮칠 듯 기뻐하는 것이었습니다. "나리, 주인 나리, 정말 나리십니까? 정말 이렇게 나리를 보게 되다니요?" 그러곤 나를 자기 집으로 데려갔습니다. 그는 이미 전역했고, 결혼도 했고, 이미 두 명의 어린애, 그러니까 갓난애를 두고 있었습니다. 그리고 부인과 함께 시장에서 노점상을 하면서 푼돈을 벌며 살고 있었습니다. 그의 방은 가난했지만 깨끗하고 기쁨이 넘쳐 났습니다. 나를 자리에 앉히고 사모바르를 올려놓고 아내를 부르러 사람을 보냈으니, 꼭 내가 그의 집에 나타난 것이 그에게 무슨 축제나 된 것 같았습니다. 아이들도 내 곁으로 데려왔습니다. "축복해 주십시오, 나리." "나더러 축복을 해 달라는 것인가?"라고 내가 그에게 대답합니다. "나는 평범하고 보잘것없는 수도사일 뿐이니, 그저 아이들을 위해 하느님께 기도를 드리겠네, 자네에 대해서라면, 아파나시 파블로비치, 바로 그날 이후 언제나 매일 하느님께 기도를 드린다네, 왜냐면 모든 것이 자네 덕택이니까." 하고 말합니다. 그러고는 그에게 할 수 있는 한 요령껏 이 일을 설명해 주었습니다. 그랬더니 이 사람은 나를 보면서도 여전히 그의 옛 주인 나리이자 장교였던 내가 지금 이런 행색으로, 이런 옷을 입고 그의 앞에 나타났다는 것이 믿기지 않는 듯한 눈치였습니다. 심지어 울음을 터뜨리기도 했지요. "아니 왜 우는 것인가?" 내가 그에게 말합니다. "자네는 도저히 잊을 수 없는 사람이라네, 차라리 나를 위하여 기쁜 마음을 갖게나, 이보게, 나의 길은 기쁨으로 차 있고 밝으니 말일세." 그는 말을 많이 하지는 않았지만 연신 탄식을 내지르며 감동에 젖은 듯 나를 향해 고개를 끄덕였습니다. 그러더니 "나리의 재산은 어디에 있습니까?"라고 묻더군요. 그에게 대답하길 "수도원에 기부한 뒤 우리는 공동 숙소에 살고 있다네."라고 했지요. 차를 마신 뒤 나는 그와 헤어지려 했는데, 갑자기 그가 나에게 반 루블짜리 은화 한 닢을 수도원 기부금으로 내

주었고, 그러고도 보니 은화 한 닢을 더 나의 호주머니에 쑤셔 넣으면서 서둘러 "이건 나리께, 여행 중이신 이상한 분인 나리께 드리는 겁니다, 행여 요긴하게 쓰일지도 모르니까요, 나리." 라고 합디다. 나는 그의 은화 한 닢을 받고 그와 그의 부인에게 인사를 한 뒤 기쁨에 차서 떠났는데, 길을 가다 보니 '자, 이제 그는 자기 집에 있고 나는 길을 가는 자이지만, 우리 둘은 탄식을 내지르며 즐거운 마음으로 기쁘게 웃고 고개를 끄덕이며 하느님이 우리를 이렇게 만나게 해 준 것을 회상하리라.'라는 생각이 듭디다. 그때 이후로 나는 그를 더 이상 보지 못했습니다. 나는 그의 주인이었고 그는 나의 하인이었지만, 그와 내가 정신적인 감동에 젖어 서로 정답게 입을 맞춘 지금, 우리 사이에는 위대한 인간적인 합일이 이루어졌던 것입니다. 나는 이 점에 대해 많이 생각했으며, 지금은 다음과 같은 생각을 해 봅니다. 즉, 이 위대하고 소박한 합일이 때가 되어 우리 러시아인들 사이에서 어디서나 이루어질 수 있으리라는 생각이 정녕 이다지도 납득하기 힘든 것인가? 그것은 기필코 이루어질 것이며 그 시기도 가까워졌노라고 믿고 있는 바입니다.

하인들에 대해서는 다음과 같은 얘기를 덧붙이고자 합니다. 나는 이전에 젊었을 적엔 하인들에게 화를 많이 냈습니다. '요리사 아줌마가 내온 음식이 너무 뜨겁다, 당번병이 옷을 안 빨았다.'라면서요. 하지만 그때, 내가 어렸을 때 나의 사랑스러운 형님으로부터 들었던 사상이 떠올라 갑자기 나를 밝혀 주었지요. '내가 도대체 남의 시중을 받을 만한 가치가 있는가,

그저 빈한하고 무지하다는 이유로 남을 마구 부려 먹을 자격이 있는 몸인가?'라는 사상이. 그러고서 그때 나는 누가 봐도 명백하고 단순하기 그지없는 생각들이 우리의 머릿속에 이렇게 뒤늦게 떠오를 수 있다니, 의아스러웠습니다. 하인 없이 세상을 살 수 없다면, 너의 하인이 그 정신에 있어서는 하인이 아니었을 경우보다도 더 자유로울 수 있도록 할지니. 또한 내가 나의 하인에게 하인이 되어 그도 이것을 깨닫고 내 쪽에서는 이미 어떤 오만함도 갖지 않게 되고 하인 쪽에서는 어떤 불신도 갖지 않게 되는 것이 왜 불가능할까요? 왜 나의 하인이 나에게 혈육과 같이 될 수 없을까, 내가 마침내 그를 내 가족으로 받아들이고 이것에 기뻐할 순 없는 것일까요? 이것은 지금이라도 이루어질 수 있는 것이며, 이는 사람이 자신을 위해 하인들을 찾지 않고 지금처럼 자기와 비슷한 사람들을 하인으로 삼으려는 소망을 버릴 때, 오히려 복음서에 따라 그 자신이 나서서 열과 성의를 다하여 모든 사람을 위한 하인이 되고자 소망할 그때, 그 미래에 있을 사람들의 장엄한 합일을 위한 기초가 될 것입니다. 결국에 가서 사람은 지금과 같이 잔인한 기쁨, 즉 폭식과 방탕과 자만과 교만, 남 위에 군림하고자 하는 질투심 속에서가 아니라 오직 계몽과 자비의 위업에서만 자신의 기쁨을 발견하게 될 것이니—정녕 이것이 헛된 꿈에 불과하단 말입니까? 결코 그렇지 않으며, 오히려 그 시간이 가까워졌노라고 확신하고 있습니다. 사람들은 비웃으면서 물어들 보곤 합니다. 그 시간이 언제 도래할 것인가, 과연 도래할 기미가 보이긴 하는가? 나는 우리가 그리스도와 함께 이 위대한 과업을 이룩할 것이라고 생각합니다. 이 땅의 인류의 역사를 보면 십 년 전만 해도 생각도 할 수 없었던 이념들이, 그것들을 위한 신비스러운 시간이 도래하자마자, 갑자기 그 모습을 드러내어 온 땅을 휩쓸어 버린 경우가 얼마나 많았습니까? 우리에게도 그런 일이 일어나, 우리 민족이 세계를 밝게 비출 것이며, 모든 사람들은 "집 짓는 이들이 내버린 돌이 모퉁이의 머릿돌이 되었노라."[10]라고 말할 것입니다. 그나저나, 조롱을 일삼는 사람들에게 한번 물어봅시다. 만약 우리 생각이 한낱 꿈에 불과하다면, 당신들이야말로 도대체 언제 저 건물을 지어 올릴 것이며 그리스도 없이 오로지 자신의 머리만으로 공정한 세상을 만들 수 있겠는가? 만약 그들이 자기들이야말로 오히려 합일을 향해 나아가고 있다고 주장한다 해도, 진정으로 그것을 믿는 자들은 그들 중 가장 단순 소박한 자들일 뿐이며, 이 단순 소박함이야말로 놀랄 만한 것이지요. 진정으로, 그들의 몽상적 환상이 우리의 그것보다 더 큰 겁니다. 그리스도를 배척하고서 올바른 세상을 만들 수 있다고 생각하다니, 결국에는 세상을 피로 물들이게 될 것인데, 이는 피는 피를 부르고 칼을 뽑아 든 자는 칼로 망할 것이기 때문입니다.[11] 만약 그리스도의 약속이 없다면, 사람들은 이 지상에 최후의 두 사람만 남을 때까지 서로를 죽일 겁니다. 게다가 이 최후의 두 사람도 자신의 오만함 때문에 서로서로를 견디지 못한 나머

10) 시편 117: 22, 마태오복음 21: 42.

11) 마태오복음 26: 52.

지, 한 사람이 다른 한 사람을 죽일 것이며 이로써 가장 마지막으로 남게 된 자도 자기 자신을 죽일 겁니다. 온순하고 겸손한 자들을 위해 이 일이 중단될 것이라는 그리스도의 약속이 아니라면, 정말로 이렇게 되고야 말 겁니다. 그 시절, 내가 아직 군복을 입고 있었을 때, 결투가 끝나고 내가 사교계에서 하인들에 대해 이런 얘기를 하기 시작하자 다들 내 말에 깜짝 놀라 하던 일이 기억나는군요. "아니 그럼, 우리가 하인들을 소파에 앉히고 그들에게 차를 내다 바쳐야 된다는 겁니까?" 그때 나는 그들에게 "가끔 그렇게 못 할 것도 없잖습니까?"라고 대답했지요. 그러자 다들 웃음을 터뜨렸습니다. 그들의 질문은 경솔했고 나의 대답은 불명료했지만, 거기에는 적지 않은 진리가 들어 있었노라고 생각합니다.

사) 기도에 관하여, 사랑에 관하여, 그리고 다른 세계들과의 접촉에 관하여

청년이여, 기도하는 것을 잊지 말라. 그대가 기도를 할 때마다, 만약 그것이 참되다면, 새로운 감정이 솟아날 것이며 거기에는 그대가 이전에는 몰랐지만 새로이 그대의 기운을 북돋아 줄 새로운 생각도 들어 있다. 그리하여 기도가 곧 교육임을 깨달을 것이다. 이것도 기억해 두라. 매일 그대가 할 수 있을 때마다 속으로 '주여, 오늘 하루 주님 앞에 나타난 모든 자들을 어여삐 여기시옵소서.'라고 되뇌도록 하라. 이는 매 시각,

매 순간 수천 명의 사람들이 이 땅에서의 자신의 삶을 끝내고 그들의 영혼이 주님 앞에 서기 때문이며—그들 중 많은 사람들이 아무도 모르게, 누구 하나 그들을 안쓰러워하기는커녕 심지어 그런 사람이 살았는지 어땠는지도 전혀 모르는 가운데 슬픔과 우수 속에서 땅과 완전히 결별하기 때문이다. 자, 이제, 그들의 명복을 비는 그대의 기도가 이 땅의 반대편 끝에서부터 주님께로 올라갈 것이니, 비록 그대도 그들을 모르고 그들도 그대를 전혀 몰랐다 할지라도 그럴 것이다. 주님 앞에 공포감을 느끼며 섰던 그의 영혼이 자신을 위해서도 기도를 해 주는 자가 있으며 지상에 자기를 사랑해 주는 인간 존재가 남아 있음을 느낀다면 바로 그 순간 얼마나 감동하겠는가. 더욱이 하느님은 그대들 둘을 모두 더욱더 자비롭게 바라볼 것이니, 이는 그대가 그들을 이미 그토록 안쓰러워했다면, 하느님은 그대보다 더 한량없는 자비와 사랑을 지니고 그들을 안쓰러워할 것이기 때문이다. 또한 그대를 봐서라도 그를 용서할 것이다.

형제들이여, 사람들의 죄를 두려워하지 말고 그가 지은 죄에도 불구하고 그 사람을 사랑할지니, 이는 하느님의 사랑과 최대한 닮은 사랑이야말로 지상의 사랑 중 으뜸인 까닭이다. 하느님의 모든 창조물을, 그 전체를, 모래알 하나까지도 사랑하라. 잎사귀 하나, 하느님의 햇살 하나까지도 사랑하라. 동물을 사랑하고 식물을 사랑하고 모든 사물을 사랑하라. 모든 사물을 사랑하면 사물 속에 깃든 하느님의 비밀을 깨닫게 될 것이다. 한번 깨닫게 되면 그때는 앞으로 매일매일 끊임없이 그것을 더욱더 많이 인식하게 될 것이다. 그러면 결국엔 그때부터 전일적이고 전 세계적인 사랑으로 전 세계를 사랑하게 될 것이다. 동물들을 사랑하라. 하느님은 그들에게 생각들의 시초와 평온한 기쁨을 주었다. 그 기쁨을 깨뜨리지 말 것이며 그들을 괴롭히지 말 것이며 그들에게서 기쁨을 빼앗지 말 것이며 하느님의 생각에 반하지 말지어다. 인간이여, 동물들 위에 군림하려 들지 말지어다. 그들은 죄 없는 존재이지만, 인간인 그대는 위대하게 이 땅에 나타났다는 이유만으로도 땅을 썩어 문드러지게 하고 자신의 썩은 고름을 죽은 뒤에도 남겨 놓곤 하니—오호, 우리 모두가 거의 다 그러하도다! 특히 아이들을 사랑할지니, 이는 그들도 또한 천사처럼 죄 없는 존재로서 우리를 감동시키고 우리의 마음을 깨끗하게 하기 위하여 우리에게 있어 어떤 지표처럼 살고 있는 까닭이다. 갓난애를 욕보인 자에게는 고뇌가 있을지니라. 나에게 아이들을 사랑하라고 가르친 건 안핌 신부였다. 우리가 함께 순례를 할 때 늘 말이 없고 다정스러웠던 그는 희사받은 돈으로 아이들에게 당밀 과자와 사탕을 사서 나누어 주곤 했다. 아이들 곁을 지날 때마다 늘 영혼의 전율을 느끼지 않을 수 없는 그런 사람이었던 것이다.

어떤 생각 앞에서 의혹을 느낄 때가 있는데, 특히 사람들의 죄를 보면 '힘으로 취할 것인가, 아니면 겸허한 사랑으로 취할 것인가?' 하고 자문하게 된다. 그때는 언제나 '겸손한 사랑으로 취한다.'라는 결정을 내리도록 하라. 일단 그렇게 결심하고 나면 전 세계를 정복할 수도 있을 것이다. 겸허한 사랑은 강력한 힘 중에서도 가장 무서운 힘이며 그에 맞먹을 것은 아무것도 없다. 매일, 매 시각, 매 순간 자기 주위를 돌면서 그대의 형상이 장엄한지를 살피도록 하라. 가령 그대가 어린아이의 곁을 지나갈 때 표독스러운 표정을 짓고 추한 말을 하고 격노한 영혼을 지녔다고 치자. 설사 그대는 아이를 보지 못했을 수도 있지만, 그 아이는 그대를 보았으며 그대의 꼴사납고 불결한 형상은 무방비 상태인 아이의 가슴속에 남아 있을 것이다. 그대는 이것을 몰랐겠지만, 이로써 이미 아이에게 고약한 씨앗을 뿌린 셈이며 그것이 자라날 것이니, 이 모든 것이 그대가 아이 앞에서 처신을 잘못했기 때문이고, 조심스럽고 활동적인 사랑을 자기 내부에 키우지 않았기 때문이다. 형제들이여, 사랑이란 스승과 다름없는 것이지만 그것을 획득하는 방법을 알아야 되는 것이니, 이는 그 사랑을 획득하기란 지극히 어렵고 오랜 시간의 일과 오랜 기간을 통해 비싼 대가를 치러야 되기 때문이며, 그저 한 우연한 순간을 위해서 사랑하는 것이 아니라 영원토록 사랑해야 한다. 순간적인 사랑이라면 누구나 다 할 수 있고 심지어 악당조차도 그런 사랑은 하는 법이다. 젊은이였던 나의 형님은 새들에게도 용서를 구했다. 이것은 터무니없어 보이지만 실은 진실이었으니, 이는 모든 것이 대양과 같아서 흘러 흘러서 서로 만나게 되므로 한 곳을 건드리면—세계의 반대편 끝에서 그 반향이 울려 퍼지는 까닭이다. 새들에게 용서를 구하는 것이 미친 짓이라고 해도, 그대 자신이 지금 그대의 모습보다 더 장엄하다면, 아주 조금이라도 더 그러하다면, 새들도, 아이들도, 자네의 주위에 있는 온갖 동물들도 한결 더 가뿐해질 것이다. 모든 것이 대양과 같다고 내 그대들에게 말하지 않는가. 그때는 전일적인 사랑으로 괴로워하며 어떤 환희마저 느끼면서 새들을 향해 자네의 죄를 사해 달라고 기도하게 될 것이다.

나의 벗들이여, 하느님에게서 즐거움을 구하라. 어린아이들처럼, 하늘의 새처럼 즐거워하라. 사람들의 죄가 그대들의 행동에 있어서 그대들을 미혹하지는 않을 것이니, 그것이 그대의 과업을 망쳐 성사되지 못하게 방해할까 봐 두려워하지 말며 "죄도 강력하고 부정도 강력하고 추악한 환경도 강력하건만, 우리는 외롭고 힘이 없으며 추악한 환경이 우리를 망치고 복된 과업의 수행을 방해한다."라고 말하지 말아야 한다. 아이들이여, 이와 같은 우울함에 빠져들지 않도록 하라! 여기서 그대가 구원받을 길은 하나이다. 즉, 스스로를 사람들의 이 모든 죄에 대해 책임이 있는 사람으로 받아들이고 그렇게 만들도록 하라. 벗이여, 이건 정말로 그러하니, 무릇 스스로를 진정 모든 것과 모든 사람들에 대해 책임이 있는 자로 만든다면, 그 즉시 그것이 정말로 사실이며 그대는 정말로 모든 사람들과 모든 것에 대해 죄인이라는 것을 알게 될 것이다. 자신의 나태와 무기력을 사람들에게 떠넘긴다면, 결국에는 사탄과 같은 오만함에 합류하여 하느님에게 불평을 늘어놓게 될 것이다. 사탄의 오만함에 대한 나의 생각은 이러하다. 즉, 우리가 이 땅에서 그것을 이해하기는 어렵고, 바로 그 때문에 우리는 뭔가 위대하고 아름다운 일을 한다고 생각하면서 너무도 쉽게 오류를 범하고 거기에 합류하게 되는 것이다. 우리 본성의 가장 강렬한 감정들과 움직임들 중 많은 것들을 우리는 지금 이 땅에서는 터득할 수 없으니, 이것에 현혹되지도 말 것이며 이것이 그대의 어떤 것을 정당화해 줄 수 있다고도 생각하지 말 것이니, 이는 영원한 재판관은 그대가 이해할 수 없었던 것이 아니라 이해할 수 있었던 것에 대해 그대에게 물을 것이기 때문이며, 그대는 몸소 이 점을 확신할 것이며 그때 가면 모든 것을 올바로 보게 되어 더 이상 논쟁을 벌이지 않을 것이다. 이 지상에서 우리는 참으로 방황하고 있는 것이니, 만약 그리스도의 귀중한 형상이 우리 앞에 없었더라면, 우리는 대홍수 직전의 인류처럼 파멸하여 완전히 길을 잃었을 것이다. 지상의 많은 것이 우리로부터 감추어져 있지만, 그 대신 우리에게는 다른 세계, 드높은 천상의 세계와 우리 사이에 맺어진 생생한 관계에 대한 은밀하고 소중한 감각이 주어졌고, 더욱이 우리의 생각들과 감정들의 뿌리는 이곳이 아니라 다른 세계에 있노라. 바로 그렇기 때문에 철학자들은 지상에서는 사물의 본질을 이해할 수 없다고 말하는 것이다. 하느님이 다른 세계에서 씨앗을 가져와 이 땅에 뿌렸고 그분의 정원을 가꾸었으니, 싹을 틔울 수 있는 모든 것은 싹을 틔웠지만 자라고 있는 것은 오로지 다른 신비스러운 세계와의 접촉의 감각을 통해서만 살아가고 또 이로써만 살아 있는 것이 되는 셈이다. 만약 그대의 내부에서 이 감각이 약해지거나 없어진다면, 그대의 내부에서 자라난 것도 죽을 것이다. 그때는 삶에 무관심해질 뿐만 아니라 그것을 증오하게 될 것이다. 내 생각은 이러하다.

아) 자신과 같은 사람들의 심판자가 될 수 있는가? 최후까지의 믿음에 관하여

그대가 그 누구의 심판자도 될 수 없음을 특별히 기억해 두어야 한다. 이는 이 심판자 자신이 자기 앞에 서 있는 자와 마찬가지로 죄인이며 그 심판자야말로 자기 앞에 서 있는 자의 죄에 대해 그 누구보다 더 많은 책임이 있다는 것을 인식하기 전에는 지상에는 죄인의 심판자가 있을 수 없기 때문이다. 이것을 이해하게 될 때야 비로소 심판자가 될 수 있는 법이다. 언뜻 정신 나간 소리처럼 들릴지라도, 이것이 진실이니라. 왜냐하면 나 자신이 의로웠다면, 아마 내 앞에 서 있는 죄인도 없었을 것이기 때문이다. 만약 그대가 그대 앞에 서 있으되 그대 마음대로 심판할 수 있는 이 죄인의 죄를 그대 자신이 받아들일 수 있다면, 그 즉시 그렇게 받아들이고 그를 위하여 고통받을 것이며 그를 책망하지 말고 풀어 주도록 하라. 그리고 법률 때문에 그대가 그의 심판자가 되었다고 할지라도, 가능한 한 이러한 정신을 갖고 행동할지니, 이는 죄인이 떠나가 그 스스로 그대의 심판보다 더 가혹하게 자기 자신을 단죄할 것이기 때문이다. 그대의 키스를 받고서도 그대를 비웃으며 무덤덤하게 떠나간다고 할지라도, 이런 것에 현혹되지 말지어다. 이는 그에게 아직 때가 오지 않았음을 의미할 뿐, 언젠가는 그때가 찾아올 것이다. 설사 찾아오지 않는다고 해도 마찬가지이다. 그가 아니라면 다른 사람이 그를 대신하여 그것을 깨닫고서 고통받으며 스스로를 단죄하고 심판할 것이며 이로써

진실이 충만하게 될 것이다. 이것을 믿을지니, 꼭 믿을지니, 이는 바로 여기에 성자들의 모든 희망과 믿음이 있는 까닭이다.

끊임없이 행하도록 하라. 잠을 자려고 할 때 '해야 할 일을 행하지 못했구나.'라는 생각이 들면 그 즉시 일어나서 행하도록 하라. 그대 주위의 사람들이 표독스럽고 무감각하여 그대의 말을 듣고 싶어 하지 않는다면, 그들 앞에 엎드려서 그들에게 용서를 구할지니, 이는 그들이 그대의 말을 등한시하는 것이 진정 그대의 잘못인 까닭이다. 표독스러워진 자들과 더 이상 이야기를 할 수 없다고 할지라도, 절대로 희망을 잃지 말고 말없이 스스로를 책망하며 그들에게 봉사하도록 하라. 모든 사람들이 그대를 버리고 숫제 완력으로 그대를 쫓아낸다면, 혼자 남겨진 상태에서 대지에 엎드려 거기에 입을 맞추고 그대의 눈물로 대지를 적실 것이니, 그러면 설령 그대가 고립되어 있었기에 아무도 그대를 보지도, 듣지도 못했을지라도 그대의 눈물로 인해 땅이 열매를 가져다줄 것이니라. 끝까지 믿으라, 비록 지상의 모든 사람들이 타락하고 그대 혼자만이 믿음을 간직하는 일이 일어날지라도. 그때는 홀로 남겨진 그대가 제물을 갖다 바치고 하느님을 찬미하도록 하라. 만약 그대와 같은 자 둘이 모인다면, 그때는 이미 온 세상이 살아 있는 사랑으로 가득 찬 세상이 되는 것이니, 서로서로 감동스럽게 부둥켜안고 주님을 찬미하도록 하라. 이는 비록 두 사람이긴 하지만 그대들 안에서 주님의 진실이 충만해진 까닭이다.

만약 그대가 죄를 지어 그동안 저지른 숱한 죄나 느닷없이 저질러 버린 죄로 인해 죽을 만큼 비애에 젖는다고 할지라도,

다른 사람을 생각하며 기뻐할 것이며, 의로운 사람을 생각하며 기뻐할 것이며, 또 그대가 죄를 지었더라도 대신 그가 의롭고 죄를 짓지 않았다는 것을 기뻐하라.

사람들의 악행이 그대를 분노와 이미 더 이상 물리칠 수 없는 비애로 혼란스럽게 할지라도, 심지어 악당에게 복수를 하고 싶은 마음마저 생길지라도, 무엇보다도 이 감정 자체를 두려워하라. 그럴 때는 그대 자신이 이 악행에 책임이 있는 양 생각하고 곧장 가서 스스로를 위한 고통을 찾도록 하라. 이 고통을 받아들이고 인내하면, 그대의 마음이 해갈할 것이며 그대 자신이 죄인임을 깨달을 것이니, 이는 그대가 유일하게 죄 없는 자로서 악당들에게도 빛을 줄 수 있었건만 그러지 않았기 때문이다. 만약 빛을 주었더라면, 그대 자신이 빛으로 다른 이들에게 길을 밝혀 주었을 것이며, 악행을 저지른 그자도 어쩌면 그대의 빛으로 인하여 그렇게 하지 않을 수 있었기 때문이니라. 그대가 빛을 비추었건만 그대의 빛에도 불구하고 사람들이 구원받지 못하는 것을 본다면, 그렇다고 할지라도, 여전히 마음을 굳게 먹고 천상의 빛의 힘을 의심하지 말도록 하라. 만약 지금 구원받지 못했다면 훗날엔 구원받을 것이라 믿도록 하라. 훗날에도 구원받지 못한다면, 그들의 아들이 구원받을 것이니, 이는 그대가 이미 죽었다 할지라도 그대의 빛은 죽지 않을 것이기 때문이다. 의인이 떠나가도, 그의 빛은 남는 법. 구원이란 언제나 구원자가 죽고 난 뒤에 찾아오는 법이니라. 인류는 자신의 예언자들을 배척하고 때리지만, 사람들은 자신들의 순교자들을 사랑하고 자신들이 괴롭힌 자들을 존경한다네. 그대는 전체를 위하여 일할 것이며 미래를 위하여 행하도록 하라. 절대로 보상을 구하지는 말 것이니, 이는 그것이 없더라도 이 땅에서 그대를 위한 보상은 위대할 것이기 때문이다. 오로지 의로운 사람만이 누릴 수 있는 그대의 정신적인 기쁨이 바로 그것이다. 명망 있는 자들도, 힘 있는 자들도 두려워하지 말고, 언제나 현명하고 언제나 장엄하게 굴도록 하라. 무엇이건 그 정도와 때를 알 것이며, 이것을 배우도록 하라. 고립 속에 머물면서 기도하도록 하라. 대지에 엎드려 대지에 입 맞추는 것을 좋아하도록 하라. 대지에 입을 맞추면서 끊임없이 지칠 줄 모르는 사랑을 퍼붓도록 할 것이며, 모든 사람들과 모든 것들을 사랑할 것이며, 이 환희와 열광을 추구하도록 하라. 기쁨에 찬 그대의 눈물로 대지를 적시고 그대의 이 눈물을 사랑하도록 하라. 이 열광을 부끄러워하지 말고 오히려 소중히 여길지니, 이는 하느님의 위대한 선물로서 많은 이들이 아니라 선택된 자들에게만 주어지는 것이기 때문이다.

자) 지옥과 지옥의 불길에 관하여, 신비적 고찰

신부님들, 스승님들, '지옥이란 무엇인가?'에 대해 생각해 봅니다. 그것은 '더 이상 사랑할 수 없다는 것에 대한 고통'이라고 논해 볼 수 있지 않을까 싶습니다. 시간과 공간으로 측정할 수 없는 무한한 존재 속에서 어떤 정신적인 존재가 세상에 나타나자마자 "나는 존재한다, 고로 사랑한다."라는 말을 스스로에게 할 수 있는 능력이 한 번 주어졌습니다. 한 번, 오직 한 번 활동적이고 살아 있는 사랑의 순간이 그에게 주어졌으며 이를 위하여 지상의 삶도 주어졌건만, 그것과 더불어 시간과 기한도 주어졌으니 이를 어쩌겠습니까. 이 행복한 존재는 너무도 값진 이 선물을 하찮게 치부하여, 사랑은커녕 냉소와 무감각으로 일관했지요. 이런 자도 이미 세상을 하직한 뒤 부유한 자와 나사로에 대한 잠언에서 우리에게 지시하듯 아브라함의 품을 보고 아브라함과 담소를 나누고 천국을 관조하고 주님께로 올라갈 수도 있지만, 하지만 주님께 올라간 뒤에는 자신이 남을 사랑하기는커녕 오히려 그들의 사랑을 경멸했던 만큼, 사랑으로 일관했던 자들과 접촉한다는 것 자체로 괴로워하게 됩니다. 왜냐하면 눈이 분명히 뜨이면서 이젠 자기 입으로 스스로에게 다음과 같이 말하게 될 테니까요. "이제야 비로소 알겠노라, 비록 사랑하길 갈망할지라도 이제 더 이상 나의 사랑에는 위업도, 희생도 없을 것이니, 이는 지상의 삶은 끝났으며 아브라함은 지금 지상에서 내가 무시해 버린 그 정신적인 사랑의 갈망의 불꽃을 식혀 줄 만한 단 한 방울의 생명수(生命水)도 (다시 말해 지상의 삶, 이전의 활동적인 삶이라는 선물을 새롭게) 가져다주지 않을 것이다. 더 이상 삶은 없고 시간도 더 이상 없을 것이다! 남들을 위해 자신의 목숨을 기꺼이 내주고 싶어도 더 이상 그럴 수가 없으니, 이는 사랑을 위해 희생할 수 있었던 그 목숨이 이미 다했기 때문에 이제는 이 삶과 이 존재 사이에 심연만이 존재하기 때문이다." 사람들은 지옥의 물질적인 불에 대하여 말하곤 합니다. 나는 두

렵기 때문에 그 비밀을 캐려고 하지는 않겠지만, 정말로 물질적인 불이라면 사람들은 진정으로 그것에 기뻐할 것인데, 왜냐면 내 바라건대, 물질적인 고통을 받는 동안에는 비록 순간일지라도 그보다 더 끔찍한 정신적인 고통을 잊을 수 있기 때문입니다. 무릇, 정신적인 고통이란 외적인 것이 아니라 내적인 것이기 때문에 그들에게서 그것을 제거하는 것은 불가능한 일입니다. 만약 제거할 수 있다고 하더라도, 내 생각건대, 바로 그 때문에 그들은 더더욱 괴롭고 불행해질 것입니다. 천국의 의인들이 그들을 용서하여 그들의 고통을 보고 그들을 무한히 사랑하여 자기 쪽으로 불러들인다고 할지라도, 바로 이로써 그들의 고통은 더 증가할 뿐이니, 이는 그것에 활동으로써 감사히 보답하고자 하는 사랑을 갈망하는 불꽃을 더욱더 강하게 부추기겠지만 그런 사랑은 이미 불가능한 까닭이지요. 내 마음속 깊이 조심스럽게 생각해 보건대, 그럼에도 이 불가능하다는 의식 자체가 결국에는 그들의 고통을 경감해 줄 것인데, 왜냐면 이미 보답할 길이 없는 의인들의 사랑을 받아들임으로써 그러한 공손하고 겸허한 활동 속에서 마침내는 자신들이 지상에서 경시했던 그 활동적인 사랑의 형상과 같은 어떤 것을, 그와 유사한 어떤 행위를 발견하게 될 테니까요……. 형제들이여, 나의 벗들이여, 이것을 분명하게 말할 수 없어서 유감입니다. 하지만 이 땅에서 스스로를 죽였던 자들, 자살자들에게 고뇌가 있을 것입니다! 생각건대, 이들보다 더 불행한 자들은 숫제 아무도 없습니다. 교회에서는 우리에게 그들을 위해 하느님께 기도하는 것이 죄라고 말하면서 드러내

놓고 그들을 배척하지만, 내 영혼 속에서 은밀하게 생각하길, 그들을 위해서도 기도할 수 있습니다. 사랑을 베푼다고 해서 그리스도께서 화를 내시지는 않을 테니까요. 이런 자들에 대해 나는 평생 동안 마음속으로 기도해 왔으며 지금도 매일 기도하고 있음을, 신부님들 스승님들, 여러분에게 고백하는 바입니다.

오, 지옥에서도 격퇴할 수 없는 진실을 확실하게 알게 됐고 또 보았음에도 여전히 오만하고 난폭하게 구는 자들이 있습니다. 사탄과 그것의 오만한 정신에 완전히 합류해 버린 무서운 자들이 있는 것이지요. 그들에게 있어 지옥은 이미 자발적인 것이며 어찌해도 만족을 모르는 것입니다. 그들은 이미 자발적인 수난자들입니다. 하느님과 생명을 저주함으로써 스스로 자신을 저주했던 것이니까요. 마치 황야의 굶주린 자가 자기 몸에서 자기 자신의 피를 빨아먹기 시작하는 것과 마찬가지로 자신의 표독스러운 오만함을 먹고 사는 것이지요. 하지만 영원토록 어찌해도 만족을 모른 채로 용서를 거부하고, 그들을 부르는 하느님을 저주합니다. 살아 있는 하느님을 증오 없이는 바라볼 수 없으며, 생명의 하느님이 아예 없어지길, 하느님이 자신과 자신의 모든 창조물을 없애 버리길 요구합니다. 그러면서 자신의 분노의 불길 속에서 영원히 불타오를 것이며 죽음과 무(無)를 갈망할 것입니다. 하지만 그러다가는 죽음도 얻지 못할 테지요…….

알렉세이 표도로비치 카라마조프의 원고는 여기서 끝나고

있다. 반복하건대, 이것은 온전하지 않으며 파편적이다. 예를 들어 전기적인 정보는 장로의 젊은 시절 중 오직 첫 부분만을 아우르고 있다. 그의 가르침과 견해 부분에서는 필경 다양한 시간에 각기 상이한 충동에 따라 말했을 것을 하나의 전체 속에 함께 합쳐 놓은 듯하다. 어떤 것이 장로의 인생의 이 마지막 시간에 그가 말한 것인지는 정확하게 제시되어 있지 않고, 이전의 가르침을 담은 알렉세이 표도로비치의 원고에서 나온 것과 비교해 본다면 이 담화의 정신과 특성이 어떠했는지를 이해할 수 있는 정도이다. 장로의 최후는 정녕 너무도 뜻밖의 방식으로 찾아왔다. 이 마지막 날 저녁 그의 방에 모였던 모든 사람들이 그의 죽음이 가까워졌다는 것을 완전히 알고 있었지만, 그럼에도 그것이 그토록 느닷없이 찾아오리라곤 생각할 수 없었던 것이다. 오히려 그의 벗들은, 이미 내가 위에서 지적했듯, 이날 밤 그가 너무도 원기 왕성하고 말을 많이 하고 싶어 하는 것을 보고서, 아주 일시적으로나마 그의 건강이 눈에 뜨일 정도로 좋아졌다고 확신하기도 했다. 훗날에 가서는, 심지어 최후를 맞이하기 오 분 전까지도 아무것도 예상할 수 없었다는 말을 전하며 놀라워하기도 했다. 그는 갑자기 가슴팍에 아주 심한 통증을 느끼는 듯 창백해지더니 손으로 심장을 꽉 눌렀다. 그러자 다들 자기 자리에서 일어나 그에게로 향했다. 하지만 그는 고통스러워하면서도 여전히 미소를 띤 채 그들을 바라보면서 조용히 안락의자에서 마룻바닥으로 내려와 무릎을 꿇고 섰으며, 그러고 나서는 얼굴을 땅바닥으로 기울인 채 팔을 활짝 펴고 기쁨에 찬 황홀경에 젖어 땅에 입을 맞추고 기도를 하면서(그 자신이 가르친 그대로였다.) 조용히 기쁘게 하느님에게 영혼을 바쳤다. 그의 부음은 즉각 암자로 퍼져 나가 수도원 곳곳에 다다랐다. 고인의 측근들과 지위상 의무가 있는 자들은 예부터 전해 오는 의식에 따라 시신을 수습하기 시작했고, 수도사들 전부가 성당으로 모여들었다. 훗날 소문이 전하는 바에 따르면, 날이 새기 전에 이미 장로의 부음이 도시에까지 다다랐다고 한다. 아침 녘에는 거의 온 도시가 사건에 대해 떠들었으며 많은 시민들이 수도원으로 몰려들었다. 하지만 이 얘기는 다음 편에서도 하도록 하고, 지금은 그저 하루가 채 지나기도 전에 모두에게 너무도 예기치 못했던 어떤 일이, 수도원 사회와 도시 사람들이 받은 느낌을 보건대 너무도 이상하고 불안하고 납득하기 힘든 일이 일어났다는 것만을 미리 덧붙이겠는데, 그 정도가 얼마나 심했으면 수많은 세월이 지난 지금까지도 우리 도시에서는 많은 이들에게 불안을 안겨 준 이날에 대한 추억을 아주 생생하게 간직하고 있을 정도이다…….

3부

7장

알료샤

1 시체 썩는 냄새

고인이 된 고행 수도사제 조시마 신부의 시신은 정해진 절차에 따라 매장 준비를 거쳤다. 수도사들과 고행 수도사들의 시신은 주지하다시피, 씻기지 않는다. (대성례기(大聖禮記)에 따르면) "수도사들 중 누군가가 주님에게로 떠날 때 일을 맡은(즉 이 소명을 위하여 지정된) 수도사는 우선 해면(즉 그리스제 해면)으로 고인의 이마, 가슴, 손발, 무릎 위로 십자가를 그리며 그 시신을 따뜻한 물로 닦되, 그 외에는 아무 일도 하지 않는다". 파이시 신부가 몸소 고인과 관련된 이 일을 맡아 했다. 고인의 몸을 닦은 뒤에는 수도사의 수도복을 입히고 시신에 망토를 감았다. 그다음에는 규칙에 따라 십자가 모양으로 감기 위해서 망토를 조금 잘랐다. 그의 머리에는 팔각형 십자가가 달린 두건을 씌웠다. 두건은 열어 두었지만, 고인의 얼굴은 검은 베일로 덮었다. 그의 손에는 구세주의 성화를 쥐어 주었다. 시신은 이런 모습으로 아침 녘에 (이미 오래전부터 준비해 둔) 관에 안치되었다. 관은 하루 종일 방에(고(故) 장로가 수도사들과 세속의 사람들을 맞이하곤 했던 바로 그 방, 첫 번째 큰 방에) 두기로 했다. 고인이 지위상 수도사제였기 때문에 그에게는 수도사제와 그 보제(補祭)들이 시편이 아니라 복음서를 낭독해야 했다. 막 장례 미사를 끝낸 지금, 이오시프 신부가 독경을 시작했다. 사실 그다음에는 파이시 신부가 하루 종일 그리고 밤새도록 독경을 하고 싶어 했지만 지금은 암자의 총책임자 신부와 함께 여러 일에 쫓겨 정신이 없었는데, 왜냐하면 수도원의 수도사들은 물론이고 수도원의 숙소와 시내에서 밀려온 속세 사람들 사이에서도 뭔가 예사롭지 않고 어쩐지 지금까지 들어 보지도 못한 '온당치 못한' 동요와 초조한 기대감이 갑자기 나타나더니 시간이 갈수록 더 심해졌기 때문이다. 수도원장도, 파이시 신부도 이토록 부산을 떨며 동요하는 자들을 진정시키느라 가능한 한 모든 노력을 경주하고 있었다. 날이 환히 밝아 오자, 도시에서 아픈 식구들, 특히 아이들을 대동한 사람들도 조금씩 몰려들기 시작했으니 — 그들의 믿음에 따라 치유력이 즉각 드러날 수밖에 없을 거라는 기대에 사로잡힌 양, 꼭 그것을 위해 일부러 이 순간을 기다려 온 것 같았다. 이제야 비로소, 우리 도시의 모든 방문객들이 고(故) 장로를 그 생존 시부터 추호의 의심도 없이 얼마나 위대한 성자로 간주해 왔는지가 드러났던 것이다. 더욱이 조문객들 중에는 평민 출신만 있던 것도 절대 아니었다. 너무나 서둘러 노골적으로 표현된 신자들의 이 어마어마한 기대, 심지어 거의 어떤 요구에 가까운 초조감마저 깃든 이 기대가 파이시 신부에게는 의심의 여지가 없는 유혹으로 여겨졌는데, 비록 오래전부터 그도 예감해 오긴 했지만 정말로 그의 예상을 뛰어넘는 수준이었다. 수도사들 중에서 동요에 휩싸인 자들을 만나자, 파이시 신부는 그들을 견책하며 이렇게 말했다. "그렇게 당장 뭔가 위대한 일이 일어나리라고 기대하는 것은 오직 속세 사람들에게나 있을 법한 경솔한 일이지, 우리에게는 온당치 못한 것이오." 하지만 그의 말에 귀를 기울이는 사람은 거의 없었고 파이시 신부는 이것을 인지하고는 마음이 편치 못했지만, 사실 파이시 신부는 (모든 것을 사실 그대로 더듬어 보자면) 사람들의 너무나 초조한 기대를 경솔하고 부질없는 것으로 생각하면서 분개했음에도 불구하고 저 흥분한 자들과 거의 똑같은 기대를 자기 영혼 깊은 곳에 몰래 감추고 있었으며 그 자신도 이것을 인정하지 않을 수 없었다. 아무리 그렇다고 해도, 유달리 불쾌한 자들과 마주치면, 자신의 내부에 어떤 예감처럼 커다란 의혹이 일곤 했다. 예컨대, 고인의 암자로 밀려든 군중 속에 라키친이나 멀리서 온 손님—즉, 줄곧 수도원에 머무르고 있던 오브도르스크의 수도사가 끼어 있는 것을 발견하자 내심 혐오감을 떨칠 수 없었으며(그 즉시 이런 자신을 책망하긴 했지만) 또 파이시 신부는 이 두 사람이 갑자기 왠지 수상쩍다고 여겼는데—사실 이런 의미에서 눈에 뜨이는 사람은 한둘이 아니었다. 오브도르스크의 수도사는 동요에 휩싸인 모든 사람들 중에서도 가장 방정맞게 굴었다. 어딜 가나, 어느 곳에서나 그를 볼 수 있었다. 어디서나 질문 공세를 퍼부었고 어디서나 귀를 쫑긋 세웠으며 어디서나 뭔가 유달리 비밀스러운 표정을 지으며 속닥댔던 것이다. 얼굴에는 아주 초조한 기색이 역력했으며 또 기대하는 것이 왜 빨리 일어나지 않고 질질 끄는지 숫제 신경질마저 내비쳤다. 라키친으로 말할 것 같으면, 훗날 밝혀진 바에 따르면, 호홀라코바 부인의 특수한 임무를 받고 아주 일찍부터 암자에 와 있었다. 착하긴 하지만 줏대가 없는 이 부인은 자기가 직접 암자에 들어갈 수는 없었기 때문에 잠에서 깨어 장로의 부음을 듣기가 무섭게 갑자기 너무나 저돌적인 호기심에 사로잡혀 그 즉시 자기 대신 라키친을 파견하여 모든 것을 관찰하고 그 즉시, 그러니까 대략 반 시간에 한 번씩 무슨 일이 일어나든 전부 글로 써서 자신에게 알리라고 했다. 그녀는 라키친을 아주 경건하고 신앙이 돈독한 젊은이로 간주했는데 — 그는 자신에게 조금이라도 이득이 되겠다 싶으면 상대를 막론하고 누구하고나 잘 지내고 상대방의 비위를 맞추어 연기를 하는 재간이 있었던 것이다. 날은 맑고 화창했으며, 이곳을 찾은 신자들 중 많은 이들이 암자 전체를 따라 흩어져 있다시피 했으나 그래도 사원 주위에 가장 많이 집중되어 있는 무덤들 곁으로 몰려들었다. 암자를 돌면서 파이시 신부는 갑자기 알료샤 생각이 났는데, 그러고 보니 거의 날이 새기 전부터 그를 보지 못했던 것이다. 그런데 이 생각이 들기가 무섭게 당장 그가 암자의 가장 구석진 곳인 텃밭 옆, 여러 위업으로 이름을 남기고 오래전에 잠든 어느 수도사의 묘석 위에 앉아 있는 것을 발견했다. 그는 암자로부터 등을 돌리고 얼굴을 텃밭 쪽으로 향한 채 앉아 있었는데, 꼭 비석 뒤에 숨어 있는 것 같았다. 그쪽으로 바투 다가선 파이시 신부는 그가 두 손바닥으로 얼굴을 가린 채 소리는 내지 않았지만 그래도 서럽게 우는 것을, 온몸이 들썩일 정도로 흐느껴 우는 것을 보았다. 파이시 신부는 그를 내려다보며 얼마간 서 있었다.

"됐다, 사랑스러운 아들아, 그만하면 됐단다, 애야." 그가 마침내 감정이 가득 담긴 어조로 말했다. "아니, 왜 그러느냐? 울 것이 아니라 기뻐해야지. 이날이 그분의 날들 중 가장 위대한 날이라는 것을 모르겠느냐? 지금, 이 순간에 그분이 어디에 계신지, 오직 이것만을 상기하도록 해라!"

알료샤는 어린아이처럼 펑펑 울어 퉁퉁 부어오른 얼굴에서 손을 떼고 그를 쳐다보았지만, 당장은 아무 말도 하지 못하고 몸을 돌리더니 다시금 두 손바닥으로 얼굴을 가렸다.

"정 그렇다면 어쩔 수 없지." 파이시 신부가 생각에 잠긴 듯한 어조로 말했다. "어쩌겠니, 실컷 울어라, 이 눈물도 그리스도께서 너한테 보낸 것이니까." '너의 감동에 젖은 눈물은 그저 영혼의 휴식일 따름이지만, 너의 사랑스러운 마음을 즐겁게 하는 데는 도움이 될 거다.' 알료샤의 곁을 떠나면서 정겨운 마음으로 그를 생각하며 어느덧 속으로 이렇게 덧붙였다. 사실 그가 서둘러 자리를 떠난 것은 알료샤를 보고 있으면 그 자신도 울음을 터뜨릴 것만 같은 느낌이 들어서였다. 그러는 사이에 시간은 지나갔고, 고인에 대한 수도원의 의식과 장례 미사는 절차대로 진행되었다. 파이시 신부는 관 곁에 있는 이오시프 신부와 교대하여 다시 복음서 독경을 맡았다. 하지만 오후 3시가 지나기도 전에 내가 이 책의 앞선 장의 말미에서 언급한 어떤 일이 일어났으니, 이 어떤 일은 우리 중 아무도 예상하지 못한, 우리 모두의 기대에 너무나 위배되는 것이었기 때문에, 반복하건대, 이 사건에 대한 상세하고 번잡스러운 이야기는 심지어 지금까지도 우리 도시와 도시 근교 곳곳에서 굉장히 생생한 추억으로 남아 있다. 여기서 나는 다시 한번 개인적으로 덧붙일 것이 있다. 이 번잡스럽고 유혹적인 사건을, 본질적으로 가장 공소하면서도 또 자연스러운 이 사건을 회상하는 것이 나로서는 거의 역겹기까지 하기 때문에, 그것이 내 이야기의 비록 미래의 주인공이긴 하지만 어쨌든 주인공인 알료샤의 영혼과 마음에 모종의 아주 강렬한 영향을 미치지 않았다면 이것을 나의 이야기에서 언급도 하지 않고 빼 버렸을 것인데, 그러니까 그것은 그의 영혼 속에 어떤 결절점과 전환점이 되었고 그의 이성을 동요시키긴 했으되 평생에 걸쳐 특정한 목적을 향해 나아갈 수 있도록 그것을 완전히 튼튼하게 무장시켜 주었던 것이다.

자, 그럼, 본론으로 가자. 아직 해가 밝기 전에 입관 대기 중인 장로의 시신을 관에 안치하여 이전의 접견실이었던 첫 번째 방으로 옮겼을 때, 관 옆에 있던 자들 사이에서 방의 창문을 열어야 되지 않을까? 하는 물음이 튀어나왔다. 하지만 누군가가 지나가듯 슬쩍 내뱉은 이 질문에 무슨 대꾸를 하기는 커녕 아예 귀 기울여 듣지도 않는 분위기였는데—설사 참석

자들 중 몇몇이 귀를 기울였다고 할지라도 속으로 조용히 삭였을 것이고 그나마도 오로지, 이토록 위대한 고인의 시신이 부패해서 썩는 냄새가 진동하리라 기대한다는 것 자체가 참으로 터무니없는 생각인지라, 이런 의문을 발설한 자의 옹색한 믿음과 경솔함은 (조소가 아니라면) 차라리 동정을 받아 마땅하다는 의미에서였다. 왜냐면 다들 완전히 반대되는 일을 기다렸기 때문이다. 자, 그렇게 정오가 지나자 곧 그 어떤 일이 시작되었다. 처음에는 방을 들락날락하는 자들만 알아차렸으되 그저 말없이 속에만 담아 두고 저마다 시나브로 생겨나는 생각을 누구에게 알리는 것조차 두려워하는 기색이 역력했지만, 오후 3시쯤 되자 그것이 이미 반박도 할 수 없을 정도로 너무도 확연히 드러났기 때문에 이 소식은 일순간에 암자 전체로, 암자에 조문을 온 모든 신자들에게로 퍼져 나갔고—그 즉시 수도원으로도 침투하여 모든 수도원의 사람들을 놀랬으며, 끝으로, 아주 빠른 시간 내에 도시에까지 다다라서 신자, 비신자를 막론하고 모든 사람들을 흥분의 도가니로 몰아넣었다. 비신자들은 기뻐 날뛰었고, 신자들로 말할 것 같으면 그들 중에서도 비신자들보다 더 기뻐 날뛰는 자들이 나왔으니, 고(故) 조시마 장로가 설교 중에 말했던 것처럼 '사람들은 의인의 몰락과 그의 치욕을 좋아하기 때문'이었다. 그러니까 문제는 관에서 시나브로 시체 썩는 냄새가 나기 시작했다는 것인데, 시간이 갈수록 점점 더 확연해지더니 오후 3시경에는 이미 누구라도 분명히 그 냄새를 맡을 수 있을 정도로 심해졌던 것이다. 우리 수도원의 지난 삶을 통틀어 봐도 이 시간에 뒤이어 수도사들 사이에 나타난 일처럼 조잡하고 고삐 풀린 유혹은 그 유례를 찾아볼 수 없을 정도이며 어떤 다른 경우에라도 도저히 불가능했을, 숫제 상상도 할 수 없는 것이었다. 훗날, 오랜 세월이 흐른 뒤에 몇몇 지각 있는 수도사들은 이날 하루를 자세히 회고하면서, 그때 유혹이 어떻게 그 정도에까지 다다를 수 있었는지 의아해하고 몸서리치곤 했다. 왜냐면 이 일이 있기 전에도 극히 의로운 삶을 살았고 그 의로움을 모든 사람들이 다 보았던 수도사들이나 신을 경외하던 장로들이 죽었을 때 그들의 소박한 관에서 다른 모든 사자(死者)들과 마찬가지로 시체 썩는 냄새가 났건만, 그럼에도 이것은 유혹은커녕 심지어 어떤 일말의 동요도 불러일으키지 않았기 때문이다. 물론, 전설에 따르면, 예부터 우리 수도원에도 고인들 중 유해에서 썩는 냄새를 내지 않은 이들이 있었고 이들에 대한 기억은 아직도 수도원에 생생하게 보존되어 있어서, 수도사들에게 감동적이고 신비스러운 영향력을 행사하고 그들의 기억 속에 뭔가 장엄하고 경이로운 것으로, 하느님의 뜻에 따라 시간이 오기만 한다면 미래에는 그들의 관에서 더 큰 영광이 나타날 것이라는 약속으로 남아 있었다. 이런 이들 중에서 특별히 기억에 남아 있는 자는 105세까지 살았던 이오프 장로인데, 그는 유명한 고행자요 위대한 금욕주의자요 묵언 수행자로서 이미 오래전에, 그러니까 현 세기의 10년대에 고인이 되었으되, 수도원에서는 이곳을 처음 찾는 모든 신자들에게 특별하고 굉장한 존경을 담아 이 무덤을 보여 주곤 했으며 그때마다 어떤 위대한 희망에 대한 신비한 암시를 넌

지시 던지곤 했다. (여기 이 무덤 위에 알료샤가 앉아 있었고 그런 알료샤를 아침 녘에 파이시 신부가 본 것이다.) 오래전에 죽은 이 장로 외에도, 상대적으로 최근에 고인이 된 위대한 신부, 즉 고행 수도사제인 바르소노피이 장로에 대한 기억도 이처럼 생생하게 남아 있는데—그는 조시마 장로에게 장로직을 넘겨준 사람으로서 살아생전에 수도원을 찾는 신자들은 그를 완전히 유로지브이로 여기곤 했다. 이 두 사람에 대해서는 그들이 꼭 살아 있는 사람처럼 관 속에 누워 있다가 전혀 부패되지 않은 상태로 매장되었으며 관 속에 든 얼굴에서는 왠지 빛이 나기까지 했다는 전설이 전해지고 있다. 어떤 이들은 옛일을 추억하면서, 그들의 시신에서 분명히 향기마저 풍겼다고 주장하기도 했다. 하지만 이토록 감동적인 추억들이 있었다고 할지라도, 어쨌거나 조시마 장로의 관 곁에서 이토록 경솔하고 터무니없고 악의에 찬 현상이 일어날 수 있었던 직접적인 원인을 설명하는 것은 어려울 듯하다. 나의 사견으로는, 여기에는 많은 다른 것이, 많은 다양한 원인들이 동시에 섞여 들어 한꺼번에 영향을 미친 것 같다. 이런 것들로 예를 들어, 장로제를 해로운 신제도로 간주해 온 해묵은 적대감을 들 수 있는데, 그것은 수도원의 많은 수도사들의 머릿속에 깊이 감추어져 있었다. 그다음으로는, 물론, 무엇보다도, 고인의 성스러움에 대한 시기심을 들 수 있는데, 그것은 장로가 살아 있을 때부터 너무나 확고부동하게 굳어져서 아예 반박을 가하는 것조차 금기시된 듯한 정도였다. 고(故) 장로는 기적보다는 사랑으로 많은 사람들의 마음을 끌었으며 자기 주위에 자기를 사랑하는 자들로 채워진 세계 하나를 세운 셈이라고 할 수 있지만, 그럼에도 불구하고, 아니, 바로 그 때문에 더더욱 그를 증오하는 사람들이 생겨났고 더 나아가 수도원의 내부에서는 물론이고 속세 사람들 사이에서도 드러내 놓고 욕을 하든 몰래 쑥덕대든 여하튼 혹독한 적들이 생겨났던 것이다. 예를 들자면, 그는 아무한테도 해를 입히지 않았지만, 그러니까 "도대체 왜 그 사람을 그렇게 성인으로 떠받드는 거요?"라는 식이었다. 이런 질문 하나가 점차 반복되다 보면 결국에는 그야말로 포만을 모르는 악의로 똘똘 뭉친 심연을 낳는 것이었다. 바로 이 때문에, 내 생각으론, 많은 이들이 그토록 빨리—즉 그가 죽은 지 하루도 지나지 않았건만 그의 시신에서 썩는 냄새가 났다는 소리를 듣고서 기뻐 날뛴 것이었으리라. 이와 마찬가지로, 지금까지 장로를 존경하며 모셔 온 자들 사이에서도 그 즉시, 이 사건 때문에 개인적인 모욕과 굴욕을 받은 거나 다름없다고 여기는 사람들이 있었다. 사건의 경과를 차근히 따라가 보면, 다음과 같다.

부패의 징후가 확연히 드러나기 시작하자, 고인의 방에 들어오는 수도사들의 얼굴 표정만 봐도 그들이 온 이유가 무엇인지 단정 지을 수 있을 지경이었다. 들어와서 잠깐 서 있다가 바깥에 무리 지어 기다리는 다른 사람들에게 소문이 사실이라는 걸 알려 주기 위해 얼른 나가는 것이었다. 이렇게 기다리고 있던 자들 중에는 비애에 젖어 고개를 내젓는 사람도 있었지만, 이제는 악의에 찬 시선 속에서 명명백백하게 빛나는 자신의 기쁨을 숫제 감추려고도 하지 않는 사람들도 있었다. 게다가 더 이상 그들을 꾸짖는 사람도 없었고 덕담을 하는 사람도 없었으니, 어쨌거나 수도원 사람들 대부분이 고(故) 장로를 충심으로 섬겼던 자들임을 생각한다면 이것은 심지어 경이로운 일이기까지 했다. 그러니까 주님께서 친히, 이번에는 소수파들이 잠시나마 우위를 점하도록 허하신 듯했다. 곧, 속세 사람들, 그것도 대부분 교양 있는 조문객들이 이와 같은 염탐꾼 노릇을 하며 방에 출몰하기 시작했다. 평민들은 암자의 문 곁에 많이들 모여 있었지만, 그래도 안으로 들어오는 일은 드물었다. 정확히 3시 이후에 속세 사람들의 조문의 물결이 극히 더 거세진 것은 틀림없이 유혹적인 소식이 퍼져 나간 결과였다. 이날, 오지도 않았을 법한, 아니 숫제 올 마음도 없었던 사람들까지 이제는 일부러 왔는데, 그들 중에는 지위가 상당한 인사들도 몇몇 있었다. 하지만 종교적 법도는 아직 표면상으론 무너지지 않아서, 파이시 신부는 엄격한 표정을 지으며 확고한 어조로 목청껏 또박또박 복음서를 계속 읽어 나갔으니, 이미 오래전에 뭔가 예사롭지 않은 일이 일어났음을 알아챘음에도 주위의 일에는 아랑곳하지 않았던 것이다. 하지만 이젠 그의 귓전까지 목소리들이 들려오기 시작했으니, 처음에는 극히 조용했지만 점점 강해지고 기고만장해졌다. “그러니까, 하느님의 심판은 인간의 심판과는 다르다는 것이지!” 갑자기 파이시 신부에게 이런 말이 들려왔다. 이 말을 제일 먼저 한 사람은 속세 사람으로서 신앙심이 대단히 깊은 것으로 잘 알려진, 이미 나이가 지긋한 도시의 관리였는데, 큰 소리로 이런 말을 함으로써 그저 수도사들이 진작부터 귀엣말로 서로 쑤군거리던 것을 반복한 데 지나지 않았다. 사실 이들은 이미 오래전부터 이런 구제 불능의 말을 해 왔으며, 무엇보다도 고약한 것은 거의 말을 할 때마다 더욱더 의기양양하게 굴었다는 점이다. 하지만 곧, 심지어 종교적 법도마저도 무너지기 시작했으니, 하나같이 자기가 나서서 그것을 무너뜨릴 권리라도 있는 양 느낀 듯했다. "어떻게 이런 일이 일어날 수 있단 말인가." 수도사 중 몇몇이 처음에는 안쓰럽다는 듯 이렇게 말했다. "그다지 크지도 않은 체구에 그야말로 피골이 상접할 만큼 말랐는데, 도대체 어디서 냄새가 날 수 있단 말인가?" 그러자 "다시 말해, 하느님이 일부러 계시의 손가락을 보이신 것이야."라고 다른 이들이 서둘러 덧붙였고, 그들의 견해는 의심의 여지 없이 당장 받아들여졌다. 이번에도, 누구든 죄 많은 고인의 몸에서 냄새가 나는 건 자연스러운 일이지만 그래도 냄새가 나는 건 어쨌거나 이렇게 눈에 띌 만큼 빠르게가 아니라 좀 더 늦게, 최소한 하루는 지나서인데, '이 양반은 자연을 초월'한 것이나 다름없으니, 하느님이 일부러 그 뜻을 보인 것이라는 의견을 내놓았던 것이다. 이러한 견해는 사람들에게 결정적인 충격을 주었다. 그래서 사서이자 고인의 총아였던 온순한 수도사제 이오시프 신부가 몇몇 독설가들에게 "어디서나 다 그런 건 아니다."라고 반박을 해 보았다. 즉, 의인들의 시신이 반드시 부패하지 말아야 된다는 것은 정교에서 무슨 도그마 같은 것이 아니라 그저 하나의 견해일 뿐이고, 심지어 정교 국가들, 예를 들어 아토스 같은 곳에서는 썩는 냄새가 나도 그다지 당혹스러워하지 않으며, 오히려 그곳에서 영광스럽게 구원받은 자들의 주된 징표로 여겨지는 것은 시신이 부패되지 않은 것이 아니라 그들의 시신이 이미 수년 동안 땅속에 묻혀 썩었을 때 그들의 뼈의 색깔인데, 그러니까 "뼈가 밀랍처럼 노랗게 변하면 주님이 의로운 고인에게 영광을 주었다는 가장 주된 표지이며, 만약 노랗지 않고 검게 변하면 주님이 그와 같은 영광을 주지 않았다는 뜻이니 — 예로부터 정교가 조금도 훼손되지 않고 가장 빛나는 순수한 상태로 보존되고 있는 이 위대한 곳 아토스에서 바로 이런 식으로 생각되고 있다."라고 이오시프 신부는 말을 끝맺었다. 하지만 겸손한 신부의 말은 무슨 감동을 불러일으키기는커녕 오히려 냉소적인 반격만 초래했다. '그건 전부 신제도를 옹호하려는 학자들의 헛소리에 불과하니까 귀담아들을 필요도 없다.'라는 듯 수도사들은 속으로 결정을 내렸던 것이다. "우리는 그냥 옛날식으로 하면 되지, 요즘 신제도들이 어찌나 많이 쏟아져 나오는지, 일일이 다 따라 하다가 큰일 나게?"라고 덧붙이는 이들도 있었다. 가장 냉소적인 자들은 "우리 나라에도 그들 못지않게 성스러운 신부님들이 있었다. 그들은 저쪽 터키 놈들 밑에 앉아 있다가 모든 것을 까맣게 잊어버렸다. 그들의 정교도 오래전에 순수성을 잃어버렸고, 게다가 그들에게는 종(鍾)도 없지 않은가."라고 추임새를 넣었다. 이오시프 신부는 그 자리를 물러나면서 심히 괴로웠는데, 이런 견해를 피력하면서도 기실 자신도 확신이 별로 없었을뿐더러 그것이 거의 믿어지지 않았기 때문에 더더욱 그랬다. 하지만, 뭔가 아주 볼썽사나운 일이 시작되고 심지어 불복종이라는 것이 고개를 쳐드는 것을 보자, 당혹스러워졌다. 이오시프 신부의 말이 있고 난 뒤로는 분별 있는 목소리들도 전부 차츰차츰 잠잠해졌다. 또한 어쩌다 보니, 고(故) 장로를 사랑하여 감동 어린 순종으로 장로제의 확립을 받아들였던 이들도 다들 갑자기 왠지 소스라치게 놀란 눈치였고 서로 마주칠 일이 있으면 그저 겁먹은 듯 서로의 얼굴만 훔쳐보게 되었다. 장로제를 신제도로 여겨 반대해 온 적들은 오만하게 고개를 쳐들었다. "고(故) 바르소노피이 장로에게서는 썩는 냄새가 나기는커녕 향기가 풍겼지." 그들은 악의에 찬 기쁨을 느끼며 이렇게 상기시켰다. "하지만 그건 장로직에 있었기 때문이 아니라 그분이 의로운 분이었기 때문이야." 이 말에 이어, 최근에 사망한 장로에 대해 비판이, 심지어 비난마저도 쏟아져 나왔다. 가장 몰상식한 자들 중에서는 "가르침도 옳지 않았어. 삶은 눈물 어린 겸손이 아니라 위대한 기쁨이라고 가르쳤잖아."라고 말하는 이들도 있었다. 그들보다 더한 자들은 "그 양반의 믿음은 요즘 유행을 따르는 식이었어, 지옥에 물질적인 불이 있다는 걸 인정하지 않았거든."이라며 또 추임새를 넣었다. 질투심에 사로잡힌 자들 사이에서는 "단식 계율도 엄격하게 준수하지 않았고 단것도 서슴지 않고 먹었고 차를 마실 때는 버찌 잼도 먹었는데, 그걸 아주 좋아해서 부인네들이 보내 주곤 했어. 고행 수도사가 차를 마시다니, 그런 법이 어디 있나?"라는 말도 들려왔다. "오만을 떨며 앉아 있었어."라면서, 남 망하는 꼴에 아주 신이 난 자들이 잔인하게 덧붙였다. "자기가 무슨 성자나 되는 줄 알았던 모양이야, 사람들이 자기 앞에서 무릎을 꿇는 것을 당연하게 받아들였거든." "고해 성사의 비밀을 악용했어."라고 표독스럽게 속삭이면서 덧붙인 자는 장로제를 죽도록 싫어하는 분개한 적대자들이었다. 이들은 나이가 가장 많이 들고 그 신앙심에 있어 가장 준엄한 수도사들, 진정한 금욕주의자이며 묵언 수행자에 속하는 자들로서 고인이 살아 있을 때는 입을 다물고 있다가 이제 와서 갑자기 입을 연 것이었는데, 그 자체가 이미 끔찍한 일이었으니, 이들의 말 한마디 한마디가 아직 자신의 주관을 갖지 못한 젊은 수도사들에게 강한 영향력을 행사했기 때문이다. 오브도르스크의 성 실베스트르의 명을 받고 온 수도사는 이 말을 몹시 주의 깊게 들으면서 한숨을 푹푹 내쉬고 고개를 주억거렸다. '그래, 어제 페라폰트 신부의 판단이 옳았던 것 같군.' 속으로 이렇게 생각하고 있던 차에, 때마침 페라폰트 신부가 나타났다. 꼭 불난 데 부채질을 하러 나온 것 같았다.

내가 앞서 이미 언급했듯, 그는 양봉장에 있는 자신의 목조방 밖을 나오는 일이 드물었고 심지어 성당에 모습을 보이지 않은 지도 오래되었지만, 그를 유로지브이와 비슷한 사람으로 간주하여 묵과해 왔으며 모든 수도사들에게 적용되는 규칙을 그에게는 강요하지 않았다. 하지만, 사실대로 말하자면, 그냥 어쩔 수 없기도 해서 그의 이런 생활을 묵과해 준 것이었다. 왜냐면 밤낮으로 기도만 하는(심지어 잠을 잘 때도 무릎을 꿇고 있었다.) 이토록 위대한 금욕주의자요 묵언 수행자인 그에게 자기가 먼저 복종하고 싶어 하지 않는 이상 공통의 규율을 억지로 강요하는 것은 어쩐지 수치스러워해야 할 일이었기 때문이다. 그를 괴롭혔을 경우에는 수도사들이 "이분은 우리 누구보다 더 성스러우며 규율보다 더 어려운 것을 이행하고 있다, 교회에 가지 않는 것은 언제 가야 될지를 이분이 잘 알기 때문이다, 이분에게는 자기만의 규율이 있다."라고 말했을 것이다. 이렇듯 충분히 근거 있는 불평과 유혹을 생각해서라도 페라폰트 신부를 가만히 내버려 두었던 것이다. 조시마 장로를 페라폰트 신부가 굉장히 싫어했다는 건 이미 삼척동자도 아는 일이었다. 자, 이런 상황에서 갑자기 그의 귓전까지, 그의 방까지 "하느님의 심판은 인간들의 심판과는 다른 법, 심지어 자연을 초월한 일이 일어났다."라는 소식이 흘러들었던 것이다. 추정컨대, 그에게 이 소식을 전하러 앞을 다투어 달려간 자들 중에는 어제 그를 방문했다가 너무 무서워 몸서리를 치며 나왔던 오브도르스크의 손님도 있었을 것이다. 역시나 내가 앞서 언급했듯, 파이시 신부는 관 옆에 확고부동한 자세로 서서 독경에 열중하고 있었는데, 방 바깥에서 일어나는 일을 들을 수도, 볼 수도 없는 상황이었음에도 불구하고 내심 사건의 요지를 정확하게 짐작하고 있었으니, 이는 자기 주위 사람들의 성정을 훤히 꿰뚫고 있었기 때문이다. 미혹되기는커녕, 자신의 지적인 형안 앞에 이미 제시된, 이 동요의 귀추를 예리한 시선으로 예의 주시하면서, 아직 더 일어날 수 있는 일을 두려움 없이 기다리고 있었다. 그런데, 갑자기 이제는 명백하게 법도를 무너뜨리는 예사롭지 않은 소음이 현관에서부터 그의 귀를 때렸다. 문이 활짝 열렸고, 문지방으로 페라폰트 신부가 나타난 것이다. 그의 뒤를 따라 현관 밑으로 그와 함께 온 많은 수도사들이 몰려드는 것이 방 안에서도 느껴졌고, 아니 훤히 보였고, 그 무리 중에는 속세 사람들도 있었다. 하지만 페라폰트 신부를 따라온 자들은 안으로 들어오지도, 현관의 계단을 넘어서지도 않고 발걸음을 멈춘 채 그가 앞으로 무슨 말을 하고 무슨 일을 할지를 기다렸으니, 그들은 자기들이 무척 무례하게 굴고 있다는 건 알았지만 페라폰트 신부가 이렇게 온 건 무슨 이유가 있어서일 거라는 예감이 들어 다소간의 공포마저 느꼈던 것이다. 페라폰트 신부는 문지방에 멈추어 서서 두 팔을 쳐들었는데, 그의 오른팔 밑으로는 오브도르스크의 방문객의 호기심에 찬 날카로운 두 눈이 보였으니 그는 참으로 대단한 호기심을 억누르지 못하고 페라폰트 신부를 따라 계단으로 뛰어 들어온 유일한 자였다. 그를 제외한 나머지 사람들은 오히려, 문이 요란한 소리를 내며 활짝 열리기가 무섭게, 느닷없이 겁을 집어먹고 우르르 더 뒤로 물러나 버렸다. 두 손을 높이 치켜든 뒤 페라폰트 신부는 갑자기 고함을 질러 댔다.

"내쫓고 또 내쫓으리라!" 그러고는 곧장 사방을 차례로 돌아가면서 방의 벽과 네 구석을 향해 손으로 성호를 긋기 시작했다. 페라폰트 신부의 이 행위를 그를 따라온 자들은 즉시 이해했다. 어디를 가든 그는 언제나 이렇게 했으며 부정한 힘을 쫓아내기 전에는 앉지도, 말을 하지도 않을 것임을 알았던 것이다.

"사탄아 물러가라, 사탄아 물러가라!" 성호를 그을 때마다 그는 되풀이했다. "내쫓고 또 내쫓으리라!" 그가 다시 고함을 질러 댔다. 그는 조잡한 수도복을 입고 허리에는 굵은 새끼줄을 동여매고 있었다. 거친 삼베로 만든 루바시카 밑으로 회색빛 털이 수북한 그의 가슴이 드러났다. 발은 그야말로 맨발이었다. 그가 두 팔을 휘두르기 시작하자마자, 수도복 밑에 차고 다니는 혹독한 쇠사슬이 쩌렁쩌렁 소리를 내며 흔들리기 시작했다. 파이시 신부는 독경을 중단하고 앞으로 나와서 뭔가를 기다리듯 그의 앞에 섰다.

"어인 일로 오셨소, 신부님? 어인 일로 법도를 이리 무너뜨리시는 거요? 어인 일로 이 온순한 양 떼를 흩뜨려 놓으시는 거요?" 마침내 그가 페라폰트 신부를 준엄한 시선으로 바라보면서 말했다.

"어인 일로 왔냐고? 무슨 용건이냐고? 네놈의 믿음은 어떤가?" 페라폰트 신부는 유로지브이처럼 굴면서 소리쳤다. "여기 네놈들의 손님들, 더러운 악마들을 쫓아내러 왔도다. 내가 없는 사이에 저놈들이 얼마나 많이 쌓였는지 어디 한번 보자. 자작나무 빗자루로 저놈들을 쓸어 내고 싶구나."

"부정한 것을 쫓아내시면서 신부님께서 몸소 그것을 받드는지도 모르지요." 파이시 신부가 겁 없이 계속 말을 이어 갔다. "과연 누가 자기 자신에 대해 '나는 성자다.'라고 말할 수 있겠소? 행여, 신부님이야말로 그런 자요?"

"나는 성자가 아니라 더러운 몸이다. 안락의자에 앉지도 않을 테고 나를 영원토록 우상처럼 떠받들라고 하지도 않을 거다." 페라폰트 신부는 고래고래 소리쳤다. "지금 사람들은 성스러운 믿음을 파괴하고 있다. 고인인 네놈들의 성자는" 하고 그는 손가락으로 관을 가리키면서 군중에게로 몸을 돌렸다. "악마의 존재를 부정했다. 악마를 떼 내기 위해 설사약을 주곤 했지. 자, 그래서 지금 네놈들 집 구석구석에 악마 놈들이 거미처럼 번진 것이다. 이제 와서는 자기 몸에서 썩는 냄새까지 풍긴 거지. 여기에서 우리는 주님의 위대한 계시를 보노라."

그런데 조시마 신부가 살아 있었을 때 이런 일이 있었던 것은 사실이다. 한 수도사가 부정한 힘이 나타나는 꿈을 꾸기 시작했는데 마침내는 그것이 생시에도 보이게 되었다. 그가 너무나도 무서워 장로에게 이것을 고백하자, 장로는 끊임없이 기도하고 더욱더 열심히 단식에 임하라고 그에게 충고했다. 하지만 이것이 도움이 되지 않자, 단식과 기도를 멈추지는 말되 한 가지 약을 복용하라고 충고했다. 그 당시 많은 이들이 이것에 유혹되어 자기들끼리 고개를 주억거리며 쑥덕거렸으며—그때 누구보다도 심했던 건 페라폰트 신부였으니, 그때 당장 몇몇 비방꾼들이 서둘러 그에게로 달려가 이렇게 특수한 경우에 장로가 취한 '예사롭지 않은' 조치에 대해 알려 주었던 것이다.

"썩 물러가시오, 신부님!" 파이시 신부가 명령조로 말했다. "심판을 하는 건 인간이 아니라 하느님입니다. 어쩌면 여기서 신부님도, 나도, 그 누구도 이해할 수 없는 그런 '계시'가 있었는지도 모릅니다. 물러가시오, 신부, 양 떼를 흩뜨려 놓지 마시오!" 그는 집요하게 반복했다.

"자신의 지위에 맞게 고행의 의무를 준수하지 않았기 때문에 이런 계시가 나온 것이다. 이것이 이토록 분명하거늘, 숨기는 것은 죄악이로다!" 완전히 이성을 잃고 분기탱천하여 으르렁거리는 이 광신도는 도무지 진정할 기미를 보이지 않았다. "부인네들이 호주머니에 찔러 넣어 주는 사탕에 유혹되었고, 차를 즐겨 마셨고, 배 속에 단것들을 잔뜩 집어넣어 배를 호강시켰고, 머리는 교만한 생각으로 가득 채운 것이도다……. 이 때문에 치욕을 겪게 된 것이야……."

"말씀이 경솔하십니다, 신부님!" 파이시 신부가 언성을 높였다. "신부님의 단식과 고행은 가히 놀랍소만, 신부님의 경솔한 말씀은 속세의 젊은이처럼 변덕스럽고 유치한 것이오. 썩 물러가시오, 신부님, 명령이오." 파이시 신부가 마무리를 짓겠다는 듯 고함을 질렀다.

"그래, 이 몸은 물러간다!" 이렇게 말할 때 페라폰트 신부는 좀 당혹스러워했지만 그래도 자신의 악의만은 버리지 않았다. "네놈들 학식 있는 자들! 그 잘난 머리 덕분에 내 무식을 깔보고 있겠다, 이 말이지. 이리로 흘러들어 올 때만 해도 나는 일자무식이었지만, 또 여기 와서 기왕지사 알고 있던 것도 잊어버렸지만, 주 하느님께서 이 보잘것없는 나를 네놈들의 현명함으로부터 지켜 주셨느니라……."

파이시 신부는 그를 내려다보며 서서, 다부지게 기다렸다. 페라폰트 신부는 잠시 입을 다물었다가 갑자기 서글픈 기색을 보이며 오른쪽 손바닥을 뺨에 갖다 대고는 고(故) 장로의 관을 바라보며 노래를 부르듯 말했다.

"내일 아침이 밝으면 저 사람을 위해서 「조력자여, 보호자여」를, 아주 멋진 찬송가를 불러 주겠지만, 이 몸이 죽으면 고작해야 「인생의 달콤함이란」을, 형편없는 시 나부랭이를 읊어 줄 테지."[12] 그는 훌쩍거리면서 참 딱하다는 듯 말했다. "오만을 떨며 군림했건만, 그 자리는 헛되도다!" 그는 갑자기 미친 사람처럼 울부짖고 한 손을 휘젓더니 재빨리 몸을 돌려 계단을 따라 빠르게 현관 층계참을 내려갔다. 아래서 기다리던 군중은 동요하기 시작했다. 어떤 이들은 당장 그를 따라갔고, 또 다른 이들은 꾸물거렸는데, 왜냐면 방문은 여전히 열려 있었고 파이시 신부가 페라폰트 신부를 따라 나와 선 채로 사태를 지켜보고 있었기 때문이다. 하지만 분기탱천한 노인은 아직도 할 일이 남아 있었던 모양이다. 스무 걸음 정도를 물러서서 갑자기 저물어 가는 태양을 향해 몸을 돌려 자기 위로 두 팔을 쳐들더니—꼭 누군가가 그의 발목을 싹둑 자르기라도 한 듯—아주 요란한 비명을 지르며 땅바닥으로 쓰러졌다.

"나의 주님께서 이기셨도다! 그리스도가 저물어 가는 태양을 이기셨도다!" 그는 태양을 향해 두 팔을 쳐들고 광포하게 외치더니, 얼굴을 땅바닥에 묻고 두 팔을 땅에 쫙 펼쳐 놓은 채 온몸을 부르르 떨면서 어린아이처럼 목청껏 엉엉 흐느껴 울기 시작했다. 그러자 다들 그에게로 달려들었고, 그 흐느낌

12) 수도사와 고행 수도사의 시신을 (방에서 교회로, 이어 장례식 이후 교회에서 묘지로) 모시고 나갈 때는 「인생의 달콤함이란」이라는 노래를 부른다. 만약 고인이 고행 수도사제라면 「조력자여, 보호자여」라는 찬송가를 부른다. (저자 주)

에 답하는 울음과 영탄 소리가 울려 퍼졌다……. 모든 사람들이 일종의 광란 상태에 빠졌던 것이다.

"바로 이분이 성자다! 바로 이분이 의인이다!" 이미 완전히 겁을 상실한 이런 환호성이 울려 퍼졌다. "이분이야말로 장로 자리에 앉을 몸이시다." 어떤 이들은 이미 표독스럽게 덧붙였다.

"저분은 장로 자리에 앉지 않으실 거야……. 스스로 거부하실걸…… 저주받은 신제도를 떠받들진 않으실 거야……. 저자들의 바보짓을 그냥 따라 하실 리가 없지." 다른 목소리들이 당장 맞장구를 쳤으니, 이 일이 어디에까지 이를지 상상도 하기 힘들 지경이었지만, 때마침 바로 그 순간에 미사를 알리는 종소리가 울렸다. 다들 갑자기 성호를 긋기 시작했다. 페라폰트 신부도 몸을 일으켰으며, 성호를 그어 자신의 몸을 보호하며 옆도 안 돌아보고 자신의 방으로 향했는데, 아직도 감탄을 연발했지만 이미 통 말도 안 되는 소리들이었다. 얼마 안 되는 사람들이 그의 뒤를 따라 움직이기도 했지만, 대부분은 서둘러 미사에 참석하기 위해 이리저리로 흩어졌다. 파이시 신부는 이오시프 신부에게 독경을 맡기고 아래로 내려갔다. 그는 광신도들의 광란에 휩싸인 비명에 동요될 위인은 아니었지만, 그럼에도 갑자기 마음이 슬퍼졌고 뭔가 특수한 것이 그리워 괴로워졌으니, 이런 느낌이 들었던 것이다. 그는 걸음을 멈추고 갑자기 자문해 보았다. '이토록 의기소침해질 만큼 슬픈 것은 무슨 까닭인가?' 그 즉시, 자신이 이토록 느닷없이 슬픔에 빠진 원인이 아주 하찮고 특수한 것에 있음을 깨닫고는 놀라워했다. 그러니까 지금 방의 입구 쪽으로 밀려들었던 군중들,

흥분에 휩싸인 그 사람들 틈에서 알료샤를 언뜻 보았고 그때 그를 발견하자마자 그 즉시 자기 마음속에 어떤 통증이 느껴졌던 것이 기억난 것이다. '아니 정녕, 저 어린것이 지금 내 마음속에서 이토록 큰 의미를 지니고 있단 말인가?' 갑자기 놀라워하면서 그는 이렇게 자문했다. 이 순간, 때마침 알료샤가 그의 곁을 지나가고 있었는데, 어디론가 서둘러 가는 듯했지만 사원 쪽은 아니었다. 그들의 시선이 마주쳤다. 알료샤는 얼른 시선을 돌려 땅바닥으로 떨어뜨렸는데, 이 젊은이의 태도만 봐도 파이시 신부는 이 순간 그의 내부에 아주 강렬한 변화가 일어나고 있음을 짐작할 수 있었다.

"아니, 너도 유혹에 빠진 것이더냐?" 파이시 신부가 갑자기 소리쳤다. "정녕 너도 믿음이 부족한 자들과 한패란 말이냐!" 그가 괴로워하며 덧붙였다.

알료샤는 걸음을 멈추고서 왠지 모호한 시선으로 파이시 신부를 바라보았는데, 그러다가 다시금 얼른 시선을 돌려 또다시 땅바닥으로 떨어뜨렸다. 그렇게 비스듬히 선 채, 질문을 던진 사람에겐 얼굴도 돌리지 않았다. 파이시 신부는 그를 주의 깊게 관찰했다.

"어디를 그리 급히 가는 게냐? 미사를 알리는 종이 울리고 있거늘." 그가 다시 물었지만, 알료샤는 이번에도 대답하지 않았다.

"행여 암자를 떠나는 게냐? 아니, 허락도 구하지 않고 축복도 받지 않고서 말이냐?"

알료샤는 갑자기 일그러진 미소를 짓더니 질문을 던지는 신부를 향해, 그러니까 자신의 인도자요, 자신의 마음과 이성의 지배자요, 또 자기가 사랑했던 장로가 임종의 침상에서 알료샤 자신을 위임한 바로 그 신부를 향해 이상한, 아주 이상한 시선을 던지고는 갑자기, 여전히 아까와 마찬가지로 아무 대답도 하지 않고 예의 따위는 아무래도 좋다는 듯 한 손을 내젓더니, 빠른 걸음으로 암자의 출구 쪽으로 멀찍이 가 버렸다.

"다시 돌아오겠지!" 파이시 신부는 괴롭고도 놀라운 마음으로 그의 뒷모습을 바라보면서 중얼거렸다.

2 이런 순간

파이시 신부가 그의 '귀여운 소년'이 다시 돌아오리라고 단정 지은 것은 물론 오판이 아니었으며, 어쩌면 (전적으로는 아닐지라도 어쨌거나 예리한 통찰력으로) 알료샤의 영혼의 상태가 진정 어떤 의미를 지니는지를 간파한 것이었다. 그럼에도 불구하고, 탁 터놓고 고백하자면, 나 자신도 내가 이토록 사랑하고 이토록 어린, 내 이야기의 주인공의 삶에서 이 이상하고 모호한 순간이 정확히 어떤 의미를 지니는지를 명확하게 전달하는 것은 아주 힘들 듯하다. 알료샤에게로 향한 파이시 신부의 "행여 너도 믿음이 부족한 자들과 한패더냐?"라는 고통스러운 질문에 대해서 나는 물론, 알료샤를 대신하여 "아니다, 그는 믿음이 부족한 자들과 한패가 아니다."라고 자신 있게 대답할 수 있을 터이다. 그뿐인가, 사실 여기에는 정반대되는 요소도 있었다. 즉, 그의 모든 혼란은 바로, 그의 믿음이 두터웠기 때문에 생겨난 것이었다. 하지만 어쨌거나 혼란은 혼란이었고, 그것이 너무도 고통스러웠기 때문에 이미 오랜 시간이 지난 이후에도 알료샤는 이 괴로운 날을 자기 인생에서 가장 힘겹고 숙명적인 날로 간주했다. 만약에 "정말로 그의 이런 우수와 이런 불안이 생겨날 수 있었던 건 그야말로 오직, 그의 장로의 시신이 즉각 치유력을 발휘하기는커녕 오히려 그렇게 빨리 부패하기 시작했기 때문인가?"라고 단도직입적으로 묻는다면, 이 질문에 대해 머뭇거리지도 않고 "그렇다, 정말로 그랬다."라고 대답하겠다. 다만, 독자에게 나의 이 어린 청년의 순수한 마음을 서둘러서 너무 비웃지는 말아 달라고 부탁하긴 할 터이다. 나 자신도 그를 위해 용서를 구하거나 그의 순진한 믿음을, 예를 들어, 나이가 어리다거나 혹은 예전에 배워 온 학문에서 성과가 보잘것없다거나 하는 등의 이유로 봐주고 정당화할 의도도 없거니와, 오히려 정반대로, 그의 마음이 타고난 이 본성을 참으로 존경하고 있노라고 강력히 선언하는 바이다. 마음의 인상들을 신중하게 받아들이고 열렬하기는커녕 그저 뜨뜻미지근한 정도로만 사랑할 줄 알며 정확하긴 하되 나이에 비해 너무도 논리적인 (그렇기 때문에 값싼) 그런 청년이라면, 단언하건대, 틀림없이 나의 청년에게 일어난 일을 피할 수 있었을 테지만, 어떤 경우에는 사실 비록 비이성적인 것일지라도 어쨌거나 크나큰 사랑에서 우러나오는 어떤 열광에 몰두하는 것이 아예 그러지 않는 것보다 더 높이 살 만한 것이다. 청년 시절에는 특히 더 그러한데, 왜냐면 일관되게 논리적인 청년은 희망이 별로 없으며 그건 값싼 것이기 때문이다—바로 이것이 나의 견해이다! "하지만"이라고 이성적인 사람들은 아마 여기서 소리를 지를 것이다. "모든 청년이 다 이런 편견을 믿어서도 안 될뿐더러, 당신의 청년이 나머지 다른 청년들의 모범이 되는 건 아니다." 이것에 대해서 나는 이번에도 다음과 같이 대답할 것이다. 그렇다, 내 청년의 믿음은 성스럽고도 와해될 수 없는 성질의 것이었지만, 어쨌거나 나는 그를 위해 용서를 빌진 않겠다고.

아시다시피, 앞서 나는 내 주인공에 대해 해명을 하거나 사과를 하거나 뭣을 정당화하려고 하지 않을 것이라고 선언했지만(더욱이 어쩌면 너무 성급했는지도 모르겠다.) 그럼에도 앞으로 이야기를 이해시키기 위해서는 뭔가 설명을 할 필요는 있다고 본다. 자, 그래서, 이 경우 문제는 기적 따위가 아니라는 점을 말하고자 한다. 이 경우에, 그가 초조하고 경솔했던 건 꼭 기적을 바라서가 아니었다. 또한 그때 어떤 신념들의 승리를 위해서 알료샤에게 기적이 필요했던 것도 아니고(이건 정말 절대로 아니었다.) 자신이 예전에 거머쥐고 있던 어떤 이념이 어서 빨리 다른 이념을 압도하도록 하기 위해서도 아니었다—오, 아니었다, 절대로 아니었다. 이 모든 일에 있어 그에게 무엇보다도 제일가는 자리를 점했던 것은 얼굴, 오직 얼굴이었으니—그가 사랑했던 장로의 얼굴, 그가 거의 숭배하다시피 존경한 그 의인의 얼굴이었다. 그러니까 그의 젊고 순수한 마음속에 숨겨진 '모든 사람과 모든 것'을 향한 모든 사랑이 그 무렵 일 년 전부터 내내 오로지 한 존재에게 특별히 집중된 듯했으니, 어쩌면 옳지 못한 일일 수도 있지만, 어쨌거나 적어도 아주 강렬한 마음의 격정을 퍼부으며 이제는 고인이 된 장로에게 사랑을 바쳤던 것이다. 사실 이 존재가 그토록 오랫동안 알료샤 앞에 확실한 이상으로 서 있었기 때문에 그의 모든 젊은 힘과 그 갈망은 이미 독점적으로 이 이상을 지향할 수밖에 없었고, 심지어 이따금씩은 '모든 사람과 모든 것'을 망각하는 일도 있었다.(나중에 가서야 생각이 났지만, 그는 이 힘겨운 날에, 자신이 전날 밤만 해도 그토록 신경을 쓰면서 걱정했던 드미트리 형을 까맣게 잊었고 역시나 전날 밤만 해도 대단한 열의를 갖고 계획했건만 일류셰치카의 아버지에게 200루블을 전해 주는 일도 잊었던 것이다.) 하지만, 이번에도 그에게 필요한 건 기적이 아니라 그저 '드높은 정의'였을 뿐인데, 그는 그것이 무너져 버렸다고 믿었고 그 때문에 그토록 잔인하고 느닷없이 마음의 상처를 입었던 것이다. 아니, 이 '정의'가 알료샤의 기대 속에서 사건이 진행되는 와중에 기적의 형태를 띤다고 한들, 그가 숭배한 지도자의 유해에서 즉시 기적이 이루어지리라 기대했다고 한들, 뭐가 어떻단 말인가? 더욱이 수도원의 모든 사람들이, 심지어 알료샤가 그 뛰어난 지성을 경배해 마지않았던 파이시 신부와 같은 사람들마저도 그렇게 생각하고 기대를 품었고, 그 때문에 알료샤도 어떤 의심으로 불안해하지도 않고 다른 모든 사람들과 마찬가지로 자신의 꿈에 기적의 형식을 부여했던 것이다. 뿐더러, 이미 오래전부터, 그러니까 수도원에서 생활하기 시작한 일 년 전부터 계속 그의 마음은 이렇게 길들여져 이젠 이런 기대를 품는 것이 아예 습관이 되어 버렸다.

그럼에도 그가 갈구했던 것은 정의였지, 그냥 기적은 아니었다! 자 그런데, 그의 희망에 의하면 온 세상을 통틀어 그 누구보다도 더 높이 올라가야 마땅한 그분이 — 바로 그분이 그분에게 합당한 영광을 누리기는커녕 갑자기 치욕의 구렁텅이로 전락해 버린 것이다! 도대체 무엇을 위해서? 누구의 심판이란 말인가? 누가 이렇게 판단을 내릴 수 있었단 말인가? — 바로 이런 의문들이 곧, 아직 경험이 부족하고 처녀같이 순결한 그의 마음을 괴롭혔다. 그는 의로운 이들 중에서도 가장 의로운 분이 그분보다 그토록 미천한 자리에 서 있는 경솔한 군중으로부터 그토록 냉소적이고 표독스러운 조롱의 세례를 받았다는 것을 견딜 수가 없어 모욕감을 느꼈고 심지어 분한 마음마저 들었다. 설령 기적이 전혀 일어나지 않을지라도, 어떤 기적적인 현상도 나타나지 않고 기대했던 것이 즉시 증명되지는 않을지라도, 도대체 이 불명예는 무엇 때문이며, 이렇게 묵과된 치욕은 또 무엇 때문이며, 표독스러운 수도사들의 말대로 '자연을 초월한' 이 급속한 부패는 또 무엇 때문이란 말인가? 저들이 지금 페라폰트 신부와 함께 저토록 의기양양하게 호언장담하는 '계시'란 또 무엇 때문이며, 도대체 무슨 근거로 그들은 저런 호언장담을 할 권리를 얻었노라고 믿는 것인가? 정녕 어디에 하느님의 섭리가, 계시의 손가락이 있단 말인가? 무엇 때문에 그 섭리는 (알료샤가 생각하기에) '가장 필요한 순간'에 자신의 손가락을 감추고서 눈멀고 귀 먼 무자비한 자연의 법칙에 스스로를 종속시키고자 했던 것일까?

바로 이 때문에 알료샤의 마음은 피투성이가 되었으며, 물론 내가 이미 말했듯, 무엇보다도 여기에는 그가 세상에서 그 무엇보다도 사랑한 얼굴이 버티고 있었는데, 그것은 '치욕'과 '불명예'의 낙인이 찍힌 얼굴이었던 것이다! 나의 청년의 이 불평이 경솔하고 비논리적일지라도, 세 번째로 반복하고자 한다.(아마 앞으로도 경솔할 수 있으리라는 것도 인정하는 바이다.) 즉, 나는 나의 청년이 그 순간에 지나치게 논리적이지 않았던 것이 기쁜데, 왜냐면 사람이 멍청하지 않다면 사리 판단력이란 언제든지 찾아오게 마련이지만, 사랑이란 이렇게 예외적인 순간에 청년의 마음속에 생기지 않는다면 도대체 언제 찾아오겠는가? 어쨌거나 이런 경우에는 비록 순간적이긴 하되 알료샤에게 있어 숙명적이고 혼돈스러운 이 순간, 그의 머릿속에 떠오른 어떤 이상한 현상에 대해서 침묵하고 싶지는 않다. 새롭게 나타나 번득인 이 뭔가는 어제 이반 형과의 대화가 남겨 준, 지금 알료샤의 머릿속에 끊임없이 떠오르는 다소 고통스러운 인상과 관련되어 있었다. 특히 지금은 더 그러했다. 오, 그의 영혼 속에서 기본적이고, 말하자면, 원시적인 믿음이 흔들리고 있다는 소리는 아니다. 그는 자신의 하느님을 사랑했고 하느님에게 느닷없이 불평을 늘어놓긴 했지만, 그럼에도 확고부동한 믿음을 지니고 있었다. 하지만, 어제 이반 형과 나눈 대화를 떠올리노라면 어쩐지 희뿌옇지만 고통스럽고 사악한 인상이 지금 갑자기 다시금 그의 영혼 속에서 꿈틀거리며 점점 더 강하게 그 표면을 뚫고 나오려고 버둥거리는 것이었다. 이미 땅거미가 짙게 드리웠을 무렵, 소나무 숲을 지나 암자에서 수도원으로 가던 라키친은 나무 밑에서 땅에 얼굴을 묻은 채 꼭 잠을 자는 양 꼼짝도 않고 엎드려 있는 알료샤를 갑자기 발견했다. 그는 다가가면서 알료샤를 불렀다.

"너 여기 있었니, 알렉세이? 아니, 정말로 너도……." 깜짝 놀란 그는 무슨 말을 하려고 하다가, 그냥 중간에서 멈추었다. 그는 '아니 정말로 너도 그 지경까지 간 거야?'라고 말하고 싶었었다. 알료샤가 자기를 쳐다본 건 아니었지만 그 몸놀림으로 보아 상대방이 자기 말을 듣고 있고 또 이해하고 있음을 라키친은 알아차렸다.

"어이, 너 무슨 일이야?" 그는 여전히 놀라워했지만, 놀라움은 이미 그의 얼굴에 번지는 미소로 대체되기 시작했고 점점 더 냉소적인 표정을 띠게 되었다.

"이봐, 벌써 두 시간도 더 넘게 너를 찾고 있었어. 네가 갑자기 어디론가 사라졌잖아. 그런데 여기서 뭘 하는 거야? 이게 무슨 잘난 바보짓이냐? 야, 나 좀 봐……."

알료샤는 고개를 들었고, 일어나 자리에 앉아 나무에 등을 기댔다. 울고 있지는 않았지만, 그의 얼굴에서는 고통이 배어 나왔고 그 시선 속에서는 신경질적인 기운이 감돌았다. 그나저나 그는 라키친이 아니라 어디 먼 산을 바라보고 있었다.

"이봐, 너 얼굴이 영 딴판이야. 너의 그 악명 높은 옛날의 온화함은 아예 찾아볼 수도 없는걸. 누구한테 화라도 난 건가, 엉? 언짢은 일이라도 있었어?"

"저리 가, 좀!" 알료샤는 갑자기 이렇게 말하면서도 조금 전과 마찬가지로 여전히 그를 쳐다보지도 않고 피곤하다는 듯 한 손을 내저었다.

"어라, 우리 수도사들도 정말 별수 없다니까! 여느 필부들과 전혀 다를 바 없이 소리까지 지르게 됐으니, 원. 나름대로 천사에 속한다는 자까지도 말이야! 자, 알료쉬카, 나는 너한테 깜짝 놀랐어, 네가 알든 말든 이건 진담이야. 여기 와서 이렇게 놀라 본 지 정말 오랜만이야. 사실 나는 줄곧 네가 교양 있는 사람이라고 생각해 왔는데……."

알료샤는 마침내 그를 바라보긴 했지만, 여전히 그를 거의 이해하지 못하겠는지 어쩐지 멍한 표정이었다.

"아니, 정말로 너의 노인이 악취를 풍겼다고 이러는 거냐? 그럼 정말로 넌 그가 기적 나부랭이를 일으킬 거라고 진지하게 믿었단 말이야?" 라키친은 다시금 진짜 대경실색하면서 소리쳤다.

"그래, 그렇게 믿었고 지금도 믿고 있고, 그렇게 믿고 싶고 앞으로도 그렇게 믿을 거야, 또 뭐가 더 필요한 거야!" 알료샤가 짜증스럽게 소리쳤다.

"아무것도 더 필요 없어, 이봐. 젠장, 그런 건 열세 살 먹은 초등학생도 이젠 믿지 않는 거야. 뭐 어쨌거나, 젠장……. 지금 너는 너의 하느님한테 화가 나서 반역이랍시고 들고일어났구먼. 직위도 올려 주지 않고 명절맞이 훈장도 안 줬다, 이거잖아! 에라, 하여간 너희들은!"

알료샤는 눈을 가늘게 뜨고 왠지 오랫동안 라키친을 바라보았는데 그의 눈에서 갑자기 뭔가가 번득이긴 했지만…… 그렇다고 해서 라키친에 대한 분노는 아니었다.

"나는 나의 하느님에게 반역하는 일 따위는 하지 않아, 나는 그저 '그의 세계를 받아들이지 않을 뿐이야.'" 알료샤가 갑자기 삐뚜름하게 웃었다.

"세계를 받아들이지 않는다니?" 라키친은 그의 대답을 두고 잠깐 생각했다. "이건 무슨 귀신 씻나락 까먹는 소리야?"

알료샤는 대답하지 않았다.

"자, 헛소리는 그만두고, 이젠 본론으로 들어가자. 오늘 뭘 좀 먹었어?"

"기억이 안 나…… 먹은 것 같기도 하고."

"안색을 보니 원기를 보충해야겠군. 너를 보고 있으면 안쓰러워진다. 밤에도 한잠 못 잤잖니, 어제 저기 너희들의 암자에서 회의가 있었다는 얘기를 들었거든. 그다음에는 줄곧 이 소동에 난리굿이니……. 고작해야 성병(聖餠) 쪼가리나 씹어 먹었겠지. 내 호주머니 안에 소시지가 있는데, 조금 전에 혹시나 싶어 여기 오면서 도시에서 가져왔어, 다만 네가 소시지 같은 건 먹지 않을 테지……."

"소시지 좀 줘 봐."

"어라! 너 제법인걸! 다시 말해서 완전히 반역에다가 바리케이드까지 쳤군! 뭐, 이봐, 이런 일을 무시할 이유는 전혀 없지. 잠깐 내 방에 가자……. 나도 지금 보드카라도 한잔했으면 싶었거든, 피곤해서 죽을 지경이야. 네가 보드카까지 마실 엄두야 못 내겠지만……. 아니, 혹시 마실래?"

"보드카도 줘."

"경사 났군! 기적이야, 친구!" 라키친이 의아스러운 눈으로 바라보았다. "뭐 그렇다면, 이렇든 저렇든, 보드카든 소시지든

해로운 것이니, 이런 좋은 기회를 놓칠 순 없지, 자, 가자!"

알료샤는 말없이 땅바닥에서 일어나 라키친을 따라갔다.

"바네치카 형이 이걸 봤더라면 놀라서 까무러쳤을걸! 그나저나, 너의 형 이반 표도로비치는 오늘 아침 모스크바로 떠났다는데, 알고 있어?"

"알고 있어." 알료샤가 관심 없다는 듯 말했는데, 갑자기 그의 머릿속에서는 드미트리 형의 형상이 어른거렸지만, 오직 어른거리기만 했을 뿐, 이 회상은 뭔가 이미 일 분도 더 미룰 수 없는 어떤 다급한 일을, 어떤 의무와 끔찍한 책임감을 상기시켰다고 할지라도 그에게 어떤 인상도 불러일으키지 못하고 그의 마음을 파고들지도 못한 채 바로 그 즉시 그의 의식에서 날아가 버렸고 또 잊혔다. 하지만 이후 오랫동안 알료샤는 이것을 상기하곤 했다.

"너의 형 바네치카는 한번은 나를 두고 '재능도 없는 어설픈 자유주의자'라는 말을 했다더군. 너도 한번은 참지 못하고 나한테 '불순한 놈'이라는 식의 말을 했지……. 뭐, 그럼 어때! 이제 너희들의 재능과 청렴이 얼마나 대단한지 한번 보자고.(라키친은 이제는 혼잣말로 속삭이듯 말을 끝맺었다.) 쳇, 이봐!" 그가 다시 큰 소리로 말을 하기 시작했다. "수도원을 지나서 곧장 오솔길을 따라 시내로 가자……. 음. 그나저나 나는 호흘라코바 부인 집에도 들러야 하는데, 그게 말이야. 내가 부인한테 모든 사건에 대해 쪽지를 써서 보고했더니, 생각 좀 해 봐, 부인은 나한테 그 즉시 연필로 '조시마 신부처럼 명예로운 장로님한테 그런 짓을 할 줄은 꿈에도 생각 못 했다!'라는 쪽지를 써서(이 부인은 쪽지 쓰는 걸 끔찍하게 좋아하지.) 답장을 보내온 거야. 정말로 '그런 짓'이라고 썼다니까! 역시나 열을 받은 거야. 에이, 너희들은 죄다 이 모양이라니까! 잠깐만!" 그는 느닷없이 다시 소리를 치더니, 갑자기 걸음을 멈추고 알료샤의 어깨를 붙잡아 세웠다.

"이봐, 알료쉬카." 그는 갑자기 머릿속에 번쩍 떠오른 느닷없는 새로운 생각에 혹해서는 알료샤의 눈을 시험하듯 들여다보았는데, 겉으론 웃고 있었지만 이 느닷없는 새로운 생각을 큰 소리로 말하는 것이 두려운 듯했으니, 그 정도로까지 그에게는 알료샤의 지금의 기분 상태가 참으로 뜻밖의 기이한 일이라 믿기지가 않았던 것이다. "알료쉬카, 이봐, 우리 지금 어디로 가는 것이 제일 좋을까?" 그는 마침내 상대방의 비위를 맞추듯 조심스럽게 말했다.

"상관없어…… 어디든 너 좋을 대로."

"그루셴카 집에 가자, 응? 갈래?" 마침내 라키친이 이렇게 말했는데, 조심스러운 기대감에 넘쳐 온몸을 떨기까지 했다.

"그래, 그루셴카 집으로 가자." 알료샤가 곧바로 조용하게 대답했는데, 라키친은 이럴 줄은 정말 생각도 못 했기 때문에, 그러니까 이렇게 빨리 또 조용하게 동의할 줄은 몰랐기 때문에 거의 몸을 뒤로 움찔 뺄 정도였다.

"자아……! 그럼, 가자!" 그는 깜짝 놀란 상태에서 이렇게 소리쳤지만, 여전히 상대방의 결심이 변하지나 않을까 염려스러워 죽겠는지, 갑자기 알료샤의 손을 꽉 잡더니 재빨리 그를 오솔길로 이끌었다. 둘 다 말없이 걷는 와중에, 라키친은 심지어 말을 꺼내는 것마저도 두려워했다.

"그 여자가 얼마나 좋아할까, 좋아 죽을 거야……." 그는 이렇게 중얼대는가 싶더니, 곧 다시 입을 다물었다. 게다가 그가 알료샤를 그루셴카 집으로 끌고 가는 건 그녀 하나 좋으라고 하는 일이 절대 아니었다. 그는 진지한 사람으로서 자기에게 이득이 되는 목적이 없다면 어떤 일에도 손을 대지 않았다. 그의 목적은 지금 두 가지였다. 첫째는 '의인'의 치욕을 봄으로써 복수심을 충족하는 것, 즉 벌써부터 음미하고 있는바, 알료샤가 '성자'에서 '죄인'으로 '전락'하는 모습을 똑똑히 봐 두는 것이었고, 둘째로 여기에는 그에게 아주 이득이 되는 다소간의 물질적인 목적이 깔려 있었으니, 이 얘기는 나중에 하게 될 것이다.

'그러니까, 이런 순간이 왔단 말이지.' 그는 속으로 즐거우면서도 표독스러운 생각에 잠겨 있었다. '자 이제 우리는 바로 이 순간을 놓치지 말고 목덜미를 꽉 잡는 거야, 이렇게 기막힌 순간이 또 어디 있겠어.'

3 양파 한 뿌리

그루셴카는 소보르나야 광장 근처, 시내의 번화가에 살았는데, 상인 미망인 모로조바의 집 마당에 있는 크지 않은 목조 곁채를 빌려 쓰고 있었다. 모로조바의 집은 겉보기에는 아주 볼썽사납고 크기만 한 낡은 2층짜리 석조 건물이었다. 거기에는 늙은 노파인 여주인이 자기 못지않게 나이가 든 조카딸 둘을 데리고 외롭게 살고 있었다. 마당의 곁채를 세놓을 만큼 가난하지는 않았지만, 누구나 다 알고 있듯, (벌써 사 년쯤 전에) 오직 자신의 친척이자 그루셴카의 공개적인 후견인인 상인 삼소노프의 비위를 맞추려고 그루셴카를 자기 집에 들였던 것이다. 사람들 말에 의하면, 질투심 많은 노인이 처음에 자신의 '귀염둥이'를 모로조바 집에 들어앉힌 것은 노파가 예리한 눈으로 새 거주자의 행실을 감시해 줄 거라고 생각했기 때문이라고 한다. 하지만 정말 얼마 안 가서 예리한 눈이고 뭐고 필요 없다는 것이 밝혀졌고, 결국 모로조바는 그루셴카와 만나는 일조차 드물었을뿐더러 나중에는 그녀를 감시한답시고 성가시게 하는 일도 없어졌다. 사실, 노인이 현의 어느 도시에서 열여덟 살짜리 소녀를, 곧잘 겁을 먹거나 수줍음을 타고 슬픈 얼굴로 생각에 잠겨 있는 듯한 가늘고 여윈 소녀를 이 집으로 데려온 지도 벌써 사 년이 지났으니, 그때 이후로 많은 세월이 지난 셈이다. 하지만 이 소녀의 내력에 대해서라면 우리 도시에서는 아는 바가 없었고 말도 제각기 다 달랐다. 최근에 와서도 별달리 알아낸 것이 없었으며, 많은 이들이 사 년 만에 '뛰어난 미인'으로 변해 버린 이 아그라페나 알렉산드로브나에게 관심을 갖기 시작한 지금에 와서도 상황은 마찬가지였다. 그저, 열일곱 살짜리 소녀가 무슨 장교라는 어떤 사람에게 기만당하고 그러곤 그 즉시 그에게서 버림받았다는 소문만 나돌 뿐이었다. 장교는 그곳을 떠난 다음 어딘가에서 결혼을 했지만, 그루셴카는 치욕과 빈곤을 떠맡게 되었다고 한다. 그나저나 들리는 말로는, 그루셴카가 자신의 노인 덕분에 빈곤에서 구출된 것은 사실이지만 원래부터 점잖은 집안, 그러니까 무슨 성직자 집안 출신으로서 무슨 무소속 보제(補祭)이거나 그 비슷한 종류의 사람의 딸이었다고 한다. 자, 그런데 사 년 만에 모욕감에 젖은, 감수성이 예민한 가엾은 고아 소녀가 발그스레한 뺨에 풍만한 몸을 지닌 러시아의 미녀로, 대담하고 결단력 있는 성격에 오만하고 뻔뻔스러우며 돈맛을 알아 버려 축재에 여념이 없는, 인색하고 신중한 여자로 변해 버렸으니, 들리는 소문으로는, 수단과 방법을 가리지 않고 자기 재산도 상당히 모았다고 한다. 그나저나 단 한 가지 사실에 대해서만은 다들 확신했다. 즉, 그루셴카에게 접근하는 것은 힘들다는 것, 그래서 그녀의 후견인인 노인을 제외하면 사 년을 통틀어 그녀의 호감을 샀다고 자랑할 만한 위인이 단 한 명도 없었던 것이다. 이것은 엄연한 사실이었는데, 왜냐하면 그녀의 호감을 얻으려고 적지 않은 사냥꾼들이 달려들었으며 특히 최근 이 년 동안에는 더 그랬기 때문이다. 하지만 모든 시도는 하나같이 수포로 돌아갔고, 어떤 구애자들은 성깔이 있는 젊은 여인의 단호하고 냉소적인 반격 덕분에 심지어 부끄러울 만큼 희극적인 참변을 당하고서 후퇴하지 않을 수 없었다. 또, 이 젊은 여인이 특히 최근 한 해 동안에 '게셰프트'[13]라 불리는 것에 뛰어들어 이 방면에 굉장한 재능을 보였다는 것도 다들 알았기 때문에 결국에 가서는 많은 이들

13) '사업'을 뜻하는 유대어.

이 그녀를 진짜 유대인이라고 부르게 되었다. 그녀가 고리대금업을 한 건 아니었지만, 예를 들어, 표도르 파블로비치와 동업으로 얼마 동안 1루블당 10코페이카, 그러니까 그야말로 헐값에 다량의 어음을 사들였다가 그중 어떤 어음을 팔아서 10코페이카당 1루블의 이득을 취했다는 건 널리 알려진 일이었다. 그런데 다리가 부어 몸이 편치 않았던 데다가 최근 일 년 동안 그 다리마저 영 못 쓰게 된 홀아비 삼소노프는 다 큰 아들들에겐 폭군이었고 어마어마한 백만장자에 인색하고 완고한 사람이었지만, 또한 자신의 피후견인에 대해서도 처음에는 독설가들이 그 당시 떠들어 댄바 정조대와 족쇄를 채우고 '단식'을 시키며 사육했을 정도였건만 이제는 그 피후견인 앞에서 꼼짝달싹도 하지 못했다. 하지만 그루셴카는 삼소노프에게 자신의 정조에 대한 무한한 신뢰를 심어 줌으로써 그에게서 해방될 수 있었다. 이 노인은 대단한 수완을 갖춘 데다가(이제 오래전에 고인의 몸이 되었지만) 역시나 남다른 성격의 소유자였고 무엇보다도 돌처럼 단단하고 인색했기 때문에 그루셴카에게 완전히 맛이 가서 그녀 없이는 살 수 없을 지경이었건만(예를 들어 최근 이 년 동안은 정말로 그랬다.) 그녀한테 목돈은 떼주지 않았으며, 설령 그녀가 그를 완전히 버리겠다고 윽박을 질렀더라도 여전히 완고한 옹고집으로 남아 있었을 것이다. 그 대신에 푼돈을 떼 주곤 했는데, 이 일이 알려졌을 때는 다들 아연실색했다. "너라는 여자가 완전 꽝은 아니니까."라고, 그는 그녀에게 8000 정도를 떼 주면서 말했다. "네 손으로 한번 굴려 봐라, 하지만 예전과 마찬가지로 매년 받는 생활비 말고는 죽을 때까지 나한테서 땡전 한 푼 못 받을 테고, 게다가 유산도 너한테는 땡전 한 푼 안 줄 거다." 그러고는 정말로 자기 말을 실천에 옮겼다. 죽으면서 평생 동안 자기 집 하인처럼 부리던 아들들과 며느리들, 손자 손녀들에게 모든 것을 물려주었고, 유언장에 그루셴카 얘기는 일언반구도 없었다. 이 모든 것이 나중에 가서야 알려졌다. '밑천'을 굴리는 방법에 대해서라면 그루셴카에게 제법 도움이 되는 충고를 해 주었고 '일의 요령'을 가르쳐 준 셈이었다. 그런데 표도르 파블로비치 카라마조프가 원래 '게셰프트'를 계기로 우연히 그루셴카와 관계를 맺었다가 결국엔 자기도 놀랍게, 그만 그녀에게 홀딱 빠져 완전히 앞뒤 분간도 못 하게 됐을 때, 그 무렵엔 이미 오늘내일하던 삼소노프 노인은 아주 신나게 비웃어 댔다. 여기서 한 가지 주목해야 할 것은 그루셴카가 자신의 노인과의 관계에 있어서만큼은 그와 알고 지낸 시간 내내 심지어 거의 진심으로 완전히 솔직했다는 점인데, 이 점에서는 그가 세상에서 유일한 사람인 듯했다. 아주 최근에 갑자기 드미트리 표도로비치마저도 사랑에 빠졌노라고 하면서 나타나자, 노인은 비웃음을 멈추었다. 오히려 한번은 그루셴카에게 진지하고 엄격한 충고를 했다. "만약 아버지와 아들 둘 중에서 하나를 골라야 된다면, 영감을 골라라, 하지만 저 야비한 영감이 반드시 너와 결혼하고 사전에 미리 얼마간의 재산이라도 네 명의로 해 준다는 조건이어야 한다. 대위와는 놀지 마라, 미래가 없는 놈이니까." 바로 이것이 늙은 호색한이 그루셴카에게 친히 남겨 준 말이었으니, 그 당시 그는 이미 조만간 죽을 것을 예감하고 있었으며 이 충고를 남기고 다섯 달 후에 곧바로 죽었다. 여기서 살짝 지적해 둘 것은 비록 우리 도시의 많은 사람들이 그 당시 그루셴카를 상대로 한 카라마조프 부자의 터무니없고 기형적인 연적 관계를 알고 있긴 했지만, 그럼에도 그녀가 그들 둘, 즉 노인과 아들을 어떤 마음으로 대하고 있는지를 진정으로 이해한 사람은 그 당시로는 극히 드물었다는 점이다. 심지어 그루셴카의 두 하녀마저도 (앞으로 얘기할 엄청난 파국이 있고 난 뒤에) 훗날 재판장에서 아그라페나 알렉산드로브나가 드미트리 표도로비치를 집 안으로 받아들인 건 오직 '죽이겠다고 협박하니' 무서워서였기 때문이라고 증언했다. 그녀에게는 하녀가 둘이었는데, 한 명은 그녀의 생가에서 데려온 아주 늙은 식모로서 병들고 거의 귀머거리나 다름없었고, 그 손녀는 젊고 발랄한 스무 살 남짓한 처녀로서 그루셴카의 몸종 노릇을 했다. 그루셴카는 아주 인색한 생활을 했고 세간도 아주 초라한 편이었다. 그녀의 곁채에는 방이 세 칸밖에 없었고, 거기에는 원래 여주인이 갖다 놓은 오래된 20년대 풍의 마호가니 가구들이 있었다. 라키친과 알료샤가 그녀의 집으로 들어갔을 때는 이미 땅거미가 짙게 깔려 있었지만, 방에는 아직 불도 켜져 있지 않았다. 그루셴카는 자기 거실에, 등받이가 딸린 마호가니 소파에 누워 있었는데, 이미 오래전에 다 해지고 구멍이 뚫린 가죽을 씌운 딱딱하고 볼썽사나운 소파였다. 그녀의 머리 밑에는 침대에서 가져온 하얀 솜 베개 두 개가 놓여 있었다. 그녀는 고개를 위로 하고 두 팔로 머리를 받친 채 몸을 쭉 뻗고 꼼짝도 하지 않고 누워 있었다. 꼭 누군가를 기다리는 듯 검은 비단 원피스를 입고 머리에는 그녀에게 아주 잘 어울리는 가벼운 레이스 모자를 쓰고 있었다. 어깨에는 삼각형의 레이스 숄을 드리우고 커다란 황금빛 브로치로 여민 상태였다. 아닌 게 아니라, 그녀는 정말로 누군가를 기다리느라 애가 타 죽겠다는 듯 다소 창백해진 얼굴에 바싹바싹 타는 입술과 눈을 하고서, 오른쪽 발끝으로 초조하게 소파의 팔걸이를 톡톡 치며 누워 있었다. 라키친과 알료샤가 나타나자마자, 작은 소동이 일어난 성싶었다. 그루셴카가 소파에서 잽싸게 일어나 갑자기 소스라치게 놀라면서 "누구일까?"라고 외치는 소리가 현관에서부터 들려왔다. 하지만 손님들을 맞이한 처녀는 즉각 주인마님에게 대답을 주었다.

"그분이 아닙니다, 다른 분들이세요, 상관없는 분들이요."

"도대체 이 집에 무슨 일이 난 거야."라고, 라키친은 알료샤의 손을 잡고 거실로 들어가면서 중얼거렸다. 그루셴카는 아직도 놀라움이 가시지 않은 표정으로 소파 옆에 서 있었다. 짙은 아마빛의 숱 많은 머리채가 갑자기 숄 밑으로 빠져나와 그녀의 오른쪽 어깨로 떨어졌지만, 그녀는 손님들의 얼굴을 살펴보고 누구인지 확인하기까지는 그것을 알아채지도, 바로잡지도 않았다.

"아, 너였어, 라키트카[14]? 너 때문에 깜짝 놀랐잖아. 같이 온 사람은 누구야? 누구와 함께 온 거야? 맙소사, 이게 누구야!" 알료샤를 뜯어보더니 그녀가 감탄을 내질렀다.

---

14) 라키친의 애칭.

"자, 어서 촛불을 좀 밝히라고 해!" 라키친은 집 안의 일을 처리할 권리를 가진 아주 막역하고 가까운 사이라도 되는 양 거리낌 없는 태도로 말했다.

"촛불이라…… 물론, 촛불을 밝혀야지……. 페냐, 이 양반한테 촛불을 갖다줘라……. 그래, 참 기막힌 시간에 저분을 모시고 왔지 뭐야!" 그녀는 다시 감탄을 내지른 뒤 알료샤에게 고개를 끄덕였고, 거울 쪽으로 몸을 돌려 두 손으로 재빨리 자신의 머리채를 다듬어 밀어 넣기 시작했다. 그녀는 어쩐지 불만족스러운 듯했다.

"왜, 나 때문에 비위라도 상했나?" 라키친은 금세 거의 모욕감마저 느끼면서 물었다.

"너 때문에 깜짝 놀랐어, 라키트카, 그냥 그뿐이야." 그루셴카는 미소를 지으면서 알료샤 쪽으로 몸을 돌렸다. "나를 무서워하지 말아요, 사랑스러운 알료샤, 당신이 와서 기뻐 죽겠는걸, 이렇게 뜻밖에 찾아와 줄 줄이야. 어쨌거나, 라키트카, 난 너 때문에 깜짝 놀랐어. 나는 미챠가 들이닥친 거라고 생각했지 뭐야. 얼마 전에 그이에게 거짓말을 해 놓고선 내 말을 믿겠노라는 굳은 약속을 받았는데, 그러니까 간단히 내가 거짓말을 했거든. 그이에게 쿠지마 쿠지미치,[15] 즉 나의 영감 집에 가서 저녁부터 밤까지 그와 함께 돈 계산을 할 거라고 말했거든. 어쨌거나 매주 영감 집에 가서 저녁 내내 계산을 하긴 하니까 말이야. 방문을 잠가 두고서 그는 주판을 두드리고 나

---

15) 삼소노프의 이름과 부칭.

는 앉아서 장부에 기록을 하는데—영감은 오직 나 한 사람만 신뢰하거든. 미챠는 내가 또 거기 간 줄 알고 있지만 실은 이렇게 집에 틀어박혔어—멍하니 앉아 이제나저제나 소식이 오길 기다리고 있는 거야. 이런데 페냐가 당신들을 집으로 들인 거야! 페냐, 페냐! 대문으로 가서 문을 열고 주위를 둘러 봐, 혹시 어딘가에 대위가 있지는 않은지? 어쩌면 몸을 숨기고서 살펴보고 있는지도 모르잖아, 무서워 죽겠어, 정말!"

"아무도 없어요, 아그라페나 알렉산드로브나, 지금 다 둘러봤어요, 저도 시시각각으로 구멍 쪽으로 다가가서 살펴보고 있어요, 저도 무섭고 불안해 죽겠어요."

"뒷문은 잘 잠겼더냐, 페냐? 커튼도 치면 좋겠는데, 그래, 이제 됐어!" 그녀는 직접 무거운 커튼을 쳤다. "안 그러면 불빛을 보고서 얼씨구나 날아들 테니까. 알료샤, 당신의 형 미챠가, 알료샤, 오늘은 정말 무서워." 그루셴카는 큰 소리로 이렇게 말했는데, 불안에 떨면서도 왠지 어떤 희열이라도 맛보는 것 같았다.

"왜 하필 오늘 미첸카가 무섭다는 거지?" 라키친이 물어보았다. "그 사람한테 겁을 먹다니, 네가 피리를 불면 춤이라도 덩실덩실 출 양반을."

"그러니까 말했잖아, 소식을, 황금같이 귀한 소식을 하나 기다리는 중이고, 따라서 미첸카는 지금 아예 필요가 없다니까. 게다가 내가 쿠지마 쿠지미치 집에 간다고 한 말도 믿고 있지 않아, 그런 느낌이 든단 말이야. 필경, 지금쯤 자기 집, 즉 표도르 파블로비치 집의 정원 뒤쪽에 죽치고 앉아 내가 오지나 않을까 망을 보고 있겠지. 하지만 거기 있다면 이리로 오지는 않을 테니까, 차라리 그게 더 낫단 말이야! 쿠지마 쿠지미치 집에는 정말 달려갔다 왔고, 미챠가 나를 바래다주기까지 했는데, 자정까지 앉아 있을 테니 자정에 다시 와서 나를 집으로 데려다 달라고 말했어. 그래서 그는 떠났고, 나는 영감 집에서 십 분 정도 앉아 있다가 다시 이리로 왔으니, 아이, 정말 무서웠어, 그를 보게 될까 봐 뛰어왔다니까."

"그런데 어딜 가려고 그렇게 차려입었대? 네가 쓰고 있는 그 모자 너무 괴상하지 않아?"

"너야말로 괴상한 놈이야, 라키친! 귀한 소식 하나를 기다리고 있다고 말했잖아. 소식이 오면, 당장 일어나서 날아갈 건데, 때마침 너희들이 여기서 나를 본 거야. 그러니까 만반의 준비를 갖추기 위해 이렇게 차려입은 거라고."

"도대체 어딜 간다는 거야?"

"너무 많은 걸 알면 빨리 늙는 법이야."

"기가 막히는군. 아주 기뻐서 어쩔 줄 모르는군……. 네가 이러는 건 처음 보는걸. 무도회라도 가는 것처럼 빼입고 있으니, 원." 그러면서 라키친은 그녀를 훑어보았다.

"무도회에 대해서 참 많이도 아시는가 보군."

"그럼, 너는 많이 알아?"

"나라면 무도회를 보기는 했어. 삼 년 전에 쿠지마 쿠지미치가 아들을 결혼시킬 때 합창단석에서 봤단 말이야. 아니, 라키트카, 그런데 내가 왜 지금 너랑 얘기를 하고 있는 거지, 여기에 이런 공작님이 있는데 말이야. 이쪽이야말로 진짜 손님이지! 알료샤, 이봐요, 이렇게 당신을 보고 있으면서도 믿기지 가 않아요. 맙소사, 어쩜 우리 집에 올 생각을 다 했대! 솔직히 말하자면, 기대는커녕 생각도 못 했어요, 이전에도 당신이 오리라곤 꿈도 못 꿨지. 비록 지금은 시간이 적절치 못하지만 그래도 당신을 만나서 기뻐 죽을 지경이야! 소파에 앉아요, 자 이리로, 그렇게, 당신은 나의 초승달이에요. 사실 난 아직도 뭐가 뭔지 잘 모르겠네……. 에이, 라키트카, 네가 이 사람을 어제나 그저께 데리고 왔다면 좋았잖아……! 뭐 지금도 기쁘지만. 어쩌면 그저께보다는 지금이 더 좋을 수도 있겠네, 이런 순간에…….”

그녀는 사뿐히 소파에 앉더니 알료샤 옆에 나란히 자리를 잡고서 정말 환희 작약하며 그를 바라보았다. 그리고 정말로 그렇게 기뻐했으니, 이 말은 거짓말이 아니었던 것이다. 그녀의 눈은 타올랐고 입술에는 웃음이, 선량하고 즐거운 웃음이 가득했다. 알료샤는 그녀의 얼굴에서 이렇게 선량한 표정을 보게 될 줄은 몰랐다……. 그는 어제[16]까지만 해도 그녀를 본 적이 별로 없었으므로 그녀에 대해 막연히 무섭다는 생각을 갖고 있다가, 어제는 카체리나 이바노브나에 대한 그녀의 표독스럽고 교활한 행동거지에 끔찍할 정도로 충격을 받았던 터라, 이제 갑자기 그녀에게서 완전히 다른 뜻밖의 존재를 발견한 것 같아 아주 놀라울 따름이었다. 그래서 자기 자신의 슬픔에 잔뜩 짓눌려 있긴 했지만 그의 눈은 어쩔 수 없이 주의

---

16) ‘그저께’가 맞는다.

깊게 그녀를 지켜보고 있었다. 그녀의 모든 몸짓도 어제와는 완전히 딴판으로, 무척 좋아져 있었다. 어제처럼 말을 할 때 일부러 달착지근하게 구는 것도 전혀 없었고 지나치게 나긋나긋하고 판에 박힌 듯한 몸동작도 찾아볼 수 없었으니…… 모든 것이 단순하고 소박하며 그녀의 몸동작 또한 활발하고 시원시원하고 믿음직스러웠지만, 어쨌거나 몹시 흥분해 있긴 했다.

"맙소사, 오늘은 모든 게 다 뒤죽박죽이네, 정말." 그녀가 다시 종알거렸다. "무엇 때문에 내가 당신을 보고 이렇게 기뻐하는지, 알료샤, 나도 모르겠어. 왜냐고 물어도 모르겠다니까."

"정말로 무엇 때문에 기쁜지 모르는 건가?" 라키친이 씩 웃었다. "전에는 무엇 때문인지 나를 붙잡고 이 사람을 데려오라고, 꼭 데려오라고 그렇게 졸라 댔으니, 무슨 목적이 있었던 거야."

"전에는 다른 목적이 있었지만 이제는 그게 사라졌어, 그런 순간이 아니라고. 너희들에게 먹을 것을 대접하겠다, 이 말이야. 이젠 나도 좀 착해졌거든, 라키트카. 너도 앉아, 라키트카, 왜 서 있는 거야? 아, 벌써 앉았나? 하긴 라키투쉬카[17]가 자신을 잊어버릴 양반이 아니지. 자, 알료샤, 저 사람 좀 봐, 저기 우리 맞은편에 앉아 있군, 잔뜩 삐쳐서는 말이야. 왜 내가 자기는 그냥 두고 당신한테 먼저 앉으라고 권했냐, 이거야. 아이, 우리 라키트카는 걸핏하면 삐친다니까, 삐치는 데는 일등이

17) 라키친의 애칭.

야!" 그루셴카가 웃기 시작했다. "성질부리지 마, 라키트카, 이제 나는 착한 여자거든. 아니, 당신은 왜 슬픈 모습으로 앉아 있어, 알료셰치카, 내가 무서워서 그래?" 즐겁게 웃으면서 그녀는 그의 눈을 들여다보았다.

"쟤는 괴로운 일이 있거든. 승진을 안 시켜 줬으니까." 라키친이 쫙 목소리를 깔고 말했다.

"승진이라니?"

"쟤의 장로가 썩는 냄새를 풍겼어."

"썩는 냄새라고? 무슨 헛소리를 지껄이는 거야, 하여튼 더러운 소리를 하고 싶어 안달이 났군. 입 다물어, 바보 같으니. 나 말이야, 알료샤, 당신 무릎에 좀 앉게 해 줘, 자, 이렇게!" 그러면서 그녀는 갑자기 냉큼 톡 튀듯 자리에서 일어나더니 작은 응석꾸러기 고양이처럼 웃으면서 그의 무릎 위로 올라앉아 오른손으로 부드럽게 그의 목을 휘감았다. "내가 당신을 즐겁게 해 줄게, 신앙심 돈독한 우리 꼬마 양반! 아니, 정말로 내가 당신 무릎 위에 좀 앉아 있어도 괜찮겠어, 아니면 화낼 거야? 명령만 하면—곧장 뛰어내릴게."

알료샤는 잠자코 있었다. 그는 사부작대는 것조차 두려워하며 가만히 앉아 있었고, "명령만 하면—곧장 뛰어내릴게."라는 말을 듣긴 했지만 꽉 얼어붙어 버린 양 아무 대답도 하지 못했다. 하지만 지금 그의 내부에서 일어나고 있는 일은, 예를 들어, 자기 자리에서 음탕하게 눈을 굴리고 있는 라키친이 기대하거나 상상할 수 있을 법한 그런 것이 아니었다. 그의 영혼의 거대한 슬픔이 그의 마음속에서 생겨날 수 있을 법한 모든 감각을 삼켜 버렸으며, 만약 그가 이 순간 스스로에게 완전히 해명할 수 있었다면 지금 자신이 온갖 유혹과 시험에 맞설 수 있을 만큼 몹시 단단한 갑옷을 입고 있음을 스스로 알아챘을 것이다. 하지만 그의 영혼 상태가 아주 흐릿하고 모호하며 슬픔이 줄곧 그를 짓누르고 있건만, 그럼에도 그는 어쨌거나 어쩔 수 없이 자신의 마음속에 생겨난 하나의 새롭고 이상한 감각에 놀라고 있었다. 이 여자, 옛날 같으면 여자에 대한 갖은 몽상에 젖을 때 그의 마음속에 번득이기만 했다면 공포를 낳았을 이 '무서운' 여자가 이제는 그를 놀라게 하지도 않았을뿐더러—오히려, 그가 그 누구보다도 두려워했고 그의 무릎 위에 앉아 그를 껴안고 있는 이 여자가 지금은 갑자기 그의 내부에서 완전히 다른 뜻밖의 특수한 감각을 불러일으켰으니, 그것은 그녀를 향한 아주 위대하고 아주 진정어린, 예사롭지 않은 어떤 호기심의 감각이었고 이 모든 것에는 이미 어떤 두려움도, 예전과 같은 공포도 손톱만큼도 없었다—바로 이것이 중요한 것이었고 또 그를 어쩔 수 없이 놀라게 했던 것이다.

"헛소리는 이제 그만 지껄여." 라키친이 소리쳤다. "차라리 샴페인이나 내와, 나한테 빚진 게 있잖아, 너도 잘 알겠지!"

"정말로 빚이 있긴 하지. 내가 저 사람한테, 알료샤, 당신을 데려오면 그 대가로 만사 제쳐 놓고 샴페인부터 내오겠다고 약속했거든. 어디 샴페인을 굴려 볼까, 나도 마실 거야! 페냐, 페냐, 샴페인을 가져와, 미챠가 두고 간 병이 있잖아, 냉큼 가져와. 나는 구두쇠지만 그래도 샴페인을 내놓겠어, 하지만 라키트카, 너한테 내놓는 게 아니야, 너는 버섯이고 이 사람은 공작 도련님이거든! 지금 내 영혼은 딴 일로 가득 차 있지만, 어쩔 수 없지, 너희들과 함께 마시겠어, 한판 떠들썩하게 벌이고 싶거든!"

"아니, 도대체 지금이 어떤 순간이라는 거야, 저쪽에서 온다는 '소식'은 또 뭐고, 물어봐도 될까, 아니면 비밀인가?" 라키친이 다시 호기심을 보이며 끼어들었는데, 끊임없이 자신에게 돌아오는 괄시와 핀잔은 아예 안중에도 없는 것처럼 보이려고 안간힘을 쓰면서 말이다.

"에이, 비밀은 무슨, 너도 알고 있는 일이야." 그루셴카가 갑자기 염려스럽다는 듯 말했는데, 라키친 쪽으로 고개를 돌리느라 알료샤에게서 약간 몸을 떼긴 했지만 여전히 그의 무릎 위에 앉아서 손으로 그의 목을 껴안고 있었다. "장교가 오는 거야, 라키친, 나의 장교가 말이야!"

"장교가 온다는 얘기는 나도 들었지만, 벌써 이렇게 가까운 곳에 있다는 건가?"

"지금 모크로예에 있는데 거기서 이쪽으로 급히 소식을 보낼 거래, 조금 전에 받은 편지에 직접 그렇게 썼던걸. 그래서 이렇게 앉아서 소식을 기다리고 있는 거야."

"얼씨구! 왜 하필 모크로예에 있대?"

"이야기하자면 길어, 그리고 너한텐 이 정도면 됐어."

"그러니까 지금 미첸카는──어라, 어라! 그 사람은 알고 있어, 아니면 몰라?"

"뭘 알겠어! 전혀 몰라! 만약 알게 된다면, 당장 죽여 버릴 거야. 사실 나는 지금 이런 건 전혀 무섭지 않아, 그의 칼도 지금은 무섭지 않단 말이야. 입 다물고 있어, 라키트카, 나한테 드미트리 표도로비치 이름도 꺼내지 말라고. 그는 내 마음을 완전히 뭉개 버렸어. 이 순간에는 그런 건 조금도 생각하고 싶지 않아. 하지만, 여기 알료셰치카에 대해서라면 생각해 볼 수 있지, 알료셰치카를 보고 있으면……. 이봐, 날 보고 웃어 주고 즐거워해, 나의 어리석음과 나의 기쁨을 보고 웃어 달라고……. 정말로 미소를 짓네, 미소를! 어쩜 이리도 눈길이 상냥할까. 난 말이야, 알료샤, 당신이 그저께 일 때문에, 그 아씨 때문에 나한테 화가 나 있을 거라고 생각했어. 나는 정말 개나 다름없었어……. 어쨌거나 역시 그렇게 된 게 잘된 거야. 그건 물론 고약한 일이었지만 그래도 잘됐어." 그루셴카가 갑자기 생각에 골몰한 듯 씩 웃었는데, 그 미소 속에는 갑자기 뭔가 잔인한 기운이 언뜻 스쳤다. "미챠 말로는 그 아씨가 '그년을 채찍으로 후려갈겨야 해요.'라고 외쳤다더군. 그때 나는 그 아씨에게 아주 심한 모욕을 주었지. 그 아씨가 나를 불러 놓고 초콜릿으로 살살 유혹하면서 나를 눌러 버리고 싶어 했으니까……. 어쨌든 그렇게 된 건 잘된 일이야." 그녀가 씩 웃었다. "지금 무서운 건 당신이 화가 났으면 어쩌나, 하는 것뿐이야……."

"이건 정말로 그래." 갑자기 라키친이 심각하게 놀라면서 끼어들었다. "아니, 이 여자는, 알료샤, 햇병아리 같은 네가 정말로 무서운가 봐."

"너한테는, 라키트카, 이 사람이 햇병아리겠지, 정말로…… 너한테는 양심이라는 게 없으니까, 정말! 이봐, 난 이 사람이 진심으로 좋아, 정말이야! 알료샤, 내가 당신을 진심으로 좋아한다는 거 믿을 수 있지?"

"아이고, 수치심이란 눈곱만큼도 없는 여자라니까! 이 여자가 지금 너한테, 알렉세이, 사랑 고백을 하고 있어!"

"그럼 뭐가 어때서, 정말로 사랑한다니까."

"그럼, 그 장교는? 모크로예에서 온다던 황금 같은 소식은?"

"그건 그거고, 이건 이거지."

"아하, 여자란 늘 이런 식이라니까!"

"나한테 성질부리지 마, 라키트카." 그루셴카가 발끈하며 말을 받아쳤다. "그건 그거고 이건 이거란 말이야. 내가 알료샤를 사랑하는 건 다른 방식으로야. 사실, 알료샤, 전에 너한테 교활한 생각을 갖고 있었던 건 맞아. 난 말이야 난폭하고 저질스러운 여자이지만, 뭐 그래도 어떤 때는, 알료샤, 당신을 나의 양심처럼 바라보곤 해. 줄곧 '이제는 나같이 더러운 여자를 경멸하는 게 당연한 거야.'라는 생각이 들어. 그저께 그 아씨 집에서 나와 이리로 달려오면서 이런 생각을 했거든. 오래전부터 나는 당신에 대해 이런 생각을 했어, 알료샤, 미챠도 알고 있어, 그에게 말했으니까. 미챠도 내가 그런 줄 알고 있고. 당신이 믿든 말든, 어떨 때는 정말로, 알료샤, 당신을 바라보면 부끄러워져, 줄곧 나 자신이 부끄러운 거야……. 어떻게, 언제부터 당신에 대해 이런 생각을 하게 됐는지 나도 모르겠고 기억도 안 나지만……."

페냐가 들어와서 탁자 위에 쟁반을 내려놨는데, 거기에는 마개를 뽑은 술병과 술을 가득 따른 술 잔 세 개가 놓여 있었다.

"샴페인이 나왔군!" 라키친이 소리쳤다. "흥분해서 제정신이 아닌 거야, 아그라페나 알렉산드로브나. 술 한잔 들이켜면 춤이라도 추겠는걸. 어, 어라, 이런 것도 제대로 할 줄 모른다니." 그가 샴페인을 살펴보면서 덧붙였다. "부엌에서 노파가 술을 따른 다음, 병마개도 없이 술병만 덜렁 가져와서 미지근하잖아. 뭐, 하는 수 없지."

그는 탁자 쪽으로 다가가서 술잔을 들더니 단숨에 쭉 들이켜고서 다음 잔을 따랐다.

"샴페인을 맛볼 일은 좀처럼 드물거든." 혀로 입가를 닦으면서 그가 말했다. "자, 알료샤, 잔을 들고 과시를 해 봐. 그나저나 무엇을 위해서 마신다지? 천국의 문을 위해서? 잔을 들어, 그루샤,[18] 너도 천국의 문을 위해서 마시는 거야."

"천국의 문이라니 그건 또 무슨 소리야?"

그녀가 잔을 들었다. 알료샤는 자기 잔을 들고 한 모금을 마신 뒤 다시 내려놓았다.

"역시 마시지 않는 게 낫겠어!" 그가 조용하게 미소를 지었다.

"그렇게 허풍을 떨더니!" 라키친이 소리쳤다.

"뭐 그렇다면, 나도 안 마시겠어." 그루셴카가 말을 받았다. "마시고 싶지 않아. 한 병 다, 라키트카, 네가 마셔. 알료샤가 마시면, 그땐 나도 마시도록 하지."

"오냐오냐 응석 받아 주느라 신이 났군!" 라키친이 약을 올려 댔다. "재의 무릎 위에는 잘도 앉아서 말이야! 재는 슬퍼서

18) 그루셴카의 애칭.

그런다 치고, 너는 왜 그래? 재는 자신의 하느님한테 반역한다고 소시지도 냉큼 먹어 치울 태세였지."

"그게 무슨 소리야?"

"오늘 저 친구의 장로가 죽었어, 조시마 장로, 그 성자 말이야."

"조시마 장로께서 돌아가셨다고!" 그루셴카가 소리를 질렀다. "맙소사, 난 그것도 모르고 있었어!" 그녀는 경건하게 성호를 그었다. "맙소사, 내 이게 무슨 짓이람, 지금 이 사람의 무릎에 앉아 있다니!" 그녀가 갑자기 깜짝 놀란 듯 소리를 지르더니 눈 깜짝할 사이에 무릎에서 내려와 소파로 옮겨 앉았다. 알료샤는 놀라워하면서 오랫동안 그녀를 바라보았는데, 그의 얼굴이 어쩐지 환해진 것 같았다.

"라키친." 하고 그가 갑자기 큰 소리로 단호하게 말했다. "내가 나의 하느님한테 반역한다 어쩐다 하면서 나를 놀리지는 말아 줘. 너한테 나쁜 마음을 품고 싶지도 않고, 너도 좀 착하게 굴었으면 해. 나는 네가 절대로 가진 적이 없는 그런 보물을 잃어버렸고, 따라서 너는 지금 나를 이러쿵저러쿵 판단할 수 없는 몸이야. 차라리 여기 이분을 봐. 이분이 나를 얼마나 가엾게 여겨 주는지 봤지? 나는 사악한 영혼을 찾기 위해 여기로 왔어—내가 저열하고 사악했기 때문에 나 자신이 그런 쪽으로 이끌렸던 것이지만, 정작 나는 여기서 진실한 누나를 발견했어—사람을 사랑할 줄 아는 보물 같은 영혼을……. 이분은 지금 나를 가엾게 여겨 주었어……. 아그라페나 알렉산드로브나, 나는 지금 당신 얘기를 하는 거야. 당신은 지금 내 영혼을 회복시켜 줬어."

알료샤는 입술이 떨렸고 숨이 가빠졌다. 그는 말을 멈추었다.

"꼭 너를 구원이라도 해 준 것 같군!" 라키친이 표독스럽게 웃었다. "저 여자는 너를 꿀꺽 잡아먹을 생각이었어, 알기나 해?"

"그만둬, 라키트카!" 갑자기 그루셴카가 벌떡 일어났다. "두 사람 다 입 다물어. 지금 모든 것을 말해 줄 테니, 알료샤, 당신도 입 다물어요, 왜냐하면 당신의 조용한 말을 들으면 부끄러워져서 미치겠고, 또 왜냐하면 나는 착하지 않고 못된 여자니까—난 원래 그런 여자라니까. 하지만, 라키트카, 너도 입을 다물어, 왜냐하면 너는 거짓말을 하니까. 이 사람을 잡아먹으려는 비열한 생각도 했지만, 지금 너는 거짓말을 하고 있어, 지금은 전혀 그게 아니야……. 네 말을 정말 더 이상 듣고 싶지도 않아, 라키트카!" 그루셴카는 이 모든 얘기를 하면서 예사롭지 않을 정도로 흥분하고 있었다.

"어럽쇼, 정말 둘 다 미쳐서 가관이군!" 라키친은 놀랍다는 듯 그들 둘을 유심히 보면서 씩씩거렸다. "완전히 제정신이 아니야, 그야말로 정신 병원에 떨어진 것 같아. 둘 다 기진맥진해서 이제 곧 울기 시작하겠군!"

"그래, 난 울기 시작할 거야, 울고말고!" 그루셴카가 말했다. "이 사람이 나를 누나라고 불렀어, 나는 앞으로도 이걸 절대 잊지 않을 거야! 다만, 라키트카, 내가 비록 못된 여자라고 하더라도 어쨌거나 나는 양파 한 뿌리를 준 적이 있단 말이야."

"양파라니 그건 또 무슨 소리야? 쳇, 젠장맞을, 다들 정신이 완전히 나갔어!"

라키친은 그들의 열광에 놀란 나머지 기분이 상해서 심술을 부렸는데, 비록 흔히 인생에서 일어나는 일은 아니지만 두 사람 모두에게서 자신의 영혼을 전율시킬 수 있는 모든 것이 때마침 딱 맞아떨어졌다는 것을 충분히 생각할 수 있었을 텐데도 말이다. 그러니까 라키친은 자기 자신에 관한 것이라면 모든 것을 극히 예민하게 이해할 줄 알았지만 가까운 사람들의 감정과 느낌을 이해하는 데는 아주 거칠었는데—이는 부분적으로는 그가 아직 젊어 경험이 부족한 탓이었고, 부분적으로는 그의 어마어마한 이기주의 탓이기도 했다.

"이봐, 알료세치카." 하고 그루셴카가 갑자기 그를 보면서 초조하게 웃어 댔다. "라키트카에겐 내가 양파 한 뿌리를 준 적이 있다고 으스댔지만, 당신한테는 으스대지 않고 자랑하지도 않겠어, 당신한테는 다른 목적을 갖고 이 이야기를 해 줄까 해. 이건 그저 우화에 지나지 않지만 그래도 좋은 우화인데, 내가 아직 어린아이였을 때 지금 우리 집에서 식모 일을 하는 나의 마트료나에게서 들은 거야. 봐, 이런 얘기야. '옛날 옛적에 참 못되고도 정말 못된 아줌마 한 사람이 살았는데, 그만 죽었답니다. 죽고 나서 보니 아줌마는 그동안 착한 일을 단 한 가지도 하지 않았던 거예요. 악마들이 아줌마를 붙잡아서 불바다 속에 던져 넣었습니다. 그러자, 아줌마의 수호천사가 가만히 서서 생각했지요. 하느님께 말씀드릴 만한 무슨 착한 일이 저 아줌마한테 없을까 하고요. 마침 기억나는 것이 있어서 하느님께, 저 아줌마는 텃밭에서 양파를 뽑아 거지 여인에게 준 적이 있답니다, 하고 말씀을 드렸지요. 그러자 하느님께서 이렇게 대답하셨답니다. 너는 바로 그 양파를 들고 가서 불바다 속의 그녀에게 내밀되 그녀가 알아서 붙잡고 기어 나오도록 해라, 만약 그녀가 저기 불바다에서 나올 수 있다면 낙원으로 가도 좋지만, 만약 양파가 끊어진다면 그녀는 지금 있는 그곳에 남게 되리라. 천사는 아줌마한테로 달려가서 양파를 내밀었습니다. 자, 아줌마, 어서 붙잡고 올라와요. 그러면서 천사는 아줌마를 조심스럽게 잡아당겨서 마침내 거의 다 끌어올렸는데, 그러자 호수에 있던 나머지 죄인들이 아줌마가 저리로 끌려 올라가는 것을 보고서는 다들 그녀와 함께 나가려고 그녀를 붙잡기 시작했어요. 그런데 아줌마는 참 못되고도 못됐기 때문에 그들을 발로 걷어차기 시작했습니다. '나를 끌어 올려 주는 거야, 너희들이 아니라, 이건 내 양파지, 너희들 게 아니야.' 그녀가 이 말을 하기가 무섭게 양파가 툭 끊어져 버렸답니다. 그러고 아줌마는 불바다 속으로 떨어져 오늘날까지 타고 있어요. 천사는 울면서 떠나갔답니다.' 자, 이런 우화야, 알료샤, 내가 바로 이 아주 못된 아줌마이기 때문에 달달 외웠지. 라키트카한테는 양파를 준 적이 있다고 으스댔지만, 당신한테는 달리 말하겠어. 평생 동안 기껏해야 무슨 양파 한 뿌리를 주었을 뿐이고, 이게 내가 한 착한 일의 전부다, 하고. 그러니 나를 칭찬하지도 말고, 알료샤, 나를 착한 여자라고 생각하지도 말아 줘, 나는 사악한 여자, 참 못되고도 못된 여자야, 그런데도 칭찬을 하면 부끄러워지니까. 에이, 내친김에 완전히 고백을 해야겠네. 들어 봐, 알료샤. 나는 당신을 우리 집에 너무 불러들이고 싶어서 라키트카에게 당신을 나한테 데려오라고 몹시 졸랐고 그러면 25루블을 주겠다고 약속했어.

잠깐만, 라키트카, 있어 봐!" 그녀는 재빠른 걸음으로 탁자 쪽으로 다가가 서랍을 열더니 지갑을 꺼냈고 이어 거기서 25루블짜리 지폐를 꺼냈다.

"에이, 허튼수작이야! 허튼수작이라고!" 잔뜩 열을 받은 라키친이 소리쳤다.

"수당을 받으란 말이야, 라키트카, 제 입으로 부탁했으니까 설마 거절하진 않겠지." 그러면서 그녀는 그에게 지폐를 획 집어 던졌다.

"거절할 리가 있나." 라키친은, 곤혹스러워하는 기색이 역력했지만 씩씩하게 부끄러움을 감추면서, 목소리를 깔고 이렇게 말했다. "이렇게 하는 게 수지맞는 일인걸, 바보는 똑똑한 사람한테 이익을 주라고 존재하는 거야."

"이제부터는 입 다물고 있어, 라키트카, 지금부터 내가 하는 말은 전부 너 들으라고 하는 게 아니니까. 여기 구석에 앉아 입 다물고 있어, 너는 우리들을 좋아하지 않으니까 입 다물라고."

"아니, 내가 너희들을 좋아할 이유가 어디 있어?" 라키친은 이제 더 이상 분함을 감추지도 않고 툭툭 쏘아 댔다. 25루블짜리 지폐는 호주머니 속에 쑤셔 넣었는데, 알료샤 앞에서 이러는 게 정말 부끄러웠던 것이다. 원래 알료샤 몰래 나중에 돈을 받을 속셈이었는데, 이렇게 되고 보니 이제는 바로 이 수치심 때문에 분해 죽을 지경이었다. 이 순간까지 그는 그루셴카가 자기한테 어떤 권력 같은 것을 갖고 있었기 때문에 그녀가 아무리 톡톡 쏘아 대도 그녀에게 대들지 않는 편이 차라리 요령 있는 것이라고 생각했다. 하지만 이제 그도 화가 나고야 말았다.

“사람을 좋아하려면 뭐든 이유가 있어야 될 거 아니야, 너희 둘이 나한테 뭘 해 줬다고 좋아하냐고?”

“너는 아무런 이유 없이 그냥 사랑하도록 좀 해 봐, 여기 알료샤처럼 말이야.”

“무엇 때문에 쟤가 너를 사랑한다는 거고, 또 쟤가 뭘 보여 줬다고 너는 이렇게 야단법석이야?”

그러자 그루셴카는 방 한가운데에 서서 열을 올리면서 다음과 같이 말했는데, 그녀의 목소리에서는 히스테릭한 음조마저도 들려왔다.

“입 다물어, 라키트카, 너는 우리 얘기를 전혀 이해하지 못하니까! 그리고 앞으로는 나한테 너라고 반말하지 마, 네가 그러는 거 용납할 수 없어, 무슨 배짱으로 그렇게 반말을 하는 거야, 정말! 여기 구석에 앉아서 나의 머슴처럼 입 다물고 있으란 말이야. 지금은 알료샤, 당신 한 사람한테만 모든 걸 솔직히 말해 줄까 해, 내가 어떤 년인지 당신이 알도록! 라키트카가 아니라 당신에게 말하는 거야. 나는 당신을 파멸시키고 싶었어, 알료샤, 이건 정말 사실이야, 그러려고 마음을 단단히 먹었다니까. 얼마나 그러고 싶었으면 당신을 데려오라고 라키트카를 돈으로 매수해 버리기까지 했겠어. 무엇 때문에 그렇게까지 하고 싶었을까? 알료샤, 당신은 아무것도 몰랐기 때문에 나한테 몸을 돌려 눈을 내리깔고 지나가곤 했지만——나는 당신을 지금까지 백번은 봤고 모든 사람들한테 당신에 대해 물어보기 시작했어. 당신의 얼굴이 내 마음속에 남아 있었거든. '저 사람은 나를 경멸해, 나를 거들떠보지도 않겠지.'라고 생각했지. 결국 이런 감정마저 들자, 스스로도 놀랍더라고. 아니, 내가 왜 저런 꼬마 녀석을 무서워하는 거지? 싶어서. 그놈을 콱 잡아먹고 비웃어 줄 테다, 했던 거야. 열을 받아도 톡톡히 받았던 거야. 믿을지 모르겠지만, 이곳 사람 중 그 누구도 더러운 꿍꿍이속을 품고 아그라페나 알렉산드로브나에게 간다는 건 감히 말도 꺼내지 못해, 아니, 그런 건 아예 생각도 못 해. 이런 쪽이라면 나한테는 오직 영감 하나밖에 없지만, 나는 그에게 묶인 몸이고 팔린 몸이야, 사탄이 우리를 엮어 줬으니까—하지만 그 영감 말곤 다른 남자는 아무도 없어. 그런데 당신을 보면서 마음먹었지. 저 녀석을 잡아먹자. 잡아먹고 비웃어 주자. 이봐, 내가 얼마나 사악한 개인지, 이런 년을 당신은 누나라고 부른 거야! 그런데 지금 나를 모욕했던 사람이 왔어, 나는 앉아서 소식을 기다리고 있는 거야. 나를 모욕한 그 사람이 나한테 어떤 의미를 지니는지 알아? 오 년 전 쿠지마가 나를 여기로 데려왔을 때—나는 이렇게 앉아서 누가 나를 볼까 봐, 내 소리를 들을까 봐 사람들한테서 몸을 숨기고 있었어, 바싹 여위고 어리석었던 나는 이렇게 앉아서 흐느끼느라 몇 날 밤을 잠도 못 자고 생각에 골몰했던 거야. '나를 모욕한 그 사람, 그 사람은 지금 도대체 어디에 있는 거야? 분명히 다른 여자와 함께 나를 비웃고 있겠지. 그를 보기만 하면, 언제든 만나기만 하면, 정말로 톡톡히 복수해 줄 테다, 그 사람에게 꼭 복수를 하고 말 테다!'라고. 어두운 밤이면 베개에 얼굴을 묻고 흐느끼면서 줄곧 이 생각을 곱씹으며 내 마음을 일부러 갈기갈기 찢고 이런 독기로 마음을 달래는 거지. '정말 톡톡히, 톡톡히 복수를 해 줄 테다!' 어둠 속에서 이렇게 외치곤 했던 거야. 그러다가 갑자기 정작 나는 그에게 아무 짓도 하지 못할 거다, 그는 지금쯤 나를 비웃고 있을 거다, 어쩌면 까맣게 잊어버려서 기억도 못 할 거다, 하는 생각이 들면, 침대에서 마룻바닥으로 몸을 던져 힘없는 눈물을 쏟아 내며 날이 샐 때까지 흐느끼고 또 흐느끼는 거야. 아침 무렵 일어날 때는 개보다 더 사악해져서는 온 세상을 집어삼키는 기쁨에 차 있지. 그다음엔 어떻게 됐을 것 같아? 나는 밑천을 모으기 시작했고, 인정머리 없는 여자가 되었고, 통통하게 살이 오르고 똑똑해지고—뭐, 이랬을 것 같지, 응? 천만의 말씀, 온 우주를 통틀어 아무도 보는 사람 없고 아는 사람 없지만, 밤의 어둠이 내리면 여전히 오 년 전 계집아이처럼 이따금씩 쓰러져 이를 갈며 밤새도록 우는 거야. '두고 보자, 내 톡톡히 갚아 주고 말 테다!'라고 생각하는 거지. 자, 다 들었지? 뭐, 그렇다면 지금의 내 모습을 어떻게 생각해? 한 달 전 나에게 갑자기 바로 이 편지가 왔는데, 홀아비가 된 몸으로 오고 있다, 나를 보고 싶다는 거야. 그때 숨이 탁 멎더니, 맙소사, 불현듯 이런 생각이 들더군. 그가 와서 내게 휘파람만 휙 불면서 나를 부르면, 그러면 나는 강아지처럼 그에게로 기어가겠구나, 얻어맞은 죄인인 양! 이렇게 생각하면서도 나 스스로도 믿을 수가 없는 거야. '나는 비열한 년인가, 아닌가, 그에게 달려갈 것인가, 아닌가?' 그러자 요 한 달 내내 얼마나 분했던지,

상태가 오 년 전보다 더 나빠졌어. 알료샤, 내가 정말 제 분을 못 이기는 난폭한 여자라는 걸 이제는 알겠지, 당신한테는 전부 다 사실대로 얘기했으니까! 그 사람에게 달려가지 않기 위해서 미챠를 갖고 놀았어. 입 다물고 있어, 라키트카, 나를 심판하는 건 네 몫이 아니야, 너한테 말한 게 아니라고. 나는 지금 너희들이 오기 전까지 여기 누워 기다리면서 생각했고 나의 운명을 전부 결정했지만, 너희들은 내 마음속에 어떤 일이 일어났는지 결코 모를 거야. 그러니까, 알료샤, 당신의 아씨한테 그저께 일로 화를 내지 말아 달라고 말해 줘……! 세상을 통틀어 그 누구도 지금 내가 어떤 상태인지 알지 못하고 알 수도 없어……. 그래서 나는 오늘 그리로 갈 때 칼을 품고 있을지도 몰라, 이건 아직도 결정을 못 했어……."

이렇게 '애처로운' 말을 늘어놓고서 그루셴카는 갑자기 참지 못해 말을 채 다 끝내지도 못하고 두 손으로 얼굴을 가리더니 소파 위의 베개로 몸을 돌려 어린아이처럼 흐느끼기 시작했다. 알료샤는 자리에서 일어나 라키친에게로 다가갔다.

"미샤." 하고 그가 말했다. "화내지 마, 이분 때문에 기분이 상했어도 화는 내지 마. 지금 이분의 말 들었지? 인간의 영혼에 너무 많은 것을 요구하면 안 되는 법이야, 좀 더 자비로워야 된다고……."

알료샤는 마음속 깊이 참을 수 없는 격정을 느끼며 이렇게 말했다. 그는 뭐든 말을 해야 했기 때문에 라키친을 그 대상으로 삼은 것이었다. 만약 라키친이 없었다면, 혼자서라도 외치기 시작했을 것이다. 하지만 라키친의 냉소적인 시선을 보자, 알료샤는 갑자기 멈칫했다.

"아까 사람들이 너를 네 장로라는 실탄으로 장전해 놨더니, 이제는 네가 네 장로라는 실탄을 나한테 발사하는 거로군, 하느님의 사람 알료셴카." 라키친이 증오에 찬 미소를 지으며 말했다.

"웃지 마, 라키친, 비웃지 말라고, 고인에 대해선 말하지 마. 그분은 이 땅에 존재했던 그 누구보다도 드높은 존재였어!" 이렇게 외칠 때 알료샤는 거의 울먹이는 목소리였다. "나는 너에게 심판관의 자격으로 말하려고 일어선 게 아니야, 나야말로 피고 중에서도 가장 고약한 피고니까. 이분 앞에서 나는 누구냐고? 나는 파멸하기 위해 이리로 왔고 '까짓것 될 대로 돼라, 쳇!'이라고 말하곤 했는데—이건 내가 속 좁은 놈이라서 그런 거야, 하지만 이분은 오 년 동안 괴로워하면서도 그 첫 사람이라는 분이 찾아와 진실된 말을 하자마자—모든 것을 용서하고 모든 것을 잊고 울고 있는 거야! 이분을 모욕한 사람이 돌아와 이분을 부르고 있고, 이분은 그 사람이 한 모든 일을 용서하고 기쁨에 차서 서둘러 그 사람에게 갈 준비를 하고 있으니, 칼은 품고 가지 않을 거야, 절대로! 하지만 나는 그렇지 못해. 네가 어떤지는 모르겠지만, 미샤, 나란 놈은 정말 그렇지 못하다고! 나는 오늘, 지금 이 교훈을 얻었어……. 이분의 사랑은 우리보다 더 높은 경지에 있는 거야……. 이분이 지금 이야기한 것을 전에도 이분한테서 직접 들은 적이 있어? 아니, 없을 거야. 만약 들었다면, 오래전에 모든 것을 이해했을 테니까……. 그저께 모욕을 당한 다른 여인, 그 여인도 이 여인을 용서할 거야! 사정을 알기만 하면 용서할 거야…… 알기만 하면……. 이분은 아직 영혼의 안정을 찾지 못했으니까 안타깝게 여길 줄 알아야 해…… 어쩌면 이 영혼 속에 보물이 들어 있을지도 모르니까……."

알료샤가 여기서 입을 다문 건 숨이 막혀 왔기 때문이다. 라키친은 열에 받쳐 어쩔 줄 몰랐지만 그 와중에도 놀라워하며 바라보았다. 그는 이토록 조용한 알료샤가 이런 장광설을 늘어놓으리라곤 꿈에도 생각하지 못했던 것이다.

"자, 여기 변호사 나리 납셨다! 그러니까 너는 이 여자한테 반한 거야, 그렇지? 아그라페나 알렉산드로브나, 우리의 단식 수도사 양반이 너한테 홀딱 반해 버렸다는군, 너의 승리야!" 그가 능글맞은 웃음을 흘리면서 말했다.

그루셴카는 베개에서 고개를 들고 알료샤를 바라보았는데, 지금 흘린 눈물 때문에 갑자기 부어오른 듯도 싶은 얼굴에 감동에 젖은 미소가 빛나고 있었다.

"재는 신경 쓰지 마, 알료샤, 당신은 나의 게루빔이지만, 재가 당신한테 말하는 꼬락서니 좀 봐, 가관이라니까. 미하일 오시포비치." 하고 그녀가 라키친을 불렀다. "너한테 욕설을 퍼부은 것은 사과하고 싶었지만, 지금은 다시금 그러기가 싫어졌어. 알료샤, 여기 내 쪽으로 와서 앉아." 그녀는 기쁜 미소를 지으면서 그에게 손짓했다. "자, 이렇게, 여기 앉아, 나한테 말해 줘.(그녀는 그의 손을 잡고는 미소를 지으면서 그의 얼굴을 들여다보았다.) 어디 한번 말해 봐, 내가 그 사람을 사랑하는 걸까, 아닌 걸까? 나를 모욕한 그를 사랑하는 걸까, 아닌 걸까? 나는 너희들이 오기 전까지 여기 어둠 속에 누워서 줄곧 내 마음을 향해 캐묻고 있었어. 그 사람을 사랑하는 걸까, 아닌 걸까? 알료샤, 당신이 나 대신 결정을 내려 줘, 시간이 왔으니까. 당신 말대로 할 테니까. 난 그를 용서해야 될까, 말아야 될까?"

"벌써 용서했잖아." 알료샤가 미소를 지으면서 말했다.

"용서야 하긴 했지." 그루셴카가 생각에 잠긴 듯 이렇게 말했다. "정말이지 야비한 마음이야! 나의 야비한 마음을 위하여!" 그녀는 갑자기 식탁에서 술잔을 집어 단숨에 쭉 들이켜더니 잔을 들어 올렸다가 마룻바닥으로 내팽개쳤다. 술잔은 쨍강거리면서 산산조각 나 버렸다. 그녀의 미소 속에는 어떤 잔인한 기운이 번득였다.

"아니, 어쩌면 아직 용서하지 않았는지도 몰라." 그녀는 눈을 땅바닥으로 내리깔고서 혼잣말처럼 무슨 협박이라도 하듯 말했다. "어쩌면 마음은 그저 이제 막 용서할 준비를 하고 있는지도 몰라. 나는 아직도 이 마음과 싸우고 있는 거야. 나는 말이야, 알료샤, 지난 오 년간의 내 눈물을 무서울 정도로 사랑해 버린 거야……. 어쩌면 내가 사랑한 건 오직 나의 모욕일 뿐, 그 사람은 전혀 사랑하지 않았는지도 몰라!"

"그 사람 신세가 되는 건 정말 사양인걸!" 라키친이 씩씩거렸다.

"그럴 일은 없을 거야, 라키트카, 그런 신세가 되는 일은 없을 거라고. 너는 내 신발이나 꿰매 주면 그만이야, 라키트카, 너는 그런 일에 제격인 양반이지, 나 같은 여자는 너한테 어림도 없을걸……. 그래, 그건 그 사람도 마찬가지야……."

"그 사람도? 그럼, 뭣 하러 그렇게 빼입었대?" 라키친이 표독스럽게 약을 올렸다.

"옷차림 갖고 나를 나무라지 마, 라키트카, 네가 내 마음을 다 아는 것도 아니잖아! 이런 옷쯤이야 지금 당장 찢어 버릴 테다, 갈기갈기 찢어 놓을 거야." 그녀는 쩌렁쩌렁 울리도록 외쳐 댔다. "너는 내가 무엇 때문에 이렇게 차려입었는지 모르고 있어, 라키트카! 그의 앞으로 나가서 '이런 모습의 나를 본 적이 있어, 없어?'라고 말할지도 모르지. 그가 나를 버렸을 때 나는 열일곱 살의 바싹 여위고 병약한 울보에 불과했어. 그래, 그의 곁에 바싹 붙어 앉아서 그를 유혹하고 완전히 태워 버릴 거야. '지금 내가 어떤 모습인지 잘 봤겠지만, 뭐 그래도 그냥 그러고 있어, 친애하는 나리, 콧수염을 적실 뿐, 입안에 집어넣진 못할 테니까!'라고 말할 거야. 자, 바로 이러기 위해 이렇게 차려입은 건지도 몰라, 라키트카." 그루셴카가 표독스럽게 웃으면서 말을 끝맺었다. "나는 제 분을 못 이기는 난폭한 여자야, 알료샤. 내 옷을 갈기갈기 찢고 나 자신을, 나의 아름다움을 망가뜨리고 나의 얼굴을 불태우고 칼로 찢은 다음 구걸이나 하러 갈 거야. 그러고 싶어, 지금 그 어디에도, 그 누구에게도 가지 않을 거야, 그러고 싶지 않아――내일 당장 쿠지마가 나한테 선물한 것과 돈을 전부 다 돌려보내고 나 자신은 평생 날품팔이 노릇을 하러 갈 거야……! 이렇게 못 할 줄 알고, 라키트카, 이렇게 못 할 거란 말이지? 할 거야, 하고 말 거야, 지금이라도 할 수 있어, 다만 내 신경을 건드리지만 말란 말이야……. 저놈은 쫓아 버릴 테다, 저놈을 엿 먹일 테다, 저놈이

다신 내 앞에 얼씬도 못 하게 하겠어!"

마지막 말은 히스테릭한 외침이나 다름없었지만, 이번에도 참지 못하고서 두 손으로 얼굴을 가린 채 베개로 몸을 던진 뒤 다시금 몸을 떨면서 흐느끼기 시작했다. 라키친이 자리에서 일어났다.

"시간이 다 됐군." 그가 말했다. "늦었어, 수도원에 못 들어갈지도 몰라."

그루셴카도 그렇게 자리에서 벌떡 일어났다.

"아니, 정말 당신도 갈 생각이야, 알료샤!" 그녀는 깜짝 놀라 괴로워하면서 소리쳤다. "지금 나한테 무슨 짓을 하는지 알아? 내 마음을 온통 열어 보이게 하고 또 찢어발겨 놓고, 이제 다시 이 밤이 오면 나는 다시 혼자란 말이야!"

"그렇다고 해서 저 녀석이 너의 집에서 밤을 보낼 순 없는 노릇이잖아? 뭐 저 녀석이 원한다면 할 수 없지만! 나는 혼자 가겠어!" 라키친이 독기 어린 어조로 놀려 댔다.

"입 다물어, 사악한 영혼 같으니." 그루셴카가 분에 못 이겨 그에게 소리쳤다. "너는 저 사람이 내게 와서 해 준 것과 같은 말을 해 준 적이 결코 없었어."

"대체 저 녀석이 너한테 무슨 말을 했는데?" 라키친이 짜증을 내면서 툴툴댔다.

"모르겠어, 몰라, 저 사람이 나한테 무슨 말을 해 주었는지는 정말 모르겠지만, 마음이 반응을 했어, 그가 내 마음을 뒤집어 놓은 거야……. 그는 나를 안쓰러워해 준 첫 번째 사람, 유일한 사람이야, 정말로! 이렇게 게루빔 같은 사람이 전에는 왜 오지 않았던 걸까?" 그녀는 갑자기 미친 듯 흥분하여 그 앞에 무릎을 꿇었다. "나는 평생 동안 당신 같은 사람을 기다렸고, 누군가 그런 사람이 와서 나를 용서해 줄 줄 알고 있었어. 누군가가 나같이 더러운 여자도 사랑해 줄 것이라고 믿었던 거야, 그 야비한 욕망을 떠나서라도……!"

"내가 당신한테 그런 일을 해 주었다고?" 알료샤가 그녀에게로 몸을 구부리고 상냥하게 그녀의 손을 쥔 뒤 감동적인 미소를 지으면서 대답했다. "나는 당신에게 양파, 그것도 가장 작은 양파 하나를 주었을 뿐인데, 그뿐인데……!"

이 말을 하면서 그 자신도 울기 시작했다. 이 순간, 갑자기 현관에서 소리가 울려 퍼지더니 누군가가 현관으로 들어왔다. 그루셴카는 소스라치게 놀란 듯 벌떡 일어났다. 방 안으로 페냐가 요란스럽게 소리를 지르면서 뛰어 들어왔다.

"아씨, 아씨, 사람이 왔어요!" 그녀가 숨을 헐떡이면서 즐겁게 소리쳤다. "모크로예에서 아씨를 위해 마차를 보내왔어요, 이 트로이카의 마부 치모페이가 지금 새 말들을 매고 있어요……. 편지, 편지도 있어요, 아씨, 여기 편지요!"

편지는 그녀의 손에 들려 있었는데, 소리를 지르는 내내 그녀는 그것을 허공에다 흔들어 대고 있었던 것이다. 그루셴카는 그녀에게서 편지를 낚아채서 촛불 쪽으로 가져갔다. 그것은 몇 줄로 된 쪽지에 불과했기 때문에 그녀는 한순간에 다 읽었다.

"오라고 부르는군요!" 그녀가 온통 창백해진 채로, 병적인 미소로 인해 얼굴을 일그러뜨리면서 소리쳤다. "휘파람을 불었어! 그럼, 기어가야지, 이 강아지!"

하지만 그야말로 잠깐 그녀는 망설이듯 서 있었다. 갑자기 피가 그녀의 머리로 솟구쳐 그녀의 뺨이 불꽃처럼 타올랐다.

"간다!" 그녀가 갑자기 소리쳤다. "나의 오 년! 이젠 안녕이다! 알료샤, 잘 가, 운명은 결정되었어……. 어서들 가 봐, 이제 다들 나를 떠나라고, 더 이상 내 얼굴을 볼 일은 없을 거야……! 그루셴카는 새로운 인생 속으로 날아갔어……. 나를 나쁘게 생각하지 말아 줘, 라키트카. 어쩌면 나는 죽으러 가는지도 몰라! 아아! 꼭 술에 취한 것 같군!"

그녀는 갑자기 그들을 내버려 두고 침실로 달려갔다.

"뭐, 지금 저 여자한테 우리는 안중에도 없군!" 라키친이 툴툴댔다. "가자, 자칫하면 또다시 저 여자의 비명이 시작될 테니까, 눈물 찔찔 짜는 비명은 이제 넌덜머리가 났어……."

알료샤는 자기를 기계적으로 끌어내는데도 가만히 있었다. 마당에는 마차가 서 있었고, 사람들이 말을 매느라 등불을 들고 오가며 부산을 떨고 있었다. 열린 대문으로 말을 새로 맨 트로이카를 들이고 있었다. 하지만 알료샤와 라키친이 현관 계단에서 내려서자마자 갑자기 그루셴카의 침실 창문이 열렸고, 그녀는 쩌렁쩌렁 울리는 목소리로 알료샤의 뒤에 대고 소리쳤다.

"알료셰치카, 미첸카 형에게 안부를 전해 주고, 이 못된 년을 나쁘게 생각하지 말아 달라고 말해 줘. 그리고 역시나 내가 이렇게 말하더라고 전해 줘. '그루셴카는 당신같이 점잖은 사람을 버리고 비열한 놈한테 몸을 맡겼노라!'라고. 그루셴카는 그를 한 시간, 고작해야 한 시간을 사랑했을 뿐이라는 것도 덧붙여 줘—이 한 시간을 그가 지금부터 평생 기억하도록 말이야, 그루셴카가 평생소원으로 당신한테 부탁하는 거라고 말이야……!"

그녀는 흐느낌으로 가득 찬 목소리로 말을 끝맺었다. 창문이 쾅 닫혔다.

"음, 음!" 라키친이 웃으면서 소처럼 음매, 음매 했다. "너의 형 미첸카를 찔러 죽여 놓고선 평생 기억하라고 부탁하다니. 독충처럼 잔인하군!"

알료샤는 아무 소리도 들리지 않는다는 양 아무 대답도 하지 않았다. 라키친과 나란히 바빠 죽겠다는 듯 다급하게 걸음을 옮겼다. 꼭 망아지경에라도 빠진 듯한 기계적인 걸음이었다. 라키친은 뭔가에 콕 찔린 것 같았으니, 누군가가 아직 전혀 아물지 않은 상처를 손가락으로 건드린 것 같았다. 아까 알료샤를 그루셴카 집으로 데려가면서 그가 기대한 것은 전혀 이런 것이 아니었다. 자기가 그토록 원했던 것과 전혀 다른 일이 일어난 것이다.

"그는 폴란드 사람이야, 그녀가 말한 그 장교 말이야." 그가 제법 자제를 하면서 다시 말을 꺼냈다. "아니, 지금은 장교도 뭣도 아니야, 시베리아 어디, 중국과 맞닿은 국경 지대에 있는 세관에서 관리로 근무했다니까 뭐 말라비틀어진 폴란드 놈쯤 되겠지. 일자리를 잃었다는 소문이 들리더군. 이제 그루셴카가 돈을 좀 모았다는 소리를 듣고서 돌아온 거야—바로 이게 기적의 전부야."

알료샤는 이번에도 아무 소리도 못 들은 것 같았다. 라키친도 더 이상 참지 못했다.

"뭐야 이거, 죄 많은 여자를 전향이라도 시킨 건가?" 그가 알료샤에게 표독스럽게 웃기 시작했다. "탕녀를 진리의 길로 인도했다, 이건가? 일곱 마리의 악귀를 쫓았다, 이 말씀? 그러니까 우리가 아까 기대했던 기적들이 여기서 일어났다는 거로군!"

"그만 좀 해, 라키친." 영혼 깊이 고통을 느끼며 알료샤가 일침을 가했다.

"지금 그러니까 아까 25루블 때문에 나를 '경멸'하는 거지? 참된 친구를 팔았다, 이런 거겠지. 하지만 너도 그리스도가 아니고 나도 유다가 아니야."

"아이, 라키친, 나는 그 일은 아예 잊었어, 진심이야." 알료샤가 소리쳤다. "네가 지금 나서서 상기시켰지……."

하지만 라키친은 이미 결정적으로 열을 받고 말았다.

"젠장, 네놈들 하나에서 열까지 죄다 귀신한테 잡혀가 버려라!" 갑자기 그가 울부짖었다. "뭣 하러, 젠장, 내가 너와 한패가 되었담! 앞으로 더 이상 네가 어떤 놈인지 알고 싶지도 않아. 혼자 가, 네 길은 저쪽이야!"

그러고서 그는 알료샤를 암흑 속에 혼자 내버려 두고 몸을 획 돌려 다른 거리 쪽으로 가 버렸다. 알료샤는 도시에서 나와 들판을 가로질러 수도원으로 갔다.

4 갈릴래아의 카나

알료샤가 암자에 도착한 것은 수도원의 시간으로는 이미 아주 늦은 때였다. 문지기는 그를 특별 통로로 들여보내 주었다. 이미 9시를 알렸으니 — 모두에게 그토록 불안스러웠던 날 이후 다들 휴식과 안정을 취하는 시간이었다. 알료샤는 조심스럽게 문을 열고서 지금은 장로의 관이 놓여 있는 그의 방으로 들어갔다. 방에는, 관 앞에서 홀로 복음서를 읽는 파이시 신부, 그리고 어젯밤의 담화와 오늘의 소란으로 완전히 기진맥진하여 다른 방의 마룻바닥에서 젊은이다운 깊은 잠에 빠져 있는 어린 견습 수도사 포르피리 외에는 아무도 없었다. 파이시 신부는 알료샤가 들어오는 소리를 들었지만 아예 그쪽을 쳐다보지도 않았다. 알료샤는 문에서 오른쪽 구석으로 간 뒤 무릎을 꿇고 서서 기도하기 시작했다. 그의 영혼은 뭔가로 가득 차 있었지만, 어쩐지 흐릿하여 단 하나의 감각도 뚜렷하게 부각되지는 않았으며 오히려 하나가 다른 하나를 밀어내면서 조용하고 고른 순환을 계속하고 있었다. 하지만 마음은 달콤한 기분에 젖어 있었으며 이상하게도, 알료샤는 이것에 놀라지 않았다. 그는 다시금 자기 앞에 놓인 관을, 사방이 가려진, 그에게 귀중한 고인을 보고 있었지만, 아까 아침처럼 울음이 터져 나오고 가슴을 에는 고통스러운 애처로움은 그의 영혼 속에서 느껴지지 않았다. 지금 방 안으로 들어와 그는 성물(聖物)을 대하듯 관 앞에 엎드렸지만, 기쁨이, 그야말로 기쁨이 그의 머리와 마음 속에서 빛나고 있었다. 방의 창문 하나가 열려 있어서 공기는 신선하고 서늘했는데—'결국 창문을 연 걸 보니, 냄새가 더 심해졌나 보다.'라고 알료샤는 생각했다. 하지만 아까까지만 해도 그토록 끔찍하고 불명예스러운 것으로 여겨졌던 썩는 냄새에 대한 생각도 지금은 그의 내부에서 아까와 같은 우수와 분노를 불러일으키지 않았다. 그는 조용히 기도하기 시작했지만, 곧 그 기도가 기계적으로 행해지고 있다는 느낌이 들었다. 생각들의 파편들이 그의 영혼 속에서 별처럼 반짝이며 타오르다가 곧 다른 것들로 바뀌면서 꺼져 갔지만, 대신 갈증을 풀어 주는 것 같은 뭔가 완전하고 확고한 것이 영혼을 가득 채웠으니, 그는 이것을 직접 의식하고 있었다. 이따금씩 그는 열렬하게 기도하기 시작했는데, 그토록 감사하고 사랑하고 싶었던 것이다……. 하지만 기도를 시작할라치면 갑자기 뭔가 다른 생각이 들어 몰두하게 되었고, 그러면 기도도, 또 기도를 중단시킨 뭔가도 잊어버리곤 했다. 파이시 신부가 읽는 것에 귀를 기울였지만, 기진맥진한 상태라 시나브로 졸음이 밀려왔다…….

"그리고 사흘째 되는 날 갈릴래아의 카나에서 혼인 잔치가 있었는데" 라고 파이시 신부가 읽었다. "예수님의 어머니도 거기에 계셨다. 예수님과 그 제자들도 혼인 잔치에 초대를 받으셨다."[19)]

'혼인 잔치? 이건…… 무슨 혼인 잔치일까…….' 이런 생각이 알료샤의 머릿속에서 폭풍우처럼 스쳐 갔다. '그녀에게도 행복이…… 그녀는 연회에 갔다……. 하지만 칼은 가져가지

---

19) 이하 요한복음 2: 1-10.

않았어, 칼을 가져가지는 않았다고……. 이건 그저 '애처로운' 넋두리에 불과했어……. 뭐……. 애처로운 넋두리는 용서해 주어야지, 반드시. 애처로운 넋두리는 영혼을 달래 주는 법이니까……. 그것이 없다면 사람들은 너무도 큰 슬픔에 시달리겠지. 라키친은 골목으로 빠져 버렸다. 자신의 모욕을 생각하는 한, 라키친은 늘 골목으로 빠져 버릴 것이다……. 하지만 길이란…… 길은 크고 곧고 밝고 수정과 같고 그 길의 끝에는 태양이……. 뭐라고……? 지금 읽는 건 뭘까?'

"……그런데 포도주가 부족했고, 예수님의 어머니가 예수님께 말했다. 포도주가 없구나……." 이런 말이 알료샤의 귀로 들려왔다.

'아, 그래, 나는 이 부분을 놓쳤군, 놓치고 싶지 않았는데, 내가 좋아하는 부분이니까. 이건 갈릴래아의 카나야, 첫 번째 기적……. 아, 이것은 기적이야, 아, 이거야말로 사랑스러운 기적이야! 그리스도는 첫 기적을 행함에 있어 사람들의 슬픔이 아니라 기쁨이 있는 곳을 방문하셨고, 사람들의 기쁨을 더 크게 해 주셨다……. '사람들을 사랑하는 자는 그들의 기쁨도 사랑하느니…….' 고인은 이 말씀을 반복하곤 하셨지, 이건 그분의 아주 주된 생각들 중 하나였어……. 기쁨이 없이는 살 수도 없노라고 미챠가 말하곤 한다……. 그래, 미챠……. 참되고 아름다운 것은 모두 언제나, 모든 것을 용서하는 마음으로 가득 차 있노라고—이것도 그분의 말씀이었군…….'

"……예수님께서 어머니에게 말씀하셨다. 여인이시여, 저에게 무엇을 바라십니까, 아직 저의 때가 오지 않았습니다. 어머니가 그의 하인들에게 말했다. 무엇이든지 저분이 너희들에게 일러 주는 대로 하여라."

'행하라……. 기쁨, 누구든 가난한 자들, 아주 가난한 자들의 기쁨을 창조하라……. 물론, 혼인 잔치에 쓸 포도주조차 부족하다면, 물론 가난한 사람들이겠지……. 역사가들이 기록하길, 그 당시 겐네사렛 호숫가의 모든 지역에는 상상할 수도 없을 만큼 가난한 주민들이 퍼져 있었다고 하니까……. 마침 그 자리에 있었던, 또 다른 위대한 존재, 즉 그리스도의 어머니는 또 다른 위대한 마음으로, 그가 그저 위대하고 무서운 위업만을 위해서 내려온 것이 아님을 알고 있었으며, 그를 자신들의 초라한 결혼식에 상냥하게 초대한, 무지하고도 또 무지한 저 순진한 존재들의 순박하고 질박한 즐거움이 그의 마음을 동하게 할 수 있을 것임을 알고 있었어. '아직 저의 때가 오지 않았습니다.'라고 그는 조용히 웃으면서 말하지…….(그러면서 틀림없이 어머니를 향해 온화한 미소를 지었을 것이다.) 아니, 정말로 그가 가난한 자들의 혼인 잔치에서 포도주를 늘려 주려고 이 땅에 내려온 것이었을까? 어쨌거나 그는 이렇게 와서 어머니의 부탁대로 행했던 것이다……. 아, 신부님이 또 읽고 계시는군.'

"……예수께서 그들에게 물독에 물을 채워라, 하고 말씀하신즉, 그들이 가득 채웠다.

그리고 그들에게 말했다. 이제는 그것을 퍼서 과방장에게 날라다 주어라, 하신즉, 그러자 그들은 그것을 날라 갔다.

과방장은 물로 만든 포도주를 맛보고 그것이 어디서 났는지 알지 못하였다. 하지만 물을 퍼 간 하인들은 알고 있었다. 그래서 과방장은 신랑을 불렀다.

그리고 그에게 말했다. 누구든지 처음에는 좋은 포도주를 내놓고 그다음에 나쁜 것을 내놓는 법인데, 그대는 지금까지 좋은 포도주를 아껴 두셨군요."

'하지만 이건 뭘까, 왜 이런 걸까? 방이 왜 넓어지는 걸까……. 아 그래…… 이건 결혼식, 혼인 잔치가 아닌가…… 그래, 물론 그렇지. 여기 손님들도, 젊은이들도 앉아 있고 군중들은 즐거워하고……. 현명한 과방장은 어디에 있는 걸까? 아니, 저게 누구야? 누군 거야? 또 방이 넓어졌다……. 저기 커다란 탁자 뒤에서 누가 일어나는 걸까? 저런……. 그러니까 그분이 여기 계시는 건가? 그분은 관 속에 계신데…… 하지만 그분은 여기에도 계신걸…… 일어나셔서 나를 보시고 이리로 오시는군……. 주여……!'

그렇다, 그에게로, 그에게로 다가온 사람은 그분, 얼굴이 자잘한 주름으로 뒤덮인, 기쁨에 차서 조용히 웃고 있는 여윈 노인이었다. 관은 있지도 않고, 그분은 어제 손님들이 모여들어 함께 앉아 있을 때 입은 옷을 입고 있다. 얼굴은 무척 환하고, 눈은 빛나고 있다. 어떻게 이럴 수가 있지, 그러니까 그분도 연회에 온 것일까, 역시나 갈릴래아의 카나의 혼인 잔치에 초대받은 것일까…….

"나도, 얘야, 나도 초대받았단다, 초대를 받고 부름을 받았지." 그의 위로 조용한 목소리가 울려 퍼진다. "왜 여기에 숨어 있느냐, 보이지 않게 말이다……. 너도 우리가 있는 곳으로 가자꾸나."

그분의 목소리, 조시마 장로님의 목소리다……. 그분이 아니라면 이렇게 부르실 리가 없지 않은가? 장로는 알료샤를 손으로 일으켰고, 그는 무릎을 펴고 일어났다.

"즐거워하자꾸나." 여윈 노인이 계속했다. "새 포도주를, 새롭고 위대한 기쁨의 포도주를 마시자꾸나. 봐라, 손님들이 얼마나 많으냐? 여기 신랑 신부도 있고, 또 여기 현명한 과방장도 있고, 또 나도 여기 있지 않니. 이곳의 많은 사람들이 그저 양파 한 뿌리를, 그것도 작은 양파 한 뿌리를 내놓았을 뿐이란다……. 그래, 우리 일은 어떠냐? 너도, 조용하고 온순한 나의 소년이여, 너도 오늘 갈증에 허덕이는 여인에게 양파 한 뿌리를 주지 않았느냐. 시작해라, 얘야, 온순한 아이야, 너 자신의 일을 시작해야지……! 우리의 태양이 보이느냐, 너는 그분이 보이느냐?"

"무서워서…… 감히 쳐다보질 못하겠습니다……." 알료샤가 속삭였다.

"그분을 무서워하지 말거라. 그분이 무서운 것은 우리에 비해 너무도 위대하기 때문이요, 또 그분이 끔찍한 것은 우리에 비해 너무 높기 때문이지만, 그분은 무한히 자비롭고, 우리를 사랑하는 마음에서 우리와 똑같은 모습으로 우리와 함께 즐거워하며, 손님들의 기쁨이 끊이지 않도록 물을 포도주로 바꾸고, 새로운 손님들을 기다리고, 또 새로운 손님들을 끊임없이, 정녕 영원토록 불러들이고 있는 거란다. 저기 새 포도주를 가져오는구나, 보이느냐, 그릇을 가져오는구나……."

뭔가가 알료샤의 마음속에서 불타오르더니 갑자기 뭔가가 그를 고통스러울 정도로 가득 채웠고, 환희의 눈물이 그의 영혼 속에서 솟구쳤다……. 그는 두 팔을 뻗어서 소리치다가 잠에서 깨어났다…….

다시금 관, 열린 창문, 또박또박 이어지는 조용하고 엄숙한 독경 소리. 하지만 알료샤는 더 이상, 독경 소리에는 귀를 기울이지 않았다. 이상하게도 그는 무릎을 꿇은 채 잠이 들었는데 지금은 두 발로 서 있었으니, 그는 갑자기 꼭 자리에서 떨어져 나온 양 다급하고 확고한 걸음걸이로 세 발짝을 떼어 관 바로 곁으로 다가갔다. 심지어 파이시 신부의 어깨마저 건드렸지만 그것을 알아채지도 못했다. 상대방은 순간 성경에서 눈을 떼고 그를 바라보았지만, 당장 젊은이에게 뭔가 이상한 일이 일어났음을 깨닫고는 다시 눈을 돌렸다. 알료샤는 삼십 초 정도 관을, 가슴에는 성상을 쥐고 머리에는 팔각형 십자가가 달린 두건을 쓴 채 미동도 없이 관 속에 갇혀 누워 있는 고인을 바라보았다. 바로 지금 그는 고인의 목소리를 들었고 그 목소리는 아직도 그의 귀에서 울려 퍼지고 있었다. 그는 여전히 귀를 기울였고 무슨 소리가 더 나길 기다렸지만…… 그러다가 갑자기 몸을 획 돌려 방에서 나와 버렸다.

그는 현관 층계참에서도 걸음을 멈추지 않고 빨리 아래로 내려갔다. 환희로 가득 찬 그의 영혼은 자유를, 공간을, 드넓음을 갈망했다. 그의 위로 조용하게 빛나는 별들로 가득 찬, 둥근 지붕 같은 하늘이 드넓게, 아득하게 펼쳐졌다. 천정에서 지평선까지는 아직 그다지 선명하지는 않은 은하수가 두 줄로 나뉘어 있었다. 신선하고 움직임이 전혀 없을 만큼 조용한 밤이 땅을 뒤덮고 있었던 것이다. 하얀 탑과 성당의 황금 빛

머리들이 호박(琥珀)빛 하늘에서 빛나고 있었다. 건물 주위의 화단에서 자라난 화려한 가을꽃들은 아침 녘까지 잠들어 있었다. 땅의 고요함이 하늘의 고요함과 뒤섞이는 듯했으며, 땅의 비밀이 별들의 비밀과 접촉하는 듯했다……. 알료샤는 그 자리에 선 채로 바라보다가 갑자기 다리라도 꺾인 양 땅으로 몸을 던졌다.

그는 자신이 무엇을 위해서 땅을 끌어안고 있는지 몰랐으며, 왜 그가 이토록 억누를 수 없을 만큼 땅에 입을 맞추고 싶은지, 온 땅에 이렇게 입을 맞추고 싶은지 구태여 해명하려 들려고도 하지 않고 그저 울면서, 흐느끼면서, 눈물을 줄줄 흘리면서 땅에 입을 맞추었고 그것을 사랑하겠노라고, 영원토록 사랑하겠노라고 미친 듯이 흥분에 휩싸여 맹세했다. "땅을 너의 기쁨의 눈물로 적시고 너의 그 눈물을 사랑하라……."라는 말이 그의 영혼 속에서 울리고 있었다. 무엇을 두고서 그는 울고 있었던가? 오, 그는 환희에 가득 차서, 심지어 저 심연으로부터 그를 비추어 주는 저 별들을 두고서 울었으며 '이 미친 듯한 흥분을 부끄러워하지 않았다'. 이 모든 하느님의 무한한 세계들로부터 흘러나온 실들이 한꺼번에 그의 영혼 속으로 모여드는 것 같았고, 그 영혼은 '다른 세계들과 접촉하면서' 온몸으로 전율했다. 그는 모든 이들을 모든 것에 대해 용서하고 싶었고 또 용서해 달라고 빌고 싶었다, 오! 결코 나 자신을 위해서가 아니라 모든 이들을 위하여, 모든 것을 위하여, 만물을 위하여 용서를 비는 것이니 '다른 이들도 나를 위해 용서를 빌어 주리라'.—이런 소리가 다시금 그의 영혼 속에서 울리고 있었다. 그런데 그는 이 궁륭(穹窿)처럼 튼튼하고 확고부동한 뭔가가 그의 영혼 속으로 내려오는 것을 시시각각으로 분명하고 또렷하게 느끼고 있었다. 어떤 상념이 그의 머릿속을 가득 채우는 듯했으니 — 이제 평생 동안, 영원토록 그럴 것이다. 땅으로 몸을 던질 때의 그는 연약한 청년이었지만 일어섰을 때는 한평생 흔들리지 않을 투사가 되어 있었으며, 이것을 바로 이 환희의 순간에 갑자기 의식하고 예감했다. 그리고 이후 알료샤는 이 순간을 평생 동안 결코, 결코 잊을 수 없었다. "그 시각, 누군가가 내 영혼을 찾아 주었던 것이다." 훗날 그는 자신의 말에 대한 확고한 믿음을 갖고 이렇게 말하곤 했다…….

사흘 뒤 그는 수도원에서 나왔으니, 이것은 그에게 "속세에 머물라."라고 명령한 그의 고(故) 장로의 말씀을 따른 것이었다.

8장

미챠

1 쿠지마 삼소노프

드미트리 표도로비치, 그러니까 새로운 인생을 향해 날아가면서 그루셴카가 마지막 인사를 전해 주라고 '분부'했으며 자기가 사랑해 준 한 시간을 영원토록 기억하라고 부탁했던 그 상대인 드미트리 표도로비치는 이 순간 그녀에게 일어난 일은 전혀 모른 채, 역시나 무서운 혼돈에 빠져 부산을 떨고 있었다. 요 이틀간 그는 훗날 자기 입으로 말한 대로 정말 뇌막염이라도 걸릴 만큼 상상할 수도 없는 상태에 있었다. 알료샤는 전날 아침 그를 찾아낼 수 없었고, 같은 날 이반 형도 술집에서 그와 만나는 것에 실패했다. 그가 세 들어 사는 아파트의 주인들은 그의 명령에 따라 그의 행방을 숨겼다. 그는 요 이틀간, 훗날 그 자신이 표현한 바에 따르면 '자신의 운명과 싸우면서 스스로를 구원하기 위해' 문자 그대로 사방팔방으로 뛰어다녔으며, 단 일 분이라도 그루셴카에 대한 감시를 소홀히 하고 그냥 그렇게 자리를 뜨는 것이 무서웠음에도 불구하고, 심지어 몇 시간이나 투자하여 한 가지 다급한 일 때문에 도시에서 멀리 떨어진 곳까지 날아갔다 올 정도였다. 이 모든 것이 이후에 아주 상세한 서류의 형식으로 밝혀지겠지만, 지금 우리는 그토록 느닷없이 그의 운명을 강타한 무서운 파국에 앞서, 그의 인생에서 이 끔찍한 이틀간에 걸쳐 일어난 이야기 중 사실상 가장 필수적인 부분만을 짚고 넘어가도록 하자.

그루셴카는 비록 한 시간이긴 하지만 그를 진실로 성심성의껏 사랑했으며, 이건 정말로 그랬지만, 동시에 이따금씩 정말로 잔인하고 무자비하게 그를 괴롭히기도 했다. 중요한 것은 그가 그녀의 의중을 도무지 제대로 가늠할 수 없었다는 점이다. 애무나 완력으로 유혹한다는 것도 불가능한 일이었다. 어떤 일이 있어도 굴복하지 않았을 것이며 오히려 화를 내며 그에게서 완전히 등을 돌렸을 것이니, 이 점을 그 당시 그는 분명하게 깨닫고 있었다. 그는 그 당시 그녀 자신도 뭔가와 투쟁하고 있으며 어떤 예사롭지 않은 일 때문에 갈피를 못 잡고 있고 뭔가 결단을 내려야 하지만 여전히 주저하고 있는 상태일 거라는 극히 그럴듯한 의혹에 빠져 있었고, 이 때문에 그녀가 그저 때때로 지독한 열정을 지닌 그를 증오하는 것일 뿐이라고 가정하며 속을 끓이고 있었으니, 이는 나름대로 근거가 없지도 않았다. 어쩌면 정말로 그랬을 수도 있지만, 그루셴카가 정말 무엇을 두고 가슴앓이를 하는지는 어쨌거나 알 수 없었다. 사실, 그를 괴롭혀 온 질문의 요지는 간단히, 다음과 같은 두 가지 항목으로 압축될 수 있었다. 즉, '그, 즉 미챠인가, 아니면 표도르 파블로비치인가'. 그나저나 여기서 한 가지 분명한 사실을 지적해야겠다. 그러니까 그는 표도르 파블로비치가 그루셴카에게 반드시 합법적으로 청혼을 할 것이라고(이미 청혼을 하지 않았다면 말이다.) 전적으로 확신하고 있었으며, 저 늙은 호색한이 그저 3000루블로 입을 싹 닦아 버릴 거라곤 단 한순간도 믿지 않았다. 이것은 미챠가 그루셴카와 그녀의 성격을 알기 때문에 나온 결론이었다. 그러니까 그로서는 때때로 그루셴카가 저렇게 갈피를 못 잡고 괴로워하는 것이 역시나 그들 중 누구를 고를 것인가, 그들 중 누가 더 이익이 될 것인가를 스스로도 알 수 없기 때문에 그러는 거라고 생각될 수도 있었던 것이다. '장교', 그루셴카가 그와 같은 흥분과 두려움을 갖고서 와 주길 기다린, 그녀 인생의 저 숙명적인 사람이 곧 돌아오리라곤 아예 생각도 하지 않았으니, 이상한 일이긴 했다. 사실, 그루셴카는 이 편지에 대해서는 아주 최근까지도 대단히 입조심을 했다. 그래도 그는 그녀가 한 달 전에 옛날에 그녀를 유혹했던 사람에게서 편지를 받았다는 사실을 당사자인 그녀에게 직접 들어 알고 있었고, 부분적으로는 편지의 내용도 알고 있었다. 그 무렵, 그루셴카는 어느 고약한 순간에 그에게 이 편지를 보여 주었지만, 그가 이 편지를 참으로 대수롭지 않게 여기자, 그녀 자신이 깜짝 놀랐다. 미챠가 왜 그랬는지를 설명하는 것은 아주 어려울 터이다. 어쩌면, 그저 이 여인을 두고 친아버지와 싸우느라 온갖 추태와 공포에

짓눌린 나머지, 최소한 그때만큼은 자기에게 이미 이보다 더 무섭고 위험한 것은 그 어떤 것도 가정할 수 없었기 때문인지도 모른다. 오 년 동안 자취를 감추었다가 갑자기 어디선가 튀어나온 약혼자에 대해서라면 그는 숫제 믿질 않았고, 그가 곧 오리라는 것에 대해서는 특히나 더 그랬다. 더욱이 미첸카가 본 '장교'의 제일 첫 번째 편지에는 이 새로운 연적이 도착한다는 얘기가 극히 모호하게 나와 있었다. 편지는 아주 희뿌옇고 그야말로 뜬구름 잡는 얘기에, 감상적인 넋두리로 일관하고 있었다. 여기서 지적해 두어야 할 것은 그루셴카가 그때, 돌아올 거라는 얘기를 다소간 분명하게 전하는 편지의 마지막 구절을 그에게 감추었다는 점이다. 게다가 미첸카는, 훗날 기억이 난 것이지만, 그 순간 그녀의 얼굴에서 시베리아에서 온 이 서한에 대한 어쩔 수 없는, 오만한 경멸의 표정을 포착했다. 그러고 나서는 이 새로운 연적과의 이후의 관계에 대해서는 미첸카에게 더 이상 아무것도 알려 주지 않았다. 이런 식으로 그는 시나브로, 그러다가 완전히 장교에 대해서 잊어버렸다. 그는 그저, 그 일이 어떤 결과를 낳든, 어떤 식으로 돌아가든 간에, 자신과 표도르 파블로비치의 최종적인 격돌이 임박하다 못해 코앞으로 다가왔기 때문에 다른 어떤 것보다도 이걸 먼저 해결해야 한다고만 생각했다. 속을 끓이면서 그는 매 순간 그루셴카의 결정을 기다렸고 그것이 어떻게든 느닷없이 영감에 따라 일어나리라고 줄곧 믿었다. 갑자기 그녀가 그에게 "나를 데려가 줘, 나는 영원토록 당신 거야."라고 말한다면—모든 것이 끝날 것이다. 그는 당장 그녀의 손을 잡고 세상 끝으로 데려갈 것이다. 오, 가능하면 당장, 가능하면 더 멀리, 세상 끝이 아니라면 러시아의 끝 어디로든 데려가서 거기서 그녀와 결혼하고, 이쪽이든 저쪽이든 좌우간 아무도 모르게 그야말로 몰래(incognito) 그녀와 함께 살림을 차릴 것이다. 그때는, 오, 그때는 곧 전혀 새로운 삶이 시작될 것이다! 이 다른 새로워진 '착한'('반드시, 반드시 착해야 한다.') 삶을, 그는 매 시각 미친 듯 흥분하여 꿈꾸었다. 그 부활과 갱생을 갈구했던 것이다. 자기가 좋아서 빠져들었던 혐오스러운 시궁창이 너무나 괴로워졌기 때문에 이런 경우에 처한 아주 많은 이들과 마찬가지로 그는 무엇보다도 장소의 교체를 믿고 있었다. 이 사람들만 아니라면, 이 상황만 아니라면, 이 저주받은 장소에서 떠나기만 한다면—모든 것이 새로 태어날 것이며 새롭게 시작될 것이다! 바로 이것이 그가 믿었던 것이며 그를 애달프게 했던 것이다.

하지만 이것은 전자의 경우, 즉 문제가 행복하게 해결될 경우였다. 하지만 다른 식으로 해결될 수도 있었으니, 그건 다르되, 이미 무서운 출구이기도 했다. 갑자기 그녀가 그에게 "그만 가 봐, 나는 지금 표도르 파블로비치와 함께 결정을 내렸고 그에게 시집갈 거야, 당신 따위는 필요 없어."라고 말한다면—그때는…… 하지만 그때는……. 그나저나 미챠는 그때는 어떻게 될지를 몰랐고, 마지막 시각까지도 몰랐는데, 이 점에 관한 한 그를 십분 이해해 주어야 한다. 그에게는 도대체 분명한 의도라는 것이 없었고, 범죄 따위는 숫제 생각에도 없었던 것이다. 그는 그저 간첩처럼 감시를 하느라 괴로워했지만, 어쨌거나 그저 운명이 첫 번째 방식으로 행복하게 결론 날 것에 대비했다. 다른 온갖 생각들은 그냥 쫓아 버리기까지 했다. 하지만 여기서 이미 완전히 다른 고뇌가 시작되었고, 전혀 새롭고 부차적이긴 하지만 역시나 숙명적이고 해결할 수 없는 정황이 생겨났다.

다름 아니라, 만약 그녀가 그에게 "나는 당신 거야, 나를 데려가 줘."라고 말한다면, 어떻게 그녀를 데리고 갈 것인가? 이 일을 위한 비용, 그러니까 돈이 그에게 어디 있단 말인가? 그에게는 때마침 이 무렵엔, 표도르 파블로비치로부터 지금까지 오랜 세월 동안 끊임없이 야금야금 받아 온 그의 수입이 전부 바닥났던 것이다. 물론 그루셴카에게는 돈이 있었지만, 미챠는 이 부분에 관한 한 무서울 정도로 자존심을 내세웠다. 자기가 직접 그녀를 데려가서 그녀의 돈이 아니라 자기 돈으로 그녀와 새로운 삶을 시작하고 싶었던 것이다. 심지어 그녀의 돈을 쓴다는 것은 상상도 할 수 없었고, 이건 생각만 해도 고통스러운 혐오감을 느낄 만큼 괴로운 것이었다. 여기서는 이 사실을 장황하게 늘어놓거나 분석하지도 않고, 그저 그 순간 그의 영혼의 상태가 그러했다는 것만을 지적하도록 하겠다. 이 모든 것이 카체리나 이바노브나의 돈을 도둑처럼 슬쩍해 버린 것에 대한 그의 은밀한 양심의 가책 때문에 간접적으로, 어쩐지 무의식적으로 생겨난 것일 수도 있었다. '한 여자 앞에서 야비한 놈이 되었건만 그 즉시 다른 여자 앞에서도 또 야비한 놈이 될 것이다.' 이후 그가 자백한 바에 따르면 그 당시 그는 이렇게 생각했다. '게다가 그루셴카가 알게 된다면, 그녀가 먼저 이런 야비한 놈 따위는 싫다고 할 것이다.' 자, 그래서, 어디서 비용을 구할 것인가, 어디서 이 숙명적인 돈을 마련할 것인가? 이게 안 되면 모든 것이 물거품이 되고 뭐 하나 제대로 되는 일이 없을 텐데, '오로지 돈이 부족했기 때문이라면, 오, 치욕이야!'

미리 얘기하자면, 그러니까 그는 어쩌면 어디서 이 돈을 구할 수 있는지 알고 있었고 어쩌면 그것이 어디에 놓여 있는지도 알고 있었을지 모른다. 나중에 모든 것이 해명될 것이므로, 여기서는 더 자세히는 말하지 않겠다. 하지만 바로 여기에 그의 주된 재앙이 들어 있었으니, 불분명하게나마 내가 말해 둘 것은 다음과 같은 사실이다. 어딘가에 놓여 있는 이 돈을 취하기 위해서, 그것을 취할 권리를 갖기 위해서는 먼저 카체리나 이바노브나에게 3000루블을 갚아야 했다—그러지 않으면 '나는 좀도둑이고 야비한 놈이다, 야비한 놈이 된 채로 새로운 삶을 시작하고 싶진 않다', 미챠는 이렇게 결심했고, 그렇기 때문에 필요하다면 전 세계를 뒤집어 놓겠다고, 하지만 어떤 일이 있어도 그 무엇보다도 이 3000만은 카체리나 이바노브나에게 돌려주어야겠다고 결심했다. 그의 이 결심이 최종적인 국면을 맞이한 것은, 말하자면, 그의 삶의 마지막 시간들, 다름 아니라 이틀 전 저녁, 길에서 알료샤와 마지막으로 만났을 때였는데, 그루셴카가 카체리나 이바노브나를 모욕한 일이 있고 난 뒤 그 이야기를 알료샤로부터 전해 듣고서 미챠는 자신이 야비한 놈이라는 걸 인정하며 '이것이 어느 정도라도 그녀의 마음을 풀어 줄 수 있다면' 이 말을 카체리나 이바노브나에게 전하라고 분부했다. 그때, 그날 밤, 동생과 헤어진 뒤 그는 미칠 정도로 흥분한 나머지 차라리 '아무 사람이나 죽이고 돈을 뺏더라도 카체리나 이바노브나에게 진 빚은 갚아야 한다.'라고 느꼈다. "차라리 내가 돈을 뺏고 살해한 사람 앞에서, 또 모든 사람들 앞에서 살인자요, 도둑이 되어 시베리아로 가는 편이 낫겠다, 아무리 그래도 카챠에게 내가 그녀를 배반하고 그녀의 돈을 훔쳐서는 그 돈으로 그루셴카와 착한 삶을 시작하기 위해 도망을 쳤다고 말할 권리를 주는 것보다는 낫단 말이다! 그런 건 참을 수 없다!" 미챠는 이를 갈면서 이렇게 말했고 정말로 어떨 때는 이러다가 결국 뇌막염이라도 걸리지 않을까 싶었다. 하지만 일단은 투쟁 중이었다…….

이상한 노릇이다. 이런 결정을 내림에 있어 그에게는 절망 말고는 더 이상 아무것도 남아 있지 않은 것 같았다. 그도 그럴 것이, 완전 알거지나 다름없는 그가 어디서 갑자기 그 돈을 구하겠는가? 그런데도 그는 그 무렵 이 3000을 구할 것이라고, 돈이란 놈이 어떻게든 제가 알아서 하늘에서라도 뚝딱 떨어질 것이라고 끝까지 바라고 있었던 것이다. 하지만 바로 이런 일들이 드미트리 표도로비치처럼 유산을 받아 공짜로 손에 넣은 돈을 평생 동안 오로지 써 대고 뿌릴 줄만 아는 사람, 돈을 어떻게 버는가에 대해서는 아무런 개념도 없는 사람들에게는 일어나곤 한다. 그저께 알료샤와 헤어진 이후 지금 그의 머릿속에서는 가장 환상적인 회오리가 일어나 그의 모든 생각을 뒤죽박죽으로 만들었다. 그리하여 결과적으로, 그는 가장 어처구니없는 작전에 돌입한 셈이 되었다. 그렇다, 어쩌면 바로 이런 상황에서 이런 사람들에게는 가장 불가능하고 환상적인 작전이 제일 많은 가능성을 가진 것으로 생각될 수도 있는 것이다. 그는 갑자기 상인 삼소노프, 즉 그루셴카의 후견인에게로 가서 그에게 한 가지 '계획'을 제시하고 이 '계획'을 조건으로 한 번에 필요한 돈을 전부 얻어 내기로 결심했다. 상업적인 측면에서라면 그는 자신의 계획을 조금도 의심하지 않았지만, 행여 당사자인 삼소노프가 상업적 측면 하나에서만 보려고 하지 않는다면 미챠 자신의 행동거지를 어떻게 볼 것인가, 이것만이 의심스러웠던 것이다. 미챠는 이 상인의 얼굴은 알고 있었지만 그와 인사를 나눈 적은 없었고 심지어 말 한마디 나누어 본 적도 없었다. 하지만 무엇 때문인지 그의 내부에서는 심지어 이미 오래전부터, 만약 그루셴카가 어떻게 좀 성실한 삶을 살아 보겠다면서 '전도유망한 사람'에게 시집을 간다면 오늘내일하고 있는 이 늙은 방탕자도 이 순간에 와서는 절대 반대하지 않을 것이라는 확신이 뿌리내리고 있었다. 오히려 반대는커녕 그가 먼저 이것을 바라고 있으며 오로지 기회만 오면 그가 나서서 얼씨구나 일을 도와줄 것이다, 하는 거였다. 이런저런 소문도 있었고 그루셴카도 이러쿵저러쿵 말을 하긴 했지만, 역시나 그는 노인이 그루셴카를 생각하여 표도르 파블로비치보다는 자신을 더 선호할 것이라는 결론을 내렸다. 우리의 이야기를 읽는 많은 독자들은 이와 같은 도움을 바라거나 자신의 신붓감을 그녀의 후견인의 손에서, 말하자면, 빼앗으려고 생각하는 것은 너무도 조잡하고 파렴치한 일이라고 여길지도 모르겠다. 하지만 여기서 내가 지적할 수 있는 것은 오직, 미챠에겐 그루셴카의 과거가 이미 완전히 끝난 것으로 보였다는 점이다. 그는 이 과거를 무한한 연민을 갖고 바라보았으며, 일단 그루셴카가 그를 사랑한다고, 그에게 오겠다는 말만 하면 당장 완전히 새로운 그루셴카가 태어나고 그녀와 더불어 더 이상 어떤 죄악도 없고 오로지 미덕만을 지닌 완전히 새로운 드미트리 표도로비치가 태어나리라고 예의 그 불꽃같은 열정을 오롯이 태우며 단정 지었던 것이다. 그들 두 사람은 서로서로를 용서하고 자신들의 삶을 이미 완전히 새로운 방식으로 시작할 것이라고 말이다. 쿠지마 삼소노프에 관한 한, 그는 그 노인을 그루셴카의 망가진 저 과거 인생에서 숙명적인 사람으로 간주하긴 했으되, 그녀가 그를 사랑한 것도 절대 아니고 이렇든 저렇든 중요한 것은 역시나 이미 '지나간' 사람, 볼 장 다 본 사람이라고 생각했기 때문에 지금 그는 아예 존재하지 않는 거나 다름없었다. 게다가 이제 미챠는 그를 숫제 사람으로 간주할 수도 없었는데, 도시의 누구나 알고 있듯, 이자는 그저 병든 쭈그렁바가지에 지나지 않아서 그루셴카와 관계를 유지하고 있다고 해 봤자 부녀지간 같은 것이지, 이미 오래전, 그러니까 거의 일 년도 더 전에 끝장난 그런 성질의 것은 아니었다. 어쨌거나 이 일에 관한 한 미챠 쪽에서는 순진무구한 구석이 많았는데, 많은 죄악을 범했음에도 그는 아주 순진무구한 사람이었기 때문이다. 그러니까 자신의 이 순진무구함 때문에 그는 늙은 쿠지마가 저세상으로 떠날 채비를 하는 처지이니만큼 그루셴카와의 과거를 진정으로 뉘우치고 있노라고, 이제 그녀 곁에는 이렇게 안전한 늙은이와 같은 후견인도, 헌신적인 벗도 없으리라 생각할 거라고 굳게 믿었던 것이다.

들판에서 알료샤와 이야기를 나눈 다음 날, 미챠는 밤새도록 거의 잠도 자지 못하고 아침 10시경에 삼소노프의 집에 나타나서 자기가 왔다고 아뢰라고 분부했다. 이 집은 낡고 음울하고 아주 넓은, 마당에 여러 건물들과 곁채가 딸린 2층짜리 건물이었다. 아래층에는 삼소노프의 결혼한 두 아들이 자신의 가족들, 그리고 아주 늙은 그의 누이와 시집가지 않은 딸 하나와 함께 살고 있었다. 곁채에는 관리인 두 명이 살고 있었는데, 이 중 한 사람도 역시 대가족을 거느린 가장이었다. 이렇듯 자식들도, 관리인들도 그 비좁은 거처에서 아옹다옹 살았지만 집의 위층은 노인 혼자 독차지했으며, 심지어 그를 돌보는 딸이 거기 사는 것도 허용하지 않았기 때문에 그 딸은 해묵은 천식이 있음에도 불구하고 정해진 시간은 물론이고 아버지가 부를 때면 시도 때도 없이 아래층에서 위층으로 달려가야 했다. 이 '위층'은 다수의 커다랗고 화려한 방들로 이루어져 있었는데, 거기에는 고대 상인 풍의 가구들이 구비되어 있고 볼썽사나운 안락의자들과 마호가니 의자들이 지겨울 만큼 기다란 열을 이루며 벽을 따라 이어져 있고 갓을 씌운 크리스털 샹들리에가 달려 있고 벽면에는 창문들 사이로 음산하게 거울들이 걸려 있었다. 이 모든 방들이 사는 사람도 없이 완전히 텅 비어 있었던 것은 병든 노인이 멀리 떨어진 자신의 조그만 침실, 그 한 칸에 콕 틀어박혀 살았기 때문인데, 거기서 머리에 수건을 두른 노파 하녀의 시중을 받았고 그 앞

방에서 '꼬마 녀석' 하나가 의자에 앉아 대기 중이었다. 노인은 다리가 부어올라 이미 거의 걸어 다닐 수도 없는 상태였고 그저 이따금씩 자신의 가죽 안락의자에서 몸을 일으키든지 노파의 부축을 받아 가며 한두 번 정도 방을 산책하는 게 전부였다. 그는 심지어 이 노파에게도 엄격하게 대했고 말도 별로 하지 않았다. '대위'가 왔다는 보고를 듣자, 그는 당장 거절하라고 분부했다. 하지만 미챠가 한 번만 더 말해 달라고 고집을 부렸다. 쿠지마 쿠지미치는 꼬마 녀석에게 꼬치꼬치 캐물었다. 꼬락서니가 어떻더냐, 취한 것 같진 않더냐? 소란을 부릴 것 같지는 않더냐? 그러곤 "맨 정신이지만, 떠나려고 하질 않습니다."라는 대답을 들었다. 노인은 다시 거절하라고 분부했다. 그러자 이 모든 것을 예상했던 터라 만일을 대비하여 일부러 종이와 연필을 갖고 왔던 미챠는 종잇조각에 "아그라페나 알렉산드로브나와 밀접한 관련이 있는 아주 긴요한 일로 왔습니다."라는 한 줄의 말을 또박또박 쓴 뒤 — 그것을 노인에게 보냈다. 잠시 생각을 한 뒤 노인은 꼬마 녀석에게 방문객을 홀 안으로 들이라고 분부했고, 노파를 보내 작은아들을 지금 당장 아래에서 위로 올라오게 했다. 이 작은아들은 12베르쇼크나 되는 키에 엄청난 힘을 지닌, 얼굴 수염을 다 밀고 독일식 옷차림을 한 남자였는데(삼소노프 자신은 카프탄을 입고 턱수염을 기르고 다녔다.) 군말 없이 즉각 나타났다. 아버지가 이 장사를 부른 것은, 겁이라곤 없는 성격이었던 만큼, 대위가 무서워서가 아니라 그저 만일의 경우에 대비하여 증인을 확보해 두기 위해서였다. 아들과 꼬마 녀석의 부축을 받으면서 마침내 그가 홀로 나왔다. 여기서 생각해야 할 것은 그가 어느 정도는 제법 강렬한 호기심을 느꼈다는 점이다. 미챠가 기다리고 있던 이 홀은 그 우수로 사람의 기를 꺾어 놓을 만큼 넓고 을씨년스러운 곳이었는데, 상하 두 단으로 창문이 나 있고 특별석 같은 것이 마련되어 있었으며 벽은 '대리석'으로 꾸며진 데다가 갓을 씌운 거대한 크리스털 샹들리에가 세 개나 있었다. 미챠는 입구 곁의 의자에 앉아 신경질적이고 초조하게 자신의 운명을 기다리고 있었다. 노인이 미챠에게서 10사젠 정도 떨어진 반대편 입구에서 나타나자, 그는 갑자기 벌떡 일어나 예의 그 절도 있는 군대식 걸음걸이로 성큼성큼 노인을 맞이하러 걸어갔다. 미챠는 단추를 다 채운 프록코트를 점잖게 차려입고 검은 장갑을 낀 손에는 둥근 모자를 들고 있었는데, 사흘쯤 전 표도르 파블로비치 및 동생들과의 가족 회동을 위해 장로의 수도원에 나타났을 때와 똑같았다. 노인은 그 자리에 선 채로 위풍당당하고 엄격한 자세로 그가 다가오길 기다렸고, 미챠는 자기가 다가가는 동안에 노인이 자신을 샅샅이 뜯어보았다는 것을 대번에 느꼈다. 미챠에게 충격을 준 것은 또한 최근 들어 엄청나게 부어 버린 쿠지마 쿠지미치의 얼굴이었다. 가뜩이나 두툼하던 아랫입술이 이제는 축 늘어진 빵 덩어리처럼 보였다. 노인은 손님에게 소파 곁에 있는 안락의자를 가리키며 위풍당당하고 말없이 몸을 숙였고, 그 자신은 아들의 손에 의지한 채 병약한 신음 소리를 내면서 천천히 미챠의 맞은편 소파에 앉기 시작했는데, 미챠는 그의 고통스러운 노력을 보자 그 즉시, 자신이 이토록 폐를 끼친 위풍당당한 얼굴 앞에서 지금 자신은 참 보잘것없구나 하는 걸 깨닫고서 마음속 깊이 후회스러워했고 또 민감한 수치심을 느꼈다.

"그래, 나리, 무슨 일로 날 찾아오셨소?" 마침내 자리를 잡고서 노인이 천천히, 또박또박, 엄격하지만 예의 바르게 말했다.

미챠는 몸을 부르르 떨면서 벌떡 일어났다가 다시 앉았다. 그다음엔 즉각, 손짓을 섞어 가며 완전히 미친 사람처럼 큰 소리로 빠르고 신경질적으로 말을 하기 시작했다. 이 사람이 막다른 데까지 이르러 파멸하기 일보 직전이며 최후의 출구를 찾고 있지만 만약 그것마저 실패할 때는 지금이라도 당장 물속으로 뛰어들 것이라는 것이 훤히 보였다. 이 모든 것을 삼소노프 노인은 분명히 한순간에 파악했을 것이니, 비록 그의 얼굴은 꼭 조각상처럼 끄떡도 없고 싸늘한 상태였지만 말이다.

"고귀하기 그지없는 쿠지마 쿠지미치, 필경 이미 여러 번에 걸쳐 저와 저의 아버지, 즉 저의 친어머니가 돌아가신 뒤 저의 유산을 착복한 표도르 파블로비치 카라마조프와의 충돌에 대해 들으셨겠지요…… 온 도시가 이미 이 일을 두고 이러쿵저러쿵 입방아를 찧고 있으니까요…… 왜냐하면 여기 사람들은 전부 전혀 쓸데없는 것을 두고 이러쿵저러쿵 입방아를 찧는 게 일이니까요……. 하지만 그 외에도 그루셴카를 통해서도…… 이런, 죄송합니다, 그러니까 아그라페나 알렉산드로브나를 통해서도 들으셨을 줄 압니다……. 그러니까 이 몸이 존경해 마지않는 친애하는 아그라페나 알렉산드로브나를 통해서도……."—이렇게 말문을 열었지만 미챠는 첫마디부터 말이 막혔다. 하지만 우리는 그의 일장 연설을 문자 그대로 다 옮기지는 않고 그저 내용만을 제시하도록 하겠다. 문제는, 그러니까 그, 즉 미챠가 석 달 전에 고의로(그는 '일부러'가 아니라 '고의로'라고 말했다.) 현 도시의 변호사, 그것도 '저명한 변호사'와 상의를 했다는 것이다. "쿠지마 쿠지미치, 파벨 파블로비치 코르네플로도프라는 변호사인데, 아마 들어 보셨겠지요? 이마가 널찍하고 거의 국가적인 지성을 갖춘 인물로서…… 당신을 알고 있을뿐더러…… 아주 훌륭하게 평했는데……." 이러다가 미챠는 또 한 번 말이 탁 막혔다. 하지만 말이 이렇게 자꾸 막혀도 멈추기는커녕 그 즉시 훌쩍 뛰어넘어 더 멀리멀리 질주했다. 바로 이 코르네플로도프가 미챠가 그에게 제시할 수 있었던 서류를(서류들에 대한 미챠의 얘기는 애매모호하기 짝이 없었고 그 부분에서 그는 특히나 더 허둥댔다.) 검토하고 상세하게 물어본 뒤 말하길, 체르마쉬냐 마을은 어머니의 유산으로서 그의 소유가 되어야 마땅하므로 정말로 소송을 제기할 수 있고 이로써 그 추악한 영감에게 한 방 먹일 수 있다는 것이었다……. "왜냐하면 문이 전부 다 잠긴 것도 아니고 법률이란 것은 어디로든 빠져나갈 방법을 알고 있으니까요." 한마디로 말해서, 표도르 파블로비치한테서 심지어 6000 정도, 아니 7000까지의 추가금도 기대해 볼 수 있다, 왜냐하면 체르마쉬냐의 가격이 어쨌거나 최소한 2만 5000, 아니 아마 2만 8000은 족히 되니까 말이다. "그러니까 3만, 3만은 된다는 소리인데, 쿠지마 쿠지미치, 한번 생각해 보십시오, 제가 이 잔인한 사람한테서 1만 7000을 못 받았다는 거 아닙니까……!" 그래서 나,

그러니까 미챠는 그 당시엔 법률적인 문제를 잘 몰랐기 때문에 이 일을 그냥 내팽개쳤지만, 여기 와서 보니 오히려 저쪽에서 소송을 제기해 온 터라 기가 막혀 죽겠다는 것이었다.(여기서 미챠는 다시 갈피를 잡지 못하고 또다시 말을 확 건너뛰어 버렸다.) 자 그래서, 고귀하기 그지없는 쿠지마 쿠지미치, 이 불한당에 대한 저의 권리를 당신이 취하실 의향은 없으신지, 대신 저한테는 그저 3000만 주시면 된다……. 당신은 어떤 경우에라도 패소할 리가 없다, 이 점에 관해선 명예를, 명예를 걸고 맹세한다, 오히려 당신은 3000 대신 6000, 아니 7000을 벌 수도 있다……. 중요한 것은 이 일을 '심지어 오늘 당장' 끝내야 된다……. "저는 저기 당신의 공증인인가 뭐라더라…… 하여튼 거기에도 갔습니다. 그러니까 한마디로 말해서 저는 모든 것을 할 준비가 되어 있고 필요한 서류는 모두 제출하겠으며 모든 것에 서명하겠으며…… 우리가 지금 당장 이 서류를 작성하기만 하면, 가능하면, 가능하기만 하다면 오늘 아침에 당장……. 그러니까 저에게 이 3000을 내주신다면…… 이 도시를 통틀어 감히 당신에게 맞설 자본가가 누가 있겠습니까…… 이로써 저를 구해 주시고…… 한마디로 말해서, 고귀하기 그지없는 일, 드높기 그지없는 일을 위해 저의 이 부실한 머리를 구해 주시고, 말하자면…… 그러니까 저는 당신이 너무도 잘 알고 계시며 아버지처럼 돌봐 주고 계시는 저 유명한 부인을 향해 고귀하기 그지없는 감정을 갖고 있기 때문입니다. 아버지와 같은 사랑이 아니었더라면, 저는 아예 오지도 않았을 겁니다. 사실 이건 세 사람이 박치기를 한 거라고도 할 수 있는데, 운명이란 것은 참으로 괴물 같은 것이더군요, 쿠지마 쿠지미치! 이게 리얼리즘, 쿠지마 쿠지미치, 리얼리즘이란 말입니다! 그나저나, 당신은 이미 진작 제외해야 하니까 박치기를 하는 이마는 두 개뿐이군요, 표현이 좀 서투르지만 제가 문학가는 아니잖습니까. 다시 말해서, 박치기를 하는 이마 하나는 제 것이고, 또 다른 이마는 저 불한당의 것이죠. 자, 그러니까 골라 주십시오. 저입니까, 아니면 저 불한당입니까? 이제는 모든 것이 당신의 손에 달렸습니다—운명은 세 개이건만 제비는 두 개뿐이군요……. 죄송합니다, 말이 또 뒤죽박죽이 되었지만, 이해해 주시겠지요……. 당신의 점잖은 눈을 보니 이해해 주셨다는 걸 알겠습니다……. 만약 이해하지 못하셨다면, 저는 지금 당장이라도 물속에 뛰어들 겁니다, 진짭니다!"

미챠는 이 터무니없는 일장 연설을 "진짭니다."로 끝냈으며, 자리에서 벌떡 일어나 자신의 멍청한 제안에 대한 대답을 기다렸다. 마지막 말을 내뱉는 순간 그는 갑자기, 모든 것이 물거품이 되었음을, 무엇보다도 참 말도 안 되는 흰소리를 잔뜩 늘어놨음을 직감하곤 절망에 빠졌다. '이상한 일이야, 이리로 올 때만 해도 모든 것이 훌륭하게 여겨졌는데, 이제 와서 보니 완전히 허튼 장광설이잖아!' 이런 생각이 갑자기, 절망으로 가득 찬 그의 머릿속을 스치고 지나갔다. 그가 이야기를 하는 내내 노인은 꼼짝도 않고 앉아서 얼음같이 차가운 기운이 서린 시선으로 그를 예의 주시했다. 하지만 미챠를 일 분 정도 기다리도록 해 놓고선 마침내 쿠지마 쿠지미치가 아주 단호하고 냉담한 어조로 말했다.

"죄송합니다만 우리는 그런 일은 하지 않습니다."

미챠는 갑자기 다리의 힘이 쫙 빠지는 것을 느꼈다.

"그럼, 저는 어떻게 해야 합니까, 쿠지마 쿠지미치." 하고 창백한 미소를 지으면서 그가 중얼거렸다. "정말이지 저는 이제 끝장입니까, 그런 겁니까?"

"죄송합니다……."

미챠는 여전히 제자리에 서서 꼼짝도 하지 않고 뚫어져라 노인을 바라보았는데, 그러다 갑자기 노인의 얼굴에서 뭔가가 움직이는 것을 인지했다. 그는 흠칫 몸을 떨었다.

"이보십시오, 나리, 우리로서는 그런 일은 곤란합니다." 노인이 천천히 말했다. "재판이니 변호사니, 이런 건 딱 질색이니까요! 하지만 정 그러시다면, 여기 한 사람이 있습니다, 그에게로 가 보시지요……."

"맙소사, 그건 누구입니까……! 당신 덕분에 부활하게 되나 봅니다, 쿠지마 쿠지미치." 미챠가 갑자기 웅얼거리기 시작했다.

"이곳 사람은 아닙니다, 지금 여기에 있지도 않고요. 그는 농군 출신으로 숲을 취급하는데, 별명은 랴가브이입니다. 표도르 파블로비치가 그러니까 벌써 일 년째 말씀하신 그 체르마쉬냐의 숲을 두고 흥정을 해 왔지만 가격 때문에 틀어졌지요, 어쩌면 들으셨을 겁니다. 때마침 그가 다시 와서 지금 볼로비야 역에서 12베르스타쯤 떨어진 곳에 있는 일린스코예 마을에, 그러니까 일린스키 신부의 집에 머물고 있다던가, 그렇다죠, 아마. 그는 여기 있는 저한테도 그 일, 즉 바로 그 숲 건으로 조언을 구하는 편지를 보내왔습니다. 표도르 파블로비치도 몸소 그 사람한테 가 보고 싶어 한다죠. 그래서 만약 당신이 표도르 파블로비치보다 먼저 랴가브이를 찾아가서 저에게 말한 것을 제안한다면, 얘기가 잘될지도 모르겠군요…….”

“천재적인 생각입니다!” 미챠가 열광하면서 말을 가로막았다. “바로 그 사람이군요, 그 사람이야말로 제격입니다! 사고는 싶은데 저쪽에서 너무 비싼 값을 요구하는 상황에서, 대뜸 그에게 소유권을 이전하는 문서를 내놓는다니, 하하하!” 그러면서 미챠는 갑자기 예의 그 짧고 나무토막처럼 아둔한 너털웃음을 터뜨렸는데, 너무 뜻밖이어서 삼소노프마저도 흠칫 고개를 떨 정도였다.

“어떻게 감사를 드려야 될지 모르겠습니다, 쿠지마 쿠지미치.” 미챠는 감격에 겨워 아예 펄펄 끓었다.

“별말씀을요.” 삼소노프는 고개를 숙였다.

“당신은 잘 모르시겠지만, 저를 구원하신 겁니다, 오, 제가 여기 온 것도 어떤 예감이 있었기 때문입니다……. 자, 그럼, 이 신부에게로!”

“감사를 받을 가치도 없는 일입니다.”

“서둘러 가겠습니다. 몸도 편치 않으신데 실례가 이만저만이 아니었습니다. 영원히 잊지 않겠습니다, 러시아 사람으로서 말씀드리는 겁니다, 쿠지마 쿠지미치, 러어—시아 사람으로서!”

“뭐, 그—러실 테죠.”

미챠는 악수를 하려고 노인의 손을 거의 잡다시피 했지만, 상대방의 눈에서 뭔가 표독스러운 것이 번득였다. 미챠는 냉큼 손을 뺐지만, 당장 자신의 지나치게 의심 많은 태도를 책망했다. '피곤해서 그러신 걸 거야…….'라는 생각이 그의 머릿속에서 스쳐 지나갔다.

"그녀를 위해서입니다! 그녀를 위해서, 쿠지마 쿠지미치! 이것이 그녀를 위한 일이라는 걸 아실 테지요!" 그는 갑자기 온 홀이 떠나갈세라 고함을 질렀고 몸을 숙여 절을 한 뒤 휙 돌아서서, 옆도 뒤도 안 보고 예의 그 다급한 걸음걸이로 성큼성큼 출구로 돌진했다. 그는 너무 황홀해서 떨고 있었다. '그야말로 끝장이 날 판이었는데, 수호천사가 구원을 해 준 거야.'라는 생각이 그의 머릿속을 스치고 지나갔다. '이 노인처럼 수완 있는 사업가가(고귀하기 그지없는 노인이야, 몸가짐은 또 어떤가!) 이런 길을 가르쳐 주었으니…… 이건 물론, 승산이 있는 길인 거야. 지금 당장 날아가야 돼. 밤까지는 돌아올 거야, 밤에는 돌아올 수 있을 거야, 어쨌거나 일은 다 된 거나 마찬가지야. 설마 노인이 나를 갖고 놀았을 리야 있나?' 미챠는 자기의 집으로 걸어가면서 이렇게 감탄을 연발했는데, 물론, 그의 머릿속에서 다른 생각은 떠오를 겨를도 없었다. 즉, 일의 사정도 잘 알고 있고 이 랴가브이라는(성(姓) 한번 이상하군!) 사람도 잘 알고 있는 사람이(이 얼마나 대단한 사업가인가.) 정말로 실무적인 조언을 해 준 것일까, 아니면—아니면 노인이 그를 갖고 놀았던 것일까! 하지만 아아! 이 두 번째 생각이야말로 유일하게 정확한 것이었으니, 이 일을 어쩌랴. 훗날, 이미 오랜 시간이 지난 뒤에, 이미 파국이 일어난 뒤에 삼소노프 노인은 그때 '대위'를 갖고 놀았던 것이라고 웃으면서 자인했다. 이 노인은 표독스럽고 차갑고 냉소적인 데다가 병적일 정도의 반감을 품은 사람이었다. 그때 노인이 정확히 무엇 때문에 그렇게 자극을 받았는지, 그러니까 대위의 열광에 찬 모습 때문이었는지, 아니면 상대방, 즉 삼소노프가 자신의 '계획'이라는 허튼소리에 넘어갈 수 있을 거라는 이 '낭비 중독자'의 어리석은 확신 때문이었는지, 아니면 '이 난폭자'로 하여금 말도 안 되는 허튼 생각을 갖고 돈을 구하러 가게 만든 그루셴카와 관련된 질투심 때문이었는지—나로서는 알 수 없지만, 미챠가 노인 앞에 서서 다리의 힘이 쫙 빠지는 것을 느끼고 자기는 끝장이 났다고 실없이 외친 그 순간—바로 그 순간 노인은 한없는 분함을 느끼며 그를 쳐다보면서 그를 골려 줄 생각을 하고 있었던 것이다. 미챠가 나갔을 때, 쿠지마 쿠지미치는 너무 분해서 하얗게 질려 가지고는 아들한테 앞으로는 이 건달이 얼씬도 하지 못하도록 조치를 취하라고, 아예 집 안에 들이지도 말라고 명령했는데, 만약 그렇게 하지 않을 시에는…….

그러고서 그는 그때는 어떻게 하겠노라는 협박을 채 다 하지도 못했지만, 그럼에도 분기탱천한 아버지를 자주 봐 온 아들조차도 너무 무서워서 몸을 벌벌 떨 정도로 분해서 치를 떨었던 것이다. 꼬박 한 시간이 지난 뒤에도 노인은 분을 삭이지 못하고 온몸을 부르르 떨더니만, 저녁 무렵엔 아예 몸져누워 '의원'을 부르러 사람을 보냈다.

2 랴가브이

그리하여 당장 '달려가야' 했건만 말을 빌릴 돈이라곤 땡전 한 푼 없었으니, 다시 말해 가진 거라곤 20코페이카짜리 은화 두 닢이 전부였으니 — 이것이 그 옛날 떵떵거리고 살던 시절 끝에 남은 전부였던 것이다! 하지만 그의 집에는 이미 오래전에 멎어 버린 낡은 은시계가 있었다. 그는 그것을 집어 들고 시장에 자기 가게를 갖고 있는 유대인 시계방을 찾아갔다. 그는 시계 값으로 6루블을 쳐주었다. '이거 기대 이상인걸!' 미챠는 환희에 가득 차서 이렇게 소리치곤(그는 시종일관 환희에 빠져 있었다.) 6루블을 쥐고 집으로 달려갔다. 집에서 그는 주인들에게 3루블을 빌려서 경비를 채웠는데, 그들이 지갑을 탈탈 털어서라도 기꺼이 그에게 돈을 빌려 주었으니, 그 정도로 그를 사랑했던 것이다. 미챠는 완전히 열광한 상태였기 때문에 바로 그 자리에서 그들에게 그의 운명이 결정되는 순간이 왔다고 털어놓았으며, 당연히 정신없이 허둥대면서 지금 막 삼소노프에게 제안한 자신의 '계획'을, 그다음에는 삼소노프가 내놓은 해결책, 자신의 장래 희망 등등을 거의 죄다 이야기했다. 주인들은 그전에도 그의 비밀들을 많이 들어 왔기 때문에 그를 무슨 오만한 주인 나리가 아니라 완전히 자기 집 사람으로 보고 있었다. 이런 식으로 9루블을 모은 뒤 미챠는 볼로비야 역까지 갈 역마차를 부르러 사람을 보냈다. 하지만, 이런 식으로 '모종의 사건이 있기 전날, 정오까지만 해도 미챠에게는 땡전 한 푼 없었으며, 돈을 마련하기 위해 그는 시계를 팔고 주인에게서 3루블을 빌렸으며, 이 모든 일이 증인이 보는 앞에서 이루어졌다.'라는 사실이 기억되고 확인되었다.

나는 이 사실을 미리 지적해 두는 바인데, 무엇 때문에 이렇게 하고 있는지는 나중에 밝혀질 것이다.

볼로비야 역으로 달려간 뒤 미챠는 기어코 '이 모든 일들'을 해결하고 끝을 보리라는 기쁜 예감이 들어 반짝반짝 빛이 나긴 했지만 그럼에도 너무 무서워서 벌벌 떨었다. 지금 자기가 없는 동안 그루셴카에게 무슨 일이 일어나지나 않을까? 하필이면 바로 오늘, 결국 표도르 파블로비치에게 가기로 결심을 한다면? 바로 이 때문에 그는 그녀에게 아무 말도 하지 않고 나왔으며 또 집주인들에게도 누가 와서 그를 찾더라도 그의 행방을 털어놓지 말라고 부탁한 것이었다. "반드시, 반드시 오늘 저녁 무렵에는 돌아가야 한다." 그는 마차에 앉아서 몸을 떨며 이렇게 되뇌었다. "그 랴가브이라는 사람을 이리로 데려올 수도 있을 거다……. 이 서식을 완성하려면 말이다……." 이렇듯 미챠는 속을 끓이면서 몽상에 잠겼지만, 아아, 그의 꿈은 도무지 그의 '계획'대로 실현될 운명이 아니었던 것이다.

첫째, 그는 볼로비야 역에서 샛길로 출발함으로써 지각을 했다. 샛길은 12베르스타가 아니라 18베르스타였던 것이다. 둘째, 그가 갔을 때 일린스키 신부는 자기 집에 없고 이웃 마을에 가 있었다. 어쨌거나 이미 지칠 대로 지친 말을 타고 이 이웃 마을로 출발하여 미챠가 그곳에서 그를 찾아내는 동안 이미 밤이 찾아와 버렸다. 신부는 수줍고 상냥해 보이는 사람이었는데, 그가 그 즉시 설명해 준 바에 따르면, 이 랴가브이라는 사람은 처음에는 자기 집에 머물렀지만 지금은 수호이 포숄로크 마을에 있으며 역시나 숲을 흥정하느라 그곳 산지기의 오두막에서 오늘 밤을 보낼 거라는 것이었다. 미챠가 지금 당장 자기를 랴가브이한테 데려다 달라, '이로써 말하자면 자기를 구원해 달라.'라고 열심히 사정을 하자, 처음에는 망설였던 신부도 호기심이 동한 탓인지 그를 수호이 포숄로크까지 바래다주겠다고 했다. 하지만 이 무슨 참변인지, 어차피 1베르스타 '남짓'밖에 안 되는 거리니까 '살짝 걸어서' 가는 것이 어떻겠냐고 조언을 하는 것이었다. 미챠가 응당 동의를 하고서, 예의 그 큰 걸음걸이로 성큼성큼 걷기 시작했으므로 가엾은 신부는 거의 뛰다시피 그의 뒤를 좇았다. 그는 아직 늙지는 않았지만 매우 신중한 사람이었다. 미챠는 그에게도 즉시 자신의 계획을 늘어놓았으며 열렬하고도 초조하게 랴가브이에 관한 충고를 구하기도 하면서 길을 가는 내내 말을 멈추질 않았다. 신부는 주의 깊게 듣긴 했지만 충고는 그다지 해 주지 않았다. 미챠의 질문에 대해서는 "모릅니다, 아 정말 모릅니다, 어떻게 제가 그런 걸 알겠습니까."라는 식으로 미온적으로 대답했다. 미챠가 유산 문제로 인해 아버지와 충돌했다는 이야기를 꺼내자, 신부는 소스라치게 놀라기까지 했는데, 이는 그가 표도르 파블로비치와 모종의 의존적인 관계를 맺고 있었기 때문이다. 하지만 이렇게 놀란 상태에서도 왜 이 농군 출신 장사치 고르스트킨을 랴가브이[20]라고 부르는지 물어보았

20) '랴가브이'에는 개, 밀고자라는 뜻이 있다.

고, 그러고 나서 미챠에게 신신당부하길, 이 사람은 영락없는 랴가브이지만 이 이름을 들으면 죽도록 모욕감을 느끼는 만큼 랴가브이가 아니기도 하니까 반드시 고르스트킨이라고 불러야 한다는 것이었다. "그러지 않으면 그 사람하고는 어떤 일도 성사시키지 못할 겁니다, 아니 숫제 나리의 말을 듣지도 않을 겁니다."라며 신부는 말을 끝맺었다. 미챠는 그 즉시 다소 놀라워하면서 삼소노프도 그를 그렇게 부르더라고 설명했다. 이런 사정을 듣자 신부는 그 즉시 이 화제를 얼버무렸다. 그때 곧장 자기 마음에 짚이는 일을, 그러니까 만약 삼소노프가 그를 이 농군에게 보내면서 랴가브이라고 불렀다면, 무슨 이유에서건 골려 주려고 그런 건 아닐까, 여기에 뭔가 좋지 않은 일이 있는 건 아닐까? 하는 추측을 드미트리 표도로비치에게 설명해 주었더라면 참 좋았을 텐데 말이다. 하긴 그래 본들, 미챠는 '이런 하찮은 일'에 신경을 쓸 여유가 없었다. 그는 길을 재촉하며 성큼성큼 걸어갔고, 수호이 포숄로크에 다다를 때쯤 돼야 비로소 자신들이 지나온 거리가 1베르스타, 혹은 1.5베르스타도 아니고 필경 3베르스타는 될 것임을 깨달았다. 이 때문에 그는 신경질이 나서 죽을 지경이었지만 그래도 참았다. 그들은 오두막 안으로 들어갔다. 신부의 지인인 산지기는 오두막의 방 한 칸을 쓰고 있었고, 현관 너머 또 다른 깨끗한 방에는 고르스트킨이 있었다. 이 깨끗한 오두막으로 들어간 뒤 수지(獸脂) 양초를 밝혔다. 오두막은 불을 너무 많이 땐 상태여서 후끈거렸다. 소나무로 만든 탁자 위에는 불 꺼진 사모바르, 찻잔들이 놓인 쟁반, 다 마셔 버린 럼주 병, 마시다만 보드카 병, 먹다 남은 빵 조가리 등이 뒹굴고 있었다. 하지만 정작 손님은 베개 대신 윗옷을 둘둘 말아 베고는 벤치에 몸을 쭉 뻗고 누워서 코를 드렁드렁 골고 있었다. 미챠는 망설여졌다. '물론, 깨워야겠지. 얼마나 중요한 일인가, 그래서 이렇게까지 서둘러 왔고, 오늘 당장 서둘러 돌아가야 하니까 말이다.' 이런 생각에 미챠는 흥분하기 시작했다. 하지만 신부와 산지기는 이렇다 할 의견을 내놓지 않고 말없이 서 있었다. 미챠는 그에게로 다가가서 제 손으로 깨우기 시작했지만, 그것도 아주 열심히 깨워 봤지만, 잠에 곯아떨어진 자는 깨어날 생각도 안 했다. '술에 취했어.' 미챠는 결론을 내렸다. '그럼 어쩌란 말인가, 맙소사, 정말 어쩌면 좋지!' 그러다가 갑자기 초조해서 못 견딜 지경이 되어서는 잠에 곯아떨어진 자의 손과 발을 잡아당기고 그 머리를 흔들고 몸을 일으켜 세워 의자에 앉혀 보기까지 했지만, 그렇게 오랫동안 노력을 기울이고서 얻은 결과라곤 상대방의 영문 모를 웅얼거림, 무슨 말인지는 알 수 없지만 지독한 욕설뿐이었다.

"안 되겠습니다, 차라리 좀 더 기다리시지요." 마침내 신부가 말했다. "아무래도 제정신이 아닌 것 같은데……."

"하루 종일 마셨으니까요." 산지기가 한마디 했다.

"맙소사!" 미챠가 소리쳤다. "내가 지금 얼마나 절박한지, 얼마나 큰 절망에 빠져 있는지 당신들이 알기만 한다면!"

"그래도 아침까지 좀 기다리는 편이 낫겠습니다." 신부가 반복했다.

"아침까지라고요? 무슨 그런 말씀을, 절대로 안 됩니다!" 절망에 가득 찬 그는 술꾼을 깨우기 위해 다시 덤벼들려다가 그 즉시 이래 봤자 별수 없다는 것을 깨닫고 그만두었다. 신부는 아무 말도 없었고, 자다 깬 산지기는 음울한 표정이었다.

"리얼리즘이란 사람들에게 정말 끔찍한 비극을 안겨 주는구나!" 미챠는 완전히 절망에 빠져 이렇게 말했다. 그의 얼굴에서는 땀이 흘렀다. 이 순간을 이용하여 신부는 설령 잠든 자를 깨우는 데 성공할지라도 술에 취한 양반과는 어쨌거나 대화를 나눌 수 없지 않은가, '당신의 일이 그렇게 중대하다면 아침까지 내버려 두는 것이 더 옳다…….'라는 식의 말을 아주 조리 있게 늘어놓았다. 미챠는 두 손을 벌려 들어 올리면서 동의했다.

"그럼, 신부님, 저는 양초를 켜 놓고 여기 남아서 기회를 포착해 보겠습니다. 잠이 깨면 곧장 얘기를 시작하도록 하고……. 자네한테 양초 값은 지불하겠네." 그가 산지기를 보며 말했다. "숙박료도 지불하고, 드미트리 표도로비치의 이름값은 해야지. 그리고 신부님, 신부님은 이제 어떻게 해야 될지, 어디서 주무시겠습니까?"

"아니요, 저는 집으로 갑니다. 이 사람의 암말을 타고 가면 되니까요." 그러면서 산지기를 가리켰다. "그럼 안녕히 계십시오, 일이 잘되길 빌겠습니다."

다들 그렇게 결정을 봤다. 신부는 암말을 타고 떠났는데, 마침내 해방이 돼서 기뻤지만 여전히 혼란스러운 마음에 고개를 갸우뚱거리며 곰곰 생각에 잠겼다. 즉, 내일 기회를 봐서 자신의 은인인 표도르 파블로비치에게 이 흥미진진한 사건을 알려야 하지 않을까, '그러지 않았다가 좋지 않은 때에 알게 돼서 골이 나면 더 이상 돌봐 주지 않을지도 몰라.'라는 거였다. 한편, 산지기는 머리를 긁적인 뒤 말없이 오두막의 자기 방으로 돌아갔고, 미챠는 자신이 쓴 표현대로 기회를 포착하기 위해 의자에 앉았다. 깊은 우수가 짙은 안개처럼 자욱하게 그의 영혼을 뒤덮었다. 깊고도 무서운 우수가 말이다! 그는 앉아서 생각에 잠겼지만 뭐 하나 제대로 생각해 낼 수가 없었다. 양초는 타오르고 귀뚜라미는 울고 불을 너무 많이 땐 방은 참을 수 없이 갑갑했다. 갑자기 그의 머릿속으로 정원이, 정원 뒤의 통로가 떠오르더니, 아버지의 집 문이 은밀하게 열리면서 그루셴카가 문 안으로 뛰어 들어간다……. 그는 의자에서 벌떡 일어났다.

"비극이다!" 그는 이를 갈면서 말한 뒤 기계적으로 잠에 곯아떨어진 사람 곁으로 다가가 그의 얼굴을 바라보기 시작했다. 이것은 아직 그다지 늙지도 않은 뼈가 앙상한 농군으로서 유난히도 긴 얼굴에 아마빛 곱슬머리, 불그죽죽한 색의 길고 가는 턱수염을 기르고 있었고 나사지로 된 루바시카와 검은 조끼를 입고 있었는데 조끼의 호주머니에서 은시계 줄이 삐져나와 있었다. 미챠는 무서울 정도의 증오감을 품고 이 얼굴을 뜯어보았는데, 무엇 때문인지 그가 곱슬머리인 것이 특히나 증오스러웠다. 무엇보다도, 미챠 자신은 한시도 미룰 수 없는 일 때문에 그 많은 것을 희생하고 그 많은 것을 내던지고 이렇게 온몸이 녹초가 된 채로 그를 바라보며 서 있는데, 이 팔자 좋은 나무늘보는 '지금 내 운명을 송두리째 쥐고 흔들 처지에 있으면서도 아무 일도 없는 양, 꼭 다른 행성에 살고 있는 양 곯아떨어져 있다'니 말이다. '오, 실로 운명의 아이러니가 아닌가!' 미챠는 이렇게 소리친 뒤 갑자기 완전히 이성을 잃고 다시금 술에 취한 농군을 깨우기 시작했다. 상대방을 잡아당기고 쿡쿡 찌르고 심지어 때리기까지 하면서 거의 미친 듯이 광포하게 상대방을 깨웠건만, 그렇게 오 분가량이나 난리를 쳤건만 이번에도 아무 소득이 없자, 완전히 자포자기하고 자기 의자로 돌아와 앉았다.

"한심하다, 한심해!" 미챠가 소리쳤다. "게다가…… 이 얼마나 창피한 노릇인가!" 그가 갑자기 무엇 때문인지 이렇게 덧붙였다. 머리가 깨질 듯 아파 오기 시작했다. '차라리 집어치울까? 그냥 획 가 버릴까?'라는 생각이 그의 머릿속을 스쳐갔다. '안 돼, 그래도 아침까지는 있자. 그래, 오기로라도 버텨 보자, 오기로라도! 그냥 갈 거면 뭣 하러 왔냐고. 게다가 타고 갈 마차도 없으니, 이제 와서 어떻게 여기서 떠난단 말인가, 오, 정말로 어이가 없군!'

하지만 두통은 점점 더 심해졌다. 그는 꼼짝도 하지 않고 의자에 앉아 꾸벅꾸벅 졸다가 자기도 모르는 새에 갑자기 잠이 들어 버렸다. 아마 두 시간 혹은 그 이상 잔 것 같았다. 비명이 터져 나올 만큼 참을 수 없는 두통 때문에 정신이 번쩍 들었다. 관자놀이 주위가 지끈거리고 정수리가 아팠다. 정신이 번쩍 든 뒤에도 오랫동안 완전히 이성을 회복할 수 없어서 자신에게 어떤 일이 일어났는지도 제대로 생각할 수 없었다. 마침내 그는 방에 불을 너무 많이 때는 바람에 지독한 탄산가

스가 가득 차서 하마터면 죽을 뻔했다는 것을 깨달았다. 그런데도 술 취한 농군은 여전히 누워서 코를 드렁드렁 골고 있었다. 양초는 다 타서 곧 꺼질 태세였다. 미챠는 소리를 질렀고 비틀거리면서 오두막의 현관 건너편, 산지기의 방으로 돌진했다. 그는 곧 눈을 뜨긴 했지만, 그리고 오두막의 맞은편 방에 탄산가스가 찼다는 말을 듣고서 조치를 취하러 오긴 했지만 그 사실을 이상할 정도로 무심하게 받아들였기 때문에 미챠는 놀라다 못해 화까지 났다.

"저 사람이 죽었다면, 정말 죽었다면, 그때는…… 그때는 어쩌란 말이야?" 미챠가 산지기 앞에서 미친 듯 흥분하여 소리쳤다.

그들은 문을 활짝 열어젖히고 창문도 열고 굴뚝도 열었고, 또 미챠는 현관에서 물통을 끌고 와서 일단은 자기 머리부터 적시고 그다음엔 무슨 걸레 쪽을 찾아서 물에 적신 뒤 랴가브이의 머리에 갖다 댔다. 하지만 산지기는 여전히 이 모든 사건에 어쩐지 경멸스러운 태도를 취했고 창문을 열어 놓고는 무뚝뚝하게 "그 정도면 됐습니다."라고 말했다. 그러곤 미챠에게 불이 켜진 철제 등불을 남겨 두고 다시 잠을 자러 갔다. 미챠는 탄산가스에 질식할 뻔한 술꾼의 이마를 연신 물로 적셔 주느라 반 시간 동안 난리를 떨었고, 이제는 밤새도록 잠을 자지 않겠노라고 진지하게 생각했지만, 너무 지쳤기 때문에 잠깐 숨을 좀 돌리려고 어떻게 살짝 앉았는데 금세 눈을 감았고 그다음엔 곧장 무의식으로 의자에 몸을 뻗었다가 죽은 듯 잠들고 말았다.

그가 잠에서 깬 건 끔찍할 정도로 늦게였다. 이미 아침 9시는 족히 됐으니 말이다. 오두막의 두 창문에서 햇살이 밝게 비치고 있었다. 어제의 곱슬머리 농군은 벌써 코트까지 입고 의자에 앉아 있었다. 그 앞에는 새 사모바르와 새 술병이 놓여 있었다. 어제 남아 있던 술은 이미 다 바닥내고 새 술도 이미 절반 이상은 마셔 버린 상태였다. 미챠는 벌떡 일어났는데, 이 빌어먹을 농군이 이번에도 취해 있음을, 그것도 아주 곤드레만드레 흠뻑 취해 있음을 대번에 깨달았다. 그는 눈알을 부라리면서 상대방을 일 분 정도 바라보았다. 농군은 농군대로 말없이 미챠를 간특하게 힐끔힐끔 바라보았는데, 미챠의 느낌으론 상대가 어쩐지 모욕적일 정도의 태연함, 심지어 어떤 경멸적인 오만불손함마저 내비치는 것 같았다. 미챠는 그에게로 돌진했다.

"저어기, 실례합니다만…… 저는…… 그러니까 이곳, 저쪽 오두막의 산지기에게서 들으셨을 줄 압니다만……. 그러니까 저는 드미트리 카라마조프라고 하는 육군 중위로서, 당신이 사려고 하는 숲의 주인인 카라마조프 노인의 아들인데……."

"이놈, 거짓말 좀 작작해!" 농군은 갑자기 단호하고도 태연하게 딱 잘라 말했다.

"거짓말이라뇨? 표도르 파블로비치를 모르십니까?"

"네놈의 그 표도르 파블로비치 따윈 전혀 몰라." 어쩐지 잘 돌아가지도 않는 혀를 힘겹게 놀리면서 농군이 말했다.

"숲을, 아버지한테서 숲을 사려고 하신다면서요. 잠 좀 깨시고 정신 좀 차리십시오. 파벨 일린스키 신부가 저를 여기로 데려와 줬습니다……. 당신은 삼소노프한테 편지를 썼고, 그 삼소노프가 나를 당신에게로 보낸 건데…….” 미차는 숨을 헐떡였다.

“거—거짓말이야!” 랴가브이는 다시 딱 잘라 말했다.

미차는 두 발이 싸늘해져 왔다.

“제발, 무슨 말씀이십니까, 지금 장난하자는 게 아닙니다! 아마 술기운 탓일 수도 있겠지요. 아무리 그래도 말도 할 수도, 남의 말을 알아들을 수도 있잖습니까……. 그렇지 않다면…… 그렇지 않으면 뭐가 뭔지 통 모르겠군요!”

“네놈은 칠장이야!”

“제발 좀, 무슨 말씀이십니까, 저는 카라마조프, 드미트리 카라마조프이고 당신에게 한 가지 제안이…… 그것도 아주 유리한 제안이 있습니다…… 아주 유리한…… 다름 아니라 숲과 관련해서요.”

농군은 거드름을 피우며 턱수염을 쓰다듬었다.

“아니야, 네놈은 물건 납품을 청탁받더니 비열한 놈이 돼 버렸어. 이 비열한 놈!”

“정말이지, 그건 오해입니다!” 미차가 절망에 가득 차서 손을 비벼 댔다. 농군은 줄곧 턱수염을 쓰다듬다가 갑자기 간특하게 눈을 가늘게 떴다.

“아니야, 네놈은 차라리 말이야. 그러니까 남한테 이런 더러운 짓을 해도 된다는 법이 세상에 어디 있나, 있으면 그거나 한번 제시해 봐, 듣고 있느냐! 네놈은 비열한 놈이야, 내 말을 알아듣겠냐?”

미챠는 음울하게 물러섰는데 갑자기, 훗날 그 자신의 표현대로 '뭔가로 이마를 한 방 얻어맞은' 기분이었다. 한순간에 그의 머릿속이 환하게 밝아졌으니 '횃불이 확 타올랐고 나는 모든 것을 간파했던' 것이다. 어안이 벙벙한 상태로 서서 그는 어쨌거나 자기처럼 영리한 사람이 어떻게 이런 멍청한 일에 빠져들 수 있었으며 이런 기막힌 모험에 걸려들어 거의 꼬박 하루를 이 랴가브이라는 작자와 생난리를 떨면서 이 작자의 머리까지 적셔 주고 할 수 있었단 말인가 하는 의혹에 사로잡혔던 것이다……. '뭐, 이 작자는 술에 취해 있어, 코가 비뚤어지도록 취해 있는 데다가 이러고도 일주일은 더 연거푸 들이부어 댈 텐데——이런 판에 뭘 더 기다려? 아니, 만약 삼소노프가 나를 일부러 여기로 보낸 거라면? 아니, 만약 그 여자가 정말로……. 아이구, 맙소사, 내가 도대체 무슨 짓을 한 거야……!'

농군은 제자리에 앉아서 그를 바라보며 히죽히죽 비웃고 있었다. 다른 때 같았으면 미챠는 분에 넘친 나머지 이 바보를 죽여 버렸을지도 모르지만, 지금은 그 자신이 어린아이처럼 힘이 빠진 상태였다. 그는 조용히 의자로 다가가서 외투를 집어 들고 말없이 걸친 뒤 오두막에서 나왔다. 오두막의 다른 방에는 산지기가 없었다, 아니 아무도 없었다. 그는 호주머니에서 잔돈 50코페이카를 꺼내서 숙박료와 양초 값, 그리고 수고비 조로 탁자 위에 놓아두었다. 오두막을 나온 뒤 보니, 주위에는 오직 숲뿐, 그 밖에는 아무것도 없었다. 그는 심지어 오두막에서 오른쪽 혹은 왼쪽 어느 쪽으로 방향을 틀어야 될지도 기억이 안 났고——해서, 되는대로 마구 걷기 시작했다. 어젯밤 신부와 함께 이리로 올 때는 워낙 서둘렀기 때문에 미처 길을 기억해 두지 못했던 것이다. 그의 영혼 속에는 그 누구에 대한 복수심도 끓어오르지 않았다, 심지어 삼소노프에 대해서도. 그는 숲속의 좁은 길을 따라 아무 생각 없이 '잃어버린 발상'을 갖고 흐리멍덩하게 성큼성큼 걸어갔는데 어디로 가야 될지는 조금도 신경을 쓰지 않았다. 길가다 마주친 어린아이라도 그를 때려눕힐 수 있을 정도로 갑자기, 심신이 쇠약해져 버렸다. 하지만 어떻게 용케도 숲을 빠져나오긴 했다. 갑자기 한없이 넓은 공간이, 추수를 끝낸 벌거숭이 들판들이 그의 눈앞으로 펼쳐졌다. "완전히 절망이다, 어딜 보나 완전히 죽음이다!" 그는 이렇게 되뇌면서 여전히 앞으로, 앞으로 성큼성큼 걸어갔다.

그를 구해 준 건 통행인들이었다. 마부는 마침 오솔길을 따라 어떤 늙은 상인을 데려가는 중이었던 것이다. 마차와 가까워졌을 때 미챠는 길을 물었는데 그들도 볼로비야로 간다는 것이었다. 말을 좀 나눠 보다가 미챠도 동승하게 됐다. 세 시간쯤 뒤 목적지에 다다랐다. 볼로비야 역에서 미챠는 즉각 시내로 가는 역마차를 주문했는데, 갑자기 등가죽과 뱃가죽이 들러붙을 정도로 배가 고프다는 걸 깨달았다. 말들을 매는 동안 그는 계란 프라이를 만들게 했다. 단숨에 그것을 전부 먹어치우고 큰 빵 조각도 전부 먹어 치우고 눈앞에 있던 소시지도 먹어 치우고 보드카도 석 잔을 연거푸 다 마셔 버렸다. 배가 차서 힘이 나자, 용기가 샘솟았고 영혼 속이 다시금 훤히 밝아졌다. 그는 마부를 재촉하면서 날듯이 길을 달렸고, 그

와중에 갑자기 오늘 저녁까지 어떻게 당장 '이 빌어먹을 돈'을 구할 것인가에 대한 새롭고도 이미 '확고부동한' 계획을 세웠다. "생각만 해도 기가 막히는군, 이 하잘것없는 3000 때문에 인간의 운명이 끝장난다니, 생각만 해도!"라고 그가 경멸적으로 소리쳤다. "오늘 당장 해결을 보고야 말겠다!" 그루셴카에게 행여 무슨 일이 일어나지 않았을까 하는 끊임없는 생각만 아니었더라도, 아마 그는 다시금 완전히 명랑해졌을지도 모른다. 하지만 그녀에 대한 생각이 날카로운 칼처럼 시시각각 그의 영혼을 찔러 댔다. 마침내 시내에 도착한 미챠는 당장 그루셴카에게로 달려갔다.

3 금광

이것이 바로, 그루셴카가 무서워 벌벌 떨면서 라키친에게 이야기해 주었던 미챠의 그 방문이었다. 그녀는 그 당시 '급한 소식'을 기다리고 있었기 때문에 미챠가 어제도, 오늘도 오지 않은 것을 매우 기뻐하면서 자기가 출발할 때까지 부디 오지 않기를 바라고 있었건만, 갑자기 그가 들이닥친 것이다. 그다음의 일은 우리도 알고 있는 것이다. 그를 따돌리기 위해 그녀는 대번에 그를 설득하여 '돈 계산' 때문에 곧 죽어도 가야 되니까 자기를 쿠지마 삼소노프에게 바래다 달라고 했고, 미챠는 즉시 그녀를 바래다주었고, 그녀는 쿠지마의 대문 옆에서 그와 헤어질 때 12시에 그녀를 다시 집으로 바래다주기 위해 데리러 오겠다는 약속도 받았다. 미챠도 이 조치를 달가워했다. '쿠지마 집에 앉아 있을 테니, 표도르 파블로비치한테 가지는 않을 거란 소리다…… 거짓말을 하는 게 아니라면 말이야.' 덧붙여 그는 이렇게 생각했다. 아무래도 그의 눈으로 보기에는 거짓말을 하는 것 같지는 않았다. 그는 다름 아니라 질투심이 많은 족속에 속했는데—그러니까 사랑하는 여인과 떨어져 있으면 그 즉시, 그녀에게 무슨 일이 일어나지는 않을까, 저기서 자기를 '배반'하지나 않을까 하는 온갖 무서운 일들을 잔뜩 생각해 낸 끝에 기어코 그녀가 자기를 배반해 버렸다는 이미 돌이킬 수 없는 확신이 들어 거의 죽을 지경으로 충격을 받은 나머지 다시 그녀에게로 달려갔다가, 그녀의 얼굴을, 이 여자의 웃고 있는 즐겁고 상냥한 얼굴을 보면 그 즉시 기분을 회복하여 의심이고 뭐고 당장 다 떨쳐 버리고 기쁜 수치심을 느끼며 자신의 질투를 탓하는 그런 족속 말이다. 그루셴카를 바래다준 뒤 그는 자기 집으로 돌진했다. 오, 오늘 중으로 꼭 완수해야 하는 일이 너무도 많았던 것이다! 하지만 적어도 마음은 한결 가라앉았다. '그러니까 어서 빨리 스메르쟈코프를 족쳐서 어제 저녁에 저곳에서 무슨 일이 있었는지만 알아내면 되는데, 행여나 그녀가 표도르 파블로치를 찾아갔다면, 에잇, 정말!' 이런 생각이 그의 머릿속을 스치고 지나갔다. 그리하여, 미처 자기 자신의 집에 다다르기도 전에 다시금 질투가 지칠 줄 모르는 그의 마음속에서 들끓기 시작했다.

질투! "오셀로는 질투심이 강했던 것이 아니다, 오히려 그는 너무 쉽게 믿었던 것이다."[21] 푸시킨은 이렇게 말했으며 이 말 한마디만으로도 우리의 위대한 시인의 비범하고 심오한 통찰력이 증명되는 셈이다. 오셀로는 다만 자신의 이상이 파멸했기 때문에 그 마음도 완전히 뭉개지고 그의 세계관도 흐릿해졌던 것이다. 하지만 오셀로는 몸을 숨기거나 감시를 하거나 몰래 엿보는 짓 따위는 하지 않을 것이다. 사람을 너무 쉽게 믿으니까. 오히려, 이런 사람이 상대방의 배신을 간신히 눈치채도록 하려면, 굉장한 노력을 기울여 유인하고 떠밀고 불을 붙여야 했다. 진정으로 질투심이 강한 자는 그렇지 않다. 질투심이 많은 자는 일말의 양심의 가책도 느끼지 않으면서 상상도 할 수 없는 온갖 치욕과 도덕적 타락을 일삼는 법이다. 하지만 이런 자들이 한결같이 속물적이고 더러운 영혼의 소유자란 소리는 아니다. 오히려 드높은 마음, 자기희생으로 가득 찬 순수한 사랑을 품고 있으면서도 동시에 탁자 밑에 몸을 숨기고 아주 비열한 사람들을 매수하여 감시와 엿듣기라는 가장 추악하고 더러운 짓을 일삼을 수도 있는 것이다. 오셀로는 어떤 일이 있어도 배반과 타협할 수 없었을 것인데—혹시 용서라면 모를까—그의 영혼이 갓난아이의 영혼처럼 원한이란 걸 모를 만큼 순수했다고 할지라도, 타협만은 절대 할 수 없었을 것이다. 진정으로 질투심이 강한 자는 이렇지 않다. 이런 자라면 무슨 짓을 일삼을지, 어떤 것과 타협을 감행할지, 무슨 짓을 용서해 줄지 상상하기가 힘든 것이다! 질투심 강한 자들은 그 누구보

21) 푸시킨이 1830년대에 남긴 에세이 「잡담」의 일절.

다도 더 빨리 용서하는데, 이 점은 모든 여자들이 알고 있는 것이다. 질투심 강한 자는 이미 거의 증명된 거나 다름없는 배반을, 그러니까 자기 눈으로 포옹과 키스를 목격하고서도(물론 처음에는 무서운 한판 소동을 벌이겠지만) 굉장히 빨리 용서할 수 있는데, 다만 이는 동시에, 예를 들어 이번이 정말로 '마지막'이고 그의 연적이 이 시각부터 세상 끝으로 떠나 버림으로써 완전히 사라지거나 아니면 이 무서운 연적이 더 이상 따라붙지 못하도록 그 자신이 직접 여자를 어디론가 데려가 버릴 것이라는 확신이 생길 때만 그렇다. 응당, 타협이란 아주 잠깐 동안만 가능한데, 왜냐하면 연적이 정말로 사라져 주었다고 할지라도 내일이면 또 다른 새로운 연적을 발명해 내서 이 새로운 자에게 질투를 느낄 테니까 말이다. 그렇다면 이토록 엿보기만 해야 하는 사랑이 도대체 무슨 사랑인가, 그토록 열심히 감시만 해야 하는 사랑이 무슨 가치가 있는 것일까? 하지만 바로 이것을 진정으로 질투심 강한 사람은 결코 이해하지 못하는 법이며, 어쨌든 정말로 이런 자들 중에도 드높은 마음을 지닌 사람들이 더러 있다. 또 놀랄 만한 것은, 바로 이 드높은 마음을 지닌 사람들이 어디 골방 같은 곳에 버티고 서서 엿듣고 감시를 할 때 자기 스스로 기어 들어온 이 치욕을 예의 그 '드높은 마음으로' 분명히 이해한다고 할지라도, 그럼에도 최소한 이 골방 안에 버티고 있는 동안에는 절대로 양심의 가책을 느끼지 않는다는 점이다. 그루셴카를 보자 미챠는 질투심도 금세 사라졌을뿐더러 남의 말을 잘 믿고 고상한 사람으로 변했고, 고약한 감정들을 품은 자신을 경멸하기도 했다. 하지만 이것은 이 여성을 향한 그의 사랑 속에 깃든 것이 그가 알료샤에게 설명해 준 '몸의 곡선' 하나만이 아님을, 그저 열정 하나만이 아님을 의미할 뿐이었으니, 그 사랑 속에는 그 자신이 가정했던 것보다 훨씬 더 높은 무엇이 들어 있었던 것이다. 하지만 그 대신 그루셴카가 사라지자, 당장에 미챠는 다시금 그녀가 배반이라는 온갖 저열하고 교활한 짓을 저지르지나 않을까 의심하기 시작했던 것이다. 이럴 때는 양심의 가책이라곤 조금도 느끼지 않았다.

그리하여 그의 내부에서는 질투가 새롭게 끓어오르기 시작했다. 어쨌거나 서둘러야 했다. 조금이라도 좋으니 일에 필요한 돈을 구하는 것이 급선무였다. 어제의 9루블은 여행 경비로 거의 다 써 버렸고, 땡전 한 푼 없이 어디든 한 발짝도 움직일 수 없다는 건 명백했다. 하지만 그는 조금 전 달구지를 타고 오면서부터 자신의 새로운 계획과 더불어, 일에 필요한 돈을 어디서 구할 수 있을까 곰곰 생각했다. 그에게는 총알이 장전된 훌륭한 결투용 권총이 한 세트 있었는데 지금까지 이것을 저당 잡히지 않은 건 그가 이 물건을 자기 소지품 중에서 제일 좋아했기 때문이었다. 그는 이미 오래전에 '수도'라는 술집에서 한 젊은 관리와 안면을 텄는데, 제법 경제적 여유가 있는 독신의 이 관리가 무기라면 사족을 못 쓸 정도로 좋아하는 까닭에 권총, 리볼버, 단도 들을 사서 자기 집 벽에 걸어 놓고 지인들에게 보여 주며 자랑하고 그것을 어떻게 장전하는가, 어떻게 발사하는가와 같은 리볼버의 시스템을 설명해 주는 데 도사라는 사실을 어쩌다가 바로 그 술집에서 알게 되었다. 미챠는 오래 생각해 보지도 않고 당장 그에게로 달려가서 이 권총을 담보로 10루블을 빌려 주지 않겠느냐고 제안했다. 관리는 기뻐하면서 기왕이면 자기한테 아주 팔아 버리라고 설득하기 시작했지만 미챠는 동의하지 않았고, 그러자 상대방은 어떤 일이 있어도 이자는 받지 않겠다고 선언한 뒤 10루블을 내주었다. 그들은 친구가 되어 헤어졌다. 미챠는 걸음을 재촉하여, 어서 빨리 스메르쟈코프를 불러내려고 표도르 파블로비치 집의 뒤쪽에 있는 자신의 정자로 돌진했다. 그런데 이런 식으로 다시금 중대한 사실 하나가 밝혀졌으니, 내가 앞으로 이야기할 다소간의 모험이 있기 서너 시간 전만 해도 미챠에게는 돈이라곤 단 1코페이카도 없었던 까닭에 애지중지하는 물건마저 10루블에 저당 잡힌 상태였건만, 세 시간 뒤에 갑자기 그의 수중에는 수천 루블이 있었던 것이다……. 하지만 이렇게 얘기를 앞질러 갈 필요는 없겠다.

마리야 콘드라치예브나(표도르 파블로비치의 이웃 여자)의 집에서는 스메르쟈코프가 병이 났다는 소식이 미챠를 기다리고 있었으니, 그는 굉장한 충격과 혼란에 휩싸였다. 그는 스메르쟈코프가 지하 창고에서 넘어졌고 이어 발작, 의사의 왕진, 표도르 파블로비치의 배려 등이 있었다는 이야기를 귀담아들었다. 동생 이반 표도로비치가 아까 아침에 이미 모스크바로 떠났다는 사실을 알게 됐을 때도 호기심을 보였다. '그러니까 나보다 먼저 볼로비야를 지나갔겠군.' 드미트리 표도로비치는 잠시 이렇게 생각하고 말았지만, 스메르쟈코프 문제만은 여간 신경이 쓰이는 게 아니었다. '이제 어떡한담, 누가 감시를 하고 누가 나한테 정보를 흘려 준단 말인가?' 그는 이웃집 모녀를 붙잡고 어제 저녁에 무슨 일이 일어났는지 모르느냐고 꼬치꼬치 캐묻기 시작했다. 그들은 그가 알고 싶어 하는 것이 무엇인지를 아주 잘 알고 있었기 때문에 아무도 오지 않았고 이반 표도로비치는 집에서 밤을 보냈고 '모든 것이 정말로 원만했다.'라고 하면서 그의 의심을 불식시켜 주었다. 미챠는 생각에 잠겼다. 오늘도 틀림없이 망을 보긴 해야 하는데, 어디서 해야 할까? 여기서 아니면 삼소노프의 대문 앞에서? 사태를 봐 가면서 재량껏 여기서도 저기서도 망을 보긴 해야겠는데, 일단은, 일단은……. 그러니까 아까 달구지를 타고 올 때부터 곰곰 생각해 둔 '계획'이, 새롭고도 이미 확실한 계획이 지금 그의 앞에 버티고 있으며 그 실행은 더 이상 연기할 수 없었던 것이다. 미챠는 이 일을 위해 한 시간을 할애하기로 결정했다. '한 시간 안에 모든 것을 해결 짓고 모든 것을 알아내고 그러고 나서는, 그러고 나서는 첫째, 삼소노프의 집으로 가서 그루셴카가 거기 있는지를 알아보고 눈 깜짝할 새에 여기로 되돌아온 뒤, 11시까지 여기에 있다가 그다음엔 그녀를 집으로 데려오기 위해 다시 삼소노프한테로 간다.' 자, 그는 이렇게 결정을 내렸던 것이다.

그는 쏜살같이 집으로 달려가, 씻고 머리를 빗고 옷을 손질해서 차려입은 뒤 호홀라코바 부인 집으로 향했다. 아, 안타깝게도 그의 '계획'이란 바로 이것이었다. 그는 이 부인에게서 3000을 빌리기로 결심했던 것이다. 무엇보다도, 그에게는 갑자기, 어쩐지 느닷없이 부인이라면 그의 부탁을 거절하지 않으리라는 괴상한 확신이 생겨났다. 그런데 만약 이런 확신이 있었다면 도대체 왜 미리부터 그곳, 말하자면 자기 부류에 속하는 부인 집으로 가지 않고 삼소노프, 즉 어떤 식으로 말을 이끌어 가야 될지도 모르는, 자기와 다른 부류에 속하는 사람을 찾아갔는지 의아해할지도 모르겠다. 하지만, 실은 최근 한 달 동안 호흘라코바 부인과 완전히 절교를 한 것이나 다름없었고, 이전에도 그렇게 잘 아는 사이도 아닌 데다가 더욱이 부인이 자신을 참을 수 없어 한다는 것을 미챠도 아주 잘 알고 있었다. 이 부인은 미챠가 카체리나 이바노브나의 약혼자라는 것 때문에 처음부터 그냥 그를 싫어했고, 카체리나 이바노브나가 그를 버리고 '기사다운 교양이 넘치고 몸가짐도 세련된 사랑스러운 이반 표도로비치'에게 시집가길 무엇 때문인지 갑자기 바라게 됐다. 반면, 미챠의 몸가짐을 그녀는 몹시 싫어했다. 미챠는 또 그 나름으로 그녀를 비웃었는데, 한번은 어쩌다가 그녀를 두고 이 부인은 "활기차고 발랄하지만 또 그만큼이나 교양이라곤 없다."라는 표현을 쓰기도 했다. 한데 바로 이 때문에 아까 아침, 그 달구지에서 다음과 같이 환한 생각이 번득였던 것이다. '내가 카체리나 이바노브나와 결혼하는 게 그렇게도 싫다면, 그 정도로까지(거의 히스테리를 일으킬 정도까지라는 걸 그는 알고 있었다.) 싫다면, 지금 내가 부탁할 이 3000을 부인이 왜 거절하겠는가, 그 돈만 있으면 카챠를 단념하고 영원히 이곳을 떠나 버릴 텐데? 호강에 겨운 이 상류층 부인들은 변덕이 발동해서 뭘 하고 싶어지면, 자기들이 원하는 식으로 일을 성사시키기 위해 아무것도 아까워하지 않는 법이다. 게다가 그녀는 돈이 남아돌지 않는가.' 미챠는 이렇게 판단했다. 특별히 '계획'에 관해 말하자면, 모든 것이 이전과 똑같은 것, 즉 체르마쉬냐에 대한 그의 권리를 제안해 보는 것이었는데, 하지만 이제는 어제 삼소노프에게 한 것과 같은 상업적인 목적이 아니라, 즉, 3000 대신에 두 배인 6000이나 7000을 싹쓸이할 수 있다며 부인을 유혹하는 것이 아니라, 그저 빚에 대한 점잖은 담보물로서 제안하는 것이었다. 자신의 이 새로운 생각을 발전시키느라 미챠는 거의 황홀경에 젖어 있었는데, 하지만 이는 뭘 새로 시작할 때나 느닷없이 뭘 결정할 때에는 그에게 항상 일어나는 일이었다. 새로운 생각이 떠오르면 뭐든 간에 그는 열정적으로 몰두하는 것이었다. 하지만, 그럼에도 불구하고 호흘라코바 부인의 집 현관으로 들어섰을 때는 갑자기 등골이 오싹해지는 공포를 느꼈다. 바로 이 순간에야 비로소, 완전히, 그리고 이미 수학적일 만큼 분명하게 깨달은 바가 있었으니, 이것이야말로 자신의 마지막 희망이라는 것, 만약 여기서 일이 틀어져 버린다면 이 세상에 더 이상 아무것도 남아 있지 않으리라는 것, '3000 때문에 사람을 찔러 죽이고 돈을 뺏는 것 말고는 더 이상 아무런 수도…… 없다.'라는 것이었다. 그리하여 그가 초인종을 눌렀을 때는 7시 반 정도였다.

처음에는 상황이 우호적으로 돌아가는 듯했다. 그가 부인을 만나고 싶다고 말하자마자, 그 즉시 예사롭지 않을 정도로 빨리 안으로 들여보내 주었다. '꼭 내가 와 주길 기다린 것 같군.' 이런 생각이 미챠의 머릿속에서 스쳐 갔고, 그다음에는 그가 거실로 들어서자마자 갑자기 여주인이 거의 뛰다시피 들어오더니 마침 기다리고 있었노라고 단도직입적으로 말을 하는 것이었다…….

"기다렸어요, 기다렸어! 당신이 우리 집을 찾아 주리라곤 생각도 할 수 없었는데, 그렇지 않나요, 그런데도 저는 당신을 기다렸어요, 제 본능에 놀라실 테죠, 드미트리 표도로비치, 아침 내내 당신이 오늘 오리라고 확신했으니까요."

"정말 놀라운 일이군요, 부인." 미챠가 엉거주춤 자리를 잡으면서 말했다. "그런데…… 제가 온 것은 굉장히 중대한 일 때문입니다…… 중대하고도 아주 중대한, 다시 말해서 저에게는, 저 한 사람에게는 말입니다, 부인, 사정이 아주 급합니다……."

"아주 중대한 일 때문이라는 건 알고 있어요, 드미트리 표도로비치, 이건 무슨 예감도, 기적이 일어나길 바라는 반동적인 소망도 아니고(조시마 장로 얘기는 들으셨죠?) 이것은, 이것은 수학이에요. 카체리나 이바노브나에게 그런 일이 있었는데, 당신이 오지 않을 리가 있겠어요, 그럴 리가, 그럴 리가 있겠느냐고요, 이건 수학이나 다름없어요."

"실제 삶의 리얼리즘이란 말이죠, 부인, 바로 이런 겁니다! 하지만 저어기, 그나저나 제 말을 좀……."

"그렇죠, 리얼리즘이에요, 드미트리 표도로비치. 저는 지금 그야말로 리얼리즘 편이 됐어요, 그놈의 기적 때문에 완전히 혼쭐이 났으니까요. 조시마 장로가 돌아가셨다는 얘기는 들으셨죠?"

"아뇨, 부인, 금시초문입니다." 미챠는 약간 놀랐다. 그의 머릿속에서는 알료샤의 형상이 어른거렸다.

“오늘 새벽에 돌아가셨으니, 생각 좀 해 보세요…….”

“부인.” 하고서 미챠가 말을 끊었다. “제가 생각하는 건 오직 제가 아주 절망적인 상태에 있다는 점뿐이며, 만약 부인이 저를 도와주시지 않으면 모든 것이 나가떨어질 것이며 그것도 제가 제일 먼저 나가떨어질 거라는 점뿐입니다. 표현이 저속해서 죄송합니다만, 저는 지금 열에 들떠 있습니다, 거의 열병이죠…….”

“알고 있어요, 알고 있어, 열병이겠죠, 모두 알고 있어요, 달리 수가 있나요, 어디, 당신이 무슨 말씀을 하시건 저는 모든 걸 미리 알고 있어요. 저는 오래전에 당신의 운명을 헤아려 왔는데, 드미트리 표도로비치, 그러니까 그것을 예의 주시하면서 연구하고 있다는 거죠……. 오, 정말이지 저는 제법 노련한 정신과 의사거든요, 드미트리 표도로비치.”

“부인, 만약 부인이 노련한 의사라면, 대신 저는 노련한 환자겠지요.” 미챠는 억지로 상냥하게 장단을 맞춰 주었다. “그리고 만약 부인이 저의 운명을 그토록 예의 주시하고 계신다면, 파멸에 직면한 제 운명도 구해 주실 테지만, 일단 이것을 위하여 제가 부인 앞에 감히 선보이고자 하는 계획을 좀 얘기하게 해 주십시오…… 그리고 또 부인에게서 기대하는 것도 있고 해서…… 그러니까 제가 이렇게 찾아온 것은, 부인…….”

“얘기하실 필요도 없어요, 그건 부차적인 문제니까요. 남을 돕는 일이라면, 당신이 처음도 아니에요, 드미트리 표도로비치. 아마 저의 사촌 벨메소바에 대해 들으셨겠지만, 그녀의 남편이 파멸했는데, 아니, 당신이 제대로 표현했듯, 나가떨어졌는데, 드미트리 표도로비치, 그래서 어떻게 되었느냐 하면 말이죠, 제가 그에게 양마업에 손을 대 보라고 일러 주었고, 지금은 번창 일로에 있답니다. 양마업에 대해서 뭐 아는 게 있으세요, 드미트리 표도로비치?"

"손톱만큼도 없습니다, 부인, 아, 슬프게도, 부인, 손톱만큼도 없군요!" 미챠는 신경질적이고 초조하게 소리쳤는데, 심지어 자리에서 벌떡 일어나다시피 했다. "제발 부탁이니, 부인, 제 얘기를 좀 들어 주시고, 자유롭게 말을 할 수 있도록 딱 이 분만 주시면, 일단 제가 생각한 계획을 전부, 모두 부인에게 말씀드릴 수 있습니다. 게다가 저에겐 지금 시간이 금쪽같습니다, 앞을 다투는 일이 한두 개가 아니거든요……!" 미챠는 그녀가 이제 곧 다시 말을 시작하리라는 느낌이 들어서, 큰 소리로 그녀를 눌러 버려야겠다는 생각에 히스테리라도 일으킨 듯 고함을 질렀다. "제가 여기에 온 것은 절망에 빠졌기 때문이며…… 그야말로 절망의 구렁텅이에 빠진 나머지, 부인에게 3000이라는 돈을 빌리고자, 빌리긴 하되 믿을 만한, 아주 믿을 만한 담보물을 갖고서, 부인, 아주 믿을 만한 보증을 갖고서 말입니다! 그저 말만 좀 하게 해 주시면……."

"그런 얘기는 전부 나중에, 나중에 하세요!" 호흘라코바 부인은 또 선수를 치고서 한 손을 내저었다. "아니 당신이 무슨 말을 하시든 저는 미리 다 알고 있다니까요, 이미 말씀드렸잖아요. 얼마간의 돈이, 그러니까 3000이 필요하신 모양인데, 하지만 저는 당신에게 더 많은 돈을, 얼마든지 더 많은 돈을 드리고 당신을 구해 주겠어요, 드미트리 표도로비치, 하지만 우선은 제 말부터 잘 들으셔야 해요!"

그러자 미챠는 다시 자리에서 튕겨 일어났다.

"부인, 정말 선량하시군요!" 그는 굉장한 감정을 담아 소리쳤다. "맙소사, 저를 구해 주셨습니다. 한 인간이 횡사하지 않도록, 권총으로 자살해 버리지 않도록 구해 주시는군요, 부인…… 백골난망입니다……."

"그러니까 저는 당신에게 3000보다 더 많은 돈을, 얼마든지, 정말 얼마든지 더 많은 돈을 드리겠어요!" 호흘라코바 부인은 미챠가 기뻐 날뛰는 모습을 바라보면서, 빛나는 미소를 지으며 이렇게 소리쳤다.

"얼마든지라고요? 하지만 그렇게 많이는 필요 없습니다. 제게 꼭 필요한 건 그저 이 숙명과 같은 3000이고, 또 제 나름대로 부인에게 무한한 감사를 담아 그 금액에 해당하는 담보물도 가져왔으며, 고로, 부인에게 어떤 계획을 하나 제시하려고 하는데……."

"됐어요, 드미트리 표도로비치, 한번 말한 건 행동에 옮길 테니까요." 호흘라코바 부인은 자선가답게 순결하고 의기양양하게 굴면서 딱 잘라 말했다. "제 입으로 당신을 구해 주겠다고 약속했으니까 꼭 구해 드리겠어요. 저는 당신을 벨메소프[22]처럼 구해 주겠어요. 드미트리 표도로비치, 금광에 대해서 어떻게 생각하세요?"

"금광이라뇨, 부인! 저는 그런 건 꿈에도 생각해 본 적이 없

22) 앞서 언급한 벨메소바의 남편.

습니다."

"그러니까 제가 당신을 대신해서 생각해 봤던 거예요! 생각하고 또 생각했어요! 저는 벌써 한 달 내내 이 목적을 갖고서 당신을 예의 주시하고 있었어요. 당신이 제 곁을 지나갈 때면 백번도 더 당신을 뜯어보면서, 그래 저 사람이야말로 금광에 걸맞은 정력가이다, 하고 스스로에게 되뇌었답니다. 당신의 걸음걸이까지도 면밀히 연구한 결과, 이 사람은 수많은 금광을 발견할 거다, 하는 결정을 내린 거예요."

"걸음걸이로 말입니까, 부인?" 미챠가 미소를 지었다.

"그럼요, 걸음걸이를 봐도 알 수 있어요. 왜요, 걸음걸이로는 사람의 성격을 알 수 없을 것 같으세요, 드미트리 표도로비치? 자연과학에서도 이 문제에 관해선 동일한 얘기를 하고 있어요. 오, 나는 지금 리얼리스트예요, 드미트리 표도로비치. 저는 수도원에서 그런 사건이 일어나서 제 마음을 온통 뒤흔들어 놓은 오늘부로, 완전히 리얼리스트가 되어 실제적인 활동에 뛰어들고 싶어요. 저는 치유됐어요. 자, 이제 됐어요![23] 투르게네프의 말대로요."

"하지만 부인, 그 3000은, 그토록 관대하게 저에게 빌려 주시기로 약속하셨잖습니까……."

"설마 그 돈이 당신을 피해 가겠어요, 드미트리 표도로비치." 하고서 호흘라코바 부인이 즉각 말을 잘랐다. "이 3000은 어쨌거나 당신의 호주머니에 있을 거예요, 3000이 아니라 300만

---

23) 「됐다. 죽은 예술가의 수기 중에서」(1865)는 투르게네프의 소설.

은 될걸요, 드미트리 표도로비치, 그것도 아주 단시일 내에! 당신의 생각을 내가 이야기해 드리죠. 당신은 금광을 찾아내 수백만을 벌어서 돌아온 뒤 활동가가 되어 우리를 선한 길로 인도하실 거예요. 정녕 모든 것을 유대인들에게 갖다 바칠 순 없잖아요? 당신은 건물들을 짓고 다양한 회사를 설립할 거예요. 당신은 가난한 사람들을 돕고, 그들은 당신을 축복하겠지요. 지금은 철도 시대가 아닙니까, 드미트리 표도로비치. 당신은 곧 유명세를 타서 지금 재정부에 죽도록 필요한 약방의 감초가 될 거예요. 우리 루블화가 자꾸만 폭락해서, 저는 잠도 제대로 잘 수가 없어요, 드미트리 표도로비치, 이런 쪽으로 저를 알아주는 사람은 별로 없지만……."

"부인, 부인!" 드미트리 표도로비치는 어떤 불안한 예감을 느끼면서 말을 끊었다. "저는 부인의 충고를, 부인의 극히, 극히 현명한 충고를 따르겠습니다, 부인, 떠나도록 하지요, 거기로…… 저 금광을 찾아…… 그리고 이 이야기를 하러 다시 한 번 부인을 찾아오겠습니다…… 한 번이 뭡니까, 여러 번 찾아오도록 하죠…… 그건 그렇고 지금은 그 3000, 부인이 그토록 관대하게 약속하신……. 오, 그 돈만 있으면 저는 모든 굴레서 해방되는 겁니다, 특히 오늘 가능하다면……. 다시 말해서, 그러니까 저는 지금 시간이 없습니다, 단 한 시간도……."

"됐어요, 드미트리 표도로비치, 됐다니까요!" 호흘라코바 부인이 집요하게 말을 끊었다. "요컨대, 질문은 말이죠, 금광을 찾아가겠습니까, 아닙니까, 결심을 굳히셨나요, 아닌가요, 수학적으로 대답해 주세요."

"갑니다, 부인, 나중에요……. 부인이 원하시는 곳이라면 어디라도 가겠습니다, 부인…… 하지만 지금은……."

"잠깐만요!" 호흘라코바 부인은 이렇게 외친 뒤 벌떡 일어나서 무수한 서랍장이 달린 화려한 사무용 책상으로 달려가더니 뭔가를 찾느라 끔찍할 정도로 서두르면서 서랍을 일일이 꺼내 보기 시작했다.

'3000이라니!' 하고 미챠는 거의 까무러칠 지경이 되어 생각했다. '지금 그 돈을, 어떤 종잇장도 없이, 어떤 서식도 없이…… 오, 이거야말로 신사적인 일이다! 정말 대단한 여성이야, 다만 말이 저렇게 많은 게 탈이지만…….'

"여기 있군요!" 호흘라코바 부인이 미챠 쪽으로 다시 돌아오면서 기쁨에 차 탄성을 내질렀다. "이게 바로 내가 찾던 거예요!"

그것은 끈이 달린 자그마한 은제 성상으로서 이따금씩은 십자가와 함께 몸에 달고 다니는 것이었다.

"이건 키예프에서 온 거예요, 드미트리 표도로비치." 그녀가 경건한 어조로 말을 이어 갔다. "위대한 순교자 바르바라의 유해에서 나온 거죠. 제가 직접 당신의 목에 걸게 해 주세요, 이로써 당신의 새로운 삶과 새로운 위업들을 축복하겠어요."

그러고서 그녀는 정말로 그의 목에 성상을 걸어 주었고 그것을 바로잡기 시작했다. 미챠는 낭패가 이만저만이 아니었지만, 일단 상체를 앞으로 살짝 굽혀 그녀의 일을 편하게 해 주었고, 마침내 성상은 넥타이와 와이셔츠 깃을 거쳐 가슴팍 위에 드리워졌다.

"자 이제 떠나셔도 돼요!" 호흘라코바 부인은 의기양양하게 다시 자리에 앉으면서 말했다.

"부인, 정말 감동입니다…… 이렇게 호의를 보여 주시다니…… 어떻게 감사를 드려야 할지 모르겠습니다만, 하지만…… 저한테 지금 시간이 얼마나 금쪽같은지 제발 좀 알아주신다면……! 부인의 관대함만 믿고 이토록 기다리고 있는 그 돈은…… 오, 부인, 부인이 그토록 선량하시고 저를 감동의 도가니로 밀어 넣을 만큼 관대하시다면" 하고 미챠가 갑자기 영감에 차 소리를 질렀다. "부인에게 털어 놓도록 해 주십시오…… 어차피 부인도 이미 오래전부터 알고 계시겠지만 말입니다……. 저는 이곳의 한 존재를 사랑하고 있으며…… 저는 카챠를, 그러니까 카체리나 이바노브나를 배반했고…… 이게 제가 하고 싶은 말입니다. 오, 저는 그녀 앞에서 비인간적이고 불성실했지만, 여기서 다른 여인을…… 이미 모든 것을 다 알고 계신 이상 어쩌면 부인이 경멸할지도 모르는 한 여자를 사랑하게 됐는데, 하지만 저는 절대로 그녀를 버릴 수가 없습니다, 절대로, 그래서 지금 이 3000이……."

"모두 단념하세요, 드미트리 표도로비치!" 가장 단호한 어조로 호흘라코바 부인이 말을 가로막았다. "특히, 여자들은 정말 단념하라고요. 당신의 목적은 금광이고, 여자를 그런 곳에 데려갈 이유는 없어요. 나중에 부귀와 영화를 갖고 금의환향하면 제일가는 상류 사회에서 마음 맞는 애인을 찾게 될 테니까요. 지식이 풍부하고 편견은 없는 현대적인 아가씨를 말이죠. 그 무렵이면, 지금 대두된 여성 문제도 때마침 무르익을 것이고 신여성이 나타날 거예요……."

"부인, 그 얘기가, 그 얘기가 아니라……." 드미트리 표도로비치는 애원하면서 두 손을 맞잡다시피 했다.

"바로 그 얘기라니까요, 드미트리 표도로비치, 바로 이게 당신에게 필요한 것이며 또 당신이 부지불식간에 갈망하는 것이라고요. 저는 오늘날의 여성 문제에도 지대한 관심을 갖고 있답니다, 드미트리 표도로비치. 여성이 발전을 거듭하여 아주 가까운 미래에는 정치적 역할마저도 담당하는 것—바로 이것이 저의 이상이랍니다. 저도 딸을 가진 몸이니까요, 드미트리 표도로비치, 하지만 이런 쪽으로 저를 알아주는 일은 참 드물군요. 저는 이 문제로 작가이신 셰드린[24]에게 편지도 썼어요. 이 작가분은 저에게 여성의 소명에 대해 너무도 많은 것을, 너무도 많은 것을 가르쳐 주셨기 때문에, 작년에 그분에게 두 줄의 익명의 편지를 보냈던 거예요. '저의 작가 선생님, 현대의 여성을 대표하여 선생님께 포옹과 키스를 보냅니다, 건필을 부탁드리며.'라고요. 그러고는 '어머니'라고 서명했지요. '현대의 어머니'라고 서명하고 싶었지만 그냥 어머니라고 하기로 했어요. 이편이 정신적으로 더 아름답고, 드미트리 표도로비치, 더욱이 '현대의'라고 말하면 《현대인》[25]이 연상될 것 같아서요—가뜩이나 요즘의 검열 문제와 연관된 쓰라린 추억이 되살아날 테니까요……. 아이, 맙소사, 왜 그러세요?"

---

24) 러시아의 소설가로서 『어느 도시의 역사』, 『골로블료프가의 사람들』 등을 남겼다.

25) 1831년에 창간된 사회 정치적 경향이 짙은 문학잡지. 한때 셰드린이 편집에 관여했고, 도스토옙스키 형제의 잡지 『시대』와는 논쟁적 관계에 있었다.

"부인." 하고서 결국 미챠가 벌떡 일어났으며 그녀 앞에서 두 손바닥을 모으고 힘없이 애원했다. "정말 저를 울리실 작정이신지요, 그토록 관대하게 약속을 해 놓으시곤 이렇게 꾸물거리시면……."

"그럼, 좀 우세요, 드미트리 표도로비치, 좀 우셔도 되고말고요! 그것은 아름다운 감정으로서…… 당신 앞에는 그와 같이 멋진 길이 버티고 있으니까요! 눈물을 흘리다 보면 당신의 마음이 한결 가벼워질 것이고 그다음엔 돌아와서 기뻐하게 될 거예요. 저와 기쁨을 함께 나누기 위해 일부러라도 시베리아에서 저를 찾아오실 테죠……."

"하지만 잠깐만요." 하고 미챠는 갑자기 울부짖기 시작했다. "마지막으로 간청입니다만, 제발 좀 말씀해 주시지요, 부인이 약속하신 돈을 오늘 중으로 받을 수 있을지요? 만약 아니라면, 정확히 언제 그 돈을 받으러 오면 되겠습니까?"

"돈이라고요, 드미트리 표도로비치?"

"부인이 약속하신 3000…… 그토록 관대하게……."

"3000이라고요? 그건 루블을 말하는 건가요? 아니, 무슨 말씀이세요, 저한테 3000이 어디 있어요, 정말." 호흘라코바 부인은 어쩐지 태연스럽게 놀라는 기색을 보이며 이렇게 내뱉었다. 미챠는 어안이 벙벙해졌다…….

"아니, 어떻게 부인…… 지금 막…… 말씀하셨잖습니까…… 그 돈은 어쨌거나 지금 제 호주머니에 있는 거나 마찬가지라는 표현까지 쓰시면서……."

"어머나, 저런, 제 말을 잘못 이해하셨군요, 드미트리 표도로비치. 그렇게 생각하셨다면, 잘못 이해하신 거예요. 저는 금광 얘기를 했던 거예요……. 사실, 제가 당신에게 3000보다 더 많은 돈을, 얼마든지 더 많은 돈을 준다고 약속하긴 했죠, 이제야 모두 기억이 나긴 하지만, 그건 오직 금광을 염두에 두고 한 얘기인걸요."

"그럼, 돈은요? 3000은요?" 드미트리 표도로비치가 어처구니가 없다는 듯 소리쳤다.

"오, 저런, 당신이 돈이라는 의미로 받아들이셨다면, 저한텐 없어요. 지금 저한테는 돈이 전혀 없거든요, 드미트리 표도로비치, 게다가 때마침 지금 제 관리인들과 틀어져서 며칠 전에는 미우소프한테서 500루블을 빌렸을 정도예요. 그래요, 없어요, 가진 돈이라곤 한 푼도 없어요. 그리고 말이죠, 드미트리 표도로비치, 설사 저한테 돈이 있다고 하더라도, 당신한테는 안 빌려 줬을 거예요. 첫째, 저는 그 누구에게도 돈은 빌려주지 않아요. 돈을 빌려 주면 싸움이 일어나니까요. 하지만 당신, 당신에게라면 특히나 더 안 빌려 주겠어요, 당신을 사랑하는 마음에서 당신을 구해 주기 위해 안 빌려 주는 거예요, 암, 그렇고말고요, 당신에게 필요한 건 오직 하나, 바로 금광, 금광, 금광뿐이에요……!"

"에잇, 빌어먹을……!" 갑자기 미챠가 으르렁거리며 주먹으로 있는 힘껏 탁자를 내리쳤다.

"어머나!" 호흘라코바는 깜짝 놀라서 비명을 지르더니, 거실의 다른 쪽 끝까지 달아나 버렸다.

미챠는 침을 탁 뱉고는 빠른 걸음으로 방에서 나왔으며, 이어 집에서 나와 거리로, 어둠 속으로 나와 버렸다! 미친 사람처럼 걸어가면서 그는 자신의 가슴을 쳐 댔는데, 그곳은 이틀 전 저녁 어둠이 내린 길에서 알료샤와 마지막으로 만났을 때 알료샤 앞에서 그렇게 쳐 댔던 바로 그 자리였다. 자기 가슴의 그 자리를 때리는 것이 무엇을 의미했는지, 이로써 그가 무엇을 얘기하고자 했는지—이것은 일단은 세상의 그 누구도 몰랐고 그 당시로선 심지어 알료샤에게도 털어놓지 않은 비밀이었지만, 이 비밀 속에 그에게 있어 치욕 이상의 어떤 것이 감추어져 있었으니, 카체리나 이바노브나에게 갚아야 되는 저 3000을 구하지 못하면, 그러니까 자신의 가슴, '가슴의 바로 이 자리'에서 이 가슴이 담고 있는, 그의 양심을 이토록 짓누르는 치욕을 걷어 내지 못하면, 남는 건 파멸과 자살뿐이라고 결정했다. 왜 그런 것인지는 나중에 가면 독자들에게 전부 설명될 것이지만, 어쨌거나, 마지막 희망이 사라진 지금, 육체적으로 그토록 강인한 이 사람이 호흘라코바의 집에서 불과 몇 걸음을 떼 놓기가 무섭게 갑자기 어린아이처럼 펑펑 눈물을 쏟아 냈다. 그는 정신없이 걸어가면서 주먹으로 눈물을 훔쳤다. 그렇게 광장으로 나온 그는, 갑자기 온몸으로 뭔가에 탁 부딪친 것 같은 느낌이 들었다. 순간, 그로 인해서 하마터면 넘어질 뻔한 어떤 노파가 째질 듯 비명을 질렀다.

"맙소사, 사람 잡겠네그려! 눈은 어디다 두고 걷는 거야, 이 불한당 같은 놈아!"

"이런, 이건 그 할멈이 아니오?" 미차가 어둠 속에서 노파를 알아보고서 소리쳤다. 쿠지마 삼소노프의 시중을 들어 주는,

어제 미챠가 무척이나 눈여겨봐 두었던 바로 그 노파였던 것이다.

"나리는 누구시오, 그런데?" 노파는 이제 완전히 다른 목소리로 말했다. "어두워서 통 알아볼 수가 없군요."

"쿠지마 쿠지미치 댁에 사시죠, 그의 시중을 드시면서요?"

"그렇긴 한데, 나리, 지금 막 프로호르이치 댁에 다녀오는 길이라오……. 그건 그렇고 아무래도 나리가 누구신지 알아볼 수가 없는걸요?"

"그럼, 저어기, 할멈, 아그라페나 알렉산드로브나가 지금 당신 댁에 있소?" 미챠는 조바심이 나서 거의 미칠 지경이 되어 이렇게 말했다. "아까 내가 직접 바래다주고 왔는데."

"왔지요, 나리, 그러니까 다녀갔죠, 잠깐 앉아 있다가 떠났으니까요."

"뭐라고요? 떠났다고요?" 미챠가 소리쳤다. "언제 떠났소?"

"그러고 바로 떠났지요, 우리 집엔 한 일 분 앉아 있었나, 그랬어요. 쿠지마 쿠지미치한테 옛날 얘기 하나를 들려주고 그분을 실컷 웃겨 놓고는 냉큼 달아나 버렸으니까요."

"거짓말이야, 빌어먹을 년!" 미챠가 울부짖었다.

"아이구!" 노파가 이렇게 소리를 질렀지만, 미챠는 이미 쥐도 새도 모르게 그 자리를 떠 버렸다. 있는 힘껏 모로조바의 집을 향해 달려갔던 것이다. 그것은 그루셴카가 모크로예로 떠난 그 시각으로서, 그녀가 출발한 지 아직 십오 분도 지나지 않은 때였다. 페냐는 식모 일을 하는 할머니 마트료나와 함께 부엌에 앉아 있었는데, 갑자기 '대위'가 뛰어 들어왔다.

그를 보자, 페냐는 온 집이 떠나갈세라 큰 소리로 비명을 질렀다.

"비명은 왜 질러?" 미챠가 고함을 질러 댔다. "아씨는 어디에 있느냐?" 하지만 너무 무서워서 간이 콩알만 해진 페냐가 무슨 대답을 하기도 전에 그는 갑자기 그녀의 발을 향해 몸을 내던졌다.

"페냐, 제발 부탁이다, 우리 그리스도의 이름으로 말해 다오, 아씨는 어디 있는 거야?"

"나리, 아무것도 모릅니다, 드미트리 표도로비치 나리, 아무것도 몰라요, 정말 때려죽인다고 해도 몰라요." 페냐는 맹세하고 또 맹세했다. "아까 나리께서 몸소 아씨와 나가셨잖아요……."

"다시 돌아왔단 말이다……!"

"나리, 안 오셨어요, 하느님께 맹세코 안 오셨어요!"

"거짓말이야."라고 미챠가 소리쳤다. "네가 이렇게 무서워하는 꼴만 봐도 그년이 어디에 있는지 똑똑히 알겠다……!"

그러고서 그는 밖으로 내달렸다. 겁에 질린 페냐는 일이 이렇게 쉽게 마무리돼서 기쁘긴 했지만, 이건 그저 그에게 시간이 없었기 때문이라는 걸 아주 잘 이해했으니, 만약 안 그랬다면 그녀도 무사하진 못했을 것이다. 그런데, 미챠는 그 집을 떠나면서 어쨌거나 아주 예기치 못한 짓을 하나 저질러서 페냐와 마트료나 노파를 놀라게 했다. 그러니까 탁자 위에는 놋쇠로 된 절구가 놓여 있었고, 그 안에는 공이가, 크지 않은 놋쇠 공이가 들어 있었는데 고작해야 4분의 1 아르신 정도 되는 길이었다. 미챠는 달려 나가는 길에 벌써 한 손으로 문을 연

상태에서 다른 손으로 갑자기 절구에서 공이를 획 낚아채서 옆쪽 호주머니에 쑤셔 넣고는 그대로 싹 사라져 버렸다.

"아, 저런, 누굴 죽일 작정이야!" 페냐가 손바닥을 탁 쳤다.

4 어둠 속에서

그는 어디로 달려갔을까? 불 보듯 뻔한 일이다. '표도르 파블로비치의 집이 아니라면, 그년이 도대체 어디로 갔겠어? 삼소노프한테서 곧장 아버지한테로 달려간 거다, 이제야 분명해졌군. 모든 계략과 모든 기만이 이제야 만천하에 드러났다…….' 이런 생각들이 그의 머릿속을 회오리처럼 훑고 지나갔다. 마리야 콘드라치예브나 집에는 들르지도 않았다. '거긴 갈 필요도 없지, 없고말고……. 조금이라도 수상쩍다 싶으면…… 당장 나를 배반하고 일러바칠 테니까……. 마리야 콘드라치예브나도 음모에 동참한 게 분명해, 스메르쟈코프 놈도 마찬가지다, 다들 매수당한 거다!' 그에게는 또 다른 생각이 하나 떠올랐다. 그는 골목을 지나 표도르 파블로비치 집 주위를 따라 크게 한 바퀴를 빙 돌아서 드미트로프스카야 거리로 간 뒤, 거기서 다리를 건너 곧바로 집 뒤쪽에 있는, 사람이 살지 않는 텅 빈 외진 골목길에 당도했는데, 그 골목을 따라 한쪽으론 이웃집의 텃밭 울타리가, 또 다른 한쪽으론 표도르 파블로비치의 정원을 빙 둘러싸고 있는 높고 견고한 담장이 있었다. 여기서 그는 한 장소를 골랐는데, 그가 알고 있는 전설에 따르면, 리자베타 스메르자쉬야가 언젠가 표도르 파블로비치 집의 담장을 넘은 바로 그 지점인 듯했다. '그 여자도 넘어갈 수 있었다는데 내가 못 넘을 이유가 어디 있겠는가?'라는 생각이 왠지 그의 머릿속에서 아른거렸다. 그러고는 정말로 껑충 뛰어올라 단숨에 용케 담장의 꼭대기 면에 한 손을 걸친 다음 정력적으로 몸을 끌어 올려 단번에 담장 벽에 올라앉게 되었다. 그러니까 정원에는 여기서 가까운 곳에 목욕탕이 있었고, 담장 위에 있으니까 안채의 불이 밝혀진 창문들도 잘 보였다. '그럼, 그렇지, 영감의 침실에 불이 켜진 걸 보니, 저기 있는 거야!' 그는 담장에서 훌쩍 뛰어내려 정원으로 들어섰다. 그리고리는 아프고 어쩌면 스메르쟈코프도 정말로 아플지도 모르니까 자기가 내는 소리를 들을 수 있는 사람은 아무도 없다는 걸 알고 있었지만, 그럼에도 그는 본능적으로 한자리에 몸을 숨긴 채 가만히 숨죽이고서 엿듣기 시작했다. 하지만 사위는 죽음과 같은 침묵으로 가득했으니, 꼭 일부러 그런 것처럼 바람 한 점 불지 않는, 완전한 적막이 깔려 있었던 것이다.

"오직 고요함만이 속삭일 뿐"[26]이라는 시구가 왠지 그의 머릿속에서 아른거렸다. '아무도 담장 뛰어넘는 소리를 못 들었어야 되는데, 뭐 못 들은 것 같긴 하지만.' 그는 잠깐 서 있다가 살금살금 정원의 풀밭 위를 걸어갔다. 나무들과 관목 숲을 돌면서 걸음을 내디딜 때마다 몸을 숨기고 자기 발소리에 귀를 기울이며 오랫동안 걸었다. 오 분 정도 만에 그는 불 켜진

---

26) 푸시킨의 서사시 「루슬란과 류드밀라」(1820)의 다소 변형된 인용.

창문 앞에 다다랐다. 저기 바로 창문 아래에 몇 그루의 커다랗고 높고 무성한 접골목과 까마귀밥나무가 관목 숲을 이루고 있다는 것이 기억났다. 안채의 정면에서 왼편에 있는, 정원으로 통하는 출구는 잠겨 있었는데, 거기를 지나오면서 그것을 일부러 그리고 꼼꼼하게 봐 두었다. 마침내, 관목 숲에 다다랐고 그는 그 뒤로 몸을 숨겼다. 숨도 쉬지 않았다. '이제 때를 기다려야 한다.'라고 그가 생각했다. '만약 저쪽에서 지금 내 발소리를 듣고 귀를 기울여도 잘못 들은 걸로 알게끔…… 기침이나 재채기가 나오면 어쩌나…….'

그는 이 분 정도를 기다렸는데, 심장이 무섭도록 쾅쾅 뛰어서 순간순간 숨이 막힐 정도였다. '이런, 심장이 계속 쾅쾅 뛰는군.' 하고 생각했다. '이젠 더 이상 기다릴 수가 없겠어.' 그는 관목 숲 그늘 속에 서 있었다. 관목의 앞쪽 절반은 창문에서 나온 빛 때문에 환하게 밝았다. "까마귀밥나무, 저 열매들, 열매 색깔은 어쩜 이리도 빨갛지!" 영문도 모른 채 그가 이렇게 중얼거렸다. 들리지도 않을 만큼 조용히, 한 걸음 한 걸음을 떼 놓으면서 그는 창문 곁으로 다가가 까치발을 하고 섰다. 그의 눈앞으로 표도르 파블로비치의 침실 전체가 자기 손바닥 들여다보듯 훤히 펼쳐졌다. 그것은 그다지 크지 않은 방이었는데, 표도르 파블로비치의 말마따나 붉은색의 '중국식' 병풍으로 방 전체를 갈라놓았다. '중국식 병풍이라니.'라는 생각이 미챠의 머릿속을 언뜻 스쳐 지나갔다. '저 병풍 뒤에 그루셴카가 있는 거다.' 그는 표도르 파블로비치를 자세히 뜯어보기 시작했다. 아버지는 미챠가 아직 한 번도 본 적이 없는, 새 줄무

늬 실크 잠옷을 입고 허리에는 술이 달린 실크 띠를 매고 있었다. 잠옷 자락 밑으로 깨끗하고 멋스러운 속옷과 황금 소매 단추가 달린, 하늘거리는 네덜란드제 루바시카가 엿보였다. 표도르 파블로비치의 머리에는 알료샤가 본 예의 그 붉은 붕대가 동여매어져 있었다. '멋지게 빼입었군.' 하고 미챠가 생각했다. 표도르 파블로비치는 뭔가 생각에 잠긴 듯 창문 곁에 서 있다가, 갑자기 머리를 쳐들고 살짝 귀를 기울였지만 아무 소리도 들리지 않자 탁자 곁으로 다가가더니 술병에서 코냑 반 잔을 따라 마셨다. 그다음에는 가슴을 들썩이며 한숨을 크게 내쉬고 다시 잠깐 서 있다가 흐리멍덩한 태도로 벽 사이에 걸린 거울로 다가가더니 오른손으로 이마의 붉은 붕대를 약간 들어 올려 아직까지 사라지지 않은 자신의 멍과 부어오른 상처를 살펴보기 시작했다. '혼자 있는 거다.'라고 미챠는 생각했다. '아무리 봐도 혼자 있는 게 분명해.' 표도르 파블로비치는 거울에서 물러나 갑자기 창문 쪽으로 몸을 돌려 바깥을 내다보았다. 미챠는 냉큼 어두운 그늘 속으로 숨어 버렸다.

'그루셴카는 어쩌면 아버지의 병풍 뒤에서 벌써 자고 있는지도 몰라.' 이런 생각이 그의 마음을 콕 찔렀다. 표도르 파블로비치가 창문에서 물러났다. '창문 밖을 내다본 건 그녀가 있나 없나를 살피기 위해서였어, 다시 말해, 그녀는 없다는 거야. 그렇지 않고서야 괜히 왜 어둠 속을 살펴봤겠어……? 초조해서 죽을 지경인 거야…….' 미챠는 즉각 뛰어올라 다시 창문을 바라보기 시작했다. 노인은 이미 탁자 앞에 앉아 있었는데, 서글퍼하는 기색이 역력했다. 마침내 팔꿈치를 괴더니 오른쪽 손바닥을 뺨에 갖다 댔다. 미챠는 탐욕스럽게 들여다보았다.

"혼자다, 혼자야!" 그는 다시 되뇌었다. "만약 그루셴카가 여기 있다면, 아버지의 얼굴이 좀 달랐겠지." 그런데 이상한 일이었다. 그녀가 여기 없다는 사실에, 갑자기 그의 마음속에서는 왠지 터무니없고 기묘한 신경질이 끓어올랐다. '그녀가 여기 없기 때문이 아니다.'라는 생각을 해 보고서 미챠는 당장 스스로에게 이런 답을 내렸다. '그녀가 여기 있는지 아닌지를 도무지 정확하게 알아낼 수 없기 때문이다.' 미챠가 훗날 기억을 더듬은 바에 의하면, 이 순간 그의 정신은 비상할 정도로 또렷하여 모든 것을 아주 세세한 것까지 따져 보고 그 각각의 특성을 포착할 수 있을 정도였다. 하지만 그의 마음속에서는 우수가, 뭔가를 또렷이 알 수 없고 뭔가를 확실히 결정할 수 없는 것에서 비롯되는 우수가 거침없이 빠른 속도로 커져만 갔다. '여기 있는 걸까, 아니면, 결국 없는 걸까?' 이런 의문 때문에 그의 마음은 악의로 끓어올랐다. 그러다가 그는 갑자기 결단을 내리고서, 한 손을 뻗어 창틀을 살포시 두들겨 봤다. 영감과 스메르쟈코프 사이에 정해진 신호 그대로 두드린 것이다. 그러니까 처음 두 번은 조용하게, 나중에 세 번은 좀 더 빨리, 툭툭툭. 이건 '그루셴카가 왔다.'라는 의미의 신호였다. 노인은 몸을 부르르 떨면서 고개를 쳐들더니 재빨리 벌떡 일어나 창가로 달려왔다. 미챠는 냉큼 그늘로 몸을 숨겼다. 표도르 파블로비치는 창문을 열고 고개를 밖으로 쑥 내밀었다.

"그루셴카, 너냐? 네가 온 거냐, 응?" 그는 어쩐지 떨리는 목소리로 반쯤 속삭이듯 말했다. "어디 있니, 얘야, 어디 있느냐,

요 아기 천사야?" 어찌나 흥분을 했는지, 노인은 숨마저 헐떡였다.

'혼자다!' 미챠는 단정 지었다.

"도대체 어디 있는 거냐?" 노인이 다시 소리쳤고, 어깨마저 드러날 정도로 고개를 점점 더 쑥 내밀고는 좌우, 아니 사방팔방을 둘러보았다. "자, 이리 오렴, 내가 널 주려고 선물도 준비해 놨단다, 이리 오면 보여 주마……!"

'저건 3000이 들어 있다는 돈 봉투 얘기구나.' 미챠의 머릿속에선 이런 생각이 번득였다.

"도대체 어디에 있는 거냐……? 혹시 문 옆에 있는 거냐? 지금 당장 열어 주마……."

그러면서 노인은 거의 온몸을 창밖으로 내밀다시피 하여, 정원으로 통하는 문이 있는 오른쪽을 들여다보면서 어둠 속에서 그녀의 모습을 분간해 내려고 애썼다. 일 초만 더 있었더라도 그는 그루셴카의 대답을 듣기도 전에 기필코 문을 열기 위해 달려왔을 것이다. 미챠는 옆에서 지켜보면서 꿈쩍도 않고 있었다. 욕지기가 치밀 만큼 혐오스러운 영감의 옆얼굴, 축 늘어진 목살, 달콤한 기대감에 가득 차서 미소를 흘리는 입술, 저 매부리코, 이 모든 것이 방의 왼쪽에서 비스듬하게 새어 나오는 램프 불빛을 받아 환하게 보였다. 무섭고도 광포한 악의가 갑자기 미챠의 마음속에서 들끓었다. '바로 저놈이다, 나의 연적, 나를 괴롭히는 놈, 내 인생을 괴롭히는 놈!' 이렇게 가장 느닷없고 복수에 가득 찬 광포한 악의가 터져 나왔으니, 이건 나흘 전 알료샤와 대화를 나눌 때 "아버지를 죽인다니,

형, 어떻게 그런 말을 할 수가 있어요?"라는 알료샤의 물음에 대한 대답으로 알료샤에게 말해 주면서 예감했던 바로 그 악의였다.

"나도 모르겠다, 모르겠어." 그때 그는 이렇게 말했다. "죽이지 않을지도 몰라, 아니, 죽일지도 몰라. 무서운 건 말이야, 갑자기 저 결정적인 순간에 아버지의 얼굴이 내 눈에 증오스러워지지나 않을까, 하는 거야. 아버지의 목살, 아버지의 코, 아버지의 눈, 아버지의 파렴치하기 짝이 없는 냉소가 증오스러워. 그 인간 자체가 딱 싫어지는 거야. 내가 무서운 건 바로 이거야, 도저히 참을 수 없을까 봐……."

저 인간 자체가 딱 싫어지는 느낌은 참을 수 없을 정도로 커졌다. 미챠는 이미 제정신이 아닌 상태에서 갑자기 놋쇠 공이를 호주머니에서 꺼냈다…….

* * *

훗날 미챠는 직접 말했다. "하느님께서 그때 이 몸을 지켜 주셨다." 그 시각 병상에 누워 있던 병든 그리고리 바실리예비치가 때마침 잠에서 깨어난 것이다. 바로 이날 저녁 무렵 그는 스메르쟈코프가 이반 표도로비치에게 이야기해 준, 익히 알려진 치료를 시행했는데, 다시 말해서 부인의 도움으로 어떤 비밀스러운 아주 독한 즙이 들어간 보드카로 온몸을 문지른 다음, 나머지는 부인이 읊어 주는 '어떤 기도'까지 곁들여 들이마시고 잠자리에 들었던 것이다. 마르파 이그나치예브나도 함께 맛을 보았는데, 원래 술을 못 마시는 사람이었기 때문에 남편 곁에서 죽은 듯 잠들어 버렸다. 하지만 정말 뜻밖에도 그리고리가 한밤중에 갑자기 잠에서 깨어났으니, 그는 잠깐 생각을 정리한 뒤 그 즉시 다시금 허리가 타는 듯 아팠지만 침대에 일어나 앉았다. 그다음에는 다시금 뭔가가 짚이는 게 있어서, 일어나 서둘러 옷을 입었다. 어쩌면 '이토록 위험한 시간에' 집 지키는 사람도 없는데 잠이나 잤다는 양심의 가책이 들었는지도 모른다. 발작으로 인해 만신창이가 된 스메르쟈코프는 다른 방에서 미동도 없이 누워 있었다. 마르파 이그나치예브나 역시 꿈쩍도 하지 않았다. '여편네가 허약해진 거야.' 그녀를 바라보며 이렇게 생각한 뒤, 그리고리 바실리예비치는 끙끙대면서 현관 층계참으로 나갔다. 물론, 허리와 오른쪽 다리가 참을 수 없이 아파서 제대로 걸을 수가 없었기 때문에 그저 층계참에서 살펴보기만 할 작정이었다. 하지만 때마침 갑자기, 어제 저녁부터 정원으로 통하는 쪽문에 자물쇠를 채우지 않고 열어 뒀다는 것이 기억났다. 이자는 아주 꼼꼼하고 정확한 사람, 한번 굳어진 질서와 수많은 세월 동안의 습관을 준수하는 사람이었다. 통증이 심해서 몸을 비틀고 다리를 절면서도 그는 층계참에서 내려가 정원으로 향했다. 아니나 다를까, 쪽문은 완전히 활짝 열려 있었다. 기계적으로 그는 정원으로 발을 내딛었다. 어쩌면, 무슨 생각이 들었을 수도, 어떤 소리를 들었을 수도 있는 노릇이다. 하지만 어쨌거나 왼쪽을 보니 주인 나리 방의 창문이 활짝 열려 있었는데, 그 창문으로 밖을 내다보는 사람 없이 휑뎅그렁했다. '아니, 창문이 왜 열려 있을까, 여름도 아닌데!' 그리고리가 이렇게 생각한 바로 그 순간, 갑자기 때마침, 바로 그의 눈앞, 정원에서 뭔가 예사롭지 않은 것이 획 어른거렸다. 그에게서 사십 보쯤 떨어진 곳, 어둠 속을 사람이 달려가는 것 같았는데, 꼭 무슨 그림자가 아주 빨리 움직이는 것 같았다. '맙소사!' 그리고리는 이렇게 말한 뒤 허리가 아픈 것도 잊고 도망자를 앞지르기 위해 앞뒤를 잃고 돌진했다. 그는 지름길을 택했는데, 보아하니 정원 지리에 대해서는 도망자보다도 그가 더 밝은 듯했다. 상대방은 목욕탕 쪽으로 방향을 잡고 가다가 목욕탕 뒤로 달려간 뒤 벽 쪽으로 돌진한 것이다……. 그리고리는 그를 시야에서 놓치지 않으면서 앞뒤를 잃고 마구 달리면서 추적했다. 그리하여 도망자가 이미 담장을 넘기 시작한 바로 그 순간에 딱 맞추어 담장 앞에 도달했다. 거의 정신이 나간 상태에서 그리고리는 고함을 질러 댔고 상대에게 달려들어 두 손으로 한쪽 발을 붙잡았다.

아니나 다를까, 그의 예감은 적중했다. 상대의 정체를 확인했으니, 그건 그놈, '저 불한당 같은 놈, 제 아비를 죽일 놈'이었던 것이다!

"이런, 제 아비를 죽일 놈!" 노인은 온 동네가 떠나갈세라 소리쳤지만, 그가 외칠 수 있는 건 오직 이 말뿐이었다. 그는 갑자기 벼락이라도 맞은 양 꼬꾸라져 버렸다. 미챠는 다시 정원 아래로 뛰어내려 쓰러진 자 위로 몸을 굽혔다. 미챠의 손에는 놋쇠 공이가 들려 있었는데, 그는 그것을 기계적으로 풀밭에 던져 버렸다. 공이는 그리고리가 있는 곳에서 두 발자국 떨어진 지점에 떨어졌지만, 하필이면 풀밭이 아니라 오솔길, 그것도 가장 잘 보이는 장소였다. 그는 몇 초간 자기 앞에 누워 있는 자를 살펴보았다. 노인의 머리는 온통 피투성이였다. 미챠는 한 손을 뻗어 그 머리를 만져 보기 시작했다. 그는 훗날, 자신이 그 순간에 노인의 두개골을 박살 낸 건지 아니면 그저 공이로 정수리를 때려 '한 방 먹였을' 뿐인지를 '완전히 확인'하고 싶어 미칠 지경이었음을 분명하게 기억했다. 그나저나 피가 흘러내려, 그것도 무자비하게 흘러내려 미챠의 손가락은 어느새 뜨거운 핏줄기로 젖어 버렸다. 그는 호흘라코바 집에 갈 때 챙겼던 하얀 새 손수건을 호주머니에서 꺼내 노인의 머리에 갖다 댄 뒤 이마와 얼굴에서 나오는 피를 닦아 내려고 부질없이 무진장 애를 썼던 것을 기억했다. 하지만 손수건도 금세 피에 흠뻑 젖어 버렸다. '맙소사, 어쩌자고 이런 짓거리를 하고 있는 걸까?' 미챠는 갑자기 정신이 번쩍 들었다. "어차피 박살을 냈다고 해도, 지금 정확히 확인을 할 수도 없는 노릇인걸……. 이제 와서는 이러나저러나 매한가지가 아닌가!" 그는 갑자기 절망적으로 이렇게 덧붙였다. "사람을 죽인 거면 뭐 그래 죽인 거다……. 하필 노인이 걸려들다니, 이렇게 누워 있으랄밖에!" 그는 큰 소리로 이렇게 말한 뒤 갑자기 담장을 넘어 골목길로 뛰어내린 뒤 쏜살같이 줄행랑을 쳤다. 오른쪽 주먹에 마구 구겨진 채 쥐여져 있던, 피에 흠뻑 젖은 손수건을 그는 달려가는 도중에 프록코트 뒷주머니에 쑤셔 넣었다. 그는 쏜살같이 달렸는데, 어두운 도시의 거리에서 그와 마주친 몇 안 되는 행인들은 훗날 이날 밤 미친 듯 질주하는 사람을 보았음을 기억해 냈다. 다시금 미챠는 모로조바의 집으로 달려가고 있었던 것이다. 아까 페냐는 미챠가 떠나자마자 수위장 나자르 이바노비치한테 달려가서 "제발 오늘도 내일도 절대 그 대위님을 들여보내지 말라."라고 애원했다. 나자르 이바노비치는 자초지종을 듣고 그러겠다고 했지만, 하필 무슨 조화인지, 느닷없이 주인마님의 부름을 받아 자리를 비우게 되었는데, 주인마님한테 가는 길에 기껏해야 얼마 전 시골에서 올라온 스무 살쯤 된 청년인 자신의 조카를 만나는 바람에 그에게 대문을 지키라고 명령했지만, 대위 얘기를 하는 것을 그만 깜박해 버렸다. 이런 상황에서, 미챠는 대문 앞까지 다다랐고 문을 두드렸다. 청년은 그가 누구인지를 금방 알아보았다. 미챠가 그에게 차나 마시라면서 돈을 준 게 한두 번이 아니었던 것이다. 즉시 문을 열고 미챠를 안으로 들이면서 청년은 즐겁게 웃기까지 하며 "그런데 아그라페나 알렉산드로브나는 지금 집에 안 계십니다요."라고 서둘러서 미리 언질을 주었다.

"그럼 아씨는 어디에 있느냐, 프로호르?" 갑자기 미챠가 걸음을 멈추었다.

"조금 전에 떠났습죠, 두 시간쯤 전에 치모페이와 함께 모크로예로요."

"뭣 하러?" 미챠가 소리쳤다.

"그거야 알 수가 있습니까요, 무슨 장교라고 하던데요, 누가 아씨를 그리로 불렀고 말까지 보내왔는데……."

미챠는 그를 내버려 두고 반쯤 실성한 사람처럼 페냐한테로 뛰어 들어갔다.

5 갑작스러운 결정

페냐는 부엌에 할머니와 함께 앉아 있었고, 둘 다 잠자리에 들 채비를 하고 있었다. 나자르 이바노비치만 믿고서 이번에도 안쪽에서는 문도 잠그지 않은 상태였다. 미챠는 안으로 뛰어 들어가자마자 페냐에게 덤벼들어 멱살을 움켜쥐었다.

"냉큼 말하지 못할까, 그년은 어디에 있어, 지금 모크로예에 같이 있는 작자는 누구야?" 그는 미친 듯 흥분하여 고함을 질러 댔다.

두 여인은 째질 듯한 소리로 비명을 질렀다.

"아이고, 말씀드릴게요, 아이고, 드미트리 표도로비치 나리, 지금 모두 다 말씀드릴게요, 아무것도 안 숨기고요." 죽도록 겁에 질린 페냐가 빠른 말투로 소리쳤다. "아씨는 장교님을 만나러 모크로예에 갔어요."

"장교라니?" 미챠가 고함을 질렀다.

"옛날 그 장교님, 그러니까 오 년 전 그분, 아씨를 버리고 떠나 버린 옛 사람한테로." 하고 페냐는 역시나 빠른 말투로 말을 늘어놓았다.

드미트리 표도로비치는 그녀의 목을 움켜쥐고 있던 두 손을 풀었다. 그는 페냐 앞에 죽은 사람처럼 창백한 얼굴로 할 말을 잃고 서 있었지만, 그의 눈을 보면 단번에 모든 것을 이해했음을, 페냐가 말을 꺼내자마자 곧 모든 것을, 그야말로 모든 것을 속속들이 단번에 이해했고 또 모든 것을 알아챘음을 알 수 있었다. 물론 이 순간, 가엾은 페냐는 그가 이해했는지 어떤지를 살피고 있을 처지가 아니었다. 그녀는 그가 뛰어 들어왔을 때나 지금이나 궤짝 위에 앉아 온몸을 벌벌 떨며 꼭 자기 몸을 지키겠다는 듯 두 손을 앞으로 내민 채, 그 상태 그대로 얼어붙은 듯했다. 그러곤 너무 무섭고 깜짝 놀라서 커다래진 눈동자를 하고 꼼짝도 않고 그를 응시했다. 그러고 보니 상대방의 두 손이 온통 피투성이였던 것이다. 달려오는 도중에 그는 필경 그 손으로 얼굴의 땀을 닦아 내느라 이마를 만졌을 터이니, 이마도 오른쪽 뺨도 붉은 핏자국으로 더럽혀져 있었다. 페냐는 당장 히스테리 발작이라도 일으킬 것 같았고, 늙은 식모는 벌떡 일어나서 거의 이성을 잃은 미친 사람처럼 바라만 보고 있었다. 드미트리 표도로비치는 일 분 가량 그렇게 서 있다가 갑자기 기계적으로 페냐 옆 의자에 주저앉았다.

앉긴 했지만 무슨 생각을 정리하는 것이 아니라 꼭 소스라치게 놀란 나머지 어안이 벙벙해진 것 같았다. 하지만 모든 것이 대낮처럼 환했다. 이 장교라면 그는 물론 알고 있었고, 그것도 당사자인 그루셴카한테서 직접 들어서 모든 것을 아주 잘 알고 있었으니, 한 달 전 그가 편지를 보내왔다는 것을 알고 있었던 것이다. 다시 말해, 한 달, 꼬박 한 달 내내 이 일은 이 새로운 사람이 지금 도착하기 직전까지 자기 몰래 극비리에 진행되었던 것인데, 그는 이 사람을 숫제 꿈에도 생각하지 못했던 것이다! 하지만 어떻게, 어떻게 이렇게까지 생각도 하지 않고 있을 수 있었단 말인가? 왜 그때 이 장교 일을 까맣게 잊었을까, 왜 그에 대한 얘기를 듣자마자 곧장 잊어버렸을까? 바로 이것이 무슨 괴물처럼 그의 앞에 떡 버티고 선 질문이었다. 그러자 그는 이 괴물을 그야말로 경악에 차서 관조했으며 너무 경악한 나머지 온몸이 오싹해졌다.

하지만 갑자기 그는 조용하고 온순하게, 조용하고 상냥한 어린아이처럼 페냐에게 말을 걸었는데, 조금 전에 그녀를 죽도록 놀래고 모욕하고 괴롭혔다는 건 까맣게 잊은 것 같았다. 그는 갑자기, 지금 그가 처한 상황에는 어울리지 않을 만큼, 굉장히 놀라울 정도로 꼼꼼하게 페냐에게 이것저것 캐묻기 시작했다. 페냐는 그의 피투성이 손을 의아하게 바라보긴 했지만, 그 못지않게 놀랄 만큼 담담한 어조로, 흡사 그에게 '그야말로 진실'을 모조리 털어놓기 위해 안달이라도 난 듯 그가 던지는 질문 하나하나에 허겁지겁 대답하기 시작했다. 시나브로 어떤 기쁨마저 느껴 가며 그녀는 모든 일들을 세세하게 늘어놓기 시작했는데, 이는 그를 괴롭히고 싶어서가 절대 아니고 오히려 성심성의껏 서둘러 그의 마음을 편하게 해 주고 싶었기 때문이었다. 그리하여, 오늘 하루 동안 일어난 일을 하나도 빼놓지 않고 속속들이 얘기해 주었으니, 라키친과 알료샤가 찾아왔던 일, 그녀, 즉 페냐가 망을 본 일, 아씨가 떠난 일, 아씨가 창문에서 알료샤를 향해 그, 즉 미첸카에게 고개 숙여 안부를 전한다고, "딱 한 시간 그를 사랑해 준 것을 영원히 기억하라고 해 주세요."라고 외친 일 등이었다. 안부라는 말을 듣고서 미챠는 갑자기 씩 웃었는데, 그의 창백한 뺨이 발갛게 상기되었다. 페냐는 그 순간 이렇게 꼬치꼬치 캐물어도 더 이상 손톱만큼도 무섭지 않았는지, 그에게 이렇게 말했다.

"어쩜, 드미트리 표도로비치, 나리의 손이 온통 피투성이군요!"

"그래." 미챠는 기계적으로 대답한 뒤 멍하게 자신의 손을 들여다보더니 곧 그 손도, 페냐의 질문도 잊어버렸다. 그러곤 다시 침묵에 빠졌다. 그가 여기로 달려온 지 벌써 이십여 분은 지났다. 아까의 경악은 사라졌지만, 이미 어떤 새로운 불굴의 결의가 완전히 그를 장악한 듯했다. 그는 갑자기 자리에서 일어나 생각에 잠긴 듯한 미소를 지었다.

"나리, 도대체 무슨 일이 있었던 거예요?" 페냐가 다시금 그의 손을 가리키며 말했는데, 그 말 속에는 꼭 지금은 자기가 그의 슬픔을 가장 잘 이해해 줄 수 있는 가까운 존재라도 되는 듯 동정이 담겨 있었다.

미챠는 다시 자기 손을 내려다보았다.

"이건 피야, 페냐." 이렇게 말하면서 그는 이상한 표정을 지으며 그녀를 바라보았다. "이건 사람의 피야, 맙소사, 어쩌자고 이렇게 피가 흘렀을까……! 하지만…… 페냐…… 여기 담장이 하나 있는데(그는 수수께끼를 내듯 그녀를 바라보았다.) 딱 보기에도 무서울 만큼 높은 담장인데, 하지만…… 내일 새벽녘에 '태양이 솟아오를' 때면 미첸카는 이 담장을 뛰어넘을 거야……. 무슨 담장인지 모르겠지, 페냐, 뭐 아무것도 아냐…… 아무렴 어때, 내일이면 소문을 듣고 다 알게 될걸…… 어쨌거나 지금은 영원히 안녕이다! 방해가 되지 않도록 곱게 물러나 주지, 물러날 줄은 아니까. 잘 살아라, 나의 기쁨이여…… 나를 딱 한 시간 사랑했으니 그걸로 미첸카 카라마조프를 영원토록 기억하라……. 어쨌거나 그녀는 나를 미첸카라고 불렀어,

너도 기억하지?"

이 말을 하면서 그는 갑자기 부엌에서 나갔다. 페냐는 그가 조금 전에 달려 들어와 자기에게 덤벼들었을 때보다 이렇게 획 떠나는 것이 거의 더 놀랍기까지 했다.

정확히 십 분 뒤 드미트리 표도로비치는 표트르 일리치 페르호친, 즉 아까 돈을 빌리려고 권총을 맡겼던 젊은 관리의 집에 들어섰다. 벌써 8시 반이었고, 표트르 일리치는 집에서 흡족히 차를 마신 뒤, 술집 '수도'에 가서 당구나 칠까 싶어 이제 막 다시 프록코트를 걸친 참이었다. 미챠는 막 나가려는 그를 붙잡은 것이다. 상대방은 미챠를, 피범벅이 된 그의 얼굴을 보고서 소리를 질렀다.

"맙소사! 아니, 어찌 된 일이십니까?"

"여기" 하고 미챠가 빨리 말했다. "내 권총을 찾으러 왔습니다, 돈도 가져왔고요. 감사합니다. 바빠서 그러니까, 표트르 일리치, 부디 서둘러 주십시오."

표트르 일리치는 점점 더 놀라워했다. 미챠의 손에 돈다발이 들린 걸 갑자기 본 것인데, 돈다발을 이렇게 들고 다니거나 이런 상태로 남의 집을 들어오는 법은 없건만, 무엇보다도, 미챠는 돈다발을 든 채로 안으로 들어온 것이다. 그것도 모든 지폐를 오른손에 든 채 꼭 과시라도 하듯 손을 앞으로 쑥 내민 상태였다. 미챠를 현관에서 맞이한, 관리의 시중을 드는 아이는 현관으로 들어설 때도 바로 이렇게 돈을 손에 들고 있었노라고 나중에 말해 주었는데, 그러고 보면 길거리에서도 줄곧 이렇게 돈을 오른손에 들고 앞으로 쑥 내민 상태로 걸어왔을 것이다. 지폐는 전부 무지갯빛의 100루블짜리였고 그것을 그는 피 묻은 손가락으로 붙잡고 있었다. 나중에 뒤늦게 흥미를 갖고서 "돈이 얼마나 되었나?"라고 묻는 사람들에게 표트르 일리치는 그때 눈짐작으로 정확히 알 수는 없었지만 대략 2000, 어쩌면 3000은 되었고 여하튼 커다랗고 '두툼한' 돈뭉치였다고 대답했다. 한편, 당사자인 드미트리 표도로비치는, 역시나 훗날 그가 증언한 바에 따르면, '왠지 완전히 정신이 나간 상태였고 술에 취한 것도 아니었건만 꼭 무슨 황홀경에 빠진 양 아주 멍하기도 하면서 동시에 뭔가에 아주 집중하고 있는 듯했으니, 즉 뭔가를 곰곰 생각하며 붙잡으려고 하지만 도무지 결정을 내릴 수 없는 것과 같은 상태였다. 마음이 몹시 급했기 때문에 묻는 말에는 무뚝뚝하고 아주 이상하게 대답했지만, 이따금씩은 괴롭기는커녕 오히려 즐거운 기분인 것 같았다.'

"아니, 지금 대체 어찌 된 일입니까?" 표트르 일리치는 손님을 의아스럽다는 시선으로 뜯어보면서 다시 소리쳤다. "아니 어쩌다가 이렇게 피투성이가 됐습니까, 넘어지셨습니까, 좀 보십시오!"

그는 상대방의 팔꿈치를 붙잡아 거울 앞에 세웠다. 미챠는 피범벅이 된 자신의 얼굴을 보고서 몸을 부르르 떨더니 성난 듯 인상을 썼다.

"에이, 빌어먹을! 이러고도 모자란단 말인가." 그는 악을 쓰며 이렇게 중얼거린 뒤 지폐를 오른손에서 왼손으로 옮기고 경련이라도 난 듯 파르르 떨면서 호주머니에서 손수건을 꺼냈다. 하지만 손수건도 온통 피투성이였다.(바로 이 손수건으로 그리고리의 머리와 얼굴을 닦았기 때문이다.) 하얀 부분이라곤 거의 어느 한 군데도 없었고, 바싹 마른 정도가 아니라 어쩐지 딱딱하게 굳어져서 아예 펴질 생각을 안 했다. 미챠는 악을 쓰며 그것을 마룻바닥에다 내동댕이쳤다.

"에이, 빌어먹을! 무슨 걸레 같은 것 좀 없습니까…… 좀 닦았으면 싶은데……."

"그럼, 그냥 피가 묻은 겁니까, 어디 다친 게 아니라? 그렇다면 차라리 씻으시죠." 표트르 일리치가 대답했다. "여기 세숫대야가 있으니, 갖다 드리죠."

"세숫대야라고요? 그거 좋군요. 다만 이것을 도대체 어디다 치운다죠?" 이상할 정도로 어찌할 바를 모르겠다는 듯, 질문을 던지듯 표트르 일리치를 바라보며 100루블짜리 돈뭉치를 가리켰는데, 꼭 자기 돈을 어디다 치워야 될지를 상대방이 결정해 주어야 된다는 투였다.

"호주머니에 넣든지 아니면 여기 탁자에 두시죠, 없어지진 않을 테니까요."

"호주머니요? 그래요, 호주머니가 있었군. 그거 좋군요. 아니요, 그러니까, 이건 전부 허튼수작입니다!" 그가 갑자기 멍한 상태에서 벗어난 듯 소리쳤다. "그러니까, 우리 우선 이 일부터 매듭지읍시다, 권총 말입니다, 당신은 저에게 권총들을 돌려주시고, 자, 여기 당신의 돈입니다…… 왜냐하면 그게 저한테 아주, 아주 필요하거든요…… 게다가 시간이, 시간이 단 일 초도 없어서……."

그러고는 돈뭉치에서 맨 위에 있는 100루블짜리를 꺼내 관리에게 내밀었다.

"하지만 거스름돈이 없을 텐데요." 상대방이 지적했다. "잔돈은 없습니까?"

"없습니다." 미챠가 다시 돈뭉치를 바라보며 말한 뒤, 자신의 말이 미덥지 못하다는 듯 손가락으로 지폐 두세 장을 더 들추어 보았다. "없어요, 다 이렇군요." 이렇게 덧붙인 뒤 그는 다시 질문을 던지듯 표트르 일리치를 바라봤다.

"아니, 어떻게 이렇게 부자가 됐습니까?" 상대방이 물었다. "잠깐만요, 내가 부리는 아이를 플로트니코프 상점에 보내도록 하죠. 그 집은 문을 늦게 닫으니까, 잔돈으로 바꿔 줄지도 모르겠군요. 에이, 미샤!" 그는 현관 쪽으로 소리쳤다.

"플로트니코프 상점에 간다니, 거참 멋진 일이군!" 미챠도 언뜻 무슨 생각이 난 듯 소리쳤다. "미샤." 그는 방으로 들어온 소년 쪽으로 몸을 돌렸다. "이봐, 플로트니코프한테 달려가서, 드미트리 표도로비치가 안부를 전하더라고 하고 내가 직접 지금 그리로 갈 거라고 말해 주렴……. 또 들어 보렴. 내가 도착할 때까지 샴페인을 한 세 상자쯤 준비해서 예전에 모크로예에 갔을 때처럼 챙겨 놓으라고 해 주렴. 그때 나는 그쪽에서 네 상자를 가져갔답니다." 그는 갑자기 표트르 일리치를 보며 말했다. "그 집 사람들이 다 알아서 할 테니까 걱정은 말고, 미샤." 그는 다시 소년에게로 몸을 돌렸다. "또, 치즈, 스트라스부르 피로그,[27] 훈제 연어, 햄, 상어 알, 뭐 그러니까 그 집에 있

---

27) 속에 다양한 재료를 넣은 파이 혹은 커다란 만두 모양의 음식.

는 거라면 전부, 전부 다 준비해 놓으라고 해, 예전과 마찬가지로 100루블이나 120루블어치쯤……. 그래, 또 있군, 선물거리도 잊지 말라고 해 줘, 사탕, 배, 수박 두세 통, 아니면 네 통—아니야, 수박은 하나면 충분하겠군, 초콜릿, 드롭스, 과일 드롭스, 캐러멜—뭐 그러니까 그때 모크로예에 갈 때 실어 준 것들을 전부 다 챙겨 놓으라고 해, 샴페인도 300루블어치쯤……. 이번에도 그때와 똑같이 하면 되는 거라고 해. 잘 기억할 수 있겠지, 미샤라면 말이야……. 참, 얘 이름이 미샤라고 했죠?" 그는 다시 표트르 일리치를 향해 말했다.

"잠깐만요." 하고 표트르 일리치가 불안스럽게 그를 살펴보며 그의 말을 듣고 있다가 말을 가로막았다. "차라리 직접 가서 말씀하시지요, 저 애가 주문을 잘못할 수도 있잖습니까."

"그렇군요, 잘못 주문할 게 뻔하군요! 에이, 미샤, 이 심부름을 잘해 주면 너한테 키스를 하려고 했다만……. 주문을 잘못하지 않으면, 10루블을 줄 테니, 얼른 뛰어갔다 오거라……. 샴페인, 무엇보다도 샴페인을 잊지 말고 코냑도, 붉은 것, 흰 것으로 준비시켜, 모든 것을 그때와 똑같이……. 그때처럼이라고 하면 그 집에서 다 알아서 해 줄 거야."

"제발 사람 말 좀 들어 보십시오!" 표트르 일리치는 더 이상 참지 못하고 말을 가로막았다. "제 말은 그러니까, 애는 그냥 달려가서 잔돈이나 바꾸고 가게 문이나 닫지 말라고 전하면 되고, 당신이 직접 가셔서 직접 말씀하시라고요……. 그 지폐를 이리 줘 보십시오. 냉큼 갔다 오렴, 미샤, 자 눈썹이 날리게 빨리!" 표트르 일리치는 일부러 빨리 미샤를 내쫓은 것 같았는데, 이는 미샤가 손님 앞에 나올 때부터 그의 피 묻은 얼굴과 손가락을 떨며 지폐 다발을 들고 있는 그 피 묻은 손을 보자 눈이 휘둥그레지더니 줄곧 너무 놀랍고 무서워서 입을 쩍 벌린 채 서 있었고 필경 미챠가 잔뜩 늘어놓은 주문을 거의 조금도 알아듣지 못한 것 같았기 때문이다.

"자, 이제 씻으러 갑시다." 표트르 일리치가 준엄하게 말했다. "돈은 탁자 위에 두시거나 호주머니에 넣으십시오……. 예, 그렇게요, 그리고 갑시다. 프록코트도 벗으시고요."

그러면서 그는 프록코트 벗는 것을 거들다가 갑자기 다시 소리를 질렀다.

"아니, 프록코트도 피투성이군요!"

"그러니까…… 그러니까 프록코트는 멀쩡합니다. 그냥 여기 소매에 조금……. 그러니까 손수건이 있던 자리에만 좀 묻었군요. 호주머니에서 배어 나온 겁니다. 페냐 집에서 손수건을 깔고 앉은 바람에 피가 스며든 거로군요." 왠지 놀라울 정도로 사람한테 신뢰를 보이면서 미챠가 즉각 설명을 했다. 표트르 일리치는 인상을 찌푸리면서 듣고 있었다.

"도대체 무슨 건수를 잡은 겁니까, 누구와 싸움을 하긴 한 모양이군요." 그가 중얼거렸다.

씻는 일이 시작되었다. 표트르 일리치는 물주전자를 들고 물을 부어 주었다. 미챠는 서둘러 대느라 손을 제대로 씻지도 못했다. (그의 손은, 훗날 표트르 일리치가 회상한 바에 따르면, 벌벌 떨리고 있었다.) 표트르 일리치는 비누를 좀 더 많이 칠해서 좀 더 박박 문지르라고 했다. 이 순간 그는 꼭 미챠에게 어떤 지배력이라도 있는 듯한 태도였고, 시간이 가면 갈수록 더 그랬다. 그나저나 말이 나온 김에 한 가지 지적하자면, 이 젊은이는 겁이 없는 성격의 소유자였다.

"한번 보십시오, 손톱 밑을 안 씻어 냈잖습니까. 자, 이제 얼굴을 씻으시죠, 그래요, 거기요. 관자놀이며, 귀 옆이며……. 이 루바시카를 그대로 입고 가실 겁니까? 이래 가지고 어딜 가신다는 겁니까? 한번 보십시오, 오른쪽 소매 끄트머리가 온통 피투성이군요."

"그래요, 피투성이." 미챠가 루바시카의 소매 끄트머리를 살펴보며 말했다.

"와이셔츠를 갈아입으시죠."

"시간이 없습니다. 나는 지금, 지금 보이시죠……." 미챠는 여전히 상대방에게 대단한 신뢰를 보이며 말을 이어 갔는데, 이미 수건으로 얼굴과 손을 닦고 프록코트를 입고 있었다. "저는 지금 소매의 끄트머리를 접어 넣겠습니다, 프록코트에 가려 안 보일 테니까요……. 자, 보이시죠!"

"이제 말씀해 주시죠, 도대체 어디서 건수를 잡은 겁니까? 누구와 싸운 게 맞죠, 예? 이번에도 그때처럼 술집에서 한판 한 거 아닙니까? 그때처럼 대위를 때리고 질질 끌고 다녔지요?" 표트르 일리치가 힐난조로 지난 일을 회상했다. "누굴 더 때렸습니까…… 혹시 죽이기라도 했습니까, 설마요?"

"헛소리야!" 미챠가 말했다.

"헛소리라뇨?"

"그만 됐어요." 미챠가 말한 뒤 갑자기 씩 웃었습니다. "그러니까 말이죠, 지금 광장에서 할망구 하나를 눌러 버렸습니다."

"눌러 버렸다고요? 할망구라뇨?"

"아니, 영감이올시다!" 미챠는 표트르 일리치의 얼굴을 똑바로 바라보고 웃으면서 상대방이 꼭 귀머거리라도 되는지 큰 소리로 외쳤다.

"에이, 영감이든, 할망구든……. 그래, 정말 누구를 죽이기라도 했다는 겁니까?"

"화해했습니다. 붙어서 실랑이를 벌였지만 화해를 했지요. 바로 그 자리에서. 헤어질 때는 친구가 돼 있었어요. 어떤 바보가 있었는데…… 그 바보가 내가 한 짓을 용서했고…… 지금은 진짜로 용서했을 겁니다……. 하지만 만약 일어난다면, 용서하지 않을 테죠." 갑자기 미챠가 눈을 찡긋하며 윙크를 했다. "다만 아시겠습니까, 젠장, 듣고 계십니까, 표트르 일리치, 젠장, 됐습니다! 이 순간엔 만사가 딱 귀찮군요!" 미챠가 단호하게 딱 잘라 말했다.

"제가 이러는 건 당신이란 분은 툭하면 아무에게나 시비를 거는 게 취미이기 때문입니다……. 그때 그 2등 대위와도 참 시답잖은 일로 그랬잖습니까……. 싸움질을 하고 나서 이제는 또 한판을 벌이러 가다니—정말 당신답군요. 샴페인 세 상자라니—그렇게 많은 걸 어디다 쓰려고요?"

"브라보! 이제 권총을 주십시오. 제발, 시간이 없습니다. 자네와 얘기를 좀 나눴으면 싶지만, 이보게, 시간이 정말 없다네. 아니, 전혀 그럴 필요도 없겠지, 말을 하기엔 너무 늦었으니까. 아! 돈은 어디 있지, 어디다 뒀더라?" 이렇게 소리치면서 그는 호주머니마다 손을 넣어 보기 시작했다.

"탁자에 뒀잖습니까…… 그것도 직접……. 저기 있군요. 잊으셨습니까? 정녕 당신의 돈을 쓰레기나 맹물 취급 하시는군요. 자, 여기 당신의 권총들입니다. 희한한 노릇이군요, 5시가 좀 지났을 무렵에도 10루블이 없어 권총들을 저당 잡히더니 지금은, 귀신이 곡할 노릇이지, 수천이나 있다니. 2000이나 3000쯤 되겠죠?"

"3000쯤 됩니다." 미챠가 돈을 바지 옆 주머니에 넣으면서 웃음을 터뜨렸다.

"그러다가는 잃어버릴걸요. 금광이라도 찾은 겁니까, 예?"

"금광? 금광이라니!" 미챠는 있는 힘껏 이렇게 소리치더니 자지러지듯 웃어 댔다. "그러니까, 페르호친, 금광을 찾아가 볼 생각이시오? 떠나기만 한다면, 여기 사는 한 부인이 지금 당장 당신한테 3000을 보내 줄 거요. 나한테도 보내 줬는데, 그 정도로 금광을 좋아한다니까요! 호흘라코바라고 알고 있소?"

"모르는 사이지만, 얘기를 들은 적도, 본 적도 있습니다. 정말로 그 부인이 당신에게 3000을 줬단 말입니까? 그렇게 보내 주던가요?" 표트르 일리치는 믿기지 않는다는 듯 바라보았다.

"당신은 내일, 태양이 떠오르자마자, 영원히 젊은 포이보스[28]가 하느님을 찬양하고 기리면서 날아오르자마자, 내일 그 부인, 그러니까 호흘라코바한테로 가서 직접, 그녀가 내게 3000을 뿌려 댔는지 아닌지, 물어보시죠. 꼭 알아보시라고요."

---

28) '아폴로'의 다른 이름 중 하나로 태양을 의미한다.

"나는 두 분의 관계가 어떤지는 모르지만…… 그렇게 자신 있게 말씀하시는 걸 보면, 정말로 주셨나 보군요……. 그런데도 당신은 그 돈을 손아귀에 꽉 움켜쥐고는 시베리아로 가기는커녕 물 쓰듯 마구 써 버릴 작정이시군요……. 아니, 정말로 지금 어딜 가는 겁니까, 예?"

"모크로예."

"모크로예라고요? 이 밤에 말입니까!"

"한때는 남부러울 것 없는 마스트류크였지만 이젠 빈털터리 마스트류크가 되고 말았구나!"[29] 미챠가 갑자기 말했다.

"빈털터리라뇨? 수천을 손에 들고 있으면서 빈털터리라뇨?"

"지금 돈 몇 천 얘기가 아닙니다. 그 따위는 엿이나 먹어라! 나는 여자의 마음 얘기를 하는 겁니다.

여성의 마음은 믿을 게 못 된다네,
변덕스럽고도 죄스러운 것이니.

나는 오디세우스에게 동의합니다, 이건 그가 한 말이거든요."

"무슨 말인지 알 수가 없군요!"

"취했다, 이거요?"

"취한 건 아니지만, 그보다 더 나쁘군요."

"나는 정신이 취했습니다, 표트르 일리치, 정신이 취했다고요, 됐어요, 됐어……."

---

29) 러시아의 민요 「마스트류크 템류코비치」에서 인용.

"아니 지금, 권총을 장전하는 겁니까?"

"권총을 장전하고 있습니다."

미챠는 정말로 권총들이 든 상자를 활짝 연 뒤 화약통의 뚜껑을 벗긴 다음, 화약을 꼼꼼하게 뿌려 넣고 장전을 했다. 그다음에는 총알을 집어 들었는데, 끼워 넣기 전에 그것을 두 손가락으로 쥐고 자기 앞의 촛불 위로 들어 올렸다.

"아니, 총알을 왜 그리 쳐다봅니까?" 표트르 일리치가 불안한 호기심을 품고 지켜보았다.

"그냥. 상상을 해 본달까. 자, 만약 자네가 이 총알을 자신의 뇌 속에 박아 넣을 생각을 했다면, 권총을 장전하면서 그것을 쳐다봤을까, 아닐까?"

"뭐 하러 쳐다본단 말입니까?"

"내 뇌 속으로 들어갈 놈인데, 한 번쯤 봐 두는 것도 재미있겠지……. 뭐, 어쨌거나 헛소리야, 잠깐 스쳐 지나가는 헛소리라고. 어차피 다 끝난걸." 그는 총알을 끼워 넣고서 아마(亞麻) 찌꺼기로 막은 뒤 이렇게 덧붙였다. "표트르 일리치, 이보게, 이건 다 헛소리, 헛소리야, 이게 얼마나 헛소리인지 자네가 알아준다면! 이제 종잇장 좀 줘 보게."

"여기 있습니다."

"아니, 뭘 쓸 수 있는 매끈하고 깨끗한 걸로 말이야. 그래, 됐어." 그러면서 미챠는 탁자에서 펜을 집어 재빨리 종이 위에 두 줄을 쓰고 종이를 네 번 접은 뒤 조끼 호주머니에 쑤셔 넣었다. 권총들은 상자에 담아 열쇠로 채운 뒤 상자째로 손에 들었다. 그러고는 표트르 일리치를 쳐다보면서 오랫동안 생각에 잠긴 듯한 미소를 지었다.

"이제 가 볼까." 그가 말했다.

"어디로요? 아니, 잠깐만요……. 그러니까 그걸 당신의 뇌속으로 보낼 작정인가요, 총알 말입니다……." 표트르 일리치가 불안해하면서 말했다.

"총알도 헛소리야! 나는 살고 싶어, 난 삶을 사랑해! 이걸 똑똑히 알아 두게. 나는 곱슬머리 금발의 포이보스와 그의 뜨거운 빛을 사랑해……. 친애하는 표트르 일리치, 자네는 물러날 줄을 아나?"

"물러나다니요?"

"길을 내주는 것 말일세. 사랑스러운 존재와 증오스러운 존재에게 길을 내준다, 이 말일세. 증오스러운 존재마저도 사랑스러워지도록 그렇게 이게 길을 내준다는 거야! 그리고 그들에게는 이렇게 말하는 거요. 즉, 하느님의 가호가 함께하시길, 잘들 가라, 나를 무시하고 잘 가란 말이다, 그럼 이 몸은 이만……."

"그럼 당신은?"

"됐네, 이젠 가 봐야겠어."

"이런, 아무한테라도 말해서"라며 표트르 일리치가 그를 바라보았다. "당신을 그리로 못 가게 말려야겠군요. 지금 모크로예에는 왜 가는 겁니까?"

"여자가 거기 있어, 여자가, 자네에겐 이 정도면 충분해, 표트르 일리치, 자, 이젠 끝이야!"

"들어 봐요, 당신은 야만스러운 구석이 있긴 하지만 왠지 늘 제 마음에 들었습니다…… 그래서 이렇게 걱정이 되는 겁니다."

"고맙군, 형제. 내가 야만스럽다니. 야만인들, 야만인들! 내가 장담할 수 있는 건 딱 한 가지, 다들 야만인들이라는 거야! 아 마침 미샤가 왔군, 이 애를 잊고 있었어."

미샤는 잔돈으로 바꾼 돈뭉치를 들고서 황급하게 들어와서는, 플로트니코프 상점에서는 '다들 야단법석을 떨며' 술병이며 생선이며 차며 모조리 다 내올 것이고 이제 모든 것이 준비될 것이라고 보고했다. 미챠는 10루블짜리 지폐를 집어서 표트르 일리치에게 주었고, 또 한 장은 미샤에게 던져 주었다.

"그런 건 안 됩니다!" 표트르 일리치가 소리쳤다. "내 집에선 안 됩니다, 애 버르장머리만 나빠지니까요. 제발 돈을 좀 감추십시오, 자, 이리로 넣어요, 왜 그리 돈을 물 쓰듯 하는 겁니까? 당장 내일만 돼도 돈이 필요할 텐데, 또 나한테 와서 10루블을 빌려 달라고 할 수도 있고. 아니, 전부 다 옆 호주머니에 쑤셔 넣는 겁니까? 에이, 그러다가 잃어버린다니까요!"

"이봐, 이 사람아, 모크로예에 함께 안 갈 텐가?"

"내가 거긴 뭐 하러 가요?"

"이봐, 지금 당장 한 병 따면 어떻겠나, 삶을 위해서 마시는 거야! 술을 마시고 싶군, 특히, 자네와 한번 마셔 보고 싶어. 자네와 마신 적은 없었지, 엉?"

"술집에서라면 마실 수 있겠네요, 갑시다, 나도 지금 그리로 가려던 참이니."

"술집에서 마실 시간은 없어, 플로트니코프의 상점 뒷방이 좋아. 괜찮다면 지금 자네한테 수수께끼를 하나 내겠네."

"거참, 내 보게."

미챠는 호주머니에서 아까 그 종이를 꺼내서 펼쳐 보여 주었다. 거기에는 굵은 필체로 또박또박 "내 일평생에 대해 스스로를 응징하노라, 내 일평생을 벌하노라!"라고 쓰여 있었다.

"정말로 아무에게나 말을 해야겠네, 지금 당장 가서 말하겠어." 종잇장을 다 읽고서 표트르 일리치가 말했다.

"시간이 없어, 이 사람아, 가서 마시자고, 자, 출발!"

플로트니코프의 상점은 표트르 일리치의 집에서 겨우 한 집만 건너다시피 하면 되는 곳, 길모퉁이에 있었다. 이것은 우리 도시의 부유한 상인들이 경영하는, 가장 주된 식료품상이었는데, 상점 자체도 아주 훌륭했다. 수도의 웬만한 상점에 있는 것이라면 없는 게 없어서, '옐리세예프 형제 상사(商社)'의 포도주, 과일, 시가, 차, 설탕, 커피 등 모든 식료품도 다 있었다. 늘 세 명의 지배인이 앉아 있었고 배달하는 아이들 두 명이 뛰어다녔다. 비록 우리 지역이 가난해지면서 지주들은 뿔뿔이 흩어지고 상업도 쇠퇴했지만, 식료품상은 전과 마찬가지로 번창 일로에 있을뿐더러 심지어 매년 점점 더 호황을 누리고 있었다. 이런 품목들에 대해서는 구매자들이 끊이질 않았던 것이다. 상점에서는 목이 빠져라 미챠를 기다리고 있었다. 삼사 주쯤 전에 미챠가 꼭 지금처럼 온갖 상품과 포도주를 한꺼번에 현금으로(외상이었다면, 물론 어찌해도 그를 믿지 않았을 것이다.) 몇 백 루블어치나 가져갔음을 너무도 잘 기억하고 있었기 때문이며, 꼭 지금처럼 그의 손에는 무지갯빛 돈뭉치가 잔뜩 들려 있었고, 뭣 하러 이 많은 상품이나 포도주 따위가 필요한지를 따져 보지도 않고, 아니, 아예 따져 볼 마음도 없다는 양 가격을 흥정하지도 않고 돈을 마구 뿌려 댔던 것을 또한 기억하고 있었기 때문이다. 훗날, 온 도시에서는 그가 그때 그루셴카와 함께 모크로예로 가서 "그날 밤과 그 이튿날 하루 동안 3000을 한꺼번에 다 뿌리며 한판을 벌인 뒤, 돌아올 때는 어미 배 속에서 날 때와 똑같은 빈털터리 상태였다."라고 말하곤 했다. 그때 미챠는 (그 무렵 우리 도시에 잠시 머물러 있던) 한 무리의 집시들을 죄다 불러 모았었는데, 그들은 이틀 동안 술이 떡이 된 그에게서 헤아릴 수 없을 만큼 많은 돈을 뜯어내고 헤아릴 수 없을 만큼 비싼 포도주를 마셔 댔다는 것이다. 사람들은 미챠가 모크로예에서 무지렁이 농군들에게 샴페인을 퍼 주고 농촌 처자들과 아낙네들에게는 사탕과 스트라스부르 피로그를 먹였다며 비웃으며 이야기하곤 했다. 우리 도시, 특히 술집에서 그 못지않은 비웃음의 대상이 된 것은(물론, 맞대 놓고 그를 비웃는 건 다소 위험했기 때문에 그의 눈앞에서 그러는 사람은 없었지만) 이 모든 '황당무계한 짓'의 대가로 얻어 낸 것이라곤 고작해야 "그 여자의 발에 입을 맞추어도 된다는 허락이었을 뿐, 더 이상 아무것도 허락받지 못했다."라는, 미챠가 그 당시 제 입으로 노골적으로 떠벌리고 다닌 고백이었다.

미챠와 표트르 일리치가 상점에 도착해서 보니, 입구 곁에는 이미 양탄자를 깐 짐칸이 딸린, 종과 방울까지 단 트로이카가 대기 중이었고 마부 안드레이는 미챠를 기다리고 있었다. 상점에서는 물건들을 상자 하나에 '잘 재 넣은' 상태에서 미챠만 나타나면 곧 못질을 해서 마차에 실으려고 기다리고 있었다. 표트르 일리치는 깜짝 놀랐다.

"아니, 자네 어느 틈에 트로이카까지 준비를 시켰나?" 그가 미챠에게 물었다.

"자네한테 달려가는 길에 여기 안드레이를 만났는데, 이 사람더러 곧장 여기 상점으로 오라고 해 놨지. 낭비할 시간이 조금도 없거든! 지난번에는 치모페이와 함께 갔는데, 지금 치모페이는 나보다 한발 앞서 어느 매혹적인 여인과 함께 떠나 버렸지 뭔가, 허허. 안드레이, 우리가 제법 많이 늦었지?"

"기껏해야 우리보다 한 시간쯤 먼저 도착할까요, 아니, 그렇게까지도 안 되겠지만, 여하튼 앞선다고 해야 겨우 한 시간 정도일 겁니다!" 안드레이가 서둘러 의견을 말했다. "제가 치모페이의 마차를 준비해 주었기 때문에 어떻게 가고 있는지 알고 있습니다. 그들 마차는 우리 마차와는 다르거든요, 드미트리 표도로비치, 비교가 안 될 정도라니까요. 한 시간도 앞서지 못할걸요!" 이렇게 열을 올리며 미챠의 말을 가로챈 안드레이는 불그죽죽한 머리카락에 다소 여윈 몸집의 아직 늙지 않은 마부로서 반코트를 입고 왼손에는 농민용 외투를 들고 있었다.

"한 시간밖에 안 늦는다면 보드카 값으로 50루블을 주겠네."

"한 시간 정도라면 보증합니다, 드미트리 표도로비치, 에이, 저들은 한 시간이 아니라 반 시간도 앞서지 못할걸요!"

미챠는 이것저것 지시하느라 부산을 떨었지만, 그의 말과 명령은 질서 정연하지도 못하고 어쩐지 이상하고 두서도 없었다. 무슨 말을 시작했다가 끝내는 걸 까먹기도 했다. 표트르 일리치는 자기가 끼어들어 일을 도와줄 필요가 있다고 생각했다.

"400루블어치, 그때와 똑같이 최소한 400루블어치는 넘어야 해." 미챠가 지휘했다. "샴페인 네 상자, 한 병이라도 더 적으면 안 돼."

"아니, 그 많은 게 왜 필요한가, 어디다 쓰게? 잠깐만!" 표트르 일리치가 호통을 쳤다. "이건 또 웬 상자야? 무슨 상자지? 아니, 이것도 400루블에 포함된 건가?"

부산을 떨며 왔다 갔다 하는 지배인들은 곧 그에게 달착지근한 말투로 이 첫 번째 상자에는 고작해야 반 상자의 샴페인과 안주거리, 사탕, 과일 드롭스 등 '당장 꼭 필요한 온갖 품목들'이 들어 있다고 설명해 주었다. 하지만 중요한 '주문품'은 그때처럼 지금 당장 따로 포장하여 따로 마련된 마차에 실어 역시나 트로이카로 보낼 텐데, '드미트리 표도로비치가 거기 도착하신 이후 한 시간 이내에는 꼭 그 장소에 도착하도록' 시간을 맞출 것이라는 것이었다.

"한 시간 이상 늦어서는 안 돼, 한 시간 내에 도착해야 하고, 과일 드롭스와 캐러멜은 가능하면 더 많이 넣도록 해. 거기 계집아이들이 좋아하거든." 미챠가 열을 올리며 고집을 부렸다.

"캐러멜은 그렇다 치세. 하지만, 샴페인은 네 상자나 어디다 쓰려고? 한 상자면 충분해." 표트르 일리치는 이제 거의 성을 내다시피 했다. 그는 값을 따져 보고 계산서를 내놓으라고 하기도 하면서, 도무지 진정할 기미를 보이지 않았다. 하지만 그래 봤자 겨우 100루블을 절약했을 뿐이다. 물건의 합이 300루블어치를 넘지 않게 하기로 결론을 지었던 것이다.

"이런, 젠장!" 표트르 일리치가 갑자기 정신을 차린 듯 소리쳤다. "아니, 내가 뭐가 아쉬워서 이 고생이람? 어차피, 거저 얻었다면, 자기 돈 제 마음대로 뿌리든 말든!"

"이리 오게, 경제학자 양반, 이리 오라니까, 화내지 말고." 미챠가 그를 상점의 뒷방으로 끌고 갔다. "자, 여기 있으면 지금 우리한테 술 한 병을 내올 테니, 한잔하세. 에이, 표트르 일리치, 같이 가자니까, 자네는 귀여운 구석이 있는 사람이야, 나는 이런 치들이 좋거든."

미챠는 아주 지저분한 탁자보가 덮인 조그만 탁자 앞, 등나무 의자에 앉았다. 표트르 일리치는 그 맞은편에 엉거주춤 앉았고, 눈 깜짝할 사이에 샴페인이 나왔다. 굴, 그것도 '막 들여온 최상품 굴'을 원하지 않느냐는 제안이 들어왔다.

"굴은 무슨, 나는 먹지도 않아, 아니, 아무것도 필요 없어." 표트르 일리치가 거의 악을 쓰다시피 하며 이를 갈았다.

"굴 같은 걸 먹을 시간은 없네." 미챠가 지적했다. "게다가 먹고 싶은 마음도 없고. 이봐, 친구." 하고 그가 갑자기 감정을 듬뿍 담아 이야기했다. "나는 이렇게 무질서한 난장판을 정말 좋아하지 않았어."

"아니, 그런 걸 좋아하는 사람이 어디 있나! 농군들을 위해 세 상자나 사다니, 이런 걸 보고 속이 뒤집히지 않을 사람이 어디 있나."

"그 얘기가 아니야. 드높은 질서를 말하는 걸세. 나의 내부에는 질서가 없어, 드높은 질서가 없단 말이지……. 하지만…… 이 모든 것이 끝났으니까 괴로워할 것도 없지. 늦었다고, 젠장! 내 인생 자체가 무질서한 난장판이었으니, 질서를 부여해야 돼. 지금 내가 말장난을 하고 있는 건가, 엉?"

"말장난이 아니라 정신이 나가 잠꼬대를 하고 있구먼."

"이 세상의 드높은 존재에게 영광 있으라,

내 안의 드높은 존재에게 영광 있으라!

언젠가 이 시구가 내 영혼 속에서 터져 나온 적이 있었지, 시구가 아니라 눈물이……. 내가 직접 지은 거지만…… 그 2등 대위의 턱수염을 잡고 질질 끌고 다니던 그때는 아니야……."

"아니, 갑자기 그 사람 얘기는 왜 하나?"

"갑자기 그 얘길 왜 하냐고? 헛소리야! 모든 것이 끝나고 모든 것이 매한가지가 되는 거야, 선 하나만 넘으면 끝이지."

"맞아, 내 눈에는 자꾸만 자네의 권총들이 어른거리는군."

"권총도 헛소리야! 마시게, 괜한 생각 하지 말고. 삶을 사랑하노라, 삶을 너무도 사랑했노라, 너무 사랑해서 추잡할 정도였노라. 됐어! 삶을 위해서, 이봐, 삶을 위해서 마시자고, 삶을 위하여 건배! 왜 나는 나 자신에게 만족하느냐? 나는 비열한 놈이지만 스스로에게 만족해. 하지만 내가 비열한 놈이라는 것 때문에 괴롭지만, 그래도 스스로에게 만족해. 하느님의 피조물을 축복하노라, 이제는 하느님과 그의 피조물을 축복할 준비가 되어 있노라, 하지만…… 악취 나는 벌레 한 마리가 스멀스멀 기어 다니며 다른 목숨을 해치지 않도록 그놈을 박멸해야 돼……. 삶을 위해서 마시는 거야, 사랑스러운 형제! 삶보다 더 소중한 것이 무엇이 있을 수 있겠나! 아무것도, 아무것도 없지! 삶과 황녀(皇女) 중의 황녀를 위하여."

"삶을 위해서 마시고, 뭐, 자네의 황녀를 위해서도."

잔이 비워졌다. 미챠는 환희에 젖어 이리저리 정신이 없었지만, 어쩐지 슬픈 기색이 엿보였다. 꼭 이겨 낼 수 없는 어떤 둔중한 근심이 그의 뒤에 도사리고 있는 듯했다.

"미샤…… 자네의 미샤가 들어온 것 같은데? 미샤, 이봐, 미샤, 이리로 와서 너도 이 잔을 마셔, 내일이면 떠오를 금발의 곱슬머리 포이보스를 위하여……."

"얘한테는 또 왜!" 표트르 일리치가 짜증스럽게 소리쳤다.

"이봐 좀 봐주게, 다 그렇고 그런 거지, 그러고 싶단 말일세."

"에잇!"

미샤는 한 잔을 마신 뒤 꾸벅 절을 하고 줄행랑을 쳤다.

"기억이 더 오래갈 거야." 미챠가 지적했다. "나는 여자가 좋아, 여자가! 여자란 무엇일까? 지상의 황녀지! 슬프군, 슬퍼, 표트르 일리치. 햄릿을 기억하나? '슬프도다, 슬프구나, 호레이쇼……. 아, 가엾은 요릭!'[30] 내가 바로 그 요릭이야. 지금의 나야말로 요릭이라고, 그다음엔 해골이 되겠지만."

표트르 일리치는 말없이 듣고만 있었고, 미챠도 잠깐 입을 다물었다.

"아니, 자네 상점에 웬 개인가?" 구석에 있는, 눈이 새까맣고 작고 예쁘장한 털이 복슬복슬한 개를 발견하곤 그가 갑자기 지배인에게 흐리멍덩하게 물었다.

---

30) 「햄릿」 5막 1장.

"이건 우리 여주인 바르바라 알렉세예브나의 개랍니다." 지배인이 대답했다. "아까 데리고 오셨다가 깜박 잊고 우리 가게에 두고 가셨죠. 다시 데려다줘야 되겠습니다."

"나도 저런 것을 한 마리 본 적이 있어…… 군대에서……." 미챠가 생각에 잠긴 듯 말했다. "다만 그놈은 뒷다리가 부러져 있었지……. 그나저나, 표트르 일리치, 자네한테 물어볼 게 있어. 자네 언제든 살아오면서 뭘 훔쳐 본 적이 있나, 없나?"

"그건 또 무슨 질문인가?"

"아니, 뭐 그냥. 그러니까, 아무나 상관없이 남의 호주머니에서 슬쩍해 본 적이 있느냔 말일세. 공금 얘기는 아니야, 공금이라면 누구나 다 슬쩍하니까, 물론 자네도 그럴 테고……."

"젠장, 정말 재수 없군."

"남의 것을 두고 하는 말일세. 남의 호주머니나 지갑에서 그야말로 슬쩍, 엉?"

"어머니의 돈, 20코페이카짜리 은화를 훔친 적이 한 번 있지, 아홉 살 때 식탁에서. 몰래 집어서 손에 꽉 움켜쥐고 있었지."

"그래서 어떻게 됐나?"

"아무 일도 없었지. 사흘간 들고 있다가 부끄러운 생각이 들어 자백하고 돌려 드렸지."

"그래서 어떻게 됐나?"

"당연히 매를 맞았지. 아니, 자네는 왜, 자네는 뭘 훔쳐 본 적이 없나?"

"있지." 미챠가 간특하게 눈을 찡긋했다.

"뭘 훔쳤는데?" 표트르 일리치가 호기심을 보였다.

“어머니한테서 20코페이카짜리 은화를 훔쳤다, 아홉 살이었다, 사흘 뒤에 돌려줬다.” 이 말을 하고서 미챠는 갑자기 자리에서 일어났다.

“드미트리 표도로비치, 서둘러야 되지 않을까요?” 갑자기 상점의 문 곁에서 안드레이가 소리쳤다.

“준비됐나? 가세!” 미챠가 요란스럽게 소리쳤다. “마지막으로 한 가지만 더 말하겠는데…… 지금 길을 떠나는 안드레이한테도 보드카 한 잔을 주게! 보드카 외에 코냑도 한 잔! 이 (권총이 든) 상자는 내 좌석 밑에 넣어 주게나. 잘 있게, 표트르 일리치, 나를 나쁘게 생각하지 말아 주게.”

“어차피 내일이면 돌아올 게 아닌가?”

“꼭 돌아오지.”

“계산은 지금 하시겠습니까?” 지배인이 벌떡 일어났다.

“아, 맞아, 계산을 해야지! 여부가 있나!”

그는 호주머니에서 지폐 뭉치를 꺼내 세 장을 집어 위로 던지고 서둘러 상점을 나갔다. 다들 그의 뒤를 따라 나와 꾸벅 절을 하면서 인사말과 더불어 행운을 빌어 주며 그를 배웅했다. 안드레이는 지금 막 코냑을 들이켠 탓에 꺽 트림을 한 뒤 마부석으로 뛰어올랐다. 그런데 미챠가 자리에 앉기가 무섭게, 전혀 뜻밖에도 갑자기 페냐가 그의 앞에 나타났다. 그녀는 숨을 헐떡이며 달려와 그의 앞에서 두 손을 모으더니 그의 발 아래에 털썩 주저앉아 버렸다.

“나리, 드미트리 표도로비치, 제발 우리 아씨를 해치지 말아 주세요! 제가 나리한테 모든 걸 이야기해 줬잖아요……! 그분도 해치지 마세요, 그분은 옛날부터 아씨 사람이었는걸요! 지금 아그라페나 알렉산드로브나한테 장가를 들려고 하시는 거예요, 그 때문에 시베리아에서 오신 거고요……. 나리, 드미트리 표도로비치, 남의 인생을 망치지 말아 주세요!"

"쯧쯧, 이거구먼! 뭐, 이제 거기 가서 잔뜩 일을 저지르겠군!" 표트르 일리치가 혼잣말로 중얼거렸다. "이제야 모든 것을 알겠네, 이제는 모를 수가 없군. 드미트리 표도로비치, 사람다워지고 싶다면 지금 당장 권총을 내놓게." 그가 큰 소리로 미챠에게 소리쳤다. "듣고 있나, 드미트리!"

"권총이라고? 잠깐만 기다려, 이봐, 그건 도중에 웅덩이에다 던져 버릴 거야." 미챠가 대답했다. "페냐, 일어나, 내 앞에 엎드리지 말고. 미챠는 사람을 파멸시키지 않을 거야, 아무리 멍청한 인간이어도 앞으로는 아무도 파멸시키지 않을 거야. 정말이야, 페냐." 그는 이미 자리를 잡고 앉아서 페냐에게 소리쳤다. "아까 내가 너를 못살게 굴었지만, 나를 용서하고 불쌍히 여겨줘, 이 비열한 놈을 용서해 다오……. 용서하지 못하겠다고 해도 상관없지만! 어차피 이제는 다 상관없으니까! 자, 출발, 안드레이, 씽씽 달려 보자고!"

안드레이는 출발했다. 방울이 짤랑거리기 시작했다.

"잘 있게, 표트르 일리치! 내 마지막 눈물을 자네에게……!"

'술에 취한 것도 아닌데 왜 저렇게 실없는 소리를 늘어놓는 거야!' 표트르 일리치는 그를 지켜보면서 잠시 생각에 잠겼다. 그는 상점 사람들이 미챠를 속여서 바가지를 씌울 것 같은 예감이 들었기 때문에, 그 자리에 남아서 나머지 식료품들과 포도주를 마차에(역시나 트로이카였다.) 싣는 것을 지켜보고 싶은 마음이 들었지만, 갑자기 스스로한테 버럭 화가 치밀어서 침을 탁 뱉고는 당구를 치러 예의 그 술집으로 향했다.

"사람은 좋은데 바보야……." 그가 길을 가면서 혼잣말로 중얼거렸다. "그루셴카의 '옛 사람'이라는 무슨 장교에 대해서는 나도 들은 바가 있어. 뭐, 그가 왔다면……. 에잇, 저 권총들을 어쩐담! 젠장, 내가 뭐 저자의 삼촌이라도 되나, 어디? 무슨 짓을 하든 말든! 아니, 실은 아무 일도 없을 거야. 목소리만 컸지, 실은 아무것도 없는 족속이라니까. 실컷 마시고 한판 붙었다가 화해할 테지. 아니, 이런 치들이 뭘 제대로 해치울 수 있나, 어디? '물러나 준다.'라는 둥, '스스로를 벌한다.'라는 둥 하는 건 또 무슨 소리야, 어차피 아무 일도 없을 텐데! 술집에서도 술에 취해 이 말을 1000번이나 외치곤 했지. 하지만 지금은 술에 취한 것도 아니야. '정신이 취했다.'라니, 이런 거야 뭐 비열한 놈들이 늘 입에 달고 다니는 문구지. 그나저나, 내가 저자의 삼촌이라도 되나? 싸움질을 한 게 분명해, 낯짝이 온통 피투성이니까 말이야. 도대체 상대가 누구일까? 술집에 가서 알아봐야겠군. 손수건도 피투성이였으니……. 쳇, 젠장, 우리 집 마룻바닥에도 남아 있겠군……. 정말 재수 없군!"

기분이 영 찜찜한 상태로 술집에 도착한 그는 곧장 당구 판을 벌였다. 당구를 치다 보니 즐거워졌다. 다음 판도 이긴 뒤에, 갑자기 한 파트너에게 드미트리 카라마조프에게 다시 돈이 생겼다, 3000 정도 된다, 내 눈으로 직접 보았다, 그루셴카와 함께 한바탕 벌이기 위해 다시 모크로예로 갔다, 하는 말을 시작했다. 이 얘기를 들은 사람들은 거의 뜻밖의 호기심을 보였다. 더욱이 다들 웃지도 않았을뿐더러 어쩐지 이상할 정도로 심각하게 말을 하기 시작했다. 심지어 당구 게임마저 중단될 정도였다.

"3000이라고? 아니, 그자가 어디서 3000을 구했단 말이야?"

질문이 꼬리에 꼬리를 물고 이어졌다. 호흘라코바 부인 얘기는 다들 미심쩍어 했다.

"영감한테 강도 짓을 한 건 아닐까, 정말로?"

"3000이라! 왠지 심상치 않은걸."

"아버지를 죽인다고 큰 소리로 호언장담했잖아, 여기 있는 사람들이 전부 들었다고. 특히, 3000 어쩌고 하는 말을 했단 말이야……."

표트르 일리치는 이런 말을 들으면서, 갑자기 질문들에 대해 딱딱하게 건성으로 대답하기 시작했다. 이리로 올 때는 시시콜콜 다 이야기할 생각이었지만, 미챠의 얼굴과 손이 피범벅이었다는 얘기는 한마디도 하지 않았다. 세 번째 판이 시작되자, 미챠 얘기는 시나브로 시들해졌다. 하지만 세 번째 판이 끝나자 표트르 일리치는 더 이상 게임을 하고 싶지 않아서 큐를 내려놓고 계획했던 저녁도 생략한 채 술집을 나왔다. 광장으로 나오자 그는 스스로에게 놀랄 만큼 큰 의혹에 빠졌다. 갑자기 지금 당장이라도 표도르 파블로비치의 집으로 가서 무슨 일이 일어난 건 아닌지 알아보고 싶은 생각이 들었던 것이다. '보나마나 헛소리일 게 뻔한데, 남의 집 사람들을 깨우고 한판 스캔들이나 만드는 꼴이지 뭐. 첫, 젠장, 내가 무슨 그의

삼촌이라도 되나, 어디?'

기분이 영 찜찜한 상태에서 그는 곧장 자기 집으로 향했는데, 갑자기 페냐가 떠올랐다. '에잇, 젠장, 아까 그 하녀한테 물어볼걸.' 그는 신경질을 내면서 생각했다. '그랬으면 전부 알 수 있었을 텐데.' 갑자기 그 정도로까지 그의 내부에서는 그녀와 얘기를 해 보고서 뭘 알아내고 싶은 아주 초조하고 집요한 욕망이 불타올랐으며, 그리하여 그는 반쯤 길을 가다가 그루센카가 사는 모로조바의 집 쪽으로 획 방향을 돌렸다. 대문까지 가서 문을 두드렸는데, 밤의 적막 속으로 울려 퍼지는 노크 소리에 그는 다시금 정신이 번쩍 들었고 열이 받쳤다. 게다가 집안사람들이 다들 자는지, 대답도 없었다. '여기서도 스캔들을 만드는 꼴이군!' 이렇게 생각하면서 그는 이미 마음속 깊이 어떤 고통마저 느꼈지만, 그러면서도 아예 떠나 버리기는커녕 갑자기 다시금, 그것도 이제는 있는 힘껏 문을 두드리기 시작했다. 그 소리에 온 동네가 떠나갈 만큼 시끄러워졌다. '이제 어쩔 수 없어, 계속 두드려야겠어, 계속!' 이렇게 중얼거리는 그는 한 번 문을 두드려 소리가 울려 퍼질 때마다 스스로에게 분기탱천할 만큼 성질이 났지만, 그럴수록 더욱더 세게 문을 두드리게 됐다.

6 이 몸이 납신다!

드미트리 표도로비치는 날듯이 길을 달리고 있었다. 모크로예까지는 20베르스타 남짓 되었지만, 안드레이의 트로이카가 워낙 빨리 달려서 한 시간 십오 분 만에 도착할 수 있었다. 고속의 질주에 미챠는 갑자기 생기를 얻은 듯했다. 공기는 신선하고도 선선했으며 깨끗한 하늘에는 큰 별들이 반짝였다. 이것은 알료샤가 땅에 엎드려 '그것을 영원토록 사랑하겠노라고 미친 듯이 맹세하던' 그 밤, 어쩌면 바로 그 시각의 일이었는지도 모르겠다. 하지만 미챠의 영혼은 흐릿했고, 정말 너무도 흐릿했고 또 지금 많은 것이 그의 영혼을 괴롭혔지만, 이 순간만은 이제 마지막으로 그녀의 얼굴을 보기 위하여 날아가고 있는 만큼, 그의 전 존재가 억누를 수 없는 힘으로 오직 그녀, 즉 그의 황녀에게로 집중되었다. 여기서 한 가지 꼭 지적해 둘 것이 있다. 즉, 그는 단 일 분도 심적 갈등을 느끼지 않았던 것이다. 이렇게 질투심이 강한 자가 이 새로운 사람, 땅 밑에서 불쑥 솟은 새로운 경쟁자인 이 '장교'에게 손톱만큼의 질투도 느끼지 않았다고 말한다면, 내 말을 곧이듣지 않을지도 모른다. 그가 아닌 다른 사람이 나타났다면 상대가 누구든 대번에 질투를 느꼈을 것이고 자신의 무서운 손을 새로이 피로 물들였을 것이지만, 이 사람, '그녀의 첫 남자'에게는 트로이카를 타고 질주하는 이 마당에도 질투 섞인 증오는커녕 적대감조차 느끼지 않았다—사실 아직 그를 본 적도 없긴 했지만. '이건 확고부동한 사실이다, 이건 그녀와 그의 권리니까. 이건 그녀가 오 년 동안 잊지 못한 그녀의 첫사랑이니까. 그렇다면 그녀는 이 오 년간 그를 사랑해 온 것인데, 나, 나란 놈은 도대체 왜 여기에 끼어들었을까? 여기서 나는 도대체 뭐란 말인가, 무슨 관계가 있단 말인가? 물러서라, 미챠, 길을 내주어라! 정말이지 난 지금 뭘 하는 건가? 어차피 이제는 장교가 아니더라도 모든 것이 다 끝장나 버렸건만, 그가 아예 나타나지 않았을지라도 어쨌거나 끝장나 버린 것을……'

바로 이런 말로 그는 자신의 느낌을 대략 서술할 수 있었을 것인데, 그나마도 무슨 판단을 내릴 수 있는 상태였다면 말이다. 하지만 그는 그때 이미 판단 정지 상태였다. 지금 그의 결단도 어떤 판단도 없이 단 한순간에 생겨난 것이니, 아까 페냐에게서 얘기를 듣기가 무섭게 그런 느낌이 들어서 어떤 결과를 초래하게 되더라도 그렇게 하기로 단호히 결단을 내린 것이었다. 하지만 결단을 내렸음에도, 그의 영혼은 혼란스러웠다, 고통스러울 정도로 혼란스러웠다. 결단을 내렸어도 마음이 편하진 않았던 것이다. 너무도 많은 것이 그의 뒤에서 그를 괴롭혔다. 그는 이따금씩 이것이 이상했다. 정말이지 이미 자기 손으로 펜을 들고 종이 위에 '스스로를 응징하노라, 내 일평생을 벌하노라!'라는 선고문을 쓰지 않았던가. 그렇게 준비된 종이는 여기, 그의 호주머니 속에 들어 있지 않은가. 정말이지 권총도 장전되었고 내일 '금발의 곱슬머리 포이보스'가 비출 뜨거운 첫 햇살을 어떻게 맞이할지도 이미 결정했지만, 그럼에도 그의 뒤에서 그를 괴롭히는 모든 옛일과의 셈을 끝낼 수가 없었으니, 그 느낌은 고통스러울 정도로 강렬했고 그 생각은 그의 영혼 속으로 절망적으로 파고들었다. 도중에 그는 갑자기 안드레이에게 마차를 세우라고 한 뒤 마차에서 뛰어내려 장전된 권총을 꺼내 새벽까지 기다릴 것도 없이 모든 것을 끝내 버리고 싶은 순간이 한 번 있기는 했다. 하지만 그 순간은 불꽃처럼 지나가 버렸다. 게다가 트로이카는 '공간을 집어삼키면서' 달려가고 있었고 목적지가 가까워짐에 따라 그녀, 오직 그녀에 대한 생각만이 다시금 그의 정신을 더욱더 거세게, 거세게 점령하더니, 나머지 모든 무서운 환영들을 그의 마음으로부터 몰아내 버렸다. 오, 그는 잠깐이라도, 멀리서라도 좋으니 그녀를 너무도 보고 싶었던 것이다! '그녀는 지금 그와 있을 테니, 그녀가 지금 그와, 사랑스러운 옛 남자와 함께 있는 모습을 살짝 보자, 나는 그것으로 충분하다.' 그의 운명에서 이토록 숙명과도 같았던 여인에 대한 사랑이 그의 가슴으로부터 이토록 강렬하게 치밀어 오른 적은 여태껏 없었으니, 그것은 그가 지금까지 겪어 보지 못한 새롭고 심지어 그 자신도 예기치 못한 감정, 그녀 앞에서 기원을 하고 그대로 사라져 버리고 싶을 만큼 부드러운 감정이었다. "그래, 사라져 주는 거다!" 갑자기 그는 너무 황홀하여 히스테리 발작이라도 난 듯 이렇게 말했다.

이렇게 달린 지 이미 거의 한 시간이 다 되었다. 미챠는 말이 없었고, 안드레이는 원래 수다스러운 농군이었지만 말을 꺼내기가 두려운 양 역시나 한마디도 하지 않고 그저 열심히, 자신의 '늙다리 말들', 말라 빠지긴 했지만 쏜살같이 달리는 밤색 말들이 이끄는 트로이카를 몰아 댈 뿐이었다. 미챠가 갑자기 무서운 불안을 느끼면서 소리쳤다.

"안드레이! 자고 있으면 어떡하지?"

갑자기 이런 생각이 퍼뜩 들었는데, 지금까지는 전혀 생각도 못 한 것이었다.

"이미 잠자리에 들었다고 생각하셔야죠, 드미트리 표도로비치."

미챠는 통증이라도 느낀 듯 얼굴을 찌푸렸다. 정말로 자기가 이런 감정을 지니고…… 이렇게 달려갔는데…… 그들이 자고 있다면…… 그녀도 거기서 함께 자고 있다면…… 분한 감정이 그의 마음속에서 끓어올랐다.

"어서 몰아, 안드레이, 달려라, 안드레이, 열심히!" 그가 미친 듯 소리쳤다.

"어쩌면 아직 잠자리에 들지 않았을 수도 있습니다." 안드레이가 잠시 말이 없다가 이런 판단을 내놓았다. "아까 치모페이 말이 그곳에 사람들이 많이 모였다는 걸 보면……."

"역관(驛館)에 말이냐?"

"역관이 아니라 플라스투노프 여관인데, 그러니까 사설 역관인 셈이죠."

"나도 알고 있어. 그러니까 사람들이 많이 모였다는 게 웬 말이냐고? 뭐 하러 그리 많이들 모였다는 거야? 뭐 하는 작자들이야?" 미챠가 예기치 못한 소식에 끔찍한 불안을 느끼며 소리를 질렀다.

"치모페이 말로는 하나같이 양반들이랍니다. 그중 둘은 우리 도시 사람이라는데 누구인지는 모르겠고, 그러니까 치모페이 말만 들어 봐서는 이곳 양반이 둘, 또 외지에서 온 양반이 둘이고, 그러고도 누군가가 더 있는데 제대로 물어보지는 못했습니다. 카드놀이를 시작했다고 하더군요."

"카드라고?"

"예, 그러니까 카드를 시작했다면 자지 않을 수도 있겠네요. 아무리 늦었다곤 해도 이제 겨우 11시쯤 됐을 거라는 걸 생각해 보면 말이죠."

"어서 몰아, 안드레이, 어서!" 미챠가 다시금 신경질적으로 소리쳤다.

"저어기, 한 가지 여쭈어 보고 싶은 게 있는데요, 나리." 말이 없던 안드레이가 다시 말을 시작했다. "그저 입을 잘못 놀려 나리가 화를 내지나 않을까 걱정이 되는군요, 나리."

"뭐가 궁금한데?"

"아까 페도시야 마르코브나[31]가 나리의 발밑에 엎드려 마님, 그리고 또 누군가를 파멸시키지 말아 달라고 나리에게 애원했는데…… 그러니까, 지금 제가 나리를 그리로 모셔 가는 지라……. 죄송합니다, 나리, 양심에 켕기는 게 있어서 멍청한 소리를 했나 봅니다."

미챠는 갑자기 뒤에서 그의 어깨를 꽉 잡았다.

"자네는 마부지? 마부가 맞지?" 그가 미친 듯 말을 하기 시작했다.

"예, 마부지요……."

"그럼, 자네는 길을 내주어야 된다는 걸 알고 있을 게야. 마부가 되어서 사람을 치어 죽이건 말건 아무한테도 길을 내주지 않고 나는 간다는 식이라! 그럼 안 되는 거야, 마부가 됐으

31) 페냐의 정식 이름과 부칭.

면 사람을 치어 죽이진 말아야 되는 거야! 사람들을 치어 죽여선 안 되지, 사람의 목숨을 해쳐서는 안 돼. 만약 목숨을 해쳤다면 스스로를 벌해야 돼……. 이미 누군가의 목숨을 해쳤다면, 그렇게 파멸시켰다면, 스스로를 응징하고 떠날지어다."

이런 말들이 그야말로 히스테리 발작이라도 일어난 듯 미챠의 입에서 튀어나왔다. 안드레이는 나리의 말에 놀라긴 했지만 그래도 응수를 해 주었다.

"옳은 말씀입니다, 드미트리 표도로비치 나리, 나리가 옳습니다, 사람이든 어떤 생물이든 다 치어 죽여도, 또 괴롭혀도 안 되지요, 왜냐하면 어떤 생물이든 하느님이 만드신 것이니까요, 여기 이 말만 하더라도 다른 마부들은 괜히 두들겨 패곤 하거든요……. 뭘 억제할 줄 모르는 족속이라서 서로서로 막 떠미는 거죠, 덮어놓고 누구나 막 떠미는 거랍니다."

"어디, 지옥으로?" 이렇게 미챠는 갑자기 상대방의 말을 가로채고는 예의 그 느닷없는 짧은 웃음을 터뜨렸다. "안드레이, 이 순박한 사람아." 하고서 그는 다시 안드레이의 어깨를 꽉 잡았다. "한번 말해 보게, 드미트리 표도로비치 카라마조프가 지옥에 떨어질까, 어떨까, 자네 생각으로 말이야?"

"모르겠습니다, 나리, 나리한테 달렸지요, 우리 사이에서 나리는……. 그러니까, 나리, 하느님의 아들은 십자가에 못 박혀서 죽자마자 곧장 십자가에서 지옥으로 내려가 고통받는 죄인들을 모두 풀어 주었습니다. 그러자 이제는 지옥이 끙끙 앓기 시작했는데, 더 이상 아무도, 어떤 죄인도 지옥에 오지 않을 것이라고 생각했던 것이지요. 그때 지옥에게 주님께서 이렇게 말씀하셨답니다. '끙끙대지 말거라, 지옥이여, 지금부터 온갖 고관들, 행정관들, 수석 재판관들, 부자들이 그대를 찾아올 것이며 그대는 내가 다시 그대를 찾아올 그 시점까지 옛날 옛적처럼 저들로 가득 차게 되리라.' 정말로 그렇습니다, 옳은 말씀이셨지요……."

"민중의 전설이군, 훌륭해! 왼쪽 말을 좀 때리게, 안드레이!"

"그러니까 나리, 지옥은 저런 사람들을 위해 있는 것인데" 라며 안드레이는 왼쪽 말에 채찍질을 가했다. "나리는 우리 사이에서 어쨌거나 작은 어린아이 같답니다…… 우리는 나리를 그렇게 생각하지요……. 비록 걸핏하면 버럭 성질을 내시지만, 나리, 이건 맞지만, 나리의 순진한 마음을 봐서 주님은 용서해 주실 겁니다."

"자네, 자네는 나를 용서할 텐가, 안드레이?"

"아니, 제가 뭘 용서할 수 있습니까, 나리는 저한테 아무 짓도 하지 않으셨는걸요."

"아니야, 모든 사람들, 모든 사람들을 대신하여 자네 혼자 지금, 바로 지금 이렇게 길을 가는 도중에 모든 사람들을 대신하여 나를 용서하겠나? 말해 보게, 이 순박한 사람아!"

"이런, 나리! 나리를 모시고 가는 것이 무섭습니다, 자꾸 희한한 말만 오가는 게……."

하지만 미챠는 마부의 말이 제대로 들리지도 않았다. 미친 듯 기도를 하며 혼잣말처럼 기괴하게 속닥대고 있었던 것이다.

"주여, 온갖 무법 행위를 저지른 저를 받아들이시되, 심판하지는 말아 주시옵소서. 주님의 심판을 거치지 않고 그냥 지나가게 해 주시옵소서……. 심판하지 마실지니, 이는 저 스스로 저를 심판했기 때문이옵니다. 심판하지 마실지니, 이는 제가 주님을 사랑하기 때문입니다, 주님! 저는 추잡한 놈이지만 그래도 주님을 사랑하나이다. 지옥으로 보내신다고 해도 그곳에서도 사랑할 것이며 그곳에서도 제가 주님을 영원토록 사랑한다고 외칠 것이나이다……. 하지만 제게도 제 사랑을 끝맺음 할 수 있도록 해 주시옵소서……. 지금 여기서 제 사랑을 끝맺음 할 수 있도록, 주님의 뜨거운 햇살이 비치기 전까지 단 다섯 시간만이라도……. 왜냐하면 제 영혼의 황녀를 사랑하기 때문입니다. 사랑하며 사랑하지 않을 수 없나이다. 주님의 눈으로 몸소 저를 완전히 꿰뚫어 보시지 않습니까. 달려가서 그녀 앞에 엎드리고 말하겠나이다. 내 곁을 그냥 떠나 버리다니, 당신이 옳았어……. 잘 가라, 그리고 당신의 희생양인 이 몸을 잊어버리고 앞으로는 불안에 떨지 말지니라!"

"모크로예입니다!" 안드레이가 채찍으로 앞을 가리키면서 소리쳤다.

밤의 창백한 암흑 사이로 갑자기 광활한 공간에 흩어져 있는, 견고한 건물들이 거뭇거뭇 보이기 시작했다. 모크로예 마을에는 2000명의 주민이 살고 있었지만 이 시각에는 마을 전체가 이미 잠들어서 암흑 가운데 오직 몇 군데서만 드문드문 등불이 깜박이고 있을 뿐이었다.

"몰아라, 몰아, 안드레이, 내가 간다!" 미챠가 열병이라도 앓는 양 소리를 질렀다.

"자지 않고 있습니다!" 안드레이는 채찍으로 마을 어귀에서 있는 플라스투노프 여관을 가리키면서 다시 말했는데, 거리로 난 여섯 개의 창문이 모두 환하게 밝았던 것이다.

"그래, 자지 않고 있어!" 미챠가 기쁨에 차서 말을 받았다. "쩌렁쩌렁 소리를 울려라, 안드레이, 방울 소리를 내며 몰아라, 온 동네가 떠나갈세라 요란스럽게 들어가는 거야. 누가 왔는지를 다들 알 수 있도록! 내가 간다! 이 몸이 납신다!" 미챠가 미친 듯이 소리쳤다.

안드레이는 완전히 녹초가 된 트로이카를 내몰면서 정말로 온 동네가 떠나갈세라 요란스럽게 높은 현관 층계 앞까지 간 뒤 거의 반쯤 숨이 끊어진 듯 땀을 뻘뻘 흘리는 말들의 고삐를 잡아당겼다. 미챠는 마차에서 뛰어내렸고, 바로 그때, 진짜로 이미 잠자리에 들었던 여관 주인이 도대체 누가 이렇게 요란하게 마차를 몰고 왔는지 궁금해서 현관 층계참에서 내려다보았다.

"트리폰 보리스이치,[32] 자넨가?"

주인은 몸을 구부려 자세히 살펴보더니, 부리나케 현관에서 뛰어내려 알랑거리는 기쁜 표정으로 손님에게로 달려들었다.

"나리, 드미트리 표도르이치![33] 나리를 다시 뵙게 되다니요?"

트리폰 보리스이치라는 사람은 체격이 탄탄하고 건장한 중키의 농군으로서 다소간 살이 찐 얼굴에 엄격하고 호락호락하지 않아 보였지만, 또한 특히 모크로예 농군들에게는 정말

32) 보리소비치의 약칭.

33) 표도로비치의 약칭.

로 그랬지만, 이득이 될 거라는 냄새만 맡으면 재빨리 그야말로 알랑거리는 표정으로 바꿀 줄 아는 재능이 있었다. 러시아식으로 루바시카의 깃을 삐뚤게 세운 채 반코트를 입고 다녔으며, 돈을 상당히 많이 갖고 있었지만 지위를 향상시키려는 꿈을 계속 버리지 않았다. 반수 이상의 농군들이 그의 마수에 걸려들어 주위의 모든 사람들이 그에게 빚을 지고 있었다. 그는 지주들한테서 땅을 빌리거나 아예 사거나 해서, 절대 헤어나올 수 없는 빚더미에 앉은 농사꾼으로 하여금 빚 대신 그 땅을 경작하게끔 했다. 그는 홀아비였고 네 명의 장성한 딸들이 있었다. 한 명은 이미 과부로서 아버지에겐 외손자가 되는 두 어린아이들과 함께 아버지 집에 살면서 날품팔이 여자처럼 일하고 있었다. 농군 티가 풀풀 나는 또 다른 딸은 어디서 서기로 근무하는 관리와 결혼한 상태였는데, 여관 어느 방 벽에 걸린 아주 작은 크기의 가족사진들 중에서 관리용 견장이 달린 제복을 입은 이 관리의 사진도 볼 수 있었다. 작은 두 딸은 사원의 축제나 누구 집에 나들이를 갈 때는 뒤쪽을 바싹 조인, 치맛자락이 1아르신쯤 되는 최신 유행의 하늘색이나 초록색 드레스를 입었지만, 다음 날 아침이면 여느 날과 다름없이 날이 밝자마자 일어나서 자작나무 빗자루를 손에 들고 비질을 하고 구정물을 갖다 버리고 투숙객이 나간 후에 쓰레기를 치우는 하녀였다. 이미 수천을 손에 넣었음에도 불구하고 트리폰 보리스이치는 방탕을 일삼는 투숙객에게 바가지를 씌우는 걸 아주 좋아하는 데다가, 아직 한 달도 안 된 지난번에 드미트리 표도로비치가 그루셴카와 한판을 벌이는 동안 딱

하루 만에 그에게서 300까지는 아니더라도 200루블 남짓한 돈을 우려먹은 것을 기억하고 있었기 때문에, 미챠가 자기 여관의 현관 층계참으로 마차를 몰고 왔다는 사실 하나만으로도 이미 다시금 먹이가 걸려들었다는 냄새를 맡고서 지금 그를 반갑고도 요란스럽게 맞이한 것이다.

"나리, 드미트리 표도로비치, 나리를 다시 모시게 되다니요?"

"잠깐만, 트리폰 보리스이치." 하고 미챠가 말을 시작했다. "우선 가장 중요한 건 말이지, 아씨는 어디 있나?"

"아그라페나 알렉산드로브나 말씀입니까?" 주인은 예리한 시선으로 미챠의 얼굴을 살펴보곤 금방 알아챘다. "예, 그분도…… 여기 와 계십니다……."

"누구, 누구와 함께?"

"외지에서 오신 손님들인데…… 한 분은 관리인데, 말하는 걸 보면 폴란드 사람인 것이 분명합니다, 그분이 아씨를 위해 이쪽에서 말을 보내 드렸지요. 그분과 함께 있는 다른 분은 동료인지 그냥 동행인지 통 모르겠지만, 문관 복장을 하고 있던데요……."

"아니, 그래, 한판 벌이고들 있나? 돈은 많던가?"

"한판 벌이다니요! 보잘것없는 족속이지요, 드미트리 표도로비치."

"보잘것없다고? 그럼, 다른 자들은?"

"우리 도시에서 온 분들이 둘인데……. 두 분 다 체르니에서 돌아오는 길에 그냥 묵게 된 겁니다. 한 분은 젊고, 미우소프 씨의 친척이 분명한데, 그만 이름을 잊어버렸군요……. 다른 한 분은 지주 막시모프라고 나리도 아시는 분인데, 기도를 드리러 저기 나리 동네의 수도원에 갔다가 미우소프의 이 젊은 친척분과 함께 오는 길이라고 하시던데요……."

"그 사람들이 전부인가?"

"예."

"잠깐만, 아무 말 하지 말고, 트리폰 보리스이치, 이제 가장 중요한 건데, 아씨는, 아씨는 어떤가?"

"아까 와서 그분들과 함께 있습니다."

"즐거워하던가? 웃던가?"

"아니요, 별로 웃는 것 같지 않던걸요……. 숫제 아주 지루해하면서 앉아 있는데, 젊은이의 머리카락을 빗겨 주더군요."

"그러니까 폴란드인 장교를?"

"그 사람이 어디가 젊어요, 게다가 장교는 무슨 얼어 죽을 장교. 천만에요, 나리, 그 사람이 아니라 이 미우소프의 조카, 이 젊은이 말인데…… 이름을 그만 잊었군요."

"칼가노프 아닌가?"

"맞아요, 칼가노프."

"좋아, 내가 알아서 결정하지. 카드놀이를 한다고?"

"하다가 그만뒀어요, 차도 마셨고, 관리들은 과실주를 달라고 하더군요."

"잠깐만, 트리폰 보리스이치, 이보게 잠깐만, 내 직접 결정하겠네. 이제 가장 중요한 걸 얘기해 주게. 집시들은 없나?"

"요즘은 집시들 숨소리도 못 들었습니다, 드미트리 표도로비치, 당국에서 다 내쫓아서 지금 여기 있는 자들은 유대인들로, 탬버린을 치고 바이올린을 연주하는데, 그들이라면 로쥐제스트벤스카야에 있으니까 지금이라도 사람을 보내 불러올 수 있습니다. 올 겁니다."

"사람을 보내게, 꼭 보내!" 미챠가 소리쳤다. "처자들도 그때처럼 불러 모을 수 있겠지, 특히 마리야, 스체파니다, 아리나를 불러오게. 합창 값으론 200루블을 주겠네!"

"그만한 돈이라면 마을 전체를 나리 앞에 불러다 놓을 수 있겠는걸요. 비록 지금은 다 잠자리에 들었지만. 더욱이, 드미트리 표도로비치 나리, 여기 농군들이나 저기 처자들도 그런 과분한 대우를 받을 가치나 있나요, 어디? 이 비열하고 거친 촌놈들한테 그만한 돈을 쓰시겠다니! 그런 놈들, 우리 농군들이 시가를 피우다니, 나리가 주셨다면서요. 정말이지 저 날강도 같은 놈들한테서는 썩는 냄새가 난다니까요. 처자들도 열이면 열이 전부 이가 득실거려요. 차라리 제 딸년들을 나리 앞에 대령시키지요, 그만한 돈도 필요 없어요. 지금 막 잠자리에 들긴 했지만 발로 그년들의 등짝을 걷어차서 깨운 뒤 나리를 위해 노래를 부르라고 하지요. 요전에도 농군들한테 샴페인을 마시게 해 주셨지요, 헤헤!"

트리폰 보리스이치가 미챠를 걱정해 준 건 그냥 말뿐이었다. 그는 그때 미챠에게서 샴페인 반 상자를 몰래 숨겼고, 탁자 밑에 떨어진 100루블짜리 지폐를 주었을 때도 주먹으로 꽉 쥐고 있었다. 그 돈은 그렇게 그의 주먹 안에 남게 됐다.

"트리폰 보리스이치, 그때 내가 여기서 뿌린 돈이 고작 1000은 아니었겠지. 기억하나?"

"여부가 있나요, 나리, 어떻게 잊겠어요, 아마 우리한테 3000은 쓰셨을걸요."

"자, 지금도 그러려고 왔다네, 보이나?"

그러면서 그는 지폐 다발을 꺼내서 주인의 코앞에 바싹 갖다 댔다.

"이제 잘 듣고 잘 알아 두게. 한 시간 뒤면 술이며 안주며 피로그며 사탕이 올 거야 — 모든 것을 당장 저기 위층으로 올려 보내게. 안드레이가 갖고 있는 이 상자도 지금 당장 저기 위층으로 갖고 올라가서 활짝 열도록 하고 샴페인도 얼른 내오도록……. 그리고 무엇보다도 처자들, 처자들을 꼭 데려와, 마리야는 꼭 빼먹지 말고……."

그는 마차 쪽으로 몸을 돌려 좌석 밑에서 권총 상자를 꺼냈다.

"안드레이, 삯을 받아 가야지! 자, 트로이카 삯은 15루블이고, 여기 50루블은 보드카나 사 마시게…… 일을 성의껏 처리해 주고 나를 사랑해 준 대가로……. 카라마조프 나리를 기억해 주게!"

"무서워서, 나리……." 하고 안드레이가 주저했다. "차나 한 잔 마시게 5루블이면 됩니다, 더 이상은 안 받겠습니다. 트리폰 보리스이치가 증인입니다. 제가 그만 어리석은 말을 한 건 용서해 주십시오……."

"뭘 두려워하는 건가."라며 미챠가 그를 위아래로 쓱 훑어보았다. "정 그렇다면, 젠장, 자네 마음대로 해!" 그는 그에게 5루블을 던지면서 소리쳤다. "이제, 트리폰 보리스이치, 나를 조용히 데려다주게, 우선은 저들 모르게 저들이 모두 함께 있는 걸 슬쩍 봐야겠네. 저기, 푸른 방에 있나?"

트리폰 보리스이치는 겁먹은 듯 흠칫 미챠를 바라보았지만, 곧 요구 사항을 온순하게 이행했다. 미챠를 조심스럽게 현관으로 데려간 뒤, 그 자신은 손님들이 있는 방과 이웃해 있는 첫 번째 커다란 방으로 들어가 촛불을 꺼내 왔다. 그러고는 살그머니 미챠를 안으로 데려간 다음 캄캄한 구석 한쪽에 세웠는데, 거기라면 노닥거리는 사람들의 눈에 띄지도 않으면서 그들을 자유분방하게 관찰할 수 있을 법했다. 하지만 미챠는 그다지 오래 바라보지도 못했고, 게다가 찬찬히 살펴볼 수도 없었다. 그녀를 보자, 심장이 두근거리기 시작하고 눈앞이 캄캄해졌던 것이다. 그녀는 탁자 앞 안락의자에 비스듬히 앉아 있었고 그녀 옆 소파에는 아직 몹시 젊고 잘생긴 칼가노프가 있었다. 그루셴카는 그의 손을 잡고서 웃고 있는 것 같았지만, 상대방은 그녀 쪽은 보지도 않고 탁자 너머로 그녀의 맞은편에 앉아 있는 막시모프에게 신경질이 난 듯 큰 소리로 뭔가를 말하고 있었다. 막시모프는 뭐가 우스운지 열심히 웃고 있었다. 소파에는 그가 앉아 있었고, 소파 곁, 벽 옆의 의자에는 누군가 낯선, 다른 사람이 있었다. 소파에 널브러지듯 앉아 있는 사람은 파이프 담배를 피우고 있었는데, 좀 뚱뚱하고 얼굴이 넓적하고 키도 별로 안 큰데 왠지 잔뜩 골이 나 있는 표정이라는 생각이 미챠에게 언뜻 들었다. 그의 친구인 또 다른 낯선 사람은 미챠의 느낌으론 어쩐지 키가 굉장히 큰 것 같았다. 하지만 더 이상은 아무것도 알아볼 수가 없었다. 그는 숨이 멎는 것만 같았다. 단 일 분도 더 서 있을 수가 없어서, 상자를 장롱 위에 곧장 올려놓고 몸이 싸늘해지고 숨이 잦아들 것 같은 상태에서, 노닥거리고 있는 푸른 방의 사람들 쪽으로 향했다.

"어머나!" 그를 제일 먼저 발견한 그루셴카가 소스라치게 놀라며 째지는 듯한 소리를 질렀다.

7 틀림없는 옛 사람

미챠는 자신의 예의 그 큰 걸음걸이로 성큼성큼 그리고 빠르게 식탁 바로 곁으로 다가갔다.

"여러분." 하고서 그는 거의 고함을 치듯 큰 소리로 말을 꺼냈지만 말을 할 때마다 계속 더듬거렸다. "저는…… 저는 아무것도 아닙니다! 두려워하지 마십시오." 그가 소리쳤다. "저는 정말이지 아무것도, 아무것도 아닙니다." 그는 갑자기 그루셴카 쪽으로 몸을 돌렸는데, 그녀는 칼가노프 쪽으로 몸을 바싹 빼고 그의 손을 꽉 쥔 채로 안락의자에 앉아 있었다. "저는…… 저도 여행 중입니다. 아침까지만 있겠습니다. 여러분, 길 떠나는 여행객을 위해…… 그러니까 아침까지 함께 있어도 되겠습니까? 아침까지만, 마지막으로, 바로 이 방에서요?"

이 말을 끝냈을 때 그는 파이프 담배를 들고 소파에 앉아 있는 뚱뚱한 사람 쪽을 보고 있었다. 상대방은 파이프를 근엄하게 입에서 떼 내더니 엄숙하게 말했다.

"파네,[34] 여기는 우리가 따로 빌린 방입니다. 다른 방들도 있을 텐데요."

"아니, 드미트리 표도로비치 아니십니까, 뭐 하러 그런 질문을요?" 칼가노프가 갑자기 한마디 했다. "여기 함께 앉으시지요, 잘 지내셨습니까!"

"안녕하시오, 정말로 친절하고…… 훌륭한 사람이군요! 나는 언제나 당신을 존경해 왔소……." 미챠는 기쁨에 넘쳐 얼른 이렇게 대꾸하고는 그 즉시 탁자 너머에 있는 그에게 자신의 손을 내밀었다.

"아이고, 힘도 좋아라! 너무 세게 쥐어서 손가락 부러지겠는걸요." 칼가노프가 웃었다.

"저 사람은 악수를 할 땐 늘 그렇게 세게 쥐어요, 늘 그렇다니까요!" 그루셴카는 즐겁게 자기 생각을 말하면서도 여전히 겁먹은 듯한 미소를 짓고 있었는데, 미챠의 표정을 보고서 갑자기 난동을 부리지는 않겠다는 확신은 들었지만 미칠 것 같은 호기심이 치밀어 여전히 불안한 마음으로 그를 살펴보고 있었던 것이다. 그의 어떤 점에 그녀는 굉장한 충격을 받았고, 더욱이 이 순간에 그가 이런 식으로 들어와 이런 식으로 말문을 열 것이라는 생각은 전혀 하지 못했던 것이다.

"안녕하십니까요." 지주 막시모프도 왼쪽에서 달착지근한 말투로 한마디 했다. 미챠는 그에게로도 달려들었다.

---

34) 폴란드어로서 이하 본문 중에 파네, 판(sir), 파니(lady), 파노베(gentlemen) 등이 나오는데, 대사의 경우에는 문체를 살리기 위해 그대로 옮겼고, 그 밖에는 '폴란드 신사'로 풀어 썼다.

"안녕하십니까, 당신도 여기 있군요, 당신도 여기 있다니 정말 기쁩니다! 여러분, 여러분, 나는……." 그는 다시 파이프를 든 폴란드 신사를 바라보았는데, 그를 이곳의 두목으로 생각하는 눈치였다. "내가 이렇게 달려온 것……. 그러니까 나는 나의 마지막 날, 마지막 시간을 이 방에서 보내고 싶었습니다, 바로 이 방에서…… 내가 나의 황녀를…… 숭배했던 바로 이 방에서……! 미안합니다, 파네!" 그는 미친 듯 소리를 질렀다. "달려오면서 나는 맹세했습니다……. 오, 두려워하지 마십시오, 이게 나의 마지막 밤이니까요! 마십시다, 파네, 화해의 차원에서! 지금 술을 내올 겁니다……. 그리고 이건 내가 가져온 겁니다." 갑자기 그는 뭘 위해서인지 지폐 다발을 꺼냈다. "용서하라, 파네! 나는 지난번처럼 음악을, 천둥과 같이 떠들썩한 한바탕의 향연을 원한다……. 하지만 벌레, 아무짝에도 쓸모없는 벌레가 땅바닥을 기어 다니겠지만 그놈도 없어질 것이다! 나의 마지막 밤에 내 기쁨의 마지막 날을 기리리라……!"

그는 거의 숨이 막힐 지경이었다. 하고 싶은 말은 많고도 많았지만 입 밖으로 튀어나오는 것은 희한한 절규뿐이었다. 폴란드 신사는 꼼짝도 않고 그와 그의 지폐 다발을 바라보았는데, 그러다 그루셴카를 바라보자 의혹에 젖는 기색이 역력했다.

"나의 어왕이 허락한다면야……." 그가 말을 꺼냈다.

"어왕이 뭐예요, 여왕이란 말인가요, 예?" 갑자기 그루셴카가 말을 가로막았다. "당신이 말하는 걸 보면 웃겨 죽겠어요. 앉아, 미챠, 그런데 무슨 말을 그렇게 하는 거야? 제발 겁은 주지 마. 겁을 주진 않을 테지, 안 그럴 테지? 그렇게만 안 한다면, 당신이 와서 나도 너무 기뻐…….”

“내가, 내가 겁을 준다고?” 두 팔을 높이 쳐들면서 갑자기 미챠가 소리쳤다. “오, 지나가십시오, 얼른 가십시오, 방해하지 않겠습니다……!” 그러면서 갑자기 의자에 몸을 던지더니 머리를 반대편 벽 쪽으로 돌리고 두 손으로 의자의 등받이를 껴안듯 꽉 쥔 채 엉엉 눈물을 쏟아 내기 시작했으니, 자기 자신은 물론이고 다른 사람들도 전혀 예상치 못한 일이었다.

“이렇다니까, 그래 이렇다니까, 누가 당신 아니랄까 봐!” 그루셴카가 소리를 질렀다. “이 사람은 우리 집에 올 때도 이랬어요 — 갑자기 뭔 말을 하긴 하는데 통 알아들을 수가 없다니까요. 한번은 이렇게 울음을 터뜨린 적이 있었는데, 그러니까 지금이 두 번째예요 — 창피하지도 않은가 봐! 아니, 도대체 왜 우는 거야? 무슨 까닭이라도 있는 거야, 응?” 그녀는 갑자기 수수께끼처럼 이렇게 덧붙였는데, 단어 하나하나에 힘을 주는 것이 꼭 짜증이라도 난 것 같았다.

“나는…… 나는 우는 게 아니라……. 그래, 안녕하십니까!” 그는 의자에서 금방 몸을 돌려 갑자기 웃기 시작했지만, 예의 그 나무토막같이 탁탁 끊기는 투박한 웃음이 아니라 어쩐지 들리지도 않는, 길게 떨려 나오는 신경질적인 웃음이었다.

“그래, 또 이렇다니까……. 자, 이제 즐거워해야지, 즐거워해!” 그루셴카가 그를 얼러 댔다. “당신이 와서 나는 정말 기뻐, 정말로 기쁘다고, 미챠, 정말로 기쁘다는 말 듣고 있어? 나는 이 사람이 우리와 자리를 같이했으면 좋겠어요.” 꼭 모든 사람들을 겨냥한 양 명령조로 말했지만, 사실 그녀의 말은 분명히 소파에 앉아 있는 사람 들으라고 한 말인 것 같았다. "그러고 싶어, 그러고 싶어요! 만약 이 사람이 떠나면 나도 떠나겠어요, 정말로!" 그녀는 갑자기 활활 타오르는 눈빛으로 덧붙였다.

"나의 황녀가 명령하는 것, 그것은 법칙이로다!" 폴란드 신사가 아주 정중하게 그루셴카의 손에 입을 맞추면서 말했다. "우리 모임이 끝날 때까지 계시지요." 그는 미챠를 향해 상냥하게 말했다. 미챠는 이번에도 장광설을 늘어놓을 요량으로 다시 벌떡 일어섰지만, 영 엉뚱한 말이 튀어나와 버렸다.

"마십시다, 파네!" 그는 갑자기 일장 연설 대신에 이런 말을 불쑥 내뱉었다. 다들 웃음을 터뜨렸다.

"어머나! 나는 이 사람이 또다시 말을 하고 싶어 안달이라고 생각했지 뭐예요." 그루셴카가 초조한 목소리로 소리쳤다. "듣고 있는 거야, 미챠." 하고 그녀가 고집스럽게 덧붙였다. "앞으로는 그렇게 벌떡 일어나거나 하지 마, 샴페인을 가져온 건 정말 멋진 일이지만. 나도 마실 거야, 과실주는 넌덜머리가 나. 무엇보다도 좋은 건 당신이 왔다는 거야, 안 그랬으면 따분해서 죽었을 거야……. 그런데 이번에도 한판 벌이러 온 거지, 응? 돈은 호주머니에 감춰, 제발 좀! 어디서 그렇게 많은 돈을 손에 넣은 거야?"

미챠는 지금까지 줄곧 손으로 움켜쥐고 있던, 모든 사람들, 특히 폴란드 신사들이 눈여겨보고 있던 지폐들을 당혹스러워하면서 재빨리 호주머니에 쑤셔 넣었다. 그는 얼굴이 발개졌다. 바로 그 순간, 주인이 병마개를 딴 샴페인과 컵을 쟁반에 담아 가져왔다. 미챠는 술병을 잡긴 잡았지만 너무도 어리벙벙해진 탓에 그 병으로 뭘 어떻게 해야 될지를 잊어버렸다. 그러자 칼가노프가 그에게서 병을 빼앗아 그를 대신하여 술을 따랐다.

"한 병 더, 한 병 더 가져와!" 미챠가 주인에게 이렇게 소리쳤는데, 아까 폴란드 신사에게 그토록 의기양양하게 화해의 건배를 하자고 청해 놓고선 그와 잔을 부딪치는 것도 까먹고 다른 사람도 기다리지도 않고 갑자기 혼자서 한 잔을 다 마셔 버렸다. 그의 얼굴이 갑자기 완전히 변해 버렸다. 들어올 때는 의기양양하고 비극적인 표정을 지었건만, 이제 그에게는 어쩐지 어린애다운 표정이 나타났다. 갑자기 기세를 꺾고 완전히 온순해진 것 같았다. 잘못을 저질렀던 강아지가 다시 안으로 불려 들어와 귀여움을 받을 때처럼 고마워하고 또 모든 사람들을 조심스럽고도 기쁜 표정으로 바라보았고 자주 조바심을 내며 히죽거렸다. 꼭 만사를 다 잊은 사람처럼 환희에 가득 차 어린아이 같은 미소를 지으며 모든 사람들을 둘러보는 것이었다. 그루셴카를 바라보며 끊임없이 웃었고 자기 의자를 그녀의 안락의자 곁으로 바싹 당겼다. 미챠는 또 조금씩 두 명의 폴란드 신사들도 살펴보았는데, 아직은 이들의 정체를 제대로 파악하지 못하고 있었다. 소파의 폴란드 신사는 예의 그 태도, 폴란드식 악센트—무엇보다도 파이프 담배 덕분에 그에게 충격을 주었다. '저건 대체 뭘까, 하긴 파이프 담배를 피우는 건 좋은 일이지.'라고 미챠는 생각을 가다듬었다. 이미 거의 마흔은 된 폴란드 신사의 살이 다소 처진 얼굴, 아주 작은

코, 그 밑으로 보이는 극히 가늘고 뾰족하고 뻔뻔스러워 보이는 두 가닥의 염색된 콧수염 등도 지금으로선 미챠에게 어떤 의문도 불러일으키지 않았다. 심지어 너무도 볼썽사납게 관자놀이 앞으로 빗어 올린 시베리아제(製)의 그야말로 후줄근한 가발도 미챠에게 딱히 충격을 주지 않았다. '뭐 가발을 쓴 걸 보면, 그럴 일이 있나 보군.' 이렇게 그는 행복에 겨워 계속 생각을 가다듬었다. 그런데 벽 옆에 앉아 있는 폴란드 신사는 소파에 앉아 있는 폴란드 신사보다 더 젊었음에도 좌중을 뻔뻔스럽고 도전적인 태도로 바라보면서 말없이 경멸감을 갖고 좌중의 대화를 듣고 있었다. 그도 미챠에게 충격을 안겨 주었는데, 그건 오직, 소파에 앉아 있는 신사와는 너무나 어울리지 않을 만큼 징그럽게 키가 컸기 때문이었다. '일어서면 11베르쇼크는 되겠군.'이라는 생각이 미챠의 머릿속을 스치고 지나갔다. 그의 머릿속에서는 또한, 이 키 큰 폴란드 신사가 필경 소파에 앉아 있는 신사의 친구이자 앞잡이, 그러니까 무슨 '경호원'쯤 될 테고, 따라서 파이프를 든 키 작은 신사가 물론 키 큰 신사를 지휘하는 사이일 거라는 생각이 스쳐 지나갔다. 하지만 이렇든 저렇든 미챠는 논쟁의 여지도 없이 만사가 좋아 죽을 지경이었다. 경쟁심 따위는 작은 강아지의 마음속에서 완전히 잠잠해져 버렸다. 그루셴카의 태도에서도, 그녀가 몇 마디 내뱉을 때의 수수께끼 같은 어조에서도 그는 여전히 아무것도 이해하지 못했다. 그가 온 마음으로 전율하며 이해한 것은 오직, 그녀가 자기에게 상냥하게 대해 주고 자기를 '용서'하여 그 곁에 앉혔다는 것뿐이었다. 그는 그녀가 술잔을 홀

짝거리는 것을 보고 너무 황홀해서 정신이 없었다. 하지만 좌중의 침묵에 갑자기 충격을 받았는지, 뭔가 기대하는 듯한 시선으로 모든 사람들을 둘러보기 시작했다. "아니, 왜 우리는 이렇게 앉아만 있는 겁니까, 왜 아무것도 시작하지 않는 겁니까, 여러분?" 히죽거리는 웃음으로 가득 찬 그의 시선은 이렇게 말하는 듯했다.

"여기 이분이 줄곧 거짓말을 늘어놔서 우리는 줄곧 웃고 있었답니다." 갑자기 칼가노프가 꼭 미챠의 생각을 읽은 듯 막시모프를 가리키며 말을 시작했다.

미챠는 저돌적으로 칼가노프를 응시하다가, 그다음엔 곧 막시모프 쪽으로 시선을 옮겼다.

"거짓말이라니요?" 그는 그 즉시 뭐가 그리 기쁜지 예의 그 짧은 나무토막 같은 웃음을 터뜨렸다. "하——하!"

"예. 생각해 보십시오, 이분은 우리 기병대 전체가 20년대에 폴란드 여자들과 결혼을 했다는 식의 주장을 펼치고 있습니다. 아무래도 이건 터무니없는 헛소리죠, 안 그렇습니까?"

"폴란드 여자라고요?" 미챠가 또다시 말을 받긴 했지만, 이젠 그야말로 황홀경에 빠져 있었다.

칼가노프는 그루셴카에 대한 미챠의 태도를 아주 잘 알고 있었고 폴란드 신사에 대해서도 나름대로 짐작은 하고 있었으나, 이런 것에는 별로, 아니 전혀 관심이 없었으며, 오히려 무엇보다도 그의 흥미를 끈 것은 막시모프였다. 그는 어쩌다가 막시모프와 함께 여기에 떨어졌다가 난생처음으로 여기 여관에서 폴란드 신사들을 만난 것이었다. 그루셴카라면 이전부터 알고 있었으며 심지어 한 번은 누군가와 함께 그녀의 집에 간 적도 있었다. 그 당시 그는 그녀의 마음에 들지 않았다. 하지만 그랬던 그녀가 여기서는 아주 다정하게 그를 바라보곤 했다. 미챠가 도착하기 전에는 심지어 그를 어루만지기도 했는데, 그럼에도 칼가노프 자신은 어쩐지 시종일관 무감각한 상태였다. 이 청년은 많아야 스무 살 정도 되었는데 옷차림이 상당히 멋졌고 아주 사랑스러운 뽀얀 얼굴에 머리카락은 숱이 많고 아름다운 아마빛이었다. 그 뽀얀 얼굴에 박힌 아주 매력적인 밝은 푸른빛의 눈에는 현명하고 이따금씩은 나이에도 맞지 않을 만큼 심오한 표정이 나타나곤 했으며, 그러면서도 이 청년은 이따금씩 어린애처럼 말을 하고 어린애 같은 표정으로 사람들을 바라보았는데 그 자신이 이 점을 의식하긴 하되, 조금도 부끄러워하지 않았다. 대체로 그는 늘 상냥한 편이었지만 아주 특이하고 심지어 변덕스럽기도 했다. 이따금씩 그의 얼굴 표정에서는 뭔가 확고부동하고 고집스러운 것이 번득일 때가 있었다. 상대방을 바라보며 그 말을 들을 때도 정작 그 자신은 집요하게 꼭 자기만의 뭔가를 꿈꾸는 듯했던 것이다. 느긋하고 맥 빠진 상태로 있다가도 이따금씩 갑자기 흥분하기도 했는데, 필경 아주 하찮은 이유로 그러는 거였다.

"생각해 보십시오, 저는 벌써 나흘째 이분을 모시고 다니고 있습니다." 그는 느릿느릿 말꼬리를 다소 질질 끌면서 말을 계속했지만, 거드름을 피우기는커녕 오히려 아주 자연스러웠다. "기억하시겠죠, 당신의 동생분이 그때 이분을 마차에서 걷어차서 나가떨어지게 한 뒤로 말입니다. 그때의 일 덕분에 나는 이분에게 많은 관심을 갖게 되어 시골로 데려갔는데, 지금 보시다시피 입만 열면 다 거짓말이니, 이분과 함께 있는 것 자체가 부끄럽군요. 해서, 다시 이분을 데리고 가는 중입니다……."

"판은 폴란드 파니를 본 적이 없기 때문에 그런 건 불가능하다고 말하는 겁니다." 파이프를 문 폴란드 신사가 막시모프에게 한마디 했다.

파이프를 문 폴란드 신사는 러시아어를 상당히 유창하게 했는데, 최소한 생각했던 것보다는 훨씬 더 잘했다. 러시아어 단어를 사용할 일이 있으면 폴란드식으로 바꿔 발음하긴 했지만 말이다.

"나 자신이 폴란드 파니와 결혼했던 몸이오." 이런 대답을 내놓곤 막시모프가 킥킥거렸다.

"아니, 그러면 기병대에서 근무했단 말입니까? 방금 기병대 얘기를 하셨잖습니까. 아니 그럼, 진짜로 기병 장교였단 말인가요?" 당장에 칼가노프가 끼어들었다.

"물론 그렇긴 하겠지만, 저 사람이 기병 장교였다니요? 하—하!" 미챠가 이렇게 소리쳤는데, 그는 좌중의 대화에 탐욕스럽게 귀를 기울이고 있다가 누가 입을 열기만 하면 재빨리 그쪽으로 의문에 찬 시선을 돌리길 반복하면서 누구든 좋으니 뭘 좀 얘기해 주었으면 하고 기대하는 눈치였다.

"그게 아니라, 내 말은 그러니까"라고 막시모프가 그에게로 몸을 돌렸다. "저곳의 저 폴란드 파니들은…… 예쁘장한 데다가…… 우리네 창기병과 마주르카를 추는 모양새가 또 일품이고…… 마주르카가 끝나기가 무섭게 고양이처럼 냉큼 창기병의 무릎 위로 뛰어올라 앉는데…… 아주 새하얀 고양이 같다니까요…… 그런데 그 폴란드 파니들의 아비, 어미도 뻔히 보면서 다 허락하는 거죠…… 허락해 준다, 이 말이죠…… 그러면 창기병은 이튿날 그 집을 찾아가 청혼을 하는 거죠…… 청혼을 한다…… 바로 이 말이죠, 히—히!" 말을 끝맺고서 막시모프는 히히거렸다.

"저런, 순 날건달 같으니!" 키 큰 폴란드 신사가 갑자기 의자에서 투덜대더니 다리를 바꿔 꼬았다. 두껍고 지저분한 밑창이 덧대진, 기름칠을 한 거대한 그의 구두 한 짝이 유난히도 미챠의 눈에 들어왔다. 대체로, 두 폴란드 신사 모두 복장이 상당히 구질구질했다.

"아니, 날건달이라니요! 저 사람은 어떻게 저런 상스러운 말을 한대요?" 갑자기 그루셴카가 화를 냈다.

"파니 아그리피나,[35] 저 선생이 본 것은 폴란드 변두리 시골의 무지렁이 처녀들이지, 양갓집 규수는 아니랍니다." 파이프를 문 폴란드 신사가 그루셴카에게 한마디 했다.

"고작해야 저 정도라니까!" 키 큰 폴란드 신사가 의자에서 경멸스럽다는 듯 딱 잘라 말했다.

"완전히 점입가경이야, 정말! 어디 저 사람보고 한번 말을 해 보라고 하세요! 사람들이 말을 하고 있는데 왜 방해만 하는 거죠? 다들 이렇게 즐거운걸." 그루셴카가 툴툴거렸다.

"방해라니요, 무슨 그리 서운한 말씀을, 파니." 가발을 쓴

35) '아그라페나'의 폴란드식 발음으로 추정된다.

폴란드 신사는 줄곧 그루셴카를 응시하며 의미심장한 어조로 이렇게 한마디 한 뒤, 근엄하게 침묵을 지키며 다시 파이프를 빨기 시작했다.

"아닙니다, 아니에요, 지금 저 폴란드 선생이 말한 것은 사실입니다." 칼가노프는 뭐가 뭔지 통 모르겠다는 양 다시 열을 올렸다. "막시모프는 폴란드에 가 본 적도 없는데 어떻게 폴란드 운운할 수 있는 거죠? 설마 폴란드에서 결혼을 한 건 아니겠죠, 그렇죠?"

"예, 결혼은 스몰렌스크 현에서 했습니다. 다만, 이 일이 있기 전에 창기병이 그녀, 그러니까 미래에 내 아내 될 사람을 그 어머니, 이모, 또 장성한 아들을 동반한 어느 여자 친척 한 명과 함께 데리고 왔지요, 그러니까 바로, 바로 폴란드에서 말이죠…… 그러곤 나한테 양보해 준 거요. 그 창기병은 우리네 중위였는데 아주 훌륭한 젊은이였죠. 처음에는 그가 결혼하고 싶어 했지만 그러지 않았는데, 왜냐면 그녀가 절름발이였거든요……."

"그럼, 당신은 절름발이 여자와 결혼한 겁니까?" 칼가노프가 소리쳤다.

"절름발이였지요. 그건 그때 두 사람이 모두 나한테 슬쩍 속임수를 써서 숨겼기 때문이랍니다. 나는 그녀가 폴짝폴짝 뛰어다니는 거라고 생각했어요…… 그녀는 늘 폴짝폴짝 뛰어다녔는데 나는 즐거워서 그러는 거라고 생각했지 뭡니까……."

"당신한테 시집가는 게 기뻐서라고 말이죠?" 칼가노프가 어쩐지 어린아이와 같이 낭랑한 목소리로 소리쳤다.

"맞아요, 기뻐서 그러는 줄 알았죠. 알고 보니 완전히 다른 이유 때문이었지만. 그다음, 결혼을 했을 때 식이 끝난 바로 그날 밤, 그녀는 나에게 고백을 하면서 제발 용서해 달라고 감정을 듬뿍 담아 호소하더군요, 언젠가 어린 시절에 웅덩이를 뛰어 건너다가 다리를 다쳤다나요, 히—히!"

칼가노프는 이 말이 너무 웃겨 그야말로 어린아이처럼 자지러지며 거의 소파로 쓰러지다시피 했다. 그루셴카도 웃음보를 터뜨렸다. 미챠는 행복의 최정상에 올라 있는 기분이었다.

"그러니까, 그러니까 지금 이 사람 말은 사실입니다, 이번만은 거짓말은 아니라고요!" 칼가노프는 미챠 쪽을 돌아보며 이렇게 소리쳤다. "그러니까 그는 결혼을 두 번 했는데 지금 말한 건 첫 아내이고, 두 번째 아내는 도망을 치긴 했지만 지금까지 살아 있습니다, 알고 있습니까?"

"정말입니까?" 미챠가 얼굴에 예사롭지 않을 만큼 놀라움을 드러내면서 막시모프 쪽으로 재빨리 몸을 돌렸다.

"예, 도망쳤지요, 그런 불미스러운 일이 있었답니다." 막시모프가 얌전하게 시인했다. "한 므시외[36]와 함께 말이죠. 중요한 건 그녀가 내 마을 하나를 통째로 애초부터 자기 명의로 돌려놨다는 겁니다. 당신은 교육을 받았으니까 제 밥벌이는 할 수 있지 않느냐는 거였죠. 그러고는 줄행랑을 쳐 버렸지요. 한번은 어느 점잖은 대주교님이 나한테 이런 말을 해 주더군요. 자네는 말일세, 한 마누라는 발을 절어서 탈이었고, 다른 마누

36) 프랑스어로 '신사'라는 뜻.

라는 발이 지나치게 가벼워서 탈이었군, 히—히!"

"들어 봐요, 좀 들어 보세요!" 칼가노프는 무척이나 열을 올렸다. "이 사람이 거짓말을 한다면—정말로 자주 거짓말을 하긴 하거든요—오로지 모두에게 즐거움을 주기 위해서 거짓말을 하는 거랍니다. 이걸 두고 비열하다고 할 순 없잖습니까, 비열하지는 않잖아요? 그래서 나는 이 사람이 좋아질 때가 더러 있어요. 이 사람은 아주 비열하지만, 그래도 자연스럽게 비열하죠, 예? 여러분은 어떻게 생각하십니까? 다른 자는 뭐든 이익을 노리고 비열한 짓을 하지만 이 사람은 그냥 천성이 그렇거든요……. 한 가지 예를 들 테니 상상해 보십시오, 이 사람은 고골이 『죽은 혼』[37]에서 자기 얘기를 썼다고 우기는 겁니다.(어제 오는 길에 내도록 논쟁을 벌였지요.) 기억나시죠, 그 소설에 막시모프라는 지주가 나오는데, 노즈드료프가 그 지주를 흠씬 두들겨 패서는 재판에 회부된 일이 있었지요. '술에 취한 나머지 막시모프 지주에게 채찍질을 가하여 개인적인 모욕을 주었다.'라는 죄목이었는데, 그래, 기억나시죠? 그러니까, 생각해 보십시오, 이 사람은 그 막시모프 지주가 바로 자신이었고 그 자신이 그렇게 두들겨 맞았다고 우기는 겁니다! 아니, 이럴 수가 있나요? 치치코프가 여행을 다닌 건 아무리 늦게 잡아도 20년대, 그것도 초반이니, 연도가 전혀 맞질 않는데요. 그 시절에 이 사람을 두들겨 패는 건 있을 수가 없는 일이죠.

---

37) 고골의 장편 소설로서 주인공 치치코프가 '죽은 혼', 즉 실제로는 사망했으나 서류상으로는 살아 있는 것으로 되어 있는 농노들을 사기 위해 지방 소도시의 지주들을 방문하는 내용을 담고 있다.

아닙니까, 안 그래요?"

칼가노프가 무엇 때문에 저렇게 열을 올리는지 상상하기도 힘들었지만, 여하튼 그는 진정으로 열을 올리고 있었다. 미챠는 기꺼이 성심성의껏 그의 관심에 동참했다.

"뭐, 두들겨 맞았다면야!" 그가 너털웃음을 터뜨리며 소리쳤다.

"두들겨 맞았다는 것이 아니라, 그냥." 하고서 갑자기 막시모프가 끼어들었다.

"그냥이라뇨? 두들겨 맞았습니까, 아닙니까?"

"쿠투라 고드지나(몇 시나 됐소), 파네?"[38] 파이프를 문 폴란드 신사가 지루한 표정을 지으면서 의자에 앉은 키 큰 폴란드 신사에게 물었다. 상대방은 대답이랍시고 어깨를 으쓱했다. 두 사람 다 시계도 없었던 것이다.

"말 좀 나누는 걸 왜 방해하는 거예요? 다른 사람들이 말할 수 있게 내버려 둬요. 자기들이 지루하니까 남들도 말하면 안 된단 소리예요, 뭐예요."라고 그루셴카가 다시 소리를 쳤는데, 일부러 트집을 잡는 기색이 역력했다. 미챠의 머릿속에는 처음으로 어떤 생각이 퍼뜩, 지나갔다. 이번에는 폴란드 신사도 이미 눈에 뜨일 정도로 짜증을 내며 대답했다.

"파니, 야 니츠 네 무벤 프로치프, 니츠 네 보베드잘렘.(부인, 나는 아무런 반대도 하지 않았소, 아무 말도 하지 않았는걸.)"

---

38) 이하, 원문에 러시아어 알파벳으로 표기된 폴란드어는 한글로 음차했고 도스토옙스키가 직접 병기한 러시아어 번역을 그대로 우리말로 옮겼다.

“뭐 좋아요, 자, 그럼 당신이 이야기를 해 봐요.” 그루셴카가 막시모프에게 소리쳤다. “아니, 왜 다들 꿀 먹은 벙어리가 된 거예요?”

“딱히 얘기할 게 있어야 말이죠, 죄다 멍청한 소리들뿐인데.” 막시모프가 만족감을 드러내고 살짝 거들먹거리며 즉각 말을 받았다. “고골의 그 작품은 말이죠, 모든 것이 알레고리의 형태를 띠고 있을 뿐입니다, 인물들의 성(姓)이 죄다 알레고리잖아요. 노즈드료프도 실은 노즈드료프가 아니라 노소프이고, 쿠프쉬니코프는 아예 얼토당토않은 이름이죠, 왜냐면 그는 쉬크보르네프[39]였으니까요. 그래도 페나르디는 정말로 페나르디가 맞지만, 단 이탈리아인이 아니라 페트로프라는 러시아인이고, 페나르디 양은 제법 미인으로 예쁜 다리에 스타킹을 신고 금박이 박힌 치마를 입고서 빙글빙글 춤을 추었는데, 다만 네 시간이 아니라 겨우 사 분 정도 추었을 뿐인데…… 그사이에 모든 사람을 유혹한 것이지요…….”

“아니, 그런데 무슨 일로 두들겨 맞았어요, 무슨 일로 두들겨 맞았냐고요?” 칼가노프가 소리쳤다.

“피롱 때문입지요.” 막시모프가 대답했다.

“피롱이라니요?” 미챠가 소리쳤다.

“프랑스의 유명한 작가 피롱 말입니다. 그 당시 우리는 큰 모임에서 함께 포도주를 마셨지요, 바로 이 시장에 있는 술집

---

39) 모두 『죽은 혼』의 등장인물. ‘노즈드료프’는 ‘콧구멍’, ‘노소프’는 ‘코’라는 뜻이 있다.

에서 말이죠. 그들은 나를 초대했고 나는 우선 경구(警句) 하나를 읊조리게 됐습니다. '부알로, 자네가 맞는가, 참 해괴망측한 차림일세그려.'[40]라고요. 그러자 부알로는 가장무도회에 가는 길이라고 대답하지만 이게 목욕탕을 간다는 소리인데, 히—히, 다들 자기 나름대로 그 뜻을 이해했던 거지요. 나는 곧 다른 경구를 읊조렸는데, 교양 있는 사람이라면 누구나 다 아는 아주 신랄한 경구지요.

그대는 사포, 나는 파온, 이건 틀림없는 사실,
하지만 내 이리도 슬픈 까닭은
그대가 바다로 가는 길을 모르기 때문.[41]

그러자 다들 기분이 더욱더 상해서 이걸 빌미로 나한테 점잖지 못한 욕을 퍼붓기 시작했고, 나는 마침 분위기를 좀 바꿔 보려고 그 자리에서 피롱에 관한 아주 유식한 일화를 이야기했다가 그야말로 봉변을 당하고 말았는데, 그건 그가 프랑스 아카데미에 받아들여지지 않은 것에 대해 복수를 하려고 자기 비석에 다음과 같은 묘비명을 썼다는 얘기입니다.

---

40) 러시아의 우화 작가 크르일로프의 우화시의 일절. 부알로는 17세기 프랑스의 시인, 비평가.

41) 바츄쉬코프의 시 「신(新) 사포에게 바치는 마드리갈」(1809)의 다소 변형된 인용. 사포는 고대 그리스의 여성 시인인데, 전설에 따르면 파온을 짝사랑하여 바닷물에 몸을 던졌다고 한다.

아카데미 회원도 뭣도 아니었던
피롱, 여기에 잠들다.
(Ci-gît Piron qui ne fut rien
Pas même académicien)

그래서 그들은 나를 붙잡고 두들겨 팼던 것이지요."

"아니, 도대체 무엇 때문에, 무엇 때문에요?"

"제가 너무 유식했던 탓이지요. 사람이 사람을 두들겨 패는 데 무슨 별다른 이유가 있습니까, 어디." 막시모프는 교훈적인 어조로 상냥하게 말을 끝맺었다.

"에이, 그만들 해요, 죄다 지저분한 얘기뿐이야, 더 듣고 싶지도 않아요, 무슨 즐거운 이야기인 줄 알았네." 그루셴카가 갑자기 말을 가로막았다. 미챠는 흠칫 놀라더니 곧장 웃음을 멈추었다. 키 큰 폴란드 신사는 남의 잔치에 끼게 되어 영 지루해 죽겠다는 오만한 표정을 지으며 자리에서 일어나 뒷짐을 진 채 방을 이 구석 저 구석으로 거닐기 시작했다.

"어라, 방을 거닐기 시작했군!" 그루셴카가 경멸스럽다는 듯 그를 쳐다보았다. 미챠는 슬슬 걱정이 되기 시작한 데다가, 소파의 폴란드 신사가 짜증스러운 표정으로 자기를 쳐다보는 걸 알아챘던 것이다.

"판." 하고 미챠가 소리쳤다. "마십시다, 파네! 다른 판들도 함께 마시죠, 파노베!" 그는 순식간에 잔 세 개를 갖고 와서 샴페인을 따랐다.

"폴란드를 위하여, 파노베, 여러분의 폴란드를 위하여 마시겠습니다, 폴란드 지역을 위하여!" 미챠가 소리쳤다.

"바르드조 미 토 밀로, 파네, 브이피욤.(나로서도 참 유쾌한 일이올시다, 파네, 마십시다.)" 소파의 폴란드 신사가 근엄하고도 우호적으로 말하면서 자신의 잔을 집었다.

"그리고 다른 판, 저분은 이름이 뭐더라, 이봐, 폴란드 양반, 잔 들게!" 미챠가 소리쳤다.

"판 브루블레프스키올시다." 소파의 폴란드 신사가 살짝 일러 주었다.

판 브루블레프스키는 몸을 흔들며 탁자로 다가오더니 선 채로 잔을 받았다.

"폴란드를 위하여, 파노베, 만세!" 미챠가 잔을 들어 올린 뒤 소리쳤다.

세 명이 함께 들이켰다. 미챠는 술병을 쥐더니 즉시 다시 세 잔을 채웠다.

"이제 러시아를 위하여, 파노베, 형제처럼 지냅시다!"

"우리한테도 술을 따라 줘." 그루셴카가 말했다. "러시아를 위해서라면 나도 마시고 싶어."

"나도요." 칼가노프가 말했다.

"나도 마셨으면 싶은데…… 귀염둥이 러시아를 위해서, 쭈그렁바가지 할머니를 위해서라면." 막시모프가 히히거렸다.

"그럼 다 함께, 함께!" 미챠가 소리쳤다. "주인장, 술 더 가져오게!"

미챠가 가져온 술 중 남아 있던 세 병을 전부 내왔다. 미챠는 술을 따랐다.

"러시아를 위하여, 만세!" 그는 다시 건배를 외쳤다. 폴란드 신사들을 제외하고는 다들 마셨고, 그루셴카도 단숨에 잔을 싹 비웠다. 하지만 폴란드 신사들은 잔에 손도 대지 않았다.

"아니, 여러분, 파노베, 왜 이러시오?" 미챠가 소리쳤다. "왜 이러는 거요?"

판 브루블레프스키는 잔을 집어 들더니 쩌렁쩌렁 울리는 목소리로 말했다.

"1772년[42] 이전까지의 러시아를 위해서!"

"오토 바르드조 펜크네!(그거 정말 좋군!)" 다른 폴란드 신사가 소리쳤고, 두 사람은 단숨에 잔을 비웠다.

"바보군요, 파노베!" 미챠의 입에서 갑자기 이런 소리가 튀어나왔다.

"파——네!" 두 폴란드 신사는 수탉처럼 미챠를 쏘아보면서 위협적으로 소리쳤다. 특히나, 펄펄 끓어오른 건 판 브루블레프스키였다.

"알레 네 모쥬노 제 메치 슬라보시치 도 스보예보 크라유?" 그가 소리쳤다.('자기 편을 사랑하지 않을 수 있나, 어디?'라는 뜻이었다.)

"입 다물어요! 싸우지 말라고요! 싸움 따윈 안 돼요!" 그루셴카가 명령조로 소리치면서 한쪽 발로 마룻바닥을 쾅 쳤다. 그녀의 얼굴은 붉게 상기되고 눈은 번득였다. 방금 들이

---

42) 1772년은 러시아, 프로이센, 오스트리아에 의해 폴란드 분할이 이루어진 해.

켠 술이 오르는 거였다. 미챠는 소스라치게 놀라 간이 콩알만 해졌다.

"파노베, 잘못했소! 내 잘못이오, 이젠 안 그러겠소. 브루블레프스키, 판 브루블레프스키, 안 그러겠다니까요……!"

"당신이야말로 좀 가만히 앉아 있어, 정말 바보 천치라니까!" 그루셴카가 뭐가 그리 분한지 성질을 내면서 톡 쏘아붙였다.

다들 자리에 앉았고 다들 입을 다물었고 다들 서로의 얼굴만 바라보았다.

"여러분, 다 내 잘못입니다!" 미챠가 그루셴카가 뭐라고 외쳤는지 통 감도 못 잡고서 다시 말을 시작했다. "자, 우리는 왜 이렇게 멍하니 앉아 있는 겁니까? 뭘 해야 좋을지…… 즐거워지려면, 다시 즐거워지려면 말이죠?"

"아휴, 정말로 재미라곤 코딱지만큼도 없군." 칼가노프가 느릿느릿 웅얼거렸다.

"아까처럼 은행 놀이[43]라도 할까나……." 갑자기 막시모프가 히히거렸다.

"은행 놀이라고요? 훌륭합니다!" 미챠가 말을 받았다. "다만 파노베들이……."

"푸지노, 파네!" 소파의 폴란드 신사는 내키지 않는다는 듯 대꾸했다…….

"맞는 말이오." 브루블레프스키도 맞장구를 쳤다.

43) 카드놀이의 일종.

"푸지노? 푸지노가 무슨 말이에요?" 그루셴카가 물었다.

"늦었다는 뜻입니다, 파니, 늦었어요, 늦은 시각이라고요." 소파의 폴란드 신사가 설명했다.

"이 사람들은 늘 늦었고 그래서 늘 아무것도 할 수 없다는 식이라니까요!" 그루셴카는 신경질을 내면서 거의 째질 듯이 소리를 질러 댔다. "자기들이 지루하게 앉아 있으니까 다른 사람들까지도 지루해야 된다는 식이죠. 당신이 오기 전에도, 미챠, 이 작자들은 줄곧 이렇게 입을 다문 채 뾰로통해 있었다니까……."

"나의 여신이여!" 소파의 폴란드 신사가 소리쳤다. "초 무비쉬, 토 세니 스타네.(말만 하면 그리하겠소.) 비드젠 네라스켄, 이 에스템 스무트니.(당신이 상냥하게 굴지 않으니까, 나도 우울한 거요.) 에스템 고투프, 파네.(형씨, 시작하시죠.)" 그가 미챠를 향하며 말을 끝맺었다.

"시작합시다, 파네!" 미챠가 이렇게 맞장구를 친 뒤, 호주머니에서 지폐 뭉치를 꺼내 100루블짜리 두 장을 탁자 위에 내놓았다.

"이봐, 판, 내 당신한테 많이 잃어 주도록 하지. 카드를 쥐고, 은행을 까시오!"

"카드는 주인장한테 갖다 달라고 하시죠, 파네." 작은 폴란드 신사가 심각하고 집요하게 말했다.

"토 나이레프쉬 스포수브.(그게 제일 좋은 방법이군.)" 판 브루블레프스키가 장단을 맞추었다.

"주인장이라고요? 좋소, 알겠어, 주인장에게 부탁하죠, 좋은 생각이오, 파노베! 이봐, 카드를 내오게!" 미챠가 주인장에게 명령했다.

주인은 아직 뜯지 않은 카드 패를 가져왔으며, 미챠에게 처자들이 모여들고 있고 심벌즈를 갖고 노는 유대인들도 조만간 꼭 올 테지만 식료품을 실은 트로이카는 아직 도착하지 않았다고 아뢰었다. 미챠는 탁자에서 벌떡 일어나 지금 당장 조치를 취하러 옆방으로 달려갔다. 하지만 처자들이라고 해 봤자 겨우 세 명이었고 게다가 마리야는 보이지도 않았다. 더욱이, 미챠 자신도 어떤 조치를 취해야 할지, 무엇 하러 달려 나왔는지를 몰랐다. 명령이랍시고 내린 건 그저 상자에서 선물용 과자며 드롭스며 캐러멜을 꺼내 처자들에게 두루 나눠 주라는 것뿐이었다. "그래, 안드레이한테 보드카를 줘야겠군, 안드레이한테 보드카를 줘라!" 그가 다급하게 명령을 내렸다. "내가 안드레이를 모욕했거든!" 바로 그때 그의 뒤를 쫓아 뛰어온 막시모프가 그의 어깨를 건드렸다.

"나한테 5루블 주십시오." 그가 미챠에게 속삭였다. "나도 은행 놀이에 한번 걸어 봤으면 해서요, 히히!"

"멋져요, 훌륭해! 10루블을 가져가시오, 자, 여기!" 그는 다시금 호주머니에서 모든 지폐를 꺼내 10루블을 찾았다. "지면 또 오게, 또 와……."

"좋습니다요." 막시모프가 기쁘게 속삭인 뒤, 홀로 달려갔다. 미챠도 곧 돌아와, 기다리게 해서 죄송하다고 했다. 폴란드 신사들은 이미 자리를 잡고서 카드 포장을 뜯었다. 바라보는 눈빛이 훨씬 더 정겨워지다 못해 거의 상냥하기까지 했다. 소파의 폴란드 신사는 어느새 새 파이프를 피우면서 카드 패를 돌릴 준비를 했다. 그의 얼굴에는 심지어 어떤 웅장함마저 감돌고 있었다.

"각자 자기 자리로, 파노베!" 판 브루블레프스키가 선언했다.

"아니요, 나는 더 이상 하지 않겠어요." 칼가노프가 대꾸했다. "아까 저들에게 50루블을 잃었어요."

"그건 선생이 운이 없어서 그런 거지, 이번에는 운이 트일지도 몰라요." 소파의 폴란드 신사가 그쪽을 보며 한마디 했다.

"판돈은 얼마나 걸죠? 상한선이 정해져 있나?" 미챠가 열을 올렸다.

"파네, 100도 좋고 200도 좋고 걸고 싶은 대로 거시죠."

"그렇다면, 100만!" 미챠가 너털웃음을 터뜨렸다.

"대위님, 판 포드브이소츠키에 대해서 들은 적이 있소?"

"어떤 포드브이소츠키 말이오?"

"바르샤바에서는 누구나 낄 수 있는 무제한 은행 놀이가 있었소. 포드브이소츠키가 와서 천금을 보고 은행 놀이를 시작했지요. 물주가 '파네 포드브이소츠키, 금을 걸겠소, 고노르[44]를 걸겠소?'라고 말했소. 포드브이소츠키는 '고노르를 걸겠소, 파네.'라고 말했소. '그렇다면 더 좋은걸요, 파네.' 그러면서 물주는 카드 패를 돌렸는데, 포드브이소츠키가 이겨서 천금을 가져가게 됐지요. 그 순간 물주가 '잠깐만요, 파네.'라고 말하면서 상자를 꺼내 와 100만을 줬던 거요. '가져가시오, 파네,

44) '명예'라는 뜻.

오토 예스치 트보이 라후네크!(이게 당신 몫이오!)' 그러니까 100만짜리 승부였던 거요. '이런 줄 몰랐군요.'라고 포드브이소츠키가 말했지요. '파네 포드브이소츠키.' 하고 물주가 말했소. '당신이 고노르를 걸었으니, 우리도 고노르로 되돌려 주는 거요.' 그렇게 포드브이소츠키는 100만을 가져갔소."

"이건 순전히 거짓말입니다." 칼가노프가 말했다.

"파네 칼가노프, 브 슐랴헤트노이 콤파니이 탁 무비치 네 프르쥐스토이.(점잖은 자리에서 그런 말을 하는 법은 없소.)"

"그러니까 폴란드 도박꾼이 자네한테 100만을 내준단 소리인가!" 미챠가 소리를 쳤지만 당장 정신을 차리고 말을 바꿨다. "용서하시오, 파네, 잘못했소, 또 내가 잘못했군, 100만을 줄 거요, 여부가 있나, 고노르를, 폴란드의 명예를 걸고! 거봐요, 나도 폴란드 말이 제법이지, 하―하! 자 10루블을 걸겠어, 자, 잭이다."

"나는 1루블을 퀸한테, 하트 퀸, 예쁘장한 여왕님한테 걸죠, 히―히!" 막시모프가 자신의 퀸을 뽑아 꼭 모든 사람들로부터 숨기고 싶은 양 탁자 쪽으로 바싹 붙더니 재빨리 탁자 밑에서 성호를 그었다. 미챠가 이겼다. 1루블을 건 쪽도 이겼다.

"코너!" 미챠가 소리쳤다.

"나는 이번에도 1루블을 걸겠어요, 생플[45]로, 살짝살짝 나가는 생플 스타일이라서." 막시모프는 1루블을 번 것이 기쁘고 행복해서 어쩔 줄 모르겠다는 듯 이렇게 중얼거렸다.

---

45) 역시 카드 용어로 프랑스어 'simple'에서 왔다.

"죽었군!" 미챠가 소리쳤다. "7에 두 배를 건다!"

두 배 건 것도 죽고 말았다.

"그만두시오." 갑자기 칼가노프가 말했다.

"두 배, 두 배."라며 미챠는 점점 더 많은 돈을 걸었고 무엇에다 두 배를 걸든 죄다 죽어 갔다. 하지만 1루블을 건 쪽은 계속 이겼다.

"두 배!" 미챠가 격분해서 소리쳤다.

"200을 잃었군요, 파네. 200을 더 걸 테요?" 소파의 폴란드 신사가 물었다.

"뭐라고, 200을 잃었다고? 그럼, 200 더! 200을 전부 두 배로!" 그러고서 미챠는 호주머니에서 200루블을 꺼내 퀸에게 던지려고 했는데, 바로 그때 갑자기 칼가노프가 퀸을 한 손으로 덮었다.

"됐어요!" 그가 예의 그 낭랑한 목소리로 소리쳤다.

"아니, 왜 그러시오?" 미챠가 그를 응시했다.

"됐어요, 정말 딱 질색입니다! 더 이상 하지 마십시오."

"왜요?"

"그냥요. 침을 탁 뱉어 주고 떠나십시오, 이게 답니다. 더 이상은 카드를 하는 꼴을 지켜볼 수가 없군요!"

"그만둬, 미챠, 이 사람 말이 맞을지도 몰라. 안 그래도 많이 잃었잖아." 이 말을 하는 그루셴카의 목소리에서는 이상한 음조가 배어 나왔다. 두 폴란드 신사는 갑자기 정말로 기분을 잡쳤다는 표정을 지으며 자리에서 일어났다.

"쟈르투예쉬(농담이시겠지), 파네?" 작은 폴란드 신사가 엄격하게 칼가노프를 훑어보면서 말했다.

"야크 센 포바자쉬 토 로비치(아니 어떻게 이럴 수가 있습니까), 파네!" 판 브루블레프스키도 칼가노프에게 소리쳤다.

"여기가 어디라고, 정말 어디라고 감히 소리를 지르는 거야!" 그루센카가 소리쳤다. "아이, 정말 칠면조 수컷 같은 자들이라니까!"

미챠는 그들 모두를 번갈아 바라보았다. 하지만 그루셴카 얼굴에 나타난 뭔가가 그에게 충격을 안겨 주었고 바로 그 순간 완전히 새로운 뭔가가 그의 머릿속에서도 어른거렸으니—이상하고도 새로운 생각이 들었던 것이다!

"파니 아그리피나!" 작은 폴란드 신사가 화가 치밀어 얼굴이 벌겋게 상기된 채 이렇게 입을 열자, 미챠가 갑자기 그 곁으로 다가가 그의 어깨를 탁 쳤다.

"폴란드 양반, 잠깐 할 말이 좀 있소."

"체고 흐체쉬(무슨 일이요), 파네?"

"저 방으로, 저기 안쪽 방으로 갑시다, 잠깐 할 말이 있어서 그런데, 점잖은 말로, 아주 점잖은 말로 끝내 주겠소, 당신도 만족하게 될 거요."

작은 폴란드 신사는 깜짝 놀란 나머지, 흠칫흠칫 겁을 내며 미챠를 쳐다보았다. 그러면서도 즉시 동의를 하긴 했지만 판 브루블레프스키도 꼭 그와 함께 가야 된다는 조건을 붙였다.

"경호원쯤 되는 거요? 그럼, 저 사람도 같이 가시죠, 저 사람도 필요하니까! 심지어 꼭 필요하지!" 미챠가 소리쳤다. "출발, 파네베!"

"어디들 가시는 거예요?" 그루센카가 불안하게 물었다.
"우리는 금방 돌아올 거야." 미챠가 대답했다. 그의 얼굴에는 어쩐지 대범하고 뜻밖의 원기 왕성한 기운이 감돌았다. 한 시간쯤 전 이 방으로 들어설 때의 얼굴과는 완전히 딴판이었던 것이다. 그는 폴란드 신사들을 오른쪽 방으로, 그러니까 처자들이 합창 준비를 하고 식탁을 차리고 있는 큰 방이 아니라 침실로 데려갔는데, 거기에는 궤짝들, 짐짝들이 널려 있고 커다란 두 개의 침대 위에는 사라사 베개가 하나씩 덩그러니 놓여 있었다. 거기 판자를 붙여 만든 작은 탁자 한구석에서는 촛불이 타오르고 있었다. 폴란드 신사와 미챠는 바로 이 탁자를 사이에 두고 마주 앉았고, 거대한 판 브루블레프스키는 뒷짐을 진 채 그들 곁에 비스듬히 앉았다. 폴란드 신사들의 시선에는 엄격함이 감돌았지만, 호기심도 역력히 보였다.
"그래, 무슨 용건이요?" 작은 폴란드 신사가 옹알거렸다.
"다름 아니라, 파네, 긴 얘기는 하지 않겠소. 자, 여기 돈이 있소." 그는 지폐를 꺼냈다. "3000인데, 이걸 가지고 어디로든 떠나 줬으면 좋겠어."
폴란드 신사는 눈을 휘둥그레 뜨고 상대방의 속을 파악하겠다는 듯 바라보았는데, 시선이 숫제 미챠의 얼굴에 박힌 것 같았다.
"3000이라고요, 파네?" 그는 브루블레프스키와 눈짓을 주고받았다.
"3000, 파노베, 3000이오! 이봐요, 파노베, 보아하니 당신들은 똑똑한 사람들인 것 같소. 이 3000을 갖고 어디로든 썩 꺼져 주면 좋겠다, 이 말씀이오, 이놈의 브루블레프스키도 챙겨 갖고 말이지—듣고 있나? 그것도 바로 지금 당장, 그리고 한번 가면 영원히 못 돌아오는 거야, 알겠나, 파네, 바로 이 문으로 영원히 나가 달라는 거야. 저 방에 당신 물건은 뭐가 있지, 외투, 모피 코트? 그건 내가 가져다주지. 지금 당장, 당신들을 위해 트로이카를 매어 줄 테니—안녕히 가시라, 파네! 어때?"

미챠는 확신에 차서 대답을 기다렸다. 그로선 의심의 여지가 없었던 것이다. 뭔가 굉장히 단호한 것이 폴란드 신사의 얼굴에서 번득였다.

"그럼, 루블은, 파네?"

"루블은 이렇게 해 주지, 파네. 500루블은 마차 삯인데 지금 당장 선불로 주지, 2300은 내일 시내로 가서 주도록 하지—명예를 걸고 맹세하건대 땅을 파서라도 마련해 주지!" 미챠가 소리쳤다.

폴란드인들은 다시 눈짓을 주고받았다. 폴란드 신사의 얼굴은 나쁜 쪽으로 바뀌었다.

"700, 그래 700을 준다, 500이 아니라, 지금, 지금 당장 손에 쥐여 준다!" 미챠가 뭔가 좋지 않은 느낌이 들어 이렇게 금액을 올렸다. "왜 그러나, 판? 못 믿겠다는 건가? 어쨌거나 3000을 즉시 줄 순 없는 노릇이야. 꼭 주긴 할 테니까, 당신이 내일 그루셴카 집으로 오면 그때……. 지금은 3000을 전부 갖고 있지는 않아, 나의 시내 집에 있단 말이다." 미챠는 말 한마디를 할 때마다 겁을 집어먹고 의기소침해지면서 중얼거렸다.

"정말로 집에 있다니까, 감춰 놨으니까……."

한순간 예사롭지 않은 자존심의 기운이 작은 폴란드 신사의 얼굴에서 번득였다.

"더 할 말은 없소?" 그가 반어적으로 물었다. "프페! 아 프페!(나 참 이거 더럽고 아니꼬워서, 원!)" 그러면서 그는 침을 탁 뱉었다. 판 브루블레프스키도 침을 뱉었다.

"지금 침을 뱉는 건, 파네."라며 미챠는 모든 것이 끝났다는 것을 깨닫고 절망에 차서 말했다. "그루셴카한테서 더 많은 돈을 우려낼 수 있다고 생각하고 있기 때문일 테지. 네놈 둘 다 불알을 발라낸 수탉들이다, 정말!"

"예스템 도 쥐베고 도트크넨트느임!(아무리 그래도 나를 이렇게까지 모욕하다니!)" 작은 폴란드 신사는 갑자기 홍당무처럼 새빨개지더니 화가 치밀어 미치겠다는 듯 씩씩대며 더 이상 아무 말도 듣기 싫다는 듯 방에서 나갔다. 몸을 건들거리면서 브루블레프스키도 그의 뒤를 따라 나갔고, 어리둥절하고 멋쩍어진 미챠도 그들의 뒤를 따랐다. 그는 그루셴카가 무서웠으니, 폴란드 신사가 곧 동네방네 떠들어 댈 거라는 예감이 들었던 것이다. 아니나 다를까, 정말로 그랬다. 폴란드 신사는 홀로 들어가더니 연극이라도 하는 양 그루셴카 앞에 섰다.

"파니 아그리피나, 예스템 도 쥐베고 도트크넨트느임!" 그가 이렇게 소리를 질렀지만, 그루셴카는 꼭 자기의 가장 아픈 곳을 찔리기라도 한 듯 갑자기 인내심을 잃어버렸다.

"러시아어, 러시아어로 말해요, 폴란드 말은 한마디도 하지 말란 말이야!" 그녀가 그에게 소리쳤다. "전에는 러시아어로 말했잖아, 정말 오 년 만에 다 잊어버렸어!" 그녀는 어찌나 화가 났는지 얼굴이 온통 새빨개졌다.

"파니 아그리피나……."

"나는 아그라페나야, 나는 그루셴카라고, 러시아어로 말하지 않으면 듣지 않겠어!"

폴란드 신사는 고노르에 손상을 입어 숨을 씩씩 몰아쉬더니, 일부러 엉터리 러시아어를 쓰고 거들먹거리며 말했다.

"파니 아그라페나, 나는 옛일을 다 잊고 용서를 하러 왔소, 오늘날까지 있었던 일은 다 잊자고……."

"용서를 한다고? 지금 나를 용서하러 왔단 소리야?" 그루셴카가 상대방의 말을 가로막고 자리에서 벌떡 일어났다.

"타크 예스치(그렇다니까요), 파니, 나는 속이 좁은 사람이 아니라, 오히려 관대한 사람이오. 하지만 당신의 두 명의 정부를 보았을 때 나는 브일렘 즈드지뵤느이.(놀라고 말았소.) 판 미챠는 나더러 손 떼라고 하면서 저 안쪽 방에서 3000을 준다더군. 나는 그 판의 낯짝에 침을 뱉어 주었지."

"뭐라고? 저 사람이 당신한테 내 몸값으로 돈을 준다고 했다고?" 그루셴카가 히스테릭하게 외쳤다. "정말이야, 미챠? 어떻게 감히 그런 짓을! 아니, 내가 몸 파는 여자란 말이야?"

"파네, 파네." 하고 미챠가 고함을 질러 댔다. "이 여자는 너무도 순결해서 빛이 날 지경이야, 나는 결코 그녀의 정부였던 적이 없어! 거짓말을 해도 유분수지……."

"당신이 뭔데 이런 작자 앞에서 나를 변호할 생각을 하는 거야."라며 그루셴카가 고함을 질렀다. "내가 순결했던 건 덕망이 넘쳐 나서도 아니고, 쿠지마가 무서워서도 아니야, 이 작자 앞에서 떳떳하기 위해서, 이 작자를 만났을 때 비열한 놈이라고 말할 수 있는 권리를 얻기 위해서였어. 아니 그래, 이 작자가 당신한테서 돈을 받았어?"

"받았어, 받으려고 했어!" 미챠가 소리쳤다. "다만 3000을 한꺼번에 전부 받고 싶어 했는데, 내가 일단 700만 내놓았던 거지."

"그렇다면 알 만하군. 나한테 돈이 있다는 소문을 듣고서 결혼을 하러 온 거야!"

"파니 아그리피나." 하고 폴란드 신사가 소리쳤다. "나는 날건달이 아니라 기사에 귀족이란 말이오! 내가 온 것은 당신을 부인으로 맞이하기 위해서였는데, 와서 보니 완전히 새로운 파니가 되었군, 예전의 그 여자가 아니라 우파르투 이 베즈 프스트이두.(변덕스럽고 후안무치한 여자가 다 됐군.)"

"당신이 있던 곳으로 썩 꺼져 버려! 지금 당장 당신을 내쫓으라고 내가 명령만 하면, 그대로 쫓겨날 테니까!" 그루셴카가 미친 듯 흥분하여 소리쳤다. "바보, 나는 바보였어, 오 년간 스스로를 괴롭혔다니! 아니, 이 사람 때문에 스스로를 괴롭혔던 것이 아니라, 너무도 분해서 스스로를 괴롭혔던 거야! 게다가 이 작자도 옛날의 그 사람이 아니야! 그 사람이 정말 이랬단 말이야? 이건 그 사람의 아버지쯤 되는 거야! 이봐, 그 가발은 도대체 어디서 주문한 거야? 그때 그 사람은 매였지만, 이 작자는 물오리야. 그 사람은 웃으면서 나에게 노래를 불러 주곤 했는데……. 내가, 내가 오 년 동안 눈물을 흘리다니, 정말 쪼

다에 바보였어, 정말 저질이야, 후안무치한 년이라고!"

그녀는 안락의자에 몸을 던지고 손바닥으로 얼굴을 가렸다. 그 순간 갑자기 왼쪽 옆방에서 마침내 다 모인 모크로예의 처녀들의 합창이 울려 퍼졌다——격정적인 춤곡이었다.

"그야말로 소돔이로군!" 판 브루블레프스키가 갑자기 으르렁거렸다. "주인장, 이 후안무치한 놈들을 쫓아내게!"

주인은 이미 오래전부터 호기심을 갖고 문을 엿보다가 고함 소리를 듣자 손님들이 싸우고 있다는 낌새를 채고는 즉각 방에 나타났다.

"형씨, 왜 소리를 지르는 거요, 기차 화통이라도 삶아 먹었나?" 그는 왠지 통 납득이 안 갈 만큼 무례하게 굴면서 브루블레프스키에게 말했다.

"짐승만도 못한 놈!" 판 브루블레프스키가 호통을 쳤다.

"지금 짐승이라고 했나? 아니, 당신이 지금 갖고 논 카드는 어떤 거였어? 나는 당신에게 카드 패를 갖다줬는데 당신은 내 것을 숨겼어! 당신은 가짜 카드로 놀았던 거야! 이 가짜 카드로 술수를 썼다고 고발하면 당신은 당장 시베리아행이야, 똑똑히 알아 두시란 말이다, 그건 위조지폐나 다를 바가 없거든……." 그러면서 그는 소파 곁으로 다가가 손가락을 소파의 등받이와 쿠션 사이로 쑤셔 넣더니, 아직 뜯지 않은 카드 패를 꺼냈다.

"자, 바로 이게 나의 카드 패야, 아직 뜯지도 않았다고!" 그는 그것을 들어 주위의 모든 사람들에게 보여 주었다. "나는 지금까지 저 작자가 내 카드 패를 틈바구니에 숨겨 놓고 자기

패로 바꾸는 것을 봤어요—순 사기꾼 주제에, 무슨 폴란드 신사라고!"

"나는 저 폴란드 신사가 두 번씩이나 속임수를 쓰는 걸 봤어요." 칼가노프가 소리쳤다.

"아이, 창피스러워라, 웬 창피야, 이게!" 그루셴카가 손바닥을 탁 치면서 이렇게 소리쳤고, 정말로 어찌나 창피스러웠는지 얼굴을 붉혔다. "맙소사, 어쩌다 이런, 이런 인간이 됐을까!"

"내 이럴 줄 알았어." 미챠가 소리쳤다. 하지만 그의 이 말이 채 다 끝나기도 전에, 곤혹스러워진 데다가 성질이 치밀어 오른 판 브루블레프스키가 그루셴카를 보며 주먹으로 그녀를 위협하면서 소리쳤다.

"갈보년 같으니!" 하지만 그가 미처 다 외치기도 전에, 미챠가 그에게로 달려들더니 두 손으로 그를 거머쥐고 공중으로 들어 올려 금세 그를 홀에서 내가선, 지금 막 그들 둘을 데려갔던 오른쪽 방에 내놓았다.

"나는 저놈을 저기 마룻바닥에다 던져 놨어!" 금방 돌아온 미챠는 어찌나 흥분했는지 숨을 헐떡이며 알려 주었다. "순 양아치 같은 놈, 그래도 덤벼들긴 하더군, 아마 저기서 나오진 못할걸……!" 그는 문의 반쪽을 잠갔고, 다른 쪽은 활짝 열어 둔 채 작은 폴란드 신사에게 소리쳤다.

"폴란드 양반, 저리로 가 주시는 게 어떨까? 제발 좀!"

"나리, 미트리[46] 표도로비치." 하고 트리폰 보리스이치가 큰

---

46) 드미트리의 약칭.

소리로 말했다. "저놈들한테 잃은 돈을 다시 뺏으세요! 어쨌거나 나리 돈을 훔친 게 아닙니까."

"내 50루블을 돌려받고 싶은 마음은 없어요." 갑자기 칼가노프가 대꾸했다.

"나도 내 돈 200을 돌려받고 싶지 않아!" 미챠가 소리쳤다. "돌려받을 이유가 없어, 저놈들은 그런 낙이라도 있어야 된다니까."

"멋져, 미챠! 잘했어, 미챠!" 그루셴카가 이렇게 소리쳤는데, 그 외침 속에는 이가 득득 갈릴 정도의 증오의 기운이 감돌았다. 작은 폴란드 신사는 너무 분해서 얼굴이 불그죽죽해졌지만 여전히 예의 그 점잔을 빼면서 문 쪽으로 향했는데, 그러다 다시 걸음을 멈추고서 그루셴카를 향해 갑자기 말했다.

"파니, 예젤리, 흐체시 이시치 자 므노유, 이드즈이므이, 예슬리 네—브이바이 즈도로바!(나를 따라오고 싶으면 같이 가고 아니라면 잘 있으시오!)"

자존심이 상한 탓에 너무 화가 나 씩씩대면서도 여전히 근엄한 척 굴며 문을 나갔다. 제법 성깔이 있는 사람이었던 것이다. 이런 일이 있었다고 해도 파니가 자기를 따라오리라는 희망을 버리지 않고 있었으니 말이다—그 정도로까지 자기가 참 대단한 인간인 줄 알았던 것이다. 미챠는 그의 등 뒤에서 문을 쾅 닫았다.

"열쇠로 잠가서 저자들을 가둬 버려요." 칼가노프가 말했다. 하지만 자물쇠는 그들 쪽에서 쩔렁거렸으니, 그들이 알아서 문을 잠근 것이었다.

"멋져!" 그루셴카가 다시금 독기 어린 어조로 매정하게 소리쳤다. "정말 멋진 일이야! 저 작자들은 저기가 제격이야!"

8 미망

거의 디오니소스의 향연에 가까운, 온 세상을 뒤흔들 만한 잔치가 시작되었다. 그루셴카가 먼저 자기한테 술을 달라고 소리쳤다. "마시고 싶어, 지난번처럼 완전히 취하도록 마시고 싶어, 기억나지, 미챠, 그때 우리가 여기서 어떻게 서로 사귀게 됐는지 말이야!" 정작 미챠는 미망에 빠진 듯한 상태에서 '자신의 행복'을 예감했다. 하지만 그루셴카는 그를 자꾸만 멀리하려고 했다. "자, 저리 가서 즐겨 봐, 그들에게 춤을 추고 다들 즐기라고 말해 줘, 그때처럼 '오두막도 춤추고 벽난로도 춤춰라'. 그때처럼!" 그녀는 연이어 감탄을 쏟아 냈다. 너무나 흥분한 상태였던 것이다. 그러자 미챠는 일을 처리하러 돌진했다. 옆방에는 합창단이 모여 있었다. 지금까지 사람들이 앉아 있던 방은 가뜩이나 좁은 데다가 사라사 커튼을 쳐서 두 곳으로 나누어 놓았고 그 뒤쪽에는 풍성한 깃털 이불과 역시나 사라사 베개가 동그마니 얹힌, 커다란 침대가 있었다. 이 집에서 제법 '깨끗한' 편이라는 방 네 칸 중 어딜 가나 다 침대가 있었다. 그루셴카는 문지방 바로 곁에 자리를 잡았는데, 미챠가 그녀를 위해 이쪽으로 안락의자를 갖고 온 것이었다. 그들이 여기서 처음으로 한판을 벌인 그날, '그때'도 그녀는 여기 앉아서 합창단과 춤을 바라보았더랬다. 이리로 모여든 처자들도 그때와 똑같았다. 유대인들도 바이올린과 치터를 들고 왔고, 끝으로 목이 빠져라 기다려 온 술과 식료품을 실은 트로이카도 왔다. 미챠는 부산을 떨었다. 전혀 상관없는 농군들과 아낙네들이 방 안으로 들어왔는데, 그들은 이미 자고 있었지만 한 달 전처럼 유례없이 융숭한 대접을 받을 거라는 낌새를 채고는 일어나 온 것이었다. 미챠는 낯익은 사람들과 인사를 나누고 안부를 묻고 얼굴을 상기하며 술병을 따서 닥치는 대로 아무한테나 술을 따랐다. 샴페인에 솔깃한 것은 처자들뿐이었고, 농군들은 럼주, 코냑, 특히 독한 펀치를 더 좋아했다. 미챠는 모든 처자들을 위해 초콜릿을 끓이고 찾아오는 사람이면 아무나 밤새도록 차와 펀치를 마실 수 있도록 사모바르 세 개를 끊임없이 끓이라고 지시했다. 원하는 사람은 누구나 마음껏 먹으라는 것이었다. 한마디로 말해 뭔가 무질서하고 어이없는 것이 시작되었지만, 미챠는 이제야 물을 만난 물고기처럼 신이 나서 어이가 없으면 없을수록 점점 더 원기 왕성해져 갔다. 만약 아무 농군이나 이 순간 그에게 돈을 부탁했다면, 그 즉시 자신의 돈뭉치를 통째로 꺼내서 세 보지도 않고 좌우할 것 없이 모든 사람들에게 나누어 주었을 것이다. 분명히 이 때문에 주인장 트리폰 보리스이치는 미챠를 감시하려고 그 옆을 거의 떠나지 않고 주위를 맴돌았는데, 이날 밤에는 잠을 잘 생각이 아예 없는 듯했고 그러면서도 술은 거의 마시지 않은 상태에서(겨우 펀치 한 잔을 마셨을 뿐이었다.) 자기 나름대로 눈에 불을 켜고 미챠의 동태를 관찰하고 있었다. 필요한 때에는 상냥하게 아첨을 떨면서 미챠를 제지하고 '그때'처럼 '시가와 라인산(産) 포도주'는 물론이고 제발 돈을 농군들에게 뿌리는 일은 하지 말라고 타이르고 말렸으며, 처자들이 리큐어를 마시고 사탕을 먹는 것에 대해서도 마구 성질을 냈다. "저것들은 하나같이 이투성이들입니다, 미트리 표도로비치."라며 그가 말했다. "내 저것들의 무릎을 죄다 걷어찬다고 해도, 저것들은 자기들한테는 그게 대단한 영광인 줄 알아야 된다니까요—저것들은 그런 상놈이거든요!" 미챠는 한 번 더 안드레이를 상기하곤 그에게 펀치를 보내라고 명령했다. 그러곤 감동 어린 목소리로 맥없이 "내가 아까 그를 모욕했어."라고 되뇌었다. 칼가노프는 술 생각도 없고 처음에는 처자들의 합창도 영 못마땅했지만, 샴페인 두어 잔을 들이켜자 하늘을 날 듯 신이 나서 방 안을 성큼성큼 오가며 실실 웃고 노래며 음악이며 할 것 없이 만사가, 만인이 다 좋다고 칭찬을 늘어놨다. 막시모프는 거나하게 취해 행복에 겨운 채로 칼가노프 곁을 떠나질 않았다. 그루셴카도 역시 술기운이 돌기 시작하자, 미챠에게 칼가노프를 가리키며 "정말 귀여운 애야, 놀라울 정도라니까!"라고 말했다. 그러자 미챠는 환희에 차서 칼가노프와 막시모프에게 입을 맞추러 달려갔다. 오, 그는 많은 것을 예감했던 것이다. 아직도 그녀는 그에게 그런 말은 전혀 하지 않고 오히려 하고 싶은 말을 억지로 자제하는 기색이 역력한 채로, 간간이 상냥하지만 뜨거운 눈빛으로 그를 바라볼 따름이었지만 말이다. 마침내 그녀는 갑자기 그의 손을 꽉 쥐더니 자기 쪽으로 힘껏 가져갔다. 그녀 자신은 그때 문 옆 안락의자에 앉아 있었다.

"아까 당신이 어떤 모습으로 들어왔는지 알아, 응? 정말 들어올 때의 그 모습이란……! 어찌나 놀랐는지 간이 콩알만 해졌어. 아니, 어떻게 나를 그 사람한테 양보할 생각을 다 한 거야, 응? 정말 그럴 생각이었던 거야?"

"당신의 행복을 망치고 싶지 않았거든!" 미챠가 행복에 젖어 속삭였다. 하지만 그녀에게는 그의 답도 필요가 없었다.

"자, 가 봐…… 즐기라고." 그녀는 다시 그를 몰아 냈다. "그리고 울지 마, 다시 부를 테니까."

그러자 그는 달려갔고, 그녀는 그가 어딜 가든 그에게서 눈을 떼지 않은 채 다시 노래를 듣고 춤을 구경하기 시작했지만, 십오 분쯤 뒤에는 다시 그를 곁으로 불러들였고, 그는 다시 달려왔다.

"자, 이제 내 옆에 앉아서 얘기해 봐, 어제 내가 여기로 왔다는 걸 어떻게 알게 됐는지 말이야. 누구한테서 제일 먼저 들은 거야?"

그러자 미챠는 모든 얘기를 종잡을 수 없을 만큼 두서없이 열렬하게 늘어놓기 시작했지만, 이야기하는 방식이 이상하기도 하고 갑자기 눈썹을 찌푸리면서 말을 끊는 일도 종종 있었다.

"왜 그렇게 인상을 쓰는 거야?" 그녀가 물었다.

"아무것도 아니야…… 환자 한 명을 거기에 그냥 내버려 두고 왔어. 낫는다면, 나을 거라는 확신만 있다면, 지금 당장이라도 내 인생의 십 년을 바칠 텐데!"

"환자라면, 그래, 하느님의 가호가 함께하길. 그런데 당신은 정말로 내일 자살하려고 했던 거야, 에이, 바보 같은 사람, 도대체 무엇 때문에? 난 바로 당신같이 무분별한 사람들이 좋아." 그녀가 잘 돌아가지 않는 혀를 놀려 이렇게 속삭였다. "그러니까 나를 위해서라면 무슨 일이든 할 테지? 응? 당신은 정말 바보같이 내일 자살하려고 했단 말이지! 안 돼, 일단은 기다려 봐, 내일 내가 당신한테 어쩌면 한마디를 해 줄지도 몰라…… 오늘은 안 돼, 내일 말해 줄게. 그래도 당신은 오늘 들었으면 좋겠지? 안 돼, 오늘은 싫어……. 자, 또 가 봐, 이젠 가서 즐기라고."

그래 놓고서 그녀는 의혹과 근심에 찬 표정을 하고서 또 그를 자기 곁으로 불러들였다.

"왜 이렇게 슬퍼하는 거야? 당신이 슬퍼하는 게 보여……. 맞아, 훤히 보인단 말이야." 그녀가 그의 눈을 뚫어져라 들여다보면서 덧붙였다. "당신이 저쪽에서 농군들과 입을 맞추며 소리를 질러 대도 나는 뭔가가 보여. 안 돼, 즐거워해야 해, 내가 즐거우니까 당신도 즐거워하란 말이야. 여기 이 사람들 중에 내가 사랑하는 사람이 있는데, 알아맞혀 보세요, 누굴까요……? 아이, 이것 좀 봐. 내 소년이 잠들었군, 술에 취해서 말이야, 마음이 참 예쁜 애야……."

이건 칼가노프를 두고 하는 얘기였다. 그는 정말로 술에 취해서 소파에 앉자마자 금방 잠이 들었다. 그것도 단순히 술기운 때문이 아니라 왠지 갑자기 슬퍼졌거나 혹은 그가 말한 대로 '따분해' 졌기 때문에 잠이 든 거였다. 술판이 계속될수록 점차 어쩐지 너무 외설스럽고 방종해진 처자들의 노래가 결국에 가서는 그의 기분을 완전히 망쳐 버렸다. 그들의 춤도 매한가지였다. 두 처자가 곰으로 변장하고, 스체파니다라는 날쌘 처자가 곰 놀리는 사람 역을 맡아 손에 지팡이를 들고 두 곰들의 '재주를 보여 주기' 시작했다. "더 신나게, 마리야."라며 그녀가 소리쳤다. "안 그러면 몽둥이찜질이다!" 마침내 곰들은 정말로 쌍스러운 꼬락서니로 마룻바닥을 뒹굴었고 입추의 여지 없이 들어찬 온갖 농군들과 아낙네들 무리들은 큰 소리로 웃어 댔다. "뭐 저들도 그냥 둬요, 그냥 즐기게 둬요." 그루셴카가 지극히 행복한 표정을 짓고 의젓하게 훈계조로 말했다. "하루라도 좀 저렇게 즐겨야죠, 사람이 기뻐하면 안 될 이유는 없잖아요?" 칼가노프는 왠지 몸에 뭐 더러운 거라도 묻은 양 찜찜한 눈치였다. "완전히 돼지우리 같아, 민중의 풍습이라는 것 자체가 말이야." 자리를 떠나면서 그는 이렇게 말했다. "저건 저들이 여름밤 내내 해를 애지중지할 때 즐기는 봄놀이라니까." 그런데 그가 특히나 못마땅해한 것은 날쌘 춤곡과 더불어 흘러나오는, 주인 나리가 와서 처녀들의 마음을 떠보고 어쩌고 하는 '신식' 노래였다.

주인 나리가 처녀들의 마음을 떠봤다네,
처녀들이 나를 좋아할까?

하지만 처녀들은 주인 나리한테 마음을 줘서는 안 된다는 생각이 들었다.

주인 나리가 호되게 때릴 테니까,
그런 분에겐 마음을 줄 수 없답니다.

그다음에는 집시가 왔는데(찝시라고 발음했다.) 이자도 마찬가지이다.

찝시가 처녀들의 마음을 떠보았다네,
처녀들은 나를 좋아할까?

하지만 집시에게도 마음을 줘서는 안 된다.

찝시는 도둑질을 할 테니까,
내 마음이 너무나 슬플 테죠.

그러고도 참 많은 사람들이 찾아와 처녀들의 마음을 떠봤는데, 군인도 끼어 있었다.

군인이 처녀들의 마음을 떠봤다네,
처녀들은 나를 좋아할까?
하지만 군인은 천대 속에서 퇴짜를 맞았다.

군인은 배낭을 메고 다닐 텐데,
나더러 그 뒤를 따르란 말인가요…….

바로 이어, 차마 검열에도 통과하지 못할 가사가 나왔는데, 어찌나 노골적으로 불렀으면 청중들을 열광의 도가니로 몰아넣었다. 끝으로, 상인이 등장하고 노래는 끝이 났다.

장사치가 처녀들의 마음을 떠봤다네,
처녀들은 나를 좋아할까?

그러자 아주 좋아하는 것으로 판명되었으니, 그 이유인즉 다음과 같은 것이다.

장사치는 장사를 할 테고
나는 여왕처럼 떵떵거리고 살 테지.

칼가노프는 숫제 성질을 버럭 냈다.

“이건 완전히 옛날 노래구먼.” 하고 그가 큰 소리로 지적했다. “도대체 누가 저들에게 이런 노래를 지어 주는 거야! 철도청 직원이나 유대인이 와서 처녀들의 마음을 떠보면, 정말 가관이겠는걸. 이자들이라면 전부 정복해 버렸을 테니까.” 그러고서는 기분이 거의 완전히 상해서는 당장 따분하다고 말한 뒤 소파에 앉아 갑자기 졸기 시작했던 것이다. 그 예쁘장한 얼굴이 다소 창백한 빛을 띠며 소파의 쿠션 위에 기대어져 있었다.

“한번 봐, 어쩜 이리도 예쁘장할까.” 그루셴카가 미챠를 그에게로 이끌면서 말했다. “나는 아까 이 애의 머리를 빗겨 주었어. 머리카락이 꼭 아마 같아, 숱도 많고…….”

그러고는 감동에 젖어 그 위로 몸을 기울인 뒤 그녀는 그의 이마에 입을 맞추었다. 칼가노프는 금세 눈을 뜨고서 그녀를 바라보더니, 살짝 몸을 일으켜 아주 걱정스러운 표정으로 막시모프는 어디에 있는지 물었다.

"그 사람이 그렇게 걱정이 되나 봐."라며 그루셴카가 웃기 시작했다. "잠깐만 내 옆에 좀 있어 봐. 미챠, 얼른 가서 얘의 그 막시모프 좀 찾아와."

알고 보니 막시모프는 그저 간간이 리큐어를 따르러 달려가는 걸 빼면 처자들 곁을 떠나지를 않고 있었는데, 그사이에 초콜릿은 두 잔이나 마셨던 것이다. 그의 얼굴은 완전히 시뻘게졌고 코는 불그죽죽해졌으며 눈은 축축하고도 음탕해 보였다. 그는 얼른 달려오더니 지금 '어떤 춤곡에 맞춰' 사보티에르[47]를 추고 싶다고 했다.

"사실 난 어릴 때부터 이 고상한 사교계 춤을 죄다 배웠거든요……."

"자, 가 봐, 당신도 가 보라고, 미챠, 나는 여기서 저 사람의 춤 솜씨나 구경하지 뭐."

"아니요, 나도, 나도 구경하러 갈래요." 아주 순진무구하게 자기와 같이 있어 달라는 그루셴카의 청을 거절하고 칼가노프가 소리쳤다. 그러고는 다들 구경을 하러 갔다. 막시모프는 정말로 자기 특유의 춤을 추었지만, 미챠를 제외하면 거의 아무도 별달리 열광하지 않았다. 사실 춤이래야 발바닥이 위로

47) 프랑스의 민속 무용.

향하게끔 발을 들어 올려 사방으로 놀리며 폴짝폴짝 뛰는 것이 고작이었는데, 한 번 폴짝 뛸 때마다 막시모프는 손바닥으로 발바닥을 때렸다. 칼가노프는 영 못마땅했지만, 미챠는 무용수에게 키스까지 해 주었다.

"수고했네, 피곤하겠군. 그런데 왜 이쪽을 보는 건가, 사탕이라도 하나 들겠나, 엉? 담배도 피우고 싶을 테지?"

"여송연 하나 주십쇼."

"한잔하는 건 어떤가?"

"지금 리큐어를 마셨는데…… 초콜릿 과자는 없나요?"

"여기 탁자에 얼마든지 있으니, 아무거나 골라 먹게, 자넨 정말 착한 사람이야!"

"아무거나가 아니라, 저어기 바닐라가 든 걸로…… 늙은이들 용으로 말이죠……. 히—히!"

"없어, 이봐, 그렇게 특별한 건 없다네."

"그런데요!" 갑자기 노인이 미챠의 귀 쪽으로 몸을 바싹 구부렸다. "바로 저 계집애, 마리유쉬카 말인데요, 히히, 어떻게 좀 저 계집애와 안면을 텄으면 하는데, 좀 도와주실 수 없을지……."

"어라, 그걸 노리고 있었구먼! 설마, 자네, 거짓말일 테지."

"나는 아무한테도 나쁜 짓은 안 합니다요." 막시모프가 시무룩하게 중얼거렸다.

"그럼 좋아, 좋다고. 이봐, 여기서는 그저 노래하고 춤만 추면 그만이지만, 에잇 젠장! 잠깐만……. 일단은 좀 먹게나, 먹고 마시고 즐기는 거지. 돈은 필요 없나?"

"그건 나중에요." 막시모프가 미소를 지었다.

"좋아, 좋다고……."

미챠는 머리가 지끈거렸다. 그는 현관 쪽에 있는 위층 목조 발코니로 나갔는데, 그것은 정원을 따라 건축물 전체를 안쪽으로 빙 둘러싸고 있었다. 신선한 공기를 쐬니 상쾌해졌다. 그는 캄캄한 구석에 혼자 서 있다가 갑자기 두 손으로 머리를 움켜쥐었다. 갑자기 흩어져 있던 생각들이 결합되고 감정들이 하나로 합쳐지더니 모든 것이 빛을 받은 양 환해졌다. 무섭고도 끔찍한 빛이었다! '자살을 할 거라면, 바로 지금이 그때가 아니겠는가?' 그의 머릿속에서 이런 생각이 스치고 지나갔다. '가서 권총을 갖고 와서, 이 더럽고 캄캄한 어두운 구석에서 끝장을 보는 거다.' 그러고도 거의 일 분간 그는 망설이며 서 있었다. 아까 이곳으로 달렸을 때는 그의 뒤에 치욕이, 자기가 저지르고 자행하고 만 도둑질이 도사리고 있었고 또 피, 그 피마저도……! 하지만 그때는 차라리 더 가뿐했다, 오, 가뿐하고말고! 정말이지 그때는 이미 모든 것이 끝장난 상태가 아니었던가. 그는 그녀를 잃었고 또 양보했으므로 그녀는 그에게 있어 없는 거나, 사라진 거나 다름없었다—오, 그때는 스스로에게 선고를 내리기가 훨씬 수월했고 최소한 그것이 불가피하고 필수적인 일로 여겨졌으니, 왜냐면 이 세상에 남아 있을 이유가 없지 않았던가? 하지만 지금은! 지금이 그때와 같단 말인가? 이제 최소한 하나의 환영(幻影), 하나의 괴물과는 끝장을 보았다. 그녀의 틀림없는 이 '옛 사람', 그 치명적인 사람은 흔적도 없이 사라졌으니까. 무서운 환영이 갑자기 무척이나 조그맣고 무척이나 우스꽝스러운 뭔가로 바뀌어 버린 거다. 두 손으로 직접 침실로 옮겨 놓고 열쇠로 잠가 버리지 않았는가. 그놈은 절대로 돌아오지 않을 것이다. 부끄러워하는 그녀의 눈을 보면 지금 그녀가 사랑하는 사람이 누구인지를 알고 있다. 정말 이제야말로 오직 살기만 하면 되는데…… 그런데도 살 수 없다, 그럴 수가 없다, 오, 정말 미칠 노릇이다! '주여, 담장 곁에 쓰러져 있는 자를 소생시켜 주시옵소서! 이 무서운 잔을 내게서 거두어 주시옵소서! 정말이지 주님은 기적을 행하시지 않았나이까, 주님, 저와 같은 이런 죄인을 위해서도 말입니다! 자, 그래, 만약 노인이 살아 있다면, 그때는? 오, 그때는 내 나머지 치욕의 수치를 씻어 버릴 테다, 내 훔친 돈을 갚아 줄 테다, 내 그 돈을 돌려줄 테다, 땅을 파서라도 구하고야 말 테다……. 그러면 치욕의 흔적일랑은 내 마음 속을 제외하면 영원토록 그 어디에도 남아 있지 않을 것이다! 하지만 안 돼, 아니야, 오, 이건 도저히 있을 수 없는 옹졸한 꿈에 불과해! 오, 정말 미칠 노릇이다!'

하지만 어쨌거나 어떤 밝은 희망의 햇살이 암흑에 빠진 그를 비추었다. 그는 벌떡 그 자리를 떠나 다시 그녀가 있는 방으로—그의 영원한 황녀에게로 돌진했다! '비록 치욕의 고통 속에서 허덕일지라도, 그녀와의 한 시간, 단 일 분의 사랑이 정녕, 나머지 전 인생을 걸 만한 가치도 없단 말인가?' 이 해괴망측한 질문이 그의 마음을 온통 사로잡아 버렸다. '그녀한테로 가자, 그녀 하나면 된다, 그 얼굴을 보고 그 말을 들으며 아무것도 생각하지 말자, 모든 것을 잊는 거다, 오늘 밤만이라도, 아니 한 시간, 한 순간만이라도!' 그런데 발코니와 이어진 현관의 입구 바로 앞에서 그는 주인장인 트리폰 보리스이치와 마주쳤다. 미챠의 눈엔 상대방이 왠지 음울하고 수심에 가득 차 있는 듯 보였고, 자기를 찾으러 나온 성싶었다.

"무슨 일인가, 보리스이치, 나를 찾고 있었나?"

"아닙니다요, 나리를 찾다니요." 주인장은 갑자기 당혹스러워하는 듯했다. "제가 뭣 하러 나리를 찾겠습니까요? 그런데 나리는…… 어디에 계셨습니까요?"

"아니, 자네 좀 심심한가? 아니면 화라도 난 건가? 잠깐만 있어 보게, 곧 잠자리에 들 테니……. 그나저나, 몇 시나 됐나?"

"그럭저럭 3시는 됐을 걸요. 아니, 3시도 넘었겠네요."

"끝내세, 끝내자고."

"천만의 말씀입니다요, 괜찮습니다요. 원하시는 대로 얼마든지……."

'이 사람이 왜 이럴까?' 미챠는 잠깐 이런 생각을 하면서 처자들이 춤을 추던 방으로 달려 들어갔다. 하지만 그녀는 거기에 없었다. 푸른 방에도 역시 없었다. 오직 칼가노프만이 혼자서 소파에서 졸고 있을 따름이었다. 미챠가 커튼 뒤를 살펴보니—그녀는 거기 있었다. 그녀는 구석의 트렁크 위에 앉아 곁에 있는 침대에 두 팔과 고개를 기울인 채, 우는 소리가 들릴까 봐 목소리를 죽이느라 안간힘을 쓰면서 서럽게 울고 있었다. 미챠를 보자 그녀는 자기 곁으로 오라고 손짓을 했고, 그가 다가오자 그의 손을 꽉 잡았다.

"미챠, 미챠, 난 그 사람을 정말로 사랑했어!" 그녀가 그에게 속삭이듯 말을 시작했다. “너무도 사랑했어, 오 년 내내 줄곧, 그 세월 동안 줄곧! 하지만 내가 사랑한 게 정말로 그 사람이었을까, 아니면 그저 나의 원한이었을까? 아니야, 그를 사랑한 거야! 오, 그를! 내가 사랑한 건 그가 아니라 그저 나의 원한이었다고 한 건 정말이지 거짓말이었어! 미챠, 그때 나는 겨우 열일곱 살이었는데, 그때 그는 나한테 너무나 상냥하고 명랑하게 대해 주고 노래를 불러 주곤 했어……. 설마 그때 내가 천치 같은 계집애여서 그렇게 보였던 걸까……. 하지만 지금, 맙소사, 이건 그 사람이 아니야, 그 사람일 리가 없어. 얼굴도 완전히 딴판이야, 정말 딴판이야. 얼굴만 봐서는 그 사람인지도 모를 정도였어. 치모페이와 함께 이리로 오면서 줄곧, 오는 내내 ‘어떻게 그를 맞이할까, 무슨 말을 할까, 서로를 어떻게 바라볼까……?’를 생각했어. 그러느라 가슴이 죄어드는 기분이었는데, 바로 이런 나에게 그는 목욕통의 구정물을 퍼부은 격이었어. 말하는 폼이 꼭 무슨 학교 선생 같지 뭐야. 죄다 유식하고 근엄한 말만 하고 나를 맞이하면서도 그렇게 근엄을 떠는 바람에, 나는 완전히 막다른 골목에 부딪친 기분이었어. 차마 무슨 말도 할 수 없었다니까. 처음에는 그가 자기가 데려온 꺽다리 폴란드인이 부끄러워해서 그런다고 생각했어. 그래서, 가만히 앉아 그들을 보면서 생각했지. 왜 나는 지금 저 사람과 아무 말도 하지 못하는 걸까? 아무래도 그건 그의 아내가 그를 다 망쳐 놓았기 때문이야, 그는 그때 나를 버리고 결혼을 했거든……. 그러니까 그 여자가 그를 완전히 바꿔 놓았기 때문이라니까. 미챠, 난 창피해 죽겠어! 아, 정말 창피하고 또 창피해, 미챠, 평생 동안 창피할 거야! 이 오 년은 저주나 받아라, 저주, 저주받아라!" 그러고서 그녀는 다시 눈물을 쏟아 냈지만, 미챠의 손은 놓지 않고 오히려 더 꽉 쥐었다.

"미챠, 있잖아, 어디 가지 말고 잠깐만 있어 봐, 당신한테 하고 싶은 말이 하나 있어." 그녀는 이렇게 속삭이더니 갑자기 그를 향해 얼굴을 들어 올렸다. "있잖아, 한번 말해 봐, 내가 사랑하는 사람이 누구일 것 같아? 여기에 내가 사랑하는 한 사람이 있어. 그 사람이 누굴까? 자, 누군지 당신이 나한테 얘기해 봐." 우느라 퉁퉁 부어오른 그녀의 얼굴에서 미소가 반짝이기 시작했고, 두 눈은 희미한 어둠 속에서 빛나고 있었다. "아까 매 한 마리가 들어왔을 때 나는 가슴이 철렁 내려앉는 것 같았어. '요 바보 천치야, 네가 정말로 사랑하는 건 이 사람이야.'라고 내 마음이 그 즉시 속삭여 주더군. 당신이 들어서자 모든 것이 환해진 거야. '아니, 저이는 뭘 두려워하는 거야?'라는 생각이 들었어. 정말이지 당신은 겁을 집어먹었어, 그것도 이루 말할 수 없이 잔뜩 집어먹었다고. 하지만 저이가 그 사람들을 두려워할 리는 없는데, 하고 생각했어—아니, 당신이 누굴 보고 겁을 먹을 수 있는 사람이야, 어디? 그래서 저이는 나를, 나를, 오직 나만을 두려워하는 거다, 하고 생각했어. 이건 페냐가 당신 같은 바보한테 그 이야기를 해 주었기 때문일 거야, 그러니까 내가 창문에서 알료샤에게 미첸카를 꼭 한 시간 사랑했노라고 외쳐 놓고는 지금은…… 다른 사람을 사랑하러 간다고. 미챠, 미챠, 당신이 이렇게 있는데 어떻게 나는 내가 다른 사람을 사랑한다고 생각할 수 있었던 걸까,

정말 바보 천치였어! 용서해 주는 거지, 미챠? 용서해 줄 거야, 말 거야? 날 사랑하는 거야? 사랑하는 거 맞지?"

그녀는 벌떡 일어나서 두 손으로 그의 어깨를 움켜쥐었다. 미챠는 어찌나 황홀한지 벙어리가 되어 그녀의 눈, 그 얼굴, 그 미소를 바라보다가 갑자기 그녀를 꽉 껴안고는 키스를 퍼붓기 시작했다.

"그럼, 내가 그렇게 괴롭혔어도 용서해 주는 거지? 정말이지 난 홧김에 당신들 모두를 죽도록 괴롭혔던 거야. 정말이지 이 영감쟁이도 내가 홧김에 일부러 정신이 나가게 만들었던 거야……. 기억나, 한번은 당신이 내 방에서 술을 마시다가 술잔을 깨뜨렸던 적이 있잖아? 그게 기억나서 나는 오늘도 술잔을 깼어, '나의 야비한 마음'을 위하여 마셨던 거야. 미챠, 매 같은 사람, 왜 나한테 키스를 하지 않는 거야? 한 번 키스를 하더니 물러나서 물끄러미 바라보며 듣고만 있으니……. 내 말은 들으나 마나라는 거야, 뭐야! 자, 어서 키스를 해 줘, 좀 더 강하게, 그래, 바로 이렇게. 사랑을 할 거면 이렇게 해야지! 이제 당신의 노예가 될 거야, 평생 동안 노예가 되는 거야! 노예가 된다는 건 달콤한 일이라니까……! 키스해 줘! 나를 때리고 나를 괴롭히고 나한테 무슨 짓을 해도 좋아……. 아, 정말 나란 계집은 괴롭혀 줘야 된다니까……. 잠깐만! 조금만 기다려 줘, 나중에 하자, 이렇게는 싫어……." 그녀가 갑자기 그를 밀어냈다. "저리로 가 봐, 미치카, 나도 곧 가서 흠뻑 취하도록 마실 거야, 취하고 싶어, 당장 술에 취해 춤을 출 거야, 정말로, 정말로!"

그녀는 그에게서 쏙 빠져나와 커튼 너머로 나갔다. 미챠는 술에 취한 양 그녀를 따라 나갔다. '아무렴 어때, 이제 무슨 일이 일어난다고 해도 이 한순간을 위해서 온 세상을 바쳐도 좋아.' 그의 머릿속에서 이런 생각이 스치고 지나갔다. 그루셴카는 정말로 샴페인을 한 잔 더 단숨에 들이켜는 바람에 갑자기 몹시 취해 버렸다. 그녀는 아까 앉았던 그 안락의자에 앉아 행복에 겨운 미소를 짓고 있었다. 그녀의 뺨이 붉게 상기되고 입술은 불타올랐으며, 빛나던 두 눈은 몽롱해진 채 열정적인 시선으로 누군가를 애타게 부르고 있었다. 칼가노프마저도 마음 한구석을 물린 양 놀라서 그녀한테로 다가갔다.

"아까 당신이 자고 있을 때 내가 당신한테 키스하는 소리 들었어?" 그녀가 혀 꼬부라진 소리로 그에게 속삭였다. "난 지금 술에 취해 버렸어, 정말 이렇게 말야……. 당신은 안 취했어? 그런데 미챠는 왜 술을 안 마시는 거야? 당신은 왜 안 마시는 거야, 미챠, 나는 마셨는데 당신은 안 마시고……."

"나도 취했어! 그것도 심하게 취했어…… 당신 때문에 취한 거지만, 지금은 술에도 취하고 싶군." 그러면서 그는 한 잔을 더 들이켰고—그 자신에게도 이상하게 여겨졌지만—똑똑히 기억하건대 지금까지 쭉 멀쩡했는데 오직 이 마지막 한 잔 때문에 취기가 확 돌면서 갑자기 취해 버린 것이었다. 이 순간부터 꼭 미망에 들뜬 양 모든 것이 그의 주위를 빙빙 맴돌기 시작했다. 걷고 웃고 이 사람 저 사람에게 말을 걸고 하는 동안, 내내 제정신이 아닌 것 같았다. 오직 집요하게 타오르는 감정 하나만이 그의 내부에서 시시각각 그 모습을 드러냈으니, 그가 훗날 회상한 바에 따르면, '꼭 영혼 속에 뜨거운 석탄 덩

어리'[48]가 들어 있는 것 같았다. 그는 자꾸 그녀에게 다가가 그녀 곁에 앉아 그녀를 바라보고 그녀의 말을 들었다……. 그녀는 끔찍할 정도로 수다스러워져서 아무나 자기 곁으로 불러들이더니, 갑자기 합창단의 처자 하나를 자기 쪽으로 손짓해서 불렀고 상대방이 다가오자 입을 맞추고 다시 보내기도 하고 이따금씩 한 손으로 그녀에게 성호를 그어 주기도 했다. 금방이라도 그녀는 울음을 터뜨릴 기세였다. 그녀 말마따나 '영감쟁이', 그러니까 막시모프도 그녀를 아주 즐겁게 해 주었다. 그는 시시각각 달려와 그녀의 손에, '손가락 하나하나에' 입을 맞추었고, 끝에 가서는 직접 무슨 옛날 노래를 부르며 그것에 맞춰 춤을 하나 더 추었다. 특히, 다음과 같은 후렴구가 나올 때는 더 신나게 춤을 추었다.

새끼 돼지는 꿀꿀, 꿀꿀,
새끼 암소는 음매, 음매,
새끼 오리는 꽥꽥, 꽥꽥
새끼 거위는 꺽꺽, 꺽꺽
암탉은 헛간을 돌아다니며,
꼬꼬댁꼬꼬댁, 구구, 말을 한다네,
아이, 아이, 말을 한다네!

"저 사람한테 뭘 좀 줘, 미챠." 하고 그루셴카가 말했다. "무

48) 푸시킨의 시 「예언자」(1826/1828)의 자유로운 변용.

슨 선물이라도 줘, 가난한 사람이잖아. 아, 가난한 사람들, 수모를 겪은 사람들……! 있잖아, 미챠, 나는 수도원에 갈 거야. 아니, 정말로 언젠가는 갈 거야. 오늘 알료샤가 내게 평생 잊지 못할 말을 해 주었어……. 그래……. 하지만 오늘만은 춤을 좀 추면 어때. 내일은 수도원에 가더라도 오늘은 우리 춤을 추는 거야. 나는 애처럼 놀고 싶어, 마음씨 좋은 여러분, 뭐 어때요, 하느님도 용서하실 거예요. 내가 만약 하느님이라면, 모든 사람들을 용서할 거야. '나의 사랑스러운 죄인들이여, 이날부터 내 모든 이들을 용서하노라.'라고. 그나저나, 나도 가서 용서를 구해야겠어. '마음씨 좋은 사람들이여, 이 어리석은 여자를 용서해 주세요, 정말로요.'라고. 나는 짐승이나 다름없어, 정말로 그래. 하지만 기도하고 싶어. 나도 양파 한 뿌리를 적선한 적이 있으니까. 나같이 못 돼먹은 년도 기도를 하고 싶다니까! 미챠, 사람들이 춤을 추도록 내버려 둬, 방해하지 말고. 세상의 모든 사람들이 다 훌륭해, 하나에서 열까지 다. 이 세상은 참 좋은 곳이야. 비록 우리는 고약하지만 세상은 좋은 곳이라고. 추악한 우리들도 다 좋은 사람들이야, 추악하면서도 좋은 사람들이지……. 아니, 여러분, 말해 주세요, 모두에게 묻겠어요, 다들 이리로 다가와요. 내 질문은 말이죠, 이런 거니까 다들 대답해 주세요. 나는 왜 이렇게 좋은 여자일까요? 정말이지 나는 좋은 여자예요, 그것도 아주 좋은 여자……. 정말 그렇다니까요. 그러니까 나는 왜 이렇게 좋은 여자냔 말이에요?" 그루셴카는 갈수록 술이 올라서 혀 꼬인 소리로 이렇게 옹알거리더니, 마침내는 이제 자기도 춤을 추고 싶다고 대

놓고 말했다. 그러곤 안락의자에서 일어났는데, 몸도 제대로 못 가누고 비틀거렸다. "미챠, 이젠 나한테 술을 주지 마, 정말 부탁이야, 주지 마. 술을 마시면 안정이 안 되거든. 모든 것이 빙빙 돌아, 페치카도 빙빙, 모든 것이 빙빙 돈다고. 춤추고 싶다. 다들 내 춤 솜씨를 구경하시라…… 얼마나 멋지게 잘 추는지……."

이건 진담이었다. 그녀는 호주머니에서 하얀 가제 손수건을 꺼내더니, 춤출 때 흔들려고 오른손으로 그 끄트머리를 잡았다. 미챠는 부산을 떨며 시중을 들었고, 처자들은 손짓만 하면 다 같이 춤곡을 부를 준비를 하고 조용히 있었다. 막시모프는 그루셴카가 직접 춤을 추고 싶다고 하자 너무 황홀하여 째질 듯 소리를 질러 댔으며 다음과 같은 노래를 부르며 그녀 앞으로 나가 폴짝폴짝 뛰기 시작했다.

> 가느다란 두 다리, 쩌렁쩌렁 울리는 허리통,
> 꼬리는 갈고리처럼 말려 올라갔네.

하지만 그루셴카는 손수건을 흔들며 그를 쫓아 버렸다.

"쉬—잇! 미챠, 왜들 오지 않는 거야? 다들 와서…… 구경하면 좋잖아. 저쪽에 갇혀 있는 사람들도 불러……. 뭐 하러 그들을 가둬 버린 거야? 내가 춤을 춘다고 그들한테 말해 줘, 그들도 내 춤을 좀 보면 어때……."

미챠는 술기운에 넘쳐 성큼성큼 잠긴 문 쪽으로 다가가서 폴란드 신사들 방을 주먹으로 두드리기 시작했다.

"헤이, 형씨들……. 포드브이소츠키 양반들아! 이리들 나오너라, 이분이 춤을 추고 싶다며 형씨들을 부른다."

"날건달 같은 놈!" 폴란드 신사들 중 어떤 자가 대답이랍시고 이렇게 소리쳤다.

"내가 날건달이면 네놈들은 날건달의 발톱에 낀 때다! 한심하고 야비한 쌍놈 주제에 어딜, 정말."

"폴란드 좀 그만 놀려 먹어요." 역시나 몸을 가눌 수도 없을 만큼 취해 버린 칼가노프가 의젓하게 훈계조로 지적했다.

"잠자코 있어, 꼬마 녀석! 이놈들이 비열한 쌍놈이라고 말했다고 해서, 폴란드 전체를 그렇게 보는 건 아니라고. 날건달 한 놈이 폴란드를 구성하는 건 아니니까. 잠자코 있으시게, 귀여운 꼬마님, 사탕이나 먹으면서 말이야."

"정말 사람들이 왜 저 모양이야! 진짜 사람답지 못하군, 그래. 왜 화해를 하지 않겠다는 거야?" 그루셴카는 이렇게 말하고서 춤을 추러 나갔다. 합창단은 일제히 「아, 현관, 나의 현관」[49]을 부르기 시작했다. 그루셴카는 고개를 뒤로 살짝 젖히고 입술을 반쯤 벌린 채 미소를 지으며 손수건을 흔드는가 싶더니 갑자기 그 자리에서 몹시 비틀거리며 당혹스러운 듯 방 한가운데에 서 버렸다.

"기운이 없어……." 그녀가 왠지 지칠 대로 지친 목소리로 말했다. "죄송해요, 기운이 없어서 못 하겠어요……. 잘못했어요……."

---

49) 경쾌한 음조의 러시아 민요.

그녀는 합창단을 향해 몸을 숙여 인사를 한 뒤 사위를 둘러보며 차례로 절을 하기 시작했다.

"잘못했습니다……. 죄송합니다……."

"우리 아씨가 술기운이 도나 보군, 좀 거나하게 마셨지, 우리 예쁜 아씨가 말이야." 이런 목소리들이 울려 퍼졌다.

"저분은 술이 너무 과했어." 막시모프가 히히거리면서 처녀들에게 설명했다.

"미챠, 나를 데려가 줘…… 나를 가져가, 미챠." 그루셴카가 힘없이 말했다. 미챠는 그녀에게 달려들어 두 손을 잡고는 이 소중한 포획물과 함께 커튼 뒤로 달려갔다. 칼가노프는 '자, 이젠 나도 가야겠군.'이라고 생각하고서 푸른 방에서 나와 문 두 짝을 다 닫았다. 하지만 홀에서는 요란한 잔치가 계속되었고 갈수록 점점 더 요란해졌다. 미챠는 그루셴카를 침대에 눕히고 그녀의 입술에 키스를 퍼부었다.

"날 건드리지 마……." 그녀가 애원하는 목소리로 그에게 말했다. "건드리지 마, 아직은 당신 것이 아니잖아……. 나는 당신 것이라고 말했지만, 그래도 건드리지 말아 줘…… 이해해 줄 거지……. 저 사람들이 있는 데서는, 저 사람들 옆에서는 안 돼. 그 사람이 여기 있잖아. 여긴 더러워……."

"당신 생각이 그러면, 그렇게 할게! 그런 건 생각도 하지 않고…… 경애할 따름이야……!" 미챠가 중얼거렸다. "그래, 여긴 더러워, 오, 정말 천한 곳이야." 그러면서도 그는 여전히 그녀를 껴안은 채로 침대 곁 마룻바닥으로 내려와 무릎을 꿇었다.

"난 당신이 짐승 같은 구석이 있지만 그래도 고결한 사람이라는 거 알고 있어." 그루셴카가 힘겹게 말을 꺼냈다. "이건 떳떳하게 해야 해…… 앞으로는 떳떳하게…… 우리 둘 다 떳떳한 사람, 착한 사람이 되는 거야, 짐승이 아니라 착한 사람이 되자……. 나를 데려가 줘, 멀리 데려가는 거야, 듣고 있어……. 나는 여기가 싫어, 멀리, 멀리 가고 싶어……."

"오 그래, 그래, 반드시!" 미챠가 그녀를 꼭 껴안았다. "당신을 멀리 데려갈 거야, 우리 멀리 떠나자……. 오, 그 피가 어떻게 됐는지 알 수만 있다면, 일 년을 위해 내 평생을 바치겠건만!"

"피라니, 그게 무슨 소리야?" 그루셴카는 의혹에 차서 되물었다.

"아무것도 아니야!" 미챠가 이를 갈았다. "그루샤, 너는 떳떳해지고 싶어 하지만, 나는 도둑놈이야. 카치카[50]에게서 돈을 훔쳤거든……. 치욕, 치욕이야!"

"카치카라면? 그 귀족 아가씨를 말하는 거야? 아니야, 당신은 훔치지 않았어. 그녀한테 돈을 돌려줘, 내 돈을 가져가면 되잖아……. 왜 소리를 지르고 그래? 이제부터 내 것은 모두 다 당신 거야. 우리한테 돈이 무슨 소용이야? 어차피 다 써 버리고 말걸……. 우리는 돈이 있으면 펑펑 써 버리지 않곤 못 배기잖아. 당신과 나는 차라리 어디 가서 땅을 가는 편이 나아. 일을 해야 된다고, 듣고 있어? 알료샤가 그렇게 하라고 했어. 나는 당신의 정부가 되진 않을 거야, 나는 당신에게 충실한 여자가 될 거야, 당신의 노예가 되어 당신을 위해 일할 거

50) 카체리나의 애칭 혹은 비칭.

야. 그 귀족 아가씨한테 가서 우리 둘 다 몸을 조아리고 용서해 달라고 빈 다음 떠나는 거야. 만약 용서해 주지 않으면, 그래도 우리는 떠나는 거야. 그 여자한테는 돈을 갖다주고, 나만을 사랑해 줘……. 그 여자를 사랑해선 안 돼. 앞으로는 그 여자를 사랑하지 마. 만약 그렇게 되면, 내가 그 여자를 목 졸라 죽일 거야. 그 여자의 두 눈을 바늘로 찔러 버릴 테야……."

"당신을 사랑해, 당신 하나만을, 시베리아에서도 사랑할 거야……."

"왜 하필 시베리아 얘기가 나오는 거야? 아니, 정 그렇다면 시베리아면 어때, 이러나저러나 매한가지인걸…… 함께 일을 하게 될 테고…… 시베리아에는 눈이 쌓여 있을 테니까…… 나는 눈밭을 따라 달리는 게 좋아…… 방울 소리도 울리게 하고……. 어, 방울 소리가 들린다……. 아니, 어디서 이런 방울 소리가 들리는 걸까? 사람들이 오고 있어…… 이젠 소리가 멎었어."

그녀는 힘없이 눈을 감더니, 순식간에 갑자기 잠이 든 듯했다. 방울 소리는 정말로 어딘가 먼 곳에서 울리다가 갑자기 멎어 버렸다. 미챠는 그녀의 가슴에 몸을 숙이고 있었다. 그는 방울 소리가 멎는 것도, 갑자기 노랫소리가 멎은 것도, 노랫소리와 술판의 소음 대신 온 집 안에 느닷없이 죽음과 같은 고요가 쫙 퍼진 것도 알아차리지 못했다. 그루셴카가 눈을 떴다.

"어머나, 나 잠들었던 거야? 그래…… 방울 소리가 들렸어……. 자면서 꿈을 꾸었나 봐. 내가 마차를 타고 눈밭을 달리고 있는데…… 방울 소리가 울리고, 나는 꾸벅꾸벅 졸고 있는 거야. 사랑스러운 사람과, 당신과 함께 가고 있었던 것 같아. 그것도 멀리, 아주 멀리……. 당신을 껴안고 당신에게 키스를 하고 당신 몸에 바싹 붙어 있어, 내가 좀 추웠나 봐, 눈[雪]은 반짝반짝 빛나고 있었고……. 있잖아, 밤에 눈이 반짝반짝 빛나고 달빛이 비치면 나는 꼭 이 지상이 아닌 다른 곳에 있는 것 같아……. 눈을 떠 보니, 사랑하는 사람이 곁에 있는 거야, 얼마나 좋은지 몰라……."

"곁에 있고말고." 미챠가 그녀의 원피스에, 가슴에, 손에 입을 맞추면서 중얼거렸다. 그런데 갑자기 뭔가 이상한 느낌이 들었다. 그녀가 바로 앞을 보고 있긴 하지만 그가 아니라, 그의 얼굴이 아니라, 그의 머리 너머를 꼼짝도 않고 이상할 정도로 뚫어져라 응시하고 있는 것처럼 여겨졌던 것이다. 그녀의 얼굴에서는 갑자기 놀라움이, 심지어 경악이 배어 나왔다.

"미챠, 저기서 이쪽의 우리를 보고 있는 건 누구야?" 그녀가 갑자기 속삭였다. 미챠가 몸을 돌려서 보니, 정말로 누군가가 커튼을 걷어 젖히고 그들을 엿보고 있는 것이었다. 더욱이 한 사람이 아닌 것 같았다. 그는 벌떡 일어나 재빨리 그쪽으로 갔다.

"이쪽, 이쪽, 우리 쪽으로 오시죠." 크지는 않지만 확고하고 집요하게 누군가의 목소리가 그에게 말했다.

미챠는 커튼 뒤에서 나와 꼼짝도 않고 서 있었다. 방 전체가 사람들로 가득 차 있었지만, 아까 그 사람들이 아니라 완전히 새로운 사람들이었다. 순간적으로 오한이 일어 등골이 오싹했고, 몸이 부르르 떨렸다. 이 모든 사람들을 그는 대번에 알아본 것이다. 외투를 입고 모표가 달린 모자를 쓴, 키가 큰 이 뚱보—이자는 경찰 서장 미하일 마카르이치[51]였다. '언제나 반짝반짝 광이 나는 구두를 신고 다니는', '폐병쟁이'같이 말쑥한 이 멋쟁이—이자는 검사 시보였다. '이 친구에겐 400루블짜리 정밀 시계가 있지, 그가 보여 준 적이 있어.' 그리고 젊고 작은 안경을 낀 이자는……. 여기서 미챠는 그만 그의 성을 잊어버렸지만, 그도 역시 미챠가 알고 있고 또 본 적이 있는 사람이었다. 이자는 예심판사, 법원의 예심판사로서 '법률 학교'를 마치고 최근에 온 사람이었다. 그리고 또 이 사람은—지서장 마브리키 마브리키치[52]인데, 그도 역시 미챠가 아는, 눈에 익은 사람이었다. 그래, 그런데 금속 감찰(鑑札)을 단 자들은 뭐지, 도대체 왜 이러는 거야? 아직 두 사람이 더 있군, 무슨 농군으로 보이는데……. 저기 문간에는 칼가노프와 트리폰 보르스이치가…….

"여러분……. 대체 무슨 일이십니까, 여러분?" 미챠는 말은 이렇게 했지만, 갑자기 정신이 나간 듯, 갑자기 저도 모르게 큰 소리로 목청껏 소리쳤다.

"알—만—합니다!"

안경을 쓴 젊은이가 갑자기 앞으로 걸어 나와 미챠에게로 다가가더니, 위엄이 넘치긴 하지만 그래도 다소간 다그치듯 말을 시작했다.

51) 뒤에 나올 마카로비치의 약칭.

52) 마브리키예비치의 약칭.

"저희들은 당신에게 용건이……. 한마디로 말해서, 이쪽, 바로 여기 소파 쪽으로 와 주시기 바랍니다……. 당신과 꼭 얘기를 나눠야 될 사항이 있습니다."

"노인 때문이다!" 미챠가 미친 듯 소리쳤다. "노인과 그의 피……! 알—만—합니다!"

그러고는 낫에 발목이라도 베인 듯 쓰러지다시피, 곁에 있던 의자에 앉았다.

"알 만하다고? 알아들었군! 아비를 죽인 불한당 같은 놈, 네놈의 늙은 아버지의 피가 네 뒤에서 울부짖고 있다!" 늙은 경찰 서장이 미챠에게 다가서면서 갑자기 이렇게 호통을 쳤다. 그는 제정신이 아니었으니, 얼굴이 불그죽죽해지고 온몸을 부들부들 떠는 듯했다.

"아무리 그래도 이러시면 안 됩니다!" 작은 젊은이가 소리쳤다. "미하일 마카르이치, 미하일 마카르이치! 이건 안 됩니다, 이러시면 안 돼요……! 저 혼자 얘기를 하도록 해 주십시오……. 당신이 이런 일을 저지를 줄은 정말 생각도 못 했으니까요……."

"아무리 그래도 이건 미망입니다, 여러분, 미망이요!" 경찰 서장이 소리쳤다. "저놈을 한번 보시오. 밤에 술이 떡이 된 채로 방탕한 계집년과 함께, 자기 아버지의 피로 범벅이 돼서는……. 미망이야! 허무맹랑한 꿈이야!"

"제발 부탁이니, 친애하는 미하일 마카르이치, 이번에는 감정을 좀 자제해 주십시오." 검사 시보가 빠른 말투로 속삭였다. "자꾸 이러시면 저도 어쩔 수 없이 무슨 조치를……."

하지만 키 작은 예심판사는 그 말이 채 다 끝나기도 전에, 미챠를 향해 확고하고 큰 소리로 근엄하게 말했다.

"퇴역 중위 카라마조프 씨, 당신이 간밤에 일어난 당신의 아버지 표도르 파블로비치 살해 사건의 용의자로 고소되었음을 알려 드리는 바입니다."

그는 그 밖에도 무슨 말을 더 했고, 검사도 무슨 말을 하며 끼어든 것 같았지만, 미챠는 그 말을 듣고 있으면서도 이미 뭐가 뭔지 이해하지 못하고 있었다. 그는 해괴망측한 시선으로 그들 모두를 둘러볼 뿐이었다…….

9장

예심

1 관리 페르호친의 출세의 시작

표트르 일리치 페르호친, 우리는 그가 여자 상인 모로조바 집의 굳게 잠긴 대문을 있는 힘껏 두들기던 지점에서 이야기를 중단했지만, 물론 그는 마침내 소기의 목적을 달성했다. 포악스럽게 대문을 두들기는 소리를 듣자, 페냐는 두 시간쯤 전의 경악과 흥분이 아직도 가시지 않고 '상념'이 머릿속을 떠나질 않아 잠자리에 들 생각도 못 하고 있던 차에 이제는 또다시 거의 히스테리 발작을 일으킬 정도로 경악하고 말았다. 그녀는 또 드미트리 표도로비치가 문을 두드리는 것으로 생각했는데(그가 떠나는 모습을 자기 눈으로 직접 보았음에도) 왜냐하면 그를 빼면 이토록 '난폭하게' 문을 두드릴 수 있는 사람이 아무도 없었기 때문이었다. 그녀는 벌써 잠에서 깨서 노크

소리가 나는 문 쪽으로 가고 있던 문지기에게로 달려가서, 저 사람을 들여보내지 말라고 애원하기 시작했다. 하지만 문지기는 누구냐고 물어보고 그 정체를 확인한 뒤, 또 상대가 극히 중대한 일로 페도시야 마르코브나를 만나려 한다는 것을 알게 되자, 드디어 문을 열어 주기로 결심했다. 표트르 일리치는 역시나 페도시야 마르코브나의 부엌으로 들어섰는데, 페냐는 '마음이 놓이질 않아' 문지기도 들어오게 해 달라고 강청했다. 표트르 일리치는 그녀에게 이것저것 캐묻다가 금세 가장 중요한 사실을 알게 됐다. 즉, 드미트리 표도로비치가 그루셴카를 찾으러 내빼면서 절구에서 공이를 집어 갔는데, 돌아왔을 때는 공이는 이미 온데간데없고 손은 피투성이가 되어 있더라는 것이었다. "게다가 피가 뚝뚝 떨어졌어요, 손에서 이렇게 뚝뚝, 뚝뚝 떨어졌다니까요!" 페냐는 이렇게 소리쳤는데, 분명히 엉망이 된 자신의 상상력을 동원하여 이 끔찍한 사실을 꾸며낸 것이었다. 하지만, 피가 뚝뚝 떨어질 정도는 아니었지만 여하튼 피투성이가 된 손은 표트르 일리치 자신도 보았을 뿐더러 직접 손 씻는 걸 도와주기까지 하지 않았는가. 어쨌거나 지금 문제는 피가 뚝뚝 떨어지던 손이 어떻게 그리 빨리 말라 버렸을까가 아니라 공이를 든 드미트리 표도로비치가 정확히 어디로 달려갔을까, 그러니까 정말로 표도르 파블로비치한테 간 것일까, 무슨 근거로 이토록 단호하게 그런 결론을 내릴 수 있는 것인가? 하는 점이었다. 표트르 일리치는 이 부분을 꼬치꼬치 캐물었는데, 결과적으로 아무것도 확실히 알아내지는 못했지만 어쨌거나 드미트리 표도로비치가 달려갈 수 있었던 곳은 아버지의 집 외에는 아무 데도 없고 그렇다면 그곳에서는 틀림없이 무슨 일이 일어났을 것임을 거의 확신하게 됐다. "그분이 돌아오셨을 때"라고 페냐가 흥분하며 덧붙였다. "저는 그분에게 모든 얘기를 털어놓았고, 내 쪽에서 그분에게 이것저것 캐묻기도 했어요. 그러니까, 드미트리 표도로비치, 나리의 두 손이 왜 이렇게 피투성이인 거죠? 하고요." 그러자 그는 이 피는 사람 피다, 지금 막 사람을 죽였다는 식으로 대답했다는 것이었다. "그렇게 모든 걸 자백하시곤 그 즉시 내 앞에서 회한을 늘어놓으신 뒤, 갑자기 미친 사람처럼 달려 나가셨어요. 저는 자리에 앉아서 생각에 잠겼어요. 저렇게 미친 사람처럼 지금 대체 어디로 달려간 걸까? 모크로예로 가셔서 아씨를 죽이실지도 몰라, 하는 생각이 들더군요. 해서, 저는 그분한테 마님을 죽이지 말아 달라고 사정하려고 그분의 집으로 달려갔는데, 가서 보니 마침 플로트니코프 상점에서 그분이 길 떠날 채비를 하고 계시더라고요. 한데, 그분의 손은 더 이상 피투성이가 아니었어요."(페냐는 이것을 눈여겨봐 두었기 때문에 똑똑히 기억했다). 페냐의 할머니인 노파는 손녀의 증언들이 모두 옳다고 했다. 뭘 좀 더 물어보고 나서, 표트르 일리치는 들어갈 때보다 더욱더 흥분되고 불안한 상태로 이 집을 나왔다.

표트르 일리치는 지금 표도르 파블로비치의 집으로 가서 무슨 일이 일어난 건 아닌지, 만약 뭔가가 일어났다면 정확히 무슨 일인지 알아본 다음에 틀림없는 확신이 서면 그때는 경찰 서장을 찾아가는 수밖에 없다, 이렇게 하는 것이 제일 손쉽고 빠른 길일 거다, 하는 생각에 이미 그러기로 마음의 결단을 내렸다. 하지만 이 깊은 밤에 굳게 닫힌 표도르 파블로비치 집의 대문을, 그러니까 남의 집 대문을 또 두들겨야 된단 말인가. 더욱이, 표도르 파블로비치와는 전혀 잘 아는 사이도 아닌데—실컷 문을 두들겼다가 정작 문을 열어 줘서 보니 어럽쇼, 거기선 아무 일도 일어나지 않았다면 어쩔 텐가. 그러면, 비아냥거리기 좋아하는 표도르 파블로비치는 내일 당장 온 도시를 돌면서 잘 알지도 못하는 페르호친이라는 관리가 자기가 살해당한 것이 아닌지를 알아보려고 한밤중에 자기 집에 들이닥쳤다는 얘기를 떠벌릴 것이다. 이거야말로 스캔들이 아닌가! 표트르 일리치는 이런 스캔들을 이 세상에서 제일 무서워했다. 그럼에도 불구하고, 감정의 유혹이 너무도 강했던 탓에, 홧김에 땅바닥을 한 번 구르고 다시 자기 자신한테 욕을 퍼부은 뒤 재빨리 새로운 길로 돌진했는데, 목적지는 이미 표도르 파블로비치의 집이 아니라 호흘라코바 부인의 집이었다. 그의 생각으론, 이 부인한테 아까 이러저러한 시각에 드미트리 표도로비치에게 3000을 주었냐고 물어본 뒤 그런 적이 없다고 대답하면, 표도르 파블로비치 집에 들를 필요도 없이 곧장 경찰 서장에게로 가자는 것이었다. 그 반대의 답이 나온다면, 모든 것을 내일까지 연기하고 자기 집으로 돌아올 생각이었다. 물론 여러 말 할 것 없이, 거의 11시가 다 된 밤중에 생면부지의 사교계 부인의 집을 찾아가 이미 침실에 들었을 수도 있는 부인을 깨워 여러 정황상 놀랍기 짝이 없는 질문을 던지겠다는 젊은이의 결심에는 표도르 파블로비치를 찾아가는 것보다 더 큰 스캔들을 불러일으킬 수 있는 소지가 들어 있었던 것 같다. 하지만 이따금씩, 특히 지금과 같은 경우에는 아주 철저하고 냉담한 사람일지라도 이런 결정을 내리곤 하는 법이다. 표트르 일리치는 이 순간 이미 냉담한 사람이 아니었던 것이다! 훗날 평생 동안 잊을 수 없었던바, 점차적으로 그를 휘어잡은, 극복할 수 없는 불안이 결국 고통의 수준에 이르러서는 자신의 의지와는 무관하게 자꾸만 유혹의 손길을 뻗쳤다. 물론 그러면서도 그는 길을 가는 내내 대체 뭐 하러 이 부인을 찾아가느냐며 스스로를 욕했고, 또 이를 득득 갈면서 "어디 한번 가 보자, 끝까지 가 보자고!"라는 말을 열 번이나 되뇌면서도 결국 계획을 실천에 옮겼으니—그야말로 끝까지 가게 된 것이었다.

그가 호흘라코바 부인 집에 들어섰을 때는 정각 11시였다. 마당 안으로 인도되기까지는 정말 얼마 걸리지 않았다. 하지만 마님이 벌써 주무시는지 아니면 아직 잠자리에 들지 않았는지를 물어보자—문지기는 이 시간이면 보통 잠자리에 든다는 말 말곤 정확한 대답을 해 줄 수 없었다. "저기 위에 가서 여쭤 보십시오. 마님께서 원하시면 받아들이실 테고, 원하시지 않는다면 받아들이지 않으실 테니까요." 표트르 일리치는 위로 올라갔는데, 여기서부터는 일이 좀 어려워졌다. 하인이 직접 아뢰길 꺼려서 결국 하녀를 불렀다. 표트르 일리치는 그녀에게, 이곳의 한 관리인 페르호친이 특별한 용건이 있어서 이렇게 찾아왔다, 만약 이렇게까지 중대한 일이 아니었다면 이런 실례를 무릅쓰진 못했을 것이다, 하고 마님께 아뢰어 달라고 정중하지만 집요하게 부탁했다. "이 말 그대로, 꼭 그대로 아뢰어 주십시오."라고 그는 하녀에게 부탁했다. 곧 그녀가 자리를 떴다. 그는 현관에 남아서 기다렸다. 그런데 호흘라코바 부인은 아직 자고 있지는 않았지만 이미 침실에 든 상태였다. 그녀는 아까 미챠가 다녀간 뒤로 기분이 엉망이었는데, 이런 일이 있을 때면 으레 그렇듯 오늘 밤도 편두통을 앓을 거라는 예감이 벌써부터 들었던 것이다. 아가씨의 보고를 듣고서 놀랐고 또 '이곳의 관리'라는 생면부지의 사람이 이런 시간에 느닷없이 자기를 찾아왔다니 여자로서의 호기심이 상당히 발동하긴 했지만, 그럼에도 그녀는 신경질을 내며 거절하라고 명령했다. 하지만 표트르 일리치도 이번엔 노새처럼 고집을 부렸다. 거절당했다는 말을 듣자, 그는 다시 한번 아뢰어 달라, "굉장히 중대한 일로 왔으며 지금 그를 받아들이지 않는다면 나중에 부인이 크게 후회할지도 모른다."라는 말을 '토씨 하나 빼지 말고' 전해 달라고 굉장히 집요하게 부탁했던 것이다. 훗날 그는 "그때 나는 꼭 산에서 굴러떨어진 것 같았다."라고 자기 입으로 이야기하곤 했다. 하녀는 놀라워하면서 그를 유심히 훑어본 뒤 또 한 번 아뢰러 갔다. 호흘라코바 부인은 충격을 받은 상태에서 잠시 생각을 한 뒤 그의 외양이 어떻더냐고 캐물었고 '아주 단정하게 차려입은 젊고 점잖은 사람'이라는 것을 알게 되었다. 겸사겸사 살짝 일러두자면, 표트르 일리치는 상당히 잘생긴 젊은이였고 그 자신도 이 점을 알고 있었다. 호흘라코바 부인은 나가 보기로 결심했다. 이미 실내용 원피스에 슬리퍼를 신은 상태였지만, 어깨에 검은 숄도 걸쳤다. '관리'는 거실로, 아까 미챠를 맞이했던 바로 그 거실로 인도됐다. 여주인은 의문에 찬 엄격한 표정을 짓고 손님을 맞으러 나와서, 앉으라는 말 한마디 하지 않고 다짜고짜 "무슨 일이신가요?"라는 질문부터 던졌다.

"제가 이렇게 실례를 무릅쓰고 부인을 찾은 것은 우리 두 사람이 모두 알고 있는 드미트리 표도로비치 카라마조프에 관한 일 때문입니다." 페르호친이 이렇게 운을 뗐으나, 이 이름을 내뱉자마자 여주인의 얼굴에는 갑자기 심한 짜증이 역력하게 나타났다. 그녀는 거의 째지는 소리를 지르더니, 성질을 내며 그의 말을 가로막았다.

"이 끔찍한 사람 일로 저를 얼마나 더 오래, 얼마나 더 괴롭힐 작정들이신가요?" 그녀가 미친 듯 소리쳤다. "이보세요, 어떻게 감히 이런 시간에 일면식도 없는 부인을, 그것도 바로 그 부인의 집까지 찾아와 그 사람에 대한 얘기를 하다니, 이런 경우가 어디 있습니까…… 그 사람은 겨우 세 시간 전에 여기, 바로 이 거실로 와 나를 죽이려다가 두 발을 구르고서 이 점잖은 집에서 아무도 감히 엄두도 못 낼 만큼 무례하게 나가 버렸단 말입니다. 명심해 두세요, 저는 당신을 고소하겠어요, 그냥 놔둘 수가 없군요, 지금 당장 나가 주세요……. 저는 자식을 둔 어머니로서 지금…… 저는…… 저는……."

"죽이려 했다고요! 그러니까 그 사람이 부인마저도 죽이려고 했단 말입니까?"

"아니 그럼, 그가 벌써 누구를 죽였단 말인가요?" 호흘라코바 부인이 맹렬하게 물었다.

"부디 제 말을 좀 들어 주십시오, 부인, 삼십 초면 됩니다, 부인에게 한두 마디로 자초지종을 설명하겠습니다." 페르호친은 단호하게 대답했다. "오늘 오후 5시에 카라마조프 씨가 친구로서 저에게서 10루블을 빌렸고, 그래서 저는 그에게 돈이 없었음을 알고 있는데, 오늘 9시에 그가 저를 찾아왔을 때는 100루블짜리 지폐 뭉치를, 대략 2000, 3000은 되어 보이는 돈뭉치를 훤히 보이게 두 손에 들고 있었습니다. 그의 손과 얼굴은 온통 피투성이였는데, 정말 정신이 나간 사람 같더군요. 도대체 어디서 그 많은 돈을 구했냐고 물었더니, 조금 전에 부인한테서 얻었다고, 금광인가 하는 것을 찾아 떠난다는 조건으로 부인께서 3000이라는 금액을 대출해 줬다고 똑똑히 대답했습니다……."

호흘라코바 부인의 얼굴에서는 갑자기 예사롭지 않은 병적인 흥분이 나타났다.

"맙소사! 그 사람이 아버지를 죽인 거예요!" 그녀가 두 손을 탁 치면서 소리쳤다. "저는 그에게 돈을 준 적이 결코 없어요, 결코! 오, 얼른 가 보세요, 얼른……! 더 이상 한마디도 하지 마시고요! 그 노인을 구해야 해요, 그의 아버지에게 가 봐요, 얼른 가 보세요!"

"죄송하지만, 부인, 그러니까 부인께서는 그에게 돈을 안 주셨다는 거죠? 분명히, 절대 준 기억이 없으시다는 거죠?"

"안 줬어요, 안 줬다니까요! 나는 그에게 거절했어요, 왜냐하면 그는 돈의 가치를 모르는 사람이니까요. 그는 미친 듯 흉포하게 굴더니 나가면서 발까지 굴렀어요. 그가 나한테 달려

들기에 나는 뒤로 펄쩍 물러났어요……. 이렇게 된 이상, 당신한텐 아무것도 숨기고 싶지 않으니까 더 이야기를 하자면, 그는 나에게 침까지 뱉었어요, 이게 상상이나 할 수 있는 일인가요? 그나저나 우리는 지금 왜 이렇게 서 있는 거죠? 아이, 저런, 앉으세요……. 죄송해요, 제가 그만……. 아니, 차라리 얼른 달려가세요, 얼른 가 보시라고요, 얼른 가서 불행한 노인을 끔찍한 죽음에서 구해 주어야 해요!"

"하지만 그가 노인을 벌써 죽였다면요?"

"아, 맙소사, 정말 그렇군요! 그러면 이제 우리는 뭘 해야 할까요? 어떻게 생각하세요, 지금 뭘 해야 되죠?"

그러는 사이에 그녀는 표트르 일리치를 자리에 앉히고 자신도 그의 맞은편에 앉았다. 표트르 일리치는 그녀에게 간략하지만 상당히 명료하게 사건의 전말을, 적어도 오늘 자신이 직접 목격한 사건 부분을 설명하고, 지금 막 페냐를 찾아갔다는 얘기도 하고, 공이 얘기도 알려 주었다. 이렇게 상세한 얘기를 일일이 늘어놓자, 가뜩이나 흥분해 있던 부인은 더할 나위 없이 충격을 받아 소리를 지르면서 손으로 눈을 가렸다…….

"그러니까 나는 이 모든 것을 예감했어요! 나한테는 이런 선천적인 재능이 있어요, 내가 생각하는 일은 뭐든지 꼭 실현되고야 말거든요. 이 끔찍한 사람을 수없이 바라볼 때마다 항상, 이자는 기필코 나를 죽이고 말 것이다, 하는 생각이 들었어요. 보세요, 결국 그렇게 됐잖아요……. 다시 말해 그가 지금 내가 아니라 자기 아버지를 죽였다면, 그건 필경 하느님의 엄연한 손길이 나를 지켜 주셨기 때문일 테고 또 그 자신도 나를 죽이는 게 부끄러웠기 때문일 거예요, 왜냐하면 여기 이 곳에서 내 손으로 직접 그의 목에 위대한 수난자 바르바라의 유해에 속하는 성상을 걸어 주었으니까요……. 그러니까 그 순간 나는 정말로 죽음의 문턱까지 가 있었던 거로군요, 내가 그 사람 앞으로 아주 바싹 다가가 있었고 그는 나를 향해 자기 목을 쭉 빼고 있었으니까! 그나저나, 표트르 일리치(죄송합니다만, 표트르 일리치라고 하신 것 같은데요.)…… 그나저나, 나는 기적을 믿지 않지만, 이 성상과 내게 일어난 이 명백한 기적 때문에 이렇게 충격을 받아, 다시금 무엇이건 닥치는 대로 믿을 수 있을 것 같군요. 조시마 장로 얘기는 들으셨죠……? 그건 그렇고 내가 지금 무슨 말을 하고 있는지도 모르겠군요……. 세상에 있잖아요, 그 사람은 목에 성상을 단 채로 나한테 침을 뱉었어요…… 물론, 침만 뱉었지, 죽이지는 않았지만 그러고는…… 그러고는…… 저리로 냉큼 달려갔죠! 하지만 우리는 어디로, 지금 어디로 가야 되죠, 당신 생각은 어떠세요?"

표트르 일리치는 자리에서 일어나더니 지금 곧바로 경찰 서장을 찾아가서 모든 것을 이야기하겠다고, 그러면 거기서 다 알아서 할 것이라고 선언했다.

"아, 그분은 멋진, 정말 멋진 분이에요, 미하일 마카로비치와 잘 아는 사이거든요. 반드시, 꼭 그분을 찾아가세요. 어쩜, 당신은 정말 명민한 분이시군요, 표트르 일리치, 생각 하나하나가 다 너무도 훌륭해요. 있잖아요, 내가 당신 입장이었다면 그런 건 절대 생각도 못 했을 거예요!"

"저 자신이 경찰 서장과 잘 아는 사이라서 더더욱 그렇습니다." 표트르 일리치가 여전히 선 채로 이렇게 지적했는데, 어떻게든 한시바삐 이 맹렬한 부인에게서 벗어나고 싶어 안달이 났지만, 부인은 통 작별 인사를 나누고 떠나게 해 줄 기미를 보이지 않았다.

"그러니까, 있죠, 있잖아요." 하고 그녀가 웅알거렸다. "나에게 와서 말해 주세요, 그곳에서 무엇을 보고 무엇을 알게 되었는지…… 무슨 일이 밝혀졌는지…… 그를 어떻게 재판하고 어떤 형을 내렸는지……. 그런데 말이죠, 우리 나라에는 사형 제도는 없지 않나요? 어쨌거나 꼭 와 주세요, 새벽 3시라도, 4시라도, 심지어 4시 반이라도……. 나를 깨우라고 명령하세요, 만약 안 일어나면 몸을 떠밀어서라도 깨우라고요……. 오 맙소사, 난 한숨도 못 잘 거예요. 그런데요, 내가 직접 당신과 함께 가야 되지 않을까요……?"

"아—아니요, 그저 만일의 경우를 생각해서 부인께서 서너 줄 정도로 드미트리 표도로비치에게 절대 돈을 준 적이 없다는 내용을 지금 부인의 손으로 써 주신다면, 혹시 소용이 될지도 모르겠군요…… 만약의 경우를 생각해서요……."

"그러고말고요!" 호흘라코바 부인은 환희 작약하며 사무용 책상을 향해 뛰어갔다. "그런데요, 정말 놀라울 따름이네요, 당신은 어쩜 이리도 명민하게 일 처리를 잘하시는지, 감동적일 정도라니까요……. 여기서 근무하시죠? 여기서 근무하신다니, 그보다 더 듣기 좋은 얘기가 또 없군요……."

이 말을 하면서도 그녀는 편지지의 반쪽에 다음과 같이 큼직큼직한 글자로 세 문장을 썼다.

본인은 오늘 불행한 드미트리 표도로비치 카라마조프에게 (어쨌거나 지금 불행한 사람이니까요.) 3000루블을 빌려 준 적이 결코 없을뿐더러 그 밖에도 평생 동안 절대 돈을 준 일이 없습니다! 이 점에 대해서 우리의 세상에 존재하는 모든 성스러운 것의 이름을 걸고 맹세하는 바입니다.

호흘라코바

"자, 여기 쪽지요!" 그녀는 재빨리 표트르 일리치 쪽으로 몸을 돌렸다. "어서 가서 구해 주세요. 이건 당신의 입장에서도 위대한 공적이 될 거예요."

그러고서 그녀는 그에게 세 번에 걸쳐 성호를 그어 주었다. 심지어 그를 배웅하러 현관까지 달려 나왔다.

"얼마나 고마운지 모르겠어요! 이렇게 제일 먼저 나를 찾아 주시다니, 지금 내가 얼마나 고마워하는지 모르실 거예요. 어떻게 우리가 지금까지 만난 적이 없었을까요? 앞으로도 당신을 우리 집에서 맞이할 수 있다면 나로선 정말 기쁜 일일 거예요. 게다가 여기서 근무하신다니, 그보다 듣기 좋은 얘기가 또 없군요…… 이렇게 주도면밀하시고 이렇게 명민하신 분이……. 하지만 사람들이 당신을 높이 평가하고 또 궁극적으로는 당신의 진가를 알아줘야 해요, 나는 내 깜냥대로 당신을 위해 모든 일을 다 하겠어요, 정말로요……. 오, 나는 젊은 사람들을 너무도 사랑해요! 젊은 사람들에게 반해 버렸거든요. 젊은 이들이야말로 오늘날 고통받고 있는 우리 전 러시아의 토대이며 러시아의 희망 그 자체니까요……. 오, 가세요, 얼른 가 보세요……!"

하지만 표트르 일리치는 이미 달려 나갔는데, 안 그랬다면 그녀가 그를 그렇게 쉽사리 풀어 주지 않았을 것이다. 그나저나 호흘라코바 부인은 그에게 상당히 유쾌한 인상을 남겨 주었으며, 그 덕택에 이토록 추악한 일에 말려든 데서 오는 불안감마저도 다소 누그러졌다. 주지하다시피 사람의 취향이란 굉장히 다양한 법이다. '게다가 그녀는 별로 늙은 것도 아니던걸.' 하고 그는 잠시 유쾌한 생각에 잠겼다. '오히려 부인의 딸로 착각할 뻔했잖아.'

한편, 호흘라코바 부인은 그녀 나름대로 이 젊은이에게 마냥 매혹되어 버렸다. '그 뛰어난 일 처리 솜씨며 그 꼼꼼한 면모며 요즘 시대에도 이런 젊은이가 있다니, 행동거지와 외모는 또 얼마나 멋진가 말이야. 요즘 젊은이들은 아무것도 할 줄 모른다고 떠들어 대지만, 그런 사람들한테 바로 이 사람을 보여 주어야겠는걸.' 등등. 이리하여, 그녀는 '그 끔찍한 사건'을 까맣게 잊었다가 침대에 들기가 무섭게 갑자기 다시금 자신이 '죽음의 문턱까지 갔다.'라는 사실이 상기되어 "아, 끔찍한 일이야, 이런 끔찍한 일이!"라고 말했다. 하지만 그러고서도 곧 아주 깊고 달콤한 잠에 빠져 들었다. 그나저나, 내가 지금 이 하찮고 부수적인 이야기를 장황하게 늘어놓은 것은, 지금 내가 묘사해 준, 젊은 관리와 아직 전혀 늙지 않은 과부의 이 기묘한 만남으로 인해 훗날 이 주도면밀하고 꼼꼼한 젊은이의 인생의 출세 가도에 토대가 마련되었기 때문이니, 지금까지도 우리 도시 사람들은 이 일을 떠올릴 때마다 경탄을 내지르곤

하며, 어쩌면 우리도 카라마조프가의 형제들에 대한 우리의 긴 이야기를 끝맺음 할 때쯤 이 일에 대해 따로 한두 마디 하게 될지도 모르겠다.

2 소요

우리의 경찰 서장 미하일 마카로비치 마카로프는 퇴역 중령, 개명된 명칭으론 7등 문관으로서 사람 좋은 홀아비였다. 그가 우리 도시에 부임한 지는 겨우 삼 년밖에 안 됐지만, 무엇보다도 '사교계를 단합시키는 능력' 덕분에 진작부터 모든 이들의 공감을 얻고 있었다. 그의 집에는 손님들이 끊이지 않았으며 그 자신도 손님들이 없으면 못 살 것처럼 보였다. 손님이 둘이든, 겨우 하나든 꼭 누군가는 매일 그의 집에서 식사를 했고, 손님이 없으면 식탁 앞에 앉지도 않았다. 온갖 구실을, 어떨 때는 정말 뜬금없는 구실을 붙여 식사 자리를 마련하기도 했다. 음식은 세련되지는 않아도 푸짐하게 나왔고, 쿨레바키[53]도 기가 막혔고, 술은 질은 보잘것없었지만 양으론 나무랄 데 없었다. 입구 곁의 방에는 당구대가 서 있고 각종 설비 또한 극히 훌륭했으니, 그러니까 주지하다시피 독신 남자에게는 필수적인 장식으로 생각되는, 영국산 준마 그림들이 검은 액자에 끼워져 벽마다 걸려 있었던 것이다. 또, 테이블 하

53) 롤 케이크 모양의 피로그.

나면 충분하긴 했지만 여하튼 매일 밤마다 카드 판도 열렸다. 한편, 우리 도시에서 상류 사교계 사람들이 부인들과 딸들을 데리고 춤을 추러 모여드는 일도 아주 잦았다. 미하일 마카로비치는 홀아비이긴 했지만 가족이 없는 것은 아니었는데, 이미 오래전에 과부가 된 딸이, 미하일 마카로비치 입장에서는 외손녀가 되는 두 처자와 함께 와서 살고 있었던 것이다. 처자들은, 비록 지참금은 한 푼도 없으리라는 것이 공공연한 사실이었지만, 이미 성인으로서 교육도 마친 상태이고 외모도 제법 괜찮은 데다가 성격도 명랑하여, 우리 사교계의 젊은이들에겐 이 할아버지 집의 꽃이나 다름없었다. 일에 있어서도 미하일 마카로비치는 아주 젬병은 아니어서, 맡은 바 임무를 완수하는 데 있어서 다른 많은 사람들보다 못한 편은 아니었다. 사실, 단도직입적으로 말하자면, 그는 학력이 상당히 별 볼 일 없었고 심지어 자신의 행정적 권한의 한계치가 어느 정도인지도 분명히 이해하지 못하는 무사태평한 사람이었다. 현대 통치 체제의 이러저런 개혁에 대해서도 제대로 이해를 못 하는 정도가 아니라 이따금씩 엄연한 오해를 할 때가 더러 있었는데, 이건 그가 뭐 특별히 무능력해서는 절대 아니고 오히려 꼼꼼히 살펴볼 여유가 없었기 때문이고, 워낙 무사태평한 성격이었기 때문이다. "나란 인간은 말이죠, 여러분, 천성이 문관보다는 무관 쪽이오." 그는 자신에 대해 이런 표현을 쓰곤 했다. 심지어 농노 개혁의 정확한 근거에 대해서도 여전히 최종적이고 확고하게 이해하지 못했지만, 말하자면 자기도 모르는 사이에 한 해 두 해 실무 지식을 쌓아 감으로써 간신히 그것을 알아 갔지만, 그러고서도 정작 그 자신은 지주였던 것이다. 표트르 일리치는 이날 저녁 미하일 마카로비치 집에서 틀림없이 누구든 손님을 만나게 될 것임은 정확히 알고 있었지만, 정확히 누구인지는 알 수 없었다. 그런데 때마침 그의 집에는 이 순간 검사와 우리의 공의(公醫)인 바르빈스키가 에랄라쉬[54]를 하고 있었는데, 이 젊은 의사는 페테르부르크 의학 아카데미를 뛰어난 성적으로 졸업한 수재 중 하나로서 이제 막 페테르부르크에서 우리 도시에 부임한 것이었다. 검사, 다시 말해 검사 시보였지만 다들 검사라고 부르는 이 이폴리트 키릴로비치는 우리 도시에서 좀 특별한 사람이었는데, 겨우 서른다섯 살 정도밖에 되지 않은 젊은 사람이 폐병 증세가 너무 심한 데다가, 아이를 못 낳는 뚱보 부인을 두고 있었고, 자존심이 강하고 신경질적이었지만 그럼에도 사고방식이 건전하고 심성도 착했다. 그의 성격의 크나큰 비극은 그가 실제로 자신이 가진 장점들 이상으로, 스스로를 좀 더 높게 생각하는 데 있는 셈이었다. 이 때문에 그는 늘 불안해 보였다. 게다가 그는 내심 드높고 심지어 예술적인 유혹에 경도되어 있었는데, 예를 들자면, 심리적 통찰이라든가 인간의 영혼에 대한 특별한 지식이라든가 범죄자와 그의 범죄의 속성을 파악하는 특별한 재능을 갖고 싶어 했던 것이다. 이런 의미에서 그는 자기 자신이 직장에서 다소 홀대받고 따돌림을 당하고 있다고 생각했고, 늘 저기 상부에서는 자신의 진가를 몰라 줄뿐더러 심지

54) 카드놀이의 일종.

어 적들이 우글거리고 있다고 믿고 있었다. 기분이 언짢을 때는 형사 소송을 전담하는 변호사로 전향하겠노라고 을러 대기도 했다. 카라마조프 집에서 친부 살해라는 예기치 못한 사건이 발생하자, 그는 "이건 러시아 전체를 떠들썩하게 할 수 있는 사건이다."라며 그야말로 충격을 감추지 못했다. 그나저나, 이런 말을 하다니, 또 내가 너무 앞서가는 것 같다.

옆방에는 귀족 아가씨들과 함께, 겨우 두 달 전에 페테르부르크에서 우리 도시로 부임한 우리의 젊은 예심판사 니콜라이 파르표노비치 넬류도프도 앉아 있었다. 훗날 우리 도시 사람들은 '범죄'가 일어난 날 저녁 이 모든 인물들이 꼭 일부러 작정을 한 양 함께 경찰 서장의 집에 모여 있었다는 얘기를 하며 놀라움을 감추지 못했다. 그런데 실은, 일은 훨씬 더 단순하고 아주 자연스럽게 일어난 것이었다. 이폴리트 키릴로비치는 아내가 전날부터 치통을 앓기 시작했기 때문에 그녀의 신음 소리를 피해 어디로든 달아나야만 했다. 의사는 천성상 저녁마다 카드 판 앞에 붙어 있지 않으면 못 배겼다. 한편 니콜라이 파르표노비치 넬류도프는 사흘 전부터, 말하자면 우연인 척하면서 이날 저녁에 미하일 마카로비치의 집을 찾아가 그 집의 큰 외손녀 올가 미하일로브나를 갑자기 놀래 주려는 간특한 속셈을 품고 있었다. 그러니까 자기는 그녀의 비밀, 즉 오늘이 그녀의 생일이라는 걸 알고 있는데, 시내 사람들을 무도회에 초대하기 싫어서 일부러 이 사실을 우리의 사교계 사람들한테 감추고 싶어 했다는 등의 사실을 폭로하자는 것이었다. 그녀의 나이에 대한 각종 추측과 조롱이 난무하는 마당에 그녀는 나이를 밝히는 게 무서운 모양인데, 지금 그녀의 비밀을 알고 있는 사람으로서 내일 당장 자기가 직접 모든 사람들에게 이 비밀을 이야기할 거다 등등. 이 귀여운 젊은 녀석은 이 점에 관한 한 대단한 장난꾸러기여서, 우리 도시의 부인들도 그에게 장난꾸러기라는 별명을 붙여 주었는데, 본인은 이것이 무척이나 마음에 든 모양이었다. 하지만 그는 아주 훌륭한 사회, 훌륭한 가문 출신에 훌륭한 교육을 받은, 훌륭한 감정의 소유자로서 탕아 같은 면이 있긴 했지만 아주 순진하고 늘 점잖았다. 외모를 봐도, 키가 작고 골격도 약하고 가냘팠다. 가늘고 창백한 그의 손가락에는 늘 굉장히 굵은 반지가 몇 개씩이나 반짝이고 있었다. 자신의 임무를 수행할 때는 자신의 의의와 의무를 뭐 거의 성스러운 일로 여기는 양 예사롭지 않을 정도로 무게를 잡곤 했다. 특히, 평민 출신의 살인범이나 이러저러한 흉악범들을 심문할 때는 상대의 얼을 빼 놓는 재주가 있었기 때문에, 정말로 그들 쪽에서는 비록 존경은 아닐지라도 어쨌거나 내심 그에 대한 경이로움을 갖곤 했다.

표트르 일리치는 경찰 서장의 집에 들어서자 마냥 넋을 잃고 말았다. 이 사람들이 이미 모든 걸 알고 있다는 사실을 갑자기 알게 됐기 때문이었다. 정말로 이들은 카드를 집어 던지고 하나같이 선 채로 논의를 하고 있었고, 심지어 니콜라이 파르표노비치마저 귀족 아가씨들을 버려 두고 달려와서는 가장 전투적이고 맹렬한 표정을 짓고 있었으니 말이다. 그러니까 표트르 일리치를 맞이한 것은 표도르 파블로비치 노인이 이날 저녁 정말로, 진짜로 자기 집에서 살해당했다는, 살해당하고 돈을 강탈당했다는, 사람의 넋을 빼 놓는 소식이었던 것이다. 이 사건은 그가 달려오기 바로 직전, 다음과 같은 방식으로 알려지게 되었다.

그리고리가 담장 옆에 쓰러져 있을 때 그 부인 마르파 이그나치예브나는 자기 침대에서 깊은 잠을 자고 있었고 이런 식으로 아침까지 푹 잤겠지만, 갑자기 잠에서 깨어났다. 이건 인사불성이 된 채로 옆방에 누워 있던 스메르쟈코프의 간질병 특유의 끔찍한 울부짖음 때문이었는데—이 울부짖음이 들리면 언제나 간질 발작이 시작되었기 때문에 이 소리가 들릴 때마다 마르파 이그나치예브나는 평생 소스라치게 놀라 병적인 상태가 되곤 했다. 아무리 해도 이 울부짖는 소리에 익숙해질 수가 없었던 것이다. 그녀는 잠결에 벌떡 일어나 거의 인사불성이 된 스메르쟈코프의 골방으로 달려갔다. 하지만 방 안이 캄캄해서 환자가 무서운 코 소리를 내며 몸을 뒤트는 소리만 들릴 뿐이었다. 그 순간, 마르파 이그나치예브나 자신도 소리를 지르며 남편을 부르기 시작했지만, 갑자기 자기가 일어났을 때 그리고리가 침대에 없었던 것 같은 생각이 들었다. 침대 곁으로 달려가 다시 손으로 더듬어 보았지만 침대는 정말로 비어 있었다. 그럼 어디 나갔다는 소리인데, 대체 어디로 간 걸까? 그녀는 현관 층계참으로 달려 나가 거기서 조심스럽게 그를 불러 보았다. 물론 대답이 들려올 리 만무했지만, 그 대신 야밤의 정적이 깔린 가운데 어디선가 멀리 정원 쪽에서 무슨 신음 소리가 들렸다. 신음 소리는 다시 반복되었으며 정말로 정원에서 나는 것이 분명해졌다. '맙소사, 꼭 리자베타 스메르쟈쉬야 때와 똑같아!'라는 생각이 그녀의 혼란스러운 머릿속을 스치고 지나갔다. 그녀가 조심스럽게 계단을 내려와 살펴보니 정원 쪽 쪽문이 열려 있었다. '에이고, 사람 좋은 양반, 분명히 저기 있는 거야.'라고 생각하며 그녀는 쪽문 쪽으로 다가갔는데, 갑자기 그리고리가 희미하고도 무서운 신음을 내며 "마르파, 마르파!" 하고 자기를 부르는 소리가 또렷하게 들렸다. "맙소사, 하느님, 우리를 재앙으로부터 지켜 주십시오." 마르파는 이렇게 읊조린 뒤 자기를 부르는 소리가 들리는 쪽으로 달려갔으니, 이런 식으로 그녀는 그리고리를 발견한 것이다. 그런데 그녀가 그를 발견한 곳은 그가 얻어맞고 쓰러진 그 장소, 즉 담장 곁이 아니라 담장에서도 한 스무 걸음은 족히 떨어진 곳이었다. 훗날 밝혀진 바에 따르면, 정신을 차린 그리고리가 몇 번씩이나 의식을 잃고 기절하기를 반복하면서 거북이처럼 오랫동안 거기까지 기어간 것이 분명했다. 그녀는 남편이 온통 피투성이가 된 걸 곧 알아보고서 그 자리에서 목이 찢어져라 비명을 지르기 시작했다. 그리고리는 힘없는 목소리로 두서없이 "죽였어…… 아비를 죽였어…… 바보같이 비명은 왜 질러…… 얼른 달려가, 사람을 불러와……."라고 웅얼거렸다. 하지만 마르파 이그나치예브나는 진정하기는커녕 계속 비명을 지르다가 갑자기 주인 나리 방 창문이 열려 있고 창문에서 빛이 새 나오는 걸 발견하고는 그리로 달려가 표도르 파블로비치를 부르기 시작했다. 하지만 창문 안을 들여다보고서 끔찍한 광경을 목격해 버렸다. 나리가 꿈쩍도 하지 않고 마룻바닥에 나자빠져 있는 것이 아닌가. 연한 색깔의 잠옷과 하얀 루바시카의 가슴팍 부분은 피에 흠뻑 젖어 있었다. 탁자 위의 양초가 표도르 파블로비치의 꿈쩍도 않는, 죽은 얼굴과 피를 환하게 비추고 있었다. 그러자, 가뜩이나 극도의 공포에 사로잡혀 있던 마르파 이그나치예브나는 창문에서 떨어져 나와 정원 밖으로 달려 나간 뒤 대문 빗장을 열어젖히고 쏜살같이 옆집 여자, 그러니까 마리야 콘드라치예브나 집의 뒤쪽으로 뛰어갔다. 그때 옆집 모녀는 둘 다 이미 자고 있었지만 마르파 이그나치예브나가 있는 힘껏 광포하게 문을 두드리고 소리를 질렀기 때문에 잠에서 깨어나 창가로 달려 나왔다. 마르파 이그나치예브나는 두서없이 째져라 소리를 지르고 고함을 치면서도 그래도 요점은 다 전달한 다음, 도와 달라고 애원했다. 때마침 이날 밤 그 집에는 떠돌이 포마가 묵고 있었다. 순식간에 그를 깨워서는 세 사람이 모두 함께 범죄 현장으로 달려갔다. 도중에 마리야 콘드라치예브나는 아까 8시가 지났을 무렵 자기 집 정원에서 온 동네가 떠나갈세라 째질 듯 끔찍하게 울부짖는 소리가 들렸던 것이 기억났으니—이것은 물론, 그리고리가 이미 담장 위에 걸터앉은 드미트리 표도로비치의 발을 두 손으로 꽉 붙잡으면서 "아비 죽인 놈!"이라고 외치면서 내질렀던 비명이었을 것이다. "누군가 한 사람이 울부짖다가 갑자기 잠잠해졌어요." 마리야 콘드라치예브나가 달려가면서 이런 말을 했다. 그리고리가 뻗어 있는 장소에 다다라, 두 여인은 포마의 도움을 받아 가며 그를 곁채로 옮겼다. 불을 밝히고 보니, 스메르쟈코프는 아직도 발작이 가라앉질 않아 그 골방에서 몸을 뒤틀고 눈이 뒤집힌 채 입에 거품을 물고 있었다. 그리고리는 식초 탄 물로 머리를 씻겨 준 뒤에 곧 정신이 들었고, 그 즉시 "나리는 어떠냐, 정말 죽었더냐?"라고 물었다. 그러자 두 여인과 포마는 나리 방에 가 보려고 정원으로 들어갔는데 이번에 보니 비단 창문뿐만 아니라 집에서 정원으로 난 문도 활짝 열려 있는 상태였다. 사실, 주인 나리는 벌써 일주일 내내 날이 지기만 하면 매일 밤 문을 굳게 걸어 잠그고 심지어 그리고리조차도 어떤 명분이 있어도 노크를 못 하도록 했다. 이런 상황이니만큼, 문이 활짝 열려 있는 것을 보자, 그들, 즉 두 여인과 포마는 모두 대번에 '나중에 혹시 무슨 일이 생기지나 않을까' 싶어 주인 나리 방에 들어가는 걸 저어하게 됐다. 그들이 다시 돌아오자, 그리고리는 당장 경찰 서장한테 달려가라고 명령했다. 그리하여 바로 마리야 콘드라치예브나가 경찰 서장 집으로 달려가 거기 있던 모든 사람들을 당황하게 만들었던 것이다. 이것은 표트르 일리치가 도착하기 불과 오 분 전의 일이었는데, 그는 그냥 자기만의 추측이나 결론을 갖고 온 것이 아니라 명명백백한 증인으로서 자기가 겪은 이야기를 들려줌으로써 누가 범인인지(하지만 정작 그는 이 점을 아주 마지막 순간까지도 내심 믿지 않으려 했다.)에 대한 모든 이들의 추측을 확증해 준 것이었다.

다들 정력적으로 행동을 개시하기로 결정했다. 경찰 서장의 조수에게는 즉시 네 명 정도까지의 입회인들을 모으라는 임무가 떨어졌고, 내가 여기서 일일이 묘사하지는 않겠지만, 이런저런 규칙에 따라 표도르 파블로비치의 집에 침투하여 바로 그 자리에서 수사를 시작했다. 공의, 이 다혈질의 신참은 거의 자기가 나서서 경찰 서장, 검사, 예심판사와 동행하게 해 달라고 강청하여 승낙을 받았다. 여기서 간단히 지적해 둘 사항이 있다. 즉, 표도르 파블로비치는 머리가 박살 난 채 확실히 살해된 것으로 밝혀졌는데, 그럼 흉기는 무엇이었을까? 아무래도, 살인에 이어 그리고리를 해치는 데 사용한 바로 그 흉기였을 것이다. 그리하여 응급조치를 받은 그리고리에게서 여전히 목소리에 힘도 없고 말도 중간중간 끊기긴 했지만 그래도 그가 얻어맞고 쓰러지게 된 경위를 찬찬히 들을 수 있어서, 흉기를 찾아낼 수 있었다. 등불을 들고 담장 근처를 수색했더니, 눈에 제일 잘 뜨이는 정원의 오솔길에 버려진 놋쇠 공이가 발견되었던 것이다. 표도르 파블로비치가 누워 있던 방은 유달리 어질러진 흔적이 보이지 않았지만 병풍 뒤, 그의 침대 바로 곁 마룻바닥에서 두꺼운 종이로 된, 관청용 크기의 커다란 봉투를 줍게 되었다. 그 위에는 '나의 천사 그루셴카에게 3000루블을 선물로, 만약 네가 올 마음만 있다면'이라고 쓰여 있었고 그 밑에는 '병아리에게'라는 말이 덧붙어 있었는데 이건 아마 나중에 표도르 파블로비치 자신이 써넣은 것이리라. 봉투에는 붉은 봉납으로 커다란 세 개의 봉인이 찍혀 있었지만 봉투는 이미 찢어졌고 그 안은 텅 비어 있었다. 돈을 가져가 버린 것이다. 마룻바닥에서는 봉투를 묶었던 가느다란 장밋빛 리본이 발견되었다. 그나저나 표트르 일리치의 증언 중 검사와 예심판사에게 굉장한 인상을 남겨 준 것이 있었다. 즉, 드미트리 표도로비치가 동틀 녘에는 기어코 자살을 할 것이라는 추측, 스스로 그런 결정을 내렸고 자기 입으로 표트르 일리치에게 그런 말을 했을뿐더러 상대방이 보는 앞에서 권총을 장전하고 유서를 써서 호주머니 안에 넣었다는 식의 얘기였다. 표트르 일리치가 여전히 그의 말을 반신반의하면서 자기가 직접 나서 누구에게든 말하고 자살을 막겠다고 으름장을 놓자, 미챠는 이를 갈면서 그에게 "이미 늦었소."라고 대답했다는 것이다. 그러니까 범인이 만에 하나 정말로 자살할지도 모르니까, 그 전에 덮치려면 어서 빨리 현장으로, 모크로예로 서둘러 가야만 했다. "그렇군요, 정말 그래요!" 검사가 굉장히 흥분해서 반복했다. "이런 유의 난봉꾼들은 꼭 저렇다니까요. 어차피 내일 자살할 테니까 죽기 전에 한바탕 벌이자는 거죠." 그가 상점에서 술과 상품을 가져간 이야기는 검사를 더욱더 흥분시킬 따름이었다. "올수피예프라는 상인을 죽인 청년 기억하시죠, 여러분. 1500루블을 강탈하고는 그 즉시 가서 머리를 볶은 다음, 돈을 제대로 숨기지도 않고 역시나 손에 든 채 계집질을 하러 갔죠." 하지만 표도르 파블로비치 집에서 가택 수색 및 수사를 벌이고 여러 형식적 절차를 밟느라, 다들 좀 지체되었다. 이 모든 일에 시간이 걸렸으므로, 그 전날 때마침 아침 녘에 봉급을 받으러 도시에 온 지서장 마브리키 마브리키예비치 쉬메르초프를 두 시간쯤 전에 먼저 모크로예로 보냈다. 마브리키 마브리키예비치에게는 다음과 같은 지시가 내려졌다. 즉, 모크로예에 도착하면, 해당 수사진이 도착할 때까지 절대 소란을 일으키지 말고 '범인'의 동태를 계속 감시하되, 증인들, 그 지역 경찰들 등을 대기시켜 놓으라는 것이었다. 마브리키 마브리키예비치는 이것을 실천에 옮겨, 오래전부터 아는 사이인 트리폰 보리소비치 한 사람에게만 부분적으로 비밀을 알려 주었을 뿐, 시종 인코그니토(incognito)였다.(자신의 정체를 숨겼다.) 정확히 바로 이 시간에, 미챠는 컴컴한 복도에서 자기를 찾는 주인장과 마주쳤을뿐더러 그 즉시 트리폰 보리소비치의 안색과 말투가 왠지 갑자기 변했음을 인지했던 것이다. 이런 식으로 해서, 미챠는 물론 다른 누구도 자신들이 감시당하고 있다는 사실을 모르고 있었다. 그의 권총 상자는 이미 오래전에 트리폰 보리소비치가 훔쳐다가 한적한 곳에 숨겨 놓았다. 그리하여 이미 새벽 4시가 지나서야, 거의 동틀 녘에 가서야 경찰 서장, 검사, 예심판사 등 수사 당국 전체가 두 대의 마차와 두 대의 트로이카를 나누어 타고서 도착했다. 의사는 아침 녘에 살해된 자의 시체를 해부할 계획이었기 때문에 표도르 파블로비치의 집에 머물렀지만, 주된 관심의 대상이 된 것은 다름 아니라 병든 하인 스메르쟈코프의 상태였다. "간질 발작이 저렇게 지독하고 저렇게 길게, 꼬박 이틀 내내 끊임없이 반복되는 것은 거의 유례가 없는 만큼 학문적으로 연구해 볼 가치가 있습니다." 떠날 채비를 하고 있던 자신의 파트너들에게 의사는 흥분하면서 이렇게 말했고, 상대방들은 웃으면서 그런 건수를 발견한 걸 축하해 주었다. 그와 동시에, 의사가 아주 단호한 어조로 스메르쟈코프가 아침을 넘기지 못할 것이라고 덧붙인 것을 검사와 예심판사는 똑똑히 기억했다.

이로써 좀 길기는 했지만 불가피했던 해명을 끝내고, 이제 우리는 앞선 장에서 중단했던 이야기의 그 대목으로 돌아온 셈이다.

3 영혼의 수난이 시작되다. 첫 번째 수난

그리하여 미챠는 자리에 앉아 저들이 자기한테 무슨 말을 하는지 통 모르겠는 상태에서 의아스럽다는 듯한 시선으로 그들을 둘러보았다. 그러다 갑자기 그는 자리에서 일어나더니 손을 위로 뻗치며 큰 소리로 외쳤다.

"무죄입니다! 이 피에 관해선 무죄입니다! 제 아버지 피에 관해서는 무죄요……. 죽이고 싶었지만, 그렇지만 무죄입니다! 제가 한 짓이 아닙니다!"

하지만 그가 이 말을 외치기가 무섭게 커튼 뒤에서 그루셴카가 벌떡 뛰어나와 경찰 서장의 발밑으로 몸을 던졌다.

"이건 다 제 잘못, 제 잘못이에요, 다 이 저주받을 년의 잘못입니다!" 그녀가 영혼을 찢어발기는 듯한 흐느낌 소리를 내면서 온통 눈물에 젖어 모든 이들을 향해 팔을 뻗으며 소리쳤다. "그러니까 이 사람은 저 때문에 죽인 거예요……! 제가 이 사람을 너무 못살게 굴었기 때문에 이 지경에까지 이른 거예요! 고인이 된 불쌍한 노인도 제가 혼자 원한에 사로잡힌 나머지 너무나 못살게 굴었고, 그래서 이 지경이 된 거예요! 제 잘못이에요, 제 잘못이에요, 제가 문제였어요, 제가 주범이라니까요, 다 제 잘못이에요!"

"그래, 네 잘못이야! 너야말로 주범이야! 흉악하고 방탕한 년 같으니, 네가 주범이고말고." 경찰 서장이 이렇게 그녀를 협박하며 고함을 질렀지만, 다들 당장에 재빨리, 단호하게 그를 진정시켰다. 검사는 심지어 그를 두 팔로 껴안기까지 했다.

"이러시면 그야말로 엉망진창이 될 겁니다, 미하일 마카로비치." 그가 소리쳤다. "서장님은 수사를 완전히 방해하고…… 일을 망칠 뿐……." 그는 거의 숨을 헐떡였다.

"조치를 취하시오, 조치를 취하란 말이오, 조치를 취하도록!" 니콜라이 파르표노비치도 끔찍할 정도로 흥분하고 말았다. "그러지 않으면 도저히 일이 안 된다니까요……!"

"우리를 함께 심판해 주세요!" 그루셴카는 여전히 무릎을 꿇은 채로 계속하여 미친 듯이 소리를 질렀다. "우리를 함께 벌해 주세요, 이 사람과 함께라면 사형이라도 달게 받겠어요!"

"그루샤, 내 삶이여, 내 피여, 내 성물(聖物)이여!" 미챠는 그녀 곁에서 역시나 무릎을 꿇고 있다가 그녀에게로 달려들어 그녀를 꼭 껴안았다. "이 여자의 말을 믿지 마십시오." 그가 소리쳤다. "그녀는 아무 잘못이 없습니다, 어떤 피에 대해서도 아무 잘못도 없다고요!"

그는 훗날, 몇몇 사람이 완력으로 자기를 그녀에게서 떼 냈고 갑자기 그녀를 어디론가 끌고 갔으며, 정신을 차렸을 때는 이미 탁자 앞에 앉아 있었음을 기억했다. 그의 옆과 뒤에는 금속 감찰을 단 사람들이 서 있었다. 탁자 너머 그의 맞은편 소파에는 예심판사인 니콜라이 파르표노비치가 앉아 있었는데, 줄곧 그에게 탁자 위에 있는 컵의 물을 조금이라도 마시라고 권하고 있었다. "그러면 기분이 상쾌해지고 마음도 편해질 겁니다, 무서워할 필요도, 걱정할 필요도 없습니다." 그는 굉장히 정중하게 이렇게 덧붙였다. 미챠는 갑자기—그는 이 점을 기억했다—그의 커다란 반지들, 자수정 반지 하나와 투명하면서도 어쩐지 아름다운 광채가 나는 투명한 노란색 반지에 엄청나게 관심이 갔다. 그리고 이후에도 오랫동안, 심문이 진행되는 그 끔찍한 시간 내내 이 반지들이 불가항력적으로 자신의 시선을 끌었음을, 자기 상황에 전혀 맞지 않는 이 물건으로부터 왠지 눈을 뗄 수도, 그것을 잊을 수도 없었음을 회상하면서 놀라곤 했다. 미챠로부터 비스듬히 왼쪽, 저녁이 시작될 무렵엔 막시모프가 앉아 있던 자리에 지금은 검사가 앉아 있었고, 미챠의 오른쪽, 그때 그루셴카가 앉아 있던 자리에는 얼굴이 발그스름한 한 젊은이가 다 해진 무슨 사냥용 양복 재킷을 입고 있었는데, 그의 앞에는 잉크와 종이가 놓여 있었다. 이자는 알고 보니 예심판사의 서기였으며, 판사가 직접 데려온 것이었다. 경찰 서장은 지금 창가, 그러니까 방의 다른 쪽 끝에, 역시나 똑같은 창가의 의자에 앉아 있는 칼가노프 곁에 서 있었다.

"물 좀 드시지요!" 예심판사가 부드러운 어조로 열 번째 반복했다.

"마셨습니다, 여러분, 마셨고말고요…… 하지만…… 그래, 여러분, 눌러 죽이십시오, 벌하십시오, 운명을 결정해 주십시오!" 미챠는 눈을 부릅뜬 채 꼼짝도 하지 않고 예심판사를 노려보며 이렇게 소리쳤다.

"그러니까 당신은 당신의 아버지 표도르 파블로비치의 죽음에 대해서는 무죄라는 주장을 굽히지 않는 거죠?" 부드럽지만 집요하게 예심판사가 물었다.

"무죄라니까요! 죄가 있다면 다른 피, 다른 노인의 피를 흘리게 한 거지, 제 아버지에 대해서는 무죄입니다. 그래서 이렇게 애도하는 겁니다! 노인은 제가 죽였습니다, 죽였다고요, 죽이고 내팽개쳤지요……. 하지만 다른 피에 대해서는 저는 아무 죄도 없는데, 노인의 피를 흘렸다는 이유로 이 피에 대해서도 책임을 져야 한다니, 힘겨운 일이군요……. 그런 무서운 혐의를 받다니요, 여러분, 꼭 이마를 한 대 얻어맞은 것 같은 기분입니다! 하지만 도대체 누가 아버지를 죽였습니까, 도대체 누가 죽인 거냐고요? 제가 아니라면 누가 죽였을까요? 기적입니다, 터무니없는, 도저히 있을 수도 없는 일입니다……!"

"자, 그래서 누가 죽였을까, 생각해 보면……." 하고서 예심판사가 말을 시작했지만, 검사 이폴리트 키릴로비치(검사 시보이지만 편의상 우리는 검사라고 부를 것이다.)가 예심판사와 눈짓을 주고받더니 미챠를 향해 말했다.

"하인 그리고리 바실리예비치 노인에 대해서라면 공연한 걱정을 하시는 겁니다. 알려 드리자면, 그 노인은 살아 있고 의식도 회복했고, 그와 현재 당신의 진술에 의할 때 당신의 일격 때문에 중상을 입긴 했지만 목숨에는 아무런 지장이 없을 겁니다, 적어도 의사의 견해로는 말이죠."

"살아 있다고요? 그러니까 그 노인은 살아 있군요!" 미챠가 갑자기 손뼉을 치면서 울부짖었다. 그의 얼굴 전체가 환한 빛을 발했다. "주여, 주님이 저의 기도를 받아들여 죄 많은 악당인 저에게 행하여 주신 이 위대한 기적에 감사드리나이다……! 맞아요, 맞아, 이건 저의 기도 덕분입니다, 저는 밤새도록 기도했어요……!" 그러고서 그는 세 번이나 성호를 그었다. 거의 숨을 헐떡이기도 했다.

“자, 그래서 바로 이 그리고리에게서 직접 우리는 당신에 관한 아주 중대한 증언을 들었는데, 다시 말해…….” 검사는 말을 계속하려고 했지만, 미챠가 갑자기 의자에서 벌떡 일어났다.

“일 분만, 여러분, 부디 딱 일 분만 주십시오. 그녀한테 달려가서…….”

“이보십시오! 이런 순간에는 절대로 안 됩니다!” 니콜라이 파르표노비치는 거의 째질 듯이 고함을 지르면서 역시나 자리에서 벌떡 일어섰다. 가슴팍에 금속 감찰을 단 사람들이 사방에서 미챠를 붙잡았지만, 그가 알아서 의자에 앉았다…….

“여러분, 정말 유감이군요! 그야말로 잠깐만 그녀에게 달려가서…… 밤새도록 내 가슴을 빨아먹은 이 피는 씻겼다, 사라졌다, 나는 더 이상 살인자가 아니다, 하는 것을 그녀한테 알려 주고 싶었는데! 여러분, 정말이지 그녀는 저의 약혼녀란 말입니다!” 그는 갑자기 모든 사람들을 둘러보면서 환희에 차서 경건하게 말했다. “오, 감사합니다, 여러분! 오, 여러분은 정녕 단 한순간에 저를 갱생시켰으며 또한 부활시켰습니다……! 이 노인은 나를 품에 안고 다니고, 여러분, 세 살배기 어린아이였던 제가 모든 사람들한테 버림받았을 때 목욕통에서 목욕을 시켜 준 친아버지나 다름없는 사람입니다!”

“그러니까 당신은…….” 하고서 예심판사가 말을 시작하려고 했다.

“죄송합니다만, 여러분, 일 분만 더 여유를 주십시오.” 미챠가 상대의 말을 가로막으면서 두 팔꿈치를 탁자에 세우고 손바닥으로 얼굴을 가렸다. "생각을 정리할 수 있는 여유를 좀 주십시오, 숨이라도 좀 돌리게요, 여러분. 이 모든 게 소름이 돋는군요, 정말 소름이 돋아요, 아니, 사람이 무슨 북 가죽은 아니잖습니까, 여러분!"

"물이라도 한 모금 더……." 니콜라이 파르표노비치가 중얼거렸다.

미챠는 얼굴에서 손을 걷어 내더니 웃음을 터뜨렸다. 그의 시선은 원기 왕성해 보였는데, 꼭 한순간에 완전히 딴사람이 된 것 같았다. 말투도 완전히 딴판이었다. 그러니까 이 모든 사람들, 그가 옛날부터 알고 지내던 이 모든 사람들과 또다시 동등한 처지로 앉아 있는 것 같았으니, 정말로 아무 일도 일어나지 않았던 어제 그들이 무슨 사교계 모임에서 함께 만났더라면 꼭 이랬을 것이다. 그건 그렇고 한 가지 지적해 두자면, 미챠가 처음 우리 도시에 왔을 때는 경찰 서장의 집에서 환대를 받았지만 그다음, 특히 최근 한 달 동안에는 그 집을 방문하는 일이 거의 없었고 경찰 서장 쪽에서도 예를 들어 길거리에서 그와 마주치기라도 할라치면 인상을 심하게 쓰면서 그저 예의상 몸을 숙여 인사를 하는 정도였는데, 미챠는 이 점을 마음에 새겨 두고 있었다. 검사와는 좀 더 소원한 사이였지만, 검사의 아내인 신경질적이고 환상적인 부인을 찾아가는 일은 더러 있었는데, 왜 가는지 자기 자신도 도무지 알지 못했지만 여하튼 이건 아주 점잖은 방문이었으며 부인 쪽에서도 언제나 그를 상냥하게 맞이했으며 아주 최근까지도 왠지 그에게 관심을 보였다. 예심판사라면 아직 제대로 인사를 나눌 기회가 없었지만, 그래도 서로 마주친 적도 있고 한두 번 정도는 이야기를 나눈 적도 있었는데, 두 번 다 여자 얘기였다.

"당신은, 니콜라이 파르표느이치,[55] 제가 보기엔 아주 노련한 예심판사인 것 같습니다." 미챠가 갑자기 즐겁게 웃어 댔다. "하지만 이젠 제가 나서서 당신을 돕도록 하죠. 오, 여러분, 저는 부활했고…… 따라서 제가 여러분 앞에서 이렇게 허심탄회하고 소탈하게 군다고 해서 나무라지는 말아 주십시오. 게다가 탁 터놓고 말씀드리자면, 저는 술도 약간 취한 상태입니다. 저는 저의 친척인 미우소프의 집에서…… 당신을 만나는 영광과 기쁨을 누렸던 것 같은데요, 니콜라이 파르표느이치……. 여러분, 여러분, 저는 결코 저를 여러분과 똑같이 대해 달라고 요구하는 건 아닙니다, 지금 제가 어떤 처지로 여러분 앞에 앉아 있는지는 알고 있으니까요. 저에게는…… 만약 그리고리가 저에 대한 증언을 하기만 했다면…… 그러니까 저에게는 무서운 혐의가 걸려 있을 테죠—오, 물론 걸려 있다 뿐이겠습니까! 끔찍한 일입니다, 끔찍해요—이쯤은 저도 십분 이해합니다! 하지만 본론으로 들어갑시다, 여러분, 저는 준비가 되어 있으니, 우리 이제 눈 깜짝할 사이에 이 일을 끝냅시다, 왜냐면 말이죠, 들어 보십시오, 들어 보시면 알 테니까요, 여러분. 제가 무죄라는 것을 제가 알고 있는 이상, 물론 눈 깜짝할 사이에 끝낼 테니까요! 안 그렇습니까? 예, 안 그러냐고요?"

미챠는 자신의 청자들이 그야말로 자신의 가장 훌륭한 친

55) 파르표노비치의 약칭.

구라도 되는 양 초조하고도 격정적으로 서둘러 많은 말을 늘어놓았다.

"그럼, 우리는 일단 당신이 자신에게 걸린 혐의 내용을 완강하게 거부하노라고 기록하겠습니다." 니콜라이 파르표노비치가 위압적으로 이렇게 말하더니 서기에게로 몸을 돌려 반쯤 들릴 듯한 목소리로 기록해야 될 내용을 불러 주었다.

"기록이라고요? 이걸 기록하시겠다고요? 아무렴 어떻습니까, 기록하시지요, 저는 동의합니다, 전적으로 동의하고말고요, 여러분……. 다만……. 잠깐, 잠깐만요, 이렇게 기록하십시오. 그러니까 '난동을 부린 점에서 그는 유죄이다, 가련한 노인에게 심한 구타를 가한 것도 유죄이다.'라고요. 뭐, 그리고 저어기 나 스스로, 내 마음 깊은 곳에 관해서도 유죄를 절감하고 있다——하지만 이런 얘기는 쓸 필요가 없겠군요." 그러면서 그는 갑자기 서기 쪽으로 몸을 돌렸다. "이건 이미 저의 사생활이니까, 여러분, 여러분과는 이미 상관없는 문제군요, 그러니까 이 마음의 깊은 곳은 말이죠……. 하지만 늙은 아버지 살해에 관해서는——무죄이다! 이것은 해괴망측한 생각입니다! 그야말로 해괴망측한 생각이죠……! 하지만 제가 여러분에게 증명을 해 보이면 여러분도 금방 확신하게 될 겁니다. 웃음을 터뜨리게 될 거라고요, 여러분, 어떻게 그런 혐의를 걸 수 있었는지 여러분 스스로 껄껄 웃게 되겠죠……!"

"진정하시죠, 드미트리 표도로비치." 예심판사가 자신의 차분한 태도로 미친 듯 흥분한 상대를 압도하고 싶은 듯 이렇게 주의를 시켰다. "심문을 계속하기에 앞서, 당신이 기꺼이 대답해 줄 용의가 있으시다면, 당신이 고인이 된 표도르 파블로비치를 좋아하지 않았으며 부친과 어떤 지속적인 불화가 있었다는 사실을 당신이 직접 확증해 주셨으면 좋겠는데요……. 여기서, 최소한 십오 분 전만 해도 당신은 부친을 죽이고 싶었노라고 말씀하신 것 같은데요. '죽이진 않았지만 죽이고 싶었다!'라고 외치셨지요."

"제가 그렇게 외쳤던가요? 오, 그럴 수 있습니다, 여러분! 맞습니다, 불행히도, 저는 아버지를 죽이고 싶었습니다, 그것도 여러 번이나…… 불행히도, 불행히도!"

"그러니까 그러고 싶었다는 말씀이군요. 그렇다면 대체 어떤 연유로 당신의 부친을, 그 인물을 그토록 증오하게 되었는지 그 점을 설명해 주실 수 있을는지요?"

"뭘 설명하라는 겁니까, 여러분!" 미챠가 시선을 내리깔며 침울하게 어깨를 추켜올렸다. "제가 제 감정을 전혀 숨기지 않았기 때문에 그건 온 도시가 다 알고 있어요—술집 사람들도 전부 다 알고요. 얼마 전에는 수도원, 조시마 장로의 암자에서도 그렇게 단언했지요……. 또 바로 그날 저녁에는 아버지를 거의 반쯤 죽도록 때려 놓고서, 사람들이 다 있는 데서, 다시 와서 죽이겠노라고 호언장담했지요……. 오, 증인이라면 1000명은 족히 될 겁니다! 한 달 내내 떠들어 댔으니 다들 증인인 거죠……! 이건 엄연한 사실이고, 그 사실은 자기 나름대로 말하고 외치지만—감정은, 여러분, 감정이란 것은 다른 문제입니다. 그러니까, 여러분." 하고 미챠는 인상을 잔뜩 썼다. "제 생각으론 여러분이 제 감정을 심문할 권리는 없는 것 같군요. 설사 여러분이 그럴 권한을 갖고 있다 할지라도, 저도 이건 이해하지만, 하지만 이건 어디까지나 제 문제, 저만의 내적이고 은밀한 문제이고…… 그렇지만 제가 전에도 저의 감정을 숨기지 않았고…… 술집 같은 데서도 상대를 가리지 않고 아무한테나 떠들어 댔으니까…… 지금도 이걸 비밀로 하진 않겠습니다. 그러니까, 여러분, 이 경우 저에게 불리한 무서운 증거들이 수두룩하다는 것쯤은 알고 있습니다. 모든 사람들에게 그 인간을 죽이겠다고 떠들어 댔고, 갑자기 그가 살해되었습니다. 이러니, 어떻게 제가 범인이 아닐 수 있겠습니까? 하—하! 여러분 잘못이 아니지요, 여러분, 그러는 것도 무리가 아니니까요. 저 자신도 살갗이 떨릴 정도로 충격을 받았는데, 그도 그럴 것이 이런 상황이니만큼 제가 아니라면 결국 도대체 누가 죽였을까요? 안 그렇습니까? 제가 아니라면, 도대체, 도대체 누구냐고요? 여러분." 하고 그가 갑자기 소리쳤다. "저는 알고 싶습니다, 심지어 여러분에게 요구합니다, 여러분. 아버지는 어디서 살해됐습니까? 무엇으로 어떻게 살해됐습니까? 제발 좀 말씀해 주시죠." 그가 검사와 예심판사를 둘러보며 빠른 어조로 물었다.

"우리가 그를 발견했을 때 그는 머리가 깨진 상태로 자신의 서재 마룻바닥에 나자빠져 있었습니다." 검사가 말했다.

"끔찍한 일이군요, 여러분!" 미챠가 갑자기 몸을 부르르 떨더니 탁자 위에 팔꿈치를 세우고 오른손으로 얼굴을 가렸다.

"우리 계속하도록 하죠," 니콜라이 파르표노비치가 말을 끊었다. "그러니까, 그 당시 도대체 무엇 때문에 당신은 그와 같은 증오의 감정을 품게 됐습니까? 질투의 감정이었다고 공공연하게 단언하신 것 같은데요?"

"뭐, 그렇죠, 질투였죠, 하지만 질투 하나만은 아닙니다."

"돈을 둘러싼 다툼입니까?"

"뭐 그래요, 돈 때문이기도 하죠."

"그 다툼은 당신의 유산인 3000을 지불하지 않았기 때문이었다던데요."

"3000이라고요! 훨씬, 훨씬 더 많아요." 미챠가 소리쳤다. "6000 이상, 만 이상일 수도 있습니다. 저는 모든 사람들에게 말했고 모든 사람들에게 떠들어 댔습니다! 하지만 어쩌겠습니까, 하는 수 없이 3000에서 타협하자고 결심했던 거죠. 저한테는 이 3000이 죽도록 필요했고…… 그래서 아버지가 그루셴카를 위해 마련한, 제가 알기론 베개 밑에 놓여 있다는 그 3000의 돈뭉치를 아버지가 저한테 그야말로 훔쳐 간 걸로 간주했던 겁니다, 정말로, 여러분, 저는 그걸 제 돈으로, 어쨌거나 제 거나 다름없는 것으로 간주했습니다……."

검사는 예심판사와 의미심장한 눈짓을 주고받고 눈에 뜨이지 않게 그에게 윙크까지 했다.

"이 문제는 나중에 또 얘기하기로 하고"라며 예심판사가 즉시 말했다. "지금은 이 항목을, 즉 당신이 봉투에 든 돈을 자신의 것이나 다름없는 것으로 간주했다는 점을 확인하고 기록하게 해 주시지요."

"그렇게 쓰시죠, 여러분, 저는 이것이 또다시 저한테 불리한 증거라는 걸 알고 있지만, 그런 증거 따위는 무섭지도 않기 때문에 제가 직접 스스로를 고발하는 겁니다. 듣고들 계십니까, 제가 직접 이런다고요! 그러니까 여러분, 여러분은 저를 실제 저와는 완전히 다른 사람으로 생각하시는 것 같군요." 그가 갑자기 음울하고 슬프게 덧붙였다. "지금 여러분과 말을 하고 있는 사람은 고결한 사람, 고결하기 그지없는 인물이며, 무엇보다도—이 점을 간과하지 마십시오.—수없이 많은 비열한 짓들을 저질렀지만 언제나 한결같이 고결하기 그지없는 존재, 그러니까 내부에서는, 마음 깊은 곳에서는 그런 존재였으며, 그러니까 한마디로 말해서, 뭐라 표현해야 될지 모르겠군요……. 다름 아니라 고결함을 갈망했기 때문에 평생 동안 고통스러워했고, 말하자면 고결함으로 인해 고통받았으며 등불, 그러니까 디오게네스의 등불[56]을 들고서 고결함을 찾아다녔지만 평생 동안 오직 추잡한 짓만을 해 왔던 거죠, 우리 모두 그렇지 않습니까, 여러분…… 아니, 그러니까 우리 모두가 아니라 저 혼자만 말이죠, 여러분, 모든 사람들이 아니라 저 혼자만 그랬다고요, 말실수를 해 버렸군요. 저 혼자, 혼자만 그렇다고요……! 여러분, 저는 머리가 아프군요." 그가 고통스럽게 얼굴을 찡그렸다. "그러니까, 여러분, 저는 아버지의 외모가 영 마음에 안 들었습니다, 파렴치한 뭔가, 잘난 척 으스대면서 온갖 성스러운 것을 짓밟는 태도, 냉소와 불신, 추잡해요, 추잡해! 하지만 이제는 죽은 사람이 됐으니, 생각이 달라지는군요."

---

56) 고대 그리스의 철학자인 디오게네스가 백주 대낮에 등불을 들고 다녔는데 이걸 본 사람들이 무엇을 하느냐고 묻자 "사람을 찾고 있다."라고 대답했다고 한다.

"달라지다니요?"

"딱히 달라졌다는 것이 아니라, 아버지를 그토록 증오했던 것이 유감스러울 따름입니다."

"뉘우치시는 겁니까?"

"아니요, 뉘우친다는 게 아니라, 이런 건 기록하지 마십시오. 나도 그다지 잘생긴 건 아니다, 바로 이 말입니다, 나 자신도 그다지 미남이 아닌 주제에 아버지를 혐오스러워하고 자시고 할 권리는 없었다, 바로 이 말인 거죠! 이건 뭐 기록하셔도 됩니다."

이런 말을 하고 나자 미챠는 갑자기 굉장히 슬퍼졌다. 예심판사의 질문에 대답을 하다 보니 벌써 오래전부터 점점 더 침울해지고 또 침울해졌다. 그런데 하필 이 순간에 갑자기 또 예기치 못한 한판 소동이 연출되었다. 문제는 아까 그루셴카를 어디로 끌고 가긴 했지만 그래 봐야 그다지 먼 곳도 아닌, 지금 심문이 진행 중인 푸른 방에서 겨우 세 칸 떨어진 방이었다는 데 있었다. 그것은 창문이 하나밖에 없는 작은 방으로서 간밤에 춤판과 한판 잔치를 벌였던 큰 방 바로 뒤에 붙어 있었다. 그녀는 거기에 앉아 있었고 현재 그녀 곁에 있는 사람이라곤 막시모프 한 명뿐이었는데, 막시모프는 너무나 충격을 받은 나머지 너무나 겁에 질려 꼭 그녀 주위에서 구원을 찾기라도 하는 양 그 옆에 찰싹 달라붙어 있었다. 그들이 있는 방의 문 곁에는 가슴팍에 금속 감찰을 단 어떤 농군이 서 있었다. 그루셴카는 울고 있었다. 그러다가 너무 괴로워 가슴이 미어터질 것 같아지자 갑자기 벌떡 일어나 손뼉을 치면서 커다란 소리로 흐느끼면서 "괴로워, 괴로워 죽겠어!"라고 소리쳤다. 그러곤 방에서 달려 나와 그, 그러니까 자기의 미챠를 향해 돌진했는데, 너무도 뜻밖에 일어난 일이라 아무도 그녀를 저지할 겨를이 없었다. 한편, 미챠는 그녀의 흐느낌 소리를 듣고서 몸을 떨며 벌떡 일어나서 울부짖더니 앞뒤를 잃고 그녀를 맞으러 쏜살같이 돌진했다. 하지만 이번에도 그들은 서로를 보기만 했을 뿐, 그들이 제대로 하나가 되도록 내버려 두질 않았다. 저들이 미챠의 두 팔을 꽉 붙잡아 버린 것이다. 그가 벗어나려고 몸부림을 치는 바람에 그를 저지하는 데 서너 명은 족히 요구되었다. 그루셴카도 역시 붙들렸는데, 미챠는 그녀가 끌려가면서 뭐라 비명을 지르고 자기를 향해 손을 뻗는 것을 고스란히 지켜볼 수밖에 없었다. 이 소동이 끝나고 보니, 그는 다시금 자기 자리, 즉 예심판사 맞은편 탁자 앞에 앉아 있었고, 상대를 향해 고함을 쳤다.

"저 여자를 어쩌자는 겁니까? 대체 왜 그녀를 괴롭히는 겁니까? 무고한 여자란 말입니다, 아무 죄도 없어요……!"

검사와 예심판사는 그를 달랬다. 그렇게 얼마간의 시간이, 십 분 정도가 흘러갔다. 마침내, 잠시 자리를 비웠던 미하일 마카로비치가 서둘러 방 안으로 들어오더니 우렁차고 흥분된 목소리로 검사에게 말했다.

"그 여자를 좀 멀리 데려다 놨소, 아래층으로 말이오. 그나저나 여러분, 이 불행한 사람한테 딱 한마디만 해도 되겠소? 여러분이 있는 데서, 여러분, 여러분이 있는 데서 말이오!"

"그러시지요, 미하일 마카로비치." 예심판사가 대답했다. "그런 경우라면 우리가 굳이 반대할 이유는 없으니까요."

"드미트리 표도로비치, 내 말 좀 들어 보게, 이 사람아." 미하일 마카로비치가 미챠를 향해서 말을 하기 시작했는데, 여전히 흥분에 들뜬 그의 얼굴에는 이 불행한 인간을 거의 친아버지 같은 심정으로 대하는 듯한 열렬한 동정의 빛이 어려 있었다. "내 자네의 아그라페나 알렉산드로브나를 직접 아래로 데려가서 여주인의 딸들에게 맡겨 놓았네. 지금 거기선 저 막시모프 노인이 그녀 곁을 떠나지 않고 붙어 있을 거야, 내가 그녀를 잘 타일렀어, 자네 듣고 있나? 타이르고 진정시켰다네, 자네의 혐의가 풀려야 되니까 자네를 방해해도, 또 자네 마음을 아프게 해서도 안 된다고 그녀한테 알아듣게끔 일러 주었다네. 자네가 혼란스러워진 나머지 엉뚱하게도 스스로에게 불리한 진술을 할 수도 있는 노릇 아닌가, 알겠나? 뭐, 한마디로 말해서, 내가 이런 말을 해 주었고, 그녀도 잘 알아들었네. 그녀는, 이보게, 똑똑한 여자야, 착하기도 하지, 다 늙은 내 손에 입을 맞추면서 자네를 잘 봐 달라고 부탁했다네. 그러고는 그녀가 직접 나를 이리로 보내면서 자기 걱정은 하지 말라고 전하라더군. 그래서 이제 나는, 이보게, 그녀한테 가서 자네가 평온하고 그녀에 관해선 마음을 놓았다는 말을 전해 주어야 한다네. 그러니까 안심하게, 자네, 이 말을 꼭 명심해야 하네. 내 그녀한테 잘못을 했지 뭔가, 그렇게 기독교적인 영혼을 가진 여자인 줄 모르고 말일세. 정말로, 여러분, 이 여인은 온순한 영혼을 지닌, 그 어떤 일에 있어서도 참으로 무고한 존재라오. 자, 그녀에게 어떻게 말해야겠나, 드미트리 표도로비치, 얌전하게 있을 텐가, 아닌가?"

참 사람 좋은 이 양반은 쓸데없는 얘기를 많이 늘어놨지만, 그루셴카의 괴로움, 그 인간적인 괴로움이 그의 선량한 영혼 속으로 파고들었기에 그 눈에는 눈물마저 고여 있었다. 미챠는 자리에서 벌떡 일어나 그에게로 달려들었다.

"용서하십시오, 여러분, 제발, 오, 제발!" 그가 소리쳤다. "당신은 천사, 천사의 영혼을 가진 분입니다, 미하일 마카로비치, 그녀의 일은 정말 고맙습니다! 얌전히 있겠습니다, 그렇게 하다마다요, 즐겁게 있을 테니까, 당신이 무한히 선량한 영혼을 담아 그녀에게 전해 주시죠, 그녀 곁에 당신과 같은 수호천사가 있다는 것을 알고 있는 만큼 나는 즐겁고도 또 즐거우며 이제는 웃기까지 할 것이다, 하고요. 지금 당장 모든 것을 끝내고 자유의 몸이 되기만 하면 곧장 그녀한테로 달려갈 테니까, 곧 나를 볼 수 있을 테니까 일단은 기다려 달라고 해 주십시오! 여러분." 하고 그가 갑자기 검사와 예심판사 쪽으로 몸을 돌렸다. "이제 여러분에게 저의 영혼을 죄다 열어 보이고 죄다 털어놓을 테니, 우리 이 문제를 단번에 끝냅시다, 즐겁게 끝내자고요—결국에 가서는 우리 모두 웃게 될걸요, 안 그렇습니까? 하지만 여러분, 이 여인은 제 영혼의 황녀입니다! 오, 제게 이 말을 하게 해 주십시오, 여러분한테 이 얘기를 털어놓아야겠습니다……. 제가 고결하기 그지없는 사람들과 있다는 것쯤은 알고 있으니까요. 이 여인은 빛이며, 또 이 여인은 저의 성물(聖物)입니다, 여러분이 알아주기만 한다면! 그녀의 비명 소리 들으셨잖습니까, '당신과 함께라면 사형이라도 감수하겠어!'라고 하잖습니까. 하지만 저는 그녀에게 뭘 줬습니까, 빈털터리에 알거지인 저를 그녀는 왜 이렇게 사랑해 주는 걸까요, 저와 함께 징역살이라도 하겠다니, 저같이 치욕적인 놈이, 치욕적인 얼굴을 지닌 이 볼품없는 놈이 이런 사랑을 받을 가치가 있습니까, 어디? 조금 전에 그녀는 저를 위해서 여러분의 발밑으로 몸을 던졌습니다, 그토록 자존심이 강하고 그야말로 무고한 그녀가 말입니다! 이러니 제가 어떻게 그녀를 숭배하지 않을 수 있으며 또 울부짖지 않을 수 있겠습니까, 지금처럼 그녀에게 달려가지 않을 수 있겠습니까? 오, 여러분, 용서하십시오! 하지만 이제는, 이제는 안심입니다!"

그러면서 그는 의자로 쓰러졌고, 두 손바닥으로 얼굴을 가린 채 엉엉 흐느껴 울기 시작했다. 하지만 이것은 이미 행복한 눈물이었다. 그는 얼른 정신을 차렸다. 늙은 경찰 서장은 아주 만족했으며 법률가들도 역시 그런 것 같았다. 그들은 이제 심문이 새로운 국면으로 접어들 것이라고 느꼈던 것이다. 경찰 서장을 보낸 뒤, 미챠는 마냥 즐거워졌다.

"자, 여러분, 이제 이 몸은 여러분 겁니다, 여러분 마음대로 하시죠. 그리고…… 이런 자질구레한 것들을 전부 빼 버린다면, 우리는 지금 당장이라도 얘기를 다 끝냈을 텐데 말이죠. 이런, 제가 또다시 자질구레한 얘기를 해 버렸군요. 여러분, 이 몸은 여러분의 것이지만, 맹세코 상호적인 신뢰는 필요합니다—저에 대한 여러분의 신뢰와 여러분에 대한 저의 신뢰가 필요하단 말입니다—안 그러면 우리는 결코 끝을 내지 못할 겁니다. 이건 여러분을 위해서 하는 말입니다. 본론으로, 여러분, 본론으로 들어갑시다, 무엇보다도, 제 마음속을 그렇게 후벼 파지는 말아 주시고, 하찮은 일들로 제 마음을 괴롭히지도 마시고, 오직 본 사건과 사실들에 대해서만 물어 주십시오, 그럼 저도 즉시 여러분을 만족시켜 드리겠습니다. 자질구레한 것들은 딱 질색이니까요!"

미챠는 이렇게 외쳤다. 심문은 다시 시작됐다.

4 두 번째 수난

"이렇게 말하면 믿으실지 모르겠지만, 드미트리 표도로비치, 이렇게 기꺼이 응해 주시다니 우리도 정말 기운이 납니다……." 니콜라이 파르표노비치가 활기찬 표정을 지으면서 말을 시작했는데, 심문에 앞서 잠깐 안경을 벗자 심한 근시인 밝은 회색빛의 그의 커다란 통방울눈에는 만족감이 역력히 어려 있었다. "방금 우리의 상호적인 신의에 관해 말씀하셨는데 참 올바른 지적이시며, 그것이 없다면 어떨 때는 이와 같이 중차대한 일을 해결할 수도 없는데, 그러니까 어떤 의미냐 하면, 용의자가 정말로 누명을 벗길 바라고, 즉 그런 희망을 품고 있고 또 실제로 그렇게 될 수 있는 경우에는 그렇다는 말이죠. 우리 측에서는 우리가 할 수 있는 모든 수단을 다 강구해 보겠습니다, 당신도 우리가 지금 이 일을 어떻게 처리하고 있는지를 직접 보실 수 있었잖습니까……. 찬성하시죠, 이폴리트 키릴로비치?" 그가 갑자기 검사를 보며 이렇게 말했다.

“오, 여부가 있습니까.” 검사는, 니콜라이 파르표노비치의 격정에 비하면 다소 건조한 어조이긴 하지만, 여하튼 찬성했다.

여기서 처음이자 마지막으로 지적해 둘 것이 있다. 우리 도시에 새로 부임한 니콜라이 파르표노비치는 여기서 활동을 시작한 아주 초기부터 우리의 이폴리트 키릴로비치 검사에게 남다른 존경을 느꼈으며, 거의 마음까지도 그와 잘 맞았다. 이자는 ‘업무에서 홀대를 받은’ 우리의 이폴리트 키릴로비치의 비범한 심리학적 능력과 웅변술을 무턱대고 믿었으며 또 이 검사가 홀대를 받았다고 믿는 거의 유일한 사람이었다. 페테르부르크에 있을 때부터 이 검사에 대한 소문을 들었던 것이다. 한편, 젊은 니콜라이 파르표노비치 역시도, 온 세상을 통틀어 우리의 ‘홀대받은’ 검사가 진정으로 좋아하게 된 유일한 사람이었다. 이곳으로 오는 동안 그들은 이러저러한 사항을 놓고 말을 맞추었고 또 목전에 임박한 일에 관해서도 협의를 할 수 있었기 때문에, 탁자 앞에 앉은 지금, 날카로운 지성의 소유자인 니콜라이 파르표노비치는 자기보다 연배가 높은 동료가 말을 꺼내기만 해도, 눈짓만 보고서도, 아니 한 눈만 찡긋해도 그의 얼굴에 나타난 온갖 지시, 온갖 움직임을 얼른 포착하고 이해했던 것이다.

“여러분, 제발 저 혼자 말을 하게 해 주시고, 쓸데없는 말을 해서 저를 가로막지 말아 주십시오, 단숨에 모든 것을 진술할 테니까요.” 미챠는 아주 펄펄 끓어올랐다.

“아주 좋습니다. 고맙습니다. 하지만 당신의 말씀을 듣기에 앞서, 저희들에게 아주 흥미진진한 조그만 사실 하나를 확증해 주셨으면 합니다만, 다름 아니라, 당신이 어제 5시경에 당신의 권총들을 저당 잡히고 당신의 벗인 표트르 일리치 페르호친에게서 빌려 간 10루블 건입니다."

"저당이라면, 예, 여러분, 10루블을 빌리려고 저당을 잡혔지요, 그래서 어쨌다는 겁니까? 어디 좀 갔다가 도시로 돌아오자마자 저당을 잡혔고, 그게 전부인걸요."

"어딜 좀 갔다가 돌아오셨다고요? 교외로 나가셨던가요?"

"그랬지요, 여러분, 40베르스타나 되는 길을 다녀왔는데, 모르셨습니까?"

검사와 니콜라이 파르표노비치는 눈짓을 주고받았다.

"그러니까 대체로, 당신이 어제 겪은 이야기를 아침부터 쭉 체계적으로 묘사해 주시면 어떨지요? 예컨대 우리가 알고 싶은 것은 다음과 같은 것인데요. 도대체 왜 도시를 잠시 비웠으며 정확히 언제 떠났고 언제 도착했는지…… 이런 모든 사실들을 말이죠……."

"처음부터 그렇게 물어보시지 않고." 하고 미챠는 큰 소리로 웃어 댔다. "그러시다면, 어제가 아니라 그저께, 그것도 그저께 아침부터 얘기를 해야만, 제가 어디를 왜 어떻게 갔고 또 왜 먼 길을 떠났는지를 이해하실 겁니다. 여러분, 저는 그저께 아침에 이곳 상인 삼소노프에게 아주 믿을 만한 담보물을 내놓고 3000이라는 돈을 빌리러 갔습니다——갑자기 그럴 일이 생겼습니다, 여러분, 갑자기 꼭 그럴 일이……."

"말을 끊어서 죄송합니다만." 하고 검사가 정중하게 말을 끊었다. "하필 왜 그 금액, 다시 말해 3000루블이 그렇게 갑자기 필요해졌던 겁니까?”

“에이, 여러분, 자질구레한 질문은 필요 없다니까요. 어떻게, 언제, 왜, 그리고 다른 액수가 아니라 왜 정확히 그 금액이 필요했는가 등 그렇게 쓸데없는 것까지 일일이 늘어놓다 보면…… 그렇게 쓰다간 책 세 권도 모자라서 에필로그까지 붙여야 될걸요!”

미챠는 이 모든 것을 좋은 마음을 갖고 허물없이 초조하게 이야기했는데, 흡사 아주 좋은 의도를 갖고 행한 일을 모두 사실대로 털어놓고 싶어 안달이 난 사람 같았다.

“여러분.” 하고 그는 갑자기 생각이 난 듯 말을 이어 갔다. “이렇게 고집을 세운다고 저를 나무라지는 마십시오, 다시 한 번 부탁드립니다. 한 번만 더 믿어 주십시오, 저는 여러분을 정말로 존경하고 있으며 또 현재 사건의 정황도 충분히 이해하고 있습니다. 제가 취했다는 생각도 버려 주십시오. 이제 술도 다 깼습니다. 하긴 취했다고 해도 아무 상관 없을 테죠. 저는 원래 이런 인간이니까요.

> 술이 깨서 똑똑해지자——바보가 됐네,
> 술에 취해 바보가 되자——똑똑이가 됐네.

하——하! 그나저나, 여러분, 저도 알고 있습니다, 아직까지는, 다시 말해 아직 우리 용무가 다 끝나지 않은 만큼 제가 여러분 앞에서 농담을 지껄일 형편은 못 되지요. 제 나름의 체면도 좀 차려야 되고요. 하지만 제가 지금 여러분과 얼마나 다른 처지에 있는지는 잘 알고 있습니다. 어쨌거나 저는 여러분 앞에 범죄자로 앉아 있는 것이고, 반면 여러분은 저를 감시할 임무를 갖고 있으니, 우리 처지는 하늘과 땅 차이이죠. 여러분이 그리고리 건으로 제 머리를 쓰다듬어 줄 리는 만무하잖습니까. 사실 노인네들의 머리를 깨부숴 놓고 벌을 받지 않을 수야 없을 테니까, 그 건으로 재판을 해서, 저기 여러분 쪽에서 어떤 판결을 내릴지는 모르겠지만 저를 뭐 반년이나 일년 정도 교도소에 처박아 두실 거고, 권리를 박탈하지는 않겠지만, 그러니까 권리를 박탈하지 않는 건 맞죠, 예, 검사님? 뭐 그러니까, 여러분, 이렇게 처지가 다르다는 건 이해한다고요……. 하지만 솔직히 말해서, 어딜 갔느냐, 어떻게 갔느냐, 언제 갔느냐, 어느 곳으로 들어갔느냐, 하는 질문을 자꾸 하면 하느님 아버지도 넋이 나가지 않겠습니까? 자꾸 이러시면 저도 넋이 나가고 말 텐데, 지금 여러분은 이렇게 시시콜콜한 것까지도 까발려 기록하고 계시니, 결국 어떻게 되겠습니까? 아무것도 안 될 겁니다! 그래요, 결국, 지금 이렇게 수다를 떨기 시작한 이상, 이런 식으로 끝을 낼 테니, 여러분은 고등 교육을 받은 무척 고결한 사람으로서 너그러이 용서해 주십시오. 그러니까 끝으로 부탁 한 말씀을 드리겠다는 겁니다. 여러분, 심문을 함에 있어 그 판에 박힌 수법은 그만 쓰시란 말입니다. 다시 말해서, 있잖습니까, 우선 어떻게 일어났고 뭘 먹었고 어떻게 침을 뱉었고 등등 이런 미미하고 쓸모없는 질문을 퍼부어서 '범인의 주의력을 마비시킨 다음' 갑자기 '누굴 죽였어, 누구 돈을 훔친 거야?'라며 뒤통수를 때리는 질문을 퍼붓는

식 말입니다. 하—하! 자 바로 이것이 여러분의 판에 박힌 수법 아닙니까, 바로 이것이 여러분의 원칙이고 또 여러분의 교활한 기술의 실체인 거죠! 이런 교활한 기술을 써 봤자 농군들이나 멍하게 만들지, 저한테는 소용없을걸요. 저는 이런 일엔 도사거든요, 직접 해 본 적도 있으니까, 하—하—하! 화는 내지 마십시오, 여러분, 말이 좀 심했지만 이해해 주시는 거죠?" 그가 거의 놀라울 정도로 좋은 마음을 갖고 그들을 바라보면서 소리쳤다. "사실 미치카 카라마조프가 한 말이니까 양해해 주실 겁니다, 현명한 사람이라면 도저히 양해해 줄 수 없는 일이라도 미치카가 했다면 양해해 줄 수 있죠! 하—하!"

니콜라이 파르표노비치도 이 말을 들으면서 따라 웃었다. 검사는 웃지는 않았지만 미챠에게서 눈을 떼지 않고 그의 사소한 말 한마디, 사소한 몸짓 하나, 그의 얼굴에 나타나는 사소한 떨림마저도 놓치지 않겠다는 듯 예리한 시선으로 그를 뜯어보았다.

"하지만 우리는 처음에 시작할 때부터 당신에게 그런 식으로 대하진 않았는걸요." 여전히 웃으면서 니콜라이 파르표노비치가 한마디 했다. "아침에 어떻게 일어났느냐, 무엇을 먹었느냐 등과 같은 질문 공세를 퍼부어 당신의 넋을 빼 놓는 대신, 오히려 극히 본질적인 것부터 시작했잖습니까."

"알고 있습니다, 알고 있기 때문에 그 점을 높이 평가하고 또 현재 여러분이 저에게 보여 주시는 호의, 아주 고결한 영혼만이 지닐 수 있는 그 무한한 호의를 높이 평가하는 겁니다.

이 자리에 모인 우리 모두 고결한 사람이니까, 우리의 모든 일이 귀족스러움과 명예로 똘똘 뭉친 교양 있는 상류 사회 사람들답게 상호적인 신뢰를 바탕으로 이루어질 겁니다. 어떤 경우에든 제가 이 순간, 저의 명예가 굴욕을 맛보고 있는 이 순간, 여러분을 제 삶의 가장 훌륭한 벗으로 생각하도록 해 주십시오! 이런다고 여러분이 언짢아하시지는 않겠지요, 여러분, 예?"

"천만의 말씀, 오히려 너무나 훌륭하신 말씀이십니다, 드미트리 표도로비치." 위엄 있게 격려를 보내며 니콜라이 파르표노비치가 동의했다.

"자질구레한 것들은, 여러분, 잔머리를 굴리는 게 빤히 보이는 자질구레한 것들은 집어던집시다." 미챠가 환희에 들떠 소리쳤다. "안 그러면 일이 어떻게 될지 누가 알겠습니까, 안 그렇습니까?"

"당신의 현명한 충고에 전적으로 따르겠습니다만" 하고 검사가 갑자기 미챠를 보며 끼어들었다. "그래도 저의 질문은 철회하지 않겠습니다. 우리로서는 꼭 기필코 알아야 할 사항이 있는데, 정확히 무엇을 위해서 당신에게 이 금액이, 다시 말해서 정확히 3000이 필요했던 겁니까?"

"무엇 때문에 필요했냐고요? 뭐, 이런저런 이유 때문에…… 뭐 그러니까, 빚을 갚기 위해서였죠."

"정확히 누구에게요?"

"그것은 절대로 말할 수 없습니다, 여러분! 보십시오, 말할 수 없거나 감히 그럴 용기가 없거나 뭘 두려워해서도 아니고,

또 이 모든 것이 시시껄렁하고 그야말로 쓸데없는 일이어서도 아니고, 그러니까, 여기엔 제 나름의 원칙이 있기 때문에 말하지 않겠다는 겁니다. 이건 저의 사생활이고, 저는 제 사생활을 간섭하는 일은 용납하지 않겠습니다. 바로 이것이 저의 원칙입니다. 여러분의 질문은 이 일과는 무관하고, 이 일과 무관한 것은 모두 저의 사생활입니다! 빚을, 명예의 빚을 갚고 싶었을 따름이지만, 상대가 누군지는 말하지 않겠습니다."

"그 점을 좀 기록하도록 해 주시지요." 검사가 말했다.

"그러시지요. 제가 죽어도 말하지 않겠다고 했다고 기록하시죠. 또 쓰시지요, 여러분, 이런 말을 하는 것 자체를 창피스러운 일로 간주한다고요. 에잇, 별걸 다 적는 걸 보니, 여러분은 정말 시간이 철철 남아도는군요!"

"실례지만, 당신이 모르고 계실 경우를 생각해서 미리 한 말씀 드리고 주의를 환기시켜 드리고 싶습니다만" 하고 유달리 엄격하게 훈계조로 검사가 말했다. "당신은 우리가 지금 던지는 질문에 대답하지 않을 충분한 권리가 있으며, 반대로 우리는 당신이 이러저러한 이유로 대답을 회피할 경우 당신에게 대답을 강요할 어떤 권리도 없습니다. 이것은 당신의 개인적인 사리 판단에 달린 문제입니다. 하지만 어쨌거나 우리는 지금과 비슷한 경우에 당신이 이러저러한 진술을 거부함으로써 스스로에게 어떤 불이익을 초래할 수 있는지를 그 정도를 막론하고 당신에게 분명히 주의시키고 설명해야 할 의무가 있습니다. 자 그럼, 말씀을 계속해 보시지요."

"여러분, 저는 화가 난 것이 아니라…… 저는……." 미챠는 검사가 훈계조로 던진 일침에 다소간 당혹스러워하며 중얼거렸다. "그러니까 여러분, 저는 그때 바로 삼소노프라는 사람을 찾아갔는데……."

우리는 물론 독자들이 이미 알고 있는 그의 이야기를 자세하게 늘어놓지는 않을 것이다. 화자는 아주 세세한 것까지도 전부 다 이야기하고 동시에 어서 빨리 모든 일을 끝냈으면 싶어 안달이 난 상태였다. 하지만 검사 쪽에서는 진술을 듣는 도중에 그것을 기록했고 따라서 중간중간 그를 저지하는 일은 불가피했다. 드미트리 표도로비치는 이것에 대해 불만을 토로하면서도 복종했으며, 화를 내면서도 아직은 호의적인 태도를 견지했다. 사실, 이따금씩 소리를 지르긴 했다. "여러분, 이러시면 하느님 아버지라도 미쳐 날뛰겠군요." 혹은 "여러분, 여러분이 그저 괜히 저를 짜증나게 만든다는 걸 알고나 있습니까?"라고. 하지만 이렇게 외치긴 했어도 예의 그 우호적이고 격정적인 상태는 아직까지도 여전했다. 그리하여, 그는 그저께 삼소노프한테 '속아 넘어간' 이야기를 했다.(이제는 그도 그때 자기가 완전히 속아 넘어갔다는 걸 똑똑히 깨닫고 있었다.) 여비를 마련하기 위해 시계를 6루블에 팔았다는 사실은 예심판사와 검사에겐 금시초문이었기 때문에 그들은 당장 엄청난 주의를 기울였으며, 덕택에 미챠는 더할 나위 없이 열을 받고 말았다. 검사 측에서, 이미 전날 밤부터 미챠에겐 돈이라곤 거의 땡전 한 푼 없었다는 정황을 두 번째로 확증한다면서 이 사실을 자세히 기록할 필요가 있다고 판단했기 때문이다. 미챠는 점점 더 침울해졌다. 이어, 랴가브이를 찾아간 일이며 탄산가스 자욱한 오두막에서 밤을 보낸 일 등을 묘사했으며, 이야기가 도시로 돌아온 데까지 이르게 되자 이제는 특별히 부탁도 하지 않았건만 자기가 나서서 그루셴카에 대한 자신의 질투와 고뇌를 상세하게 늘어놓기 시작했다. 검사 측에서는 그의 말을 말없이 주의 깊게 듣고 있었으며, 그가 이미 오래전부터 표도르 파블로비치의 집과 붙어 있는 마리야 콘드라치예브나의 집 '뒤뜰'에 그루셴카를 감시하기 위한 초소 같은 것을 마련했다는 것과 스메르쟈코프가 그에게 정보를 흘렸다는 것에 특별히 주의를 기울였다. 이 점을 유난히도 강조하여 기록했던 것이다. 미챠는 또 자신의 질투에 관해서 열렬한 장광설을 늘어놓았는데, 내밀하기 그지없는 감정들을, 말하자면 '만인의 웃음거리'가 되도록 전시한다는 것을 내심 부끄러워하면서도 자신의 결백을 증명하기 위해 부끄러움을 억누르는 기색이 역력했다. 그가 얘기를 하는 동안 그를 향해 집중적으로 쏟아지는 예심판사와 특히 검사의 몰인정하고 엄격한 시선 때문에 결국, 그는 상당히 심하게 당혹스러워하게 됐다. '겨우 며칠 전만 해도 나와 함께 실없이 여자들 얘기를 지껄였던 요 새파랗게 어린 니콜라이 파르표노비치 녀석, 그리고 몸도 성치 않은 이 검사 녀석, 이런 놈들 앞에서 내가 이런 얘기를 하다니, 도무지 어이없는 일이다, 정말 치욕이다!' 이런 슬픈 생각이 그의 머릿속을 스치고 지나갔다. "인내하라, 받아들이라, 침묵하라."[57] 자신의 상념을 그는 이런 시구로 종결지었지만, 계속 말

57) 츄체프의 시 「침묵(Silentium)」(1830?)의 부정확한 인용.

을 하기 위해 다시금 새롭게 힘을 모았다. 호흘라코바 얘기로 옮겨 가자 또다시 아주 신이 나서는 본론과 맞지도 않는, 이 부인에 대한 최근의 특별한 일화까지도 얘기하려고 설쳤지만, 예심판사는 그를 저지하며 정중하게 '보다 더 본질적인 이야기'로 넘어가자고 제안했다. 이윽고, 미챠가 자신의 절망을 묘사하고 호흘라코바 집을 나와 '어서 빨리 누구를 찔러 죽이고라도 3000을 손에 넣자.'라는 생각마저 했던 순간에 대해 이야기하자, 저쪽에서는 그를 다시 저지하고 '찔러 죽이고 싶었다.'라는 내용을 기록했다. 미챠는 기록을 하든 말든 잠자코 있었다. 마침내, 이야기는 그루셴카가 자정까지 노인 집에 있을 것이라고 말해 놓고서 그가 그녀를 삼소노프에게 데려다주자마자 그를 속이고 노인의 집을 빠져나온 사실을 갑자기 알게 된 지점에 이르렀다. 이 이야기를 하던 중 그의 입에서는 "여러분, 그때 제가 이 페냐를 죽이지 않았다면, 그건 오직 그럴 시간이 없었기 때문입니다."라는 말이 갑자기 불쑥 튀어나왔다. 이 말도 역시 꼼꼼하게 기록되었다. 미챠는 침울한 표정으로 좀 기다렸다가, 아버지 집의 정원으로 달려간 이야기를 하려고 했는데, 예심판사가 갑자기 그를 저지하더니 소파 위, 바로 자기 곁에 놓여 있던 커다란 서류 가방을 열어 놋쇠 공이를 꺼냈다.

"이 물건을 알아보시겠습니까?" 그는 놋쇠 공이를 미챠에게 보여 주었다.

"알아보다마다요!" 그는 침울하게 피식 웃었다. "어떻게 몰라볼 수가 있겠습니까! 어디 한번 보여 주시죠……. 에이, 젠장, 그럴 필요도 없어요!"

"이것에 대해 언급하는 걸 잊으셨군요." 예심판사가 지적했다.

"젠장! 여러분한테 숨기려고 한 게 아닙니다, 그 얘기를 빼고 슬쩍 넘어갈 참이었다고 생각하시는 겁니까? 천만에요, 그저 깜박했을 뿐입니다."

"그럼, 어떻게 이런 도구를 챙기게 됐는지, 그 정황을 좀 이야기해 주시지요."

"그러죠, 여러분."

그러고서 미챠는 그가 공이를 집어 들고 달려간 장면을 이야기했다.

"하지만 이런 도구를 챙기면서 어떤 목적을 염두에 두었습니까?"

"목적이라고요? 아무런 목적도 없었습니다! 그냥 움켜쥐고 달음박질친 거죠."

"목적이 없었다면, 도대체 왜요?"

미챠는 신경질이 나서 미칠 지경이었다. 그는 '요 새파란 녀석'을 뚫어져라 바라본 뒤 침울하고도 표독스럽게 피식 웃었다. 그러니까 그는 자신이 방금 '이런 인간들 앞에서' 자신의 질투 이야기를 그토록 진실된 마음으로 토로했다는 것이 점점 더 부끄러워졌던 것이다.

"그까짓 공이가 무슨 상관이오, 쳇!" 그의 입에서 이런 말이 갑자기 불쑥 튀어나왔다.

"그나저나 말입니다."

"뭐, 개라도 덤벼들까 봐 그랬습니다. 뭐, 캄캄했으니까…….

뭐, 만일의 경우에 대비해서."

"만약 캄캄한 것이 그렇게 무서우셨다면, 전에도 밤에 마당을 나갈 때면 아무거나 흉기를 집어 들었습니까?"

"에이, 젠장, 쳇! 여러분, 여러분한테는 그야말로 아무 말도 못 하겠군요!" 미챠는 더 이상 짜증을 참지 못하고 이렇게 소리를 지른 뒤, 서기 쪽으로 몸을 돌리더니 너무 열에 받쳐 얼굴이 시뻘겋게 달아오르고 어쩐지 광기의 기운마저 감도는 목소리로 빠르게 말했다.

"지금 당장 기록하게…… 당장…… '얼른 달려가 내 아버지…… 표도르 파블로비치의…… 머리통을 깨부숴 죽이기 위해 공이를 거머쥐었다.'라고. 자, 이제는 만족합니까, 여러분? 속이 후련하십니까?"

"당신이 우리 때문에 짜증이 나고 또 우리의 질문에 신경질이 났기 때문에 지금 그와 같은 진술을 하셨다는 점, 우리도 십분 이해합니다만, 우리의 질문은 당신이 아무리 자질구레한 것으로 생각할지라도 사실상 극히 본질적인 것들입니다." 검사가 그에게 건조하게 말했다.

"제발 좀, 여러분! 뭐, 공이를 잡긴 잡았지만……. 아니, 이런 경우에 뭐든 손에 잡히는 대로 집어 드는 데 꼭 무슨 목적이 있어야 합니까? 무슨 목적으로 그랬는지는 저도 모릅니다. 그냥 거머쥐고서 달렸을 따름이지요. 그게 전붑니다. 부끄럽군요, 여러분, 이 얘긴 그만 하죠(passons), 안 그러면 맹세코 얘기를 중단하겠습니다!"

그는 탁자에 팔꿈치를 세우고 한 손으로 머리를 괴었다. 그렇게 비스듬히 앉아 내심 고약한 감정을 억누르면서 벽만 보고 있었다. 정말로 벌떡 일어나 '사형대에 끌려갈지라도' 더 이상 한마디도 하지 않겠노라고 선언하고 싶어 미칠 지경이었다.

"이보십시오, 여러분." 하고 그는 간신히 스스로를 억제하면서 갑자기 말했다. "이보시라고요. 여러분 얘기를 듣자 하니 눈앞에 어른거리는 것이 있습니다…… 그러니까 저는 이따금씩 잠을 자면서 어떤 꿈을 꾸곤 합니다……. 늘 같은 꿈을 자주 반복적으로 꾸곤 하는데, 누군가가 제 뒤를 쫓고 있어요, 제가 너무나 무서워하는 누군가가 한밤중에 캄캄한 어둠 속에서 제 뒤를 쫓으며 저를 찾고 있고, 저는 그를 피해 어디 문 뒤나 장롱 뒤에 몸을 숨깁니다, 그야말로 굴욕적으로 몸을 숨기는데, 무엇보다도, 그는 제가 자기를 피하기 위해 어디에 몸을 숨겼는지를 너무도 잘 알고 있지만 저를 더 오랫동안 괴롭히고 제 공포를 음미하기 위해서 일부러 제가 어디에 있는지 모르는 척하는 겁니다……. 지금 여러분이 하는 짓이야말로 이런 겁니다! 정말 똑같다니까요!"

"그런 꿈을 꾸신단 말이죠?" 검사가 물었다.

"예, 그런 꿈을 꾸곤 합니다……. 이건 기록할 생각이 없으신가요?" 미챠가 삐뚜름하게 씩 웃었다.

"아니요, 기록할 필요는 없지만, 어쨌거나 흥미진진한 꿈이군요."

"지금은 이미 꿈이 아닙니다! 리얼리즘이죠, 여러분, 실제 삶으로 점철된 리얼리즘이라고요! 나는 늑대, 여러분은 사냥꾼이니, 자 어디 한번 늑대를 몰아 보시죠."

"괜히 그런 비유를 드시는군요……." 니콜라이 파르표노비치가 굉장히 부드럽게 말을 시작했다.

"괜하다니요, 여러분, 뭐가 괜하다는 겁니까!" 미챠는 다시 펄펄 끓어올랐지만, 갑자기 분노가 확 치밀어 오름으로써 마음이 좀 가라앉았는지 이제는 다시금 말을 할 때마다 고분고분 굴기 시작했다. "여러분은 여러분의 질문 공세에 고문당하는 범인이나 피고의 말을 믿지 않을 수도 있겠지만, 고결하기 이를 데 없는 사람, 여러분, 고결하기 이를 데 없는 영혼의 격정을 지닌 사람이 말을 하고 있지 않습니까!(대담하게 이렇게 외치는 바입니다!)—천만에! 여러분은 이 말을 믿지 않을 수 없겠지요…… 믿지 않을 권리조차 없습니다…… 그럼에도—

침묵하라, 마음이여,
인내하라, 받아들여라, 침묵하라!

자, 어떡할까요, 계속할까요?" 그가 침울하게 말을 끊었다.

"어쩌긴요, 계속해 주시지요." 니콜라이 파르표노비치가 대답했다.

5 세 번째 수난

미챠는 준엄하게 말을 시작했지만, 자신이 전달하는 내용 중에 뭐 한 가지라도 잊어 먹거나 빠뜨리지 않기 위해 더욱더 안간힘을 쓰는 기색이 역력했다. 그는 담장을 넘어 아버지의 정원으로 들어간 일, 창문 앞까지 가서 있었던 모든 일, 끝으로, 창문 밑에서 있었던 일을 이야기했다. 또한 그루셴카가 아버지 방에 와 있는가를 알고 싶어 미칠 지경이 되었던 그 순간, 정원에 있던 그 자신을 흥분시켰던 감정을 분명하고 정확하게, 말 한마디 한마디에 힘을 실어 전달했다. 그런데 이상한 노릇이었다. 검사도, 예심판사도 이번에는 어쩐지 끔찍할 정도의 자제력을 보이며 미챠의 말을 경청했으며 그를 바라보는 시선도 건조했고 또 질문을 하는 횟수도 훨씬 적었다. 미챠는 그들의 얼굴만 봐서는 아무것도 제대로 파악할 수 없었다. '화가 나서 기분이 언짢아진 거야.'라고 그는 생각했다. '에이, 제기랄!' 마침내, 아버지에게 그루셴카가 왔다는 신호를 보내 아버지로 하여금 창문을 열게 할 결심을 했다는 이야기에 이르렀을 때도 검사와 예심판사는 '신호'라는 말에 무슨 주의를 기울이기는커녕 그 말이 여기서 무슨 의미를 지니는지 도통 모르겠다는 눈치였기 때문에, 미챠는 이 점을 알아채지 않을 수 없었다. 마침내, 창문으로 몸을 내민 아버지를 보자 증오가 끓어올라 호주머니에서 공이를 꺼냈다는 대목에까지 이르렀을 때 갑자기 그는 일부러인 양 말을 중단했다. 그는 자리에 앉은 채 벽만 바라보고 있었는데, 상대방들도 역시나 그런 식으로 자기를 응시하고 있음을 알고 있었다.

"그래서" 하고 예심판사가 말했다. "흉기를 꺼냈고…… 그다음에는 어떻게 됐습니까?"

"그다음에요? 그다음에는 죽였습니다…… 아버지의 정수리를 내리쳐 두개골을 완전히 박살 내 버렸죠……. 이거야말로 여러분의 생각대로가 아닙니까!" 그는 갑자기 눈을 번득였다. 꺼져 버린 분노의 불씨가 그의 마음속에서 갑자기 예사롭지 않은 힘을 과시하며 활활 타올랐다.

"예, 우리 생각으론 그렇습니다만." 하고 니콜라이 파르표노비치가 미챠의 말을 반복했다. "자, 그럼 당신 생각으론?"

미챠는 눈을 내리깔고 오랫동안 입을 다물었다.

"제 생각으론, 여러분, 제 생각으론, 바로 이렇게 됐습니다." 그가 조용히 말을 시작했다. "누구의 눈물 때문인지, 내 어머니가 하느님에게 기도를 드렸기 때문인지 아니면 밝은 정령이 그 순간 내게 입을 맞추었기 때문인지는 모르겠지만, 아무튼 악마는 패배했습니다. 저는 창문에서 떨어져 나와 담장 쪽으로 달려갔습니다……. 아버지는 소스라치게 놀란 상태에서 그야말로 첫눈에 나를 알아보고 비명을 지르면서 창가에서 얼른 물러났습니다—이 장면이 지금도 똑똑히 기억나는군요. 저는 정원을 가로질러 담장으로 달렸고…… 바로 그때, 제가 이미 담장 위에 걸터앉았을 때 그리고리가 저를 따라잡은 겁니다……."

이 대목에서 그는 마침내 청자들을 향해 눈을 들어 올렸다. 그들은 완전히 무덤덤한 주의를 기울이며 자기를 바라보는 것 같았다. 분노가 치밀어 오르면서 어떤 경련이 미챠의 영혼을 훑고 지나갔다.

"그러니까 여러분은 이 순간 저를 비웃느라 신이 났군요!" 그가 갑자기 말을 끊었다.

"왜 그런 결론을 내리시는 거죠?" 니콜라이 파르표노비치가 지적했다.

"단 한마디 말도 믿지 않으시니까요, 바로 이 때문입니다! 정말이지 저도 이해합니다, 가장 중요한 대목에 이르렀다는 걸 말이죠. 지금 우리 영감은 머리가 부서진 채로 저기 누워 있는데, 나는 죽이고 싶었다, 그래서 이미 공이도 꺼내 들었다, 하고 비극적으로 묘사한 뒤 갑자기 창문에서 떨어져 나와 도망을 친다라니……. 서사시입니다! 그것도 운문 서사시죠! 정신이 똑바로 박힌 사람이라면 누가 이런 말을 믿을 수 있겠습니까! 하—하! 여러분의 그 비아냥거림도 참 수준급입니다 그려!"

그러면서 그가 의자에 앉은 채로 몸통 전체를 획 돌렸기 때문에 의자가 삐걱거렸다.

"그런데 혹시 말이죠." 하고 미챠의 흥분 따위에는 조금도 아랑곳하지 않고 갑자기 검사가 말을 시작했다. "창문에서 떨어져 나와 달릴 때 혹시, 곁채의 다른 쪽에 있는, 정원으로 통하는 문이 열려 있었는지 어땠는지를 보지 못했습니까?"

"안 열려 있었는걸요."

"안 열려 있었다고요?"

"예, 오히려 잠겨 있었죠, 누가 그걸 열었겠습니까? 어라, 문이라니, 잠깐만요!" 그는 갑자기 정신이 번쩍 들었는지 거의 몸을 부르르 떨기까지 했다. "아니, 여러분이 발견했을 때는 문이 열려 있었단 말입니까?"

"열려 있더군요."

"여러분이 직접 연 것이 아니라면 누가 그걸 열 수 있었죠?" 미챠는 갑자기 끔찍할 정도로 놀라워했다.

"문은 줄곧 열려 있었고, 당신의 부친을 살해한 자는 틀림없이 그 문으로 들어와 살인을 저지르고는 그 문으로 나갔습니다." 말 한마디 한마디에 힘을 실어 검사가 천천히 또박또박 말했다. "이건 우리에겐 아주 분명한 사실입니다. 살인은 분명히 창문 너머에서가 아니라 방 안에서 일어났으며, 이것은 현장 검증 및 시체의 상태를 비롯한 모든 정황으로 보아 단연코 분명한 사실입니다. 이 사항에 대해서는 의심의 여지가 있을 수 없습니다."

미챠는 끔찍할 정도로 충격을 받았다.

"하지만 그건 불가능한 일입니다, 여러분!" 그는 완전히 이성을 잃고서 소리쳤다. "저는…… 저는 아예 들어가지도 않았을뿐더러…… 맹세코 정확히 말씀드리건대, 제가 정원에 있었을 때는 물론이고 정원에서 달아날 때도 문은 줄곧 잠겨 있었습니다. 저는 그저 창문 밑에 서서 창문을 통해 아버지를 보았을 뿐, 그뿐, 그뿐입니다……. 최후의 순간까지도 똑똑히 기억하고 있습니다. 설사 기억이 안 난다고 할지라도, 어쨌거나 알고는 있는데, 왜냐하면 이 신호를 알고 있는 건 오직 저와 스메르쟈코프, 그리고 그 사람, 즉 돌아가신 아버지뿐이고, 아버지는 신호가 없으면 이 세상의 그 누구에게도 문을 열어 주지 않았을 테니까요!"

"신호라고요? 신호라니, 뭘 말하는 거죠?" 탐욕스럽다 못해 거의 히스테릭한 호기심을 보이며 검사가 이렇게 말했는데, 지금껏 유지해 온 근엄한 자세가 대번에 흐트러지고 말았다. 그는 꼭 조심스럽게 포복하듯 물어보았다. 아직 자기가 모르는 중대한 사실이 있음을 감지했으며, 그러자마자 미챠가 죄다 털어놓지 않을지도 모른다는 생각이 들어 숫제 어마어마한 공포를 느낀 것이다.

"아니, 그것도 몰랐단 말입니까!" 미챠는 비아냥거리는 듯한 심술궂은 미소를 지으며 그에게 눈을 찡긋했다. "제가 말을 안 하면, 어떡할 테죠? 그땐 누구한테서 알아낼 겁니까? 신호에 대해서 아는 사람이라곤 돌아가신 아버지, 저, 스메르쟈코프, 자 이게 전붑니다, 물론 하늘도 알고 있지만 하늘이 여러분한테 그걸 말해 줄 리 만무하죠. 워낙에 흥미진진한 사실이다 보니, 또 누가 압니까, 그 위에다가 무슨 바벨탑이라도 세울지, 하―하! 하지만 걱정 붙들어 매시죠, 여러분, 다 털어놓을 테니까요, 여러분이 어리석은 생각을 하고 있는 겁니다. 여러분이 상대하고 있는 사람이 누구인지 모르고 있군요! 여러분이 상대하고 있는 사람은 스스로에게 해가 되는 진술을 하는 자, 스스로에게 불리한 진술을 하는 자올시다! 예, 그렇지요, 나는 명예의 기사지만 여러분은 아니올시다!"

검사는 이 모든 쓴소리를 꾹 참고 듣고 있었는데, 그저 새로운 사실을 어서 빨리 알고 싶은 마음에 몸이 다 떨려 왔다. 미챠는 표도르 파블로비치가 스메르쟈코프를 위해 고안해 낸 신호들과 관련된 모든 것을 정확하게 장황하게 진술해 주었으니, 창문을 노크하는 것 하나하나가 정확히 어떤 의미를 지니는지를 얘기해 주었고, 그 각각의 신호대로 탁자를 두드리며 보여 주기까지 했다. 그리고 그, 즉 미챠가 노인의 창문을 두드렸을 때 정확히 '그루셴카가 왔다.'를 의미하는 신호를 썼는가 하고 니콜라이 파르표노비치가 물었을 때—미챠는 정확히 그렇게 '그루셴카가 왔다.'라는 신호대로 두드렸노라고 똑똑히 대답했다.

"자, 여러분, 이제는 바벨탑이라도 한번 쌓아 보시죠!" 미챠는 말을 끊고서 다시금 경멸스럽다는 듯 그들로부터 몸을 돌렸다.

"그럼, 이 신호를 알고 있는 사람은 오직 돌아가신 당신의 부친과 당신 그리고 하인 스메르자코프뿐이라는 거죠? 그 밖에 또 누가 없습니까?" 니콜라이 파르표노비치가 다시 한번 물었다.

"예, 하인 스메르자코프 그리고 하늘이죠. 하늘에 대해서도 기록하시지요. 그걸 적어 두는 것도 쓸모없는 일이 아닐 테니까요. 게다가 여러분에게도 하느님은 필요할 거 아닙니까."

물론 이미 기록들을 하기 시작했지만, 기록이 진행되고 있는 와중에 검사는 난데없이 새로운 생각이 퍼뜩 떠올랐는지 갑자기 이렇게 말했다.

"아닌 게 아니라, 만약 스메르자코프도 이 신호를 알고 있었다면, 또 당신이 부친의 죽음에 대한 자신의 모든 혐의를 한사코 부정하신다면, 바로 이자가 약정된 신호대로 창문을 두드려 당신 부친으로 하여금 문을 열게 한 뒤, 그다음에…… 범행을 저지른 건 아닐까요?"

미챠는 정말 한심하다는 듯 비아냥거리며, 동시에 엄청난 증오가 깃든 눈초리로 그를 쳐다보았다. 그가 오랫동안 말없이 쳐다보기만 했기 때문에, 검사는 눈을 깜박거렸다.

"또 여우 한 마리를 잡으셨군요!" 마침내 미챠가 말했다. "추잡한 암여우의 꼬리를 문틈에 끼이게 만드시다니, 하——하! 제 눈에는 당신의 수작이 훤히 보입니다, 검사님! 당신 생각이 그렇다면야, 저는 지금 당장 벌떡 일어나 당신이 넌지시 던져 준 미끼를 꽉 붙들고 목청껏 외치겠습니다. '아, 그래, 스메르쟈코프 짓이오, 이놈이 살인자요!'라고. 솔직히 말씀하시죠, 제가 이럴 줄 알았죠, 솔직히 말해 주시면 저도 계속하겠습니다."

하지만 검사는 그렇다고 자인하지는 않았다. 그저 말없이 기다릴 뿐이었다.

"사람 잘못 보셨습니다, 스메르쟈코프라고 외치지는 않을 테니까요!" 미챠가 말했다.

"그렇다면 그자에겐 전혀 혐의를 두지 않는 겁니까?"

"그럼 검사님은 혐의를 두십니까?"

"우리는 그에게도 혐의를 뒀습니다."

미챠는 시선을 내리깔고 마룻바닥만 내려다봤다.

"농담은 그만두고"라고 그가 침울하게 말했다. "제 말 좀 들어 보십시오. 아주 처음부터, 그러니까 아까 이 커튼 뒤에서 여러분 앞으로 달려 나온 거의 그때부터 제 머릿속에서는 '스메르쟈코프다!'라는 생각이 번쩍 떠올랐습니다. 여기 이 탁자 앞에 앉아 아버지의 피에 관한 한 나는 무고하다고 외치면서도 줄곧 '스메르쟈코프다!'라고 생각했던 거죠. 스메르쟈코프가 제 마음속에서 떠나질 않더군요. 끝으로, 지금도 똑같이 '스메르자코프다.'라는 생각이 문득 들었지만, 이건 한순간에 지나지 않았습니다. 곧, 그와 동시에 '아니다, 스메르자코프는 아니다!'라는 생각이 들더군요. 이건 그의 소행이 아닙니다, 여러분!"

"그렇다면 혐의를 둘 만한 또 다른 인물은 없습니까?" 니콜라이 파르표노비치가 조심스럽게 물어보았다.

"글쎄, 누가 있을지, 어떤 인물이 있을지 통 모르겠군요, 하늘이나 사탄의 짓이 아니라면요. 하지만 어쨌거나…… 스메르자코프는 아닙니다!" 미챠가 단연코 딱 잘라 말했다.

"하지만 어째서 그렇게 확고하고도 집요하게 그자가 아니라고 주장하시는 거죠?"

"신념이죠. 인상이고요. 스메르자코프는 천성이 아주 비천한 데다가 겁쟁이거든요. 이건 숫제 겁쟁이도 뭣도 아니고, 이건 세상의 겁이란 겁을 죄다 한데 긁어다 모아 놓은 겁 덩어리, 두 발 달린 겁 덩어리에 불과합니다. 이놈은 암탉의 몸에서 태어났어요. 저와 얘기를 할 때도 제가 손 한번 쳐들지 않았는데도 매번 저한테 맞아 죽지나 않을까 벌벌 떨었습니다. 제 발밑에 엎드려 울고 또 저의 바로 이 장화에 입을 맞추면서 자기를 '놀래지 말라며' 문자 그대로 애걸복걸하기도 했죠. 듣고 계십니까, '놀래지 말아 달라.'라니, 이 말이 무슨 뜻입니까? 그래도 저는 이놈에게 선물을 주기도 했습니다. 이놈은 정신박약에 간질병을 앓는 병든 암탉입니다, 여덟 살짜리 사내애라도 이놈을 거뜬히 때려눕힐걸요. 이런 것도 무슨 성깔을 가진 사람이랄 수 있을까요? 스메르쟈코프는 아닙니다, 여러분, 게다가 돈을 좋아하는 녀석도 아니에요, 제가 주는 선물을 전혀 받지 않았거든요……. 게다가 이놈이 도대체 뭣 하러 우리 영감을 죽이겠습니까? 아닌 게 아니라, 이놈은 영감의 아들일지도 모르는데, 그러니까 사생아 말이죠, 알고 계시죠?"

"그 전설이라면 우리도 들었습니다. 하지만 당신도 그 아버지의 아들이면서도 당신 입으로 직접 아버지를 죽이고 싶었다고 말하지 않았습니까."

"정말 생사람 잡는군요, 그것도 참 저질스럽고 추악하게! 그래 봤자, 저는 무섭지도 않습니다! 오 여러분, 제 눈을 똑바로 보면서 그런 말을 하다니, 정말 야비하군요! 제가 제 입으로 여러분한테 그 말을 했기 때문에 여러분은 정말 야비하다는 겁니다. 죽이고 싶었을 뿐만 아니라 죽일 수도 있었고, 또 거의 죽일 뻔했다고 순순히 불지 않았습니까! 하지만 정말로 아버지를 죽이지는 않았습니다, 정말로 저의 수호천사가 저를 구원해 주었다니까요—그런데도 바로 이 점은 아예 고려도 안 해 주시니……. 그렇기 때문에 여러분의 그 말은 야비하고도 또 야비하다는 겁니다! 왜냐하면 저는 죽이지 않았으니까요, 죽이지 않았다고요, 죽이지 않았습니다! 듣고 있습니까, 검사님, 죽이지 않았다고요!"

그는 거의 숨이 넘어갈 지경이었다. 심문을 받는 내내 이렇게 흥분한 적은 단 한 번도 없었을 정도였다.

"그나저나 무슨 말을 합디까, 여러분, 이 스메르쟈코프 말입니다?" 잠시 입을 다물었다가 그가 갑자기 이렇게 말을 끝맺었다. "제가 이런 걸 여러분한테 물어볼 수는 있는 겁니까?"

"뭐든 우리에게 물어보실 수 있습니다." 차갑고 엄격한 표정을 지으며 검사가 대답했다. "본 사건과 관련된 실제적 문제라면, 뭐든지 물어보실 수 있고, 또 우리는, 반복하건대, 그 모든 질문에 대해 당신을 만족시킬 의무마저 있습니다. 지금 물으신 하인 스메르쟈코프를 발견했을 때, 그는 의식불명 상태로 자기 침대에 누워 있었으며 아마 열 번은 더 연이어 반복되었을, 굉장히 심한 간질 발작에 시달리고 있었습니다. 우리와 함께 있었던 의료진은 환자를 검진해 본 뒤 오늘 아침도 못 넘길 수 있다는 말까지 했습니다."

"뭐, 그렇다면 아버지를 죽인 건 악마군!" 미챠의 입에서 갑자기 이런 소리가 튀어나왔는데, 심지어 이 순간까지도 줄곧 '스메르쟈코프인가, 스메르쟈코프가 아닌가?' 하고 자문해 온 것 같았다.

"그 사실에 대해서는 나중에 다시 이야기합시다." 니콜라이 파르표노비치가 이렇게 결정을 내렸다. "지금은 진술을 계속 해 주시지 않겠습니까?"

미챠는 좀 쉬게 해 달라고 부탁했다. 그에게는 정중한 허락이 떨어졌다. 좀 쉰 뒤 그는 계속 진술하기 시작했다. 하지만 힘들어하는 기색이 역력했다. 지칠 대로 지친 데다가 모멸감 때문에 정신적인 충격도 이만저만이 아니었던 것이다. 게다가 검사는 이제 숫제 드러내 놓고 시시각각 '자질구레한 것들'을 물고 늘어져서 미챠의 신경을 긁어 놓기 시작했다. 미챠가 담장 위에 걸터앉은 채 자기의 왼쪽 다리를 잡은 그리고리의 머리를 공이로 내려치고, 그다음엔 즉시 쓰러진 자를 향해 뛰어내린 장면을 묘사하자마자, 검사는 그를 저지하고 어떤 식으로 담장에 걸터앉아 있었는지를 좀 더 자세하게 묘사해 달라고 부탁했다. 미챠는 깜짝 놀랐다.

"뭐 그냥 그렇게 앉아 있었죠, 말 타듯 걸터앉는 거요, 한쪽 다리는 저쪽에, 다른 쪽 다리는 이쪽에……."

"그럼 공이는요?"

"공이는 손에 들려 있었죠."

"호주머니 속에 있었던 게 아니라요? 그것을 그렇게 정확하게 기억하십니까? 그래서, 한 손을 세차게 휘둘렀습니까?"

"분명히 세차게 휘둘렀겠지만, 이런 게 도대체 왜 필요하죠?"

"우리에게 설명을 해 주시는 셈 치고, 그때 담장에 걸터앉았던 모습을 지금 그렇게 의자에 앉아서 그대로 보여 주실 수 없겠습니까, 어떤 식으로, 어디로, 그러니까 어느 쪽으로 휘둘렀습니까?"

"아니, 지금 저를 갖고 노는 겁니까?" 미챠는 이렇게 물으면서 오만불손하게 심문자를 바라보았지만, 상대방은 눈 하나 깜빡하지 않았다. 미챠는 부르르 떨며 몸을 획 돌린 뒤 의자에 걸터앉아 한 손을 휘둘렀다.

"자, 이렇게 내리쳤습니다! 자, 이렇게 죽였다고요! 뭐가 더 필요합니까?"

"고맙습니다. 이제 그다음 부분에 대한 해명을 듣고 싶은데요, 정확히 무엇을 위해서, 어떤 목적으로, 정확히 무엇을 염두에 두고서 아래로 뛰어내렸던 겁니까?"

"뭐, 젠장……. 쓰러진 사람을 향해 뛰어내렸던 건데……. 무엇을 위해서였는지는 몰라요!"

"그 정도로 흥분했던가요? 도망을 치는 와중에도?"

"예, 흥분한 상태로 도망을 치는 와중이었죠."

"그를 도와주고 싶어서였습니까?"

"도와주긴 뭘……. 아니, 어쩌면 도와주고 싶었는지도 모르겠군요, 기억은 잘 안 나지만."

"그럼, 제정신이 아니었습니까? 다시 말해, 다소간 정신을 잃기까지 했다는 것인가요?"

"오, 아닙니다, 정신은 말짱했습니다, 모두 기억나요. 실오라기 하나까지 모두 다. 그냥 한번 보려고 뛰어내렸고 손수건으로 그의 피를 닦아 주었습니다."

"우리도 당신의 손수건은 보았습니다. 당신이 쓰러뜨린 사람을 소생시키고 싶었습니까?"

"모르겠습니다, 그러고 싶었냐고요? 그저 살았는지 어떤지를 확인하고 싶었을 뿐입니다."

"아, 그러니까 확인을 하고 싶었다고요? 그래서 어땠습니까?"

"저는 의사가 아니라서 뭐라 단정을 지을 수는 없었습니다. 제가 죽인 줄 알고 도망을 쳤는데, 보시다시피 그가 깨어났군요."

"멋지군요." 하고 검사가 끝을 맺었다. "감사합니다. 저한테 필요했던 건 그뿐입니다. 자, 계속해 주시죠."

아, 슬프게도, 미챠는 자신이 안타까운 마음에 밑으로 뛰어내렸고 살해된 자를 내려다보며 "재수 없게 영감이 걸려들었군, 하는 수 없지, 이렇게 누워 있을 수밖에."와 같은 안타까운 말도 몇 마디 내뱉었음을 기억했지만 이걸 이야기하고 싶은 생각은 조금도 없었다. 한편, 검사는 자기 나름대로 오직 한 가지 결론만을 도출하면 그만이었으니, 즉 이 인간이 '그런 순간에, 그렇게 흥분한 상태에서도' 오로지 자신이 저지른 범행의 유일한 증인이 살았는지 아닌지를 똑똑히 확인하기 위한 목적으로 뛰어내렸다는 것이었다. 따라서 그런 순간에도 그랬으니, 이 인간의 저력, 결단력, 냉담함과 계산속은 참 대단한 것이 아닌가…… 등등. 검사는 만족스러워했다. "'자질구레한 것들'로 병적인 인간의 신경을 긁어 놓았더니, 기어코 헛말을 내뱉었군.'

미챠는 고통스러워하면서 계속했다. 하지만 즉시 또 저지를 당했는데, 이번에는 니콜라이 파르표노비치가 나섰다.

"어떻게 손이 그처럼 피투성이가 된 상태에서, 또 나중에 밝혀진 바론, 얼굴마저 그리된 상태에서 하녀 페도시야 마르코바[58]한테로 달려갈 수 있었습니까?"

"그때는 제가 피투성이라는 걸 아예 인지하지도 못했습니다!" 미챠가 대답했다.

"이분 말씀이 맞아, 흔히들 그렇지." 그러면서 검사는 니콜라이 파르표노비치와 눈짓을 주고받았다.

"정말로 인지하지도 못했습니다, 멋지군요, 검사님." 미챠도 갑자기 동의했다. 하지만 이야기는 계속되어 미챠가 '물러나

58) 페도시야 마르코브나의 성.

자.' 그리고 '행복한 이들을 그냥 고이 보내 주자.'라고 느닷없이 결심한 대목에 이르렀다. 그는 아까처럼 새로이 자신의 속내를 다 까발리고 '자기 영혼의 황녀' 이야기를 늘어놓을 결심이 더 이상 서지 않았다. '빈대처럼 그에게 들러붙어 있는' 이 냉담한 사람들 앞에서는 딱 싫었던 것이다. 그렇기 때문에 반복된 질문에 간략하고 무뚝뚝하게만 대답했다.

"뭐 그래서 자살을 하기로 마음먹었습니다. 구태여 살아남아 뭘 하나, 하는 질문이 자연스럽게 떠오르더군요. 그녀의 틀림없는 옛 남자, 한때 그녀를 모욕했던 그 옛 남자가 오 년이나 지난 지금에 와서 합법적인 결혼을 통해 그 모욕을 종결하겠다며 사랑을 갖고 달려온 겁니다. 뭐 그래서 나는 모든 것이 끝장났다는 걸 깨달았죠……. 또 한 편으론, 내 뒤에 치욕이, 자, 그리고 이 피, 그리고리의 피가 버티고 있으니……. 도대체 살아서 뭘 하냐고요? 뭐 그래서 저당 잡힌 권총들을 찾으러 갔죠, 동틀 녘에 총알을 넣고 대갈통을 날려 버릴 생각으로……."

"밤중에는 한판 잔치를 벌이고요?"

"예, 밤중에는 한판 잔치를 벌였지요. 에이, 젠장, 여러분, 어서 빨리 좀 끝내시죠. 제가 자살을 하고 싶었던 건 분명한 사실이고, 여기서 멀지 않은 마을 어귀에서 아침 5시쯤에 처리할 참이었고, 호주머니 속에 유서도 준비해 놨어요, 페르호친 집에서 권총을 장전할 때 쓴 겁니다. 자, 이게 그 유서입니다, 읽어 보시죠. 하지만 여러분을 위해서 이야기하는 것은 아닙니다!" 갑자기 경멸스럽다는 듯 그는 이렇게 덧붙였다. 그러고는 조끼 호주머니에서 유서를 꺼내 그들을 향해 탁자 위로 집어 던졌다. 예심판사 측은 호기심을 갖고 읽어 본 뒤, 늘 그렇듯, 본 사건 관련 서류에 첨부했다.

"그런데도 줄곧 손을 씻을 생각은 안 했단 말인가요, 페르호르친 씨 댁에 들어가면서도요? 그렇다면 혐의를 받을 걱정은 안 했단 말씀이십니까?"

"혐의는 무슨 혐의입니까? 혐의를 두건 말건 어쨌거나 이리로 달려와 5시에 자살을 했을 테니까, 저쪽에선 미처 뭘 할 시간도 없었겠죠. 아버지 사건이 아니었다면, 여러분도 아무것도 몰랐을 테고 또 이리로 오지도 않았을 테고요. 오, 이건 악마의 짓입니다, 아버지를 죽인 건 악마예요, 악마 덕분에 여러분도 그토록 빨리 알아낸 겁니다! 아니, 어떻게 이렇게 빨리 왔습니까? 놀라워요, 환상입니다!"

"페르호친 씨가 우리에게 전한 바로는, 그 집에 들어설 때 당신은 손에…… 피투성이가 된 손에…… 당신의 돈을…… 큰 금액의 돈을…… 100루블짜리 다발을 들고 있었으며 그의 시중을 드는 소년도 그것을 봤다더군요!"

"그랬습니다, 여러분, 그랬던 걸로 기억되는군요."

"그럼 또 한 가지 질문이 생깁니다. 그걸 좀 알려 주실 수 없을지요." 하고 니콜라이 파르표노비치가 굉장히 부드럽게 말을 시작했다. "사건의 흐름을 추적해서 시간을 따져 보면 집에 들르신 것도 아닐 텐데, 어디서 갑자기 그런 거금을 얻은 겁니까?"

검사는 지나치게 정곡을 찌르는 이 질문에 약간은 인상을 썼지만 니콜라이 파르표노비치의 말을 끊지는 않았다.

"예, 집에는 들르지 않았습니다." 미챠는 대략 몹시 평온한 어조로 이렇게 대답했는데, 그러면서도 땅바닥을 내려다보았다.

"그렇다면 그 질문을 반복해서 드리고 싶은데요."라면서 니콜라이 파르표노비치는 어쩐지 조심스레 포복을 하듯 말을 이어갔다. "도대체 어디서 한꺼번에 그런 거금을 얻을 수 있었습니까, 당신의 고백에 의하면 불과 같은 날 5시만 해도……."

"10루블이 필요해서 페르포친에게 권총을 저당 잡혔고 그 다음에는 3000을 구하기 위해 호흘라코바를 찾아갔지만 그녀는 돈을 주지 않았고 등등 그렇고 그런 얘기를 하시겠죠." 이렇게 미챠가 날카롭게 상대의 말을 딱 잘랐다. "그렇습니다, 여러분, 돈이 궁했는데, 갑자기 수천이 나타났다, 이거죠? 그러니까, 여러분은 지금 둘 다 겁이 나 죽을 지경이겠지요. 어디서 구했는지 말을 하지 않으면 어쩌나 싶어서 말이죠. 딱 그대롭니다. 저는 말하지 않겠습니다, 여러분, 여러분의 짐작대로, 가르쳐 드리지 않겠습니다." 미챠가 갑자기 굉장한 결단력을 갖고 말 한마디 한마디를 강조했다. 예심판사 측은 아주 잠깐 침묵했다.

"이해해 주십시오, 카라마조프 씨, 우리로선 그 점을 반드시 알아야 합니다." 니콜라이 파르표노비치가 조용하고도 온순하게 말했다.

"이해는 하지만, 어쨌거나 말하지 않겠습니다."

검사도 끼어들어서 또다시 주의를 환기시켰으니, 심문을 받는 자는 자신에게 아주 이롭다고 사료될 경우엔 물론 질문에 대답을 하지 않아도 되지만, 용의자는 이렇게 묵비권을 행사함으로써 스스로 오히려 큰 손해를 입을 수 있으며 특히 이토록 중대한 질문에 대해서는 더더욱 그러하다……라는 식이었다.

"등등, 여러분, 등등! 됐습니다, 그 지리멸렬한 설교는 아까도 들었으니까요." 미챠가 또 말을 끊었다. "이 일이 얼마나 중요한지는 저도 잘 알고 있고, 이거야말로 가장 본질적인 대목이라는 것도 알고 있지만, 어쨌거나 말하지 않겠습니다."

"사실 우리야 무슨 상관입니까, 이건 당신의 일이지 우리의 일이 아니니까, 당신 스스로 화를 자초하고 계신 겁니다." 니콜라이 파르표노비치가 신경질적으로 한마디 했다.

"이보십시오, 여러분, 농담은 그만두시죠." 미챠는 눈을 들어 그들 두 사람을 단호한 시선으로 쳐다보았다. "저는 벌써 처음부터 예감했습니다, 우리가 이 대목에서 서로 박치기를 하게 될 것을. 하지만 아까 제가 맨 처음 진술을 하기 시작했을 때는 이 모든 것이 멀리 안개 속에 휩싸여 줄곧 부유하고 있었기 때문에, 저는 너무도 단순했던 나머지 '우리들 상호 간의 신뢰'를 제의하는 것에서부터 시작했지요. 이제야 그런 신뢰란 있을 수 없는 것을 알겠군요, 어떤 식으로든 이 저주받은 담장까지 왔을 테니까요! 자, 정말 이렇게 왔습니다! 다 틀렸어요, 끝난 겁니다! 하지만 저는 여러분을 비난하진 않습니다, 여러분도 제 말을 믿을 수 없을 테죠, 이 점은 십분 이해합니다!"

그는 침울한 표정으로 입을 다물었다.

"그럼, 아주 중요한 부분에 대해 침묵을 고수하겠다는 당신의 결심을 그대로 간직하시되, 동시에 우리에게 다음과 같은 아주 조그만 암시라도 해 주실 수는 없을는지요. 즉, 지금처럼 이렇게 진술이 진행되고 있으며 당신에게 이토록 위험한 순간에 침묵을 고수하게끔 만든 그 강한 동기가 도대체 무엇입니까?"

미챠는 슬프게, 어쩐지 생각에 잠긴 듯 피식 웃었다.

"저는 여러분이 생각하는 것보다 훨씬 선량합니다, 여러분, 왜인지 알려 드리죠. 비록 여러분은 그걸 알 가치가 없지만, 그래도 암시 정도는 해 드리겠습니다. 여러분, 제가 침묵을 고수하는 것은 바로 그것이 저에게는 치욕이기 때문입니다. 어디서 이 돈을 구했느냐는 질문에 대한 대답 속에는, 설사 제가 정말로 아버지를 죽이고 돈을 빼앗았다고 할지라도 그 살인이나 강도 짓과 비교도 할 수 없을 만큼 큰 치욕이, 저로서는 그처럼 큰 치욕이 담겨 있습니다. 바로 이 때문에 말을 할 수가 없는 겁니다. 치욕스러워서 말할 수 없는 거죠. 왜요, 여러분, 이것도 기록하고 싶으십니까?"

"예, 기록할 겁니다." 니콜라이 파르표노비치가 중얼거렸다.

"그것은 기록하지 않았으면 합니다, 그 '치욕' 얘기 말입니다. 저는 여러분한테 그 얘기를 하지 않을 수도 있었지만 워낙에 마음이 착하다 보니 말을 해 준 것이고, 말하자면 여러분한테 선심을 쓴 셈인데, 여러분은 지금 그 시시콜콜한 것까지 적고 있군요. 뭐 쓰시지요, 원한다면 뭐든 쓰십시오." 그가 경멸스럽고 꺼림칙하다는 듯 말을 끝맺었다. "여러분 따위는 무섭지도 않고…… 오히려 여러분 앞에서 자긍심을 느낍니다."

"그 치욕이 어떤 종류의 것인지는 말씀해 주시지 않으렵니까?" 니콜라이 파르표노비치가 중얼거렸다.

검사는 아주 오만상을 찌푸렸다.

"절대 안 됩니다, 다 끝난 얘기입니다.(c'est fini), 괜히 헛수고하시지 마십시오. 더 이상 제 얼굴에 먹칠을 할 이유가 없죠. 아니, 여러분 앞에서 가뜩이나 먹칠을 했죠. 여러분은 그럴 가치도 없는 양반들입니다, 여러분도, 그 누구도……. 됐습니다, 여러분, 이제 그만하겠습니다."

너무도 단호하게 내뱉어진 말이었다. 니콜라이 파르표노비치는 더 이상 고집을 부리지 않았지만, 이폴리트 키릴로비치는 그 시선을 보건대 아직 희망을 버리지 않았음을 대번에 읽어 낼 수 있었다.

"그럼, 최소한 다음 사항이라도 알려 주시죠. 페르호친 씨 집에 들어섰을 때 당신의 손에 들려 있었던 금액의 액수가 어느 정도였습니까, 즉 정확히 몇 루블이었습니까?"

"그것도 알려 드릴 수 없습니다."

"페르호친 씨에게는 호흘라코바 부인한테서 3000을 받았다는 식으로 말했다던데요?"

"그렇게 말했을 수도 있죠. 됐습니다, 여러분, 얼마인지는 말하지 않을 테니까요."

"그럼, 어떻게 여기로 왔는지, 여기로 와서 무슨 일을 했는지 전부 말씀해 주지 않겠습니까?"

"아, 그거라면 여기 있는 사람 아무나 붙잡고 물어보시죠.

하긴, 제가 얘기해도 되겠군요."

이렇게 그는 이야기를 했지만, 우리는 더 이상 그 이야기를 옮기지 않겠다. 그의 이야기는 건조하고 피상적이었다. 사랑의 기쁨에 대해서는 아무 말도 하지 않았다. 하지만 '새로운 사실 덕분에' 자살해야겠다는 결심이 그의 마음속에서 사라졌다는 이야기는 했다. 그는 인과관계도 그다지 밝히지 않고 세부 사항도 자세히 늘어놓지 않으면서 이야기를 이어 갔다. 더욱이 예심판사 측도 이번에는 그를 그다지 성가시게 하지 않았다. 분명히, 그들에게 있어서도 지금 중요한 것은 이게 아니었던 것이다.

"우리는 이 모든 것을 검증할 것이며, 물론 당신이 동석한 가운데 행해질 증인 심문에서 이 모든 것을 다시 다룰 겁니다." 이렇게 니콜라이 파르표노비치가 심문을 종결지었다. "이제는 현재 당신이 갖고 계신 물건들을 전부, 무엇보다도 지금 갖고 계신 돈을 전부 여기 탁자 위에 올려 주십사 부탁드립니다."

"돈이라고요, 여러분? 그러시지요, 알겠습니다, 응당 그래야겠지요. 왜 좀 더 일찍 이 얘기를 꺼내지 않았는지 오히려 놀라울 정도군요. 사실 제가 아무 데도 안 가고 여러분 눈앞에 앉아 있긴 하지만. 뭐 어떻든 여기 있습니다, 돈입니다, 어디 세 보시죠, 가져가세요, 그게 전부인 것 같군요."

그는 잔돈까지 포함하여 호주머니에 든 것을 전부 꺼냈으며 조끼의 옆 주머니에서는 20코페이카짜리 은화 두 닢도 끄집어 냈다. 돈을 세 보니 전부 836루블 40코페이카였다.

"이게 전부입니까?" 예심판사가 물었다.

"전부입니다."

"당신이 지금 진술하면서 말씀하시길 플로트니코프 상점에다 300루블을 주고 왔고 페르호친에게 10을, 마부에게 20을 주었고 여기서 200을 카드로 잃었고 그다음에……."

니콜라이 파르표노비치는 모든 것을 다시 계산했다. 미챠는 기꺼이 도와주었다. 코페이카 하나까지도 빼먹지 않고 계산에 포함했다. 니콜라이 파르표노비치는 대략 총합을 도출했다.

"이 800을 합하면, 따라서, 처음에 당신이 갖고 있었던 돈은 대략 1500이었던 겁니까?"

"그렇겠죠." 미챠가 딱 잘라 말했다.

"그럼 어떻게 다들 그보다는 훨씬 더 많았다고 주장하는 걸까요?"

"뭐 그렇게 주장하라죠."

"당신도 그렇게 주장했습니다."

"예, 저도 그렇게 주장했죠."

"이 모든 것은 아직 심문을 받지 않은 다른 인물들의 증언을 통해 다시 한번 검증하도록 합시다. 당신의 돈에 대해선 걱정하지 마십시오, 이 돈은 합당한 장소에 보관될 것이며 이미 시작된 모든 일이 끝나면…… 그러니까 당신이 이 돈에 대해 틀림없는 권리를 갖고 있음이 밝혀지거나…… 말하자면, 그렇게 증명되면 당신 손안으로 돌아갈 겁니다. 자, 그럼 이제는……."

그러면서 니콜라이 파르표노비치는 갑자기 자리에서 일어

나더니, 미챠에게 '당신의 옷을 비롯한 모든 것……'에 대해 아주 정확하고 정밀한 검사를 '꼭 해야 하며 반드시 그래야 할 의무가 있다.'라고 단호하게 선언했다.

"얼마든지 하시죠, 여러분, 원하신다면 호주머니도 전부 뒤집어 보이겠습니다."

그러면서 그는 정말로 호주머니들을 뒤집어 보이기 시작했다.

"의복도 꼭 벗어 주셔야겠습니다."

"뭐라고요? 옷을 벗으라고요? 에잇, 빌어먹을! 그냥 이대로 수색을 하시죠! 이러면 안 됩니까?"

"절대로 안 됩니다, 드미트리 표도로비치. 의복을 벗으셔야 합니다."

"정 그러시다면." 하고 미챠가 침울하게 굴복했다. "다만, 제발 여기가 아니라 커튼 뒤에서 하게 해 주시죠. 검사는 누가 할 겁니까?"

"물론, 커튼 뒤에서 할 겁니다." 니콜라이 파르표노비치는 동의한다는 표시로 고개를 끄덕였다. 그의 얼굴에는 특별한 엄숙함마저 어려 있었다.

6 검사, 미챠를 포획하다

미챠로서는 전혀 예기치 못한 놀라운 어떤 일이 시작되었다. 이전, 아니, 이 일이 있기 일 분 전만 해도 누군가가 자기를, 미챠 카라마조프를 이렇게 취급할 수 있으리라고는 꿈에도 생각할 수 없었던 것이다! 무엇보다도, 뭔가 굴욕적인 현상이 발생했으며, 그것은 그들의 입장에서 보자면 '그에 대해 오만불손하고 경멸적인' 뭔가였다. 프록코트를 벗는 것쯤 아무 일도 아니었지만, 나머지도 다 벗으라는 부탁이 들어왔다. 더욱이 그건 부탁이 아니라, 본질적으로 명령이었다. 그는 이 점을 아주 잘 이해했다. 자존심과 경멸감 때문에 말대꾸 한번 하지 않고 전적으로 복종했다. 니콜라이 파르표노비치와 함께 검사도 커튼 뒤로 들어왔으며, 몇몇 농군들도 동석했는데, 미챠는 '물론 힘 쓸 일이 있을까 싶어서겠지만, 뭐든 다른 목적이 있을 수도 있겠지.'라고 생각했다.

"아니, 정말로 루바시카도 벗어야 됩니까?" 그는 퉁명스럽게 질문을 던져 보았지만, 니콜라이 파르표노비치는 대꾸도 하지 않았다. 검사와 함께 프록코트, 바지, 조끼, 군모 등을 살펴보느라 정신이 없었던 것인데, 둘 다 이 검사 작업에 쏠쏠한 흥미를 느끼는 것이 역력히 보였다. '격식이라곤 조금도 차리지 않는군.' 하는 생각이 미챠의 머릿속을 스쳐 지나갔다. '최소한의 예의조차도 보여 주지 않고 있어.'

"두 번째로 물어보겠습니다. 루바시카를 벗어야 됩니까, 아닙니까?" 그는 더욱더 퉁명스럽고 신경질적으로 말했다.

"걱정하지 마십시오, 때가 되면 알려 드릴 테니까요." 니콜라이 파르표노비치는 자기가 무슨 상관이라도 되는 양 거만하게 대답했다. 적어도 미챠에게는 그렇게 여겨졌다.

그러는 동안에 예심판사와 검사는 반쯤 속삭이는 듯한 목소리로 서로 부산스럽게 의견을 주고받았다. 프록코트, 특히 뒤쪽의 왼쪽 자락에는 바싹 마른 채로 엉겨 붙은 커다란 핏자국이 발견되었는데, 아직 그렇게 많이 구겨져 있지는 않았다. 바지도 마찬가지였다. 니콜라이 파르표노비치는 그 밖에도 입회인들이 지켜보는 가운데 옷깃이며 소맷부리며 프록코트의 모든 솔기며 바지를 자신의 손가락으로 직접 훑어 보았는데, 무언가를—그러니까 물론, 돈을 찾고 있는 것이 분명했다. 무엇보다도, 미챠가 돈을 옷 속에다 꿰매 넣었을 수도 있다, 충분히 그럴 만한 위인이다, 하는 의심들을 그에게 전혀 숨기지 않았던 것이다. '이거 완전히 도둑 취급을 하는군, 장교 대접은 고사하고.'라며 미챠는 속으로 투덜거렸다. 사람들은 그가 있는 데서 이상할 정도로까지 노골적으로 서로의 의견을 주고받았다. 예를 들면, 역시나 커튼 뒤에 와 있던 서기가 분주하게 시중을 들던 중, 이미 검사가 끝난 모자에 니콜라이 파르표노비치의 주의를 돌려놓았다. "그리젠카라는 서기를 기억하시죠." 하고 서기가 한마디 했다. "여름에 관청의 전 직원의 봉급을 받으러 왔는데, 돌아가서는 술에 취해 돈을 잃어버렸다고 보고했죠—그런데 어디서 발견됐겠습니까? 바로 여기 모자의 테두리였답니다, 100루블짜리 지폐들이 작은 나팔처럼 돌돌 말려 있었고 테두리는 박음질이 되어 있었습니다." 그리젠카 사건이라면 예심판사도, 검사도 똑똑히 기억하고 있었기 때문에, 미챠의 모자를 잠시 제쳐 두고 옷가지를 포함한 모든 걸 다시 진지하게 검사하기로 결정했다.

"죄송합니다만." 미챠의 오른쪽 소맷부리가 온통 피에 젖은 채 안으로 접혀 있는 것을 발견하고는 니콜라이 파르표노비치가 갑자기 소리쳤다. "죄송합니다만, 이건 왜 이렇죠, 피가 아닙니까?"

"예, 피입니다." 미챠가 딱 잘라 말했다.

"다시 말해 이건 대체 어떤 피이며…… 그리고 왜 소매가 안으로 접혀 있는 거죠?"

미챠는 그리고리를 붙잡고 씨름을 하다가 소맷부리를 더럽혔다가, 페르호친의 집에 와서 손을 씻을 때 그것을 안으로 접어 넣었다고 이야기했다.

"당신의 루바시카도 가져가야겠습니다, 아주 중대한 것이니까요…… 물증으로서."

이 말에 미챠는 얼굴이 시뻘겋게 달아오르고 미쳐 날뛰었다.

"아니 그럼, 저더러 벌거벗고 있으란 말입니까?" 그가 소리쳤다.

"걱정 마십시오……. 우리가 어떻게든 해결해 줄 테니까, 일단은 양말도 좀 벗어 주시지요."

"지금 농담하십니까? 정말로 꼭 이래야 되는 겁니까?" 미챠가 눈을 번득였다.

"우리는 지금 농담할 여유가 없습니다." 니콜라이 파르표노비치가 엄격한 어조로 대거리를 했다.

"아니 뭐, 꼭 필요하다면…… 저는……." 미챠는 이렇게 중얼거린 뒤 침대에 앉아 양말을 벗기 시작했다. 그는 참을 수 없을 만큼 곤혹스러웠다. 다들 옷을 입고 있는데 자기만 벗고 있으니 말이다. 또 이상하게도, 옷을 벗고 있으니까 꼭 그 자신이 그들 앞에서 무슨 죄인인 양 느껴졌으며, 무엇보다도, 정말로 갑자기 그 자신은 그들 모두보다 더 열등한 인간이 되었고 고로 이제 그들은 그를 경멸할 충분한 권리를 갖고 있음을 거의 그 스스로 받아들이게 된 것이다. '다들 벗고 있다면 이렇게까지 부끄럽지는 않을 텐데, 나 혼자만 벗고 있고 다른 사람들은 저렇게 바라만 보고 있으니 — 정말 치욕이다!' 그의 머릿속에서 다시, 또다시 이런 생각이 스쳐 지나갔다. '꼭 꿈을 꾸는 것만 같다, 이따금씩 꿈속에서 내가 이런 치욕을 당하는 꼴을 보곤 했지.' 그나저나 양말을 벗는다는 것은 그에게 여간 괴로운 일이 아니었다. 그것은 아주 더러웠고 속옷도 만만치 않았는데, 이제 이걸 모든 이들이 본 것이다. 무엇보다도, 그는 자기 발을 좋아하지 않았다. 이 두 발의 커다란 발가락을 볼 때마다 언제나 왠지 병신 같다는 생각이 들었고 오른발의 투박하고 평평한, 어쩐지 아래로 꼬부라진 발가락은 특히 더 병신 같았는데, 이걸 이제 다들 보게 될 것이다. 참을 수 없을 만큼 수치스러워서 그는 갑자기 더욱더, 이제는 고의적으로 거칠게 굴었다. 그가 나서서 스스로 루바시카를 벗어 던졌다.

"어디 더 뒤져 보고 싶은 곳은 없습니까, 여러분이 부끄럽지 않다면요?"

"아니요, 일단은 됐습니다."

"아니 그럼, 이렇게 벌거벗고 있으란 말입니까?" 그가 광포하게 덧붙였다.

"예, 일단은 달리 수가 없군요……. 일단 여기 좀 앉으시지요, 침대에서 담요라도 가져와서 몸에 좀 두르고 있든지 하시고요, 저는…… 저는 이걸 전부 처리해야겠습니다."

모든 물건들을 입회인들에게 보였으며 검사 기록이 작성되었고, 마침내 니콜라이 파르표노비치는 밖으로 나갔는데 의복도 가져가 버렸다. 이폴리트 키릴로비치도 나갔다. 미챠 옆에 남은 사람은 농군들뿐이었는데, 그들은 그에게서 눈을 떼지 않고 말없이 서 있었다. 미챠는 담요로 몸을 감쌌다, 추워졌던 것이다. 벌거벗은 두 발이 위로 툭 불거져 나왔지만, 담요를 아무리 끌어당겨도 발을 덮을 수가 없었다. 니콜라이 파르표노비치는 왠지 오랫동안, '고문을 한다 싶을 만큼 오랫동안' 돌아오지 않았으니 미챠는 '나를 강아지쯤으로 생각하나 보군.'이라면서 이를 갈았다. '그 걸레 같은 검사 녀석도 나갔다, 분명히 나를 깔보는 거야, 벌거숭이를 보고 있자니 기분이 더러워졌겠지.' 그럼에도 미챠는 저기 어디선가 검사를 마치면 옷을 자기한테 돌려줄 걸로 생각했다. 그런데 니콜라이 파르표노비치가 갑자기 농군 손에 전혀 다른 옷을 들린 채로 돌아왔으니, 미챠는 얼마나 분했겠는가.

"여기, 당신이 입을 옷입니다." 그가 격의 없이 말했는데, 자신의 소임을 무사히 완수해서 아주 만족스러운 모양이었다. "이건 칼가노프 씨가 이 흥미진진한 사건을 생각하여 당신에게 기부하신 겁니다, 이 깨끗한 루바시카도 그렇고요. 다행히도, 이런 것들이 그분 트렁크에 들어 있었지 뭡니까. 속옷과 양말은 당신 것을 그냥 쓰셔도 좋습니다."

미챠는 그야말로 뚜껑이 확 열렸다.

"남의 옷은 싫습니다!" 그가 위협적으로 소리쳤다. "내 옷을 주십시오!"

"그럴 수 없습니다."

"내 옷을 달라니까요, 칼가노프 물건은 다 뒈져 버려라, 그 놈의 옷도, 그놈도!"

사람들은 오랫동안 그를 설득했다. 어쨌거나 그는 어떻게 간신히 진정이 되었다. 피범벅이 된 그의 옷은 '물증에 포함되어야 한다.' '이 사건이 어떻게 끝날지 모르기 때문에' 이제는 그들도 그가 그 옷을 입도록 내버려 둘 '권리조차 없다…….'라고 훈계조로 타일렀던 것이다. 결국에 가서는 미챠도 이것을 어떻게 간신히 이해했다. 그는 침울하게 입을 다물었으며 서둘러 옷을 입기 시작했다. 옷을 입으면서, 이게 자신의 낡은 옷보다 비싼 것이긴 하지만 그래도 정말 '이용'하고 싶지 않다고 한 소리를 했을 뿐이다. 그 밖에도, "자존심이 상할 만큼 꽉 끼는군요. 아니, 이런 걸 입고 어릿광대 놀음이라도 해 보이란 소린가요…… 여러분 한번 즐겁자고!"라고 덧붙이기도 했다.

그러자 다시금, 이번에도 그건 너무 과장된 말씀이다, 칼가노프 씨가 당신보다 키가 크긴 하지만 아주 조금 클 뿐이어서 기껏해야 바지만 좀 길 뿐이다, 하며 훈계조로 그를 타일렀다. 하지만 프록코트는 어깨 부분이 정말로 꽉 꼈다.

"젠장, 단추도 제대로 못 채우겠군." 미챠가 다시 툴툴댔다. "제발 부탁이니, 지금 당장 칼가노프 씨한테 내 말이라면서 좀 전해 주시죠, 그에게 옷을 부탁한 건 내가 아니고 여러분이 나서서 나를 그야말로 광대로 변장시켰다고요."

"그분도 그 점을 아주 잘 알고 있으며 또 유감스럽게 생각하고 있는데……. 그러니까 자기 옷에 대해서가 아니라 본질적으로 이 사건 전반에 대해서 유감스러워한다는 거죠……." 니콜라이 파르표노비치가 우물거렸다.

"그 사람이 유감스러워하건 말건! 자, 이제 어디로 갈까요? 그냥 줄곧 여기 앉아 있을까요?"

그에게는 다시 '저쪽 방'으로 가 달라는 부탁이 떨어졌다. 미챠는 성질이 나서 아무도 쳐다보지 않으려고 애쓰면서 나갔다. 남의 옷을 입고 있으니 그야말로 치욕의 구렁텅이에 빠진 것처럼 느껴졌는데, 심지어 이 농군들이나, 뭘 하러 왔는지 여하튼 갑자기 문간에 슬쩍 나타났다가 휙 사라져 버린 트리폰 보리소비치 앞에서도 그런 느낌이 들었다. '광대 분장을 한 내 몰골을 훔쳐보러 왔던 거야.'라고 미챠는 생각했다. 그는 자신의 원래 의자에 앉았다. 악몽같이 터무니없는 어떤 것이 그의 머릿속에서 어른거리는 것이 꼭 제정신이 아닌 것 같았다.

"자, 이제는 어디 나를 매질이라도 하실 건가요, 더 이상 남은 것도 없잖습니까." 그가 검사를 바라보며 부득부득 이를 갈았다. 니콜라이 파르표노비치와는 아예 말을 할 가치도 없는 듯 그쪽으론 더 이상 몸도 돌리기 싫다는 투였다. '내 양말을 정말 유심히도 검사하더군, 저 야비한 놈은 그것도 모자라 양말을 뒤집으라는 명령까지 내렸지, 그건 내 옷가지들이 얼마나 더러운지를 모든 사람한테 보여 주려고 일부러 한 짓이야!'

"자, 이제는 증인 심문을 해야겠습니다." 니콜라이 파르표노비치가 드미트리 표도로비치의 질문에 대답하듯 말했다.

"그렇군요." 검사도 생각에 잠긴 듯 이렇게 말했는데, 역시나 뭔가에 골똘히 몰두하고 있는 듯했다.

"우리는, 드미트리 표도로비치, 당신의 편의를 봐 드리며 할 수 있는 것을 다 했습니다." 니콜라이 파르표노비치가 계속했다. "하지만, 당신이 갖고 계신 금액의 출처에 관한 해명을 완강히 거부하셨기 때문에 이 순간 우리는……."

"당신의 그 반지는 뭐로 만든 겁니까?" 갑자기 미챠가 상대방의 말을 가로막았는데, 꼭 뭔가에 골똘히 몰두하다가 정신이 번쩍 든 것처럼 니콜라이 파르표노비치의 오른손을 장식하고 있는 세 개의 커다란 반지 중 하나를 손가락으로 가리켰다.

"반지요?" 니콜라이 파르표노비치가 놀라면서 되물었다.

"예, 저기 그…… 가운뎃손가락에 낀 반지 말인데요, 혈관처럼 가느다란 줄이 들어간 그 보석은 뭡니까?" 미챠는 어쩐지 고집불통 어린애처럼 떼를 쓰다시피 캐물었다.

"이건 스모키 토파즈입니다." 니콜라이 파르표노비치가 미소를 지었다. "한번 보시렵니까, 빼 드리죠……."

"아니요, 아니요, 빼지 마십시오!" 미챠는 갑자기 정신이 번쩍 들어, 스스로에게 버럭 화를 내면서 광포하게 소리쳤다. "빼지 말라니까요, 됐습니다……. 젠장……. 여러분, 여러분은 제 영혼에 똥칠을 해 버렸군요! 설마, 내가 정말로 아버지를 죽였다고 할지라도 여러분한테 숨기거나 이 핑계 저 핑계 대며 거짓말이나 하고 꽁무니를 감출 인간이라고 생각하는 겁니까? 천만에, 드미트리 카라마조프는 그런 인간이 아닐뿐더러, 오히려 그런 걸 참을 수 없어 하는 인간입니다. 만일 내가 유죄라면, 맹세코, 처음에 계획했던 대로 여러분이 여기로 오기도 전에, 해가 뜨기도 전에 진작 스스로를 처치해 버렸을 겁니다, 동이 트기도 전에 말이죠! 나는 이걸 이제야 뼈저리게 느낍니다. 이십 년을 살아도 이 저주받은 밤에 배운 것처럼 많은 것을 배우지는 못할 테니까요……! 내가 정말로 제 아비를 죽인 놈이라면 오늘 밤, 지금 이 순간 이렇게 여러분과 앉아 있으면서 이렇게 굴었겠습니까, 예, 정말 이럴 수 있었겠습니까—이런 식으로 말하고 이런 식으로 움직이고 이런 식으로 여러분과 세상을 바라볼 수 있었겠습니까! 심지어 우연찮게 그리고리를 죽였다는 것만으로도 밤새도록 불안에 떨었건만. 하지만 그건 무서워서가 아니었습니다, 오! 여러분의 벌이 무서워서만은 절대로 아니었단 말입니다! 문제는 치욕입니다! 그런데도 여러분은 내가 여러분처럼 아무것도 보지 못하고 아무것도 믿지 않고 비아냥거리는 자들에게, 눈먼 두더지 같은 자들에게 나의 새로운 야비한 짓을, 새로운 치욕을 더 털어놓고 이야기해 주길 바라는 겁니까, 그러고서 나의 혐의를 벗겨 주시겠다고요? 딱 됐습니다, 차라리 징역살이를 하도록 하죠! 아버지 집의 문을 열고 그 문으로 들어간 자, 바로 그자가 아버지를 죽였고 바로 그가 돈을 훔쳐 간 겁니다. 그놈이 대체 누구인지는 나로서도 갈피를 잡을 수 없어 괴로울 따름이지만, 정말로 드미트리 카라마조프는 아닙니다. 자, 내 할 말은 다 했으니, 됐습니다, 더 이상 치근대지 마십시오……. 유형을 보내든 벌을 내리든 여러분 마음이지만, 더 이상 내 신경을 긁지는 말아 주십시오. 제 입은 닫혔습니다. 여러분의 증인들이나 부르시죠!"

이 느닷없는 독백을 내뱉으면서 미챠는 앞으로는 완전히 입을 다물겠다고 굳게 결심한 듯했다. 검사는 줄곧 그를 예의 주시하고 있다가, 그가 입을 다물자마자 아주 차갑고 아주 평온한 표정을 지으며 아주 평범한 것을 다루는 양 갑자기 이렇게 말했다.

"자, 당신은 방금 문을 열고 들어간 자 얘기를 하셨지만, 우리도 이참에 바로 지금 굉장히 흥미진진할뿐더러 당신과 우리 모두에게 극히 중대한 사실을 하나 알려 드릴 수 있는데, 이건 당신에 의해 부상을 당한 그리고리 바실리예비치 노인의 증언이기도 합니다. 의식을 회복한 그가 우리의 심문에 분명하고도 집요하게 우리에게 전달한 바에 따르면, 층계참으로 나간 뒤 정원에서 어떤 소리가 나는 걸 듣고서 열려 있던 쪽문을 통해 정원으로 들어가기로 결심했을 때, 또 그렇게 정원 안으로 들어섰을 때 그는 당신이 우리에게 알려 준 대로 당신 아버지의 모습을 보았다는 그 열린 창문에서 물러나 어둠 속으로 도망치는 당신을 알아보았답니다. 하지만 그보다 훨씬 전에 그, 즉 그리고리는 왼쪽으로 시선을 던졌는데 창문이 정말로 열려 있는 것을 봤음은 물론이고, 그와 동시에, 훨씬 더 가까운 곳에 있는 쪽문도 활짝 열려 있는 것을 봤답니다. 반면, 당신은 당신이 정원에 있었던 동안 그 문이 줄곧 닫혀 있었노라고 단언했지요. 숨김없이 다 말씀드리자면, 바실리예프[59]는 당신이 그 문으로 도망쳤음이 분명하다고 강경하게 결론짓고 또 그렇

59) 그리고리를 말한다.

게 증언하고 있습니다. 물론, 처음에 그가 당신을 발견한 것이 다소 멀리 떨어진 곳, 정원 한가운데서 담장 쪽으로 도망치는 당신의 모습을 통해서였으니까, 그는 당신이 어떻게 그 문으로 도망을 쳤는지는 자기 눈으로 직접 보지 못한 셈이죠……."

미챠는 상대방이 말을 하고 있건만 의자에서 벌떡 일어났다.

"헛소립니다!" 그는 갑자기 미친 듯 울부짖었다. "뻔뻔한 기만입니다! 그가 열린 문을 봤을 리가 없습니다, 그때 문은 잠겨 있었다니까요……. 그가 거짓말을 하는 겁니다……!"

"그의 증언이 확고하다는 점을 반복해서 말씀드려야겠군요, 제 의무니까요. 그는 조금도 망설이지 않습니다. 자신의 의견을 고수하는 거죠. 우리는 그에게 몇 번이나 다시 물어봤습니다."

"정말 그렇습니다, 제가 몇 번이나 다시 물어봤습니다!" 니콜라이 파르표노비치도 열렬하게 맞장구를 쳐 주었다.

"거짓말입니다, 거짓말! 이건 나를 모함하는 것이거나 아니면 그 미친 노인이 헛것을 본 것일 테죠." 미챠가 계속 소리쳤다. "그냥 헛소리를 늘어놓은 겁니다, 상처도 심하고 피도 철철 나고 하니까, 의식이 돌아왔을 땐 그냥 그런 생각이 들었을 뿐인 거죠……. 바로 그래서 헛소리를 하는 겁니다."

"그야 그렇겠지만, 그가 열린 문을 본 건 부상을 입었다가 정신을 차렸을 때가 아니라 그보다 훨씬 전, 곁채에서 나와 정원으로 들어섰을 때의 일입니다."

"정말 거짓말이라니까요, 거짓말, 그럴 리가 없다니까요! 이건 내가 너무 괘씸한 나머지 그가 나를 모함하는 겁니다…….

그런 걸 봤을 리가 없으니까요……. 나는 그 문으로 도망친 게 아니란 말입니다." 미챠는 숨을 헐떡였다.

검사는 니콜라이 파르표노비치 쪽으로 몸을 돌리더니, 훈계조로 어르듯 그에게 말했다.

"그걸 보여 주시죠."

"이 물건을 알아보시겠습니까?" 니콜라이 파르표노비치는 갑자기 두꺼운 종이로 된, 커다란 관청용 봉투를 탁자 위에 꺼내 놓았는데, 거기에는 아직도 세 개의 봉인이 남아 있는 것이 보였다. 하지만 봉투 자체는 텅 비어 있었고 한쪽 옆구리가 찢어져 있었다. 미챠는 눈을 휘둥그렇게 뜨고 그를 바라봤다.

"이건…… 이게, 그러니까, 아버지의 봉투였군요." 그가 중얼거렸다. "3000이 들어 있던 그 봉투…… 위에 수신인이 적혀 있다면, 그래, 어디 한번 봅시다. '병아리에게'라니…… 거봐요, 3000이군요." 그가 소리쳤다. "3000이라니까요, 아시겠죠?"

"알다마다요, 하지만 우리는 이미 여기서 돈은 발견하지 못했습니다. 이 봉투는 텅 빈 채로 마룻바닥에서 뒹굴고 있었습니다, 침대 옆, 병풍 뒤에서요."

몇 초간 미챠는 한 방 맞은 양 아연실색하며 서 있었다.

"여러분, 이건 스메르쟈코프 짓입니다!" 그가 갑자기 있는 힘껏 소리쳤다. "이건 그놈이 죽인 겁니다, 그놈이 돈을 훔쳤어요! 봉투가 우리 영감의 방 어디에 숨겨져 있는지를 알고 있었던 건 오직 그놈 한 놈뿐이니까요……. 이건 그놈 짓입니다, 이제는 분명합니다!"

"하지만 당신도 봉투에 대해 알고 있었잖습니까, 이것이 베개 밑에 놓여 있다는 것도."

"아니, 전혀 몰랐습니다. 이걸 본 적도 절대 없고, 지금 처음 보는 것일 뿐, 전에는 그저 스메르쟈코프한테서 얘기를 들었을 뿐입니다……. 영감의 방 어디에 숨겨져 있는지는 그놈 하나만 알고 있었지, 나는 몰랐어요……." 미챠는 완전히 숨이 넘어갈 지경이었다.

"하지만 당신이 조금 전에 직접, 봉투는 고인이 된 아버지의 베개 밑에 있었노라고 증언했습니다. 베개 밑이라고 정확하게 말씀하셨으니, 다시 말해 어디에 있었는지를 알았다는 거죠."

"우리는 그렇게 기록하기까지 했습니다!" 니콜라이 파르표노비치가 맞장구를 쳤다.

"헛소리, 터무니없는 소리입니다! 베개 밑에 있다는 건 전혀 몰랐어요. 게다가, 전혀 베개 밑이 아닐 수도 있는 노릇이죠……. 나는 그냥 되는 대로 베개 밑이라고 말했을 뿐입니다……. 그래, 스메르쟈코프는 뭐라고 합디까? 봉투가 어디에 있었는지, 그에게 물어보셨습니까? 스메르쟈코프는 뭐라고 말하던가요? 이게 중요한데……. 어떻든 나는 일부러 거짓말을 했어요……. 제대로 생각도 안 해보고 베개 밑에 있었노라고 여러분한테 거짓말을 한 건데, 지금 여러분은……. 왜 있잖습니까, 어쩌다 혀가 제 맘대로 돌아가서 거짓말이 튀어나오는 거요. 그걸 알고 있었던 건 스메르쟈코프 한 놈 뿐입니다, 오직 스메르쟈코프 한 놈, 그 밖엔 아무도 없습니다……! 그놈은 봉투가 어디에 있는지 나한테도 털어놓지 않았단 말입니다! 어쨌거나 이건 그놈, 그놈 짓입니다. 틀림없이 그놈이 죽인 겁니다, 이제야 나도 대낮처럼 분명히 알겠습니다." 미챠는 점점 더 미친 듯 흥분하게 되어, 두서없이 말을 반복하고 열을 올리고 난폭하게 굴면서 소리쳤다. "이걸 이해하셨으면 어서 빨리 그놈을 체포하십시오, 어서 빨리……. 그놈은 내가 도망칠 때, 그리고 그리고리가 의식을 잃고 쓰러져 있을 때, 바로 그때 죽인 겁니다, 이제는 분명해졌군요……. 그놈이 신호를 보냈고 아버지는 그놈에게 문을 열어 준 겁니다……. 왜냐하면 신호를 알고 있는 건 오직 그놈 하나뿐이고, 신호가 없다면 아버지는 그 누구에게도 문을 열어 주지 않았을 테니까요……."

"하지만 이번에도 당신은 그 정황을 깜박하셨군요." 여전히 자제력을 발휘하곤 있지만 이제는 의기양양한 태도를 취하면서 검사가 한마디 했다. "신호를 보낼 필요 따윈 없었겠죠, 만약 문이 당신이 있을 때부터, 그러니까 당신이 정원에 있을 때부터 열려 있었다면 말이죠……."

"문, 문이라."라고 중얼거리면서 미챠는 말없이 검사를 응시하다가, 맥없이 다시금 의자에 주저앉았다. 다들 아무 말도 하지 않았다.

"그래요, 문……! 이건 유령입니다! 하느님이 내 편이 아니라니!" 그는 이미 아무런 생각도 없이 멍하니 앞을 바라보며 이렇게 소리쳤다.

"자, 보십시오." 하고 검사가 근엄하게 말했다. "이제는 직접 판단해 보십시오, 드미트리 표도로비치. 한쪽에서는 당신이 열린 문을 통해 도망쳤다는 증언이 당신과 우리 모두를 짓누르고 있습니다. 또 다른 한쪽에서는—갑자기 당신의 손에 들어온 돈의 출처에 관해 당신이 이해할 수 없는, 거의 잔인하다 싶을 만큼 집요한 침묵을 고수하고 있습니다. 아니, 당신 자신의 진술만 봐도, 이 금액을 손에 넣기 세 시간 전까지도 기껏 10루블을 얻기 위해 권총을 저당 잡혔다면서요! 이 모든 것을 참작하여 당신이 직접 결론을 내려 보시죠. 우리로서는 무엇을 믿어야겠으며 또 어떤 결론을 내려야겠습니까? 이런 상황이니, 우리더러 당신의 영혼의 고귀한 격정을 못 믿을 만큼 '냉혹한 냉소주의자에 비아냥거리기 좋아하는 사람들'이라고 우기지도 마십시오……. 오히려, 제발 우리의 입장도 좀 진지하게 고려해 주시죠……."

미챠는 상상할 수도 없는 흥분에 사로잡혔고, 이내 새하얗게 질려 버렸다.

"좋습니다!" 그가 갑자기 소리쳤다. "여러분에게 저의 비밀을 털어놓겠습니다, 돈이 어디서 났는지 털어놓겠다고요……! 훗날 여러분도, 나 스스로도 탓하지 않도록 하기 위해서 저의 치욕을 털어놓겠습니다……."

"정말 믿어 주십시오, 드미트리 표도로비치." 어쩐지 감동적이고 반가운 목소리로 니콜라이 파르표노비치가 말을 받았다. "바로 지금과 같은 순간에 당신이 참되고도 완전하게 자백을 해 주신다면, 그것이 어떤 것이든 훗날 당신의 운명을 더할 나위 없이 경감시키는 데 기여할 수 있을뿐더러, 심지어, 그 밖에도……."

하지만 검사가 책상 밑으로 그를 살짝 찔렀고, 상대방은 적시에 말을 중단할 수 있었다. 미챠는, 사실, 그의 말을 듣지도 않고 있었다.

7 미챠의 크나큰 비밀. 야유를 받다

"여러분." 하고 그가 예의 그 흥분에 들떠 말을 시작했다. "그 돈은…… 완전히 고백하고 싶은 심정인데…… 그 돈은 내 돈이었습니다."

검사와 예심판사는 영 엉뚱한 소리를 듣게 되자 어찌나 실망했는지 얼굴이 죽을상이 됐다.

"당신 돈이라니요."라고 니콜라이 파르표노비치가 중얼거렸다. "오후 5시만 해도 당신 자신의 진술에 따를 때……."

"에이, 그날 5시니 나 자신의 진술이니 하는 소리 좀 하지 마쇼, 지금 문제는 그게 아니잖아요! 그 돈은 내 돈, 내 돈, 다시 말해 내가 훔친 돈이올시다……. 다시 말해, 내 돈이 아니라 훔친 돈, 내가 훔친 돈이고, 액수는 1500루블이었고, 그 돈은 쭉 내 몸에, 내 몸에 지니고 있었던 거죠……."

"아니, 그 돈이 대체 어디서 났습니까?"

"목에서 났습니다, 여러분, 목에서, 바로 여기 내 목에서……. 그건 여기 나의 목에 달려 있었죠, 걸레 쪽 안에 담아 꿰맨 뒤 목에 달고 다녔습니다, 벌써 오래전부터, 벌써 한 달째 수치심과 치욕감을 무릅쓰고 그 돈을 달고 다녔던 겁니다!"

"하지만 도대체 누구에게서 그 돈을…… 착복하신 겁니까?"

"여러분은 '훔쳤습니까'라고 말하고 싶겠죠? 이제 좀 직설 화법을 써도 되실 텐데, 참. 그렇습니다, 나는 내가 이 돈을 어쨌거나 훔쳤다고 생각하고 있으며, 여러분이 원하신다면 정말로 '착복'했다고 해도 좋아요. 내 생각으론, 훔쳤다는 편이 맞을 것 같습니다만. 어제 저녁에 그러니까 완전히 훔쳐 버린 거죠."

"어제 저녁이라고요? 하지만 당신이 방금 말씀하신 바론, 벌써 한 달 전에 그 돈을…… 손에 넣었다면서요!"

"그랬지요, 하지만 아버지는, 아버지는 아니니 염려 마십시오, 아버지가 아니라 그녀에게서 훔쳤습니다. 말 좀 막지 마시고 이야기를 끝까지 들어 주시죠. 이건 어쨌거나 힘겨운 일이니까요. 그러니까 한 달 전에 나의 옛 약혼녀였던 카체리나 이바노브나 베르호프체바가 나를 불러서는……. 누군지 아시죠?"

"알다마다요."

"예, 알고 있을 줄로 압니다. 고결하기 그지없는 영혼, 고결한 영혼 중에서도 가장 고결한 영혼의 소유자이지만, 이미 오래전부터 나를 증오해 왔죠, 오래전, 오래전부터…… 그것도 그럴 만한 이유가 있어서, 정말로 이유가 있어서 증오해 온 거죠!"

"카체리나 이바노브나가요?" 예심판사가 놀라워하면서 되물었다. 검사도 역시 눈에 힘을 팍 주고 미챠를 응시했다.

"오, 그녀의 이름을 함부로 내뱉지 마십시오! 그녀 얘기를 들먹이다니, 나는 정말 야비한 놈입니다. 그래요, 나는 알고 있습니다, 그녀가 나를 경멸해 왔다는 것을…… 오래전부터…… 맨 처음, 그때 내 집을 찾아왔던 그때부터……. 하지만 됐어요, 됐어, 여러분은 이 얘기를 알 자격도 없는 사람들이고, 전혀 그럴 필요도 없지요……. 정작 필요한 건 그녀가 한 달 전에 나를 불러서 모스크바에 있는 자기 언니와 또 다른 한 여자 친척에게 부쳐 달라며(꼭 자기가 직접 부칠 수는 없다는 듯이 말이죠!) 나한테 3000을 건네주었다는 사실뿐이고, 나는…… 그러니까 이 일은 내 인생에서 그야말로 숙명적인 시간에 일어났는데, 내가…… 뭐, 한마디로 말해서, 그 순간 나는 이제 막 다른 여인을, 지금의 그녀를 사랑하게 됐다, 이 말이죠. 여러분 덕택에 지금 저기 아래층에 앉아 있는 저 여자, 그루셴카를……. 나는 그때 그녀를 이곳 모크로예로 데려와서 이틀간 그 저주받은 3000의 절반을, 즉 1500을 탕진했고, 나머지 절반은 그대로 남겨 두었습니다. 뭐 그러니까 남겨 놓은 이 1500을 나는 부적 대신으로 목에 달고 다니다가, 어제 뜯어서 탕진해 버린 거죠. 그러고 남은 돈이 지금 여러분 손에 있는 그 800루블입니다, 니콜라이 파르표노비치, 어제의 1500에서 남은 잔돈이죠."

"실례지만 그럴 수가 있나요, 어디, 한 달 전 그때 당신이 여기서 탕진한 돈은 1500이 아니라 3000이었고, 이건 다들 알고 있는 사실 아닙니까?"

"그걸 누가 안단 말입니까? 누가 세 봤나요? 내가 누구한테 세 보라고 시킨 적이 있던가요?"

"아니, 당신이 직접 모든 사람들에게 그때 정확히 3000을 탕진했노라고 말하셨잖습니까."

"맞습니다, 그렇게 말했습니다. 온 도시에 대고 그렇게 말했고 또 온 도시가 그렇게 말했고 다들 그렇게 생각했고, 여기 모크로예에서도 다들 3000이라고 생각했죠. 다만, 그럼에도 내가 탕진한 돈은 여하튼 3000이 아니라 1500이었고, 나머지 1500은 부적 주머니 같은 것에 넣어 꿰매 뒀습니다. 자, 일이 이렇게 됐던 겁니다, 여러분, 어제의 그 돈은 이렇게 나온 거라고요……."

"거의 기적 같은 얘기군요……." 니콜라이 파르표노비치가 중얼거렸다.

"실례지만 여쭤 볼 것이 있는데요." 마침내 검사가 입을 열었다. "혹시 이전에 누구한테든 그런 정황을 알려 준 적이 있는지……. 다시 말해서 한 달 전 그때 이 1500을 남겨 두었다는 사실을?"

"아무에게도 말하지 않았습니다."

"이상한 노릇이군요. 정녕 아무한테도?"

"정녕 아무한테도 말하지 않았습니다. 아무한테도, 아무한테도."

"하지만 무엇 때문에 그런 침묵이 필요했죠? 무슨 이유에서 그것을 그토록 큰 비밀인 양 감춰 왔던 겁니까? 제 말을 좀 더 정확히 풀자면 이렇습니다. 즉, 마침내 당신은 우리에게 당신의 비밀을 알려 주셨는데, 당신의 말에 따르면 그것은 그토록 '치욕적인' 일이지만 본질적으로—다시 말해 물론 이건 상대적인 얘기지만—이 행위, 다시 말해 정확히 타인의 3000루블을 착복한 행위는 틀림없이 일시적인 일에 지나지 않고—따라서 최소한 저의 관점에서 보자면, 극히 경솔한 행위일 따름이지, 그렇게까지 치욕적인 행위는 아니며, 그 밖에도 당신의 성격을 고려한다면……. 뭐, 심지어 극히 창피스러운 행위일 순 있다는 점엔 저도 동의합니다만, 어쨌거나 창피스러운 일이지, 치욕적인 일은 아닙니다……. 다시 말해서 요컨대 저의 결론인즉, 당신이 탕진한 베르호프체바 양의 이 3000에 대해선 구태여 당신의 고백이 없어도 이미 많은 이들이 요 한 달 내내 짐작하고 있었으며, 저 자신도 그 전설 같은 얘기를 들은 바 있습니다……. 미하일 마카로비치도, 예를 들면, 들었다죠. 그렇다면, 결과적으로, 이것은 이미 거의 전설이 아니라 도시 전체에 떠도는 유언비어라는 겁니다. 게다가 제가 잘못 알고 있는 것이 아니라면, 당신이 직접 누군가에게 이 점을, 다시 말해서, 이 돈이 베르호프체바 양의 것이라는 점을 고백했다는 증거가 남아 있습니다……. 그렇기 때문에 저는 놀라움을 금할 수가 없는 것이, 당신의 말마따나 따로 떼 놓은 이 1500루블을 지금까지, 다시 말해서 지금 이 순간까지도 그렇게까지 대단한 비밀로 간주해 왔을뿐더러, 심지어 당신의 그 비밀에 어떤 공포감마저 결부시켰다니……. 아니, 이런 비밀을 고백하는 것이 그렇게까지 고통스러웠다니, 통 믿어지지가 않는군요……. 방금도 이걸 고백하느니 차라리 징역살이를 하겠다고 소리치지 않았습니까……."

검사는 입을 다물었다. 이만저만 열을 올린 게 아니었다. 그는 짜증은 물론이고 아주 대놓고서 성질을 부렸으며, 심지어 말을 곱게 써야 된다는 생각도 버린 채, 속에 쌓여 있던 것을 죄다 두서없이 거의 되는대로 내뱉었다.

"치욕은 이 1500 자체가 아니라, 내가 이 1500을 그 3000에서 따로 떼 놓았다는 데 있는 겁니다." 미챠가 확고하게 말했다.

"하지만 그게 뭐가 어때서요."라고 검사가 짜증스럽다는 듯 피식 웃었다. "기왕지사 창피스러운 방법, 아니, 당신의 표현대로 치욕적인 방법으로 3000을 싹 먹어 놓고서, 당신 재량껏 판단하여 그 3000에서 절반을 따로 떼 놓았는데, 바로 이게 뭐가 치욕적이라는 겁니까? 더 중요한 것은 당신이 3000을 착복했다는 사실이지, 그 돈을 어떻게 처리했느냐가 아닙니다. 그나저나, 왜 그렇게 처리했습니까, 다시 말해서, 왜 이 절반을 따로 떼 놓았던 거죠? 무엇을 위해서, 어떤 목적에서 그렇게 했는지 우리에게 설명해 주실 수 없겠습니까?"

"오, 여러분, 바로 그놈의 목적이란 것이 문제올시다!" 미챠가 소리쳤다. "야비하게, 다시 말해 잔머리를 굴려 어떤 이해타산을 갖고 따로 떼 놓았던 겁니다, 이 경우에는 이해타산이란 것 자체가 곧 야비한 겁니다……. 그리고 이 야비한 짓은 한 달 내내 계속된 겁니다!"

"이해가 안 되는군요."

"여러분도 참 놀랍군요. 하지만, 정말로 이해를 못 하셨을 수도 있으니까 좀 더 설명을 해 드리죠. 보십시오, 내 말을 찬찬히 들어 보세요. 상대방이 내 명예를 믿고서 맡긴 3000을 착복하여 그 돈으로 한판을 벌이고 결국엔 돈을 죄다 탕진한 뒤, 아침 녘에 그녀 앞에 나타나 '카챠, 내가 죽일 놈이야, 당신의 3000을 탕진해 버렸지 뭐야.'라고 말한다면—어떻습니까, 이게 좋은 짓입니까? 천만에, 좋지 않죠—떳떳치 못하고 옹졸한 짓이며, 그야말로 짐승, 짐승처럼 자제력이 없는 사람이 되는 겁니다, 안 그렇습니까, 안 그러냐고요? 하지만 어쨌거나 도둑놈은 아니잖습니까? 진짜 도둑은, 그러니까 진짜 도둑은 아니란 말입니다, 그렇지 않습니까! 탕진하긴 했지만 훔치진 않았으니까요! 이제 두 번째, 훨씬 더 잇속을 차릴 수 있는 경우도 있습니다. 내 말을 찬찬히 들어 주세요, 안 그러면, 나는 또다시 갈팡질팡할 테니까요—어째 머리가 빙빙 도는군요—어떻든, 두 번째 경우는 이렇습니다. 즉, 여기서 3000 중 오직 1500만을, 즉 절반만을 탕진하는 거죠. 그러곤 이튿날 그녀 앞에 나타나 이 절반을 내놓으면서 '카챠, 나는 추잡하고 경솔한 야비한 놈이지만 그래도 절반만이라도 받아 줘, 벌써 절반을 탕진해 버렸으니 나머지 절반도 곧 탕진하고 말 텐데, 더 이상 죄를 짓지 않도록 제발 받아 줘!'라고 말하는 거죠. 자, 이 경우는 어떻습니까? 짐승이든 야비한 놈이든 다 좋다 이겁니다, 하지만 아무리 그래도 도둑은 아니죠. 진짜 도둑이라면 분명히 절반의 잔돈도 다시 돌려주지 않고 그것마저도 착복했을 테니까, 완전히 도둑은 아니란 말입니다. 이렇게 되면 그녀는, 절반을 서둘러 갖다준 걸 보면 나머지도, 즉 이미 탕진한 돈도 마저 갖다줄 거다, 평생 돈을 구하러 다니고 일을 하게 될지라도 어쨌거나 꼭 구해서 돌려줄 것이다, 하고 생각할 겁니다. 이런 식으로, 야비한 놈이긴 하지만 도둑놈은 아니라는 거죠, 도둑놈은 아니다, 누가 뭐래도 도둑놈은 아니라고요!"

"다소간의 차이가 있다고 칩시다." 검사가 싸늘한 웃음을 머금었다. "하지만 어쨌거나 당신이 이걸 그렇게까지 치명적인 차이를 갖는 걸로 생각하신다니, 참 얄궂군요."

"그래요, 그렇게까지 치명적인 차이라고 생각합니다! 누구든 야비한 놈이 될 수 있고, 아니, 정말로 누구나 다 야비한 놈이기도 하지만, 도둑놈이라면 아무나 되는 게 아닙니다. 야비한 놈 중에서도 최고로 야비한 놈만이 도둑놈이 될 수 있는 겁니다. 뭐, 어떻든 나로선 이런 섬세한 차이를 어떻게 설명할 재간이 없지만…… 어쨌거나, 단, 도둑놈은 야비한 놈보다 더 야비하다, 바로 이게 내 소신이올시다. 한번 들어 보십시오. 나는 꼬박 한 달 동안 몸에 돈을 지니고 다녔는데, 내일이라도 당장 마음만 먹으면 돌려줄 수 있고, 고로 나는 더 이상 야비한 놈이 아닌 겁니다. 하지만 날마다 마음은 그렇게 먹으면서도, '결단을 내려라, 내리란 말이다, 이 야비한 놈아.'라고 스스로를 재촉하면서도 도무지 결단이 서지 않더란 말입니다. 바로 이런 식으로 꼬박 한 달 동안 결단을 못 내리고 있는 거죠, 정말! 그래, 잘한 것 같습니까, 여러분 생각엔 잘한 일이냐고요?"

"그다지 잘한 일은 못 된다 쳐도, 그 심정은 충분히 이해할 수 있으며 이 점에 관해선 이론을 제기하지 않겠습니다." 검사가 자제력을 발휘하며 대답했다. "아니, 대체로 이런 섬세한 감정이나 차이에 관한 시시콜콜한 얘기는 전부 제쳐 두고, 이번에도 괜찮으시다면, 바로 본론으로 가도록 하죠. 그러니까 다름 아니라, 우리가 질문을 드렸음에도 불구하고 우리에게 설명을 해 주시지 않은 사실이 있습니다. 도대체 무엇을 위해 맨 처음부터 이 3000을 그런 식으로 나누었는지, 즉 무엇을 위해 절반은 탕진하고 나머지 절반은 숨겼던 겁니까? 정확히 무엇을 위해서, 본질적으로, 그렇게 숨겼습니까, 따로 떼 놓은 이 1500을, 본질적으로, 어디다 쓸 생각이었습니까? 이 답을 꼭 듣고 싶군요, 드미트리 표도로비치."

"아, 그랬었죠, 정말 그랬군요!" 미챠가 자기 이마를 툭 치면서 소리쳤다. "죄송스럽게도, 중요한 건 설명해 주지 않고 여러분을 괴롭히기만 했군요. 설명만 했다면 그놈의 목적, 그 목적 속에 치욕이 들어 있다는 것을 여러분도 대번에 이해했을 텐데! 실은 말입니다, 우리 영감, 즉 고인이 된 아버지가 계속 아그라페나 알렉산드로브나를 들쑤셔 댔는데, 나는 질투심에 사로잡힌 채, 그 당시 그녀가 나와 아버지 사이에서 갈팡질팡하고 있노라고 생각했습니다. 그래서 나는 매일 이런 생각에 빠졌죠. 즉, 만약 그녀가 갑자기 결단을 내린다면, 나를 괴롭히는 일도 지쳐서 갑자기 '내가 사랑하는 건 그 영감이 아니라 당신이야, 나를 세상 끝으로 데려가 줘.'라고 말한다면 어떡하나 하고요. 나한테는 고작해야 20코페이카짜리 은화 두 닢밖에 없는데, 그땐 무슨 돈으로 데려갈 것이며, 또 무엇을 할 것인가, 아무래도 그냥 이대로 끝장이다 싶었죠. 그때만 해도 나는 그녀를 잘 몰랐고 또 그 속을 잘 이해하지도 못했기 때문에, 그녀한테는 돈이 필요할 테니까 이런 빈털터리 신세를 절대 곱게 봐 주지 않을 거다, 하고 생각했습니다. 그래서 나는 약삭빠르게 3000 중 절반을 따로 떼 낸 뒤 태연자약하게 바늘로 꿰맨 거죠. 잔머리를 굴려 이해타산을 갖고서 꿰맸는데, 술판을 벌이러 가기 전까지 열심히 꿰매다가, 다 꿰매자마자 곧장 나머지 절반의 돈을 갖고 술판을 벌이러 간 겁니다! 정말, 너무나 야비한 짓입니다! 이제는 알겠습니까?"

검사는 큰 소리로 웃어 댔고, 예심판사도 만만치 않았다.

"제 생각으론, 그렇게 자제력을 발휘하여 그 돈을 다 탕진하진 않았으니, 숫제 현명하고도 도덕적인 처사였던 것 같은데요." 니콜라이 파르표노비치가 킥킥거렸다. "어차피 그게 무슨 큰 문제가 되진 않잖습니까?"

"아니, 도둑질을 했잖습니까, 바로 이게 문제라고요! 오, 맙소사, 내 말을 통 이해하지 못하다니, 무섭습니다! 이 1500을 가슴속에 꿰매 넣고 다니면서 날마다, 시시각각 '너는 도둑놈이다, 이 도둑놈아!'라고 스스로에게 말했습니다. 그래요, 바로 이 때문에 요 한 달 내내 흉포하게 굴었고 또 바로 이 때문에 술집에서 주먹질을 했고 또 바로 이 때문에 아버지를 쥐어팼으니, 이게 다 스스로를 도둑놈이라고 느꼈기 때문이라니까요! 심지어 내 동생 알료샤한테도 이 1500에 대해선 선뜻 털어놓지 못했는데, 감히 그럴 수가 없었어요. 그 정도로까지 나 자신을 야비한 놈에 날강도라고 느꼈던 겁니다. 하지만 있잖습니까, 돈을 몸에 지니고 다니는 동안만 해도 한편으론 날마다, 시시각각 '아니야, 드미트리 표도로비치, 너는 어쩌면 아직은 도둑놈은 아닐 수 있다.'라고 스스로에게 말했습니다. 왜? 바로, 내일이라도 당장 카챠를 찾아가서 이 1500을 돌려주면 될 거 아니냐 하는 식이었죠. 그런데 바로 어제, 페냐한테 들렀다가 페르호친 집으로 가던 도중 목에서 나의 그 부적 주머니를 뜯어내기로 마음먹었고, 그 전까지는 여전히 마음을 정하지 못하다가 일단 뜯어내자마자, 그 순간 곧바로 나는 빼도 박도 못하고 논쟁의 여지도 없이 도둑놈이, 도둑놈에다가 평생 동안 떳떳하지 못한 인간이 된 겁니다. 왜냐고요? 왜냐면 부적 주머니를 뜯어냄과 동시에, 카챠를 찾아가 '나는 야비한 놈이긴 하지만 도둑놈은 아니다.'라고 말할 수 있는 나의 꿈도 갈기갈기 찢어 버린 셈이니까요. 이제는 이해하실 테죠, 정말 이해하시겠죠!"

"왜 다름 아닌 어젯밤에 이런 결심을 하신 거죠?" 니콜라이 파르표노비치가 말을 가로막았다.

"왜냐고요? 거참, 질문 한번 웃기네요. 왜냐하면 새벽 5시, 이곳에서 동틀 녘에 스스로를 죽이겠노라고 선언했기 때문이죠. '야비한 놈으로 죽건 고결한 놈으로 죽건 어쨌거나 매한가지다.'라고 생각했던 겁니다. 하지만 보시다시피, 천만의 말씀, 매한가지가 아닌 게 돼 버렸어요! 믿으시겠습니까, 여러분, 간밤에 나를 가장 괴롭힌 것은 내가 늙은 하인을 죽였다는 사실도, 이 때문에 시베리아에 갈지도 모른다는 사실도 아니었으니, 대체 때가 어느 때입니까? 내 사랑이 결실을 맺어 바야흐로 내 앞에서 천국이 다시 펼쳐진 때가 아닙니까! 오, 이건 정말 괴로운 일이었지만, 그렇게까지 많이 괴로웠던 건 아닙니다. 즉, 어쨌거나 내가 마침내 가슴팍에서 이 저주받을 돈을 뜯어내 다 써 버렸고 고로 이제 나는 이미 빼도 박도 못하고 도둑놈이 됐다는 이 저주받을 의식에 비하면 아무것도 아니었단 말입니다! 오 여러분, 가슴속에 피가 끓어오르는 심정으로 반복하건대, 간밤에 정말 많은 것을 알게 됐습니다! 야비한 놈으로 사는 것도 불가능하지만, 야비한 놈 주제에 그렇게 죽는 것도 불가능하다는 것을 알게 된 거죠……. 그렇습니다,

여러분, 사람은 죽더라도 떳떳하게 죽어야 하는 겁니다……!"

미챠는 창백했다. 극히 흥분하고 있었음에도, 그 얼굴은 녹초가 될 만큼 기진맥진한 기색이었다.

"슬슬 이해가 되는군요, 드미트리 표도로비치." 검사는 부드러운, 심지어 어쩐지 동정심까지 깃든 듯한 어조로 말을 질질 끌었다. "하지만 이 모든 것이 당시의 의지에 달린 문제인 만큼, 제 생각으론, 그저 신경이…… 예, 그러니까 신경과민 탓이다, 이 말입니다. 그리고 예컨대, 거의 꼬박 한 달간 스스로를 그토록 괴롭혀 온 고뇌에서 해방되기 위해서라면, 왜 당신은 당신에게 이 1500을 맡긴 그 여자분을 찾아가 그 돈을 돌려주지 않았습니까? 또 당신은 그 당시 당신의 정황이 몹시 끔찍했다고 묘사하시는데, 왜 그 여자분한테 사정을 말씀드리고 누구에게나 자연스럽게 떠오를 법한 타협안을 모색하지 않았습니까? 다시 말해서, 당신의 실수를 점잖게 고백한 뒤 당신이 필요로 하는 금액을 빌려 달라고 그분한테 부탁해 볼 수도 있잖습니까? 그분은 원래 마음이 관대한 데다가 당신의 곤혹스러운 처지를 봤다면, 물론, 당신의 청을 거절하지 않았을 거 아닙니까, 특히나 서류까지 구비되어 있고, 혹은, 끝으로 당신이 삼소노프 상인과 호흘라코바 부인에게 제안한 것과 같은 그런 담보물까지 있었다면? 지금까지도 당신은 그 담보물을 유효한 걸로 생각하고 있잖습니까?"

미챠는 갑자기 새빨개졌다.

"아니, 내가 그 정도로까지 야비한 놈으로 보입니까? 설마, 진담은 아니겠죠……!" 그는 검사의 눈을 바라보면서도 상대방의 말을 못 믿겠다는 듯 분개하며 말했다.

"아니요, 그야말로 진담입니다……. 왜 진담이 아니라고 생각하시죠?" 검사는 자기 쪽에서 놀라움을 표시했다.

"오, 이건 정말 야비한 일이군요! 여러분, 여러분이 나를 괴롭히고 있다는 걸 알기나 합니까! 그래요, 여러분에게 모든 걸 말씀드리죠, 하는 수 없이 이제 여러분에게 이 지옥 같은 나의 속사정을 전부 고백하겠습니다. 하지만 이건 여러분이 수치심을 느끼도록 하기 위해서이고, 여러분은 인간의 감정이란 것이 얼마나 복잡하게 뒤엉켜서 얼마나 야비한 타협에까지 이를 수 있는지 놀랄 겁니다. 그나저나 알아 두십시오, 저도 이미 이 타협안을, 지금 검사님이 말씀하신 바로 이 타협안을 생각해 봤습니다, 검사님! 그렇습니다, 여러분, 이 저주받은 한 달 동안 나는 이런 생각을 했고, 그래서 이미 거의 카챠를 찾아갈 결심을 한 거나 다름이 없었어요, 그 정도로까지 야비했다니! 하지만 그녀를 찾아가 내가 그녀를 배신했다고 얘기하고 이 배신의 대가로, 즉 이 배신을 실행에 옮기기 위해, 이 배신에 필요한 금액을 마련하기 위해 다른 누구도 아닌 그녀, 이 카챠에게 돈을 빌려 달라고 부탁하고(부탁이라니, 듣고 있습니까, 부탁이라니요!) 그 즉시 그녀를 버리고 딴 여자, 그것도 카챠를 증오한 나머지 심한 모욕까지 준 그 여자, 그 연적과 함께 도망을 치라니 — 얼토당토않은 말씀입니다, 아무래도 정신이 어떻게 된 거 아닙니까, 검사님!"

"정신이 어찌 되건 말건, 물론 제가 너무 흥분해서 미처 거기까진 생각을 못 하긴 했군요…… 그러니까 그 여자들의 질투라는 것에 대해서 말이죠…… 당신의 주장대로 만약 이 일에 정말로 질투가 개입될 수 있었다면…… 그래요, 어쩌면 그런 유의 뭔가가 있을 수도 있겠군요." 검사가 히죽 웃었다.

"어쨌든 그건 너무도 추잡한 짓이었을 겁니다." 미챠가 광포하게 주먹으로 탁자를 탁 쳤다. "그건 구린내가 나는 짓입니다, 정말 생각도 할 수 없군요. 게다가 말입니다, 그녀는 나한테 이 돈을 그냥 줄 수도 있을 겁니다, 그래요, 그냥 줬을 겁니다, 분명히 줬을 테죠. 나에게 복수를 하기 위해서, 복수를 만끽하기 위해서 줬을 것이고, 또 나를 멸시하는 마음에서 줬을 겁니다. 왜냐면 그녀도 역시 지옥 같은 영혼의 소유자요 또 위대한 분노를 간직한 여성이니까요! 그리고 나는 돈을 받았을 테죠, 오, 받았을 겁니다, 받고서는 그 대신 한평생을…… 오 맙소사! 죄송합니다, 여러분, 내가 이렇게 소리치는 건 이런 생각이 극히 최근, 그러니까 기껏해야 그저께부터 들었기 때문입니다, 정확히, 내가 한밤중에 랴가브이를 상대로 실랑이를 벌이던 그때 말이죠. 그다음엔 어제, 예, 어제도, 어제 하루 종일 그랬죠, 기억납니다, 그 사건이 일어나기 바로 직전까지 그랬어요……."

"어떤 사건 말이죠?" 니콜라이 파르표노비치가 호기심을 갖고 끼어들려고 했지만, 미챠는 그 말을 제대로 듣지도 못했다.

"나는 여러분에게 무서운 고백을 했습니다." 그가 침울한 표정으로 말을 끝맺었다. "그것을 제대로 평가해 주시죠, 여러분. 아니, 평가로는 부족하지, 평가가 아니라 높이 쳐주십시오. 만약 그렇지 않다면, 이것도 여러분의 마음을 그냥 스쳐 지나

갈 뿐이라면, 그건 이미 여러분이 나를 숫제 존경하지 않는다는 소리입니다. 여러분, 진담입니다, 만약 그렇다면 나는 여러분과 같은 사람들에게 이런 고백을 한 것이 너무도 수치스러워서 콱 죽어 버릴 겁니다. 오, 자살할 겁니다! 아닌 게 아니라 벌써부터 훤히 보이는군요, 여러분이 내 말을 믿지 않는다는 것이 훤히 보인다고요! 아니, 설마 이런 것까지 기록할 생각입니까?" 그가 이렇게 소리쳤는데, 이미 경악을 금치 못하고 있었다.

"그런데 방금 말씀하신 것은 말이죠." 하고 니콜라이 파르표노비치가 놀란 표정으로 그를 바라보았다. "그러니까 당신은 바로 마지막 순간까지도 베르호프체바 양에게 가서 그 금액의 돈을 빌려 달라고 부탁할 작정이었단 말이죠……. 정말로 이건 우리에게 있어 아주 중대한 증언입니다, 드미트리 표도로비치, 다시 말해서 이 사건 전체에 관해서…… 특히 당신에게도, 특히 우리에게도 중대한 증언이죠."

"정말 얼토당토않군요, 여러분." 하고 미챠가 손뼉을 탁 쳤다. "설마 그것마저도 쓰지는 않겠지요, 부끄러운 줄 아십시오! 그러니까 나는 말하자면 내 영혼을 여러분 앞에서 반쪽으로 찢어 보였건만, 여러분은 그것을 이용하여 양쪽 상처의 찢어진 부분을 손가락으로 다 쑤셔 대고 있군요……. 오 맙소사!"

그는 절망에 차서 손으로 얼굴을 가렸다.

"그렇게 염려하지 마십시오, 드미트리 표도로비치." 검사가 말을 끝맺었다. "지금 기록된 것은 전부 나중에 당신에게 직접 들려 드릴 것이며, 동의하지 않는 부분이 있다면 당신의 말에 따라 바꿀 겁니다. 이제 우리는 똑같은 질문을 다시금, 벌써 세 번째로 드리겠습니다. 즉, 정말 그 누구도, 그러니까 당신이 돈을 부적 주머니 속에 꿰매 넣었다는 얘기를 당신에게서 들은 사람이 정말 아무도 없습니까? 이건, 솔직히 말씀드려서, 거의 상상할 수도 없는 일입니다만."

"아무도, 아무도 없다고 말했잖습니까, 아무래도 여러분은 정말 내 말을 전혀 이해하지 못했군요! 나를 좀 가만히 내버려 두시죠."

"죄송합니다만, 이 일은 꼭 해명되어야 하며, 앞으로도 시간이 많긴 하지만 일단은 찬찬히 생각해 보십시오. 정확히 당신이 직접 당신 입으로 3000을 다 써 버렸다, 그것도 1500이 아니라 3000을 썼다며 곳곳에 떠벌리고 또 그렇게 떠들고 다녔다는 증언이 우리에겐 수십 개는 족히 쌓여 있으며, 더욱이 지금, 그러니까 어제 또 돈이 생겼을 때도 역시나 많은 사람들 앞에서 이번에도 3000을 가져왔노라고 공언하는 등……."

"수십 개가 아니라 수백 개의 증언이 여러분의 손안에 들어 있겠죠, 수백은 무슨, 증언이라면 아주 수두룩하게 쌓였겠죠, 수두룩한 사람들이, 한 1000명은 들었을 테니까요!" 미챠가 소리쳤다.

"거보십시오, 다들, 다들 증언하고 있습니다. 그렇다면 다들이라는 말이 뭐든 의미를 갖는 게 아니겠습니까?"

"그런 건 아무런 의미도 없어요, 내가 거짓부렁을 했고, 다들 나를 따라서 거짓부렁을 늘어놓기 시작한 거죠."

"그럼 도대체 무엇 때문에 당신은, 당신의 표현대로, '거짓부렁'을 해야 했다는 거죠?"

"알게 뭡니까. 허풍을 떠느라 그랬는지도 모르죠…… 그래요…… 자, 봐라, 이렇게 많은 돈을 탕진했다, 이런 거요……. 또 어쩌면 꿰매 놓은 돈을 잊기 위해서였는지도 모르고…… 그래요, 바로 그 때문이었을 겁니다……. 젠장…… 같은 질문을 왜 몇 번씩이나 하는 겁니까? 뭐, 거짓부렁을 했고, 물론, 한번 거짓부렁을 지껄이고 나니 더 이상 그걸 바로잡고 싶은 마음이 없었던 거죠. 그럼, 사람이란 것이 무엇 때문에 더러 거짓말을 하는 겁니까?"

"그것은 해결하기 힘들죠, 드미트리 표도로비치, 사람이 무엇 때문에 거짓말을 하는가 하는 문제 말입니다." 검사가 훈계조로 타이르듯 말했다. "그나저나 말입니다, 당신의 목에 달려 있던 그 주머니, 당신의 표현을 빌리자면 그 부적 주머니는 컸습니까?"

"아니요, 안 컸어요."

"예를 들면 어느 정도의 크기였습니까?"

"100루블짜리 지폐를 절반으로 접으면—예, 바로 그 크기입니다."

"차라리 우리에게 그 헝겊 조각을 보여 주시면 좋을 텐데요? 어디든 당신에게 있을 거 아닙니까."

"에, 젠장…… 정말 바보 같은 소리만 늘어놓는군요…… 어디 있는지 알 턱이 없잖아요."

"하지만 말입니다, 도대체 언제 어디서 그것을 목에서 떼 냈습니까? 당신의 진술에 따르면 집에 들르지도 않았다면서요?"

"페냐 집을 나와 페르호친 집으로 가던 길에, 가는 도중에 목에서 떼 내서 돈을 꺼냈습니다."

"그 캄캄한 데서요?"

"아니, 그럼 양초라도 있어야 되나요? 그냥 순식간에 손가락으로 해치웠습니다."

"한길에서 가위도 없이요?"

"광장이었던 것 같군요. 그리고 대체 가위가 왜 필요하죠? 낡아 빠진 걸레쪽이어서 곧바로 찢어졌는걸요."

"그다음엔 그걸 도대체 어디에 숨겼습니까?"

"그 자리에서 버렸죠."

"정확히 어디죠?"

"그 광장, 여하튼 그냥 광장이었습니다! 광장 어디였는지 알게 뭐람. 게다가 그걸 알아서 어디다 쓰시게요?"

"이건 굉장히 중요합니다, 드미트리 표도로비치. 당신에게 유리한 물적 증거니까 그렇죠, 아니 왜 이걸 이해하려고 하지 않으십니까? 혹시 한 달 전 당신이 그걸 꿰맬 때 누가 도와줬습니까?"

"도와준 사람은 아무도 없습니다, 혼자서 직접 꿰맸으니까."

"바느질은 할 줄 아십니까?"

"군인은 바느질을 할 줄 알아야 되지만, 이런 일엔 무슨 바느질 솜씨 따위도 필요 없죠."

"옷감은, 그러니까 당신이 돈을 꿰매 넣은 그 걸레쪽은 어디서 구했습니까?"

"정말로 지금 비웃는 겁니까?"

"절대로 아닙니다, 지금 우린 웃고 자시고 할 겨를도 없습니다, 드미트리 표도로비치."

"어디서 걸레쪽을 구했는지는 기억이 안 납니다. 어디선가 구했겠죠."

"그런 것이라면 기억해 뒀을 법한데요?"

"아이, 정말로 기억이 안 납니다. 어디 속옷이나 셔츠 같은 데서 뜯어냈겠죠."

"이거 아주 흥미롭군요. 내일 당신 집을 수색해 보면 이 물건, 천 조각을 잘라 낸 루바시카 같은 것이 나올지도 모르겠군요. 그런데 그 루바시카는 어떤 천이었습니까, 두꺼운 마, 그러니까 아마포였습니까?"

"어떤 천인지 알게 뭡니까. 잠깐만요…… 어쩌면 어디서 뜯어낸 게 아니었나 봐요. 그것은 옥양목이었고……. 그래요, 주인아주머니의 나이트캡으로 꿰맨 것 같군요."

"주인아주머니의 나이트캡이라고요?"

"예, 그 방에서 집어 왔어요."

"아니, 집어 오다뇨?"

"그러니까 말입니다, 기억을 더듬어 보면, 내가 정말로 어쩌다가 나이트캡 하나를 집어 왔는데, 걸레로 쓰려고 했는지도, 아니면 펜을 닦기 위해서였는지도 모르죠. 슬쩍 갖고 온 건 아무 데도 쓸모없는 걸레쪽이었기 때문이고, 내 방에서 그 헝겊 조각이 뒹구는데 마침 이 1500이 골칫거리였던 터라 그 헝겊 조각에 넣고 꿰맸던 겁니다……. 맞아요, 그 걸레쪽에 넣고 꿰맨 것 같군요. 1000번도 더 빨아서 걸레처럼 낡아 빠진 옥

양목 천 조각이었어요."

"그럼 이제는 확실히 기억난다는 거죠?"

"확실한지는 모르겠군요. 나이트캡이었던 것 같다는 말이죠. 아니, 이딴 게 무슨 상관이람, 젠장!"

"그런 경우라면, 당신의 주인아주머니는 그 물건이 자기 방에서 사라졌다는 것쯤은 최소한 기억할 텐데요?"

"절대 못 할걸요, 눈치도 못 챘을 테니까요. 낡아 빠진 걸레쪽이라고 하지 않습니까, 땡전 한 푼의 가치도 없는 낡아 빠진 걸레쪽."

"바늘은 어디서 구했습니까, 실은요?"

"그만두겠습니다, 더 이상은 싫습니다. 됐어요!" 마침내 미챠가 화를 냈다.

"어쨌거나 이상한 노릇이군요, 정확히 광장의 어느 지점에서 이…… 부적 주머니를 버렸는지 완전히 잊으셨다니."

"그럼 내일이라도 광장을 쓸어 보라고 명령해 보시죠, 찾으실지도 모르겠군요." 미챠가 피식 웃었다. "됐어요, 여러분, 됐습니다." 기진맥진한 목소리로 그가 결론을 내렸다. "훤히 보이는군요, 여러분이 내 말을 믿지 않는단 것이! 어떤 일에 있어서도, 눈곱만큼도 안 믿는군요! 하긴 내 잘못이지, 여러분 잘못은 아니죠, 이러쿵저러쿵할 필요가 없었던 거니까. 도대체 왜, 왜 비밀은 털어놓아 가지고 내 얼굴에다 똥칠을 한 거야, 젠장! 여러분한테는 고작해야 웃음거리일 뿐이라는 걸, 여러분의 눈을 보니 똑똑히 알겠군요. 이건 검사님, 검사님 덕분에 내가 이 지경까지 왔습니다! 가능하다면, 자축하는 뜻에서 노래라도 부르시죠……. 여러분은 저주받을 겁니다, 이 고문자 양반들!"

그는 머리를 숙이고서 손으로 얼굴을 가렸다. 검사와 예심판사는 입을 다물었다. 일 분 뒤 그는 고개를 들고 어쩐지 아무런 생각이 없는 듯한 눈으로 그들을 바라보았다. 이미 찾아와 버린, 이미 돌이킬 수 없는 절망이 그 얼굴에 드리우는 가운데, 그는 어쩐지 조용하게 입을 다물고서 꼭 앞뒤를 잃은 양 앉아 있었다. 어쨌거나 일을 끝내기는 해야 했다. 조금도 지체하지 말고 증인 심문으로 넘어가야 했던 것이다. 시간은 벌써 아침 8시였다. 촛불은 이미 오래전에 끈 상태였다. 미하일 마카로비치와 칼가노프는 심문이 진행되는 동안 계속 방 안을 들락날락했는데, 이번에는 둘 다 다시 나가 버렸다. 검사와 예심판사도 굉장히 피곤한 모양이었다. 막 밝아 온 아침, 날씨가 영 궂어서 하늘은 온통 먹구름으로 덮여 있고 비가 억수같이 퍼붓고 있었다. 미챠는 아무 생각도 없이 창문을 쳐다보았다.

"창밖을 좀 내다봐도 되겠습니까?" 갑자기 그가 니콜라이 파르표노비치에게 물었다.

"오, 얼마든지 보십시오." 상대방이 대답했다.

미챠는 자리에서 일어나 창가로 다가갔다. 비가 초록빛의 작은 유리창들을 사정없이 내리치고 있었다. 창문 바로 밑으로 지저분한 길이 보였고, 저기 더 먼 곳, 축축한 안개 속으로 보이는 창백하고 볼품없는 거뭇거뭇한, 몇 열의 오두막들이 비 때문에 더욱더 창백하고 거뭇거뭇한 것 같았다. 미챠는 '곱슬머리 금발의 포이보스', 그 첫 햇살과 더불어 자살을 하려고 했던 것이 기억났다. '이런 아침이 더 좋았을지도 모르지.'라는 생각이 들어 피식 웃더니, 갑자기 위에서 아래로 손을 내젓고는 '고문자들' 쪽으로 몸을 돌렸다.

"여러분!" 그가 소리쳤다. "내가 끝장났다는 건 나도 알고 있습니다. 하지만 그녀는요? 제발 부탁인데, 그녀 얘기를 좀 해 주시죠, 정녕 그녀마저도 이대로 나와 함께 끝장나는 겁니까? 그녀는 순결해요, 그녀가 어제 '모든 일이 다 내 잘못이다.'라고 한 건 제정신에서 나온 말이 아닙니다. 그녀는 아무, 아무 잘못도 없어요! 나는 여러분과 앉아 있으면서 밤새도록 가슴이 아팠습니다……. 제발 말 좀 해 주시죠, 예, 제발요. 지금 그 여자를 어떻게 할 건가요?"

"그 점에 관해서라면 걱정 붙들어 매시죠, 드미트리 표도로비치." 검사가 곧장 이렇게 대답했는데, 마음이 매우 급한 모양이었다. "당신이 그토록 관심을 갖고 계신 그 여자분에게 폐를 끼칠 만한 이유는, 지금으로선 아무것도 없습니다. 앞으로 일이 진행되는 동안에도 마찬가지가 되길 바랄 뿐입니다……. 오히려, 그런 의미에서라면 우리 측에서도 할 수 있는 모든 일을 다 할 것입니다. 마음 편히 가지시죠."

"여러분, 감사합니다, 그럴 줄 알았어요, 어쨌든 여러분은 정직하고 공명정대한 분이시죠. 이렇게 내 영혼 속의 무거운 짐을 걷어 주시다니……. 자, 이제 우리는 뭘 하는 겁니까? 저는 준비가 되어 있습니다."

"예, 좋습니다, 어쨌거나 서둘러야겠지요. 조금도 지체하지 말고 증인 심문으로 넘어가야 되니까요. 이 모든 것이 반드시 당신이 동석한 가운데 이루어져야 하며, 따라서…….”

“우선 차라도 한잔 마시면 안 될까요?” 니콜라이 파르표노비치가 말을 가로막았다. “우리 모두 그 정도 고생은 한 것 같은데요!”

그리하여, 아래층에 차가 준비되어 있다면(미하일 마카로비치가 필경 ‘차를 한잔 마시러’ 나간 것이 분명하므로) 일단 한잔씩 마시고 나서 ‘계속하고 또 계속하기로’ 결정을 봤다. ‘간식’을 들며 정식으로 차를 마시는 일은 좀 더 시간의 여유가 생길 때까지 미루기로 했다. 아래층에는 정말로 차가 준비되어 있었고, 곧 위층으로 가져왔다. 미챠는 니콜라이 파르표노비치가 상냥하게 권하는 찻잔을 처음엔 거절했지만, 나중에는 자기가 직접 청해서 게걸스럽게 마셨다. 대체로 그는 왠지, 심지어 놀랄 정도로 기진맥진한 표정이었다. 원래 장사 같은 힘을 지닌 사람이었기 때문에 하룻밤 술판을 벌였다고 한들, 덧붙여 그토록 강렬한 감정을 경험했다고 한들 무슨 큰일이야 있겠는가? 하지만 정작 미챠는 자리에 앉아 있는 것도 힘들다는 느낌이 들었고, 또 때때로 모든 물건들이 자기 눈앞에서 이리저리 움직이며 빙빙 도는 것만 같았다. ‘조금만 더 있으면 정신이 혼미해져서 헛소리를 할지도 모르겠군.’ 그는 속으로 이런 생각을 했다.

8 증인들의 증언. 애기

증인 심문이 시작됐다. 하지만 우리는 우리의 이야기를 지금처럼 그렇게 자세하게 이어 가지는 않을 것이다. 따라서 니콜라이 파르표노비치가 증인으로 호출된 각각의 사람에게 진실과 양심에 따라 증언해야 하며 후에 이 증언을 선서와 더불어 반복해야 될 것이라고 주입한 것에 대해서는 생략하기로 하자. 끝으로, 각각의 증인에게 자신의 증언이 담긴 조서에 서명하라는 등의 요구가 있었던 것도 생략하자. 다만 한 가지 지적해 둘 것은 심문관들의 주의를 가장 집중시킨 주요한 대목이, 바로 역시나 그 3000에 관한 문제였다는 점이다. 다시 말해서, 첫 경우, 즉 드미트리 표도로비치가 한 달 전 여기 모크로예로 와서 처음 술판을 벌인 날 쓴 돈이 3000이었는지, 1500이었는지, 그리고 어제 드미트리 표도로비치가 두 번째로 술판을 벌이느라 쓴 돈이 3000이었는지, 1500이었는지가 문제였다. 안타깝게도, 모든 증언들이 하나에서 열까지 미챠에게 득이 되기는커녕 모조리 불리한 것이었고, 심지어 어떤 증언들은 미챠의 진술을 뒤집어엎을 만큼 새롭고도 거의 눈이 휘둥그레지는 사실들을 담고 있기도 했다. 맨 처음 심문을 받은 자는 트리폰 보리스이치였다. 심문관들 앞에 섰을 때 그는 무슨 두려움은커녕 오히려 피고에 대해 엄격하고 준엄한 분노를 담은 태도를 보였으며, 이로써 틀림없이 그 스스로 굉장히 의롭고 존엄을 갖춘 인물인 양 굴고 싶었던 것이다. 말수는 적었고 또 자제력을 발휘하는 모습이었으며, 질문을 기다렸다가 심사숙고하여 정확하게 대답했다. 머뭇거리지도 않고 확고하게, 한 달 전에 쓴 돈이 3000보다 적을 리가 없다고 증언했으며, 이곳의 모든 농군들도 '미트리 표도르이치' 본인한테서 직접 3000이라는 말을 들었노라고 증언할 것이라고 했다. "집시계집들한테 뿌린 돈만 해도 얼마나 많은데요. 그년들 손에 굴러 들어간 돈만도 한 3000은 될걸요."라면서.

"500도 안 줬을걸." 미챠가 이 말에 음울하게 응수했다. "다만, 그때 술에 취한 나머지 세 보지 않은 게 유감이야……."

미챠는 이번에는 커튼 쪽으로 등지고 비스듬히 앉아서 침울하게 증언을 듣고 있었는데, '에이, 증언이고 뭐고 마음대로 지껄여라, 이젠 아무 상관도 없는 일이다!'라는 말이 담긴 듯한, 슬프고 피곤한 표정이었다.

"그년들한테 들어간 돈이 1000은 넘습니다, 미트리 표도로비치." 트리폰 보리소비치가 반대 의사를 굽히지 않았다. "하릴없이 마구 뿌려 댔고, 그놈들은 마구 주워 갔습죠. 이 족속은 도둑놈에다가 사기꾼인걸요. 말을 하도 훔쳐 대니까 이곳에서 쫓아내 버렸는데, 여기 있었다면 그놈들이 직접 나리에게서 얼마를 우려냈는지 증언했을 겁니다요. 나는 내 눈으로 그 당시 나리의 손에 든 금액을 보았습니다—나리가 허락을 안 해서 물론 세 보지는 않았지만, 그건 맞지만, 대강 눈짐작으로도 1500보다는 많았던 걸로 기억되는데……. 1500이 뭡니까요! 우리도 돈을 자주 보는 편이라, 그만한 판단은 할 수 있습죠……."

어제의 금액에 관한 한 트리폰 보리소비치는, 드미트리 표도로비치가 마차에서 일어나기가 무섭게 3000을 가져왔다고 자기한테 알렸노라고 곧장 증언했다.

"됐어, 됐단 말일세, 트리폰 보리스이치." 미챠가 반박을 해 봤다. "아니, 정말로 내가 3000을 가져왔노라고 분명히 공언했단 말인가?"

"그랬습죠, 미트리 표도로비치. 안드레이가 있는 데서 그렇게 말했습죠. 자, 저어기 저 사람이 안드레이인데, 아직 안 갔으니, 그를 불러 보시죠. 저어기 홀에서 합창단을 대접할 때도 여기다가 벌써 여섯 번째로 1000루블을 남겨 두는 셈이라고 아주 대놓고 소리쳤는데—다시 말해 지난번에 쓴 돈과 합치면 6000이란 소리였겠죠. 스체판과 세묜도 들었어요, 표트르 포미치 칼가노프도 그때 나리 옆에 나란히 서 있었던 것 같으니까 그분도 똑똑히 기억하시겠죠……."

여섯 번째의 1000루블에 관한 증언은 심문관들에게 예사롭지 않은 인상을 불러일으켰다. 이 새로운 판본이 마음에 들었던 것이다. 3에다 3을 더하면 6, 고로 그때의 3000에다 지금의 3000을 더하면, 물론 6000, 이보다 더 분명한 결론이 어디 있겠는가.

트리폰 보리소비치가 거명한 농군들, 스체판, 세묜, 마부 안드레이, 표트르 포미치 칼가노프 등이 모두 심문을 받았다. 농군들과 마부는 머뭇거리지도 않고 트리폰 보리스비치의 증언을 확인해 주었다. 그 밖에도, 특히 안드레이의 증언 중, 길을 오던 도중 그가 미챠와 나눈 대화는 토씨 하나 빼지 않고 기록되었으니, "나는, 그러니까 드미트리 표도로비치는 어디로 떨어질까? 천당일까 지옥일까, 저 세계에서는 나를 용서할까 아닐까." 등 말이다. '심리학자' 이폴리트 키릴로비치는 야릇한 미소를 지으며 귀를 기울이다가 드미트리 표도로비치가 어디로 떨어질까 어쩌고 하는 이 증언도 '본 사건의 서류에 첨부' 하자고 제안했다.

다음 심문 대상인 칼가노프는 참 내키지 않는다는 듯 인상을 잔뜩 쓰고 변덕을 부리면서 들어와서는 검사, 니콜라이 파르표노비치와 대화를 나누었는데, 이미 오래전부터 매일 봐 온 사이였음에도 꼭 난생처음으로 그들을 보는 양 굴었다. 그는 맨 처음부터 '그런 건 아무것도 모르고 알고 싶지 않다.'라는 식으로 나왔다. 하지만 여섯 번째의 1000루블에 대해서는 들었던 것으로 밝혀졌으며, 그 순간 바로 옆에 서 있었노라고 고백하기도 했다. 하지만 자기는 미챠의 손에 들려 있던 돈이 "얼마였는지는 모른다."라고 했다. 폴란드인들이 카드를 하면서 속임수를 쓴 것에 대해서는 확실히 그랬다고 증언했다. 일련의 반복된 질문에 대해서도, 폴란드인을 쫓아낸 뒤 미챠와 아그라페나 알렉산드로브나 사이의 일이 정말로 잘 풀렸으며 그녀가 자기 입으로 그를 사랑한다고 말했노라고 설명했다. 아그라페나 알렉산드로브나에 관해 말할 때는 꼭 그녀가 훌륭한 상류 사회의 부인이라도 되는 듯 절제되고 공손한 태도를 보였으며, 심지어 단 한 번도 그녀를 '그루셴카'라고 낮추어 부르지 않았다. 이 젊은이가 혐오감을 감추지 않았음에도 불구하고, 이폴리트 키릴로비치는 그를 오랫동안 심문했으며, 오직 그를 통해서만 간밤에 있었던 미챠의, 말하자면, '로맨스'의

세부 사항들을 속속들이 알아냈다. 미챠는 단 한 번도 칼가노프를 제지하지 않았다. 마침내 청년은 해방되었는데, 분한 심사를 감추지 않은 채로 물러났다.

폴란드인들도 심문을 받았다. 그들은 자기들 방에서 잠자리에 들긴 했지만 밤새도록 잠을 이루지 못하다가, 권력자들이 도착하자 자기들도 반드시 호출될 걸 알고서 재빨리 옷을 차려입고 대기하고 있었다. 그들은 다소 무섭긴 했지만 그래도 제법 위엄을 떨면서 나타났다. 우두머리, 즉 키가 작은 폴란드 신사는 퇴역한 12등관의 관리인 것으로 밝혀졌으며 시베리아에서 수의사로 근무한 경력이 있고 성은 판 무샬로비치였다. 한편, 판 브루블레프스키는 개인 병원을 갖고 있는 덴티스트, 러시아어로 치과 의사임이 밝혀졌다. 두 사람은 모두 방으로 들어오자마자, 질문은 니콜라이 파르표노비치가 했음에도 불구하고, 곧장 한쪽에 서 있는 미하일 마카로비치를 보면서 대답을 하기 시작했으며, 사태 파악을 잘못하여, 그러니까 그를 제일 높은 사람으로, 이들의 지휘관쯤 되는 인물로 오해하여 말끝마다 그를 '장군 나리'라고 불렀다. 몇 번이나 그러고 난 뒤에야, 또 미하일 마카로비치로부터 직접 훈시를 듣고 난 뒤에야 비로소, 니콜라이 파르표노비치한테만 대답을 해야 한다는 것을 깨달았다. 알고 보니, 그들은 몇몇 단어를 발음할 때를 제외하면 러시아어를 그냥 구사하는 정도가 아니라 극히, 심지어 극히 정확하게 구사했다. 판 무샬로비치가 그루셴카에 대한 자신의 과거와 현재의 관계를 열렬하고도 오만한 어조로 진술하기 시작하자, 미챠는 곧바로 앞뒤를 잃고 '야비한 놈'이 자기 앞에서 이런 말을 하는 것을 용납하지 않겠노라고 외쳤다. 판 무샬로비치는 그 즉시 '야비한 놈'이라는 단어에 주의를 기울이며 조서에 기입해 달라고 부탁했다. 미챠는 분통이 터져서 펄펄 끓어올랐다.

"그래, 야비한 놈, 야비한 놈이다! 이것도 써넣으시죠, 쓰시라고요, 조서고 나발이고 간에 난 야비한 놈이라고 외칠 테니까!" 그가 소리를 질러 댔다.

니콜라이 파르표노비치는 조서에 기입을 하긴 했으되, 이런 불미스러운 일이 일어나자 그야말로 칭찬을 받을 만한 업무 처리 능력과 수완을 발휘했다. 미챠를 엄격하게 타이른 뒤, 즉각 본 사건 중 로맨스와 관련된 나머지 모든 심문을 중단하고 본질적인 얘기로 옮아갔던 것이다. 그런데 본질적인 것에 관한 폴란드 신사들의 증언 중 한 가지가 예심판사 측에 예사롭지 않은 호기심을 불러일으켰다. 바로, 미챠가 그 방에서 판 무샬로비치를 돈으로 매수했다는 점, 즉 그에게 양도금 조로 3000을 제의하면서 700루블은 손에 쥐여 주고 나머지 2300은 '당장 내일 아침에 시내에 가서' 주겠노라고 했으며, 덧붙여 여기 모크로예에는 지금 자기한테 그만한 돈이 없다, 돈은 시내에 있다면서 정말이라고 맹세까지 했다는 점이다. 미챠는 내일 시내에 가서 주겠다고 말한 적은 없다고 열렬하게 주장했지만, 판 브루블레프스키는 동료의 증언이 옳다고 했고, 정작 미챠 자신도 잠깐 생각을 해 본 뒤에는 인상을 잔뜩 쓰면서, 그랬을 수도 있겠다, 저 폴란드 양반들 말마따나 자기는 그때 대단히 흥분했으니까 정말로 그런 말을 했을 수도 있겠다며 동의했다. 검사는 이 증언에 귀를 바싹 기울였다. 심문을 하는 측에서 보자면, 미챠의 손에 들어온 3000의 절반 혹은 일부가 정말로 시내 어디에, 아니면 심지어 여기 모크로예 어딘가에 몰래 숨겨져 있을 수도 있다는 것이 명백해진 것이다.(나중에는 완전히 이렇게 결론이 났다.) 따라서 미챠의 손에서 발견된 돈이 겨우 800루블밖에 안 됐다는 심리(審理)에 있어 민감한 정황도, 지금까지 유일하고도 상당히 하찮은 것이었지만 그럼에도 미챠에게 다소간 유리했던 정황도 이런 식으로 설명되고 말았다. 그러니까 이제는 그에게 유리한 이 유일한 증거마저도 무너져 버린 것이다. 검사가 자기한테 있는 돈은 다 해야 1500이라고 빡빡 우기고 있으면서 도대체 내일 어디서 폴란드 신사에게 줄 나머지 2300을 구할 생각이었느냐, 어쩌자고 폴란드 신사에겐 진짜라고 맹세까지 했느냐, 하고 캐묻자, 미챠는 내일 '폴란드 놈'에게 주려고 한 것은 돈이 아니라 체르마쉬냐 영지의 소유권, 삼소노프와 호흘라코바에게 제안한 바로 그 권리에 대한 정식 증서였다고 단호하게 대답했다. 검사는 '유치하게 수작을 부리는 꼴'에 피식 웃기까지 했다.

"그럼, 당신은 저 사람이 2300루블의 현금 대신 그 '권리'를 기꺼이 취했을 거라고 생각하십니까?"

"틀림없이 그랬을걸요." 미챠가 열렬하게 딱 잘라 말했다. "여부가 있나요, 그렇게 되면 저 작자는 2000이 아니라 4000, 심지어 6000까지도 낚아챌 수 있었을 텐데! 그는 그 즉시 폴란드인이건 유대인이건 여하튼 자기 변호사 나부랭이들을 총동

원해서 3000이 아니라 체르마쉬냐 전체를 우리 영감한테서 가로챘을걸요."

응당, 판 무샬로비치의 증언은 아주 상세하게 조서에 기입되었다. 이상으로 폴란드 신사는 해방되었다. 카드놀이에서 속임수를 쓴 사실은 거의 언급되지도 않았다. 니콜라이 파르표노비치는 그게 아니더라도 감개무량한 심정이었으므로 시답잖은 일로 그들을 괴롭히고 싶지도 않았고, 더욱이 이 모든 일이 취중에 카드놀이에서 벌어진 공소한 다툼에 불과하지 않은가 말이다. 간밤의 방탕과 추태가 어디 어지간했겠는가……. 그리하여 200루블이라는 돈도 폴란드 신사들의 호주머니에 그대로 남게 됐다.

그다음으로 호출된 자는 막시모프였다. 그는 겁을 집어먹은 채 나타나서 종종걸음으로 다가왔는데 안절부절못하고 또 슬픈 기색이었다. 저쪽 아래서 그는 줄곧 그루셴카 곁을 맴돌았으며 말없이 그녀 곁에 앉아, 나중에 미하일 마카로비치가 전한 바론, '그녀가 불쌍해서 걸핏하면 당장이라도 엉엉 울 태세였고 곧잘 푸른 격자무늬 손수건으로 눈물을 훔치곤 했다'. 그리하여 오히려 그녀가 나서서 그를 진정시키고 위로하곤 했다. 노인은 곧장 눈물을 쏟으면서 '이 몸이 워낙 가난하다 보니' 드미트리 표도로비치한테서 '10루블'을 빌렸다, 이런 잘못을 저질렀지만 곧 돌려줄 용의가 있다…… 등등의 고백을 늘어놓았다. 니콜라이 파르표노비치의 질문, 즉 드미트리 표도로비치한테서 돈을 빌릴 때 제일 가까운 곳에서 그의 손에 들린 돈을 봤을 텐데 그 손에 들린 돈이 정확히 얼마였는지 눈

여겨봤느냐, 하는 질문에 대해서—막시모프는 '2만'이었다고 아주 단호하게 대답했다.

"언제든 어디서든 전에도 2만이란 돈을 본 적이 있습니까?" 니콜라이 파르표노비치가 이렇게 물으면서 미소를 지었다.

"아무렴, 보다마다요. 다만 2만은 아니었고 7000이었습죠, 우리 마누라가 우리 마을을 저당 잡혔을 때요. 멀찍이서 나더러 살짝만 봐 두라고 하면서 내 앞에서 자랑을 했어요. 아주 두툼한 돈뭉치였고 죄다 무지갯빛 지폐였어요. 그리고 드미트리 표도로비치의 경우에도 죄다 무지갯빛이었어요……."

그는 곧 해방되었다. 끝으로 그루셴카의 차례가 왔다. 예심판사 측은 그녀의 출현이 드미트리 표도로비치의 심경을 뒤흔들어 놓지나 않을까 염려하는 눈치였다. 해서, 니콜라이 파르표노비치는 그에게 훈계 삼아 몇 마디를 중얼거렸는데, 미챠가 그에 대한 대답으로 말없이 고개를 숙였으니 이로써 '소란을 피우진 않겠다.'라고 알려 준 셈이었다. 그루셴카를 데려온 것은 미하일 마카로비치였다. 그녀는 단아하면서도 우울한, 겉보기엔 거의 평온해 보이까지 하는 표정을 지으며 들어와서는 그녀에게 지정된, 니콜라이 파르표노비치의 맞은편 의자에 조용히 앉았다. 그녀는 아주 창백했고 한기를 느끼는지 아름다운 검은 숄로 몸을 꼭꼭 감싸고 있었다. 사실 정말로 그녀에겐 그때 몸살 기운이 나타나 가벼운 오한이 일었으니—이건 이날 밤 이후 오랫동안 그녀를 괴롭히게 될 기나긴 병의 시작이었다. 그녀의 단아한 자태, 솔직 담백하고도 진지한 시선, 평온한 행동거지는 누구에게나 극히 유쾌한 느낌을 주었다. 니콜라이 파르표노비치는 곧바로 얼마간은 '매혹' 되기까지 했다. 훗날 어디서나 그녀 얘기를 하다가 그가 직접 고백한 바에 따르면, 전에도 그녀를 보긴 했지만 '촌구석의 헤테라'[60] 같은 걸로 간주했는데 오직 이때부터 이 여인이 얼마나 '예쁜지'를 깨달았다는 것이다. "행동거지를 보니 영락없이 상류 사회 귀부인 같던걸요." 언젠가 부인네들이 모인 자리에서는 열광에 젖어 이런 말까지 떠들게 됐다. 하지만 부인들은 그의 말을 듣고서 그야말로 분개하여 그 벌로 즉각 '장난꾸러기'라는 별명을 붙여 주었는데, 정작 그는 몹시 흡족해했다. 방으로 들어서면서 그루센카는 미챠를 힐끔 바라볼 뿐이었는데, 미챠는 또 그 나름대로 내심 불안해하면서 그녀를 바라보고 있다가 그 순간 그녀의 표정을 보고서 마음을 놓았다. 가장 필수적인 질문과 훈시를 마치자, 니콜라이 파르표노비치는 약간 더듬긴 했지만 그래도 아주 예의 바른 태도를 유지하면서 그녀에게 물었다. "퇴역 중위 드미트리 표도로비치와는 어떤 관계였는가?"라고. 이에 대해 그루센카는 조용하고 확고하게 말했다.

"그냥 아는 사이였으며, 최근 한 달간 그런 사이로 저희 집에 출입했습니다."

이어지는 흥미진진한 질문들에 대해 그녀는 솔직 담백하고 완전히 노골적인 어조로 털어놓길, 미챠가 '간간이' 마음에 든

60) 높은 교육을 받았고 자유분방한 삶을 영위했던 고대 그리스의 미혼 여성. 훗날에는 경박한 행동을 하는 여자, 심지어 창녀와 비슷한 의미로 사용되었다.

적도 있었지만 사랑하지는 않았다, 그런데도 그를 유혹한 것은 '추잡한 심술'에 사로잡힌 탓이었다, 그 '영감쟁이'도 그런 마음에서 유혹한 것이다, 미챠가 자기 때문에 표도르 파블로비치를 비롯한 온갖 사람들한테 엄청난 질투를 느끼는 것을 보았다, 하지만 자기에게는 오히려 그게 위안거리였다, 하는 것이었다. 한편, 표도르 파블로비치한테 시집갈 생각은 애초부터 절대 없었고, 그저 그를 좀 골려 준 것뿐이었다고 했다. "요 한 달 내내 저는 이 두 사람은 안중에도 없었습니다. 다른 사람을, 저한테 몹쓸 짓을 한 그 사람을 기다리고 있었으니까요…… 다만, 제 생각으론" 하면서 그녀는 말을 이었다. "여러분이 이 일에 흥미를 가질 것도 없거니와, 이건 어차피 저의 개인적 문제라서 저도 여러분에게 대답할 게 없군요."

니콜라이 파르표노비치는 즉시 그녀의 말대로 했다. 즉, '로맨스'와 관련된 사항을 캐묻는 건 아예 그만두고, 즉시 심각하고도 중차대한 문제, 다시 말해서 그 3000에 대한 질문으로 넘어갔다. 그루셴카는 한 달 전 그가 모크로예에서 쓴 돈은 정말로 3000루블이었다, 돈을 직접 세 보지는 않았지만 드미트리 표도로비치에게서 3000루블이라는 말을 들었다고 확증해 주었다.

"단둘이 있을 때 그가 당신에게 그런 말을 했습니까, 아니면 누구든 딴 사람이 있을 때였습니까, 아니면 당신이 있는 데서 그가 딴 사람과 이야기할 때 들었을 뿐인 겁니까?" 그 즉시 검사가 물었다.

이에 대해 그루셴카는 사람들이 있는 데서도 들었고 그가 딴 사람들과 말할 때도 들었고 단둘이 있을 때 그에게서 직접 듣기도 했다고 알렸다.

"그와 단둘이 있을 때 들은 건 한 번이었습니까, 여러 번이었습니까?" 검사는 다시금 물었으며, 그루셴카로부터 여러 번이나 들었다는 증언을 얻었다.

이폴리트 키릴로비치는 이 증언에 아주 만족스러워했다. 이어지는 심문 과정에서 밝혀진바, 그루셴카는 이 돈이 어디서 났는지를, 그러니까 그 돈은 드미트리 표도로비치가 카체리나 이바노브나한테서 슬쩍한 것임을 알고 있었다.

"그럼, 단 한 번이라도, 한 달 전에 탕진한 돈이 3000이 아니라 그보다 더 적었고 또 드미트리 표도로비치가 그 돈 중 절반을 자신을 위해 따로 보관해 두었다는 얘기를 들은 적은 없습니까?"

"아니요, 그런 얘기를 들은 적이 없습니다." 그루셴카가 증언했다.

이어서 밝혀진바, 미챠는 오히려 요 한 달 내내 자기한테는 돈이라곤 땡전 한 푼 없다고 그녀에게 자주 말하기까지 했다는 것이다. "아버지에게서 돈을 받게 되길 줄곧 기다리고 있었으니까요."라며 그루셴카는 말을 끝맺었다.

"그나저나 당신이 있는 자리에서나…… 혹은 어쩌다 지나가는 말로, 혹은 그냥 신경질이 난 나머지"라면서 갑자기 니콜라이 파르표노비치가 말을 가로챘다. "자기 아버지의 목숨을 노리고 있다는 말을 한 적은 없습니까?"

"아, 왜 없겠어요!" 그루셴카가 한숨을 내쉬었다.

"한 번입니까, 여러 번입니까?"

"여러 번이나 그랬죠, 늘 화가 난 상태에서."

"그럼 그가 그걸 실행에 옮기리라고 믿었습니까?"

"아뇨, 절대로 믿지 않았어요!" 그녀가 확고하게 대답했다. "그의 고결한 마음씨에 희망을 걸고 있었으니까요."

"여러분, 죄송합니다만" 하고 갑자기 미챠가 소리쳤다. "여러분이 있는 데서 아그라페나 알렉산드로브나에게 딱 한마디만 하게 해 주십시오."

"하시지요." 니콜라이 파르표노비치가 허락했다.

"아그라페나 알렉산드로브나." 하고 미챠가 의자에서 일어났다. "하느님과 나를 믿어 줘. 어제 살해된 아버지의 피에 대해서라면 나는 아무 죄도 없어!"

이 말을 한 뒤, 미챠는 다시 의자에 앉았다. 그루셴카는 자리에서 일어나 경건하게 성상을 향해 성호를 그었다.

"당신에게 주님의 영광이 함께하시길!" 그녀는 감동에 겨운 열렬한 목소리로 말했으며, 여전히 자리에는 앉지 않고서 니콜라이 파르표노비치에게로 향한 뒤 덧붙였다. "저분이 지금 말한 것을 그대로 믿어 주세요! 저는 저분을 알고 있습니다. 수다를 떠는 것이라면 좌중을 웃기려고 혹은 괜히 고집을 부리느라고 얼마든지 할 테지만, 양심에 위배되는 일에 관한 한 절대로 거짓말을 할 사람이 아닙니다. 그야말로 진실만을 말할 테니까, 그걸 믿어 주세요!"

"고마워, 아그라페나 알렉산드로브나, 얼마나 힘이 되는지 몰라!" 떨리는 목소리로 미챠가 대꾸했다.

어제의 돈에 관해 묻자, 그녀는 그것이 얼마였는지는 모르지만 그가 어제 사람들한테 3000을 가져왔노라고 여러 차례에 걸쳐 이야기하는 걸 들었다고 알렸다. 돈을 어디서 구했냐는 물음에 대해서는 그녀 한 명에게만 카체리나 이바노브나한테서 "훔쳤다."라고 말했으며, 이에 대해 그녀는 그건 훔친 게 아니다, 돈은 내일 당장 돌려주면 된다, 하고 그에게 대답했다는 것이다. 검사가 카체리나 이바노브나에게서 훔쳤다는 돈은 어떤 돈을 말하는 건가, 즉 어제의 돈이냐, 아니면 한 달 전 여기서 쓴 그 3000을 말하는 것인가 하고 집요하게 묻자, 그녀는 한 달 전의 그 돈을 말하는 것이었다, 자기는 그렇게 이해했다, 하고 알렸다.

그루셴카는 마침내 해방되었고, 덧붙여 니콜라이 파르표노비치는 얼른 열렬하게 지금이라도 시내로 돌아가도 좋다고 그녀에게 말했다. 그러니까 자기 입장에서 뭐든 도움이 될 수 있다면, 가령 마차를 제공한다거나, 또 가령 바래다줄 사람이 필요하다면, 자기가…… 자기가 나서서 편의를 봐준다거나…… 등등.

"정말 고맙습니다만" 하고 그루셴카가 그에게 몸을 숙여 인사했다. "저는 저 지주 노인과 함께 떠나겠습니다, 저 사람은 제가 데려가도록 하지요. 그리고 허락해 주신다면, 여기서 드미트리 표도로비치의 일이 일단락될 때까지 아래층에서 기다리겠습니다."

그러고서 그녀는 나갔다. 미챠는 평온했을뿐더러 심지어 원기마저 완전히 회복한 듯한 기색이었지만, 그건 그야말로 잠깐이었다. 어떤 야릇한 육체적 무기력이 줄곧 그를 휘어 감았으니, 시간이 가면 갈수록 더 심해졌다. 너무 피로했기 때문에 눈이 자꾸 감기기도 했다. 증인 심문은 마침내 끝났다. 검사 측은 조서의 최종 편집에 돌입했다. 미챠는 의자에서 일어나 커튼 쪽 구석으로 옮겨 간 뒤 양탄자를 씌워 놓은 여주인의 커다란 궤짝 위에 누워 순식간에 잠이 들었다. 그는 왠지 때와 장소에 전혀 맞지 않는 어쩐지 이상야릇한 꿈을 꾸었다. 자, 그는 아주 옛날, 오래전에 근무했던 어떤 곳, 어딘가 들판을 달리고 있다. 진눈깨비 내리는 궂은 날씨에 어느 농군이 그를 쌍두마차에 딸린 달구지에 싣고 가는 것이다. 미챠는 그저 추울 따름이다. 11월 초, 축축하고 굵은 눈송이들이 날리다 땅바닥에 떨어지고 그러자마자 곧 녹아 버린다. 멋지게 손을 놀려 날렵하게 그를 싣고 가는 농군은 아마빛 턱수염을 아주 길게 기르고 있고, 회색 농사꾼 외투를 입고 있고, 아직 노인이라곤 할 수 없는 쉰 살 정도의 사내이다. 자, 저기 멀지 않은 곳에 마을이, 검어도 너무 검은 오두막들이 눈에 들어오기 시작하는데, 그나마도 절반은 다 불에 타 버려서 타다 남은 기둥들만 비죽비죽 서 있다. 마을 안으로 들어가면서 보니, 길바닥에 수없이 많은 아낙네들이 줄지어 서 있었다. 하나같이 꼬챙이처럼 마르고 바싹 여윈 데다가 그 얼굴에는 흙빛이 감돈다. 자, 그중에서도 특히 저 끝에 피골이 상접할 정도로 마르고 키가 큰 한 아낙네가 서 있다. 마흔 살쯤 되어 보이지만, 실은 겨우 스무 살밖에 안 됐는지도 모르겠다. 그녀의 갸름한 얼굴은 바싹 여위였고, 그 품에 안긴 어린아이는 울고 있다.

분명히 어미의 젖가슴이 바싹 말라서 젖이 한 방울도 나오지 않는 탓이리라. 갓난애는 연신 울어 대면서 주먹을 꼭 쥔 채 벌거벗은 고사리 손을 뻗치는데, 날이 너무 추운 탓에 두 손이 거의 시퍼렇게 얼어 버렸다.

"아니, 왜 저리 울고 있나? 무엇 때문에 울고 있는 겐가?" 미챠가 그들 곁을 지나가면서 묻는다.

"애기입죠." 마부가 그에게 대답한다. "애기가 울고 있는 겁니다요." 미챠가 충격을 받은 건 농군이 '아기'라고 하지 않고 자기네 농군들이 말하는 식으로 '애기'라는 표현을 썼기 때문이었다. 그는 농군 입에서 나온 '애기'라는 말이 마음에 든다. 왠지 애처로운 마음이 더 많이 담겨진 듯해서 말이다.

"아니, 그런데 대체 왜 울고 있는 겐가?" 미챠가 멍청이처럼 자꾸 졸라 댄다. "손은 왜 저렇게 드러내고 있는 겐가, 왜 뭘로 좀 감싸 주지 않고?"

"애기가 꽁꽁 얼었습죠, 옷가지도 얼어붙어서 몸을 녹여 주질 못합죠."

"대체 왜 그런 건가? 왜?" 멍청한 미챠는 여전히 물러서지 않는다.

"왜긴요, 찢어지게 가난한 데다가 화재까지 당했으니, 살 집도 없고, 그래서 집을 다시 짓겠다고 구걸을 하고 있는 것입죠."

"아니, 말이 안 돼." 미챠는 여전히 뭐가 뭔지 모르겠다는 투다. "자네, 어디 말 좀 해 보게. 대체 왜 화재를 당한 애 엄마들이 저렇게 서 있는 건가? 사람들은 왜 가난한 거야, 애기는 또 왜 가난한 건가? 왜 들판이 이렇게 황량한 건가? 왜 저들은 서로 껴안지도 않고, 입을 맞추지도 않는 건가? 왜 기쁨에 찬 노래들을 부르지 않는 거냐고? 왜 그런 거야, 왜 저들은 저렇게 흉흉한 재앙을 당해 갖곤 저토록 시커메진 거냔 말이야? 왜 애기한테 젖을 먹이지 않느냔 말이야?"

이렇게 미챠는 자기가 미친 듯이 얼토당토않은 질문을 퍼붓고 있음을 느낀다. 하지만 그는 꼭 이런 식으로 묻고 싶고 또 이런 식이 아니면 안 됐던 거다. 그리고 그는 지금까지는 절대 경험해 보지 못한 어떤 감동이 자기 가슴속에서 북받쳐 오르는 것을 느낀다. 울고만 싶다. 애기가 더 이상 울지 않도록, 시커멓게 말라 버린 애 엄마가 울지 않도록, 이 순간부터는 아무도 전혀 눈물을 흘리지 않도록 모든 사람들에게 뭔가를 해 주고 싶다. 지금, 지금 당장 한시도 미루지 않고 어떤 일이 있어도 카라마조프답게 막무가내로 나서서 말이다.

"나도 당신과 함께할 거야, 이제는 당신을 내버려 두지 않을 거야, 평생 동안 당신과 함께 갈 거야." 그루셴카의 감동에 겨운 정겨운 말들이 그의 귓전으로 울려 퍼진다. 그러자, 그의 심장이 활활 타올라 어떤 빛을 향해 내달았다. 살고 싶다, 정말 살고 싶다. 어떤 길을 향해, 내게 손짓하는 저 새로운 빛을 향해 떠나고 싶다, 정말 그렇게 하고 싶다. 얼른, 어서 빨리, 지금, 지금 당장!

"뭐라고? 어디로?" 그는 기절했다가 이제 막 정신을 차린 사람처럼 눈을 뜨고 궤짝 위에 앉으면서 이렇게 외친다. 그 얼굴에는 해맑은 미소가 번진다. 니콜라이 파르표노비치가 자기를 내려다보면서 조서를 읽어 줄 테니 잘 듣고 서명을 해 달라고 부탁한다. 그제야 미챠는 자기가 한 시간, 어쩌면 그 이상 잠을 잤다는 것을 깨달았지만, 니콜라이 파르표노비치의 말에는 귀를 기울이지도 않았다. 갑자기 충격을 받은 탓인데, 아까 힘없이 궤짝 위로 쓰러질 때만 해도 없었던 베개가 자기 머리맡에 놓여 있었던 것이다.

"아니, 누가 내 머리맡에 베개를 놓아 준 거죠? 정말 착한 사람이었군요!" 그가 도대체 누가 자기에게 이런 자비를 베풀었는지 모르겠다는 듯, 왠지 열광하고 또 고마운 마음을 느끼며 어쩐지 울먹이는 목소리로 소리쳤다. 그 착한 사람이 누구였는지는 나중에도 알려지지 않았지만, 입회인들 중 누군가, 아니면 니콜라이 파르표노비치의 서기가 안쓰러운 마음에서 그의 머리맡에 베개를 받쳐 주었을 터인데, 그의 영혼은 온통 눈물로 전율하는 듯했다. 그는 탁자 쪽으로 다가가서 뭐든 다 서명하겠노라고 알렸다.

"나는 좋은 꿈을 꾸었습니다, 여러분." 그는 기쁨의 빛으로 세례를 받은 양 어쩐지 새로운 얼굴을 하고서 왠지 이상한 어조로 이렇게 말했다.

9 미챠, 호송되다

조서에 서명이 끝나자, 니콜라이 파르표노비치는 의기양양하게 피고를 향해 다음과 같은 내용의 '판결문'을 읽어 주었다. 즉, 몇 년 몇 월 며칠 모처에서 모 지방재판소의 예심판사가 아무개(다시 말해 미챠)를 이러저러한 죄목(모든 죄들이 정교하게 쓰여 있었다.)의 피고로서 심문한 결과, 피고가 자기에게 걸린 범죄 혐의를 시인하지 않으면서도 혐의를 벗을 수 있는 어떤 증거도 제시하지 않은 반면, (이런저런) 증인들과 (이런저런) 정황들로 볼 때 그의 소행임이 확실하다는 점에 주목하여, '형법' 몇 조와 몇 조에 의거하는 등하여 다음과 같은 판결을 내린다. 이 아무개(미챠)가 심리와 재판을 회피할 가능성을 차단하기 위하여 그를 모 구치소에 감금하고, 이 점을 피고에게 고시하고 이 판결문의 사본은 검사 시보에게 알린다 등등. 한마디로 말해서, 미챠는 지금부터 죄수의 몸이며 곧 도시로 호송되어 극히 불미스러운 어느 장소에 감금될 것임을 통보받은 것이다. 이걸 주의 깊게 듣고 난 후에도 미챠는 그저 어깨를 으쓱할 뿐이었다.

"어쩌겠습니까, 여러분, 여러분 탓이 아닌걸요, 나는 준비가 돼 있습니다……. 여러분으로서도 달리 별수가 없었으리라는 점 십분 이해합니다……."

니콜라이 파르표노비치는 상냥하게 설명해 주었다, 지금 마침 여기 와 있는 마브리키 마브리키예비치 지서장이 즉시 그를 호송할 것이라고…….

"잠깐만요." 미챠가 갑자기 말을 가로막고서 방에 있는 모든 사람들을 향해 어떤 격한 감정에 휩싸여 말했다. "여러분, 우리는 모두 잔인합니다, 우리는 모두 불한당들입니다, 우리 모두 저 젖먹이들과 애 엄마들을, 모든 사람을 울린 겁니다. 하지만 모든 이들 중에서 — 이젠 이런 결론이 나도 상관없지만—모든 이들 중 내가 가장 야비한 독사입니다! 하지만 그런들 또 어떻습니까! 나는 지금껏 살아오면서 날마다 내 가슴을 치며 개과천선하리라고 다짐하고서도 날마다 한결같이 추잡한 짓을 저질렀습니다. 나 같은 놈들은 한 방 맞아야, 운명으로부터 호되게 한 방 얻어맞아야 된다는 걸 이제야 알겠습니다. 올가미로 탁 낚아채서 외부의 힘으로 꽁꽁 묶어 놔야 된다는 걸. 절대로, 절대로 나 혼자 힘으론 일어날 수 없을 테니까요! 그런데 마침 벼락이 떨어진 겁니다. 나더러 죄를 지었다며 온 세상 사람들이 손가락질을 해도 그 고통과 치욕을 감내할 것이며, 또 고통받고 싶고 고통을 통해 정화될 겁니다! 정말이지 정화되지 않을까요, 여러분, 예? 하지만 마지막으로, 꼭 귀를 기울여 주십시오. 내 아버지의 피에 대해선 무죄입니다! 처벌을 달게 받겠다는 것은 아버지를 죽였기 때문이 아니라, 죽이고 싶었으며 어쩌면 정말로 죽였을지도 모르기 때문입니다……. 하지만 어쨌거나 나는 여러분과 투쟁할 생각이며 이것을 여러분에게 알리는 바입니다. 마지막 끝까지 여러분과 싸울 것이고, 그 결정은 저곳에서 하느님께서 하실 겁니다! 안녕히 계십시오, 여러분, 심문을 받으면서 여러분에게 소리쳤다고 해서 화를 내지는 마십시오, 오, 나는 그때만 해도 정말 멍텅구리였던 겁니다……. 이제 일 분만 있어도 나는 죄수의 몸이 될 테니까, 이 드미트리 카라마조프가 이제 마지막으로 자유의 몸으로 여러분에게 이 손을 내밉니다. 여러분과도 작별하고 사람들과도 작별하는 바입니다……!"

그의 목소리는 떨리고 있었고, 정말로 손을 내밀다시피 했지만, 그와 가장 가까이 있었던 니콜라이 파르표노비치가 갑자기 거의 무슨 경련이라도 일어난 듯 몸을 움찔하면서 자기 손을 뒤로 뺐다. 미챠는 이것을 대번에 알아차리고 몸을 부르르 떨었다. 그리고 내밀었던 손은 당장 거두었다.

"심리가 아직 끝나지 않았습니다." 니콜라이 파르표노비치가 다소간 당혹스러워하면서 중얼거렸다. "시내로 가서 또 계속하게 될 테니까요, 저는 물론 당신이…… 모든 일이 다 잘되길…… 그러니까 무죄 판결을 받길 바라 마지않습니다. 솔직히 말해서, 드미트리 표도로비치, 저는 당신을 늘, 말하자면 죄인이라기보다는 차라리 불행한 사람으로 간주하는 편이었고……. 여기 우리 모두는, 감히 다른 모든 사람들을 대변하여 이런 표현을 쓸 수 있다면, 당신이 그 근본에 있어 고결한 젊은이라는 것을 누구나 인정할 준비가 되어 있습니다만, 정말 안타깝군요! 이런 고결한 젊은이가 어쩌다 그렇게 다소 지나칠 정도로 열정에 휩싸이게 됐는지……."

니콜라이 파르표노비치의 자그마한 체형은 연설이 끝날 무렵에는 아주 완전히 위엄 있는 자태를 갖추었다. 미챠의 머릿속에서는 갑자기, 요 '애송이 녀석'이 지금이라도 당장 자기 손을 잡고 어디 구석으로 데려간 뒤 얼마 전에 나누던 '계집애들' 얘기를 다시 꺼낼 거라는 생각이 스치고 지나갔다. 하긴, 사형대로 끌려가는 범죄자의 머릿속에서 본 사건에 전혀 맞지 않는 엉뚱한 생각들이 떠오르는 일은 허다하지 않은가.

"여러분, 여러분은 선량하고 인도적인 사람들이니까—그녀를 보면서 마지막으로 작별 인사를 해도 될까요?" 미챠가 물었다.

"여부가 있겠습니까, 하지만 사람들이 있는 데서…… 한마디로 말해서, 이제는 아무도 동석하지 않은 상황에서는 안 됩니다……."

"그럼, 동석하시죠!"

사람들이 그루셴카를 데려오긴 했지만, 작별의 장면은 주고받는 말수도 적고 짧았기 때문에 니콜라이 파르표노비치는 좀 불만이었다. 그루셴카는 몸을 깊이 숙여 미챠에게 인사했다.

"나는 당신 것이라고 말한 이상, 앞으로도 나는 당신 것일 테고 당신을 어디로 보내든 영원히 당신과 함께 갈 거야. 잘 가요, 아무 죄도 없이 스스로를 파멸시킨 양반!"

그녀의 입술은 파르르 떨렸고 눈에서는 눈물이 흘러내렸다.

"그루샤, 당신을 사랑한 내 죄를 용서해 줘, 내 사랑 때문에 당신마저 파멸시켰으니!"

미챠는 하고 싶은 말이 좀 더 있는 듯했으나, 갑자기 알아서 말을 끊고 밖으로 나갔다. 그의 주위로 그 즉시 사람들이 몰려들었고, 그들은 그에게서 눈을 떼지 않았다. 그가 어제 안드레이의 트로이카를 타고 그토록 요란스럽게 들어왔던 저 아래 현관 층계참에는 이미 두 대의 호송 마차가 대기하고 있었다. 마브리키 마브리키예비치는 얼굴 살이 축 처지고 살이 피둥피둥 찐 땅딸보였는데, 느닷없이 무슨 소동이 일어났는지 여하튼 왠지 골이 잔뜩 나서 화를 내고 소리를 질렀다. 그리고 이젠 미챠에게도 왠지 몹시 준엄하게 호송 마차에 오르라고 채근했다. 미챠는 마차에 오르면서 '이 사람도 전에 술집에서 나한테 술을 얻어먹을 때와는 얼굴이 완전히 딴판이야.'라는 생각을 잠깐 했다. 트리폰 보리소비치도 현관 층계참에서 아래로 내려왔다. 대문 곁은 농군들이며 아낙네들이며 마부들이며 온갖 사람들로 인산인해를 이루었고, 하나같이 미챠를 응시했다.

"안녕히들 계시오, 하느님의 사람들!" 미챠가 달구지에서 갑자기 이렇게 소리쳤다.

"우리도 용서해 주시구려." 두서넛의 목소리가 이렇게 화답했다.

"자네도 잘 있게, 트리폰 보리스이치!"

하지만 트리폰 보리스이치는 아예 돌아보지도 않았으니, 아주 바쁜 듯했다. 그도 역시 뭐라고 소리를 지르며 부산을 떨고 있었던 것이다. 알고 보니, 마브리키 마브리키예비치를 수행할 두 명의 지역 경찰이 탈 두 번째 마차가 아직도 준비가 덜 된 상태였다. 두 번째 트로이카를 몰아야 하는 농군은 외투를 껴입으면서도 여전히 자기가 아니라 아킴이 가야 한다고 완강하게 불평을 늘어놓고 있었다. 하지만 아킴은 그 자리에 없었다. 사람들은 그를 찾으러 달려갔다. 농군은 여전히 고집을 부리면서 조금만 더 기다려 달라고 애원했다.

"우리 이놈들은 원래, 마브리키 마브리키예비치, 부끄러움을 모르는 족속이라니까요!" 트리폰 보리스이치가 소리쳤다. "그저께 아킴한테서 25코페이카를 받아선 그 돈으로 진탕 술을 마셔 놓고선 이제 와서 어디서 큰 소리야, 원. 우리 이 야비한 족속을 상대하면서도 나리들은 어찌 이리 속도 좋으신지, 놀라울 따름입니다, 제가 하고 싶은 건 오직 이 한마디뿐입니다!"

"아니, 대체 우리에게 두 번째 트로이카가 왜 필요한 건가?" 미챠가 끼어들었다. "한 대에 다 타고 가세, 마브리키 마브리키예비치, 내가 무슨 난동을 부릴 리도 없고 자네한테서 도망을 치지도 않을 텐데, 호송단 따위가 왜 필요한가?"

"그나저나, 선생, 아직 모르시는 모양인데, 나한테 말하는 법부터 똑똑히 배우시죠, 나는 선생한테 자네 소리를 들을 처지가 아니오, 함부로 반말하지 말라고요, 그리고 그런 충고는 다음번에나 하시죠……." 마브리키 마브리키예비치는 울분을 토로하게 돼서 기쁘다는 듯, 갑자기 사납게 딱 잘라 말했다.

미챠는 입을 다물었다. 얼굴이 확 달아올랐다. 그러고 얼마 안 있어, 그는 갑자기 몹시 추워졌다. 비는 그쳤지만, 하늘은 여전히 구름으로 뒤덮여 희끄무레했고 매서운 칼바람이 곧장 얼굴을 때렸다. '몸살이라도 난 건가.'라고 생각하면서 미챠는 어깨를 움츠렸다. 드디어, 마브리키 마브리키예비치도 마차에 올랐는데, 그는 널찍하게 떡하니 자리를 잡고 앉아 태연스럽게 모르는 척하고 자기 몸으로 미챠를 심하게 밀어 냈다. 사실, 그는 자기한테 맡겨진 이 임무가 정말 마음에 안 들었기 때문에 영 언짢았던 것이다.

"잘 있게나, 트리폰 보리스이치!" 미챠가 다시 소리쳤는데, 이제는 기꺼운 마음에서가 아니라 너무 성질이 난 나머지 자기 의사와는 무관하게 소리를 지른 것임을 그 자신도 느꼈다. 하지만 트리폰 보리스이치는 뒷짐을 진 채 오만하게 서서 미챠를 뚫어져라 응시할 뿐, 그렇게 엄격하고 성난 표정으로 바라보기만 할 뿐, 미챠에겐 아무 대답도 하지 않았다.

"안녕히 가십시오, 드미트리 표도로비치, 안녕히!" 갑자기 어디서 튀어나왔는지 칼가노프의 목소리가 들려왔다. 그는 호송 마차까지 달려와서 미챠에게 손을 내밀었다. 모자도 쓰지 않은 채였다. 미챠는 아직 그의 손을 잡고 악수를 할 시간이 있었다.

"잘 있게나, 사랑스러운 사람, 자네의 이 관대한 마음씨는 잊지 않겠네!" 그가 열렬하게 외쳤다. 하지만 마차는 곧 출발했고, 그들의 손은 떨어졌다. 방울이 쩔렁쩔렁 소리를 냈고—미챠는 호송되었다.

한편 칼가노프는 현관으로 달려와 구석에 앉은 뒤 고개를 숙이고 손으로 얼굴을 가린 채 울기 시작했다. 오랫동안 그렇게 앉아서 울었으니—그건 이미 스무 살 청년이 아니라 아직 조그만 어린애의 울음 같았다. 오, 그는 미챠의 유죄를 거의 굳게 믿었던 것이다! "정녕 사람들이란 이것밖에 안 된단 말인가, 이러고서도 과연 진정한 사람이 존재할 수 있겠는가!" 쓰라린 우울함에 젖어, 거의 절망에 빠져 그는 두서없이 외쳤다. 이 순간 그는 숫제 이 세상을 살고 싶지도 않았다. "살 가치가, 그럴 가치가 어디 있단 말인가!" 슬픔에 잠긴 청년은 이렇게 절규했다.

세계문학전집 155

카라마조프가의 형제들 2

1판 1쇄 펴냄 2007년 9월 20일
1판 70쇄 펴냄 2024년 8월 23일

지은이 표도르 도스토옙스키
옮긴이 김연경
발행인 박근섭, 박상준
펴낸곳 (주)민음사

출판등록 1966. 5. 19. (제 16-490호)
서울특별시 강남구 도산대로1길 62(신사동) 강남출판문화센터 5층 (우편번호 06027)
대표전화 02-515-2000 팩시밀리 02-515-2007
www.minumsa.com

ISBN 978-89-374-6155-2 04800
ISBN 978-89-374-6000-5 (세트)

세계문학전집 목록

1·2 **변신 이야기** 오비디우스·이윤기 옮김 서울대 권장도서 100선
3 **햄릿** 셰익스피어·최종철 옮김 서울대 권장도서 100선 | 미국대학위원회 선정 SAT 추천도서
4 **변신·시골의사** 카프카·전영애 옮김 서울대 권장도서 100선
5 **동물농장** 오웰·도정일 옮김 미국대학위원회 선정 SAT 추천도서 | 《타임》 선정 현대 100대 영문소설
6 **허클베리 핀의 모험** 트웨인·김욱동 옮김 《뉴스위크》 선정 100대 명저
7 **암흑의 핵심** 콘래드·이상옥 옮김 미국대학위원회 선정 SAT 추천도서 | 《뉴스위크》 선정 10대 명저
8 **토니오 크뢰거·트리스탄·베네치아에서의 죽음** 토마스 만·안삼환 외 옮김 노벨 문학상 수상 작가
9 **문학이란 무엇인가** 사르트르·정명환 옮김
10 **한국단편문학선 1** 김동인 외·이남호 엮음 국립중앙도서관 선정 청소년 권장도서
11·12 **인간의 굴레에서** 서머싯 몸·송무 옮김
13 **이반 데니소비치, 수용소의 하루** 솔제니친·이영의 옮김 노벨 문학상 수상 작가
14 **너새니얼 호손 단편선** 호손·천승걸 옮김
15 **나의 미카엘** 오즈·최창모 옮김
16·17 **중국신화전설** 위앤커·전인초, 김선자 옮김
18 **고리오 영감** 발자크·박영근 옮김
19 **파리대왕** 골딩·유종호 옮김 노벨 문학상 수상 작가 | 《타임》 선정 현대 100대 영문소설
20 **한국단편문학선 2** 김동리 외·이남호 엮음
21·22 **파우스트** 괴테·정서웅 옮김 서울대 권장도서 100선 | 미국대학위원회 선정 SAT 추천도서
23·24 **빌헬름 마이스터의 수업시대** 괴테·안삼환 옮김
25 **젊은 베르테르의 슬픔** 괴테·박찬기 옮김 논술 및 수능에 출제된 책(1998~2005)
26 **이피게니에·스텔라** 괴테·박찬기 외 옮김
27 **다섯째 아이** 레싱·정덕애 옮김 노벨 문학상 수상 작가
28 **삶의 한가운데** 린저·박찬일 옮김
29 **농담** 쿤데라·방미경 옮김
30 **야성의 부름** 런던·권택영 옮김
31 **아메리칸** 제임스·최경도 옮김
32·33 **양철북** 그라스·장희창 옮김 노벨 문학상 수상 작가 | 서울대 권장도서 100선
34·35 **백년의 고독** 마르케스·조구호 옮김 노벨 문학상 수상 작가 | 서울대 권장도서 100선
36 **마담 보바리** 플로베르·김화영 옮김 서울대 권장도서 100선
37 **거미여인의 키스** 푸익·송병선 옮김
38 **달과 6펜스** 서머싯 몸·송무 옮김
39 **폴란드의 풍차** 지오노·박인철 옮김
40·41 **독일어 시간** 렌츠·정서웅 옮김
42 **말테의 수기** 릴케·문현미 옮김
43 **고도를 기다리며** 베케트·오증자 옮김 노벨 문학상 수상 작가 | 서울대 권장도서 100선
44 **데미안** 헤세·전영애 옮김 노벨 문학상 수상 작가
45 **젊은 예술가의 초상** 조이스·이상옥 옮김 서울대 권장도서 100선
46 **카탈로니아 찬가** 오웰·정영목 옮김
47 **호밀밭의 파수꾼** 샐린저·정영목 옮김 《타임》 선정 현대 100대 영문소설 | 미국대학위원회 선정 SAT 추천도서 | 《뉴스위크》 선정 100대 명저 | BBC 선정 꼭 읽어야 할 책
48·49 **파르마의 수도원** 스탕달·원윤수, 임미경 옮김
50 **수레바퀴 아래서** 헤세·김이섭 옮김 노벨 문학상 수상 작가 | 국립중앙도서관 선정 청소년 권장도서

51·52 **내 이름은 빨강** 파묵 · 이난아 옮김 노벨 문학상 수상 작가
53 **오셀로** 셰익스피어 · 최종철 옮김 서울대 권장도서 100선
54 **조서** 르 클레지오 · 김윤진 옮김 노벨 문학상 수상 작가
55 **모래의 여자** 아베 코보 · 김난주 옮김
56·57 **부덴브로크 가의 사람들** 토마스 만 · 홍성광 옮김 노벨 문학상 수상 작가
58 **싯다르타** 헤세 · 박병덕 옮김 노벨 문학상 수상 작가
59·60 **아들과 연인** 로렌스 · 정상준 옮김 《뉴스위크》 선정 100대 명저
61 **설국** 가와바타 야스나리 · 유숙자 옮김 노벨 문학상 수상 작가 | 서울대 권장도서 100선
62 **벨킨 이야기 · 스페이드 여왕** 푸슈킨 · 최선 옮김
63·64 **넙치** 그라스 · 김재혁 옮김 노벨 문학상 수상 작가
65 **소망 없는 불행** 한트케 · 윤용호 옮김 노벨 문학상 수상 작가
66 **나르치스와 골드문트** 헤세 · 임홍배 옮김 노벨 문학상 수상 작가
67 **황야의 이리** 헤세 · 김누리 옮김 노벨 문학상 수상 작가
68 **페테르부르크 이야기** 고골 · 조주관 옮김
69 **밤으로의 긴 여로** 오닐 · 민승남 옮김 노벨 문학상 수상 작가 | 미국대학위원회 선정 SAT 추천도서
70 **체호프 단편선** 체호프 · 박현섭 옮김
71 **버스 정류장** 가오싱젠 · 오수경 옮김 노벨 문학상 수상 작가
72 **구운몽** 김만중 · 송성욱 옮김 서울대 권장도서 100선 | 국립중앙도서관 선정 청소년 권장도서
73 **대머리 여가수** 이오네스코 · 오세곤 옮김
74 **이솝 우화집** 이솝 · 유종호 옮김 논술 및 수능에 출제된 책(1998~2005)
75 **위대한 개츠비** 피츠제럴드 · 김욱동 옮김 《타임》 선정 현대 100대 영문소설
76 **푸른 꽃** 노발리스 · 김재혁 옮김
77 **1984** 오웰 · 정회성 옮김 《타임》 선정 현대 100대 영문소설 | 《뉴스위크》 선정 100대 명저
78·79 **영혼의 집** 아옌데 · 권미선 옮김
80 **첫사랑** 투르게네프 · 이항재 옮김
81 **내가 죽어 누워 있을 때** 포크너 · 김명주 옮김 노벨 문학상 수상 작가
82 **런던 스케치** 레싱 · 서숙 옮김 노벨 문학상 수상 작가
83 **팡세** 파스칼 · 이환 옮김
84 **질투** 로브그리예 · 박이문, 박희원 옮김
85·86 **채털리 부인의 연인** 로렌스 · 이인규 옮김
87 **그 후** 나쓰메 소세키 · 윤상인 옮김
88 **오만과 편견** 오스틴 · 윤지관, 전승희 옮김 미국대학위원회 선정 SAT 추천도서
89·90 **부활** 톨스토이 · 연진희 옮김 논술 및 수능에 출제된 책(1998~2005)
91 **방드르디, 태평양의 끝** 투르니에 · 김화영 옮김
92 **미겔 스트리트** 나이폴 · 이상옥 옮김 노벨 문학상 수상 작가
93 **페드로 파라모** 룰포 · 정창 옮김
94 **차라투스트라는 이렇게 말했다** 니체 · 장희창 옮김 국립중앙도서관 선정 청소년 권장도서
95·96 **적과 흑** 스탕달 · 이동렬 옮김 국립중앙도서관 선정 청소년 권장도서
97·98 **콜레라 시대의 사랑** 마르케스 · 송병선 옮김 노벨 문학상 수상 작가 | BBC 선정 꼭 읽어야 할 책
99 **맥베스** 셰익스피어 · 최종철 옮김 서울대 권장도서 100선 | 미국대학위원회 선정 SAT 추천도서
100 **춘향전** 작자 미상 · 송성욱 풀어 옮김 서울대 권장도서 100선
101 **페르디두르케** 곰브로비치 · 윤진 옮김
102 **포르노그라피아** 곰브로비치 · 임미경 옮김
103 **인간 실격** 다자이 오사무 · 김춘미 옮김
104 **네루다의 우편배달부** 스카르메타 · 우석균 옮김

105·106 이탈리아 기행 괴테 · 박찬기 외 옮김

107 나무 위의 남작 칼비노 · 이현경 옮김

108 달콤 쌉싸름한 초콜릿 에스키벨 · 권미선 옮김

109·110 제인 에어 C. 브론테 · 유종호 옮김 BBC 선정 꼭 읽어야 할 책

111 크눌프 헤세 · 이노은 옮김 노벨 문학상 수상 작가

112 시계태엽 오렌지 버지스 · 박시영 옮김 《타임》 선정 현대 100대 영문소설 | 《뉴스위크》 선정 100대 명저

113·114 파리의 노트르담 위고 · 정기수 옮김 미국대학위원회 선정 SAT 추천도서

115 새로운 인생 단테 · 박우수 옮김

116·117 로드 짐 콘래드 · 이상옥 옮김 《뉴스위크》 선정 100대 명저

118 폭풍의 언덕 E. 브론테 · 김종길 옮김 미국대학위원회 선정 SAT 추천도서

119 텔크테에서의 만남 그라스 · 안삼환 옮김 노벨 문학상 수상 작가

120 검찰관 고골 · 조주관 옮김

121 안개 우나무노 · 조민현 옮김

122 나사의 회전 제임스 · 최경도 옮김 미국대학위원회 선정 SAT 추천도서

123 피츠제럴드 단편선 1 피츠제럴드 · 김욱동 옮김

124 목화밭의 고독 속에서 콜테스 · 임수현 옮김

125 돼지꿈 황석영

126 라셀라스 존슨 · 이인규 옮김

127 리어 왕 셰익스피어 · 최종철 옮김 서울대 권장도서 100선 | 《뉴스위크》 선정 100대 명저

128·129 쿠오 바디스 시엔키에비츠 · 최성은 옮김 노벨 문학상 수상 작가

130 자기만의 방 · 3기니 울프 · 이미애 옮김

131 시르트의 바닷가 그라크 · 송진석 옮김

132 이성과 감성 오스틴 · 윤지관 옮김

133 바덴바덴에서의 여름 치프킨 · 이장욱 옮김

134 새로운 인생 파묵 · 이난아 옮김 노벨 문학상 수상 작가

135·136 무지개 로렌스 · 김정매 옮김

137 인생의 베일 서머싯 몸 · 황소연 옮김

138 보이지 않는 도시들 칼비노 · 이현경 옮김

139·140·141 연초 도매상 바스 · 이운경 옮김 《타임》 선정 현대 100대 영문소설

142·143 플로스 강의 물방앗간 엘리엇 · 한애경, 이봉지 옮김 미국대학위원회 선정 SAT 추천도서

144 연인 뒤라스 · 김인환 옮김

145·146 이름 없는 주드 하디 · 정종화 옮김

147 제49호 품목의 경매 핀천 · 김성곤 옮김 《타임》 선정 현대 100대 영문소설

148 성역 포크너 · 이진준 옮김 노벨 문학상 수상 작가 | 퓰리처상 수상 작가

149 무진기행 김승옥

150·151·152 신곡(지옥편 · 연옥편 · 천국편) 단테 · 박상진 옮김 《뉴스위크》 선정 100대 명저

153 구덩이 플라토노프 · 정보라 옮김

154·155·156 카라마조프가의 형제들 도스토옙스키 · 김연경 옮김

157 지상의 양식 지드 · 김화영 옮김 노벨 문학상 수상 작가

158 밤의 군대들 메일러 · 권택영 옮김 퓰리처상 수상 작가

159 주홍 글자 호손 · 김욱동 옮김 서울대 권장도서 100선 | 미국대학위원회 선정 SAT 추천도서

160 깊은 강 엔도 슈사쿠 · 유숙자 옮김

161 욕망이라는 이름의 전차 윌리엄스 · 김소임 옮김

162 마사 퀘스트 레싱 · 나영균 옮김 노벨 문학상 수상 작가

163·164 운명의 딸 아옌데 · 권미선 옮김

165 **모렐의 발명** 비오이 카사레스 · 송병선 옮김
166 **삼국유사** 일연 · 김원중 옮김 서울대 권장도서 100선
167 **풀잎은 노래한다** 레싱 · 이태동 옮김 노벨 문학상 수상 작가
168 **파리의 우울** 보들레르 · 윤영애 옮김
169 **포스트맨은 벨을 두 번 울린다** 케인 · 이만식 옮김
170 **썩은 잎** 마르케스 · 송병선 옮김 노벨 문학상 수상 작가
171 **모든 것이 산산이 부서지다** 아체베 · 조규형 옮김 《타임》 선정 현대 100대 영문소설
172 **한여름 밤의 꿈** 셰익스피어 · 최종철 옮김 미국대학위원회 선정 SAT 추천도서
173 **로미오와 줄리엣** 셰익스피어 · 최종철 옮김 미국대학위원회 선정 SAT 추천도서
174·175 **분노의 포도** 스타인벡 · 김승욱 옮김 노벨 문학상 수상 작가 | 《타임》 선정 현대 100대 영문소설
176·177 **괴테와의 대화** 에커만 · 장희창 옮김
178 **그물을 헤치고** 머독 · 유종호 옮김 《타임》 선정 현대 100대 영문소설
179 **브람스를 좋아하세요...** 사강 · 김남주 옮김
180 **카타리나 블룸의 잃어버린 명예** 하인리히 뵐 · 김연수 옮김 노벨 문학상 수상 작가
181·182 **에덴의 동쪽** 스타인벡 · 정회성 옮김 노벨 문학상 수상 작가
183 **순수의 시대** 워튼 · 송은주 옮김 《뉴스위크》 선정 100대 명저 | 퓰리처상 수상작
184 **도둑 일기** 주네 · 박형섭 옮김
185 **나자** 브르통 · 오생근 옮김
186·187 **캐치-22** 헬러 · 안정효 옮김 《타임》 선정 현대 100대 영문소설
188 **숄로호프 단편선** 숄로호프 · 이항재 옮김 노벨 문학상 수상 작가
189 **말** 사르트르 · 정명환 옮김
190·191 **보이지 않는 인간** 엘리슨 · 조영환 옮김 《타임》 선정 현대 100대 영문소설
192 **왑샷 가문 연대기** 치버 · 김승욱 옮김 퓰리처상 수상 작가
193 **왑샷 가문 몰락기** 치버 · 김승욱 옮김 퓰리처상 수상 작가
194 **필립과 다른 사람들** 노터봄 · 지명숙 옮김
195·196 **하드리아누스 황제의 회상록** 유르스나르 · 곽광수 옮김
197·198 **소피의 선택** 스타이런 · 한정아 옮김 퓰리처상 수상 작가
199 **피츠제럴드 단편선 2** 피츠제럴드 · 한은경 옮김
200 **홍길동전** 허균 · 김탁환 옮김
201 **요술 부지깽이** 쿠버 · 양윤희 옮김
202 **북호텔** 다비 · 원윤수 옮김
203 **톰 소여의 모험** 트웨인 · 김욱동 옮김
204 **금오신화** 김시습 · 이지하 옮김
205·206 **테스** 하디 · 정종화 옮김 미국대학위원회 선정 SAT 추천도서 | BBC 선정 꼭 읽어야 할 책
207 **브루스터플레이스의 여자들** 네일러 · 이소영 옮김
208 **더 이상 평안은 없다** 아체베 · 이소영 옮김
209 **그레인지 코플랜드의 세 번째 인생** 워커 · 김시현 옮김 퓰리처상 수상 작가
210 **어느 시골 신부의 일기** 베르나노스 · 정영란 옮김
211 **타라스 불바** 고골 · 조주관 옮김
212·213 **위대한 유산** 디킨스 · 이인규 옮김 서울대 권장도서 100선 | BBC 선정 꼭 읽어야 할 책
214 **면도날** 서머싯 몸 · 안진환 옮김
215·216 **성채** 크로닌 · 이은정 옮김
217 **오이디푸스 왕** 소포클레스 · 강대진 옮김 서울대 권장도서 100선
218 **세일즈맨의 죽음** 밀러 · 강유나 옮김
219·220·221 **안나 카레니나** 톨스토이 · 연진희 옮김 서울대 권장도서 100선

222 **오스카 와일드 작품선** 와일드 · 정영목 옮김
223 **벨아미** 모파상 · 송덕호 옮김
224 **파스쿠알 두아르테 가족** 호세 셀라 · 정동섭 옮김 노벨 문학상 수상 작가
225 **시칠리아에서의 대화** 비토리니 · 김운찬 옮김
226·227 **길 위에서** 케루악 · 이만식 옮김 《타임》 선정 현대 100대 영문소설 | 《뉴스위크》 선정 100대 명저
228 **우리 시대의 영웅** 레르몬토프 · 오정미 옮김
229 **아우라** 푸엔테스 · 송상기 옮김
230 **클링조어의 마지막 여름** 헤세 · 황승환 옮김 노벨 문학상 수상 작가
231 **리스본의 겨울** 무뇨스 몰리나 · 나송주 옮김
232 **뻐꾸기 둥지 위로 날아간 새** 키지 · 정회성 옮김 《타임》 선정 현대 100대 영문소설
233 **페널티킥 앞에 선 골키퍼의 불안** 한트케 · 윤용호 옮김 노벨 문학상 수상 작가
234 **참을 수 없는 존재의 가벼움** 쿤데라 · 이재룡 옮김
235·236 **바다여, 바다여** 머독 · 최옥영 옮김
237 **한 줌의 먼지** 에벌린 워 · 안진환 옮김 《타임》 선정 현대 100대 영문소설
238 **뜨거운 양철 지붕 위의 고양이 · 유리 동물원** 윌리엄스 · 김소임 옮김 퓰리처상 수상작
239 **지하로부터의 수기** 도스토옙스키 · 김연경 옮김
240 **키메라** 바스 · 이운경 옮김
241 **반쪼가리 자작** 칼비노 · 이현경 옮김
242 **벌집** 호세 셀라 · 남진희 옮김 노벨 문학상 수상 작가
243 **불멸** 쿤데라 · 김병욱 옮김
244·245 **파우스트 박사** 토마스 만 · 임홍배, 박병덕 옮김 노벨 문학상 수상 작가
246 **사랑할 때와 죽을 때** 레마르크 · 장희창 옮김
247 **누가 버지니아 울프를 두려워하랴?** 올비 · 강유나 옮김
248 **인형의 집** 입센 · 안미란 옮김
249 **위폐범들** 지드 · 원윤수 옮김 노벨 문학상 수상 작가
250 **무정** 이광수 · 정영훈 책임 편집 서울대 권장도서 100선
251·252 **의지와 운명** 푸엔테스 · 김현철 옮김
253 **폭력적인 삶** 파솔리니 · 이승수 옮김
254 **거장과 마르가리타** 불가코프 · 정보라 옮김
255·256 **경이로운 도시** 멘도사 · 김현철 옮김
257 **야콥을 둘러싼 추측들** 욘존 · 손대영 옮김
258 **왕자와 거지** 트웨인 · 김욱동 옮김
259 **존재하지 않는 기사** 칼비노 · 이현경 옮김
260·261 **눈먼 암살자** 애트우드 · 차은정 옮김 《타임》 선정 현대 100대 영문소설
262 **베니스의 상인** 셰익스피어 · 최종철 옮김
263 **말리나** 바흐만 · 남정애 옮김
264 **사볼타 사건의 진실** 멘도사 · 권미선 옮김
265 **뒤렌마트 희곡선** 뒤렌마트 · 김혜숙 옮김
266 **이방인** 카뮈 · 김화영 옮김 노벨 문학상 수상 작가 | 미국대학위원회 선정 SAT 추천도서
267 **페스트** 카뮈 · 김화영 옮김 노벨 문학상 수상 작가 | 국립중앙도서관 선정 청소년 권장도서
268 **검은 튤립** 뒤마 · 송진석 옮김
269·270 **베를린 알렉산더 광장** 되블린 · 김재혁 옮김
271 **하얀 성** 파묵 · 이난아 옮김 노벨 문학상 수상 작가
272 **푸슈킨 선집** 푸슈킨 · 최선 옮김
273·274 **유리알 유희** 헤세 · 이영임 옮김 노벨 문학상 수상 작가

275 픽션들 보르헤스 · 송병선 옮김 서울대 권장도서 100선
276 신의 화살 아체베 · 이소영 옮김
277 빌헬름 텔 · 간계와 사랑 실러 · 홍성광 옮김
278 노인과 바다 헤밍웨이 · 김욱동 옮김 노벨 문학상 수상 작가 | 퓰리처상 수상작
279 무기여 잘 있어라 헤밍웨이 · 김욱동 옮김 미국대학위원회 선정 SAT 추천도서
280 태양은 다시 떠오른다 헤밍웨이 · 김욱동 옮김 《타임》 선정 현대 100대 영문 소설
281 알레프 보르헤스 · 송병선 옮김
282 일곱 박공의 집 호손 · 정소영 옮김
283 에마 오스틴 · 윤지관, 김영희 옮김
284·285 죄와 벌 도스토옙스키 · 김연경 옮김 미국대학위원회 선정 SAT 추천도서
286 시련 밀러 · 최영 옮김
287 모두가 나의 아들 밀러 · 최영 옮김
288·289 누구를 위하여 종은 울리나 헤밍웨이 · 김욱동 옮김 노벨 문학상 수상 작가
290 구르브 연락 없다 멘도사 · 정창 옮김
291·292·293 데카메론 보카치오 · 박상진 옮김
294 나누어진 하늘 볼프 · 전영애 옮김
295·296 제브데트 씨와 아들들 파묵 · 이난아 옮김 노벨 문학상 수상 작가
297·298 여인의 초상 제임스 · 최경도 옮김 미국대학위원회 선정 SAT 추천도서
299 압살롬, 압살롬! 포크너 · 이태동 옮김 노벨 문학상 수상 작가
300 이상 소설 전집 이상 · 권영민 책임 편집
301·302·303·304·305 레 미제라블 위고 · 정기수 옮김
306 관객모독 한트케 · 윤용호 옮김 노벨 문학상 수상 작가
307 더블린 사람들 조이스 · 이종일 옮김
308 에드거 앨런 포 단편선 앨런 포 · 전승희 옮김 미국대학위원회 선정 SAT 추천도서
309 보이체크 · 당통의 죽음 뷔히너 · 홍성광 옮김
310 노르웨이의 숲 무라카미 하루키 · 양억관 옮김
311 운명론자 자크와 그의 주인 디드로 · 김희영 옮김
312·313 헤밍웨이 단편선 헤밍웨이 · 김욱동 옮김 노벨 문학상 수상 작가
314 피라미드 골딩 · 안지현 옮김 노벨 문학상 수상 작가
315 닫힌 방 · 악마와 선한 신 사르트르 · 지영래 옮김
316 등대로 울프 · 이미애 옮김 《타임》 선정 현대 100대 영문소설 | 《뉴스위크》 선정 100대 명저
317·318 한국 희곡선 송영 외 · 양승국 엮음
319 여자의 일생 모파상 · 이동렬 옮김
320 의식 노터봄 · 김영중 옮김
321 육체의 악마 라디게 · 원윤수 옮김
322·323 감정 교육 플로베르 · 지영화 옮김
324 불타는 평원 룰포 · 정창 옮김
325 위대한 몬느 알랭푸르니에 · 박영근 옮김
326 라쇼몬 아쿠타가와 류노스케 · 서은혜 옮김
327 반바지 당나귀 보스코 · 정영란 옮김
328 정복자들 말로 · 최윤주 옮김
329·330 우리 동네 아이들 마흐푸즈 · 배혜경 옮김 노벨 문학상 수상 작가
331·332 개선문 레마르크 · 장희창 옮김
333 사바나의 개미 언덕 아체베 · 이소영 옮김
334 게걸음으로 그라스 · 장희창 옮김 노벨 문학상 수상 작가

335 **코스모스** 곰브로비치 · 최성은 옮김
336 **좁은 문 · 전원교향곡 · 배덕자** 지드 · 동성식 옮김 노벨 문학상 수상 작가
337·338 **암 병동** 솔제니친 · 이영의 옮김 노벨 문학상 수상 작가
339 **피의 꽃잎들** 응구기 와 시옹오 · 왕은철 옮김
340 **운명** 케르테스 · 유진일 옮김 노벨 문학상 수상 작가
341·342 **벌거벗은 자와 죽은 자** 메일러 · 이운경 옮김 퓰리처상 수상 작가
343 **시지프 신화** 카뮈 · 김화영 옮김 노벨 문학상 수상 작가
344 **뇌우** 차오위 · 오수경 옮김
345 **모옌 중단편선** 모옌 · 심규호, 유소영 옮김 노벨 문학상 수상 작가
346 **일야서** 한사오궁 · 심규호, 유소영 옮김
347 **상속자들** 골딩 · 안지현 옮김 노벨 문학상 수상 작가
348 **설득** 오스틴 · 전승희 옮김
349 **히로시마 내 사랑** 뒤라스 · 방미경 옮김
350 **오 헨리 단편선** 오 헨리 · 김희용 옮김
351·352 **올리버 트위스트** 디킨스 · 이인규 옮김
353·354·355·356 **전쟁과 평화** 톨스토이 · 연진희 옮김
357 **다시 찾은 브라이즈헤드** 에벌린 워 · 백지민 옮김
358 **아무도 대령에게 편지하지 않다** 마르케스 · 송병선 옮김
359 **사양** 다자이 오사무 · 유숙자 옮김
360 **좌절** 케르테스 · 한경민 옮김 노벨 문학상 수상 작가
361·362 **닥터 지바고** 파스테르나크 · 김연경 옮김 노벨 문학상 수상 작가
363 **노생거 사원** 오스틴 · 윤지관 옮김
364 **개구리** 모옌 · 심규호, 유소영 옮김 노벨 문학상 수상 작가
365 **마왕** 투르니에 · 이원복 옮김 공쿠르상 수상 작가
366 **맨스필드 파크** 오스틴 · 김영희 옮김
367 **이선 프롬** 이디스 워튼 · 김욱동 옮김 퓰리처상 수상 작가
368 **여름** 이디스 워튼 · 김욱동 옮김 퓰리처상 수상 작가
369·370·371 **나는 고백한다** 자우메 카브레 · 권가람 옮김
372·373·374 **태엽 감는 새 연대기** 무라카미 하루키 · 김난주 옮김
375·376 **대사들** 제임스 · 정소영 옮김
377 **족장의 가을** 마르케스 · 송병선 옮김 노벨 문학상 수상 작가
378 **핏빛 자오선** 매카시 · 김시현 옮김
379 **모두 다 예쁜 말들** 매카시 · 김시현 옮김
380 **국경을 넘어** 매카시 · 김시현 옮김
381 **평원의 도시들** 매카시 · 김시현 옮김
382 **만년** 다자이 오사무 · 유숙자 옮김
383 **반항하는 인간** 카뮈 · 김화영 옮김 노벨 문학상 수상 작가
384·385·386 **악령** 도스토옙스키 · 김연경 옮김
387 **태평양을 막는 제방** 뒤라스 · 윤진 옮김
388 **남아 있는 나날** 가즈오 이시구로 · 송은경 옮김
389 **앙리 브륄라르의 생애** 스탕달 · 원윤수 옮김
390 **찻집** 라오서 · 오수경 옮김
391 **태어나지 않은 아이를 위한 기도** 케르테스 · 이상동 옮김 노벨 문학상 수상 작가
392·393 **서머싯 몸 단편선** 서머싯 몸 · 황소연 옮김
394 **케이크와 맥주** 서머싯 몸 · 황소연 옮김

395 **월든** 소로 · 정회성 옮김
396 **모래 사나이** E. T. A. 호프만 · 신동화 옮김
397·398 **검은 책** 오르한 파묵 · 이난아 옮김 노벨 문학상 수상 작가
399 **방랑자들** 올가 토카르추크 · 최성은 옮김 노벨 문학상 수상 작가
400 **시여, 침을 뱉어라** 김수영 · 이영준 엮음
401·402 **환락의 집** 이디스 워튼 · 전승희 옮김
403 **달려라 메로스** 다자이 오사무 · 유숙자 옮김
404 **아버지와 자식** 투르게네프 · 연진희 옮김
405 **청부 살인자의 성모** 바예호 · 송병선 옮김
406 **세피아빛 초상** 아옌데 · 조영실 옮김
407·408·409·410 **사기 열전** 사마천 · 김원중 옮김 서울대 권장도서 100선
411 **이상 시 전집** 이상 · 권영민 책임 편집
412 **어둠 속의 사건** 발자크 · 이동렬 옮김
413 **태평천하** 채만식 · 권영민 책임 편집
414·415 **노스트로모** 콘래드 · 이미애 옮김
416·417 **제르미날** 졸라 · 강충권 옮김
418 **명인** 가와바타 야스나리 · 유숙자 옮김 노벨 문학상 수상 작가
419 **핀처 마틴** 골딩 · 백지민 옮김 노벨 문학상 수상 작가
420 **사라진 · 샤베르 대령** 발자크 · 선영아 옮김
421 **빅 서** 케루악 · 김재성 옮김
422 **코뿔소** 이오네스코 · 박형섭 옮김
423 **블랙박스** 오즈 · 윤성덕, 김영화 옮김
424·425 **고양이 눈** 애트우드 · 차은정 옮김
426·427 **도둑 신부** 애트우드 · 이은선 옮김
428 **슈니츨러 작품선** 슈니츨러 · 신동화 옮김
429·430 **세계의 끝과 하드보일드 원더랜드** 무라카미 하루키 · 김난주 옮김
431 **멜랑콜리아 I–II** 욘 포세 · 손화수 옮김 노벨 문학상 수상 작가
432 **도적들** 실러 · 홍성광 옮김
433 **예브게니 오네긴 · 대위의 딸** 푸시킨 · 최선 옮김
434·435 **초대받은 여자** 보부아르 · 강초롱 옮김
436·437 **미들마치** 엘리엇 · 이미애 옮김
438 **이반 일리치의 죽음** 톨스토이 · 김연경 옮김
439·440 **캔터베리 이야기** 초서 · 이동일, 이동춘 옮김
441·442 **아소무아르** 졸라 · 윤진 옮김
443 **가난한 사람들** 도스토옙스키 · 이항재 옮김
444·445 **마차오 사전** 한사오궁 · 심규호, 유소영 옮김
446 **집으로 날아가다** 랠프 앨리슨 · 왕은철 옮김
447 **집으로부터 멀리** 피터 케리 · 황가한 옮김

세계문학전집은 계속 간행됩니다.